츤데레의 정석

츤데레의 정석 2

초판 1쇄 찍은 날 | 2018년 2월 12일
초판 1쇄 펴낸 날 | 2018년 2월 19일

지은이 | 윤소다
펴낸이 | 서경석

편 집 책 임 | 조윤희
편   집 | 이은주
          이예진
디 자 인 | 신현아

펴 낸 곳 | 도서출판 청어람
등록번호 | 제387-1999-000006호
등록일자 | 1999. 5. 31
어람번호 | 제11-0076호

주소 | 경기도 부천시 부일로 483번길 40 서경B/D 3F (우) 14640
전화 | 032-656-4452 팩스 | 032-656-4453
http://www.chungeoram.com
E—mail | chungeorambook@daum.net

ISBN 979-11-04-91623-6   04810
ISBN 979-11-04-91621-2   (SET)

윤소다 장편소설

츤데레의 정석

2

도서출판 청람

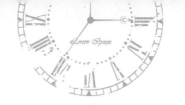

목차

제6장.
사랑을 찾아서

말렸다. 말려도 단단히 말린 것이다. 이겸은 지금 유미의 방 바닥에 누워 있기는 하지만 어쩐지 기분이 이상했다. 유미가 찬의 티셔츠와 바지를 가져다 준 덕분에 불편한 차림은 아니었으나, 지금 여기에 누워 있는 것 자체가 불편했다.

"……올라와서 자라니까. 뭘 내외하고 그래. 이제 앞으로 다 차차 하게 될 텐데."

침대 위에 누운 유미가 느른한 눈꺼풀을 깜빡이며, 말 같지도 않은 회유를 했다.

"내가 널 어떻게 믿어?"

침대 아래로 손을 늘어뜨린 유미는 이겸과 손을 마주 잡았다. 유미는 그 손이 무슨 금 두꺼비라도 되는 양 문지르고 또 문질러 댔다. 이겸이 누워 있는 쪽으로 완전히 몸을 돌려 누운 유미가 그의 얼굴을 찬찬히 뜯어보았다. 언제 봐도 놀라울 만큼 수려한 그의 얼굴 앞에서는 아직도 심장이 제 페이스를 잃고 날뛰었다.

"내가 무슨 짐승인가?"

"짐승이 성욕 제어를 잘 못 한다더라."

"뭐? 성욕? 나 같은 요조숙녀에게 성욕이란 단어가 어울린다고 생각해? 응?"

"너무나도 잘 어울리는데. 성욕 공짐승."

"너 진짜!"

자신을 도발하는 이겸을 응징하고자 유미가 팔을 쭉 뻗어 그의 팔을 툭 내려쳤다. 하지만 거리 계산에 실패한 바람에 허공에 손을 휘저으며 아래로 쭉 딸려 내려갔다.

"엄마야!"

이겸의 가슴팍에 구렁이처럼 내려와 안착한 유미의 모습은 퍽 자연스러워 보였다.

"내가 널, 어떻게 믿어. 공짐승."

제 가슴팍에서 고개를 빳빳하게 쳐들고 있는 유미를 보자, 이겸은 저도 모르게 헛웃음이 터져 나왔다.

"방금 건 고의 아니었어."

"어련하시겠⋯⋯."

이겸이 말을 끝내기도 전에, 유미는 고개를 더 높이 들어 그의 입술에 입을 맞췄다.

"그리고 이건 고의야."

쪽, 하고 입술이 닿았다 떨어지는 소리가 적막이 감도는 방 안에 크게 울려 퍼졌다. 흘러내린 유미의 머리카락이 이겸의 목덜미를 간질였다.

"공유미."

츤데레의 정석

"응?"

"내가 왜 좋아?"

"심장이 두근거려."

머리는 잊었을지라도, 심장은 기억하고 있다.

"……난 너 예뻐서 좋아해."

"어? 어?"

유미가 입술을 동그랗게 말아 신기한 듯 되물었다.

"너 예뻐서 좋아한다고."

"언제부터 좋아했어? 응?"

"……좀 됐어."

이렇게 붙잡아둬야 이야기를 하나 싶어서, 유미의 광대가 실룩였다.

"얼마나 좀 됐는데?"

이겸은 유미의 질문 공세에 난감한 듯 헛기침을 했다.

"언제부터인진 나도 몰라. 그냥 좀 됐어."

"흐응. 그…… 시윤 씨 들어왔을 때부터?"

그보다 훨씬 전이지.

"아님, 그…… 내가 선보러 나갔을 때?"

그보다 더 전.

"그럼 설마, 내가 너 따라 이 회사에 입사했을 때?"

그보다 아주 많이 오래전.

"아이. 답답해. 말 좀 해주면 안 돼? 궁금해. 궁금해 죽겠어."

그걸 어떻게 말할 수 있을까. 그것까지 말해 버리면 왜 진작 고백 안 했냐고 들들 볶을 게 뻔한데. 바가지 긁는 마누라보다 더 무서운 공유미인데.

"비밀도 참 어지간히 많다. 응?"

이겸이 고개를 살짝 들어 저를 내려다보는 유미의 입술을 함박 베어 물었다.

'공유미 입 다물게 하는 방법은, 역시 이것밖에 없는 건가.'

이겸의 입가에 회심의 미소가 걸렸다.

유미 어머니가 살아 계실 땐, 이겸과 유미의 가족 다 같이 여름휴가를 떠나곤 했다. 유미는 일 년 중 여름을 가장 좋아했다. 명분을 가지고 이겸과 같은 방에서 잠을 청할 수 있는 유일한 '여름휴가'를 그녀가 반기지 않을 리 없었다. 입버릇처럼 사계절이 전부 여름이었으면 좋겠다고 할 정도였다.

한창 사춘기를 겪던 이영은 갖은 핑계를 대고 여름휴가에 따라가지 않는 일이 많았다. 그래서 어른들이 여행을 즐기는 동안 남은 건 저와 유미, 단둘이었다.

그러니까, 그들만의 여행이 된 셈이기도 했다. 차가운 계곡물에 발을 담그고, 제 어깨에 머리를 기댄 채 발가락을 꼼지락거리던 유미. 간밤에 꺼진 불씨를 살려서 거기에 고구마를 해 먹겠다고 종종거리다가 결국 새카맣게 탄 고구마를 같이 먹자며 들이대던 유미. 공유미는 예쁘고, 사랑스럽다는 말이 너무나도 잘 어울리는 여자였다.

'그런 너와 내가 지금 이렇게 함께해.'

이겸은 과거를 버리고 현재를 선택했다. 돌이킬 수 없는 마음에 굴복한 그는 유미의 예쁜 모습과 아름다운 추억만 간직하기로 했다.

옛 추억에 젖어들어 있던 이겸을 일깨운 건, 방문 바깥에서 들려오는 목소리였다. 왜 항상 불길한 예감은 틀리지 않는지.

"유미 안에 있냐?"

하필이면 지금은 아침이다.

'아저씨……?'

이겸의 콧잔등에 땀이 송골송골 맺혔다.

"유미야?"

한층 힘이 더해진 노크 소리에 이겸은 스르르 일어났다. 그와 동시에 유미의 고개가 아래로 떨구어졌다.

"공유미…… 일어나 봐."

낮게 깔린 이겸의 목소리에 반응한 유미가 눈을 비볐다.

"무슨 일……."

유미의 큰 목소리에 화들짝 놀란 이겸이 서둘러 그녀의 입을 손바닥으로 막았다.

"쉬이! 밖에 아저씨 있어."

눈을 깜빡인 유미는 이겸에게 가로막힌 입을 오므리고 고개를 살며시 끄덕였다. 다음 주까지 집에 들어오기 힘들 거라고 했던 찬이 방문 앞에 서 있단 사실에 긴장감이 혈류를 타고 흘렀다. 이것저것 고민을 하기에는 처해진 상황이 너무나도 급박했다.

"들키면…… 다 끝나는 거야."

유미가 또 한 번 세차게 고개를 끄덕이자, 그제야 이겸은 유미의 입을 가린 손바닥을 거둬냈다.

"으흥. 아빠! 나 옷 갈아입고 있어……."

일단 상황을 수습할 시간을 버는 게 급선무다. 유미는 가늘게 떨리는 목소리로 방문 바깥의 찬에게 외쳤다.

"그래, 그럼 옷 갈아입고 잠깐 나와."

"알았어요."

다행히도 별 의심 없이 돌아서 가는 찬의 발소리가 들렸다. 문제는 하나다. 이겸이 어떻게 이 집을 빠져나갈 것인가.

"우리…… 어떻게 해?"

이겸이 탈출할 방안을 모색하기엔 곤란한 점이 한두 가지가 아니었다. 문제가 되는 것 하나, 유미의 방은 2층에 위치해 있다는 것. 둘, 찬이 있는 거실에서 대문이 보인다는 것이다. 찬이 유미의 방으로 무작정 쳐들어올 리는 없겠지만, 그렇다고 이겸을 계속 이곳에 숨겨둘 수는 없다.

"일단…… 저기로 나가."

"어디?"

"저기!"

유미가 꽉 닫힌 창문을 열었다.

"미쳤어? 나더러 여기서 뛰어내리라고?"

"지금은 방법이 없어. 내가 내려가서 아빠 시선을 끌어볼 테니까, 그대로 밖으로 튀엇!"

"……날 죽일 셈이야?"

이겸은 살갗 위로 오소소 소름이 돋아나는 것을 느꼈다. 말랑말랑한 공유미가 이다지 결단력 있는 여자였단 사실이 이겸을 공포에 질리게 만들었다.

"시간 없어! 빨리 나갓!"

유미는 최대한 소리가 새어 나가지 않게 이겸의 옷자락을 질질 끌어 창문 바로 앞까지 데리고 갔다. 그러고는 창문을 최대한 소리를 죽여 열었다. 밖에서부터 불어 닥친 바람에 커튼이 나부꼈다.

"야! 여기 2층이야."

"그래 2층. 죽진 않을 높이. 너 우리 아빠 성격 알지? 너랑 나랑 같이 여기서 아침을 맞은 걸 알면 너 죽고, 나 죽는 거야."

츤데레의 정석

단호하기 그지없는 유미의 말투에 이겸은 어깨를 잘게 떨었다. 찬의 불같은 성미는 잘 알고 있었지만, 그래도 이건 아니다. 사람 목숨이 달린 일이었다. 차라리 찬에게 걸려서 몽둥이질을 당하는 한이 있더라도, 2층에서 뛰어내리는 건 불가능한 일이었다. 이겸은 잔뜩 울상이 되어서 애절하게 유미를 바라보았다.

"야아……."

싸늘하고도 냉정한 유미의 시선에 이겸은 잔뜩 주눅이 들었다.

"창문 밑에 보면 거실 쪽 현관문 위로 턱이 있어. 거길 디디고 내려가면 많이 다쳐야 다리 삐끗하는 정도야. 걱정 마! 절대 안 죽어."

유미가 친절하게 포인트까지 집어주자, 이겸의 눈꼬리가 가늘어졌다. 못 나가겠다고 부들거리며 버티는 이겸을 유미는 창문 밖으로 꾸역꾸역 밀어냈다.

"잘 가!"

혹여나 아래층 거실 창문이 열려 있다면 찬에게 목소리가 들릴지도 모르니, 유미는 최대한 숨을 죽여 입을 오물거렸다.

"유미야, 옷 다 갈아입었어?"

유미는 숨을 한 번 크게 들이마시고 옷매무새를 가다듬고, 흐트러진 머리칼을 빗었다. 그러고는 문을 반쯤 열어 그 사이로 고개를 불쑥 내밀었다.

"응? 왜요, 아빠?"

유미는 부러 아무 일 없는 척 연기를 선보였다.

"웬 땀을 그렇게 흘려? 창문까지 열어두고. 이제 초가을이라 바깥바람도 찬데."

유미의 등 뒤로 열린 창문에서부터 서늘한 바람이 흘러 들어왔다.

"아…… 여, 열이 나. 감기 기운이 좀 있는 것 같기도 하고……."

찬은 뭔가 어색한 유미의 모습을 의심스럽게 바라보았다.

"현관에 남자 신발이 있어서."

그때, 창문 밖에서 퍽, 하는 둔탁한 소음이 들려왔다.

"뭐지? 밖에 뭐가 있나?"

찬이 방 안으로 걸음을 옮기자, 유미가 찬의 팔을 잡아끌어 제지시켰다.

"있긴, 무슨. 어젯밤에 배가 너무 고파서 이겸이 불러 같이 야식 먹었거든요. 걔 또 자기 신발 두고 아빠 슬리퍼 신고 집에 간 거…… 아닐까?"

유미는 찬에게 거짓말을 해본 적도 없건만 청산유수로 흘러나오는 말이 놀라웠다.

"아, 그랬어? 난 또, 집에 도둑놈이 들었나 하고."

찬의 시선이 유미를 비껴 아직도 활짝 열려 있는 창문에 닿았다. 펄럭이는 커튼이 유난히도 을씨년스럽게 느껴졌다.

"요즘 별일 없지?"

대뜸 유미의 안부를 묻는 찬의 말투에 무게감이 실려 있었다.

"별일…… 없는데?"

"완공 직전에 제일 바쁠 때라 집에 못 들어오고 너 이렇게 혼자 둔 게 걱정되어서 견딜 수가 있어야 말이지."

"내가 뭐, 애도 아니고…… 별걸 다 걱정해, 아빠……."

유미는 이렇게 걱정 많은 찬에게 저와 이겸이 함께 있었던 걸 들키는 걸, 상상하는 것만으로도 등골이 서늘해졌다.

"겨우 짬 내서 잠깐 들어왔는데 현관에 남자 신발이 있어서 얼마나 놀란지 알아, 이 녀석아?"

"걱정 마요. 여태껏 혼자서도 잘 지내온 걸, 뭐."

"그래. 그럼 됐고."

어느새 부드럽게 변한 찬의 눈동자가 유미를 응시했다.

"……또 나가봐야 해요? 밥 차릴까?"

"옷만 갈아입고 또 나가야지. 그래, 그럼 쉬어라."

찬이 완전히 유미의 방을 빠져나간 후, 유미는 다급하게 창문 쪽에 달라붙어 아래를 내려다보았다.

"갔네……. 괜찮나?"

매정하게 이겸을 창문 밖으로 밀어낸 것은 미안했지만, 찬은 이겸을 미워하진 않지만, 그렇다고 좋아하지도 않는 상태다. 자신의 오랜 짝사랑을 받아주지 않는 나쁜 놈으로 여기고 있으니, 연인 사이를 공표하지도 않은 상태에서 함께 밤을 보낸 걸 들킨다면 아마 영영 이겸과 만나지 못하게 될지도 모른다.

집으로 돌아온 이겸은 접질린 발목을 문질렀다.

"스읍. 아프네."

유미의 말대로 턱을 디디고 내려와 바닥에 안착하는 것까지는 순조로웠다. 그런데 굽힌 무릎을 펴던 찰나, 발목이 삐끗한 건지 욱신욱신한 통증이 여태껏 이어졌다.

"오빠! 오빠!"

노크도 없이 이겸의 방으로 들어선 이영이 그의 옷차림을 보고 눈을 휘둥그렇게 떴다.

"뭐야, 이 옷은? 못 보던 건데?"

"……있던 거야."

"어제 외박했지? 어?"

"했다. 왜?"

남매간 고도의 신경전에 도가 튼 이겸은 자연스럽게 이영의 말을 되받아쳤다.

"허! 이, 이, 뻔뻔한 것 좀 봐. 어디서 뭐 했어? 응?"

"술 마셨어."

이겸의 입술이 바짝 타들어갔다.

"누구랑? 여자야?"

바가지 긁는 마누라도 이 정돈 아닐 텐데 하나밖에 없는 동생이라고 좀 기어올라도 봐줬더니 끝을 모르고 덤벼대는 통에 이겸은 두통이 생겨날 지경이었다.

"말한다고 알아?"

"몰라도 말해봐. 이름이랑 연락처 대."

손바닥을 내밀며 흔드는 이영을 황당한 표정으로 바라보던 이겸이 코웃음을 쳤다.

"그걸 내가 너한테 왜 말해야 하는데?"

"어제 오빠 연락 안 된다고 엄마가 얼마나 걱정하신 줄 알아? 그뿐이야? 오래간만에 일찍 들어왔는데 오빠 안 보인다고 아빠가 엄청 찾았다고!"

화를 내는 건지 뭔지 모를 이영의 반응에도 아랑곳하지 않고 이겸은 시선을 다시 원위치로 돌렸다.

"새벽에 어머니한테 문자 드렸어. 친구네서 자고 간다고."

"친구 누구? 그 정도로 친한 친구 있었어? 헉! 설마, 오빠⋯⋯."

"뭐?"

"오빠 혹시 유미 언니네서 잤어?"

"야! 말이 되는 소리를 해."

뭐 뀐 놈이 성 낸다고 이겸은 버럭 언성을 높였다.

"그러고 보니까, 그 옷…… 찬이 아저씨 스타일 아니야? 위, 아래 깔맞춤…… 그거 완전 찬이 아저씨 스타일인데?"

"……죽는다. 진짜."

이겸은 황급히 회색 티셔츠를 벗어버렸다.

"아이! 왜 갑자기 옷을 벗고 그래!"

이영이 버럭 소리를 지르며, 눈 위에 손바닥을 얹었다.

"내 방에서 나가! 귀찮게 하지 말고!"

"……피하니까 더 의심스러운데?"

"나가!"

이영을 문밖으로 밀어내고 이겸은 이마에 맺힌 땀을 닦아냈다.

"눈치 빠른 녀석."

이겸이 짧은 한숨을 쉬며 옷장 안에 가지런하게 정리된 자신의 티셔츠 하나를 꺼내어 머리를 밀어 넣었다. 그때, 책상 위에 올려둔 휴대폰이 드르륵 소리를 내며 진동했다. 유미일 거라 생각한 이겸은 아무 생각 없이 액정을 확인한 순간, 온몸이 경직되듯 굳어버렸다.

－찬 아저씨

한참이 지나도록 통화 버튼을 누르지 못하던 이겸은 겨우 마음을 다잡고 전화를 받았다.

"여보세요?"

[전화번호가 바뀌지 않은 모양이구나.]

이겸은 찬과 통화를 할 일이 거의 없었기 때문에, 잠깐의 적막에서 느껴지는 어색함은 이루 말할 수 없을 정도였다.

"네. 잘 지내셨어요?"

[그래, 뭐. 잘 지낸다만. 혹시 지금 잠깐 만날 수 있을까?]

"지금…… 이요? 네, 괜찮습니다."

수화기 너머로 들려오는 찬의 목소리에 경직되어서인지, 이겸의 몸이 절로 반듯하게 펴졌다.

[사거리에 있는 콩다방에서 잠깐 볼까?]

"네. 알겠습니다. 바로 나갈게요."

[그래. 기다리마.]

짧은 통화가 끝나고 난 다음 이겸은 무섭게 뛰어대는 심장 위를 눌렀다.

"무슨 일로…… 갑자기 보자고 하시는 거지."

이겸은 의아함과 동시에 두려움을 느꼈다.

급하게 옷을 갈아입고 휴대폰과 지갑만 챙겨 밖으로 나온 이겸은 유미로부터 연이어 걸려오는 전화를 받지 않았다. 찬이 저를 만나기 위해 밖으로 나왔다면, 유미는 지금 혼자일 테고, 그렇다면 만나자고 할 가능성이 높았다. 이겸은 찬이 무슨 일로 저를 찾는지도 모르는데, 어설프게 유미에게 그 사실을 밝힐 것까진 없다고 판단했다.

유미에게 잠시 외출을 하고 돌아와서 연락을 준다는 짧은 메시지만 남긴 채, 그는 콩다방 안으로 들어섰다. 낮에는 아직도 후덥지근한 외부 공기와 달리, 카페 안 공기는 서늘했다. 창가 쪽 자리에 앉아 있는 찬을 발견한 이겸이 천천히 그에게 다가갔다.

"……늦었습니다."

자리에 앉는 그 순간까지도 이겸은 가슴이 두근거려 견딜 수가 없었다.

"어, 겸이 왔구나."

친근한 미소를 지어 보이며 자신을 반기는 찬의 모습에, 이겸은 그제야 긴장된 근육이 이완되는 느낌을 받았다.

"뭐 좀 시킬까요?"

"내가 살게."

찬은 다시 몸을 일으키려던 이겸을 제지시키고는 자리에서 일어섰다. 그리고 잠시 뒤, 아이스커피 두 잔을 테이블 위에 올려놓으며 멋쩍게 웃었다.

"허허. 생전 이런 델 와봤어야 말이지. 진동벨이란 게 있는지도 모르고 앞에서 기다렸지 뭐야."

"아, 제가 갈 걸 그랬나 봐요."

"아니야. 얼른 들어."

찬은 테이블 위에 나란히 놓인 아이스커피 하나를 이겸이 있는 쪽으로 밀어주었다.

"잘 마실게요."

꾸벅 인사를 하고선, 어색하게 목을 가다듬는 이겸의 모습은 누가 보아도 불편한 자리에 앉은 사람처럼 보였다.

"내가 갑자기 불러내서 많이 놀랐지? 생전 연락도 없다가 말이야."

"……아닙니다."

뒷머리를 긁적이며 이겸이 어색한 미소를 지어 보였다.

"딴 건 아니고. 뭘 좀 물어보려고."

"뭐든지 말씀하세요."

"혹시 유미랑 정식으로 만나기 시작했나 해서."

어색함을 이겨내 보고자, 커피를 한 모금 들이켜던 이겸은 마시던 것이 도로 뿜어져 나오는 것을 겨우 막아냈다.

"컥!"

"그게 그렇게 놀랄 일이냐?"

"아, 아니. 그게 아니라……."

이겸은 급하게 티슈를 집어 들어 입술과 입 주변에 묻은 커피를 닦아냈다.

"내 짐작이 잘못된 거야?"

"아, 아닙니다…… 아니에요. 유미와 만나기로 한 것, 맞습니다."

사귄 지 사흘밖에 안 된 시점에서 들킨 것은 실로 놀라울 수준이었으나, 이겸은 유미와의 교제 사실을 찬에게 굳이 숨길 필요도, 이유도 없었다.

"역시 내 예상이 맞았구나. 혹시 오늘 아침에도……"

"그건 아닙니다!"

"내가 무슨 말을 할 줄 알고?"

들키면 다 죽는 거라고 했던 유미의 말이 떠올랐다. 방금 전 보았던 유미의 무서운 표정까지 떠오르자, 이겸은 흠칫 떨었다.

"말이 헛 나왔어요……. 너무 당황해서."

"그래. 뭐, 어찌 됐건, 하나만 더 물어보마."

"네."

이겸은 찬이 또 뭘 물어보려고 이렇게 무게를 잡나 싶어서 심장이 벌렁거렸다. 전엔 그냥 친한 친구의 아버지였지만, 이젠 여자친구가 된 유미의 아버지라서 더욱 그런 것이리라.

"여태 유미가 그렇게 좋다고 매달려도 싫다고 하던 녀석이, 무슨 바람이 불어서 갑자기 유미와 만나기로 결심하게 된 게야?"

"……네?"

또다시 공황상태에 빠진 이겸은 점점 호흡하기가 곤란해졌다. 뭐라고 답해야 가장 설득력이 있을까. 유미에게도 말하지 못한 비밀을, 과연 찬에게 털어놓을 수 있을까.

"유미가 내 딸이라서가 아니라, 이건 남자 대 남자로 묻는 거다. 이제 와서 이러는 이유가 대체 뭐야?"

그가 마치 '너 지금 내 딸 가지고 놀기라도 하는 거면 이 자리에서 초상 치를 줄 알아!' 하고 겁박하는 것만 같았다.

"그, 그건……."

이겸의 입에서 대답이 나오기만을 기다리는 찬의 눈동자에는 강력한 토네이도가 이는 듯했다. 대답을 망설이는 이겸의 입술에 모든 신경을 집중한 찬은 눈 한 번 깜빡거리지 않았다.

"그래, 그 이유가 뭐냐니까?"

어느새 찬의 목에는 핏대가 바짝 솟아올랐고, 눈에는 핏발이 서렸다. 그 모습을 본 이겸은 진실을 말할 수 없다면, 차라리 매질을 당하는 게 낫다고 여겼다.

"……죽여주세요."

찬은 심장이 철렁 내려앉는 기분이었다.

'갑자기 죽여달라니? 이 자식, 정말로 우리 유미를 가지고 놀기라도 한단 소리로 들리는데?'

제 딸 유미에게 이겸이 얼마나 큰 존재인지, 매일 귀에 딱지가 앉도록 들어서 잘 알고 있었다. 사춘기 시절부터 엄마 없이 홀로 외롭게 자라온 유미의 곁을 늘 지켜준 건, 자신이 아닌 이겸이었으니까. 이겸이 달갑지 않더라도, 평생 유미가 바라봐 온 남자 '신이겸'을 마냥 반대하고 나설 수는 없었다. 그랬다간 상처받은 유미가 엉엉 우는 꼴을 몇 달, 아니 몇 년간 지켜봐야 할지도 모르니까.

"어떻게 죽여줄까?"

묵직한 무게를 지닌 찬의 목소리가 내부의 찬 공기를 가로질러 나왔다. 이겸은 무릎 위에 가지런히 손을 올려놓고 주먹을 쥐었다.

"유미에게 그동안 상처 준 대가는 달게 받겠습니다."

"앞으로는 상처를 줄 생각이 없다는 걸로 받아들여도 되는 건가?"

"걱정하시는 일, 없을 겁니다."

제법 진지한 이겸의 표정과 말투에 찬은 입술을 한일자로 굳게 다물었다.

"그래. 알았다."

찬은 더 묻지 않기로 했다. 사정이야 당사자들이 알아서 잘 풀어나갈 것인데, 괜히 자기까지 나설 필요가 있을까 싶었다. 유미를 위해서도, 이겸을 위해서도 그게 좋을 것 같았다. 남은 커피를 한 번에 입안으로 털어 넣은 찬이 자리에서 몸을 일으켰다.

"벌써 가시게요?"

"가봐야 해."

찬이 뭔가를 더 캐물을 줄 알았는데, 의외로 아무것도 묻지 않고 있는 그대로의 사실 확인만 한 채 자리를 털고 일어서는 것에 이겸은 의아해졌다. 그는 맹세코 유미와 알고 지낸 시간 동안 상처를 입은 적은 있어도, 상처를 줘야겠다고 마음먹은 적은 단 한 번도 없었다.

"방금 내가 커피를 다 안 마셨으면 말이야."

덩달아 자리에서 일어서려던 이겸은 찬의 목소리가 이어지자 주춤거렸다.

"이걸 다 이겸이 네 녀석 얼굴에 뿌렸겠지."

괘씸한 건 괘씸한 거였다. 모자란 것 하나 없이 어여쁘게 키워온 딸 유미를 한두 해 정도 외면했다면 그러려니 했을 테지만 저 좋다고 죽는 시늉까지 하는 유미에게 눈길 한 번 주지 않던 이겸에게 찬의 입에서 좋은 말이 나갈 리 없었다.

"……뿌리셔도 괜찮습니다."

"다 마셨어. 나중에 내 사위가 될지도 모르는 녀석에게 커피 뿌린 장인으로 남고 싶진 않아."

"……그 말씀은?"

쭈뼛거리던 이겸의 몸이 순식간에 풀어졌다.

"어허! 김칫국부터 마시지 마! 누가 인정하겠대? 지켜보겠다고 일단은."

"아…… 네."

이겸은 잔뜩 부풀어 오른 마음을 겨우 가라앉혔다.

"허튼짓 할 생각 말고."

오래간만에 만난 이겸과 처음 대면했을 때 어색해하던 찬의 모습은 온데간데없었다.

"허튼짓이라시면……."

"우리 유미 털끝 하나만 건드려 봐."

이겸은 갑자기 등골이 서늘해졌다.

"……어젯밤에."

"아닙니다!"

이겸은 찬의 입에서 '어젯밤'이란 단어만 나오면 심장이 벌렁거려 견딜 수가 없었다.

"너 이 녀석, 아까부터 뭘 자꾸 아니래? 어젯밤에 신고 간 내 슬리퍼 가져다 놓으라고."

"아…… 스, 슬리퍼요."

그는 신발도 없이 유미의 집에서부터 제집까지 달려갔었던 자신의 모습을 떠올렸다. 슈퍼 앞을 지날 때 만난 아주머니 한 명이 왜 신발도 없이 뛰어가냐고 물어보지만 않았더라도 이토록 부끄럽지 않았을 텐데.

"갖다 놓고. 유미랑 점심 맛있는 거 사 먹어."

찬이 바지 주머니에서 지갑을 꺼내어 5만원권 지폐 한 장을 이겸에게 건넸다.

"저도 돈 있어요! 이런 거 안 주셔도······."

"어른이 주면 받는 거야."

결국 찬은 이겸의 손바닥 안으로 돈을 밀어 넣고 나서야 흡족한 듯 화사한 미소를 지었다.

다시 현장으로 가봐야 한다는 말만 남기고 바쁘게 걸어가는 찬의 뒷모습에 이겸은 너무나도 미안했다.

"겸아! 신이겸!"

바깥에서 쿵쾅거리며 촐싹거리는 발소리가 들렸다.

"하여간 존재감 하난 확실해."

점점 가까워지던 발소리는 방문 앞에서 멈추었다. 그와 동시에 문이 벌컥 열렸다.

"노크 안 하지!"

마치 기다렸다는 듯 흘리는 목소리가 감미롭다. 이겸은 이제 더 이상 차갑게 유미를 대하지 않아도 된단 사실이 새삼 놀랍고 좋았다.

"왜 전화 안 받았어!"

유미는 고개 한 번 돌리지 않고, 너른 등짝만 보이는 이겸을 향해 볼멘소리를 했다.

"씻고 있었어."

이겸은 찬을 만나고 온 걸 들키지 않으려고 태연하게 거짓말을 했다. 혹시라도 그녀가 자신의 표정 변화를 눈치채기라도 할까 싶어서, 등을 돌린 채 책상 위에 발을 올려놓고 발목 위에 파스를 뿌렸다.

"뭐야, 다쳤어? 어디 봐."

유미가 이겸의 어깨 너머로 얼굴을 바짝 들이밀고 그의 다리를 살폈다. 그 바람에 유미의 긴 머리카락이 살랑거리며 이겸의 어깨에 닿아 내렸다. 샤워를 한 건지, 평소보다 짙게 밴 샴푸 향이 이겸의 코끝을 자극했다.

"그냥 좀 삐끗한 거야."

후각이 예민해진 탓일까, 바짝 다가선 유미로 인해 긴장한 탓일까. 가뜩이나 빠르게 두근거리던 심장은 또다시 제 페이스를 잃은 채 널뛰었다.

"부어오른 것 좀 봐."

"별거 아니야. 괜찮아."

이겸은 책상 위에 올려둔 다리를 내리고는 자세를 바로 잡았다.

"근데 겸아."

유미의 눈 모양이 초승달 모양으로 휘었다.

'또 무슨 말을 하려고 저래.'

이겸은 유미가 이상한 표정을 지을 때마다 덜컥 겁이 났다.

"……뭐."

"너 다리에 털 되게 많다."

파스를 뿌리느라 걷어 올렸던 바지 사이로 보이는 털이 풍성했다. 유미는 이겸의 두 다리를 음흉한 표정으로 내려다봤다.

"마, 많은 게 뭐…… 남자니까 털이 있을 수도 있지."

당황한 이겸의 목소리 끝이 갈라졌다.

"대박! 그러고 보니까, 너 반바지 입고 있는 모습을 한 번도 못 봤어! 어떻게 그럴 수가 있지?"

유미는 흥분으로 차오르는 마음을 주체할 길이 없어 보였다.

"……털 많은 남자, 싫어?"

이유 없이 킬킬대는 유미를 본 이겸은 덜컥 겁이 나기 시작했다. 유미가 싫어할까 봐 그토록 숨겨왔던 건데. 이렇게 허무하게 들켜 버렸으니.

'망했다……'

이겸은 짜증스럽게 자신의 입술을 짓씹었다. 그는 2차 성징이 시작되고부터 다리에 무성하게 자라나는 털 때문에 고민이 많았다. 제모를 해보기도 하고, 눈물을 머금고 왁싱을 해보기도 했지만, 털은 더 촘촘하고 굵게 자라났다.

이겸이 긴 바지를 고수하기 시작한 것은 그때부터였다. 남들(정확히는 유미) 눈에 혐오스러워 보이지 않을까 싶은 걱정이 앞섰다. 그래서 무슨 일이 있어도 반바지를 입거나 맨다리를 내놓는 일은 없었다. 완벽하게 숨겨왔던 자신의 비밀을 들키자, 이겸은 걱정이 앞섰다.

"털 많은 남자?"

우려와 걱정으로 가득 찬 이겸과 달리 유미는 오히려 그 반대로 생각하고 있었는데 말이다.

유미의 눈빛이 초롱초롱해졌다.

"……어."

급 소심해진 이겸의 눈꼬리가 잔뜩 아래로 처졌다.

"얼마나 많은데? 얼핏 봐선 잘 모르지. 한번 보여줘."

"그건 안 돼!"

바지 자락을 꽉 움켜쥔 이겸의 손바닥 안으로 몽글몽글 땀이 들어찼다.

"뭐 얼마나 많은데 그래? 한번 걷어봐."

유미는 이겸에게 몸을 바짝 들이댔다. 무릇 사람이란 뭔가를 숨기려 하면 할수록 더 궁금해지기 마련이다.

"안 돼!"

이겸은 필사적으로 몸을 웅크린 채 유미에게서 자신의 몸을 방어했다.

"거참. 어차피 다 볼 사인데 좀 보여주면 덧나나?"

유미가 미간에 잔뜩 주름을 잡고 단호한 어투로 말했다.

"뭐? 뭘 봐? 넌 어떻게 된 애가, 그런 말을 그렇게 아무렇지도 않게 하는데!"

아무리 오래 보아도, 유미의 말도 안 되는 솔직함은 이겸을 매번 당황하게 만들었다.

"그럼? 손만 잡고 살 거야?"

"……그만해라."

유미는 한마디를 지는 법이 없다.

"키스만 해?"

이겸은 잠시 간과하고 있었다. 공유미로 말할 것 같으면, 제 앞에서 부끄러움이란 감정을 버리고 사는 여자인 것을.

"내가 너에게 허락한 선은 딱 거기까지야!"

"아니, 왜?"

유미는 조금도 이해되지 않는다는 표정을 하고 되물었다.

"결혼해도 키스만 할 거야?"

눈을 제법 무섭게 치켜뜨고 물어보는 유미의 모습에도 이겸은 위협감이 들긴커녕, 웃음이 터질 것만 같았다.

"아직 안 했잖아. 그리고 우리 이제 막 사귀기 시작했거든? 아직 결혼을 논할 단계는 아니지."

유미와의 결혼이야 늘 꿈꾸고 바라는 일이긴 하지만, 섣불리 그녀에게 부푼 기대감을 안겨줄 필요는 없었다. 느리게 돌아온 만큼, 이겸은 아주 천천히 조금씩 조심스럽게 다가서고 싶었다.

"하긴 할 거야?"

"너…… 결혼이 하고 싶은 거야, 아니면…… 그게 하고 싶은 거야?"

이겸은 자신이 그 말을 내뱉고도 민망했는지, 입술이 바짝 말랐다.

"어머머, 얘 좀 봐. 부끄럽게 그런 걸 물어."

유미는 한쪽 손으로 붉게 달아오른 볼을 감싸 쥐고 나머지 한쪽 손으론 이겸의 팔뚝을 내려쳤다.

"그게 부끄러운 말인 줄 알고 있으면서, 그렇게 말을 하냐."

참 못 말리는 여자다.

"알았어. 안 봐. 안 볼게."

유미는 또다시 음흉한 미소를 지으며, 아쉬운 척을 했다.

"포기해 주는 조건으로, 볼에 뽀뽀 한 번 해주면 참 좋겠네."

"너 무슨, 뽀뽀 못 해서 환장한 귀신이 붙었어? 왜 이렇게……."

"그러는 너야말로 어제 막, 응? 골목길에서 눈물까지 흘리면서 나한테 키스해도 되냐고 매달릴……."

역시 공유미의 나불대는 입을 막을 방법은 이것 하나다. 이겸은 입술로 입술을 막는 것밖엔 적당한 방법이 떠오르지 않았다. 게다가 이곳은 자신의 집이다. 주말이라 아버지까지 계신데 방문 밖으로 소리가 새어 나가면 어머니는 물론이고, 이영까지 나서서 성대하게 파티를 열기라도 할 것만 같았다.

'아직은 안 돼.'

이겸은 공유미라면, 만나는 사람마다 인사처럼 '나 이겸이랑 사귀어요' 하고 말할 여자라는 걸 알고 있다. 저 또한 마찬가지였다. 사람들에게 '드디어 유미와 사귀기 시작했어요, 축하해 주세요'라는 말을 하고 싶을 정도로 좋았다. 하지만, 유미에게로 다가서는 걸음이 빠르지 않은 이유는 어쩌면 자신이 아직도 그날의 충격에서 자유롭지 못한 까닭일 것이다.

"오빠! 내가 양말 거꾸로 벗어놓지 말라고 했잖…… 으악!"

아무 생각 없이 이겸의 방문을 벌컥 열어젖힌 이영은 침대에 대자로 뻗어 있는 유미를 보고선 놀라 소리쳤다.

"노크 좀 해. 나는 프라이버시도 없는 사람이야?"

실상 이영보다 더 놀란 이겸은 괜히 더 목소리를 높여 버럭 소리쳤다.

"유미 언니. 왜 그러고 있어?"

초점 없는 눈동자로 멍하게 천장을 바라보고 있는 유미를 향해 이영이 물었다.

"피곤하대."

이겸이 대뜸 유미 대신 대답을 하고 나섰다.

"피곤하면 집에 가서……."

"용건이나 말하고 나가지?"

이겸은 귀찮은 듯 비스듬하게 몸을 기울여 이영을 노려봤다.

"아! 오빠! 양말 제대로 좀 벗어놔. 엄마는 빨래할 때 그대로 넣어 빨고, 개는 건 내가 하는데 오빠 양말 뒤집는 거 너무 짜증난다고!"

"……알았으니까 나가."

"뭐? 알았다고? 어쩐 일로 순순히 알았대? 내가 그렇게 뭐라고 해도 대답 한 번 안 해주더니!"

이영이 의아한 표정을 하고 물었다.

"그렇게 할 테니까, 귀찮게 하지 말고 나가라고!"

이겸은 그대로 이영의 몸을 돌려 방문 밖으로 밀어내고 침대로 시선을 돌렸다.

"유미야…… 그게 말이야."

방금 전 이겸은 이영의 발소리를 비롯한 인기척을 느끼자마자, 유미를 그대로 침대에 내리꽂았다. 신이영이 알면, 가족들이 아는 것도 시간문제일 테고, 어머니가 알면 동네방네 소문나는 건 순식간이었다.

　소문을 원치 않는 건 아니지만, 혹시라도 저와 유미의 과거를 알고 있는 사람이 있을까 싶은 괜한 걱정 때문에 불필요한 일은 최대한 피해가자는 생각이 먼저 들었다. 정말 다른 이유는 없었다. 이겸은 유미를 그렇게까지 패대기칠 생각은 없었다. 그렇게 침대에 내동댕이쳐진 유미는 여전히 눈만 깜빡일 뿐 미동도 없었다.

　"괘, 괜찮아?"

　"내가 부끄러워?"

　"……아, 아니야. 그런 거."

　이겸은 이러지도 저러지도 못하고 손가락을 꼼지락거렸다.

　"날 던져 버리다니."

　유미의 눈꺼풀이 파르르 떨렸다.

　"……신이영이 우리 둘이 그러고 있었던 걸 본 것보단 낫잖아."

　"다르게 대처할 수도 있었을 텐데?"

　"미안해. 입이 열 개라도 할 말 없어."

　사과는 빠르게, 용서는 천천히.

　"하아…… 신이겸, 우리 토요일마다 운동하는 거 그만하자."

　기회를 엿보고 있었는데, 딱 적절한 타이밍에 좋은 건수를 잡은 유미가 건조한 목소리를 냈다. 마침 토요일이라서 이겸이 운동을 나가자고 하면 어쩌나 마음 졸이던 참이었다. 방금 전 당한 자신의 굴욕은 미래의 안락한 생활로 대체 가능하다. 이제 더 이상 그 귀찮은 운동을 나가고 싶지 않았다. 이겸이 자신의 남자가 아니었을 때야 다른 여자와 약속이라도 잡을까 싶어서 그의 토요일을 붙잡아두고자 만든 명분이지만, 이젠 그럴 필요가 없어졌으니까.

"왜?"

"운동은 숨 쉬는 걸로도 충분해."

반면, 이겸은 유미가 방금 전 일로 화가 나서 주중 행사와도 같은 '운동'을 그만하자고 선언하는 거라 여겼다. 사람이 이토록 쉽게 변할 수 있다니. 이겸은 제발 같이 운동 좀 해달라고 몇 날 며칠을 귀찮게 하던 유미를 떠올렸다.

"사람이 운동을 해야……."

단호한 유미의 태도에 이겸은 그녀를 회유해 보기 위해 입술을 뗐다.

"겸아. 우리 사귀고 첫 주말이잖아. 응?"

말 돌리는 데는 도가 튼 여자가 바로 공유미였다. 자기가 듣고 싶은 것만 듣는 대단한 능력을 지닌 여자이기도 했다.

"그게 뭐."

"데이트하러 나가야지."

너무나도 자연스럽게 유미의 입에서 흘러나오는 '데이트'란 단어에 순간 이겸은 아무런 말도 잇지 못했다.

'데이트라니……'

절대 유미와 연인이 되어 데이트를 할 일은 다시는 제 인생에 없을 거라고 확신했었다. 마음을 숨기고 산 세월이 무색할 만큼 마음이 들뜨기 시작했다.

"하고 싶은 거…… 있어?"

마음이 들뜨자, 목소리도 한 톤 높아진 모양이었다.

"하고 싶은 거? 다 말해도 돼?"

"물론."

이겸이 얕게 고개를 끄덕였다.

"되게 많은데? 손잡고 영화 보기, 한강 공원에서 커플 자전거 타기, 남산 공원에 우리 이름 새긴 자물쇠 달기, 또 뭐 있더라? 아! 같이 여행 가기도 있고…… 집 앞에서 헤어지기 싫어서 서로 집 왔다 갔다 하기. 또……."

단단히 벼른 듯, 연인이 되면 하고 싶었던 것들을 줄줄 읊는 유미의 모습에 이겸은 마음이 녹아내렸다.

"뭐가 그렇게 많아? 또 있어?"

"아직 반도 이야기 못 했는데? 또, 커플링 하기?"

줄곧 흐뭇한 표정을 짓고 있던 이겸의 얼굴이 잠시 어두워졌다 풀렸다.

"뭐부터 할까? 응?"

신이 난 유미가 침대에서 벌떡 몸을 일으켜 이겸에게 팔짱을 꼈다.

"제일 하고 싶은 게 뭔데? 네가 제일 하고 싶었던 것."

"그거야 당연히."

유미는 스르르 팔을 풀어 이겸의 허리를 껴안고 그를 올려다보았다.

"당연히, 스킨십이지?"

이겸이 검지를 세워 유미의 이마를 쭉 밀었다.

"부끄러운 줄도 몰라."

"뭐 어때. 어차피 할 건데. 빨리 하나, 늦게 하나 그게 그거지."

"하여간…… 못 말려."

이겸은 한쪽 입꼬리를 밀어 올려 피식 웃고 말았다.

"밤낚시 갈까? 아빠 따라 종종 가던 데 있는데, 거기 경치가 그렇게 끝내주거든."

"낚시?"

"고기도 잘 잡혀서, 잡은 고기 불에 구워 먹으면 그 맛도 기가 막히지."

이겸은 밤에 공유미랑 있는 건 위험한 일이라 단정 지었다.

"꼭 밤에 가야 해?"

"얘가 뭘 모르네. 낚시는 말이지! 밤에 하는 거야. 조용하고 어두울 때."

"……조용하고 어두운 데 가서 나한테 무슨 짓을 하려고?"

이겸이 의심 가득한 눈초리를 보내오자, 유미는 뜨끔한 듯 윗입술을 안으로 완전히 말아 넣었다.

"누가 보면 내가 맨날 너 어떻게 하려는 사람인 줄 알겠다! 흐응."

"아닌 것처럼 말하지 마."

유미는 억울하다며 코 먹은 소리를 냈다. 그 모습을 본 이겸의 입가엔 절로 미소가 돌아났다.

"그래서 갈 거야, 말 거야?"

"집에 가서 대충 챙기고 있어. 준비되면 전화할게."

유미는 마치 기다렸다는 듯 우렁차게 알겠다는 말만 남기고 쏜살같이 이겸의 방을 빠져나갔다.

낚시 장비는 유미가 챙겼고, 야영에 필요한 캠핑 용품은 이겸이 챙겼다. 차에 오른 유미는 마치 소풍 가는 유치원생같이 흥이 났다.

"그렇게 좋아?"

"응!"

이겸은 유미가 이렇게 좋아하는데. 진작 여기저기 좀 데리고 다닐 걸 그랬나 싶어 불쑥 미안한 감정이 솟구쳐 올랐다. 이제껏 주말마다 운동만 했지, 같이 어딘가를 가야겠다는 생각은 단 한 번도 해본 적이 없었다.

이겸이 출발하기 전, 내비게이션에 도착지를 입력했다.

"생각보다 가깝네."

위치는 경기도 가평 북한강 언저리였다. 찬의 말을 빌리자면 이곳은 프로들도 잘 모르는 낚시 명당 중에 명당이라고 했다.

"그럼 이겸아, 우리 가서 자고 와?"

유미가 아무 의미 없이 건넨 질문에 이겸은 갑자기 심장이 빠르게 뛰기 시작했다. 한 번도 유미와 단둘이 어딘가로 떠나본 적이 없었던 까닭이기도 했지만, 함께 밤을 보낸다는 생각에 가슴이 벅차올랐다.

"새벽에 와야지."

"완전 신나!"

흥분한 유미 때문인지, 이겸도 덩달아 가슴이 두근거리고 흥분감에 젖어들었다. 도착지까지 가는 내내 유미는 종알종알 무슨 할 이야기가 그렇게 많은지 한시도 입을 쉬지 않았다. 이겸은 한참 고민하다가, 핸들을 잡고 있지 않은 손으로 허공에서 배회하는 유미의 손을 마주 잡았다.

"기쁜 건 알겠는데 좀 자둬. 밤에 낚시할 때 피곤하면 안 되잖아."

자신을 걱정해 주는 이겸의 모습에 유미는 가슴 가득 감동의 해일이 밀려들었다.

"나보다 네가 더 피곤하지!"

일 년에 한 번 느껴야 많이 느낄, 서로가 서로를 위하는 아주 수줍고도 낯선 상황이었다.

"괜찮아. 난 밤에 잘 거니까."

이겸의 입에서 흘러나온 뜻밖의 말에 유미가 빠르게 눈동자를 굴렸다.

"자? 그럼 난?"

"넌 낚시해서 잡은 물고기, 모닥불에 노릇노릇 구워줘야지."

"나더러 그걸 혼자 다 하라고?"

혼자 하지 못할 이유는 없었다. 그래도 명색이 함께하는 첫 여행이었다.

"농담이야, 농담. 열 내지 말고, 조금이라도 눈 붙여."

이겸은 유미를 놀리느라 웃음을 참아서인지, 얼굴 근육이 당겨왔다.

"농담 아닌 것 같은데!"

"자랄 땐 좀 자."

이겸이 팔을 뻗어 유미의 눈을 손바닥으로 가렸다.

"도착하면 깨워줘."

도착해서 깨워도 안 일어날 거면서 말은 잘하는 유미를 흘긋거리며 이겸은 살며시 미소 지었다.

도착한 지 한참이 지났지만, 이겸은 유미를 깨울 생각을 하지 않았다. 시동을 끄고 운전석 시트에 몸을 기대어 저물어가는 석양을 바라보는 것이 그리 나쁘지만은 않은 이유였다. 불편한 형태로 삐딱하게 자리 잡은 유미의 고개를 바로 해주고 난 뒤, 이겸은 문을 열고 밖으로 나왔다. 상쾌한 공기를 폐 깊숙한 곳까지 담고 나니 마음까지 깨끗하게 정화되는 기분이었다.

트렁크에서 준비해 온 캠핑 용품을 꺼내어 적당한 곳에 텐트를 치고 난 다음, 다시 차로 돌아오니 유미가 차에서 나와 두리번거리고 있었다. 이겸은 반대쪽으로 걸어가는 유미의 뒤를 조용히 따라 걸어 그녀를 꽉 끌어안았다.

"헉!"

유미는 너무 놀라 숨을 들이마셨다.

"위험하게 뭐 하러 나와서 돌아다녀. 차 안에서 기다리지."

"도착했는데 왜 안 깨웠어?"

"너무 곤히 자기에 그냥 둔 거야."

나긋나긋한 이겸의 목소리에 유미는 빙긋 미소 지었다.

"어디 갔다 왔어?"

"아래에 텐트 쳐 두고 왔어."

"오, 남잔데?"

"이런 것도 못할까 봐?"

이겸이 난데없이 어깨를 으쓱해 보였다.

"내가 더 잘하나 했지. 난 아빠 따라 낚시하러 자주 다녀서 텐트 하난 끝내주게 잘 치거든!"

"군대 가면 텐트가 웬 말이야. 땅굴 파서 자고 그래."

"으잉? 정말?"

유미는 눈을 동그랗게 뜨고 놀란 표정을 지었다.

"방금 친 텐트 정도라면, 군대에선 럭셔리한 호텔급이지."

"······고생 많이 했구나, 우리 겸이. 얼른 호텔로 들어가자."

유미가 이겸의 엉덩이를 톡톡 두드리며, 그의 팔을 이끌었다.

"야! 어딜 만져!"

질색하며 진저리 치는 이겸을 보며 유미가 씨익 웃었다.

"뭐 어때. 우리 사이에."

연인이 되면 할 수 있는 게 참 많아졌단 사실에 유미는 다시금 기쁨이 차올랐다.

"하여간…… 너 진짜 굉장하다."

말은 그렇게 하면서도, 얼굴을 붉히며 유미의 뒤를 졸졸 따르는 이겸은 꼬리를 살랑살랑 흔들며 주인의 뒤를 따라가는 강아지 같은 모습이었다.

유미가 주섬주섬 가방에서 컵라면 두 개를 꺼냈다. 캠핑 의자에 앉아 있던 이겸은 부스럭거리는 소리에 텐트 쪽으로 고개를 돌려 보았다.

"먹는 건 잘 챙기지. 낚싯대 챙겨 나온 게 용하다. 어디 가서 굶진 않겠어."

"모르는 소리! 캠핑의 묘미는 바로 라면이지!"

유미가 보온병 가득 담아온 뜨거운 물을 컵라면 용기에 졸졸 따랐다.

이겸은 유미가 뜨거운 물에 데기라도 할세라, 황급히 자리에서 일어나 텐트 안으로 몸을 옮겼다.

"내가 할게."

이겸은 결국 불안함을 이기지 못하고 유미의 손에 든 보온병을 빼앗고 말았다.

"츤데레야, 츤데레."

유미가 기분 좋은 미소를 지었다.

"그 이상한 거랑 나랑 엮지 좀 마. 기분 나빠."

이겸이 입술을 내밀고 툴툴댔다.

"딱 맞는데 뭘. 내가 덤벙거려서 걱정된다고 말하면 될걸. '이리 내!', '내가 할게!' 이런 말이나 하지. 그걸 두고 츤데레라고 하거든."

"걱정돼서 그런 거 아니거든? 난 여기 표시된 선보다 물을 덜 부어서 먹는다고."

"……그런 거였어? 그런 거였으면 미리 말을 하지 그랬어."

유미는 머쓱했는지 검지로 코를 쓱 비볐다.

땅거미가 지고, 어느새 어둑어둑한 어둠이 주위를 가득 메웠다. 낚싯대는 몇 시간째 미동도 없었다. 이겸은 깍지를 껴 양손을 베고 다리를 꼰 채 누웠고, 유미는 엎드린 상태로 턱을 괴고 밤하늘을 바라보았다. 밤이 깊어질수록 공기가 차게 식어갔다.

"두꺼운 옷을 가지고 올 걸 그랬나."

초승달 사이로 구름이 지나가는 모습을 보며 유미가 혼잣말을 하듯 중얼거렸다.

"차에 담요 있는데 가지고 올까?"

감겨 있던 이겸의 눈꺼풀이 밀려 올라갔다.

"아니. 혼자 있기 무서워. 그냥 있을래."

"근데 여기, 정말 밤낚시 명당이 맞긴 한 거야?"

"……그러게. 몇 시간짼데 입질도 안 오네."

이겸은 하늘을 향해 있던 몸을 돌려, 유미와 같은 자세로 엎드렸다.

"추우면 모닥불이라도 피워볼까?"

"불나면 어떻게 해?"

"그럼 안아줘?"

바짝 얼굴을 가까이 들이미는 이겸에게 놀란 유미가 살짝 고개를 뒤로 젖혔다.

"놀라긴. 네가 맨날 하는 거잖아. 이제 내 기분 좀 알겠어?"

"내가 그랬단 말이야?"

츤데레의 정석

"아닌 것 같아?"

유미가 커다래진 눈을 하고 이겸을 바라보며, 마른침을 꿀꺽 삼켰다.

"……이렇게 들이대는 건, 내가 해야 바른 행동이야. 네가 해선 안 되는 것이기도 하고."

유미는 다가선 이겸의 쇄골을 검지로 눌러 쭉 밀어냈다. 약한 힘에도 쉽게 물러난 이겸이 허탈한 표정을 지었다.

"왜 넌 되고 난 안 된대?"

"둘 중에 한 명은 절제해야지. 둘 다 덤비면 큰일 나지."

유미의 독특한 발상에 이겸은 결국 웃음이 터져 버렸다.

"둘 다 덤비면 어떻게 되는데?"

그저 유치하고 일상적인 대화에 불과한데, 이겸과 유미는 이 시간에, 이 공간에, 이 사랑에 녹아 있었다.

"궁금하면 한번 덤벼볼 테야?"

유미가 턱을 추켜들고 눈을 잔뜩 내리깐 채 거만한 표정을 지었다.

"끝을 보자고?"

은근히 자존심을 건드리는 유미의 공격에 이겸의 심장이 순식간에 뜨겁게 달아오르고 말았다.

"어디 한번 덤벼보시지?"

"해보자 이거야?"

이겸도 그에 질세라, 유미와 똑같이 턱을 추켜들고 유미에게 얼굴을 바짝 들이밀었다.

"그러다 아주 큰일 나?"

유미가 미간에 잔뜩 주름을 잡고 무서운 표정을 지으며 그르렁댔다. 발톱 세운 고양이처럼 구는 유미에게 이겸이 질 리가 없었다. 물러설 마음이 없어 보이는 두 사람의 입술이 당장에라도 맞닿을 듯 가까워졌다.

'날 우습게보지 못하게 만들겠어!'

유미가 두 눈을 질끈 감고 이마로 이겸의 코를 '콩' 하고 박았다. 버럭 화를 낼 줄 알았던 이겸에게서 아무런 반응이 없자, 유미는 가늘게 실눈을 떴다.

"이게 큰일이야?"

"……응?"

"이 정돈 되어야 큰일 아닌가?"

이겸이 엎드린 유미의 어깨를 가볍게 안아 눕히고 난 다음, 그 옆에 한쪽 손으로 턱을 괴고 그녀를 내려다보았다.

"내가 저번에도 말하지 않았나? 남잔 다 늑대야."

유미는 입술을 크게 벌리고 자신을 내려다보는 이겸을 올려다보며 느리게 눈을 깜빡였다.

"남자의 자존심은 건드리지 말았어야지. 내가 하라고 하면 못 할 줄 알았어?"

원하던 바가 이건데, 참고 있는 것도 모르고 남자 자존심을 유미가 박박 긁어댔으니, 그 속이 오죽하랴. 꿀 먹은 벙어리처럼 이렇다 할 대답도 못 하고 여전히 입을 벌린 제 유미의 입술 위로 이겸의 입술이 내려앉았다. 유미는 온몸을 간질이는 이상한 기분을 느꼈다. 분명 주위를 아우르는 공기는 몹시 차가웠다. 그러나 이겸과 자신을 둘러싼 공기는 달아오르는 열기로 인해 당장에라도 폭발할 것만 같았다.

농염하게 무르익은 입술을 타고 흐르는 뜨거움에 입안의 감각이 모두 마비될 지경이었다. 바닥을 짚고 유미에게 힘을 가하지 않으려 버티는 이겸의 팔목에 핏줄이 점점 부풀어 올랐다. 그런 그의 노력을

츤데레의 정석

아는지, 모르는지 유미는 이겸의 목을 둘러 안았다. 결국 팔에 힘이 풀린 이겸의 몸이 유미의 위로 겹쳐졌다. 불편하게 달달 떨리던 이겸의 손이 갈 곳을 잃고 말았다. 이겸은 바닥에 흩뿌려진 유미의 뒤엉킨 머리카락을 가볍게 움켜쥐었다. 깊이가 더해진 입맞춤에 숨이 가빠올 정도였다.

유미의 목덜미를 훑고 내려간 이겸의 손이 유미의 얇은 티셔츠 위로 닿았다. 유미의 허리를 매만지는 이겸의 손길이 떨렸다. 더 무언가 위험한 일이 일어날 것 같던 순간, 공기에 맞닿아 차가워진 이겸의 손이 유미의 달아오른 볼에 맞닿았다. 유미의 아랫입술을 약한 힘으로 빨아 당기고선 이겸이 그윽한 시선으로 내려다보았다.

"위험하다고. 둘 다 덤비면. 알았지, 공유미."

낮은 목소리로 속삭이는 이겸의 음성에 유미의 콧잔등에 살짝 주름이 잡혔다.

"……내가 너한테 이 말 한 적, 있던가?"

아쉬움을 느끼기라도 한 사람처럼 유미는 느른하게 눈매를 늘어뜨리고, 난데없는 질문을 던졌다.

"어떤?"

"너 되게 많이 사랑해."

한 적 있었다. 또한, 그때도 지금처럼 이렇게 가슴 떨리고 좋았다. 이겸은 하고 싶은 말을 삼킨 채, 가늘고 긴 손가락으로 유미의 볼을 쓸었다.

"네가 너무 좋아."

"나도. 나도 네가 너무 좋아."

유미가 손등으로 번들거리는 제 입술을 훔쳤다.

"아직도 믿기지 않아. 이렇게 우리가 사랑하고 있는 모습이."

"나도 그래."

유미가 이겸의 목에 감긴 손을 풀어, 자신의 손바닥을 이겸의 볼에 올려놓았다.

"이 모습은 처음 봐. 널 올려다보는 기분은, 이렇구나. 넌 이렇게 밑에서 봐도 잘생겼다. 콧구멍도 잘생겼어."

"……너도 예뻐. 이렇게 위에서 내려다봐도 예뻐."

"푸흡."

"왜 웃어?"

"앞으로도 계속 이런 모습에 두근거릴 생각하니까 좋아서."

"공유미."

이겸의 낮은 음성이 기분 좋게 울려 퍼졌다.

"나랑 결혼할래?"

"……응? 뭐?"

유미는 잘못 듣기라도 한 사람처럼 굴었다.

"결혼하고 싶다며. 나랑 할래?"

유미는 모든 사고 회로가 멈춘 듯 멍했다.

"결혼? 지금 나한테 결혼하자고 한 거야?"

"그래."

"나야 당연히……."

좋지, 라고 할 뻔했다. 이런 중대한 결정일수록 너무 쉽게 보이면 안 되는 건데. 아주 잠깐이어도 좋으니 고민하는 모습을 보여야 했다. 유미는 당장 이겸을 와락 껴안고 얼굴 여기저기에 뽀뽀 세례를 퍼붓고 싶은 마음을 참기로 했다.

"당연히?"

이겸의 표정은 긴장으로 가득해 보였다.

"생각해 봐야지."

유미는 순식간에 바짝 마른 입술을 축였다.

"아…… 생각."

의도와는 다르게 충동적으로 한 말이기는 했지만, 유미에게서 생각해 본다는 대답이 나오자 이겸은 온몸의 근육이 뻣뻣하게 굳는 것 같았다.

"인생에서 가장 중요한 결정이니까?"

갑작스레 굳어가는 이겸의 반응을 확인한 유미는 괜한 소리를 했나 싶어서, 뒷말을 덧붙였다.

"해야지…… 생각."

"깊이 생각해 보고, 알려줄게요."

유미가 입술을 달싹이며 이겸의 양쪽 볼을 잡아 쭉 늘였다.

"뭐야. 하지 마."

이겸이 제 볼을 꼬집는 유미의 손을 제지하려 손을 허우적댔다.

"예뻐서 그래. 예뻐 죽겠네. 우리 겸둥이."

"……하지 마라."

그때, 고정해 둔 낚싯대가 바스락대며 움직이는 소리가 들려왔다.

"어!"

유미가 고개를 한껏 뒤로 젖혀 텐트 바로 앞에 놓인 낚싯대를 바라보았다.

"입질 왔나 봐."

이겸이 다급하게 몸을 일으켰다. 예민한 물고기들은 물 밖에서 나는 조그만 소리에도 도망칠 가능성이 있으니. 살며시 걸어가 낚싯대가 조금 더 격한 반응을 보이길 기다렸다. 이윽고 활자 모양으로 낚싯대가 휘기 시작하자, 이겸이 잔뜩 부푼 기대감을 안고 낚싯대를 위로 바짝 당겨 휠을 빠르게 감았다.

"……피라미네."

어종을 알 수 없는 새끼 물고기 한 마리가 파닥였다.

"놓아줘야겠다. 완전 조그만 물고기네."

유미가 텐트 안에 엎드린 채로 지시했다.

"오늘 야식으로 생선구이 먹긴 글렀네."

이겸은 손바닥 크기도 안 되는 물고기를 다시 물속으로 던져 주며 푸념했다.

"과자 먹을래? 혹시 몰라서 과자 하나 챙겨왔는데."

"됐어. 너나 먹어."

바늘에 다시 실지렁이를 끼우며 이겸은 한숨을 푹 내쉬었다.

"안 잡히니까 속상하다. 아빠가 명당 중에 명당이라고 했는데."

"물고기도 사람 보고 잡히나 보지? 나 같은 고구마 천 개 먹은 인간이랑은 상종도 하기 싫은가 봐."

물고기를 낚지 못하는 게 제 탓도 아닌데, 이겸이 자기 자신을 비난하고 나섰다.

"갑자기 왜 그래……."

"나란 인간, 쓸모없는 인간이었어."

"왜 쓸모가 없어……."

"여자친구한테 결혼하자고 했는데 대답도 못 들었지, 물고기는 나만 피해 가지. 쓸모라고는 1도 없는 인간이 나야."

주위가 어두워서인지 바늘에 지렁이가 제대로 끼워지지 않자, 이겸은 투덜거리며 푸념을 이어갔다.

'귀여워.'

유미는 소리가 새어 나갈까 싶어 입을 막고 작게 웃었다.

"하다 하다, 이제 떡밥 끼우는 것도 내 맘대로 안 돼. 에잇!"

"내가 해줄까?"

"이거 봐. 이제는 여자친구가 자기 남잘 못 믿어서 떡밥도 대신 껴 준다네. 남자로서 수치스러울 지경이야."

"우리 이겸이, 내가 생각해 본다고 해서 많이 서운했구나?"

유미는 결국 킬킬거리며 웃기 시작했다.

"내가? 서운해? 아닌데?"

이겸은 별소릴 다 듣겠다는 듯 고개를 절레절레 저었다. 그리곤 짜 증스럽게 아래에 내려뒀던 낚싯대를 또 주워들고는 실지렁이 끼우는 것에 다시금 열중하기 시작했다.

"잔뜩 서운해하는 눈친데 그래? 응?"

"그런 적 없거든……."

바늘에 신경을 집중한 탓인지, 이겸의 목소리가 기어들어 갔다.

"어떻게, 우리 이겸이 내가 결혼 좀 해줄까?"

선심 쓰는 듯한 유미의 말투에도 아랑곳하지 않고 이겸은 미끼를 끼우는 데 열중했다.

"헛소리 좀 그만하고, 휴대폰 라이트 켜서 여기 좀 비춰주라. 잘 안 보여서 그런가, 왜 이렇게 안 들어가……."

인기척에 고개를 든 이겸은, 방금 전까지 텐트 안에서 뒹굴뒹굴하 던 유미가 제 앞에 와 있단 사실에 화들짝 놀라고 말았다.

"뭐야, 갑자기. 놀랐잖아."

"이까짓 실지렁이가 뭐라고!"

유미는 이겸의 손에 들려 있던 걸 죄다 빼앗아 버렸다.

"뭐야."

살벌한 기운을 뿜어대며 자신을 내려다보는 유미의 모습에 이겸은 공포를 느끼고 말았다. 이겸은 벌렁거리는 심장을 추스르지 못한 채 착한 눈망울로 유미를 올려다보았다.

"너 전혀 쓸모없지 않아."

유미는 이겸의 옆에 쭈그리고 앉아 약한 랜턴 불에 의지해서 바늘에 실지렁이를 끼우는 데 성공했다.

이겸은 자신이 한참을 씨름해도 되지 않던 게 유미의 손에 가자 거짓말처럼 가능해진 것이 신기했다.

"자."

유미가 이겸에게 낚싯줄 부분을 잡아 건넸다.

"이런 것도…… 할 줄 알아?"

이겸은 미끼를 끼운 낚싯대를 물가로 던지며 물었다.

"서당 개 삼 년이면 풍월을 읊지. 아빠 따라 낚시 다닌 세월이 몇 년인데."

유미가 손을 탈탈 털며 자리에서 일어섰다.

"하긴. 찬 아저씨가 낚시를 좋아하긴 하시지."

"머리가 비워진대. 낚시를 하면."

유미가 이겸의 옆에 자리를 잡고 앉았다.

"난 스트레스만 쌓이는 것 같은데."

이겸은 심드렁한 어투로 말했다. 여태껏 한 마리도 잡지 못한 게 내심 속이 상하기도 했고, 자존심이 상하기도 했다. 괜스레 바닥에 고정시켜 놓은 낚싯대만 만지작거렸다.

"언제 어떻게 물고기가 잡힐지 모르니까 계속 긴장해서 예의 주시해야 하잖아."

"그거야 그렇지."

"아까처럼 새끼가 잡힐 수도 있지만, 또 예상치 못한 대어를 낚을

츤데레와 정석

수도 있고."

"응."

"도박 같은 거지. 내가 이 미끼를 던지면 대어가 낚여올 거라는 기대감이 생기거든."

유미의 말에는 일리가 있었다. 예상하지 못하는 미래를 기다리는 막연한 기대감. 이겸은 문득 유미와 보냈던 지난 시간이 파노라마처럼 스쳐 지나갔다. 어쩌면, 저 또한 막연히 유미와의 미래에 대한 기대감에 부풀었는지도 모르겠다.

겉으로는 사랑하지 않는다, 싫다고 하면서, 마음속으로는 줄곧 유미에 대한 사랑의 크기를 더 키워왔었는지도 모른다. 그래서 지금 이렇게 함께 있는 거겠지만.

유미는 의자를 끌어당겨 이겸의 옆에 바짝 붙어 앉았다. 그리고 그의 어깨에 머리를 기대었다. 초승달이 수면 위에 반사되어 비쳤다. 잔잔하게 물결이 요동치면 그 달빛도 함께 춤을 추듯 너울거렸다.

"아주 오래전에 우리 엄마가 해준 이야기가 있는데."

사고 후 단 한 번도 꺼낸 적 없던 엄마 이야기를 꺼내는 유미의 눈가가 순식간에 붉은 기를 머금었다.

"응."

이겸은 강 건너 어딘가로 시선을 던진 채 대답했다.

"사랑할수록 더 많이 표현하고, 더 아껴줘야 한다고 하셨거든. 그래서 엄마는 나한테 사랑한다는 말도 아끼지 않고 많이 해주셨고, 누구보다 날 많이 아껴주셨어."

점점 작아지는 유미의 목소리에 이겸은 마음 한구석이 시큰거렸다. 유미에게 뭐라 위로의 말을 해줘야 가장 위안이 될지 몰랐다. 입술 정 가운데를 지그시 깨물고, 유미의 어깨를 끌어안아 주는 것 외에 자신이 할 수 있는 게 없었다.

"사랑을 받아본 사람이 주는 것도 잘할 수 있는 거라고 말이야."

이제야 이겸은 이해가 되었다. 사랑을 차고 넘치게 많이 받은 공유미가 사랑을 주는 게 쉬웠던 이유가 그거였구나. 그는 새삼 유미의 어머니께 고마운 마음이 들었다. 유미가 이제야 사랑받게 된 걸 알면, 많이 속상해하시겠지만.

"시간이 지나면 괜찮아질 줄 알았는데, 이상하게 시간이 지나도 기억이 더 선명해져."

유미는 억지로 슬픔을 삼켜내듯 억눌린 목소리를 내었다.

"쉽게 잊힐 기억은 아니니까, 애써 지우려고 하지 마."

"시간이 해결해 준다는 말, 나는 안 믿어. 시간이 아무리 흘러도 아픈 마음은 변함없거든."

희미하게 미소 지으며 말을 이어 나가는데, 그간의 유미가 겪었던 아픔의 무게가 이겸에게도 고스란히 전해지는 느낌이었다.

"내가 행복해지면 행복해질수록, 엄마한테 미안한 마음이 들어."

"네가 행복하면 오히려 기뻐하실걸. 널 얼마나 사랑하셨는데……."

"아직도 완전히 기억나지 않는 그날이, 나는 정말이지 너무 미안해. 어떻게…… 나와 함께 사고 나서 돌아가신…… 엄마를, 잊은 걸까?"

모두에게 아픈 기억이었다. 또 모두에게 슬픈 기억이었고, 잊고 싶은 기억이었다.

✲✲

사고 후 육 개월쯤 지난 어느 날 밤이었다. 그날도 억수같이 비가 내렸다. 밤 12시가 넘은 늦은 시각이었는데, 유미는 몹시 다급하게 이겸의 집 대문을 두드리며 미진을 찾았다.

"저 유미예요! 문 좀 열어주세요!"

빗소리에 삼켜진 유미의 목소리가 희미했다. 하지만 분명 그 소리는 절규에 가까운 울부짖음이었다. 막 잠에서 깬 미진이 카디건 하나만 걸치고 나와 현관문을 열었다. 비에 젖은 유미를 보고 놀란 미진이 황급히 그녀를 집 안으로 들였다.

"대체 무슨 일이야, 유미야!"

재빨리 수건을 꺼내와 젖은 유미의 몸을 닦아주며 미진이 걱정스러운 소리를 냈다.

"우리 엄마…… 우리 엄마 어디 있어요?"

"……응?"

빗물인지, 눈물인지 모를 물방울들이 유미의 볼을 타고 흘러내렸다. 유미의 턱 끝에 맺혀 있는 물방울이 무게를 견디지 못하고 떨어지길 반복했다.

"아빠가 분명히 엄마 곧 돌아오신다고 하셨거든요."

"……캐나다 할머니 댁에 있지."

미진의 목소리가 쉴 새 없이 떨렸다.

"근데 왜 할머니도, 엄마도 연락이 안 돼요?"

"그, 그건 말이야. 유미야……."

미진은 도저히 말을 잇지 못한 채 제 입술만 짓씹었다.

"……안 와요?"

"……"

"이제 못 봐요?"

"그게……."

사고 당시의 충격으로 유미는 엄마와 함께 차를 타고 가던 것도 잊었고, 그 사고로 엄마가 돌아가신 것도 기억해 내지 못했다. 사고 후, 눈을 뜨자마자 '엄마는 어디 있어요?' 하고 묻는데, 아무도 그 질문에 대답하지 못했다. 결국 유미의 몸이 회복될 때까지 숨기자고 한 것이 육 개월이나 흘러 버린 것이었다. 언제까지고 숨길 수 있을 거라고는 생각지 않았다. 하지만 숨길 수 있다면 언제까지고 숨기고 싶은 마음이었다.

미진이 유미를 와락 끌어안았다. 제 배 아파 낳은 자식은 아니었지만, 자식만큼 아끼는 유미라서. 그래서 쉽사리 입이 떨어지지 않았다.

"자꾸 이상한 꿈을 꿔요. 사고 나던 날 꿈인데, 거기에 자꾸 엄마가 보여요. 이상하죠?"

유미의 기억이 돌아오고 있다.

"그냥 꿈이었으면 좋겠는데…… 너무 생생해요. 너무 생생해서 자꾸 마음이 아파요."

유미를 껴안은 미진의 손이 파들파들 떨렸다.

"……수진인 돌아오지 않을 거야."

미진은 자신의 입으로 그 얘길 꺼내야 하는 것이 너무나도 고통스러웠다. 자신의 가장 친한 친구이자, 귀엽고 여린 유미의 엄마인 그녀의 죽음을 입에 담는 것이 미치도록 아팠다.

유미는 그날, 태어나서 그날까지 운 것보다 더 많은 눈물을 흘렸다. 미진의 품에 안겨 어스름한 새벽빛이 밝아올 때까지 그렇게 울고, 울고, 또 울었다.

❋ ❋

아침이 가까워 오자, 강가에는 물안개가 자욱했다. 이제 막 가을에

츤데레의 정석

접어들었을 뿐인데 새벽 공기는 제법 차다. 이겸은 한바탕 눈물을 쏟아내고 난 유미를 먼저 차에 태우고 약하게 히터를 틀었다.

"금방 정리하고 올게. 여기서 몸 좀 녹이고 있어."

말없이 고개를 끄덕이며, 유미는 희미하게 미소 지었다. 뒷정리를 하기 위해 다시 강가로 내려간 이겸은 텐트를 걷어내고, 장비를 정리하다가 결국 참아왔던 눈물을 터뜨리고 말았다. 그날을 떠올리면, 늘 이렇게 아팠다. 할 수만 있다면 지우개로 그날의 모든 기억만 지워내 버리고 싶었다. 아니, 그보다 훨씬 전의 기억까지 모조리 없애 버리고 싶었다. 눈물이 흐르기라도 할까 봐 손바닥으로 두 눈을 가려낸 이겸은 그 자리에 무릎을 꿇고 한참을 울어야 했다.

차를 타고 집에 도착할 무렵까지 유미는 시시각각 변해가는 창밖 풍경만 바라보고 있었다.

"집에 도착하면 따뜻한 물에 씻고…… 푹 자."

건조한 이겸의 음성이 차 내부를 조용하게 울렸다.

"응. 그럴게."

유미답지 않은 가라앉은 분위기가 공기를 더욱 무겁게 만들었다. 잠시 딴생각에 정신이 팔려서 신호를 제대로 보지 못하고 사거리를 지나던 이겸은 옆에서 차가 달려오는 걸 보고 놀라서 브레이크를 꾹 밟았다. 차는 몸이 앞으로 휘청거릴 만큼 급하게 멈춰 섰다. 다행히 사고는 면했지만, 운전을 하던 이겸도, 조수석에 탄 유미도 놀란 건 마찬가지였다. 여기저기서 경적 소리가 울리고 사거리 정중앙에 정지한 이겸의 차로 인해 대혼란이 왔다. 문제는 유미였다.

"하윽."

갑작스레 가슴께에 통증을 호소하며 유미는 숨을 들이쉬지도, 내쉬지도 못한 채 가슴을 툭툭 내려쳤다.

"공유미!"

이겸은 급하게 자신의 안전벨트를 풀고, 유미의 것까지 풀어냈다. 머릿속이 하얘졌다. 뭘 어떻게 해야 좋을지 몰라 이겸 또한 숨이 제대로 쉬어지지 않았다.

제7장.
이유 있는 이유

　이겸은 자신이 어떻게 병원까지 왔는지도 몰랐다. 혼란한 와중에 사람들의 도움을 받아 병원에 온 것 같은데, 아직도 머릿속은 백지장처럼 하얀 상태였다. 호흡기를 착용하고 누운 유미의 얼굴을 내려다보는 이겸은 심장이 미어져, 당장에라도 터져 버릴 것만 같았다.

　"유미야……."

　수면유도제를 맞아서 깊게 잠든 유미를 나지막이 부르는 이겸의 목소리는 완전히 쉬어버린 상태였다. 이겸은 침대에 팔꿈치를 받치고 손등으로 제 이마를 지탱해 고개를 숙였다. 조심하지 못한 제 탓이었다. 아직도 사고 당시의 기억을 추스르지 못한 유미에게 또 다른 트라우마를 주고 말았다. 과호흡을 일으키게 만든 원인도, 유미를 또다시 고통의 나락으로 떨어뜨린 원인도 자신이다. 너무 놀라서 나오지 않던 눈물이 또다시 모습을 드러내기 시작했다.

　소식을 듣고 달려온 찬과 이겸의 가족들은 유미의 상태를 눈으로 확인하고 나서야 겨우 한시름 놓았다. 찬과 미진이 잠깐 이야기를 나누러 나간 사이, 이영이 괴로워하는 이겸의 어깨를 다독여 주었다.

"오빠, 괜찮아?"

"……아니."

깊고 긴 한숨을 쏟아내는 이겸의 모습에 이영의 가슴 또한 갈기갈기 찢어지듯 아파왔다.

"유미 언닌 괜찮으니까, 오빠 마음부터 추슬러."

끊임없이 수증기를 뿜어내는 가습기 소리가 희미하게 들릴 만큼 병실 안은 적막으로 가득했다.

"내가…… 안 괜찮아."

"둘이 어디 다녀오던 길이었어?"

"……밤낚시."

이겸의 힘 빠진 목소리에, 이영의 눈가엔 티 나지 않을 만큼 약간의 눈물이 맺혔다.

"다시 만나는 거야?"

이겸이 고개를 끄덕이자, 이영도 덩달아 고개를 얕게 끄덕였다.

"그런 것 같더라."

"……다른 사람한테는 아직 말하지 말아주라."

"그건 그건데, 유미 언니 기억은? 돌아와서 다시 만나는 거지? 아니면 오빠가 먼저 말해준 거야?"

이겸은 이영의 질문에 완벽한 대답을 내놓지 못할 것 같아 입을 꾹 다물었다.

"오빠…… 세상에 비밀은 없어. 분명히 유미 언니도 언젠가 알게 될 거야. 내가 입 닫고, 그 사실을 아는 모든 사람이 함구한다고 해도, 분명히…… 알게 될 거야."

"……나도 알아."

이겸에게서 한숨과 대답이 동시에 흘러나왔다.

"오빠 마음이 어떤지 잘 알아. 그래서 나도 계속 도와주고 싶었고, 그런데…… 그래도…… 서로 짚고 넘어갈 건 제대로 해결하고 가. 곪은 상처 그대로 두면 나중에 더 손쓸 수 없게 돼."

그는 모르지 않았다. 이미 상처는 곪아 문드러졌지만, 자신의 상처를 돌볼 여유가 없을 만큼 유미가 좋았다. 단지 그 이유 하나였다. 다른 이유로 주저했다면 유미에게 자신의 마음을 고백하지도 않았을 테고, 그녀와의 미래를 꿈꾸지도 않았을 것이다.

"언니가…… 많이 좋아했겠다. 그렇게 좋아하는 오빠랑 만나서."

피는 물보다 진하다는 말이 있다. 이영은 유미가 몹시 안타깝긴 했지만, 그 옆에서 안절부절못하며 마음 졸이는 자신의 오빠, 이겸이 더 신경 쓰였다. 이영이 옆에서 뭐라고 하든, 이겸의 시선은 여전히 잠들어 있는 유미에게 가 있었다. 줄곧 유미만 바라보는 이겸의 모습은 처연했다.

모든 사실을 알고 있던 이영도 이겸의 연기에 감쪽같이 속을 정도였다. 속여야 했던 이겸의 마음은 오죽 답답했으랴. 이영의 속상함을 대변한 그녀의 한숨 소리가 길게 쏟아져 나왔다.

"밥은 먹었어?"

"생각 없어."

이겸은 조금도 배가 고프지 않았다. 유미는 여기 이렇게 누워 있는데, 목구멍으로 밥이 넘어가면 그게 더 이상했다.

"나가서 뭐라도 좀 먹고 와. 여긴 내가 있을게."

"괜찮아."

"그럼 내가 뭐 사다 줄까?"

"아니. 안 먹을래."

이영의 미간이 좁아졌다.

"못났어, 진짜."

"그런 말 할 거면 좀 가. 머리 울려."

"자기 생각해 주는 건 모르고. 오빠 어떻게 유미 언니밖에 몰라?"

어느 날인가 분명 자신이 이겸에게 했던 말이었다. 이영은 뇌리를 스쳐 가는 기억에 허망한 웃음을 터뜨렸다.

미진과 이영이 돌아가고, 찬도 이제 그만 돌아가서 쉬라는 데도 아랑곳하지 않은 채 이겸은 유미의 옆을 지켰다. 밥도 먹지 않았고, 물 한 모금 마시지 않았으며, 화장실도 가지 않았다. 이겸은 유미의 옆에 꼭 붙어 앉아 한시도 떨어지지 않은 채 그녀가 눈을 뜨기만을 기다렸다. 얼굴은 창백했지만, 체온은 오히려 뜨거웠다. 차마 유미의 손을 놓지 못하고, 이겸은 그녀의 손을 어루만졌다.

'무슨 좋은 꿈이라도 꿔? 이제 그만 일어나. 걱정하는 나도 생각해 줘야지.'

눈물도 메말라서 더 이상 나오지 않았다. 이틀을 내리 잠들지 못한 이겸은 뻑뻑한 눈으로 유미의 맨얼굴을 바라보았다. 그때, 유미의 눈덩이가 살며시 움찔거렸다.

"일어났어?"

이윽고 느리게 눈을 뜬 유미의 눈동자가 이겸에게로 향했다.

"괜찮아? 선생님 부를까?"

유미는 눈을 깜빡이는 것으로 그 답을 대신했다. 유미가 시선을 아래로 내려, 거추장스럽게 연결된 산소 호흡기를 떼어내며 피식 웃었다.

"이게 뭐야. 멀쩡한 사람한테 왜 이런 걸 씌워놨어."

"멀쩡하긴. 조금만 늦었으면 큰일 날 뻔했대."

"왜?"

"으, 응?"

"무슨 일 있었어?"

"……어?"

사고가 날 뻔했고, 과호흡이 오는 바람에 유미는 죽음의 고비까지 다다랐다. 근데 왜, 어째서…… 무슨 일이 있었던 거냐는 질문에 이겸은 넋을 놓았다. 순간 그는 온몸에 힘이 완전히 사라져 버리는 것만 같았다.

"왜 그렇게 쳐다봐?"

유미는 큰 눈망울을 깜빡이며 물었다. 이겸의 손끝으로부터 시작된 떨림이 신체 곳곳으로 퍼져 나갔다.

'제발…… 내가 생각한 게 틀렸다고 말해줘.'

두려움을 넘어선 공포가 엄습해 왔다. 아닐 거라고 믿지만, 이겸의 마음을 집어삼킨 그 공포는 그를 나락으로 빠뜨렸다.

"사고…… 날 뻔했던 거, 기억 안 나?"

이겸은 입술을 떼는 게 무척이나 힘들었다. 혹여 유미에게서 원하지 않은 대답이 나올까 봐 무서웠던 이유였다.

"밤낚시 다녀오는 길에 사고 난 거?"

"……하아."

이겸은 유미의 대답이 나오기까지 호흡도 제대로 하지 못한 채 참아온 마른 헛숨을 터뜨렸다.

'기억하는구나. 기억하고 있었구나…….'

그렇게 쉽게 기억이 지워지지 않을 거라는 걸 알면서, 덜컥 겁이 났던 건 그때의 아린 기억이 아직도 선명하기 때문일 것이다.

"난 내가 무슨 죽을병에라도 걸린 줄 알았어. 산소 호흡기에, 너는 무서운 표정을 하고 있고."

"그러게 평소에 운동 좀 하라니까."

"왜? 나 어디 많이 안 좋대?"

유미의 눈썹이 위로 불쑥 치켜 올라갔다.

"운동 부족이야. 사람 걱정 좀 그만 시켜. 내가 얼마나 놀랐는지 알기나 해?"

"치…… 그냥 걱정됐다 한마디면 될걸."

입술을 삐죽이는 유미의 모습에 이겸은 그제야 안심할 수 있었다. 눈썹 아래까지 길어 나온 유미의 앞머리를 이겸은 천천히 쓸어 넘겨 주었다.

"몸은 좀 어때?"

"개운해. 푹 잘 잔 것 같아."

"나가서 너 깨어났다고 이야기하고 올게. 눈 뜨면 알려달라고 했었거든."

이겸이 보호자용 침대에서 몸을 일으키자, 유미가 다급하게 그의 손을 붙잡았다.

"빨리 와야 해."

"금방 올게."

"응."

병실 미닫이문이 드르르 소리를 내며 열렸다가 또 같은 소리를 내며 닫혔다. 이겸이 나가고 난 다음, 유미는 눈가에 차오른 눈물을 재빠르게 훔쳐 냈다.

담당 의사는 다행히 유미에게 별다른 이상 소견은 발견되지 않았지만, 사고 후유증이 아직도 지속되고 있어서 꾸준한 관리가 필요할 것 같다고 했다. 지금 신체에 이상 반응이 오는 것도, 심리적인 요인이 크다는 결론이었다.

유미는 병가를 내고 회사를 며칠 쉬기로 했다. 이겸도 덩달아 휴가를 쓰고 옆에 있겠다고 했지만, 유미가 그를 허락해 주지 않았다. 허 팀장이 동남아시아로 출장을 간 상태여서, 저를 포함해 이겸까지 자리를 비우면 실상 업무를 진행할 인원이 없다는 걸 잘 알기 때문이었다.

퇴원을 하고 집으로 돌아온 유미는 거의 몇 년 만에 책장 위에 고이 모셔둔 케케묵은 상자를 내렸다. 수북이 쌓인 먼지를 정성스럽게 털어내고 상자 뚜껑을 열자, 그 속에는 여러 통의 편지와 몇 장의 사진, 그리고 반지 하나가 들어 있었다.

유미는 동그란 반지를 꺼내 들었다. 엄마의 사고 이후 깨어났을 때 이 반지를 발견했는데, 유미는 이 반지에 대한 기억이 전혀 없었다. 처음엔 엄마가 선물해 준 것이라고 여겼다. 당시 고등학생이었던 유미에게 값비싼 반지를 살 여력이 없었으니까.

"뭘까. 이거……."

자주 보다 보면 기억이 돌아올지도 모른다는 생각에 유미는 매일 틈나는 대로 이 반지를 들여다보기도 했다. 하지만 잊힌 기억은 끝내 돌아오지 않았다.

"근데 아빠 이 반지에 대해서 모르고 있었어."

엄마가 선물한 것이었다면, 찬이 모를 리가 없었다. 한 번 시작된 의문은 계속해서 꼬리를 물고 따라왔다. 이어서, 유미가 상자 안에 들어 있던 사진을 꺼내어 보았다. 이겸과 찍은 사진 중 잘 나온 사진 몇 개를 추려서 거기에 넣어뒀었다. 이겸의 허리를 꼭 끌어안은 것도 있었고, 그와 손을 잡은 것도 있었다. 고등학교 1학년 체험학습 때 찍은 사진 중엔 이겸의 팔짱을 끼고 있는 것도 있었다.

"미친 철벽남 신이겸이, 내가 이렇게 스킨십 하는 걸 가만히 참고 있었을 리가 없는데……."

유미의 고백을 단 일분의 망설임도 없이 대차게 깐 사람이 바로 이겸이었다. 그런데 그녀의 스킨십을 너무나도 자연스럽게 받아들이고 있는 사진 속 이겸의 표정이 유미는 이해되지 않았다.

"뭐지?"

이따금씩 마치 실제로 존재했던 일처럼 머릿속을 스쳐 지나가는 환영이 떠오르곤 했다.

"설마 그게…… 진짠가?"

아무리 기억을 떠올리려 노력해 보아도 기억나는 게 단 하나도 존재하지 않았다. 오히려 무언가를 생각해 내려 하면 할수록, 가슴이 답답해지고 잔잔한 두통이 밀려들었다. 마치 머리가 기억해 내는 걸 거부하는 것처럼.

유미는 가슴 가득 차오르는 궁금증을 안고 주하를 찾아갔다. 지금으로썬 자신의 의문을 해결해 줄 사람이 주하밖에 없어 보였다. 유미의 연락을 받고 점심시간에 맞춰 회사 건물 밖으로 나온 주하가 유미에게 반가운 인사를 건넸다.

"어쩐 일이야? 오늘 출근 안 했어?"

"응. 일이 좀 있었거든."

"무슨 일?"

좀 게으르긴 해도, 유미는 학창 시절부터 결석 한 번 해본 적 없던 근면한 아이였다. 그래서인지, 유미가 출근을 하지 않았다는 말에 주하는 의아해했다.

"점심 먹으면서 천천히 이야기하자."

근처 한식집으로 향한 유미와 주하는 오래간만에 나란히 마주 앉았다.

"그날, 그렇게 일어나 버리고 제대로 된 해명도 못 해서 미안해. 준호 씨한테도 사과해야 하는데……."

"괜찮아. 준호한테는 내가 잘 이야기했어. 근데 너, 무슨 일 있어? 얼굴이 왜 이렇게 안 좋아?"

주하가 걱정스럽게 질문을 던졌다. 테이블에 세팅된 반찬을 집어 먹는 유미의 손길이 느렸다.

"뭐 좀 물어보려고."

시선을 잔뜩 아래로 내리깐, 익숙지 않은 유미의 모습에 주하는 등줄기가 서늘해졌다.

"……뭔데?"

"나랑 이겸이, 둘 다 친한 애는 너밖에 없어서."

'이겸'의 이름까지 거론되자 주하는 걱정이 되기 시작했다. 유미가 '그 일'에 대해서 물어본다면, 솔직하게 대답해 줘야 하는지, 아니면 선의의 거짓말이라도 해야 하는 건지 몰랐다. 혹시 기억이 돌아와서 확인하고자 저를 찾아온 거라면 주하는 유미에게 아무런 말도 해줄 수 없을 것 같았다. 수많은 생각이 주하의 머릿속을 빼곡하게 채워 나가기 시작했다.

"응. 말해."

주하는 최대한 어색해 보이지 않기 위해, 빠르게 젓가락을 놀려 나물 반찬을 집어 먹었다. 자연스럽게 행동하려 했지만, 젓가락을 든 오른손이 떨려오는 건 그녀로써 어쩔 수 없는 일이었다.

"혹시 말이야…… 전에 이겸이랑 나, 어때 보였어?"

"어때 보이냐니. 얘는, 무슨 질문이 그래. 너랑 이겸이 친한 거야 학교 애들이 다 알던 사실이었는데."

주하가 눈꼬리를 살짝 휘게 만들어 웃어 보였다.

"아니…… 그런 거 말고, 남자와 여자로…… 보였어?"

허를 찌르는 유미의 질문에 주하는 잠시간 말을 잇지 못했다.

"……너 고백했다가 매일 차였던 거 생각 안 나?"

"나지, 왜 안 나. 근데 요즘 들어서 자꾸 이상한 기억이 떠올라서 말이야."

"이상한 기억이라니…… 어떤 건데?"

주하는 침을 꼴깍 삼키고 유미의 대답을 기다렸다.

"마치 내가 신이겸이랑 사귀었던 것만 같은…… 그런 기억. 손도 잡고, 서로를 향해 웃고, 같이 공부도 하고 그런 평범한 일상의 기억."

주하는 점점 벌어진 입을 다물지 못했다. 우려했던 것이 현실로 다가온 순간이었다. 무려 십년을 숨겨왔던 사실이다. 이겸이 모든 일은 비밀에 부쳐 줄 것을 당부하고 또 당부했기에 둘의 관계가 어떻게 되든 못 본 척, 아무것도 모르는 척해야 했다. 기억을 잃은 사람은 아픔을 느낄 수 없으나, 모든 것을 기억하면서도 묻고 살아가는 이겸을 향한 안타까운 마음에 더 티 낼 수 없었다.

주하는 고민했다. 지금은 기억이 완전히 돌아오지 않아서 이렇게 질문을 하는 것에 그칠지 모르지만, 시간이 지나면 그 기억이 어떤 형태로, 어떻게 돌아올지 모를 일이었다. 혹시라도 유미가 모든 기억을 되찾게 된다면 서로를 향한 애틋한 그들의 마음이 어떤 식으로 변하게 될지 아무도 장담할 수 없었다.

"응? 뭐 기억나는 거 없어?"

유미는 아무 말이 없는 주하의 대답을 재촉했다.

"유미야."

"응?"

"때로는 진실을 모르고 지나가는 게 약이 될 수도 있어."

"……그게 무슨 소리야?"

"지금 네 머릿속에 무슨 기억이 어떻게 떠오르는 건지는 모르겠지만, 나는 너에게 아무런 말도 해줄 수 없어."

유미는 한껏 충격 받은 표정으로 주하를 빤히 바라보았다.

"신이겸과 내 사이에, 뭔가 있긴 했던 거야?"

아무런 말도 해줄 수 없다는 건, 바꿔 생각하면 해줄 말이 있다는 것이기도 했다.

"……너에게 그 사실을 말할 수 없는 건, 그만한 이유가 있기 때문이야."

"이유? 무슨 이윤데?"

유미의 눈에 빠르게 눈물이 차올랐다. 진실을 숨기기만 하는 사람들에게 유미는 화가 났다.

"……그건."

난감한 듯 입술을 지그시 깨무는 주하를 보며 유미는 허탈하고 긴 한숨을 내쉬었다.

"다들 무슨 비밀이 그렇게 많아? 엄마는 나랑 같이 차를 타고 가다가 사고 나는 바람에 돌아가셨는데, 내가 그 사실을 기억하지 못하니까 날 위한다는 핑계로 입 꾹 다물고 있었어."

결국 울음이 터져 버린 유미를 주하는 미안함과 안타까움이 동시에 깃든 표정으로 바라보았다.

"정말로 날 위하는 게 뭔지 알아? 아무것도 숨기지 않고 다 말해주는 거야. 내가 아플까 봐 배려한다고? 진실을 숨기는 데 그만한 이유

가 있다고? 하! 웃기지 마. 내가 상처받고 괴로워하는 모습을 보는 게
싫어서 사실은 본인들을 위해 숨기고 있는 것 아니야?"

"오해하지 마. 내가 모르는 게 낫다고 했던 건 그런 의미가 아니었
어."

흥분해 쏘아대는 유미를 진정시키기 위해 주하가 달래는 말투로 말
했다.

"뭔데? 나한테 숨기고 있는 게 뭔데? 왜 나만 바보같이 모르고 있
어? 주하 너도 아는데, 나는 왜 몰라? 내가 잊고 있는 기억이 뭐야?
내 기억인데 왜 떠오르지 않는 건데, 왜……."

유미는 눈물로 얼룩진 얼굴을 양손에 묻고 목 놓아 엉엉 울어버렸
다.

'내가 잊은 기억이 뭘까? 정말 이겸이와 내가 예전에 만나기라도 했
던 걸까? 그러면 왜 이겸인 그 사실을 나에게 말해주지 않았지?'

차오르는 답답함을 해소하고자 주하를 찾았지만, 결국 가슴에 다
담지 못한 감정이 범람해 버릴 만큼 답답함은 극에 달했다. 점심시간
이 끝나 버린 주하를 더 붙잡아둘 수는 없었다. 버스를 타고 집으로
돌아가는 유미의 눈가엔 여전히 눈물이 그렁그렁 맺혀 있었다.

한편, 이겸은 하루 종일 연락 한 통 없는 유미를 걱정했다. 전화를
걸어볼까, 문자 메시지를 남겨볼까 고민했지만 혹시라도 쉬고 있는 유
미를 방해할까 봐 아무것도 하지 못한 채 걱정만 하고 있었다.

일이 많이 쌓였는데도 퇴근 시간이 되자마자 회사를 나섰다. 집으
로 돌아가는 동안 유미에게 전화를 걸어보았지만, 연락이 되지 않았
다. 곧장 유미의 집으로 찾아갔는데 아무리 초인종을 눌러보아도 나
오는 이가 없었다.

"무슨 일이 있나?"

몸도 아직 회복되지 않았는데, 어디로 가버린 건지 몰라 답답함에 이겸은 가슴이 꽉 조이는 듯했다. 유미의 집 앞을 서성이는데, 주하에게서 문자가 한 통이 들어왔다.

〈이겸아. 점심때 유미가 찾아왔어. 고등학교 때 너랑 자기 사이가 어땠는지 묻더라. 아무 얘기도 안 했는데, 더 이상 숨기는 건 무리일 것 같아. 유미와 이야기를 나눠보는 게 좋을 것 같아. 많이 힘들어 보였어.〉

휴대폰을 쥔 이겸의 손이 파르르 떨렸다. 유미를 만나야 한다. 없어진 유미를 찾아야만 한다. 이겸은 그대로 걸음을 돌렸다.

이겸은 기억을 더듬어 유미가 갈 만한 곳을 다 뒤져 보았다. 그런데 그 어디에서도, 유미의 모습이 보이지 않았다. 가슴에 돌덩이를 얹은 듯 무거운 느낌이었다. 또다시 유미를 잃게 될까 봐, 이겸은 심장이 재가 되어 타들어가는 것만 같았다.

자정이 다 되도록, 유미를 찾지 못하자 이겸은 망연자실했다. 다시 유미의 집 앞으로 돌아가기 위해 걸음을 옮기는데, 골목길 어귀에 위치한 작은 선술집 창문에 그녀의 모습이 보였다.

'공유미?'

혹시 자신이 헛것을 본 건가 싶어서, 이겸은 다급하게 눈을 비볐다. 확실히 유미였다. 이겸의 발은 점점 더 빠른 속도로 유미가 있는 곳으로 향했다. 그와 동시에 그의 심장도 거세게 뛰어왔다. 출입문이 열리자 딸랑거리는 종소리가 크게 울려 퍼졌다. 이내 종업원이 건네는 인사 소리가 들렸다.

하나, 지금 이겸의 세상 안에는 오직 유미 하나만 존재했다. 몸을 살짝 벽에 기댄 채 느리게 술잔에 술을 채우는 유미의 모습만 보였다.

"유미……."

다가서는 이겸의 걸음이 다시 느려졌다. 유미에게로 가까이 다가가면 다가갈수록 흐느낌이 더 크게 들려왔다. 테이블 위에는 달랑 안주하나와 빈 소주병 여러 개가 나란히 놓여 있었다. 당장 유미에게 다가가 꼭 안아주고 싶은데, 괴로워하는 유미를 당장 마주할 자신이 없었다. 유미에게도 어쩌면…… 시간이 필요할 것 같았다.

유미가 앉은 테이블 바로 뒤에 등을 지고 앉은 이겸은 그녀에게 들리지 않을 만큼 조그만 목소리로 소주 한 병과 마른안주를 시켰다.

이겸은 꼿꼿하게 허리를 편 상태로 두 눈을 꼭 감았다. 시각을 차단하면, 상대적으로 청각에 감각이 집중된다. 어둠이 가득 찬 이 공간에서 이겸은 유미의 모든 행동에 귀를 기울였다. 코를 훌쩍이며 눈물을 삼키는 소리, 쓰디쓴 술을 삼키며 괴로워하는 소리, 또 술잔 가득 술을 졸졸 따르는 소리까지. 증폭된 모든 소리는 이겸의 고막을 훑고 빠르게 사라졌다.

"계산이요."

몸을 가누지 못할 만큼 많은 술을 마신 유미는 비틀거리며 계산대로 향했다. 이겸은 휘청거리는 유미를 받아내기 위해 손을 뻗었지만, 그녀는 계산대 근처의 테이블을 짚고 흔들리는 몸을 바로 했다.

계산을 마치고 난 유미가 문을 열자 분위기와 맞지 않은 청아한 종소리가 울려 퍼졌다. 이겸은 유미의 뒤로 바짝 따라붙었다. 술에 취해서 감각이 무뎌진 건지, 유미는 바로 뒤에 따라붙어 걷는 자신의 인기척도 느끼지 못한 모양이었다.

"딸꾹."

꼬인 걸음으로 앞을 향해 걷던 유미는 딸꾹질을 할 때마다 걸음을 멈췄다. 그리고 딸꾹질이 멎으면 다시 걸음을 옮겼다.

"딸꾹."

조용한 골목길에 유미의 딸꾹질 소리가 크게 메아리쳤다. 이겸은 안타까운 마음에 유미의 앞으로 나서고 싶었지만, 마음만 앞설 뿐 행동은 이뤄지지 못했다. 술집에서 유미의 집까지, 빨리 걸으면 고작 몇 분 만에 도착할 거리를 유미는 십여 분 만에 도착했다.

집으로 들어가기 전, 유미는 속이 좋지 않은 듯, 담벼락을 짚고 헛구역질을 했다.

"딸꾹."

유미는 속에 있는 걸 게워내지는 않고, 쉴 새 없이 딸꾹질과 헛구역질만 번갈아 가며 했다. 술에 취해서도 제 딴엔 딸꾹질을 멈추려고 하는 듯, 숨을 크게 들이마시고 내쉬길 반복했다.

"흐으아."

이상한 소리를 내며 유미의 마지막 딸꾹질이 이어졌고, 그와 동시에 이겸은 담벼락에 머리를 박고 있던 그녀의 몸을 돌려 세웠다.

"흡."

술에 취해 흐느적대는 유미의 몸이 이겸의 품으로 안겨 들었다. 그에게 잡아먹힌 입술에 놀란 유미는 느른하게 풀린 눈동자를 천천히 움직였다. 몸이 말을 듣지 않았다. 분명 제 눈앞에 있는 게 이겸인 것도 인지했고, 그에게 키스를 당하고 있다는 사실도 정확하게 파악했다. 그런데 몸이 쉽사리 움직이지 않았다.

이겸의 품에 단단히 고정된 상태로 그렇게 한참, 그의 짙은 키스에 속절없이 무너져 내리고 말았다. 아주 잠깐이었지만, 알코올로 인해 뜨겁던 입안의 공기가 이겸의 숨결과 맞닿아 아릿한 고통을 만들어냈다. 잠시 후 떨어진 이겸과 유미의 입술이 타액으로 번들거렸다.

"딸꾹질…… 힘들어하는 것 같아서."

저도 모르게 먼저 튀어 나간 몸과 입술에 대해 변명하듯, 이겸은 다급하게 말을 꺼냈다.

"멎었어."

딸꾹질은 멎었지만, 마음속 깊은 곳에서부터 쉴 새 없이 범람하는 감정은 여전히 그대로였다.

"……술은 이길 수 있을 만큼만 마셔."

"언제부터 따라왔어?"

혀가 꼬였지만, 또박또박하게 발음해 보려고 노력하듯 한 글자, 한 글자 힘주어 말하는 유미의 목소리가 이상하리만큼 차갑다.

"아까 전부터."

"근데 왜…… 말 안 했어?"

"혼자 있고 싶어 하는 것 같아서. 방해하고 싶지…… 않았거든."

"내가 혼자 있고 싶어 하는지…… 아닌지, 네가 어떻게 알아?"

술에 취한 유미의 목소리는 이리저리 늘어졌지만, 분명히 가시가 돋쳐 있었다.

"네가 뭘 알아!"

유미가 있는 힘껏 그의 가슴을 툭 내려쳤다. 힘이라고는 하나도 들어 있지 않은 가느다란 손으로 유미는 이겸의 가슴팍을 밀어냈다. 외려 자신의 힘에 밀려 유미의 몸이 앞뒤로 사정없이 나풀댔다. 혹여 유미가 넘어지기라도 할까 봐 이겸은 그녀의 손을 강하게 틀어쥐었다.

"왜 그러는데."

이겸은 최대한 자신의 감정을 억누른 채 낮은 목소리로 말했다.

"넌…… 내가 우스워?"

유미는 이를 악물고 눈물을 삼킨 채, 제 손을 맞잡은 이겸을 올려다보았다. 유미의 눈가에 그렁그렁 맺힌 눈물은 당장에라도 흘러내릴 것만 같았다.

"무슨 말이야, 그게."

"솔직히 말해……. 다 말해줘. 내가 모르고 있는 게 뭔지, 내가 궁금해하는 것까지 전부 다. 알려줘 제발."

유미는 더 이상 그 자리에 버티고 서 있을 여력이 없었다. 그녀의 몸이 추락하듯 아래로 미끄러져 내렸다. 이겸에게 붙잡힌 유미의 손도 따라서 스르르 아래로 딸려 내려갔다.

"……유미야."

"왜 나만 몰라? 왜 항상…… 나만 바보 만들어."

바닥에 쭈그리고 앉아 엉엉 우는 유미를 안타깝게 내려다보던 이겸은 자세를 낮춰 바닥에 무릎을 대고 유미를 바라보았다. 유미는 고개를 아래로 숙이고 울었다. 회색빛을 띤 시멘트 바닥에 유미의 눈물이 떨어져 짙은 잿빛이 되었다.

"고개 좀 들어봐."

유미가 고개를 세차게 흔들었다.

아니라고. 이게 아니라고. 그렇게 간절히 바랐던 사랑이 왔는데, 왜 이렇게 아픈지 알 수 없었다. 무엇이 진실이고, 또 자신의 앞에서 이토록 안타까운 표정을 짓고 있는 이겸의 마음은 어떠한지…… 유미는 아무것도 알 수 없었다.

"일단 들어가자. 너 많이 취했어."

이겸이 유미를 부축해 집 안으로 들어서자, 공허한 적막과 어둠이 그들을 반겼다. 그는 일부러 불을 켜지 않았다. 그대로 유미의 방이 있는 2층으로 올라가, 그녀를 침대에 앉혔다. 그리고 그 아래 무릎을 꿇고 앉은 이겸이 고개 숙인 유미를 올려다보았다.

"궁금한 게 있으면, 날 찾았어야지."

여전히 이를 악물고 울음을 집어삼키는 유미의 모습에 이겸은 심장에 아릿한 통증을 느꼈다. 이겸이 뭐라고 할 때마다 유미는 고개를 좌우로 흔들기만 했다.

"내가 지금까지 널 어떤 마음으로 대했는데."

"나한테 숨기고 있는 게…… 뭐야?"

유미는 촉촉하게 습기를 머금은 눈동자를 내려 저를 올려다보는 이겸과 드디어 눈을 맞췄다.

"그전에 하나만 묻자."

이겸이 손을 들어 눈물로 얼룩진 유미의 볼을 쓰다듬었다. 유미가 고개를 끄덕이자, 이겸의 한쪽 입꼬리가 아주 살짝 밀려 올라갔다.

"나…… 사랑해?"

유미의 입술에 경련이 일 듯 떨렸다.

"그걸 질문이라고 해? 내가 널 얼마나…… 사랑하는데."

유미가 눈물을 머금고 대답했다.

"그럼 하나만 더 물어볼게."

"뭔데……"

"내가 어느 날 갑자기 너에 대한 모든 기억을 잊어도, 지금처럼 나를 사랑할 수 있어?"

"……뭘 잊어?"

이겸의 질문은 이상했다. 기억을 잊는다는 건 상상하고, 떠올리는 것조차 싫은 것이었다.

"너와 사랑한 지금 이 순간, 우리가 키스를 나눴던 그 황홀했던 기억, 웃으며 행복했던 모든 날들이 내 기억에서 지워져도 넌, 날 전처럼 대하고 사랑할 수 있겠냐고."

순식간에 유미의 호흡이 가빠졌다.

"그게…… 말이 돼?"

"사랑하는 사람의 기억에서 완전히 사라져 버리는 일만큼 끔찍한 건 없어."

"다시…… 사랑하게 만들면 되잖아."

"그게 말처럼 쉬울 것 같아?"

마지못해 대답을 꺼낸 유미에게 이겸은 몹시 단호한 어투로 말했다.

"쉽지 않아도 사랑하잖아. 사랑하면……."

"공유미."

이겸이 유미의 젖은 볼을 감싸 쥐었다. 술로 인해 달아오른 유미의 뜨거운 볼과 맞닿은 이겸의 손이 타오를 듯한 온도로 변해갔다.

"……말해주기 곤란해? 내가 알면 안 되는 거야?"

그런 거면, 그런 거라면…… 유미는 사랑하는 이겸을 위해서 이 이상 캐내는 걸 그만둘 생각이었다.

"나는 너를 사랑하는 지금 이 순간만 기억할 거야. 과거도, 미래도 돌아보지 않고 이 순간만 즐기며 사랑할 거야."

"내가 알면 안 되는 거구나. 그래서 네가 이렇게 말 돌리고, 계속 숨겨왔던 거구나. 내 말…… 맞지?"

"지금…… 이 순간만 보면 안 될까? 내가 너를 사랑하고, 네가 나를 사랑하는 이 순간만 보면 안 되겠어?"

'그래야, 네가 아프지 않잖아.'

이겸은 끝내 유미의 궁금증을 풀어주지 않았다. 가라는데도 가지 않고, 자는 것만 보고 가겠다며 고집을 부리는 이겸을 유미는 밀어내지 못했다. 마르지 않는 샘에서 솟구친 눈물은 유미의 베개를 다 적실 만큼 차고 넘쳤다.

겨우 어르고 달래서 유미를 재운 다음, 이겸은 침대에 허리를 기대고 앉아 낮게 한숨을 쏟아냈다.

이겸은 늘 생각했다. 만약 신이 있다면, 그리고 그와 거래를 할 수 있다면, 자신의 남은 생명의 시간을 줄여서라도 시간을 되돌려 유미가 사고 나기 전 날로 돌아가고 싶다고.

＊＊

시야가 확보되지 않을 만큼 엄청난 양의 비가 쏟아지던 날이었다. 유미의 사고 소식을 듣고 달려온 이겸은 온몸에 하얀 살결을 찾아보기 힘들 정도로 여기저기 붕대를 감은 그녀의 모습에 숨도 제대로 쉬지 못했다. 우산을 쓸 생각도 하지 못해서, 온몸이 흠뻑 젖어서 물이 뚝뚝 떨어지는지도 모르고 이겸은 의식 없이 누워 있는 유미를 향해 천천히 걸음을 옮겼다.

"유미…… 야."

사랑하는 여자가 사고를 당했고, 그 사고로 인해 사랑하는 여자의 어머니는 돌아가신 상태였다. 얼굴에 감긴 붕대 사이로 보이는 살갗 위로 피딱지가 보였다. 이겸은 그것 하나만으로도 그 사고가 얼마나 끔찍했는지 짐작할 수 있었다. 유미가 누워 있는 침대까지 걸어가는데, 이겸은 마치 진공의 공간에 들어선 듯 아무런 감각이 느껴지지 않았다. 발이 바닥에 닿는다는 느낌이 전혀 들지 않았다.

분명 숨도 들이쉬고, 내쉬기를 반복하는데, 전혀 아무런 감각이 느껴지지 않았다. 유미가 누워 있는 곳 바로 앞까지 도달하자, 거짓말처럼 다리에 완전히 힘이 풀려서 그 자리에 풀썩 주저앉았다. 손을 잡고싶은데, 그 가녀린 손조차 어딘가에 긁힌 상처가 선명해서 차마 만지지도 못하고, 그 자리에 무너져 솟구쳐 오르는 슬픔을 그대로 분출해

냈다.

유미는 사고 후 나흘 만에 겨우 눈을 떴다.

"겸아……."

유미의 눈가에 시커멓게 졌던 멍은 어느새 옅은 노란색을 띠고 있었다. 입술을 움직이는 가벼운 동작조차 힘든 건지, 유미는 그 후로 한참 아무런 말을 잇지 못한 채 느리게 눈을 깜빡였다.

"무리하지 마. 무리하지 말고 잠깐 있어봐. 내가 잠깐 나가서……."

이겸은 병실 밖으로 나가서 누구든 불러올 생각이었다. 유미가 깨어났으니 와서 봐달라고 할 참이었다. 호출 버튼이 있다는 걸 알고 있었지만, 누구든 붙잡고 들어와 유미 상태 좀 확인해 달라고 해야 마음이 놓일 것 같아서 이겸이 몸을 벌떡 일으켰다. 그의 모든 행동을 멈추게 한 건, 느리게 흘러나오는 유미의 목소리였다.

"나 어떻게…… 된 거야?"

일단, 누구든 좀 붙잡고 들어와서…… 상태를…….

"우리 엄마…… 엄만 어디 계셔?"

상태를…….

"응? 이겸아. 듣고 있어?"

느리지만 정확하게 흘러나온 유미의 질문에 이겸은 몸을 움직일 수가 없었다.

'기억을…… 못 하는 거야?'

유미와 등지고 선 이겸의 동공이 미친 듯 요동치기 시작했다.

"일단 선생님 좀 모셔 올게. 너 깨어나면 알려달라고 하셨거든……."

도저히 유미를 바라볼 수 없었다. 무슨 말을 어떻게 해야 하는지. 제대로 사고를 할 수 없었다. 병실을 벗어난 이겸은 후들거리는 다리를 옮겨 겨우 병동 간호사 데스크에 도착했다.

"312호 공유미…… 방금 깨어났어요."

데스크를 짚은 이겸의 손이 사정없이 떨렸다.

"보호자분, 괜찮으세요?"

이겸의 상태를 확인한 간호사 한 명이 빠른 걸음으로 이겸에게 다가섰다.

"오빠. 정신이 좀 들어?"

보호자용 간이침대에 앉아 팔짱을 끼고 걱정스레 말을 건넨 건, 이영이었다. 이겸은 자신이 병실 침대에 누워 있단 사실에 망연자실하고 마른 헛숨을 토해냈다. 이겸의 시선이 링거 줄을 타고 올라 유량조절기, 그리고 그 위에 매달린 수액으로 향했다.

"……나, 얼마나 누워 있었어?"

"두 시간쯤."

건조한 이영의 목소리가 조용히 병실을 울려 퍼졌다.

"유미는?"

"지금은 아무 생각 말고 조금 쉬어. 오빠 나흘째 밥도 못 먹고, 잠한숨 못 잤잖아."

그날, 그 사고는 모두에게 커다란 충격이었고, 꽤 큰 혼란을 불러왔다. 모두가 갑작스레 일어난 사고에 정신을 차리지 못하는 와중에 수진의 장례가 치러졌다. 그리고 깨어나지 못한 유미의 곁을 지킨 건, 이겸이었다.

"……유미는?"

"오빠!"

이영의 목소리가 안타까움으로 젖어들었다.

"유미는 괜찮대?"

"오빠 쓰러졌었어! 자기 몸 하나도 돌보지 못하면서, 지금 누가 누굴 걱정하는 거야?"

몸이 이 지경이 되었는데, 유미의 안위만 묻는 이겸에게 질려 버린 이영이 소리쳤다.

"……유미는?"

"오빤, 유미 언니밖에 안 보여? 오빠 걱정하고 있는 난 안 보이니?"

"이거, 언제까지 맞고 있어야 돼? 유미한테 가봐야 하는데……."

중얼거리는 이겸의 목소리에 이영의 눈가가 눈물로 촉촉이 젖어들어 갔다.

"유미 언니 괜찮대!"

"……그래? 정말 다행이다. 괜찮아서 다행이야."

기어이 대답을 듣고서야 이겸은 긴 한숨을 몰아쉬었다. 이영은 흐르는 눈물을 손등으로 훔쳐 냈다.

"찬이 아저씨가 아주머니 잘 보내 드리고 오셨어. 그러니까 오빤 이제 집으로 돌아가도 돼."

"싫어."

"오빠, 왜 이렇게 고집을 부려?"

유미를 걱정하는 마음은 모든 이가 똑같았다. 한데 유독 고집을 부리는 그의 모습에 이영은 마음이 새카맣게 타들어가는 것만 같았다. 자기 몸이라도 제대로 챙기고 이런 말을 하면, 이렇게까지 마음이 찢어질 듯 아프진 않을 것이다.

"안 가."

단호하게 이영의 말을 잘라내고, 이겸은 이마에 팔을 얹었다.

"오빠가 유미 언니 가족이라도 돼? 오빠 가족은 나야, 걱정할 가족들 생각은 안 해?"

이영이 아무리 답답함을 호소해 본들, 지금 이겸에게 그런 것들이 제대로 들릴 리가 없었다.

"유미 옆에 있어줘야 해……. 너 유미 상태 봤어? 걔 지금 말하는 것도 버거워해. 내가 옆에 있어줘야 해. 내가 옆에서 지켜줘야 해."

"그건 아저씨가 할 일이지, 오빠가 할 일이 아니야."

이겸의 마음을 이해하지 못하는 건 아니지만, 유미를 돌보는 건 그 가족의 몫이지 이겸의 몫이 아니었다.

"……내가 유미 남자친구인데, 나도 그 정도는 할 수 있잖아."

이영의 호통에 이겸의 목소리가 기어들어 갈 듯 작게 흘러나왔다. 여자친구가 아파서 병원에 누워 있는데…… 어떻게 멀쩡하게, 아무렇지 않게 평소처럼 생활할 수 있을까. 설사 그런 사람이 있다 해도, 이겸 자신은 아니었다. 누워 있는 유미를 두고 일상생활을 할 수 있을 리가 없었다.

이겸이 고집을 부렸지만, 결국 유미의 옆자리는 찬이 지키기로 했다. 늘 바쁘던 찬도 길게 휴가를 쓰고 기적적으로 살아난 딸을 돌보는 일에 전념했다. 이겸은 평일엔 학교가 끝나는 대로 유미의 병실을 찾았고, 주말엔 거의 대부분의 시간을 그녀와 함께 보냈다.

유미가 입원한 지 2주째 되던 어느 날이었다. 그날도 어김없이 야간 자율학습을 빼먹고 수업이 끝나자마자 병실을 찾은 이겸을 유미가 반겼다.

"오늘 좀 늦었네?"

유미의 온몸을 빼곡하게 채우고 있던 붕대는 어느새 머리와 어깨 부근에만 남아 있었다.

"족발 먹고 싶다며. 그거 사가지고 오느라 늦었지."

가방을 벗어서 내려놓고, 유미가 좋아하는 집에서 사온 족발을 꺼내는 이겸의 손길이 분주했다.

"우와! 족발! 윤기 흐르는 것 좀 봐."

나무젓가락을 '탁' 하고 나누는 유미는 군침을 흘리며 족발에 시선을 고정시켰다.

"천천히 꼭꼭 씹어 먹어."

"응! 응!"

살코기 하나를 집어서 입으로 집어넣는 유미의 표정은 그 어느 때보다 행복해 보였다.

"으아. 병원 밥은 간이 안 되어 있어서 먹는 게 곤욕이었는데. 너무 맛있다."

그런 유미의 모습을 바라보는 이겸의 얼굴에도 약간의 미소가 걸렸다.

"참! 내 정신 좀 봐. 이겸아, 이것 좀 봐봐."

유미가 환자복 주머니에서 반지 하나를 꺼내어 이겸의 눈앞에 들이밀었다.

"사고 때, 내가 끼고 있던 거라던데……. 혹시 이거 뭔지 알아?"

익숙한 반지를 마주한 이겸은 잠시 동안 아무런 말도 하지 못한 채 멍하게 유미와 반지를 번갈아 바라보았다.

"나한테 그걸 왜 물어?"

사람에게는 직감이라는 게 있다. 이겸은 자신의 직감이 이상한 쪽으로 흘러가는 것만 같은 기분을 지울 수가 없었다.

"되게 비싸 보이지? 응?"

"……갑자기 그건 왜 묻는 건데?"

이겸은 자기도 모르게 자신의 왼손에 낀 반지를 슬쩍 내려다본 다음, 왼손을 아래로 완전히 내렸다.

"기억이 안 나. 이 반지의 출처 말이야."

"뭐가 기억이 안 난다고?"

"우리 엄마가 준 것 같지? 아니, 울 엄만 딸이 사고가 나서 이렇게 병원에 누워 있는데 연락이 안 될 게 뭐람?"

유미는 어머니와 함께 사고를 당한 것에 대한 기억을 완전히 잊은 상태였다. 의사는 사고 당시의 충격으로 인한 기억상실이라는 말만 반복했다.

유미가 기억을 잃어버리자 난감한 것은 그녀를 제외한 모든 사람이었다. 찬은 유미의 몸이 회복될 때까지 수진의 죽음을 알리지 않는 것이 좋겠다고 했다. 그 어떤 사실도 모른 채 회복 중인 유미를 딱하게 여긴 모든 이들은 찬의 의견에 동의했다. 찬은 유미에게 말도 안 되는 이유를 들어 수진이 잠시 집을 비웠음을 납득시켰다.

결국 모두가 합의한 거짓에 유미는 속고 있었다. 한데, 충격적인 것은 유미가 잃어버린 기억은 수진의 죽음뿐만이 아니었다. 반지를 기억하지 못한다는 건, 아니, 반지의 출처를 기억하지 못한다는 게 의미하는 게 뭘까. 이겸의 얼굴이 새하얗게 질려갔다.

"너 사귀던 사람 있었잖아, 커플링…… 같은 거겠지."

"으잉? 사귀던 사람이라니? 무슨 소리야! 그런 거 없어!"

넌지시 질문을 던지는 이겸의 말에 화들짝 놀란 유미가 눈을 커다랗게 뜨고 손사래를 쳤다.

"……없어?"

"오해하지 마! 그리고 나, 좋아하는 사람 있다고!"

유미는 일부러 몸짓을 크게 하면서까지 부정했다. 이겸의 동공이 순식간에 완전히 풀어졌다.

대답이 없는 이겸을 바라보고 있자니, 유미는 혀끝에 바늘이 돋은 것처럼 입안이 까끌까끌해졌다. 이겸에게 괜한 오해를 산 것 같아 변명을 해보지만, 그는 믿지 못하는 눈치였다. 유미는 뭔가 아주 중요한 걸 잊은 것 같은, 묘한 느낌이 들었다.

"정말 아니야!"

혹여 이겸이 오해를 하고 있는 거라면 풀어주고 싶었다. 사고 전의 일부 기억이 지워진 듯 흐리긴 했지만, 남자친구를 사귄 기억은 없었다. 게다가 좋아하는 이겸을 두고 다른 사람과 만났을 리가 없었다. 아니, 그래야만 했다.

유미는 황급히 반지를 다시 주머니에 찔러 넣었다.

"야, 신이겸! 듣고 있어? 정말 아니라고……."

답답하게 입을 꾹 다물고 있는 이겸에게 유미가 뭔가 더 해명을 해보려고 말을 꺼냈다.

"미안. 나 집에 가봐야겠다. 내일…… 다시 올게."

황급히 자리에서 일어난 이겸이 왼손을 교복 주머니에 찔러 넣고 병실을 빠져나갔다.

"야아! 이렇게 가면 어떻게 해! 오해는 풀고 가야지!"

유미가 다급하게 병실을 벗어나는 이겸을 향해 소리쳤지만, 그녀의 목소리는 공허하게 병실 안을 메아리칠 뿐이었다.

병실을 빠져나온 이겸은 그 길로 곧장 유미의 주치의를 찾았다.

"선생님! 선생님!"

외래 진료 시간이 아닌지라 교수실에 머물러 있던 윤 교수는 바깥에서 들려오는 쿵쾅거리는 소음에 놀라 굳게 닫힌 문을 열었다.

"어…… 공유미 씨 보호자……."

문을 열자마자 윤 교수의 눈에 보인 건, 반쯤 정신이 나간 상태로 울먹이는 이겸이었다.

"선생님. 유미가, 기억을 못 해요······. 뭔가 잘못된 것 같아요."

무언가에 홀린 듯 두서없이 쏟아내는 이겸의 낮은 음성과 어색한 행동에 윤 교수는 어리둥절하게 그를 바라보았다.

"유미가······ 기억을 잘·········."

"알아듣게 제대로 좀 말해보세요. 뭘 어쨌다고요?"

"저를······ 기억하지······ 못한다고요."

넋을 놓은 이겸을 끌고 와 자리에 앉힌 윤 교수는 자초지종을 들어보기로 했다.

그러니까, 요는 이러했다. 이미 몇 해 전부터 두 사람은 사귀고 있던 사이였는데, 유미가 어머니의 죽음과 더불어 자신과 서로 사랑했던 기억까지 깡그리 잊은 것 같다는 것이다. 눈을 깜빡거리던 윤 교수는 한동안 고심하다, 정신 나간 사람처럼 중얼거리는 이겸을 또 바라보았다. 이겸은 버티고 버티다 무너진 사람 같아 보였다.

"오늘은 너무 늦었고, 내일 날 밝으면 검사를 더 해보고······."

일단은 흥분한 그의 감정을 달래는 게 먼저라고 생각한 윤 교수가 입술을 열었다.

"검사하면 달라져요?"

떨리는 이겸의 목소리에 윤 교수의 입술이 파르르 떨렸다.

"네······?"

"검사를 하면요. 없어진 유미의 기억이 다시 돌아올까요?"

이겸은 정곡을 찔린 듯 벙어리처럼 입을 다물고 있는 윤 교수를 탁해진 눈빛으로 바라보았다.

"그건······ 아닙니다."

거짓을 말할 수는 없었다. 그래서 사실대로 말을 하기는 했지만, 말을 꺼내는 윤 교수조차도 심장이 따끔거릴 정도였다.

"유미가 엄마와 함께 사고 난 걸 잊은 게, 당시를 잊고 싶어서……
라고 하셨죠."

"네."

윤 교수가 콧등 아래로 내려온 안경을 검지로 올리며 대답했다.

"그럼…… 저와의 추억을 잊은 것도, 잊고 싶어서…… 일까요?"

윤 교수는 자신의 대답에 따라 한 사람이 무너질 수도 있고, 살아
날 수도 있을 것 같은 예감이 들었다. 의사가 된 이래, 가장 난감한
질문을 받은 윤 교수는 잠시 동안 말을 잇지 못한 채 입술을 깨물었
다. 지금은 자신이 무슨 말을 해도, 이 아이는 상처를 받을 게 분명했
다.

"지금 공유미 환자 같은 경우는 사고 전의 기억이 전부 지워진 게
아니라, 특정한 사건과 특정 인물에 대한 기억만 사라진 상태예요."

이겸은 숨조차 제대로 쉬지 못하고 윤 교수의 말에 집중했다.

"……사람의 뇌는 생각보다 단순해요. 간단하게 생각하자면, 아무
사고 없이 잘 살아온 우리도 기억해야 할 것을 기억하지 못해 난감한
순간이 오곤 하잖아요."

이겸의 눈에 물기가 그득히 차올랐다.

"잊고 싶은 기억일 수도 있고, 아닐 수도 있어요. 세상에는 의학적
으로도 설명할 수 없는 수많은 일들이 존재하고, 공유미 환자의 사라
진 기억 또한 그중 하나에 불과하니까요."

윤 교수는 자신이 그에게 줄 수 있는 위로가 고작 이런 것뿐이라
서, 오히려 미안했다. 의학적으로 설명할 수 없는 일이 일어난 것이니
너무 노여워 말라는 것, 그게 지금 자신이 그에게 해줄 수 있는 가장
최선의 위로였다. 물기를 잔뜩 머금은 이겸의 눈에서, 거짓말처럼 눈
물이 한 방울 떨어져 내렸다.

"기억에…… 너무 연연하지 말아요. 기억은 앞으로 다시 채워 나가면…… 될 테니까."

어떠한 순간이 와도 변함없을 거라 굳게 믿었던 마음도 막상 장애물을 만나면 갈팡질팡하기 마련이다. '나는 달라', '나는 절대 변하지 않을 거야'라고 했던 사람도 결국엔 난관에 봉착하면 마음이 흔들릴 수밖에 없다.

"실례했습니다……."

이겸은 윤 교수에게 더 이상 아무런 질문도 하지 않고 그대로 돌아섰다.

"그런데요. 보호자분, 한 가지 알아두셔야 할 게 있어요."

돌아서 나가려던 이겸을 붙잡은 윤 교수의 목소리가 가늘게 떨렸다. 이 말을, 건네야 할지 말아야 할지 잠시 고민했지만, 선택은 본인의 몫이기에.

"……기억은 돌아올 수도 있고, 돌아오지 않을 수도 있어요."

"감사합니다……."

이겸이 몸을 틀어 살짝 고개를 숙이고 윤 교수에게 인사했다.

"하지만, 동시에 사라진 기억은 어쩌면…… 동시에 돌아오게 될 겁니다."

윤 교수가 하는 말이 무얼 의미하는지, 이겸은 알 것 같았다.

이겸에게 그날의 충격은 생각보다 훨씬 더 컸다. 유미에게 자신이 지우고 싶은 기억일 거란 생각은 단 한 번도 해본 적이 없었다. 기억에서 사라져 버리고 나니, 여태껏 유미와 공들여 쌓아 올린 탑이 와르르 무너져 내린 것만 같았다. 감히 상상해 본 적도 없어서, 이걸 어떻게 이겨 나가야 할지 감이 오지 않았다.

로또에 당첨되는 것보다 더 낮은 확률이지 않을까. 사랑하는 사람의 기억에서 완전히 잊혀져 버리는 것. 괜찮다고, 유미의 기억은 돌아올 수밖에 없을 거라고 이겸은 스스로를 애써 위로해 보았지만, 마음이 사방으로 갈기갈기 찢어지는 것만 같았다. 차라리 유미에게서 헤어지자는 이별 통보를 받았더라면. 아니, 유미가 잊은 게 저 하나였다면. 그랬다면, 이겸은 지금처럼 고통의 늪에 빠져 허우적대진 않았을 것 같았다.

**

이겸이 그날 일을 일부러 떠올린 건 그날 이후, 거의 처음 있는 일이었다. 가끔 스치듯 그날의 악몽이 떠오를 때면, 해이해진 마음이 다시금 잡히곤 했다.

이겸은 또다시 유미에게 외면당할까 두려웠다. 유미를 또다시 열렬히 사랑하는 것은 전혀 문제될 게 없었다. 그렇게 외면당하고도 유미를 떠나지 못해 그 주위만 바보처럼 뱅뱅 맴돌고 있었으니까. 문제는 다시 사랑하게 된 후였다. 다시 마음을 열고, 다시 사랑하게 됐는데, 또다시 잊혀질지도 모른다는 생각에 이겸은 두려웠다.

그저 언젠가 유미의 기억이 되돌아온다면, 묻고 싶었다. 그때, 나를 정말 사랑을 하긴 했던 거냐고. 사랑했다면, 어떻게…… 저를 잊어버릴 수가 있었냐고 말이다.

이겸은 시간이 흐르고 또 흐르면, 유미를 잊을 수 있을 줄 알았다. 아무리 유미가 저를 좋아한다고 해도 밀어낼 수 있을 줄 알았다. 그런데 마음이…… 마음대로 되지 않았다.

그녀에게로 흘러가는 마음을 붙잡을 길이 없었다. 이미 줘버린 마음은 어떻게 해도 되돌려 받을 수가 없었다. 바라보면 좋고, 가슴이

이유 있는 이유   83

뛰고, 웃음이 나고, 행복했다. 눈앞에 유미가 보이지 않으면 좀 나을까 싶어서 방학 때면 가기 싫은 할머니 댁에 홀로 떠나보기도 했다. 군대에 가면 좀 나아지지 않을까 싶어서 영장도 나오지 않았는데 자진 입대를 하겠다고 설치기도 했다. 하지만 그 무엇도 유미를 사랑하는 마음을 가로막지 못했다. 지금 제 눈앞에 잠든 이 여자를.

"……공유미."

이름만 불러도 가슴에 아릿한 통증이 찾아오는 첫사랑.

"사랑해."

사랑한다는 말을 이렇게 할 수 있는 날이 오기까지 얼마나 오래 걸렸는데.

"이제 죽어도 너 못 놔줘."

보내달라고 울고 떼써도 절대 놓아주지 않을 참이었다.

"가끔은 궁금해……. 만약, 그때와 같은 상황에 놓인다면, 난 어떤 선택을 할까."

아직도 유미는 사고 당시의 트라우마를 극복하지 못해 악몽에 시달리곤 했다. 유미는 끝끝내 당시의 끔찍했던 상황이나 어머니와 함께 있었다는 사실은 기억해 내지 못했다.

오랜 시간이 지나도록 상처를 기억해 내지 못했다는 건, 그만큼 유미에게 받아들이기 힘든 일이라는 것이리라. 그래서 이겸은 더 유미에게 다가가지 못했다. 그래서 더, 마음을 숨겨야 했고 그래서 더, 유미를 밀어내야 했다. 무슨 방법을 써서라도 유미가 저와 얽히지 않길 바랐다. 그래야 유미가 아픈 기억을 되찾지 않을 테니까.

"어쩌면 난…… 그때로 돌아가도 아마 같은 선택을 하겠지. 어리석게도."

그렇게 이겸은 과거에 머물러 살았다. 나이를 먹어가는지도 모르고, 세월이 흐르는 것도 모른 채 그렇게 바보처럼 유미를 밀어내는 것에만 온 신경을 곤두세운 채 살았다. 정작 자신의 마음이 찢기고 다친 건 돌아보지 못한 채 그렇게 살았다.

어느새 정신을 차리고 봤을 때, 유미는 현재에서 최시윤이라는 남자와 새로운 시작을 하려는 것처럼 보이는데, 저는 아직도 과거의 그 마음을 그대로 간직한 머저리로 살고 있었다. 사실은 유미에게 화가 났던 게 아니라, 저 자신에게 화가 났던 것이다. 시윤이 유미에게 접근할 동안 아무것도 하지 못하고 지켜보아야만 하는 자신의 초라함에 화가 났고, 시간이 아무리 흘러도 마음을 돌리지 못한 자신에게 분노가 피어올랐다.

"그래서 내가 널…… 괴롭혔어."

사랑하는 방법을 몰라서. 사랑하는 사람에게 마음을 표현하는 방법이 틀렸다는 걸 알면서도, 그렇게 유미를 괴롭히면서라도 그녀의 곁에 머물고 싶었다. 그저 '친구'로라도 남고 싶었다. 유미가 잃어버린 기억의 편린 속에 갇혀 사는 초라한 자신일지라도, 그녀의 곁에 있을 수 있다면 그게 '악인'이어도 상관없었다.

"미안해."

보잘것없는 저라서.

"사랑하고."

과거의 신이겸도 공유미를 사랑했었고.

"또 사랑해."

지금의 신이겸도 공유미를 사랑한다.

이겸이 동그란 유미의 이마에 살며시 입을 맞추었다.

다음 날 아침. 유미가 눈을 떴을 때, 바닥에 웅크리고 잠든 이겸이 보였다. 이불을 걷어내고 몸을 일으킨 유미는, 맨바닥에 누워 있는 이겸에게 자신의 이불을 덮어주었다. 그리고 이겸의 옆자리에 소리 나지 않게 누웠다. 잠귀가 예민해서 조그만 소리에도 민감하게 반응하고 눈을 번쩍 뜨는 이겸인데, 자신이 바로 옆에 자리를 잡고 눕는데도 미동도 없었다.

'많이 피곤했나 봐.'

유미는 이겸의 허리까지 덮인 이불을 조금 더 끌어 올려 그의 어깨까지 덮어주었다. 유미는 이겸이 잘 보이도록 아예 몸을 틀고 팔로 베개를 만들어 옆으로 누웠다. 이겸의 얼굴을 바라보는 것만으로도 심장이 쿵쿵 뛰어댔다. 아직도 마음 한구석엔 풀리지 않은 실타래가 꼬일 대로 꼬여 있는 상태였다. 아직도 이겸에게 묻고 싶은 말이 너무나도 많았다.

아직도 그에게 듣고 싶은 말이 수없이 많지만……

"나는 너를 사랑하는 지금 이 순간만 기억할 거야. 과거도, 미래도 돌아보지 않고 이 순간만 즐기며 사랑할 거야."
"지금…… 진실 된 이 순간만 보면 안 될까? 내가 너를 사랑하고, 네가 나를 사랑하는 이 순간만 보면 안 되겠어?"

어젯밤 호소하듯 애절하게 흘러나온 이겸의 목소리를 유미는 차마 외면할 수 없었다. 자신이 그토록 궁금해하던 진실과 마주하는 게, 그에게 혹은 저에게 아픈 일이라면 차라리 모르고 사는 게 나을 것 같았다. 아니, 모르고 살아도 된다. 진실 따위 몰라도 여태껏 잘 살아오지 않았던가.

"난, 너만 있으면 돼."

유미는 이토록 가슴이 뛰는 이유를 알지 못했다. 신이겸만 보면 심장은 미친 듯 뛰어댔다. 아주 오래전부터, 기억하지 못하는 아주 옛날, 그 오래전부터.

바로 곁에서 느껴지는 움직임에 이겸의 눈꺼풀이 가늘게 밀려 올라갔다. 시야 가득 들어찬 유미의 얼굴에 이겸은 저도 모르게 미소 지었다. 이겸은 이 세상엔 신이 존재하지 않는다고 믿는 사람 중 하나였지만 군 복무 시절, 교회에 가면 초코파이를 먹을 수 있단 소리에 혹해서 열혈 신도가 된 적이 있었다. 그때, 간절히 바라는 것을 기도하면 이루어진다는 설교를 듣고 이겸은 기도했었다.

매일 아침 눈을 뜨면, 유미가 보이게 해달라고. 이겸의 소원은 그것 하나뿐이었다. 매일 같은 것만 빌고 또 빌었다. 전역을 하고 난 뒤엔 다시 무교로 돌아왔지만, 가끔 길을 거닐다가 교회 앞을 지날 때면 이겸은 그때 간절히 기도했던 자신을 떠올렸다. 그 소원이 뭐라고 그렇게 열심히 빈 걸까 싶었는데. 한데, 그토록 열심히 빌고 빌었던 기도가 정말로 이루어질 줄은 몰랐다. 이겸은 처음으로 이 세상엔 절대 존재하지 않는다고 믿었던 신이 어딘가에 존재할지도 모른다는 생각이 들었다.

"잘…… 잤어?"

허스키하게 잠긴 목소리가 흘러나왔다. 이겸의 물음에도 유미는 대답 없이 그를 가만히 응시했다. 이겸은 유미가 아직도 완전히 풀리지 않은 어제의 일로 심란해하고 있다고 생각했다.

'차라리 속은 좀 어떠냐고 물어볼 걸 그랬나.'

짧은 순간, 이겸의 머릿속에 수만 가지 생각이 들어찼다. 눈을 뜨자마자 유미를 보고 설렜던 이겸은 어느새 맥이 빠졌다. 여전히 유미의 눈은 저를 향해 있었다. 뚫어질 기세로 빤히 쳐다보는 유미의 시선이 부담스러워져 이겸은 눈을 잔뜩 아래로 내리깔았다.

"신이겸."

어제 술을 많이 마신 데다 하루 종일 목 놓아 울어서일까. 유미의 목소리는 완전히 쉬어버린 상태였다.

"응."

유미가 고개를 비스듬하게 하고 눈을 깜빡이자 창밖에서 쏟아져 들어온 햇살이 새하얀 볼에 길쭉한 속눈썹 그늘을 만들었다. 이겸이 대답을 했는데도 한참 동안 둘 사이엔 긴 정적만 흘렀다. 살짝 열린 창문 틈 사이로 불어오는 바람에 커튼이 살랑거리고 나부끼는 것 외에 아무런 움직임도 없었다.

유미는 살짝 얼굴을 앞으로 내밀어 이겸의 입술에 입을 맞췄다. 이겸은 유미가 어제의 일에 대해 언급할 줄 알았는데, 뜻밖에도 마치 대답처럼 그녀의 키스가 돌아오자 떨리는 가슴이 좀처럼 진정되지 않았다. 늘 장난스럽게 스킨십을 해오던 유미였기에, 이토록 진지한 그녀의 모습이 생소하게 느껴졌다.

쿵, 쿵, 쿵. 심장 소리가 귀까지 전해질 만큼 크게 뛰었다. 유미의 규칙적인 숨결이 전해질 때마다 이겸의 심장은 더욱 빨리 뛰었다. 진한 키스를 나눈 것도 아니었다. 그저 입술과 입술이 닿았을 뿐인데도 불구하고 뭉근하게 피어오르는 열기에 이겸은 정신을 차릴 수 없었다. 아주 잠깐, 입술이 닿았다가 떨어지자 아쉬움이라는 감정이 생겨났다.

"나쁜 놈."

유미가 난데없이 욕을 퍼부었다. 욕을 해도 좋고, 때려도 좋다고 한 건 맞지만, 이렇게 가까이서, 짧은 입맞춤을 한 다음이라 이겸은 적잖이 당황했다.

"……어?"

"넌 정말 이기적이야."

차마 이렇다 할 대답도 하지 못한 채 이겸은 아랫입술을 살짝 앞으로 내밀었다. 미안하다고 해야 하나. 아니면 용서를 구해야 하나. 이겸이 잠시 고민에 빠진 사이 유미가 다시 입을 맞췄다.

"약속해. 앞으로는 나에게 아무것도 숨기지 않겠다고. 비밀 같은 거, 절대 만들지 않겠다고."

"……앞으로?"

"약속해 줘, 얼른."

"그럴게. 그렇게 할게."

유미는 이겸에게 아무것도 묻지 않을 생각이었다. 눈을 뜨고, 이겸의 옆에 와 누워서 그의 얼굴을 보며 생각했다. 진실을 알게 된다고 해서 달라질 게 있을까? 이렇게까지 필사적으로 말하지 않으려는 이겸에게 더 이상 물어볼 수 없었다. 또 그의 슬픈 표정을 보고 싶지 않았다. 기억에 없는 순간까지 들춰내 가며, 행복한 이 순간을 깨고 싶지 않았다. 자신이 기억해 내지 못하는 것이 좋은 추억이든, 나쁜 추억이든 아무래도 상관없다. 그 무엇도, 이겸을 사랑하는 제 마음을 막지 못할 것이다.

✳✳

"안녕하세요!"

다시 출근한 유미의 얼굴은 해사하기만 했다. 자리에 앉은 유미는 오늘 출근길을 함께한 이겸을 흘깃 바라보았다. 눈이 마주치자, 이겸이 입술을 말아 올려 웃었다. 행복하다는 말로는 다 표현할 수 없을 만큼 좋은 날이었다. 유미가 그토록 바랐던, 사내 연애를 시작하게 된 것이다.

점심시간이 되기만을 손꼽아 기다리던 유미는 12시가 되자마자, 자리에서 벌떡 일어났다. 갑자기 자리를 박차고 일어선 유미를 팀원들이 의아하게 바라보았다. 이겸을 졸라 회사에서 몇 블록 떨어진 곳에 위치한 일식집에 가기로 했기 때문에, 시간에 딱 맞춰 가지 않으면 줄을 서느라 점심시간 내에 먹고 오지 못할 수도 있었다. 그래서 11시 반부터 종종거리며 시계만 보고 있었던 것이다.

"식사…… 안 하세요?"

유미가 생긋 웃으며 허 팀장에게 물었다.

"공 주임, 배 많이 고픈가 봐? 어디 보자, 그럼 오늘 내가 고생하는 우리 팀원들 맛있는 것 좀 사줄까?"

괜히 상대적으로 상대하기 쉬운 허 팀장에게 말을 걸었다가 초밥을 먹지 못할 위기에 처하자 유미는 이겸에게 SOS를 청하는 눈빛을 보냈다.

"팀장님, 지난달에 카드 값 많이 나와서 쫓겨나셨다고 하지 않으셨어요?"

유미의 의중을 파악한 이겸은 의자를 끌어서 허 팀장 바로 앞까지 도달한 다음, 아주 작은 목소리로 물었다.

"신 대리, 사람 참……. 회사 직원들끼리 먹는 건데, 법인 카드를 써야지!"

그 생각을 못 했다. 허 팀장에게는 법인 카드라는 비장의 무기가 있었다. 하지만 이겸은 일본 출장 때, 입에서 사르르 녹는 초밥을 먹고 온 유미가 하루가 멀다 하고 초밥이 먹고 싶다며 노래를 부른 것을 무시할 수 없었다. 회사 근처에 유명한 일식집이 있는데, 런치 한정으로 나오는 연어 초밥이 일품이란 소문을 듣고 유미가 졸라대는 통에 미루고 미루다 드디어 오늘 가기로 약속한 것이었다.

"오늘 점심 메뉴는 고생한 우리 신 대리가 정하도록 해! 다들 이의 없지?"

아침 출근길에 자신의 손을 꼭 붙잡고, '초밥!'을 외치던 유미의 반짝이는 얼굴이 섬뜩하게 스쳐 지나갔다. 유미인가, 허 팀장인가. 예상치 못한 난관에 봉착해, 갈등의 기로에 놓인 이겸의 등줄기로 식은땀이 흘러내렸다. 이겸은 자신을 향해 눈을 반짝이고 있는 유미와 눈이 마주쳤다.

'저 초롱초롱한 눈망울을 어떻게 외면해.'

그렇다고 허 팀장 쪽이 약하냐, 그것도 아니다. 그의 동그란 안경 속에 비친 눈망울은 사슴과도 같았다.

"왜? 무슨 문제 있어?"

곤란한 듯 입술을 축이는 이겸에게 허 팀장이 물었다.

"저는……."

허 팀장과 유미는 이겸의 다음 말에 귀를 기울였다.

"저는 약속이 있어서…… 오늘은 힘들 것 같습니다."

그렇다고 공유미를 저버릴 순 없는 노릇이다.

"그래? 선약이 있었다니. 아쉽게 됐네! 그럼 다른 날로 다시 잡지, 뭐."

이겸에게 집착하는 허 팀장이지만, 한 번도 식사 제안에 거절한 적 없던 그가 약속이 있다 하니 허 팀장은 쿨하게 그를 놓아주었다.

이겸은 회사 건물 뒤쪽에서 유미를 기다렸다. 흡연 구역이라 담배 냄새가 심하게 풍겨서 절로 미간에 주름이 졌다. 그때, 플로럴 향이 풍겨오는가 싶더니, 누군가 뒤에서 와락 저를 끌어안았다. 이겸은 굳이 돌아보지 않아도 저를 껴안은 사람이 누군지 잘 알고 있었다. 허리를 완전히 감싸 쥔 손이 앙증맞았다. 이겸은 잠시 입을 벌리고 서 있다가, 다시금 훅 끼쳐 오는 담배 냄새에 미간을 찌푸렸다.

"얼른 가자. 늦겠다."

이겸은 한 손으로 유미의 손을 잡고, 나머지 한 손으론 유미의 코를 막았다.

"으아. 왜 그래애."

"담배 냄새 나잖아."

혹시라도 밥을 먹으러 나온 팀원들과 마주칠까 싶어서 이겸은 경계를 늦추지 않고 주위를 살피며 걸었다.

"겸아! 저기! 저기다!"

잔뜩 흥분한 유미가 이겸의 팔뚝을 탁탁 치며 기쁨을 표했다. 허팀장이 붙잡는 바람에 조금 시간이 지체되긴 했지만 다행히 기다리지 않고 바로 테이블에 앉을 수 있었다. 얼마 지나지 않아 테이블 위에는 먹음직스러운 초밥 세트가 놓였다.

"얼른 먹어."

이겸은 연어 초밥 하나를 집어 유미의 입에 넣어주었다. 새끼 새처럼 이겸이 먹여준 초밥을 씹는 유미의 얼굴은 그 어느 때보다 행복해 보였다.

'귀여워 죽겠네……'

이겸은 자신이 유미에게 밥을 먹여줄 날이 오리라고는 예상하지 못했기에, 푸스스 소리를 내어 웃고 말았다.

"근데 넌 안 먹어?"

입안 가득 넣은 초밥을 쉴 새 없이 오물거리던 유미가 이겸을 향해 물었다.

"난 별로. 생각 없어."

"아니, 왜에? 여기까지 와서 안 먹는 게 어디 있어. 나 혼자 이 많은 걸 어떻게 먹어."

"다 먹어. 너 다 먹을 수 있잖아."

"아니…… 뭐, 그렇긴 한데."

유미가 눈대중으로 커다란 접시 위에 얼마 남지 않은 초밥의 개수를 세어보았다.

"빨리 먹고 가자. 가다가 사람들 마주치면 곤란해지니까."

"정말 안 먹어?"

"너 먹는 것만 봐도 배불러."

이겸은 오른손으로 턱을 괴고 유미가 오물거리며 밥을 먹는 모습을 지그시 바라보았다.

"나도 나 예쁜 건 아는데. 대놓고 그래 버리면…… 너무 좋잖아?"

유미가 눈을 가늘게 뜨고선 이겸을 향해 말했다.

"입에 묻은 거나 닦지?"

이겸은 유미의 입가에 묻은 마요네즈를 닦아냈다. 그리고 그걸 '쪽' 빨아 먹었다.

"헉!"

유미는 그 치명적이면서도 어딘지 모르게 야릇한 이겸의 행동에 놀라서 손등으로 제 입술을 막았다.

"왜?"

"그, 그걸 왜 먹어."

"내가 뭘 먹었는데?"

이겸은 오히려 유미에게 반문했다.

"바, 방금 여기 묻은 거…… 먹었잖아."

"마요네즈?"

"그래, 그거."

유미는 입술을 안으로 말아 넣고 얼굴을 붉혔다. 사람들도 많은데 어쩜 그런 낯부끄러운 행동을 할 수가 있지. ……사람 흥분되게.

"뭐 어때. 다른 것도 먹었는데."

"어머머, 애 좀 봐! 누가 듣겠다!"

누가 듣지도 않는데, 유미는 빨개진 얼굴로 이겸의 입을 막았다. 이겸이 두 손을 높이 들어서 항복 자세를 취하자, 그제야 유미가 봉인된 그의 입을 자유롭게 해주었다.

"근데 우리, 오늘도 같이 자?"

고개를 숙여 같이 나온 우동을 먹던 유미를 놀리듯, 이겸이 고개를 낮춰 유미에게 속삭였다.

"컥! 뭐, 뭐라고?"

유미는 너무 놀라 숨을 삼킨 바람에 목구멍으로 빨려 들어간 우동이 콧구멍으로 나올 뻔했다.

'그게 그렇게 놀랄 일인가.'

이겸은 정말 순수한 의도로 질문한 것이었다. 사귀고 난 다음부터 거의 유미와 매일 꼭 붙어 지냈다. 그게 너무 좋아서 되도록 더 많은 시간을 함께하고 싶었다.

"같이 자냐고. 오늘도."

아니, 왜 그런 말을 이렇게 공개적인 곳에서 하는 건데! 유미는 물을 들이켜 입안을 깔끔하게 헹궈냈다. 입가에 묻은 물기를 손등으로 훔쳐 낸 유미가 턱을 괸 이겸과 똑같은 자세를 했다. 그리고 말했다.

"우리 아빠, 주말까지 안 들어오셔."

"아…… 그래? 많이 바쁘셔?"

"이겸아, 있잖아."

유미는 이겸의 질문에 대답은 않고 다른 말을 하려는 듯했다.

"으, 응?"

뭔가 위험한 분위기를 감지한 이겸은 턱을 괸 손을 치우고, 허리를 곧게 폈다.

"우리 집에 들어와서 살아."

"뭘 하라고?"

"같이 살자, 우리."

이건 또, 무슨 헛소리야.

"너는! 말이 되는 소리를 해!"

같이 살자니. 못 하는 소리가 없다.

"왜 말이 안 돼? 어차피 결혼하면 같이 살 건데, 먼저 같이 사는 게 뭐 어때서?"

손잡고 뽀뽀하나, 뽀뽀하고 손잡으나 그게 그거인 유미의 논리대로라면 가능한 일일지도 모른다. 그래도 그렇지, 대놓고 같이 살자는 말을 서슴없이 하는 여자라니……. 그게 뭘 의미하는지 알고나 하는 말일까.

"너 그러다 내가…… 덮치기라도 하면 어쩌려고 그래?"

"어머! 어머! 얘는……."

유미는 한쪽 손으로 입을 가리고 '호호' 웃으며 부끄러워했다.

"뭐야, 그 반응은?"

"사귀는 사이에 뭐 어때. 괜찮아. 괜찮아."

얘, 진짜 뭐지? 이겸은 세상 황당한 표정을 지으며 고개를 가로저었다.

"나도 남자거든?"

"알지, 그럼. 왜 몰라. 너도 남자지. 그것도 상남자."

상기된 얼굴을 한 유미를 보자, 이겸은 덜컥 겁이 났다.

'얘 진짜, 보통이 아니구나……. 이겨먹으려고 했다가 외려 당하겠는데.'

이겸은 사실 이겨먹을 생각도 없었지만, 그래도 고삐 풀린 망아지처럼 날뛰는 유미를 좀 잠재워야겠다는 생각은 있었는데. 이래서야……. 같이 있다가는 조만간 무슨 일이 일어날 것만 같았다.

"크흠. 대충 다 먹었으면 가자."

이겸이 검지로 이마를 긁으며 유미의 시선을 회피했다.

"근데, 너 진짜 안 먹을 거야?"

"응."

단호하네.

"그럼 이거 하나 남은 거 먹어."

유미가 마지막 하나 남은 새우 초밥을 집어 들어 이겸의 입술 바로 앞까지 들이밀었다. 시선을 내려 초밥 상태를 스캔한 이겸은 익히지 않은 새우라는 사실에 좌절해야 했다.

'안 먹으면 의심할 텐데.'

다른 걸 다 떠나서, 자신이 날 것을 먹지 못한다는 사실을 알면, 유미는 앞으로 절대 제 앞에서 초밥 이야기를 꺼내지 않을 것이다.

이겸은 아주 천천히 입을 벌렸다. 일본에서 초밥을 먹고 곤욕을 치렀던 걸 생각하면 먹고 싶지 않았지만, 방금 전 유미가 세상에서 가장 행복한 표정을 지으며 입을 오물거리던 모습이 떠올랐다. 평생 유미에게서 좋아하는 음식을 먹을 자유를 뺏고 싶지는 않았다. 저 하나만 희생하면 되는 일이었다. 거의 입속에 들어오기 직전이던 새우 초밥이 갑자기 휙하고 사라져 버렸다. 유미가 젓가락을 물린 것이었다. 그리곤 그 새우 초밥을 제 입에 쏙 집어넣었다.

"이걸로 내 인생 초밥은 끝이다."

유미가 개운하게 손을 탁탁 털어내며 자리에서 일어났다.

"뭐?"

유미가 계산서를 들고 계산대로 걸어갔다. 그 뒤를 빠르게 쫓으며 이겸은 유미의 손에 들린 계산서를 가볍게 낚아채고는, 점원에게 자신의 카드를 건넸다.

"갑자기 뭐야."

말도 없이 밖으로 성큼성큼 나서는 유미의 뒤를 이겸은 잰걸음으로 쫓아갔다.

"이 거짓말쟁이!"

"내가 뭘!"

"약속해 놓고, 안 지키는 나쁜 놈!"

"뭐, 뭐? 말이 갑자기 왜 그렇게 되는데! 내가 뭘 어쨌다고."

"분명히 그랬지. 앞으로는 절대 비밀 같은 거 만들지 않겠다고."

유미는 일본 출장 직후 미진에게 이겸의 생선회 알레르기 이야기를 들었다. 분명 그가 초밥에 환장하고 달려드는 저를 보고, 차마 그걸 못 먹는다는 소리를 못 해서일 것이라는 추측이 들었다. 오늘 이곳에 이겸을 졸라 함께 온 이유도 그 때문이었다. 더 이상 아무것도 숨기지 않겠다고 다짐한 그를 시험해 보기 위함이었다. 한데, 그는 끝까지 자신이 초밥을 먹지 못하는 것에 대해 입도 뻥긋하지 않았다. 심지어 마지막 기회를 주기 위해 들이민 새우 초밥을 보고도 입을 벌렸다.

'미련하게! 그랬다가 진짜 잘못되기라도 하면 어쩌려고?'

마지막까지 자신을 배려하는 그의 모습에 감동을 받기는 했지만,

그래도 분명히 약속한 일이었다.

"……그, 그랬지."

기어들어 가는 이겸의 목소리에는 자신감이 하나도 없었다.

"근데 왜 초밥 못 먹는 거 나한테 말 안 해?"

"아니, 그건……. 뭐, 굳이 말하지 않아도 되는 거라고 생각했고."

이겸이 횡설수설 변명이라고 말을 이어갔지만, 유미에게는 아무것도 들리지 않았다. 점심시간이 끝날 무렵이 되자, 사람들은 회사로 복귀하기 위해 바쁘게 걸음을 옮겼다. 그들 사이에 덩그러니 선 이겸과 유미는 서로를 마주 보고 있었다.

"신이겸."

"응……."

잘못한 걸 인정한 이겸은 고개를 살짝 숙이고 있었다.

"날 위하는 건 좋아. 그런데 앞으론 뭐가 됐든 전부 나한테 이야기해 줘. 그래야 내가 널 믿을 수 있잖아."

비단 초밥 하나의 문제가 아니었다. 앞으로 이겸과 함께할 날은 무수히 많다. 한데, 이렇게 저를 위한다고 제 몸 상하는 것까지 감수해 가면서 미련하게 행동하는 건 용납할 수 없었다.

앞으로 이겸과 함께할 모든 날에 지금과 같은 일이 없으리란 보장은 없었다. 유미는 자신이 알 수 없는 무수한 거짓 속에 이겸과 자신의 사랑이 지속되는 게 싫었다.

"약속했잖아. 지켜주기로 했고."

유미의 말에 이겸은 말없이 고개를 끄덕였다.

"잊지 마. 날 위하는 건 이런 게 아니야."

"……알았어."

확실하게 알았다고 대답하는 이겸의 목소리를 듣고 나서야 유미는 안심하고 활짝 웃었다.

"으이그. 바보. 아무리 그래도 그렇지, 그걸 또 받아먹을 생각을 해?"

"아니, 난…… 네가 너무 좋아하니까."

이겸은 약간 억울한 표정을 지었다.

"자."

유미가 새끼손가락을 위로 들어 올렸다.

"응?"

"빨리 걸어. 이렇게라도 해두지 않으면 너 또 거짓말이나 살살 칠 것 같아."

이겸은 마지못해 유미의 새끼손가락에 제 것을 걸었다. 유미는 그것으로도 성에 차지 않아 도장도 찍고, 복사까지 했다.

"유치하게……."

구시렁대듯 투덜거리는 자신을 올려다보는 유미의 표정이 무서워서 이겸은 잠깐 몸을 흠칫 떨었다.

"뭐라고 했어?"

"아냐. 아무 말도."

이겸은 그때까지도 자각하지 못했다. 이 연애의 모든 주도권을 그 순간, 유미에게 빼앗겨 버렸단 사실을.

사무실로 복귀한 유미는 여전히 싱글벙글이다. 좋아하는 초밥으로 배도 두둑하게 채웠을 뿐만 아니라, 온통 세상이 핑크빛으로 물든 연애 초반 아니던가. 신남을 표현하자면, 저 우주 끝까지 튀어 올라 춤을 춰도 시원찮을 수준이었다. 콧노래를 불러가면서 타이핑을 하던 유미의 옆으로 얼굴 하나가 불쑥 튀어나왔다.

"주임님. 뭐 좋은 일 있어요?"

"엄마! 깜짝이야!"

"뭘 그렇게 놀라요."

시윤이 차가운 캔 커피 하나를 유미 책상 위에 소리 나지 않게 내려놓았다.

"아…… 시윤 씨."

시윤을 보자마자 유미의 얼굴이 난감함으로 붉어졌다. 시윤은 이겸과 유미의 교제 사실을 알지 못한다. 그 이야긴 다른 이에게 전해 듣는 것보다, 유미는 자신이 직접 그에게 이야기하는 게 낫겠다고 판단했다.

"왜 그래요?"

방금 전까지 콧노래를 부를 만큼 기분이 좋던 유미의 낯빛이 순식간에 어두워지자 시윤은 무언가 직감한 듯 덩달아 얼굴을 굳혔다.

"시윤 씨. 우리 잠깐 나가서 얘기 좀 할까?"

유미는 업무 시간에 시윤과 수다를 떨던 휴게실이 아닌, 옥상으로 향했다. 직원 복지 차원에서 옥상을 공원 형태로 꾸며뒀지만, 실상 옥상 공원을 이용하는 직원은 그리 많지 않았다. 제법 쌀쌀해진 날씨에 바람까지 불어서일까. 살을 훑고 지나가는 바람에 닭살이 돋을 정도였다. 유미는 대충 보이는 곳에 아무렇게나 자리를 잡고 앉은 다음, 제 옆자리를 탁탁 쳤다.

"여기 앉아."

"무슨 얘긴데, 여기까지 와서……."

시윤은 불안한 기색을 애써 숨긴 채 자연스럽게 유미의 옆에 자리를 잡고 앉았다.

"시윤 씨한테 꼭 해줄 말이 있어서."

이겸과 자신이 사귀게 되었다는 말을 전해야 하는데, 유미는 좀처럼 쉽게 입이 떨어지지 않았다.

'상처받을 텐데.'

분명 시윤에게 확실히 선을 긋고 못을 박아두긴 했지만, 거기에 아랑곳하지 않던 그의 모습을 떠올리자니 유미는 어떤 식으로 이야기해야 그가 상처를 덜 받게 될까 고민됐다.

'그냥 사실대로 말하는 게 나을까······.'

짝사랑도 해본 사람이 잘 안다고, 평생 짝사랑만 해온 자신이 저를 짝사랑하는 남자에게 이런 이야기를 하게 될 줄이야. 유미는 자신의 이야기를 시윤이 듣고 가슴 아파할 걸 생각하니 괜스레 미안한 마음에 눈물이 날 것만 같았다.

"음······ 시윤 씨."

"무슨 얘긴데 그래요?"

"저기, 그게 말이야······."

"잠깐만요!"

시윤이 찬바람이 불 때마다 몸을 움찔거리는 유미에게 슈트 재킷을 벗어주었다.

"이런 거 안 해도 돼. 난 괜찮아."

유미는 시윤의 재킷을 벗어서 다시 건네주려고 했다.

"입고 있어요. 전 추위 별로 안 타거든요."

별거 아니라는 듯 어깨를 으쓱해 보이는 시윤을 보고 있자니 유미는 더욱 미안함이 짙어졌다.

"나도 괜찮은데······."

"할 말 있다면서요. 뭔데요?"

"그게······ 사실은 있지."

"신 대리님이랑 만나기로 하신 거예요?"

곤란해하는 유미를 대신해 시윤이 말했다.

"어……억? 알고 있었어?"

유미가 화들짝 놀라 되물었다.

"점심 같이 드시러 간 것 아니에요?"

"……마, 맞아."

유미는 저도 모르게 고개를 끄덕였다.

"같이 들어오시는 거 봤어요."

"아…… 그랬구나. 그게 있지. 소, 속이려던 건 아니고, 말할 타이밍을 놓쳐서……."

유미는 정말 시윤에게 미안했다. 지금 그 속이 속일까.

"지금 저한테 미안해하시는 거예요?"

"당연히…… 미안하지. 날 좋아한다고 고백까지…… 했던 사람에게 이런 말 하는 게 편할 리는 없잖아."

"얼마나 미안한데요?"

"으, 응?"

"미안하면 저랑 사귀어주실래요?"

"뭐라고? 뭐라고 했어? 지금?"

"그렇게 미안하면, 저도 만나주면 안 돼요?"

"방금 그거…… 못 들은 걸로 할게."

유미는 다급하게 자리에서 벌떡 일어났다. 그와 동시에 유미의 어깨에 걸쳐 있던 시윤의 재킷이 벤치로 떨어졌다.

"……미안해, 시윤 씨. 그만 가볼게."

걸음을 옮기려던 유미를 멈추게 한 건, 시윤의 애절한 목소리였다.

"알아요. 처음부터 알고 시작했고, 지금도 보내줘야 하는 거 아는데요."

유미는 차마 시윤이 있는 쪽으로 몸을 돌리지도 못한 채 입술을 살짝 떨었다.

"머리로는 알겠는데, 마음이 안 돼요. 나…… 어떻게 해야 해요?"

시윤은 결국 이겸과 유미가 만나게 되리란 사실을 알고 있었다. 또한 유미가 이겸을 포기하지 못할 거란 사실도. 그래서 포기하려고 했다. 포기한 줄 알았다. 그런데 유미만 보면 두근대는 심장은 아직도 그녀를 마음속에서 지워내지 못했다는 걸 증명했다.

"……시윤 씨."

결국 유미의 눈에 들어찬 눈물이 아래로 떨어져 내렸다.

"좋아하는 건 내 마음대로 해도 되는 거죠? 아무것도 안 바랄게요. 아무 말도 안 할게요. 밀어내지만…… 말아줘요."

시윤은 이렇게까지 해서라도 유미의 옆에 있고 싶다. 이렇게 비굴하게 굴어서라도 유미의 옆자리를 지키고 싶었다.

그가 처음 말단 사원으로 입사하게 된 건, 후계자가 되고 싶지 않았기 때문이었다. 그의 꿈은 축구 선수였다. 늦둥이로 태어난 시윤은 집안 식구들의 사랑이란 사랑은 다 받았지만, 식구들은 그가 운동을 하는 것만큼은 절대 용납해 주지 않았다.

사람들은 금수저를 물고 태어났으면 그 정도 꿈은 포기하라고 말했다. 하지만, 주변에서 포기하라고 하면 할수록 오기가 생겼다. 새벽에 가족들 몰래 공터에 가서 홀로 연습을 하기도 했고, 친구들과 여행을 갈 거라고 둘러댄 다음 전지훈련에 따라나서기도 했다. 그렇게 모두를 속이고 축구 선수로서 첫 데뷔를 하는 경기가 있던 날, 상대 팀 선수의 깊은 태클로 인해 십자인대가 파열되고 말았다.

모든 사실을 알게 된 아버지는 처음으로 시윤에게 크게 화를 냈다.

다시는 모두를 속이는 짓은 하지 말라는 꾸짖음과 함께 후계 수업을 받으라는 것이었다. 파열된 인대는 회복됐지만, 상처받은 마음은 좀처럼 회복되지 않았다. 도피처로 선택한 건 군대였지만, 그마저도 받아주지 않았다. 처지를 비관해 목숨을 버려볼까도 했지만, 그럴 만한 용기도 없었다.

무기력감에 젖어 등 떠밀려 정해진 길을 걷는 게 시윤은 너무나도 싫었다. 그래서 후계자가 되지 않겠다는 다짐을 전하자, 아버지는 J그룹 신입사원으로 입사해 삼 년을 버티면 요구를 들어주겠다고 말했다.

시윤은 세상이 싫었고, 사람들이 미웠다. 그때, 유미를 만났다. 밝고, 독특한 그녀를 볼 때마다 기분이 좋아졌다. 마음이 간질거렸고, 심장은 제멋대로 두근거렸다. 유미가 좋아하는 사람이 이겸이라는 걸 뻔히 알고 있었지만, 그녀를 좋아하는 마음이 멈춰지지 않았다. 그래서 좋아해 버렸고, 사랑해 버렸다. 결국 사랑과 행복을 찾은, 사랑하는 여자의 행복을 빌어줘야 하는데, 보내고 싶지 않았다.

"밀어내지만…… 마요."

같은 팀 동료로라도 남고 싶었다.

"힘들게 해서 미안해."

유미는 끝내 몸을 돌려 시윤의 어깨를 지그시 눌렀다.

"착해 빠졌네. 주임님."

시윤이 눈가를 적신 눈물을 빠르게 훔쳐 냈다.

"나, 좋아해 줘서 정말 고마워. 시윤 씨."

자신의 가치를 높여주고, 예쁘다고 말해주는 시윤에게 유미는 무척이나 고마웠다. 시윤은 자신의 어깨에 놓인 유미의 손을 살며시 잡았다. 유미가 손을 빼내려 하자, 그녀의 손을 더 꼭 붙잡았다.

"지금 행복해요?"

유미의 눈가에 그렁그렁 맺힌 눈물이 아래를 향해 톡 떨어져 내렸다.

"……응."

"그 사람과 함께여서 좋아요?"

유미는 가만히 고개를 끄덕였다.

"그거면 됐어요."

마음은 쿨하지 못할지언정, 겉으로라도 쿨한 척 보내줘야 한다는 걸, 시윤은 잘 안다. 그게 유미와 원만히 관계를 지속할 수 있는 유일한 방법일 테니까.

"그만…… 내려가 볼게."

결국 시윤에게 붙잡힌 손을 빼낸 유미가 빠르게 옥상을 벗어났다. 그 후로도 한참 동안 시윤의 손에는 유미로부터 전해진 온기가 가득했다.

유미는 옥상 아래 계단에 앉아 이를 악물고 울음을 삼켰다. 막아도, 막아도, 자꾸 비집고 새어나오는 눈물 때문에 난감했다. 자신의 행복이 누군가의 불행이 된다는 사실이 못 견디게 괴로웠다.

겨우 감정을 추스르고 사무실에 들어선 유미는 웅성거리는 소리에 눈을 크게 떴다. 한창 열심히 일하고 있어야 할 시간인데 자리를 벗어난 사람들이 어딘가에 모여 있었다.

"뭐야. 무슨 일이지?"

천천히 자리로 걸어가던 유미는 익숙한 목소리와 사람들 위로 솟아오른 방송 촬영 장비에 눈살을 찌푸렸다. 어쩐지 기분이 싸했다.

"안녕하세요. 신입사원 김지원입니다."

눈꼬리를 가늘게 휘어 초승달 모양으로 만들어 눈웃음을 치는 것

은 물론, 입술을 가장 예쁜 형태로 말아 올려 웃는 지원이 거기에 있
었다. 지원이 미스 코리아가 손을 흔드는 자세로 가볍게 손짓하자, 남
자들은 기절할 듯 까무러쳤다.

"……뭐야, 이거."

유미는 방금까지 울었던 터라 퉁퉁 부은 눈을 연신 깜빡였다. 이게
꿈인지 뭔지 몰라 당혹스러웠다. 저를 둘러싼 사람들 앞에서 자기소
개를 하는 지원의 가식적인 미소를 바라보며 이겸은 피곤한 표정을
하고 어깨에 힘을 풀었다.

"흠."

이겸은 잠시 헛기침을 하고 목을 가다듬었다.

"김지원 씨가 여긴 왜?"

그사이 궁금증을 못 참고 타 부서 남자 직원 한 명이 불쑥 질문했
다.

"이번 추석 때 JBS에서 '오피스 라이프'라는 파일럿 프로그램을 방
영할 예정인데, 김지원 씨가 우리 팀을 배경으로 이곳에서 촬영을 하
게 되었습니다."

"대박! 말도 안 돼!"

남자 사원들은 얼마나 좋았는지 곡소리를 내며 쓰러지는 시늉을
했다.

"저도 방금 전에 마케팅팀에서 급하게 통보 받은 건데요. 업무에 지
장 없도록 촬영할 예정이라고 하니까, 협조 부탁드립니다."

자리를 비운 허 팀장을 대신해 자신이 지원의 소개를 하고 있었지
만, 대체 왜 지원이 여기까지 기어들어 온 건지 이겸은 도통 이해할
수 없었다.

"오늘은 짧게 인사만 하러 왔어요. 내일 아침부터 정식 출근할게

요! 선배님들!"

지원이 코 먹은 소리로 '선배님들'이라고 칭하자, 어떤 남자 직원 한 명은 가슴께를 부여잡고 다리에 힘이 풀려 바닥에 주저앉기도 했다. 유미는 보고도 믿을 수 없는 광경에 관자놀이를 꾹꾹 눌렀다.

'김지원이 우리 팀에서 촬영을 해? 이거 실화야?'

지원과 한 팀에서 근무 시간 내내 얼굴 마주치고 지낼 생각에 유미는 벌써부터 피곤해졌다. 이제 겨우 이겸의 마음을 잡았건만. 첫사랑 김지원이 앞에서 매일 알짱대면 제 아무리 목석같은 이겸이라도 흔들릴지 모르는 일이었다.

'아니지. 아니지. 어쩌면 신이 나에게 주신 기회일지도 몰라!'

유미는 머리를 털어내듯 좌우로 흔들었다. 김지원을 몰아내고, 그 자리까지 완벽히 차지하라는 신의 계시일지도 모른다. 유미는 저에게 찾아온 절호의 기회를 놓치는 어리석은 짓은 하지 않으리라 다짐했다.

다음 날 아침. 출근을 하자마자, 자리를 잡고 앉아 있는 지원으로 인해 유미는 기분이 심히 언짢았다.

"안녕하세요."

오피스 룩이라고 칭하기에는 과하게 앞이 파인 옷을 입은 지원이 출근하는 팀원들에게 몸을 낮춰 인사했다. 남자들은 자신을 향해 인사하는 지원에게서 시선을 떼지 못했다.

유미는 지원에 비해 상대적으로 밋밋한 자신의 옷을 내려다보았다. 이럴 줄 알았으면 평소에 몸매를 과감하게 드러내는 옷이라도 사둘 걸 그랬나 싶었다. 지원은 연예인이고, 몸매를 가꾸는 것이나 예쁜 옷을 입는 게 일상인 사람이었다. 그런 사람과 자신을 비교하는 것 자체가 웃긴 일이었지만, 상대가 이겸의 첫사랑이어서 자격지심이 생겨나는 건 어쩔 수 없었다.

"회사가 무슨 놀이터인가? 누구는 섹시한 옷 못 입어서 안 입고 다니는 줄 알아! 흥!"

혼잣말을 하는 유미의 옆으로 시윤이 사무용 의자의 바퀴를 도르르 굴려 다가왔다.

"주임님."

어제까지만 해도 눈물 콧물 다 짜내던 사이였지만, 시윤과 유미의 사이는 평소와 다를 게 없었다.

"뭔데?"

"지금 김지원 씨 질투하세요?"

"뭐어? 질투? 허! 내가 무슨 질투야!"

"맞는 것 같은데?"

실로 어이없고, 황당하고, 불쾌한 일이 아닐 수 없었다. 유미가 눈까지 동그랗게 뜨고 시윤에게 한 소리 하려던 찰나였다.

"어머나! 이게 웬일이야? 공유미가 나를 질투한다고?"

불여시 지원의 목소리에 유미의 눈가가 구겨졌다.

"공유미요? 지금 말 다 했어요?"

유미는 저보다 머리 하나는 더 큰 지원을 올려다보며, 눈을 부라렸다. 갑작스러운 유미의 반응에 놀란 지원은 밀리지 않기 위해 시선을 아래로 내리깔고 그녀를 거만하게 쳐다보았다.

"김지원 씨가 회사 생활을 해본 적이 없어서 모르시나 본데, 회사에서는 존댓말을 씁니다. 특히, 부하 직원이 상사에게 반말을 하는 일은 없어요."

자신을 깎아내리려고 작정한 유미를 보며, 지원은 속으로 피식 웃어버렸다.

'공유미. 유치하게 이런 걸로 사람들 앞에서 면박을 준다 이거지?'

"아…… 네. 그래요? 아주 깍듯하게 존댓말 해드리죠, 뭐."

지원은 한껏 꼬인 말투로 대꾸했다.

"그리고 내가 이런 말까진 안 하려고 했는데요. 회사에 올 때는 단정한 복장으로 오세요."

"이거 되게 단정한 복장이에요."

"그게 무슨 단정한 복장이에요?"

다른 남자는 다 홀려도 좋지만, 신이겸은 절대 안 된다.

'신이겸이 분명히 그랬단 말이지. 자기도 남자라고……. 크흑.'

유미는 속에서 올라오는 쓴 물을 삼켰다. 저도 셔츠 단추를 한두 개 더 풀어야 하나 고민해야 할 만큼 지원의 노출 수위는 과했다.

다소 굳은 표정을 한 이겸이 사무실 한가운데서 소란을 일으키고 있는 지원을 불렀다. 그러자 지원은 밝은 웃음을 지으며 유미에게 '안녕' 하고 인사를 한 뒤, 이겸에게 쪼르르 달려갔다.

"저! 저!"

유미는 손가락질까지 해가며 안타까워했다. 어쩔 수 없이 마주쳐야 하는 것은 맞지만, 최대한 이겸과 지원이 부딪치는 일이 없었으면 했다.

"잠깐 따라와요."

이겸은 지원을 끌고 빈 회의실에 들어갔다. 그리고 그는 자리에 앉자마자 인사팀에서 받아온 사원증을 지원에게 건넸다.

"임시 사원증입니다. 무슨 파일럿 프로그램 촬영을 이주일 씩이나 하는진 모르겠지만, 어찌 됐건 우리 팀에 온 이상……."

"둘이 있을 땐 말 편하게 해, 이겸아."

이겸은 자신의 말허리를 뚝 끊어낸 지원을 황당하게 바라보며 단호하게 말했다.

"여기는 회사입니다. 친구인 공유미 주임과 저도 회사에서 반말을 하진 않습니다."

"거짓말. 둘이 아침에 이야기하는 거 다 들었어. 반말하던데 뭘."

지원이 의미심장한 웃음을 보이자 이겸은 금세 자신의 거짓말이 들통이 난 것 같아 얼굴이 붉게 달아올랐다.

"그러니까, 제 말은…… 공적인 자리에서 말입니다."

그런 이겸이 귀여웠는지, 지원의 눈매가 반달 모양으로 휘어졌다.

"이겸이 너, 여전히 귀엽다."

지원은 턱까지 괴고 이겸을 찬찬히 뜯어보았다. 그는 묘하게 성취욕을 불러일으키는 매력이 있는 사람이었다.

"크흠. 이런 지적 기분 나쁘게 들릴지 모르겠지만, 회사에 올 때는 그런 과한 복장으로 오지 말아줬으면 합니다. 연예인이고, 촬영 때문에 온 건 이해합니다만, 우리 회사에 그렇게 입고 다니는 사람은 없으니까요."

이겸은 가슴이 깊게 파인 셔츠를 입은 지원을 쳐다보는 게 불편해 아예 시선을 모로 틀었다.

"뭐야……. 공유미랑 둘이 짜고 나한테 뭐라고 하는 거야? 이 옷, 코디가 준 거야. 코디가 입으라면 입는 거지, 뭐. 우리 같은 사람들이 무슨 선택권이 있어. 안 그래?"

"그럼 코디한테 잘 이야기해서…… 조율을 해보세요. 그런 차림은, 우리 회사 분위기와 어울리지 않습니다."

이겸의 어깨가 살짝 늘어졌다.

"뭐 어차피 보여주기 식일 테지만, 기본적인 업무는 최시윤 씨가 알려줄 거고……."

허 팀장은 지원의 촬영과 관련된 모든 일을 이겸에게 일임했다. 하지만 이겸은 되도록 지원과 마주하고 싶지 않았다. 유미가 신경 쓸 테니까. 여태까지는 차라리 유미가 지원과 자신의 사이를 오해하고 돌아서 주길 바랐지만, 이제는 아니었다. 그는 유미가 저와 지원의 사이를 오해하는 게 싫었다. 어쩔 수 없는 상황이라서 부득이하게 지원과 부딪쳐야 할 상황은 있겠지만, 최대한 멀리 하고 싶었다.

"네가 알려주면 안 돼?"

이겸의 눈빛이 순식간에 서늘하게 가라앉았다.

"김지원 씨의 사수는 최시윤 씨입니다. 더 궁금한 게 있으면 시윤 씨에게 물어보시고, 이만 일어나시죠."

지원은 서둘러 이 자리를 벗어나고 싶어 하는 이겸을 더 붙잡아두고 싶었다.

"궁금한 거 있어."

"……뭡니까."

지나치게 사무적인 이겸의 태도에 지원의 입꼬리가 살며시 올라갔다.

"나한테 이렇게까지 선 긋는 거, 공유미 때문이야?"

"네. 공 주임이 신경 쓰는 거 싫거든요. 김지원 씨와 제 사이."

조금의 고민도 없이 나온 지나치게 솔직한 이겸의 대답에 지원의 입술 끝이 살짝 경련했다.

"신이겸, 너 혹시 공유미 다시 만나니?"

무슨 말이든 받아칠 것 같았던 이겸에게서 아무런 대답도 돌아오지 않자, 지원은 그럴 줄 알았다는 듯 코웃음을 쳤다.

"공유미 입장에선 너랑 만나는 거, 처음…… 인가?"

지원의 얼굴에 화색이 돌았다.

"뭐야, 신이겸. 자존심 빼면 시체인 줄 알았더니. 이제 보니 자존심도 없네. 너랑 사랑했던 시간 자체를 부정하고 싶어서 다 잊은 애잖아, 유미가. 근데 어떻게 그런 앨 다시 만나?"

"함부로 말하지 마."

차디찬 이겸의 목소리가 회의실 안 공간을 가득 메웠다. 굳은 이겸의 표정을 보고도 지원은 그치지 않고 계속 말을 이어갔다.

"걔 아직 모르지?"

지원은 저에겐 곁 한 번 내주지 않던 이겸의 마음을 모두 가진 유미가 부러웠다.

"여기 회사야. 사적인 일로 길게 대화할 시간 없어."

"유미는 아직 모르는구나. 하긴 그거 알면 너랑 못 만나지. 그렇게 죽자고 쫓아다녔는데 원래 사귀던 사이였다는 걸 알면…… 그 충격, 어마어마할 거야. 그렇지?"

"그만하라고."

이겸은 대놓고 불편한 심기를 드러내 보이며 자리에서 일어났다. 아래턱이 아려올 만큼 이를 세게 깨물어보았으나 끓어오르는 감정은 쉽사리 수습되지 않았다.

"이겸아. 내가 바라는 건 딱 하나야. 나 너랑 잘 지내고 싶어."

"유미한테 말하고 싶으면 해."

지원은 자신이 가진 패가 마치 대단한 것이라도 되는 것처럼 굴었다. 하지만 이겸은 당황하기는커녕 오히려 한쪽 입꼬리를 밀어 올려 웃었다.

"정말 그래도 돼?"

지원은 우연히 유미가 사고로 기억을 잃은 사실에 대해 듣게 되었다. 이겸이 그 사실을 숨기고 싶어 한다는 사실도 알게 되었다. 그때도 유미에게 사실을 폭로해 버리겠다는 지원에게 이겸은 지금과 똑같이 말했다. 말하고 싶으면 하라고. 우습게도 이겸의 마음은 그때나 지금이나 변함이 없었다. 저를 대하는 태도도 같았고, 유미를 향한 마음도 같았다.

"김지원. 네가 크게 착각하고 있는 것 같아서 말해주는 건데. 유미가 내 말을 믿을까, 아니면 네 말을 믿을까?"

"당연히 네 말을 믿겠지. 근데 신이겸, 너 그거 알아? 넌 네가 한 짓을 그럴듯한 이유로 포장해서 변명하지만 너 그냥 나쁜 놈이야."

나쁜 놈. 유미가 저를 두고 자주 하던 말이었다.

"너도 지금 이런 걸로 네 마음 하나 얻어보겠다고 협박하는 나와 다를 바 없단 뜻이야."

"……네가 뭘 안다고 떠들어."

이겸의 턱 끝이 바르르 떨렸다.

"속에 어떤 사정을 숨기고 있는지 모르겠지만, 그 사실 하나만 놓고 보면 너 그냥 나쁜 놈이잖아. 안 그래? 사고 전까지 잘 사귀다가 기억 잃은 게 괘씸해서 무자비하게 차버린, 천하의 몹쓸 놈인걸."

이겸은 지원이 꺼낸 모든 말을 부정하고 싶었다. 하지만 그녀의 말에는 틀린 부분이 하나도 없었다.

이겸은 끝끝내 외면해 온 현실과 맞닥뜨리자 가슴이 얼얼해졌다. 유미에게 해명이든, 설명이든 해야 한다는 건 안다. 하지만 그러지 못했다. 처음엔 사랑을 지워낸 유미가 미웠다. 아무렇지도 않은 얼굴로 고백하고, 제게 엉겨 붙는 유미가 미워서 죽을 것만 같았다. 어떻게 사랑했던 우리의 추억을 모조리 지워 버린 채, 이토록 멀쩡한 얼굴을 하고 사귀어달라고 말할 수 있는 거냐고 화를 내고 싶었다.

모든 걸 이겨내고 다시 사랑한다고 말하기엔 그때의 자신은 너무나
도 어렸고, 어수룩했고, 또 사랑의 제대로 된 의미조차 깨닫지 못한
상태였다. 우습게도 시간이 흐르면 흐를수록, 유미를 향한 미운 마음
은 점점 더 큰 사랑으로 커져 갔다. 머리로는 미워 죽겠는데, 어리석
은 마음은 유미에게로 흐르고 흐르고 또 흘러갔다. 몇 번이고 다시
안고 싶었고, 수백 번을 다시 입 맞추고 싶었지만, 그럴 수 없었다.

'유미가 상처받는 것보다, 내가 상처받는 게 나았으니까……'

세상의 전부나 다름없었던 엄마가 저를 보호하고자 목숨을 잃은
걸 유미가 알게 되는 것이 그는 두려웠다. 유미를 사랑한단 이유로 마
음을 고백하고 다시 사랑하기엔 그로 인해 혹시라도 돌아올지 모를
기억이 유미에게 너무도 끔찍한 것이기 때문이었다. 돌아오는 기억을
막을 수 없다는 걸 이겸도 잘 알고 있었다. 하지만 유미의 기억이 돌
아올 수 없게, 돌아오더라도 최대한 늦게 돌아오게 만들면 된다고 생
각했다.

시간이 아주 많이 흐른 다음에, 아프기야 하겠지만 조금은 덤덤하
게 그 사실을 받아들일 수 있을 때까지 이겸은 기다릴 생각이었다. 분
명 그럴 생각이었다. 그러나 기다리지 못했다. 질투에 눈이 멀어버려
서. 유미를 놓치고 싶지 않아서. 그래서 기다려야 한다는 스스로의 다
짐조차 저버린 채, 결국 유미에게 고백해 버렸다.

아직도 가슴 한구석에 가득 찬 여러 감정은 완벽히 해소되지 못한
채 그 자리에 머물러 있었지만, 그래도 사랑하고 싶었다. 유미가 견뎌
주길 바랐다. 그게 자신의 크나큰 욕심에서 비롯된 것일지라도 더 이
상 숨길 수 없었다. 물론 그 어떤 이유로도 그간 유미의 사랑을 필사
적으로 밀어낸 것에 대한 변명은 되지 못하겠지만 말이다.

"왜 말이 없어? 응?"

깊은 생각에 잠긴 이겸에게 지원이 보채듯 물었다.

"말해."

그게 이겸이 내린 결론이었다.

"나쁜 놈이 되어도 상관없다, 이거지?"

"틀린 말은 아니니까."

그렇다고 이겸은 자신의 입으로는 죽었다가 깨어난다고 해도 말할 수 없었다. 누군가 유미에게 이 사실을 전해준다면, 그게 지원은 아니길 바랐다. 바람은 바람일 뿐, 있던 일이 없던 게 되는 건 아니니까. 지금으로썬, 지원이 어떤 식으로 일을 부풀려 얘기하든, 유미가 곧이 곧대로 믿지 않길 바라는 수밖에 없었다.

"내가 어떻게 말할 줄 알고?"

만약 유미가 지원의 말을 듣고 오해해서 다시는 저를 보지 않겠다고 한다면.

"네가 어떻게 말하든 상관없어. 난 유미를 믿어."

그 또한 저에 대한 유미의 믿음이 거기까지인 거니까. 만약 유미가 다시는 저를 보지 않겠다고 한다면 마음은 아프겠지만 그녀를 보내줄 것이다. 짧지 않은 시간 동안 한눈팔지 않고 저 하나만 바라보고 산 유미가 지원의 한마디에 흔들린다면, 그녀가 사랑한 자신이 딱 그만큼밖에 안 되는 인간일 테니까. 그녀에게 있어 남자 '신이겸'에 대한 신뢰가 딱 거기까지인 걸 테니까.

지나간 세월에 미련 두지 않고 유미가 원하는 대로 해줄 생각이었다. 그러나 또 한편으로는 차라리 유미에게 변명할 기회가 생겼으면 싶기도 했다. 지원에게 지난 일을 듣고 저를 찾아와 묻는다면 마지못해 이야기 해줄지도 모르는데……

"하아?"

"바빠서 이만 나가보겠습니다."

이겸은 차라리 잘된 일이라 여겼다. 위기는 기회로 삼으라는 말이 있듯, 이겸은 지원이 속 시원히 모든 걸 털어주길 기다리기로 했다. 유미가 어떤 선택을 할지 궁금해졌다.

이겸은 이미 한참 전에 일을 마무리한 상태였지만, 아직 일을 끝내지 못한 유미를 기다리고 있었다. 턱을 괴고 살짝 풀어진 자세로 유미를 지그시 바라보았다. 유미는 한 번 집중하기 시작하면, 그 싫어하는 개미가 제 몸을 타고 올라도 모를 만큼 집중력이 뛰어났다. 분명 배고 프다고 징징댈 시간이 넘었음에도 유미는 일에만 집중했다. 그로부터 한참 뒤, 같은 층 사무실을 쓰는 다른 팀 직원이 자리에서 일어섰다.

'드디어 가는 건가.'

유미와 자신을 제외한 모든 사람이 사무실에서 모조리 사라지기만을 기다리던 이겸은 발소리를 죽여 시윤의 자리로 향했다. 매일 옆자리에서 마음껏 유미를 감상하는 시윤이 부러워 죽겠다고 말하면, 비웃겠지. 이겸은 자신이 생각해도 우스운지, 입꼬리를 올려 소리 나지 않게 웃었다. 이겸이 시윤의 자리에 엉덩이를 붙이고 앉았음에도 유미는 여전히 주변에 신경 쓰지 않는 눈치였다. 이겸은 파티션 위로 고개를 쭉 빼고 사무실에 남아 있는 사람이 없는지 다시 한 번 훑었다.

'다 가버렸네.'

이겸이 유미 쪽으로 아예 몸을 돌리자, 의자도 덩달아 빙글 돌아갔다. 바퀴 달린 의자를 별 무리 없이 쭉 끌어서 유미 바로 옆까지 간 다음, 유미의 의자 팔걸이를 돌려 제 쪽으로 향하게 했다.

"뭐 하……."

유미의 말은 이겸의 입속으로 빨려들 듯 사라졌다. 팔걸이를 붙잡고 있던 이겸의 손이 유미의 허리를 가볍게 끌어안아 제 쪽으로 더욱 가까이 당겼다. 그와 동시에 입술 사이의 틈이 완전히 사라져 버리고 말았다. 벌어진 잇새로 몰캉하고 뜨거운 감촉이 밀려들었다. 정신을 차릴 수 없을 만큼 황홀한 순간이었다. 유미의 입안 모든 곳을 이겸의 숨결이 훑고 지나갔다.

주변을 의식해 불안하게 팔랑거리던 유미의 눈썹이 결국엔 완전히 아래로 내려앉았다. 제대로 호흡하지 못할 만큼 농밀하고 짙은 키스. 먼저 다가서기를 두려워하던 남자에게 받는 짜릿하고도 놀라운 격정적인 키스. 유미는 여기가 사무실이라는 사실도 잊어버릴 정도였다. 사랑을 표현할 수 있는 가장 완벽한 방법이 몸의 대화라고 했던가. 유미는 온몸을 간질이고 지나가는 감각에 기분이 묘했다. 이겸의 손이 닿은 허리에 맥박이 튀어 오르듯 팔딱거리는 느낌이었다.

"하아……."

모자란 숨을 헐떡거리며 먼저 입술을 뗀 건 유미였다. 너무 부끄러워서 얼굴이 화르륵 달아올랐다. 그제야 정신을 차리고, 고개를 빼꼼 위로 들어 올려서 사무실 내부를 살피는데 이겸이 웃음을 터뜨렸다.

"왜, 왜 웃어?"

유미는 양 볼에 붉게 홍조를 띠고 더듬거리며 물었다.

"아무도 없어."

"……그, 그으래?"

이번엔 입술을 말아 넣고 이마를 긁적이는 유미의 모습에 이겸은 웃음을 터뜨렸다. 언제 어디서고 참 적극적이면서, 사무실에선 남의 눈치를 살피는 모습이 퍽 귀여웠다.

"일 다 끝났어?"

"거의……."

유미는 잔뜩 떨리는 손으로 다시 마우스를 잡았다.

"내가 마무리 좀 도와줄까?"

부담스럽게 얼굴을 옆으로 바짝 들이대고 몸을 붙이는 이겸으로 인해 유미의 얼굴이 더 빨개졌다.

"아니. 괜찮아. 내가 할 수 있어!"

당황하자 한 톤 높아진 유미의 목소리가 사무실을 크게 메아리쳤다.

"좋았어?"

"뭐가?"

"방금 전 키스 말이야."

"헉!"

유미는 저도 모르게 자신의 입을 손등으로 가렸다. 혹시라도 이겸이 또 키스를 할 거라고 생각한 모양이었다.

"……별로였어?"

"넌 뭐 그런 걸 물어. 그리고 여기서…… 그러면 어떻게 해! 까, 깜짝 놀랐잖아."

"좋아 죽던데 뭘."

뭐가 어째?

"야!"

"아니야?"

"아닌 건 아니고……."

그렇게 대놓고 물어보면, 진실 되게 대답할 수밖에 없었다.

"맞네?"

"맞는데, 또 엄청 맞진 않고……."

"난 좋았는데."

당황해서 횡설수설하는 유미를 물끄러미 바라보던 이겸이 말했다.

"가, 갑자기 왜 그래. 너 뭐 잘못 먹었어?"

유미가 적극적으로 표현하는 쪽이라면, 이겸은 분명 소극적으로 서서히 조금씩 마음을 전하는 스타일이었다. 그런데 어찌 된 일인지, 오늘의 이겸이 훨씬 적극적으로 굴었다.

"아니. 지극히 정상인데."

외려 그런 걸 묻는 유미가 이상하게 느껴질 정도로 이겸은 아무렇지 않아 보였다.

"갑자기 왜 이렇게……."

들이대는데. 심장마비가 올 지경이다.

"빨리 끝내고 퇴근하자. 나 오늘은 옷도 챙겨왔어."

"무, 무슨 옷?"

"갈아입을 옷."

"……응?"

뭘 잘못 들었나? 뭘 챙겨왔다고? 갈아입을 옷? 그거 설마…….

"너희 집에서 자려고."

"……야! 누가 듣겠다."

유미는 이겸의 요망한 입을 틀어막았다. 아무리 사무실에 아무도 없다지만, 혹시라도 누가 들으면 어쩌려고 이런 말을 막 하는 건지. 심히 신이겸답지 않았다. 이겸은 웃으며 유미의 손을 붙잡아 아래로 내렸다.

"왜 그래. 아무도 없다니까?"

"그래도 그렇지. 너 오늘 이상해!"

"빨리 퇴근하고 맛있는 것도 먹고, 꼭 껴안고 잠을……."

유미가 이번엔 양손을 겹쳐 이겸의 입을 막았다. 위험하다! 얘 갑자기 왜이러니. 이중 철벽도 부족한 수준이었다.

"조용히 햇!"

이겸이 마지못해 고개를 끄덕이자, 유미는 의심스러운 눈초리를 하고 봉인된 그의 입을 풀어주었다.

"빨리 끝……."

"알았어! 금방 끝낼게. 잠깐 조용히 하고 있어. 암말 말고."

오늘따라 입만 열면 핵폭탄급 발언이라서 유미는 이겸에게 조용히 하지 않으면 가만두지 않겠다고 으름장을 놓았다. 가뜩이나 지원의 등장으로 심란해 죽을 지경인데, 이겸의 변화가 적응되지 않아 심장이 벌렁거렸다.

급하게 입을 마무리하고 집으로 향하는데, 유미는 부담스럽게 가벼운 발걸음으로 자신의 옆을 걷는 이겸의 모습이 적응되지 않았다.

"이겸아. 그냥 오늘은 집에 가서 자. 너 요즘 매일 집에 안 들어온다고 영이가 자꾸 나한테 연락 온단 말이야. 둘이 매일 밤 뭐 하는 거냐고."

이렇게 말하면 마지못해 그가 자신의 집으로 갈 줄 알았다. 원래 신이겸이라면, 이 정도만 해도 제 말에 담긴 의미를 파악해서 눈치껏 행동하던 녀석이었으니까.

"솔직하게 말해주지 그랬어."

그런데, 왜…… 이런 반응이 돌아오는 걸까.

"뭘 솔직히 말해?"

"매일 밤 뜨겁다고."

"뭐, 뭐가 어째? 너 오늘 왜 이래! 우리가 언제 뜨거운 밤을 보냈다고!"

이미 늦은 밤이라 동네를 오가는 주민들은 없었지만, 바깥에서 이런 말을 아무렇지 않게 하는 이겸이 정말이지 너무나도 이상했다.

'이런 녀석이 아닌데. 대체 갑자기 왜 이래!'

도망치듯 걸음을 빨리해서, 집으로 들어서는 유미의 뒤를 쫄랑쫄랑 이겸이 따랐다.

"집에 가라고!"

"언젠 같이 살자며?"

"……진짜 같이 살기라도 하겠다는 소리로 들린다?"

"나야 좋지."

사람이 갑자기 변하면 죽을 때가 된 거라던데. 이겸이 시한부 선고라도 받은 건가 싶어서, 유미는 미간에 주름을 잡고 심각한 표정을 지었다.

"호, 혹시 너…… 누구세요?"

"뭔 소리야."

이겸은 갑자기 자신의 얼굴을 찬찬히 뜯어보기 시작하는 유미의 행동에 한쪽 눈썹을 살포시 일그러뜨렸다.

"지금 제 남자친구 몸에 빙의되어 계신 당신은 누구신가요?"

"……뭐?"

유미는 이겸의 가슴팍을 똑똑 두드리고, 귀를 가져다 댔다.

"대답하세요. 안에 누가 들어 계신 건가요?"

"나 신이겸이거든?"

"아니야. 내가 아는 신이겸은 이런 사람이 아니거든. 누구세요? 저기요? 똑똑?"

"나 맞다고."

"아니, 설마! 아까 나눈 사무실에서 나눈 뜨거운 키스도! 설마! 그쪽이신가요?"

유미는 놀라서 커다래진 눈을 하고 그와 동시에 입도 크게 벌렸다.

"이상한 소리 할 거야, 계속?"

"말도 안 돼. 다른 영혼과 키스를…… 하다니. 어쩐지 예사롭지 않았어. 끄흡."

이번엔 우는 시늉까지 했다.

"나 멀쩡해."

"아아…… 너무 슬퍼. 우리 이겸이 몸에 다른 영혼이 빙의되었다니."

"소설 쓴다."

"……흐윽."

"하여간, 공유미 엉뚱한 건 알아줘야 돼."

이겸이 허탈한 웃음을 흘렸다.

"정말 신이겸이야?"

"그래. 나라고."

"근데 너 오늘 왜 그래? 갑자기 왜 이래?"

유미는 정말로 의아한 표정으로 물었다.

"내가 뭘."

"너 아닌 것같이 굴었잖아."

사실 이겸은 언제 어떻게 될지 모르는 관계에 더 이상 마음을 숨기지 않겠다고 마음먹은 상태였다. 지원과 이야기를 나누고 난 다음 이겸이 내린 결론이 그것이었다.

"내가 뭘 어쨌다고. 표현을 해줘도 뭐라고 하고. 안 하면 안 한다고 뭐라고 하고. 대체 어느 장단에 맞춰야 해?"

"……이상하다."

이상해도 너무 이상했다. 어떻게 사람이 이렇게 하루아침에 변할 수 있는 걸까?

"뭐가 그렇게 이상한데. 그럼 나, 아무것도 하지 말까?"

"아니! 아니이!"

유미가 세차게 고개를 가로저었다.

"나 그냥 집에 가?"

"아니요!"

그녀가 목소리까지 높여 반대했다.

"앞으로 다신 안 온다?"

"절대 아니요오!"

결국 원하던 대답을 얻어낸 이겸이 흡족하게 미소 지었다.

"그럼 나…… 들어가도 돼?"

이겸이 유미 집 대문에 발 하나를 걸쳐 놓고 물었다. 그런다고 안 들어갈 것도 아니면서.

"안 들어가고 뭐 하세요? 가시는 길 이쪽입니다."

유미는 이겸이 도망가기라도 할까 봐 그의 팔을 붙잡고 안으로 향했다. 단순한 여자 공유미와 온 머릿속에 계략이 넘쳐 나는 신이겸의 컬래버레이션이 이루어낸 성과였다.

"어? 아빠 왔다 가셨나?"

이겸은 이제 유미의 집에 들어서면, 습관적으로 신발을 벗은 다음 신발장 안에 가지런히 넣어두었다. 또 들킬까 봐…… 무서웠기 때문이다.

"어?"

신발을 넣느라 잠시 꾸물거렸던 이겸은 유미의 말을 늦게 알아채고 되물었다.

"아닌…… 가."

거실에 불을 켠 유미는 엉망이 된 집 안 광경을 발견하고서 우뚝 멈춰 섰다.

"왜, 뭣 때문에 그러는데……."

뒤늦게 유미를 따라 안으로 들어선 이겸 또한 놀란 건 마찬가지였다. 거실은 본래 가구라고 칭할 것도 별로 없을 만큼 심플했는데, TV가 놓인 서랍장이 모두 열려 있고 그 안이 헤집어진 상태였다. 이겸은 유미의 어깨를 끌어안았고, 손을 들어 눈을 가려주었다.

"너 잠깐 우리 집에 가 있어."

"도둑인가……. 집에 도둑이 들었나 봐."

"일단 우리 집으로 가자."

일단 다른 것보다도 유미를 진정시키는 것이 먼저였다. 집에 사람이 없는 것을 알고 들어온 좀도둑이 분명했지만, 거의 집에 혼자 사는 것이나 다름없는 유미에겐 충격과 공포일 터였다.

이겸은 그대로 유미를 집에서 데리고 나와 자신의 집으로 향했다. 걷는 내내 유미의 손이 달달 떨리는 게 이겸에게도 전해졌다. 뭐라고 해야 할까. 무슨 말을 해야 이 떨림이 진정될 수 있을까. 열심히 머리를 굴려보았지만, 놀란 건 이겸도 마찬가지였다. 머릿속에 떠오르는 위로의 말이 단 하나도 없는 게 함정이었다. 이겸은 자신의 집 대문이 보이자, 알 수 없는 안도감이 들었다.

"늦어서 다들 주무시고 계실 테니까, 내 방에 들어가 있어. 따뜻한 물에 샤워도 하고……."

"넌?"

불안한 유미의 눈동자가 사정없이 흔들렸다.

"경찰에 신고도 해야 할 테고, 정리도 해야 하니까. 내가 할게. 걱정 말고 들어가 있어."

이겸이 몸을 낮춰 유미의 볼을 쓰다듬었다.

"너는…… 괜찮아?"

"응. 난 괜찮아."

"아빠한테 내가 연락할게. 아빠랑 다 같이 가자. 혹시라도 아직 안에 있으면 어떻게 해?"

"괜찮아. 별일 없어."

별일 없어도 안 돼.

"가지 마…… 이겸아."

유미는 그를 혼자만 보낼 수 없었다.

"어……?"

"같이 가."

"위험해."

"못 보내."

유미가 이겸의 옷자락을 꽉 움켜쥐었다.

"공유미."

이겸은 야트막한 한숨을 내쉬었다.

"싫어. 아무 말도 하지 마. 가지 마. 위험해. 나랑 여기 같이 있다가 날 밝으면 같이 가든가. 아니면…… 우리 아빠 오면 같이 가든가. 그것도 아니면……."

유미는 절대로 이겸을 혼자 보내고 싶지 않아서 되는 대로 말을 뱉었다.

"유미야."

나지막이 유미를 부르는 이겸의 목소리가 그 어느 때보다 차분했다.

"안 돼. 혼자는 절대 안 돼."

"알았어. 안 갈게."

나긋나긋 흘러나온 이겸의 음성에 유미는 거짓말처럼 휘몰아치던 마음이 가라앉는 것을 느꼈다.

"……같이 있어. 나랑."

불안함보다는 걱정이 먼저였다. 유미는 이겸의 손을 꼭 붙잡았다.

'널 어쩌면 좋을까.'

이겸은 유미의 머리를 쓰다듬었다. 불안함에서 오는 두근거림인지 아니면 유미를 향한 마음으로 인한 설렘인지 알 수 없었다.

이영의 방 문틈 사이로 빛이 새어 나오는 걸로 보아 아직 잠들지 않은 걸로 보였다. 이겸과 유미는 최대한 발소리를 죽여 마룻바닥을 살며시 걸었다. 그리고 이겸의 방에 무사히 도착해서 방문을 닫는 순간, 두 사람은 참았던 숨을 터뜨렸다.

"흐아. 근데 우리 왜 이렇게 몰래 들어온 거야?"

"나도 몰라."

"……이 시간에 내가 여기 들어와 있는 걸 영이가 알면 난리가 날 텐데."

급작스럽게 일이 터지기는 했지만, 유미는 이렇게 늦은 시간에 도둑고양이처럼 이겸의 집에 몰래 들어와 있는 게 내심 마음에 걸렸다.

"잠깐 앉아봐."

이겸이 유미를 자신의 침대에 앉혔다.

"응?"

침대에 걸터앉은 유미가 이겸을 올려다보았다.

"내 옷 빌려줄게. 씻고 와."

"여기서 씻으라고?"

"그럼 같이 씻게?"

"야아!"

이겸은 옷장에서 티셔츠 하나와 반바지 하나를 꺼내어 유미에게 건넸다.

"얼른 씻고 와."

"……이 상황에 어떻게 속 편하게 샤워를 해."

"그럼 속 편하게 같이할까?"

이겸이 이번엔 서랍에서 자신의 속옷을 꺼냈다.

"헉! 아니! 아니!"

유미는 황급히 옷가지를 챙겨 자리에서 벌떡 일어났다.

"다녀와."

이겸은 유미의 등을 방문 밖으로 떠밀었다. 어둠이 짙게 내려앉은 거실에 홀로 쫓겨난 유미는 이겸의 옷을 품에 꼭 끌어안고 욕실로 걸음을 옮겨야 했다.

이겸은 유미를 욕실로 보내놓고 급하게 집 밖으로 뛰쳐나왔다. 유미의 집으로 향하면서 찬에게 메시지를 남겼고 경찰에 신고 전화를 걸었다.

유미의 집에 도착해 현관문을 벌컥 열었다. 아까 불을 켜둔 상태 그대로 집을 벗어났던지라 여전히 집 안은 환히 밝았다. 이겸이 움직이는 소리 말고는 아무런 소음도 없었다. 신발을 벗고 안으로 들어선 이겸은 마른침을 꿀꺽 삼켰다. 떨리는 마음으로 집 안을 다 둘러보았지만, 다행히도 인기척은 느껴지지 않았다.

"하아."

이겸이 흘러내린 앞머리를 뒤로 쓸어 넘겼다. 유미의 방 안에 들어

서자, 발 디딜 틈이 없을 만큼 물건들이 완전히 헤집어져 있는 상태였
다.

"대체 어떤 개자식이 이러고 간 거야."

무엇보다 지금 이겸을 곤란하게 만든 건, 이미 집을 털고 간 도둑을
잡는 것보다 위험한 이곳에 유미가 돌아와야 한단 사실이었다.

"하……."

바닥에 흩어진 유미의 옷과 물건들을 정리하며 분주하게 움직이던
이겸의 손이 무언가를 발견하고 멈칫했다. 책상 아래에서 반짝이는
반지에 이겸의 시선이 머물렀다. 그는 아주 느린 손길로 반지를 집어
들었다.

"이게 아직도 있네……."

그렇게 애지중지 보관하던 자신의 것은 잃어버렸고, 아무것도 기억
못 하는 유미의 것만 남았다. 참 아이러니하게도.

이겸은 문득 지원이 했던 말이 떠올랐다. 결국엔 모든 사실을 알게
된다면, 유미에게 자신은 그저 나쁜 놈에 불과하다는 것. 틀린 말은
아니었다. 유미가 기억을 잃고 난 뒤, 충분히 설명하고 이해시켰다면
서로 덜 상처받고, 아름다운 지금을 함께 맞이했을지도 모른다. 손바
닥에 유미의 반지를 말아 쥔 이겸의 몸이 살짝 떨렸다. 그대로 무릎을
꿇고 앉은 이겸은 목구멍 가득 눈물이 차올라 견딜 수 없었다.

"내가 그걸…… 너한테 어떻게 말하냐."

이겸은 도저히 자신의 입으로는 그 진실을 말할 수 없었다.

"이 반지가, 나랑 나눠 낀 커플링이라고 내가 너한테 어떻게 말해."

이미 유미에게 상처라면 줄 대로 줬는데 이제 와서 '난 그동안 널
많이 사랑했어'라고 변명한들, 이미 그녀의 마음에 난 상처가 없던 게
되는 건 아닐 테니까.

"우리가…… 사실은 너무나도 사랑했던 사이라고, 어떻게 내 입으로 말해."

이겸은 미어지는 가슴을 툭툭 쳤다. 그래도 숨을 쉬지 못할 것 같은 답답함은 해소되지 않았다.

"네 기억이 돌아오면, 지금 느끼는 이 모든 행복이 깨져 버릴지도 모른다는 걸 내가…… 어떻게 너한테 말할 수 있겠어. 유미야……."

이제 행복할 일만 남았다고 생각했다. 살얼음 위를 걷는 듯 불안했지만, 그는 유미와 함께 행복이란 종착점을 향해 더디지만 아주 잘 걸어가고 있다고 생각했다. 그러나 예상치 못한 장애물이 늘 존재하듯, 이겸은 진실이라는 장벽 앞에 결국 무너져 내리고 말았다.

주먹을 쥐고 가슴에 갖다 댄 채로, 이겸은 고개를 푹 떨궈냈다. 눈물은 이미 말라 없어져 버린 줄 알았다. 그런데 아직도 더 나올 눈물이 남아 있었던 모양이다. 이렇게 또 눈물이 나는 걸 보면…….

북받친 감정은 쉽사리 가라앉지 않았다. 채 수습되지 못한 감정의 화마가 끊임없이 덮쳐 올 때였다. 바깥에서 걸음 소리가 들려왔다. 급하게 눈물을 집어삼킨 이겸은 반지를 주먹에 꽉 움켜쥐고 몸을 일으켰다. 누군가의 발소리가 가까워질수록 심장박동 수는 더욱 빨라졌다. 이겸은 방에 무기가 될 만한 게 있는지 훑어보았다. 온통 어질러진 방에서 보이는 건 옷장에 걸린 옷걸이뿐이었다.

'이거라도 들고 있어야지.'

또다시 집에 도둑이 들기라도 한 걸까. 긴장한 이겸의 목울대가 출렁였다. 발소리는 이제 완전히 가까운 곳까지 다가선 상태였다. 유미의 방문 바로 앞에서 뚝 멈춘 발소리와 함께 문고리가 끼익 돌아갔다. 문이 열리자마자 이겸은 위협적으로 양손을 높이 들어 올렸다가 황급히 내렸다. 문을 연 사람은 다름 아닌 찬이었다.

"어억……."

"창밖에서 그림자가 움직이는 게 보이기에 와봤더니, 겸이 너였구나."

"엇. 죄송합니다."

이겸은 들어 올린 손을 내리고 황급히 고개를 숙여 방금 전 무례한 행동에 대해 깍듯하게 사과했다.

"아니. 아니지. 그럴 만해. 소식 듣고 심장이 철렁했다. 집에 사람이 없었기에 망정이지. 혹시라도 유미가 집에 있을 때 놈이 들이닥쳤을 걸 생각하니까 눈앞이 캄캄하더구나."

찬은 이겸에게 소식을 전해 듣고 혹시 유미가 잘못되기라도 했을까봐, 걱정이 앞서서 운전을 할 생각도 하지 못한 채 택시를 타고 헐레벌떡 달려왔다.

"저도 놀랐습니다."

유미를 대신해 집을 지키고 있는 이겸을 보는 순간, 찬은 자신도 모르게 약간 안도했다.

"유미는?"

"저희 집에 있어요."

"잘했다. 잘했어."

유미를 안전한 곳으로 옮겨놓고 일을 처리하는 것 또한 다행이었다. 찬이 이겸의 어깨를 두드리며 칭찬했다. 처음 찬에게 받은 칭찬에 이겸의 굳었던 표정이 살짝 풀렸다.

"나머진 내가 처리할 테니까, 얼른 유미한테 가봐. 그 녀석 많이 놀랐겠네."

"네…… 아무래도."

혹시라도 위험이 도사리고 있을지 모르는 이곳에 찬을 혼자 두고 가는 것이 못내 마음에 걸려 이겸은 가지 않겠다고 고집을 부렸다. 하지만 찬은 그런 이겸을 극구 유미의 곁으로 돌려보냈다. 등 떠밀려 유미의 집에서 쫓겨난 이겸은 터덜터덜 자신의 집을 향해 걸어갔다.

'지금쯤 내가 말도 없이 나온 걸 알고 노발대발하고 있을 텐데⋯⋯.'

답답한 마음과 달리 이겸의 입가에 옅은 미소가 생겨났다. 자신에게 웃음을 주는 유일한 사람이 유미라는 사실이 다행스럽다가도, 알 수 없는 감정에 고뇌하길 반복했다.

집에 와 방으로 들어선 이겸은 침대에 웅크리고 잠든 유미를 바라보았다. 손에 휴대폰을 꼭 쥔 채로 잠든 걸 보니, 자신의 연락을 기다리다가 곯아떨어진 모양이었다. 오늘 하루가 몹시 길고 피곤했다. 이겸은 침대 쪽으로 걸어가서, 몸을 낮추고 무릎을 굽혀 앉았다. 그리고 유미의 방에서 찾아온 반지를 그녀의 손 위에 대보았다.

'이 정도 사이즈면 되려나.'

예나 지금이나 손가락이 가느다란 건 여전해서, 지금도 이 사이즈가 그대로 맞을 것 같았다.

다음 날 아침. 일찍 잠에서 깬 이겸은 입을 벌린 채 대자로 뻗어서 자고 있는 유미를 보고 헛웃음을 터뜨렸다.

"업어가도 모르겠네."

바닥에서 잠을 청한 탓일까, 몸이 찌뿌드드해서 기지개를 켜고 몸을 풀었다. 어쩐지 오늘은 몸도 마음도 상쾌한 기분이었다. 거실로 나오자 미진이 아침 식사를 준비하는 소리가 들려왔다.

"이겸이 나왔니?"

"어머니."

답지 않게 쭈뼛거리는 이겸의 행동에 미진이 고개를 갸우뚱거렸다.

"응? 왜?"

"유미…… 제 방에 있는데."

"유미?"

"네……."

혹시라도 미진이 이상한 오해를 할까 봐 이겸은 황급히 다음 말을 덧붙이기 위해 입술을 떼려했다.

"밥 먹으러 나오라고 해."

응? 뭐지, 이 반응은?

"네?"

"자고 있어? 빨리 나오라고 해. 밥 다 됐거든. 영이도 좀 부르고. 아버진 방금 들어오셨어."

"……아, 아무렇지 않으세요?"

"응? 뭐가?"

이겸은 괜히 잔뜩 쫀 상태로 미진에게 유미의 상황을 자연스럽게 설명하고 자신의 침대에서 유미를 재웠다는 걸 말하고 싶었다. 그런데 미진은 아무것도 묻지 않는다.

"아니, 유미가 제 방에서 잠을 잤다니까요?"

"그게 뭐?"

"……뭐, 뭐야."

"오빠. 유미 언니 왔어?"

방금 막 잠에서 깬 듯 부스스한 얼굴로 눈을 비비며 식탁 의자에 앉은 이영이 컵에 한가득 물을 따라 마시며 말했다.

"아니, 내 방에서 잤다니까?"

이젠 가족들이 유미와 저의 깊은 관계를 좀 알아줬으면 싶었다.

"왜 이래? 이 오빠가. 뭐, 잘 잤냐고 물어봐 줘야 해? 잘 잤어, 우리 오빠?"

'뭐야. 이 사람들이.'

이겸은 대혼란에 빠졌다. 어떻게 된 사람들이 남자와 여자가 한방에서 밤을 지새웠는데도 이렇게 아무렇지 않은 반응을 보일 수 있을까. 심지어 결혼도 하지 않은 청춘 남녀.

그때, 오래간만에 모습을 드러낸 이겸의 아버지, 현수가 피곤한 듯 고개를 돌리며 자리에 앉았다.

"아버지!"

"어, 그래. 이겸아. 오래간만이다. 요새 내가 너무 바빠서……."

아버지의 말을 한 번도 말을 끊어본 적 없는 효자 이겸은 그의 말을 싹둑 끊어내고 또박또박 말했다.

"어젯밤에, 유미가 제 방에서 잤는데요."

"그러니?"

'그러니'라니? 현수는 너무나도 자연스럽게 이영이 따라준 물을 마시며 대답했다.

"왜 다들…… 이런 반응이세요?"

"무슨 반응을 어떻게 보여야 하는데? 오빠 되게 웃긴다. 그럼 우리가 유미 언니랑 오빠를 두고, 함께 합방을 했으니 축하 파티라도 해야 하는 거야? 엉?"

이영은 잔뜩 꼬인 말투로 이겸을 향해 톡 쏘아 붙였다.

"으아! 여기 터가 좋은가. 꿈도 안 꾸고 잤네."

역시 부스스한 모습으로 기지개를 켜며 어기적어기적 걸어 나온 유미조차도 그랬다. 그녀의 모습은 너무나도 자연스럽다.

"다들 이상해."

이겸은 순간적으로 솟구치는 이 감정이 무얼까 잠깐 생각해 보았다. 겨우 자각하고, 내린 결론은 서운함이었다. 유미와 저를 두고 아무런 사이도 아닐 거라고 단정 지어 생각하는 가족들에게 느끼는 서운함이 분명했다.

"우와. 계란찜! 오늘 아침은 든든히 먹고 출근하겠네에."

유미는 어깨춤을 추며 자리에 앉았다. 자연스럽다 못해 완전히 이 집에 융화되기라도 한 사람처럼 구는 유미를 보며 이겸은 짧게 헛숨을 터뜨렸다. 분명 갓 지은 밥을 씹는데, 마치 돌을 씹는 것처럼 딱딱한 느낌이었다. 가족들과 화기애애하게 대화를 주고받는 유미의 모습에 이겸은 왠지 가슴이 따끔거렸다.

"아버지. 피곤해서 어떻게 해요? 저희 집에 홍삼 선물 들어온 게 있는데, 가져다 드릴까요?"

그럴 땐 피곤해 보이시는데 홍삼 하나 선물해 드릴게요, 라고 해야지. 곧이곧대로 집에 선물 들어온 게 있는데 먹는 사람이 없으니 너나 먹어라. 이런 뉘앙스를 풍기는 유미의 말에 이겸의 눈빛이 날카롭게 번뜩였다.

"아, 좋지! 홍삼 그게 그렇게 피로 회복에 좋다며?"

"저녁에 가져다 드릴게요! 먹기 편하게 되어 있어서 사무실에 두고 드시면 돼요!"

"여보. 우리 유미 붙임성 좋은 것 좀 봐. 누가 데려갈진 몰라도 복 받았네."

현수는 흡족한 듯 껄껄거리며 호탕하게 웃었다.

'뭐야……'

반짝반짝 빛나는 분위기 한가운데에는 공유미가 있었다. 공유미의 말 한마디에 가족 모두가 하하호호 웃었다.

"아버지…… 저 어제."

"그래. 유미 저번에 선본 건 어떻게 됐니? 너무 오래전이라 물어보기도 민망하다만."

이겸이 무슨 이야길 꺼내보려 했지만, 그 틈을 기어이 비집고 들어온 건 현수였다.

"아…… 선이요."

유미는 입안에 음식물을 가득 넣고 오물거리다, 잠시 곁눈질로 이겸의 눈치를 살폈다.

"잘 안 됐어요. 그쪽이 워낙 스펙이 좋아서 제겐 과분하죠."

"과분하긴 뭐가 과분해! 그런 덜떨어진 것도 의사라고, 나 참."

이겸은 답답한 듯 밥풀까지 튀겨가며 소리쳤다.

"……너 왜 그래. 더럽게."

유미는 이겸의 입에서부터 흘러나온 밥풀이 자신의 밥그릇 안에도 튀었나 싶어 급하게 살폈다.

"오늘 이렇게 다들 모이신 것도 기회인데, 드릴 말씀이 마침 생각났네요."

유미는 윗입술을 말아 넣고 불안한 표정으로 이겸을 바라보았다. 항상 과묵해서 말수가 적던 이겸이 핏대까지 세워가며 목소리를 높이는 통에 모두의 시선이 그에게로 집중됐다.

"저…… 사귀는 사람 있어요."

막상 멍석 깔아주니 유미와 사귄다는 말을 덜컥 하지 못하고, 교제 사실을 폭로해 버렸다.

"뭐어? 누구? 누군데에?"

여자 보기를 돌같이 하던 이겸에게 여자친구가 생겼단 사실에 미진은 경악을 금치 못했다. 놀라서 격한 반응을 보이는 미진과 달리 현수는 국을 한 숟갈 떠 올리며 고개를 끄덕였다.

"그래. 너도 이제 슬슬 여자도 만나보고 해야지. 언제까지 솔로로 살 작정이야. 잘했다."

"아주 가까운 사람이에요!"

여차하면 터뜨려 버리고 말겠다는 생각으로 이겸은 더욱 비장한 표정을 지었다.

"등잔 밑이 어두운 법이니까."

궁금해할 줄 알았는데. 궁금해하면 말하려고 했는데. 어째 반응이 시큰둥한 눈치다.

"……결혼 생각하고 만납니다. 저."

"푸흑."

이겸의 입에서 쏟아져 나온 '결혼'이란 단어에 유미의 입에서 밥이 분수처럼 뿜어져 나왔다. 밥풀이 밥상 여기저기 달라붙었다. 현수의 국그릇에도 튀고, 미진의 숟가락 위에도 튀고, 이영이 먹으려고 집어 든 마른새우볶음 위에도 튀었다.

"……어억. 이걸 어째."

유미는 너무 놀라서 몸을 벌떡 일으켰다.

"괘, 괜찮으세요?"

현수의 눈썹과 눈썹 사이 정중앙에 붙은 밥풀이 아슬아슬하게 매달려 있었다. 유미는 안타까움을 가득 실어, 살며시 손을 뻗었다.

"죄송합니다아……."

그러고는 현수의 미간에 붙은 밥풀을 떼어 제 입속으로 집어넣었다. 현수의 벌어진 입술 사이로 낮은 한숨이 새어 나왔다.

'어떡해……. 아버님한테 찍혔나.'

긴장한 유미는 테이블 아래로 발을 살짝 꼬고 마른침을 꿀꺽 삼켰다.

"괜찮다……."

정말 다행인 것은, 이겸의 폭탄선언이 팝콘처럼 튀어 오른 밥풀 덕에 묻혔다는 사실이었다.

"결혼 생각하고 만나는 사람이 누군데? 언제 한 번 집에 데리고 와. 결혼까지 생각할 정도면 인사 시켜줄 수 있잖니. 그렇죠, 여보?"

미진이 궁금증으로 가득 찬 얼굴을 하고 물었다.

"때 되면 이겸이가 알아서 하겠지."

그에 반해 현수는 무감하게 자신의 어깨에 붙은 밥풀을 떼어내며 말했다.

"곧 집에 데리고 올게요."

그렇게 말하고는 이겸이 유미 쪽을 한번 슥 훑었다.

유미는 이겸의 그러한 행동들에 경악할 수밖에 없었다.

가족들이 다 모인 자리에서 갑자기 그런 소리를 해버리다니. 유미는 아랫입술을 앞으로 쭉 내밀고 원망스레 이겸에게 시선을 돌렸다. 그런데 그는 너무나도 아무렇지 않은 표정으로 국을 떠먹고 있었다. 황당해진 유미와 달리 이겸의 행동은 그야말로 미치도록 차분했다. 보는 사람 속이 뒤집힐 만큼.

난데없이 몸을 일으킨 이겸은 싱크대 위 건조대에 놓인 컵을 들어 정수기 물을 받았다. 졸졸졸 물 흐르는 소리가 조용한 주방에 크게 울려 퍼졌다. 다시 자리로 돌아와 앉은 이겸은 유미와 눈을 맞췄다.

"너도 마실래?"

능청스럽게 툭툭 던지는 이겸의 말이 유미의 귓가에 쏙쏙 박혔다.

"허……."

유미는 허탈한 웃음을 흘렸다.

"저는 먼저 일어나 보겠습니다."

그뿐인가. 이겸이 마시던 물컵을 유미의 앞으로 밀어놓고 자리에서 일어났다. 유미는 타는 속을 달래기 위해 이겸이 밀어준 컵을 그대로 들어 한꺼번에 벌컥벌컥 마셨다. 그리고 황급히 자리에서 일어나 그의 뒤를 따랐다.

　"잘 먹었습니다!"

　걸음은 또 어찌나 빠르신지. 유미는 벌써 방으로 쏙 들어가 버린 이겸의 뒤를 빠르게 따라 들어갔다.

　"너는! 거기서 그런 소리를…… 헉!"

　방문을 벌컥 열어젖히고 으르렁대던 유미는 눈앞에 펼쳐진 놀라운 광경에 모든 행동을 멈추고 말았다.

　"야! 노크하는 법 몰라? 빨리 나가!"

　상체 노출은 물론이요, 치골 아래까지 반쯤 내려간 이겸의 바지를 물끄러미 내려다보던 유미가 그제야 눈을 가렸다.

　'옴마! 오늘 나…… 계 타는 날인가.'

　놀라서 허둥대는 이겸과 달리 유미는 지나치게 느긋했다.

　"어딜 들어와. 옷 갈아입을 거야! 나가!"

　유미가 눈을 가리고 슬금슬금 침대 쪽으로 걸음을 옮기자 이겸은 급하게 바지를 추켜올리며 소리쳤다.

　"나가긴 어딜 나가. 여기가 내가 있을 곳인걸."

　유미는 침대에 걸터앉아 안 보이는 척 눈을 가리고 대답했다.

　"가리는 척은 대체 왜 하는데? 손가락 틈으로 보고 있는 거 다 보이거든?"

　이겸은 눈을 가늘게 뜨고 의심 가득한 눈빛으로 유미를 노려보았다.

　"……아이참, 들켰나?"

유미는 혀를 쏙 내밀고 눈 위를 덮고 있던 손을 치워냈다. 이겸은 짜증스럽게 눈썹을 구겼다.

"하던 거 계속해. 우리 사이에 뭘."

"우리 사이가 뭔데!"

"곧 정식으로 부부가 될?"

이런 식으로 복수를 하나?

"아니…… 출근은 해야지! 너도 옷 갈아입어야 할 것 아니야? 준비 안 할 거야? 가서 좀 씻어."

"매일 씻고 출근하란 법 있나? 하루쯤 안 씻고 출근해도 돼."

유미는 살며시 몸을 기울여 머리를 받치고 옆으로 비스듬히 누웠다.

"뭐가 어째?"

"옷 갈아입어. 얼른."

유미가 한 손을 들어 나풀거렸다. 얼른 하던 거 계속하라고. 구경은 자신의 몫이라고.

"어휴, 저걸 진짜……."

잔뜩 달아오른 얼굴을 하고 이겸은 유미를 끌어내기 위해 침대 쪽으로 다가갔다.

"왜! 구경 좀 하자! 좋은 건 다 같이 보는 거야!"

"구경 같은 소리! 빨리 나가!"

"아이, 어차피 볼 거잖아! 좀 먼저 보면 안 되나? 응?"

그래, 어차피 보겠지! 언젠가 보겠지! 근데 그게 지금은 아니야! 라고 이겸은 크게 외치고 싶었다.

"안 돼! 안 된다고!"

그는 시뻘겋게 달아오른 얼굴로 유미의 팔을 끌어당겼다.

"얼굴은 왜 빨개지는데?"

"……빨리 일어나! 좀! 힘은 더럽게 세!"

"아닌 게 아닌데?"

유미가 고개를 살짝 모로 틀어서 이겸에게 얼굴을 바짝 들이댔다.

"뭐야…… 뭐!"

귀까지 빨개진 이겸은 눈을 부라리며 대꾸했다.

"너 뭐 이상한 상상했구나, 맞지?"

"아니야!"

"에이, 뭐 어때, 부부 사이에. 솔직히 말해봐. 무슨 생각 했어? 응?"

"나가!"

이겸은 다시 한 번 힘이 잔뜩 들어간 유미의 몸을 끌어 올렸다. 그러나 유미는 저를 끌어내리려는 이겸에게 필사적으로 반항하며 이겸의 허리를 끌어안았다.

"윽!"

갑작스럽게 안겨온 유미로 인해 이겸의 입술 사이로 야트막한 신음이 흘러 나왔다. 유미를 짓누르지 않기 위해 순간적으로 매트리스를 한 손으로 짚은 이겸의 팔이 부들부들 떨렸다.

"신이겸."

동그랗고 반짝이는 큰 눈을 깜빡거리며, 유미가 이겸을 올려다보았다. 흐트러진 유미의 머리카락이 하얀 시트 위에 색을 입혔다.

"……왜!"

이겸은 유미의 다리 사이에 무릎을 대고 버티는 어정쩡한 자세가 불편했다.

"누가 너랑 결혼해 준대?"

"뭐?"

"네가 결혼하겠다고 하면, 내가 해줘야 해?"

홧김에 결혼이란 단어를 질러 버린 게 화근이었다.

"……아니."

"그렇게 말하면 오해하잖아. 가족들도, 나도."

"미안해."

이겸은 자신의 가족들 사이에 완벽히 융화된 유미의 모습이 좋으면서도 싫었다. 가족들이 저보다 더 가족처럼 유미를 대하고, 옹호하는 것이 좋으면서 싫다.

'내 공유미를…… 빼앗긴 것만 같아.'

질투로 비롯된 감정이 활활 타올랐다.

"우리 이겸이……."

유미가 눈썹을 팔(八)자 모양으로 만들었다.

"뭐야, 또……."

"결혼하고 싶었어요? 우쭈쭈?"

"아, 아니야!"

"괜찮아. 괜찮아. 그래, 대놓고 결혼하잔 말은 못 하겠고, 그렇게라도 표현하고 싶었어? 응?"

유미는 이겸의 볼을 폭 감싸 쥐고 생긋 웃었다. 환하게 웃음 짓는 유미의 볼에 보조개가 움푹 패였다.

"하지 마. 가족들 다 있는 집에서 이게 뭐 하는 짓이야!"

이겸은 몸을 비틀어 일어나려 했지만, 한 손으로 자신의 허리를 붙든 유미로 인해 몸을 움직일 수가 없었다.

'대체 뭘 먹어서 이렇게 힘이 센 거지?'

갑자기 고개를 바짝 쳐드는 유미를 발견한 이겸은 놀라서 움찔거리다가 결국 두 눈을 질끈 감아버렸다. 잠시 암흑에 갇힌 이겸은 아무 일도 생기지 않자 파르르 떨리는 속눈썹을 살며시 들어 올렸다. 숨을 죽이고 키득거리는 유미의 얼굴이 보였다.

"어이구. 귀여워. 우리 겸둥이."

유미는 이겸의 볼을 꼬집어 옆으로 쭉 늘어뜨렸다.

'나 지금…… 당한 거야?'

"뽀뽀는 나중에 진하게 해줄게. 아무도 없을 때! 알았지? 응?"

아무도 없을 때……. 왜 그 포인트에서 심장이 두근거렸을까? 이겸은 수치심에 몸을 바르르 떨며 몸을 일으켰다. 온몸에 닭살이 돋아나서 미칠 지경이었다. 한 손으로 입을 틀어막고 달아오른 몸과 마음을 가라앉혀 보려 했지만, 끓어오른 열기는 쉽사리 식지 않았다.

'내가…… 뭘 바란 거지.'

어쩌자고 눈을 감아버린 걸까. 유미가 당연히 입을 맞춰올 것이라 생각한 것이다. 인정하고 싶지 않지만, 이겸은 점점 유미에게 물들어 가고 있었다. 마치 유미에게 희롱당한 것만 같다. 이 아찔한 연애의 주도권을 뺏긴 것도 모자라, 스킨십의 주도권까지 뺏긴 것인가.

'너 이 새끼, 남자도 아니다…….'

유미나 저나, 연애 한 번 못 해본 건 마찬가지였지만, 그래도 이건 아니었다. 이겸은 스스로 자책하기에 이르렀다. 등 뒤로 들려오는 유미의 비웃음이 자신을 더욱 초라하게 만들었다.

이겸과 함께한 출근길에 최고조에 다다른 유미의 기분은 날아갈 듯 즐거워 보였다. 한데, 유미가 간과하고 있던 사실이 하나 있었다. 연애의 달달한 꿈에 흠뻑 젖어 지원이 회사에 있단 사실을 까맣게 잊고 있었던 것이다.

"좋은 아침이에요! 대리님!"

트레이드마크와도 같은 눈웃음으로 이겸에게 인사를 건네는 지원을 본 유미의 표정이 굳었다.

"김 사원! 좋은 아침이에요!"

유미는 언짢은 기분을 속으로 삼키고, 지원에게 밝게 인사했다.

'지원이, 저 불쌍한 영혼. 네가 아무리 날고 뛰어봐라. 신이겸을 쟁취한 건 나라고.'

지원은 묘하게 기분 나쁜 미소를 짓는 유미를 떨떠름한 표정으로 쳐다보았다. 이겸과 나란히 사무실로 들어오는 유미가 퍽 아니꼬웠다.

"그냥 지원 씨라고 편하게 부르시지. 굳이 김 사원이라고 하시다니."

"어이쿠. 기분 나빴어요? 미안해요. 아직 '지원 씨'라는 호칭이 입에 붙질 않아서."

유미는 미안한 기색을 표하며 지원에게 어색한 웃음을 지어 보였다.

"오늘 주간 회의 있어요. 우리 지원 씨도 업무 파악 정돈 해야겠죠?"

유미가 생긋 웃으며 간드러지는 목소리를 냈다.

"업무…… 파악이요?"

"그럼요. 우리 천천히 업무에 대해서 같이 알아보는 시간을 가져 보도록 해요."

지원의 얼굴이 심각해졌다.

"뭘, 어떻게요?"

삽시간에 지원과 유미 사이에 어색한 기류가 흘렀다.

"어디 보자. 주간 회의는 1시로 잡혀 있으니까, 그전까지 차주 업무

계획에 대해서 공부해 보도록 할까요?"

유미에게 농락당하고 있는 듯한 느낌에 지원의 눈동자에 불이 일었다.

"공부요?"

그저 눈속임만 하면 되는 건데. 공부라고? 대사 외우는 것도 벅차서, 한 컷도 수십 차례 끊어가는데? 고작 며칠 촬영하고 가는 마당에 업무를 알아보라니, 이게 무슨 개 풀 뜯어 먹는 소린지. 지원은 황당함에 팔짱까지 끼고 코웃음으로 그 황당함을 표현해 보았다.

"어렵지 않아요. 잠깐만요!"

유미는 지난 한 달 동안 정리해 출력해 둔 회의록을 지원에게 건넸다.

"이, 이걸 다요?"

못해도 몇 십 장은 되어 보이는 서류 뭉치였다.

"다 비슷비슷한 내용들이에요. 내가 또 학교 다닐 때부터 노트 필기는 잘했거든. 우리 팀장님이 정리 잘한다고 회의록은 나한테만 맡겨요."

지원은 말없이 유미에게 건네받은 회의록을 휙휙 넘겨보았다.

KPI지표? 전략 기획안? 매출 분석?

'이게 다 뭐야…… 이게 한국말이야, 뭐야?'

지원은 보고도 이해되지 않는 문자와 숫자들에 당혹감을 감추지 못했다.

"정말 어렵지 않은 것들이에요. 점심 먹고 회의 같이 들어가려면 눈에 익혀두기라도 해야지."

유미가 살갑게 지원의 어깨를 톡톡 두드리며 격려했다. 그리고 자리로 돌아와 매우 흡족한 표정을 지으며 푸스스 웃었다.

"주임님?"

"응. 시윤 씨."

"김지원 씨, 괜찮을까요?"

시윤이 살짝 고개를 옆으로 빼고는 아주 작은 목소리로 말했다.

"잠깐이지만 같이 일하게 될 텐데. 업무 파악하는 덴 주간 회의 자료만 한 게 없지?"

유미는 차마 지원에게 약간의 엿을 선사하고자 했단 말은 하지 못했다.

"주임님 되게 말랑말랑한 성격인 줄 알았는데, 라이벌한테는 꽤 살벌하네요."

"라이벌? 누가? 누가 나랑 라이벌이야?"

"김지원 씨도 신 대리님 좋아하시잖아요."

"뭐, 그거야⋯⋯."

시윤의 말을 듣고 보니까 유미는 자신이 너무 지원의 입장은 생각하지 않고 못되게 군 것 같아서 괜스레 미안해졌다. 유미는 난해한 얼굴로 종이를 뒤적거리는 지원을 빤히 바라보았다.

'내가 너무⋯⋯ 심했나?'

어차피 이겸을 차지한 건 자신인데, 지원이 그의 첫사랑이란 이유로 미워했던 건 아닌지. 거기에까지 생각이 미치자 유미는 급격하게 지원을 향한 불편함과 미안한 감정이 동시에 몰려들었다.

"기, 김지원 씨?"

유미는 잠시 카메라가 꺼진 틈을 타 지원을 불렀다.

"왜요?"

"잠깐만 나 좀 봐요."

메이크업을 고치고 있던 지원은 의아한 표정으로 유미의 뒤를 따라 나섰다.

'그래. 쟤도 일하러 온 건데 말이야. 내가 너무 애를 몰아세웠어. 괜히 날 세워 대한 것에 대해 깔끔하게 사과하고 앞으로 잘 지내보자고 이야기하는 거야!'

유미는 특별히 지원을 위해 자판기 커피가 아닌, 카페에서 아메리카노 두 잔을 샀다. 복도를 나란히 걷다가, 유미는 지원에게 들고 있던 커피 한 잔을 건넸다.

"커피 한잔할래?"

유미는 두 손에 커피를 들고 있었다. 한 잔이 본인 거인 건, 바보가 아닌 이상 알 수 있는 사실이었다.

"나 커피 안 마셔."

유미는 순간 울컥하는 감정을 억누르고 어색하게 입꼬리를 올려 웃었다.

"내가 특별히 카페 가서 사왔단 말이야. 마셔요."

팔짱을 말아 끼고 걷던 지원은 갑자기 그 자리에 우뚝 멈춰 섰다.

"나한테 뭐 할 말 있어?"

"뭐 꼭 할 말이 있다기보다는……."

그냥 앞으로 잘 부탁한다거나, 뭐 그런 시답잖은 말이라도 먼저 건네면서 그동안의 감정을 풀어보려 했다. 지원의 시선이 유미의 손에 들린 테이크아웃 커피 잔으로 향했다.

"왜? 생각해 보니까 카메라 앞에서 사람 바보 만든 게 미안해졌어?"

"너는 무슨 말을 그렇게 해……. 나는……."

의도와 달리 대화가 이상한 쪽으로 흘러가자, 유미는 당혹감을 감추지 못했다.

"착한 척하지 마."

"……어?"

유미는 지원과 말싸움을 하려고 그녀를 불러낸 게 아니었다.

"너 신이겸 앞에선 안 이러잖아. 신이겸도 너 이렇게 앞뒤 다른 거 알아?"

유미는 지원에게 이렇다 할 변명조차 하지 못한 채 꿀 먹은 벙어리가 되고 말았다.

"아니다. 신이겸은 공유미가 콩으로 메주를 쑨대도 믿을 녀석이지."

저기…… '팥으로 메주를 쑨대도'거든. 원래 메주는 콩으로…… 쑤는 건데. 유미는 차마 거기에 대한 지적은 하지 않았다. 그냥 좀 애가 뇌가 청순한가 보다, 그렇게 생각했다.

"커피 한 잔 대접하려고 했다가…… 별소릴 다 듣네."

자신을 몰아세우는 지원으로 인해 긴장감은 순식간에 극에 달했다. 커피 잔을 쥔 유미의 손이 부들부들 떨렸다.

"너 신이겸이랑 만난다며?"

지원이 이미 이겸과 자신의 교제 사실을 알고 있었단 것에 화들짝 놀란 유미의 눈은 더 커질 수 없을 만큼 커졌다.

"……어, 어떻게 알았어?"

"신이겸이 말해줬어."

이겸과 지원이 그 정도로 가까운 사이였던가?

"응! 나, 이겸이랑 만나고 있어!"

숨길 생각도 없었지만, 숨긴다고 숨겨질 일도 아니긴 했다. 더군다나 그 상대가 지원이면 더더욱.

"좋아 보인다?"

흘리듯 말하는 지원의 말투가 이상하게 꼬여 있었다.

"좋지! 당연히!"

"하긴 몇 년을 쫓아다녔는데. 좋지 않으면 그게 더 이상하지."

다른 누구도 아닌, 지원에게 축하를 받은 건 기뻐해야 마땅할 일이었다. 하지만 유미는 축하도 뭣도 아닌 지원의 말이 기분 나쁘게 느껴졌다.

"……마셔."

유미가 방금 전 지원이 거부했던 커피를 다시 내밀었다.

"커피 안 마신다니까?"

"단 거 하나도 안 들어간 아메리카노야. 여기 카페가 커피 맛은 유명……."

"안 마신다고. 네가 준 건."

지원이 매몰차게 거절했다.

'계집애. 까탈스럽긴.'

유미는 갈 곳을 잃은 커피를 다시 제 쪽으로 가지고 오며, 입술을 삐죽였다.

"혹시 내가 업무 파악하라고 한 것 때문에 빈정 상해서 이러는 거야? 그 일은…… 미안해. 사과할게."

지원이 이토록 투덜대는 건 분명 아침의 일로 저에게 화가 났기 때문일 것이다. 나잇값도 하지 못하고 지원에게 유치하게 복수하려 든 건 잘못한 게 맞다. 스스로 그 사실을 인정한 이상, 사과는 하고 넘어가야 하는 게 유미의 성격이었다.

"너무하긴 했지. 카메라 돌아가고 있어서 뭐라고 못 할 거 알고 일부러 그런 거잖아, 너."

유미도 인정하고 싶진 않았지만 지원의 말이 다 맞다.

"……어찌 됐든, 사과할게. 미안해."

커피 잔을 붙잡은 유미의 손이 여전히 허공을 맴돌았다.

"너 내가 신이겸 좋아하는 거 알지?"

"······그랬어?"

유미는 알면서 일부러 모른 척했다.

"예전부터 좋아했던 거, 몰랐어?"

예전? 얼마나 예전? 유미는 잠시 학창 시절을 떠올려 보았다. 그러니까, 이겸이 지원을 좋아하기 시작한 게······ 언제부터였더라.

'나 사고 난 뒤였나? 그 전이었나?'

사고 나기 전의 기억이 가물가물한 걸 보니, 아마도 사고 난 후?

"그것 참 유감이다. 내가 겸이 마음을 먼저 얻는 바람에."

지원에게서 고운 말이 나오지 않아서, 유미의 입에서 나가는 말도 곱지 못했다.

"공유미. 너 정말 아무것도 기억 안 나니? 아니면, 아닌 척 구는 거야?"

"기억?"

유미의 동공이 순식간에 탁해졌다.

"너 말이야······. 진짜 답답한 스타일이다."

유미는 지원의 말이 이해되지 않았다.

"내가 뭘 아닌 척 굴었는데? 답답한 건 너야. 말을 하려면 똑바로 해야지."

"이제 와서 기억난다고 하기 민망해서 그러는 거지, 너?"

"그러니까 그 기억이 뭔데? 너 뭐 아는 거라도 있어?"

"기억······."

묻어두기로 했던 그 기억. 신이겸도, 이주하도 그렇게 숨기고자 했던 그 기억.

"속 시원하게 말하지, 그냥?"

"나도 더 이상 못 참아! 오늘 다 말해 버릴 거야!"

"해! 뭔데!"

의미심장한 지원의 말투에 유미는 심각한 표정을 지었다. 혹시 지원이 말하는 기억이 자신이 기억해 내고자 했던 그것일까? 그것에 대해 아는 사람이 또 있을지도 모른다는 사실에 유미는 심장이 빠르게 뛰었다.

"내가 너였으면……."

그때였다. 지원의 목소리는 누군가의 음성으로 인해 완전히 소멸되어 버렸다.

"주임님. 여기 계셨네요?"

"으, 응?"

"대리님이 찾으시던데."

"대리님이 날 왜? 나 이야기 중이었는데……."

시윤의 다급한 목소리에 유미는 안타까워했다. 지원이 뭘 말하려는 건지 끝까지 듣고 싶었는데. 하필 이런 타이밍에 끊길 게 뭔지.

"저도 잘 모르겠어요. 급한 일 같아 보였는데……."

"흐음. 그래?"

"네. 얼른 가보세요."

잠시 고민하던 유미가 아쉬운 듯 잠시 주춤거리다가 겨우 발길을 돌렸다. 유미가 자리를 뜨자마자 지원도 미련 없이 몸을 틀었다.

"김지원 씨."

지원의 걸음은 가라앉을 듯 낮아진 시윤의 목소리로 인해 그 자리에 우뚝 멈췄다.

"공 주임님 그냥 두세요."

"……뭐?"

복도 옆으로 난 창에서 쏟아져 들어온 햇살이 지원의 한쪽 얼굴을 비추었다. 광이 날 만큼 아리따운 얼굴 가득 주름이 잡혔다.

"저 여자 그냥 두라고."

유미에겐 살랑거리며 꼬리를 흔들던 시윤에게서 엄청나게 살벌한 기운이 뿜어져 나왔다.

"너 지금 나한테 반말했니?"

시윤이 협박한다고 지원이 주눅 들 성격도 아니었다.

"했다."

뭐야, 이 미친놈은. 터진 입이라고 말도 잘하네?

"……너 뭐야?"

말을 하면서도 어이가 없어, 지원의 미간이 촘촘한 간격으로 좁아졌다.

"그러는 넌 뭔데?"

"뭐? 너? 너 나 모르니?"

이미 속초에서 어쩌다가 서로의 짝을 찾기 위해 같이 고군분투했던 꽤 극적인 사이라고 생각했는데, 아닌가? 자신의 앙칼진 말투에 제법 단호하게 맞대응하는 시윤의 모습에 지원은 황당한 듯 코웃음을 쳤다.

"당신이 뭔데 저 여자 괴롭혀?"

"……하아?"

"그냥 둬요. 이제 겨우 행복해진 여자잖아."

대충 눈치는 채고 있었지만, 시윤이 유미를 이만큼이나 생각하고 있단 사실이 지원은 의아하기만 했다. 지원은 유미가 당할까 봐 먼저 보내 버리고 자기가 나설 만큼 시윤의 마음이 크다는 사실도 정확히 간파했다.

"잘 알지도 못하면서 왜 거들먹거려?"

지원은 그들의 사정 따위 아무것도 모르는 주제에 자기가 뭐라도 된 양 말하는 시윤이 마음에 들지 않았다.

"다른 건 몰라도, 저 여자 사랑이 얼마나 깊은지는 알아요."

"깊으니까 문제지!"

지원은 혹시 닥칠지 모를 후폭풍에 무방비한 유미가 신경 쓰였다.

"깊은 게 뭐가 문젠데요. 사랑하는 게 뭐요?"

"하아…… 사랑. 좋지, 좋은데……."

지원은 답지 않게 말끝을 흐리며 땅이 꺼져라 한숨을 내쉬었다.

"혹시 신 대리님이 공 주임님 좋아하면서 고백하지 못한 이유, 알고 있는 거예요?"

지원은 한쪽 볼에 바람을 넣고는 한동안 말을 꺼내길 주저했다.

"왜요. 뭐, 무슨 불치병이라도 걸렸대요?"

그럴 리가.

"그런 거 아니야."

"그럼 뭐, 사람이라도 죽였대요?"

신이겸이 어디 그럴 놈인가.

"신이겸이 그럴 리가 없잖아!"

"그럼 대체 왜 그랬대요?"

시윤으로서 아직도 해소되지 않은 궁금증이 바로 이겸의 '알 수 없는 속마음'인 건 사실이었다. 유미가 그토록 좋아하는 사람이니까 보내주긴 했지만, 아직도 그 찝찝함이 마음을 불편하게 만들었다. 그 오랜 세월 동안 외면한 만큼, 언제고 유미를 버릴 수도 있단 생각이 들지 않는다면, 그건 거짓말일 것이다.

유미가 얼마나 힘든 시간을 겪었는지 아는데 그걸 어떻게 문제라고 할 수 있단 말인가. 이해되지 않는 이겸의 행동을 보고도, 다 이해하고 그조차도 끌어안고 가겠다는 여자였다. 그들의 사랑에 손가락질할 권리는 그 누구에게도 없다.

"신이겸이 문제가 아니야!"

"그럼요? 뭐가 문젠데요?"

"공유미가 문제였어. 엇갈림의 시작은 공유미야."

지원은 혼잣말을 하듯 중얼거렸다.

"공 주임님이 문제라니……. 그건 또 무슨 소리예요?"

마음을 숨기지 않은 건 유미였다. 그 반대면 모를까. 유미가 문제라니 이건 무슨 소리지.

"하…… 말해봐야 입만 아프지."

말을 하려다 말고 돌아서는 지원을 시윤이 다급하게 붙잡았다.

"왜 말을 하다가 말아요?"

"내가 너랑 무슨 말을 해요."

지원이 입술을 짓씹었다.

"공 주임님이 문제란 소린 뭐고, 엇갈림은 또 뭔데요……? 말을 시작했으면 끝을 맺어야지, 사람이."

잠시 고민하는 듯 지원의 눈동자가 흔들렸다.

"두 사람 사이에 도움이 될 만한 게 있으면, 하고 싶어요."

"도움? 지금 내 앞에서 도움을 논해? 내가 신이겸을 좋아하는데? 그리고 최시윤 씨도 공유미 좋아하잖아. 아니야?"

"……좋아하니까 도와주고 싶은 건데요."

공유미는 복도 많다. 주변에 있는 남자들이 하나 같이 이토록 순정파라니. 지원은 고민이라도 하는 사람처럼 한숨을 내쉬었다.

"아냐……. 사람 피곤하게 만드네."

흘러내린 앞머리를 쓸어 넘기는 지원의 손짓을 고고하기 그지없었다.

한편, 사무실로 돌아온 유미는 텅 빈 이겸의 자리를 바라보며 황당해하고 있었다.

"뭐야. 사람 불러놓고 어디로 간 거야. 한창 중요한 순간이었는데!"

유미는 지원이 돌아오면 꼭 뒷이야기를 듣고 말겠다고 다짐했다.

"공 주임!"

"네! 팀장님!"

허 팀장의 호출에 유미가 자리에서 벌떡 일어났다.

"나 심부름 하나만."

"네…… 뭔데요?"

"커피 한 잔만 사다 줄래?"

아니, 이 아저씨가. 그런 건 직접 좀 사드시지 않고! 유미의 눈가 근육이 살짝 떨렸다.

"어떤 걸로요?"

"별다방 카페라떼로! 완전 달게!"

설탕에 빠뜨려 버릴 기세로 이글거리던 유미의 눈동자는 허 팀장과 마주하자 천사처럼 가라앉았다.

"네, 알겠습니다."

허 팀장이 건네는 카드를 건네받은 유미가 돌아설 즈음.

"가는 김에 공 주임 것도 하나 사 와요옹."

허 팀장은 외모와 맞지 않게 콧소리를 냈다. 선심 쓰기 싫었는데, 후하게 인심 쓰는 사람처럼.

'그냥 처음부터 공 주임 사주고 싶은데 가는 김에 내 것도 사오라고 했다면 좀 좋아?'

유미는 카드 한 장을 들고 사무실 밖으로 터덜터덜 나갔다. 복도를 걸어가는데, 반대쪽에서 오는 이겸을 마주한 유미가 반갑게 손을 흔들었다.

"어! 신이겸……! 대리님."

너무 반가워서 그만 유미는 하마터면 회사에서 이겸에게 말을 놓을 뻔했다.

"어디 가던 길이야?"

이겸이 앞으로 다가와 물었다.

"나? 허 팀장님 심부름. 근데 넌 어디 다녀와?"

"영업팀 회의 참석."

"아…… 맞다! 아까 나 왜 찾았어?"

유미가 동그란 눈을 토끼처럼 깜빡이며 이겸을 향해 질문했다.

"찾아? 언제?"

"어? 아까 시윤 씨가 그랬는데. 네가 나 찾는다고."

"안 찾았는데? 나 아까부터 계속 회의 들어가 있었어."

"……으잉?"

유미는 시윤이 왜 제게 거짓말을 했을까 의아해하다가 어깨를 으쓱 들어 올렸다.

"같이 갈까?"

"응? 어딜?"

유미가 눈을 이겸과 마주봤다. 그러자 그가 씨익 웃었다.

"심부름."

"어? 커피 심부름인데."

"금방 다녀오는데 뭘."

이겸이 주변을 살피며 슬쩍 유미의 손을 잡았다.

"야아. 누가 보면 어떻게 해."

유미는 쑥스러워하며 양 볼을 붉게 붉혔다.

"보면 어때. 어차피 나중에 다 알게 될 텐데."

"그래도 근무 시간에 이러면……."

"근데 팀장님은 왜 커피 심부름을 너한테 시켜?"

"최시윤 도련님한테 커피 심부름을 시킬 순 없잖아?"

"그래, 그건 그래. 그 정돈 우리가 가자."

이겸은 유미의 말에 동조하듯 고개를 끄덕였다.

한참 후, 이겸과 유미는 화기애애한 분위기를 몰고 사무실로 나란히 들어섰다.

"팀장님, 커피 배달 왔습니다."

커피 심부름을 시키면 항상 입이 바깥으로 마중 나와서 투덜대던 유미였는데. 오늘은 어쩐 일로 얼굴이 해사해 보여 허 팀장은 의아해했다.

"오늘 어째 기분이 좋아 보이네?"

"앞으로 자주 시켜주세요. 오홍."

그래야 신이겸이랑 자주 데이트하러 다녀올 테니까.

"왜, 왜 그래. 공 주임 요즘 무슨 좋은 일 있나 봐?"

"웃흥."

유미는 달아오른 콧김을 뿜으며, 붉어진 볼을 가리고 재빨리 자리로 돌아갔다.

"응? 근데 지원이 어디 갔지? 아까 못 들은 말 이어서 들어야 하는데!"

지원의 자리가 텅 비어 있었다.

"오늘 촬영 벌써 끝났나? 빠르네 빨라. 잠깐 다녀온 사이에 가버리나 그래? 참! 시윤 씨!"

유미는 의자를 끌어서 시윤의 자리로 고개를 내밀었다. 하지만 지원의 자리와 마찬가지로 텅 비어 있었다.

"어? 시윤 씨 어디 갔지?"

"아, 시윤 씨. 방금 전에 조퇴했어."

오지랖 넓은 허 팀장이 아는 척을 했다.

"조퇴요?"

"몸이 안 좋대."

유미는 내일 시윤이 출근하면 일감을 왕창 몰아줄 작정으로 업무 리스트를 작성하기 시작했다.

그 시각, 시윤은 지원과 함께 회사에서 한참 떨어진 선술집에 있었다.

"자! 이제 말해봐요. 술 마시면서!"

지원은 끈질기게 이겸과 유미에 대한 이야기를 듣겠다는 시윤에게 맨정신엔 말 못 하겠다고 대충 둘러댔다. 그런데 고집은 어찌나 센지. 지원은 기어이 술집으로 저를 끌고 온 시윤을 탐탁지 않게 바라보았다.

"나 바쁘거든? 다음 스케줄 완전 많다고."

"그럼 빨리 말하고 스케줄 소화하러 가시면 되겠네요."

의지도 굽힐 줄 모르는 시윤이 지원은 퍽 마음에 들지 않았다.

"……뭐야, 진짜 무서워 죽겠네. 말 안 하면 때릴 기세야?"

"뭔데요? 주임님에 관한 이야기. 뭐 안 좋은 거예요?"

지원은 말을 하지도 못하고, 그렇다고 안 하자니 여기까지 끌고 온 시윤에게 뭐라도 던져 주지 않으면 포기하지 않을 기세 같아서 답답했다. 결국 사케를 연거푸 몇 잔이나 마신 지원은 입가에 묻은 술을 손등으로 훔쳐 냈다.

"내가 진짜 답답해서 못 산다니까?"

술이 올라서일까. 갑작스레 올라오는 감정을 누르려는 듯, 지원이 자신의 가슴팍을 툭툭 내려쳤다.

"주임님이 대리님한테 무슨 실수라도 했어요?"

"아니, 그게 말이야……."

술도 마셨고, 분위기도 잡혔겠다, 시윤은 지원이 말을 꺼내길 기다렸다. 둘 사이에 엮인 비밀이든, 아니면 신 대리님과 당신 사이의 비밀이든, 뭐든 좋으니까 전부 다 들어줄 기세였다. 시윤에게 완전히 말린 지원은 잔뜩 풀린 눈으로 시윤을 또렷하게 바라보았다.

"잠깐만."

"아, 왜 또! 뭔데요! 말하라고 분위기 다 잡아줬더니."

시윤은 몇 번이고 말을 하려다 마는 지원이 답답하기만 했다.

"이거…… 감당할 수 있어?"

도대체 무슨 엄청난 사실이기에 이렇게까지 뜸을 들이나 싶었다.

"뭘 감당해요! 뭘!"

"내가 지금부터 말 하는 거, 너무 엄청난 거라서 말이지."

"감당하고 말고는 내가 결정할게요. 그러니까 일단 말을 해요, 말을."

말을 하는 건 어렵지 않다. 하나, 당사자가 아닌 지원조차도 술기운을 빌지 않으면 쉽사리 내뱉을 수 없는 진실이기에 그랬다. 지원은 처음으로 누군가에게 한 번도 터놓지 못한 비밀을 말하려 하고 있었다.

한참 머뭇거리던 지원이 끝내 입을 열었다.

"공유미가 열여덟 살 때, 교통사고를 크게 당했었는데…… 그때 기억을 잃었어."

"기억을 잃어요?"

전혀, 아니 감히 상상도 하지 못했다. 시윤은 항상 밝은 모습만 보이던 유미에게 그런 과거가 있을 거라고는 조금도 예상하지 못했다.

"그것 때문에…… 모든 게 꼬여 버린 거야."

너무나도 엄청난 일이라, 모든 사실을 알고 있었으면서도 지원은 그 누구에게도 말을 꺼낸 적이 없었다. 입이 가벼운 편도 아니었지만, 그렇다고 무거운 편도 아니었다. 하지만, 아무것도 모른 척 해달라고 부탁하던 이겸의 얼굴이 떠올라서일까. 지원은 그 누구에게도 이 사실을 말할 수 없었다.

"에이…… 그럴 리가요……. 공 주임님, 학교 다닐 때 이야기 많이 했어요. 대리님이랑 같은 학교 다녔었던 이야기요."

시윤은 한참 동안 입술을 살짝 벌리고 있다가 겨우 정신을 차렸다.

"그건 당연히 기억하지."

"기억상실이라면서요. 그럼 기억 못 해야 맞는 거 아니에요?"

앞뒤가 맞지 않는 지원의 말에 시윤은 입술을 일자로 오므렸다.

"그래. 차라리 다 기억을 못 하면 다행이라고!"

지원은 술잔 가득 술을 채워 넣은 다음, 그걸 그대로 입안으로 탈탈 털어 넣었다.

"답답하게 자꾸 이러실 거예요? 다 이야기 해준다고 했잖아요."

그렇게 말하면서 시윤은 자연스레 지원의 빈 술잔을 채워주었다.

"……공유미, 사고 나기 전에 신이겸이랑 사귀었었어."

땅이 꺼져라 긴 한숨을 쏟아내고 난 지원이 꺼낸 말은 엄청난 파장을 불러올 만큼 충격적이었다.

"네? 뭘 했다고요?"

시윤은 제 귀로 듣고도 믿을 수 없는 말에 놀라 입술을 떨었다.

"사고 난 후에 신이겸이랑 사귀었던 사실만 잊어버렸다고."

지원은 잘 정돈된 머리카락을 한 번 쓸어 넘겼다.

"그, 그게…… 무슨 말이에요?"

"쉽게 말하자면, 내가 오이를 되게 싫어해. 근데 짜장면 위에 오이가 얹어져 있으면 그것만 딱 덜어내고 먹거든. 딱 그거야! 오이! 신이겸이 공유미한테 덜어낸 오이 같은 존재였다고. 원래부터 없었던 기억처럼 완전히 잊은 거지. 신이겸에 대한 기억만."

시윤의 입술이 굳게 다물렸다.

"……그게 말이 돼요?"

"그래. 말이 안 되지. 안 되니까 신이겸이 돌지, 안 돌아?"

시윤은 손바닥을 올려 자신의 이마를 짚었다. 혼란스러워하는 그의 얼굴은 새파랗게 질려 있었다. 속 시원히 다 말해보라고 할 땐 언제고, 지원에게 대꾸 한마디 하지 못할 정도로 멍했다.

"나 같으면 기억해 내라고 멱살이라도 잡겠다. 어제까지 나한테 사랑한다고 속삭이던 사람이…… 하루아침에 날 기억하지 못한다고 생각해 봐. 아니, 나는 다 기억하는데! 나랑 사랑했던 사실은 완전히 잊어버리고, 좋아한다고 사귀어달라고 고백하면, 그걸 어떻게 받아들여? 응?"

사랑하는 사람에게 한순간 잊혀진다는 기분은 어떨까? 시윤은 감히 상상도 되질 않았다. 그걸 이겸이 겪었단 사실에 입도 제대로 다물어지지 않았다.

'신 대리님…… 많이 힘들었겠네.'

말도 못 하고 속만 끓였을 그의 입장이 완전하게는 아닐지라도 아주 조금은 이해가 되었다.

"공 주임님 말이에요. 정말 전혀 기억하지 못하시는 거예요?"

혹시 다 기억하고 있는데, 기억나지 않는다고 말하는 건 아닐까?

"최시윤 씨. 바보야? 기억이 나면 쟤가 그렇게 매달렸겠어? 신이겸이랑 사귀던 것, 사랑한 추억, 다 잊고 저 혼자 죽자고 매달리고 있었다니까!"

시윤의 등 뒤로 한기가 들었다. 온몸에 돋아난 닭살은 시간이 지나도 가라앉을 기미가 보이지 않았다.

"왜 기억하지 못하는 건데요? 뭔가 충격받을 만한 사건이 있었다거나⋯⋯."

뭔가 이유가 있지 않고서야 이럴 순 없었다.

"내가 알기론 없었어. 학교에서 둘이 깨가 쏟아지기로 얼마나 유명했다고! 반 부부였지. 맨날 붙어 다니고."

"허⋯⋯."

그 정도로 가까운 사이였다면 이겸이 받았을 충격 또한 상당했을 것이다.

"근데 유미 사고 난 후에 말이야. 공유미 돌아오기 전이었나? 이상한 소문이 돌더라고."

"⋯⋯둘이 헤어졌다고?"

지원의 이야기를 듣는 내내 시윤은 눈앞에 그 상황들이 하나하나 그려지기 시작했다.

"그래. 오죽하면 애들이 유미가 어디 한 군데 못 쓰게 된 것 아니냐고 했었어. 그래서 신이겸이 버린 거 아니냐고."

"허어⋯⋯."

들으면 들을수록 놀라운 사실이라서 시윤은 숨을 제대로 쉴 수조차 없었다.

"그리고 학교에 공유미가 돌아왔다? 근데 웬걸? 애가 놀랄 정도로 너무 멀쩡한 거지. 분명히 교통사고가 크게 났다고 들었는데 말이야."

"기억만 잃고?"

"그래. 신이겸과의 기억 하나만 잃고."

"그걸 본인은 모르고?"

본인만 모르는 비밀. 모두에게 비밀이어야 했던 비밀.

"공유미랑 친한 주하란 애랑, 나밖에 몰랐어. 걔가 기억 잃은 건."

그래서 여태껏 공 주임님이 아무것도 몰랐던 것이다. 시윤은 뒤늦게 비어 있던 퍼즐 하나가 맞춰지는 것만 같은 기분이 들었다.

"믿을 수가 없어요……."

"믿기면 그게 더 이상한 거야. 공유미가 잊은 기억과 아무런 연관도 없는 우리도 이런데…… 신이겸 걘 어땠을까."

이겸의 마음이 이해되지 않는 건 아니었지만, 그래도 그 당시에 사실대로 얘기했다면 더 좋았을걸. 그렇게 좋아 죽겠다는 여자를 왜 그리도 오랜 시간 동안 외면해야 했을까. 시윤은 그렇게 돌아서야 했던 이겸이 이해되면서도 한편으론 답답했다.

"……차라리 허심탄회하게 이야기했으면 좋았을 텐데요."

"그렇게 상처받은 애한테 공유미가 미친 듯이 대시했으니까. 그때 신이겸이…… 제정신이었겠어?"

이겸의 입장에서도 이해가 되고, 유미의 입장에서도 이해가 되는, 그런 아이러니한 상황이었다.

"대리님이랑 주임님, 이대로 괜찮은 거예요? 아니, 괜찮을까요?"

시윤에게서 깊고도 긴 한숨이 흘러나왔다.

"낸들 아나."

"하아……."

꼬이고 꼬인 두 사람의 관계를 어떻게 풀어야 좋을까? 지원의 말대로 유미의 기억이 돌아온다면, 두 사람에게 불어닥칠 폭풍의 크기는 차마 상상하고 싶지 않을 만큼 클 것이다.

"한숨만 쉬지 말고, 들었으면 이제 대책을 좀 강구해 봐."

"그런데요, 공 주임님 기억이 이대로 돌아오지 않으면…… 굳이 말하지 않아도 되는 거잖아요."

"돌아오면?"

"돌아오지 않았잖아요?"

"그러니까, 언젠가…… 언젠가 그 기억이 돌아오면? 그땐 어쩔 건데?"

유미의 기억이 돌아오지 않으리란 보장이 없는 것도 사실이었다.

"그건……."

"입장 바꿔 생각해 봐. 두 사람에게 몰아칠 폭풍, 그거 그 바보 멍청이 둘이 감당할 수 있을까?"

"아……."

시윤은 아무런 대꾸도 할 수가 없었다.

"공유미 쟤가 그 긴 세월 동안 자길 외면한 신이겸을 용서할 수 있을 것 같아?"

"아니, 왜 그럴 수밖에 없었는지 설명을 하고……."

아니다. 무슨 말로도 설명이 되지도, 이해가 되지도 않을 것 같다. 시윤은 본인이 당사자도 아닌데 마음이 복잡하게 꼬인 듯 불편해졌다.

"정상적인 뇌 구조를 가진 사람은 '왜'라고 생각하겠지. 그런데 신이겸은 그 이유에 대해서 절대 이야기를 안 하잖아. 무슨 사정인진 몰라도 그걸 시원하게 이야기해야지. 그래야 공유미 기억이 돌아와도 충격을 받지 않을 거 아니야. 안 그래?"

이겸과 유미를 제외한 모든 사람이 두 사람의 관계를 이해하지 못했다.

남자와 여자 사이에 친구가 존재한다고? 그런 게 있을 리가 없다. 지원은 저만 해도 이겸이 좋아서 친구로 지내는 것이지, 그게 아니었다면 굳이 이렇게까지 해가며 관계를 유지하고 있을 필요도 없었다.

"봐. 최시윤 씨도 이거 듣고 충격받았지?"

"그렇다고 기억이 돌아오지 않은 공 주임님에게 모든 사실을 이야기하는 것도 좋은 방법은 아닌 것 같은데요."

분명 이겸도 그 이유 때문에 마음을 숨겼을 것이다. 유미가 상처받지 않길 바라는 아주 단순한 마음으로.

"알아야지. 모르고 있다가 뒤통수 맞는 것보단, 알고 당하는 게 낫잖아."

남자와 여자의 사고방식 차이에서 오는 엇갈림이었다.

"신 대리님이 그렇게 마음을 숨기면서까지 공 주임님을 밀어내야 했던 이유를 들어야 제대로 된 대책이 세워질 것 같아요."

"말을 안 해. 죽어도 그 이유에 대해서는 절대 이야기 못 하겠대. 내가 답답해서 그랬거든. 그냥 깔끔하게 다 까고 다시 만나라고. 좋아하는데 마음 숨기고 있는 건 대체 무슨 경우냐고."

시윤이 지원의 말에 동조하듯 고개를 크게 끄덕였다.

"그랬는데요?"

"못 하겠대."

"……아니, 그러고 보니까 신 대리님 첫사랑이 김지원 씨라고 했는데, 그럼 그건 뭐예요? 두 분은 대체 무슨 관계인데요, 그럼?"

분명 유미에게 들어서 정확하게 알고 있었다. 지원은 이겸의 첫사랑이었다. 유미가 줄곧 지원을 의식해 왔던 것도 그 이유였다.

"그것도 내가 할 말이 많거든?"

지원은 속에 담긴 울화를 풀어내듯 긴 한숨을 몰아쉬었다.

"설마, 그것도 아니에요?"

"최시윤 씨. 혹시 말이지. 공유미 성격이 좀…… 일반적이지 않은 건 알고 있지?"

"그거야, 뭐……."

"그래. 걔 좀 독특하잖아. 막 이상한 걸로 오해하고 자기 혼자 좋아서 키득거리고."

"네."

시윤은 유미의 엉뚱한 면을 떠올리며 저도 모르게 미소를 지었다.

"아…… 내가 진짜 부끄러워서 이런 말은 안 하려고 했는데. 실은 내가 그때도 신이겸을 좋아했었어."

"어라? 그럼 대리님 첫사랑이 아니라, 김지원 씨 첫사랑이 대리님?"

반전에 반전이 이런 것인가. 그럼 이겸과 지원은 교제하던 사이가 아닌 게 된다.

"크흠. 뭐 어쨌든 그래서 내가 둘이 헤어졌다기에 이때다 싶어서 신이겸한테 고백을 했는데, 그걸 공유미가 보고 우리 둘 사이를 오해했나 보더라고."

"두 분이 같이 계신 걸 봤다면 그럴 만하죠. 공 주임님 성격에……."

시윤은 질투에 눈이 멀어서 아직도 지원만 보면 펄쩍 뛰어대는 유미를 떠올리자니, 과거의 유미가 지원에게 보였을 적대감은 굳이 보고 듣지 않아도 알 만한 수준이었다.

"다음 날, 그 콧대 높은 신이겸이 친히 날 찾아와서 부탁하더라."

"뭘 부탁해요?"

"공유미가 나랑 자기가 사귀는 걸로 오해하고 있는데. 그냥 저대로 오해하게 내버려 둘 생각이라고. 혹시 그런 소문 들려와도 모른 척 해 달라고."

"……허어. 꼭 그렇게까지 해야 했어요? 아니, 꼭 그래야만 했을까요?"

남들은 물론, 좋아하는 유미에게까지 오해를 사면서까지 그렇게 해야 했던 이유가 뭘까.

"내가 안 황당했겠니? 가뜩이나 자존심 버리고 먼저 고백해서 차인 것도 부끄러워 죽겠는데, 대뜸 날 찾아와서 한단 소리가 오해하게 내버려 두라니. 이게 무슨 개 풀 뜯어 먹는 소리야?"

지금 생각해도 화가 났는지, 지원은 목소리를 잔뜩 높였다.

"그래서 어쨌는데요?"

"뭘 어째. 난 못 하겠다. 이유를 말해라. 아니면 공유미한테 가서 다 불어버리겠다고 했지."

"대박…… 무슨 드라마 같은데?"

"그랬더니 정말 마지못해서 이야기하더라고. 공유미가 자기와의 기억을 다 잊었는데, 자기한테 좋아한다고, 사귀어달라고 하더라고. 처음엔 당황했는데 받아줄 마음이 없어서 좋아하는 사람이 있다고 해 버렸대."

"그게 김지원 씨?"

"내가 안 돌겠니?"

지원은 습기를 잔뜩 머금은 콧김을 뿜으며, 술잔을 계속해서 비워 나갔다.

"……우와."

"근데 그런 거 있잖아. 여자한테는 직감이란 게 있거든. 신이겸 눈빛이…… 공유미를 싫어하는 눈빛이 아니었다고."

지원이 눈을 게슴츠레하게 뜨고선 허공에 시선을 둔 채 중얼거렸다.

"그건 회사에서도 그랬어요. 제가 처음 신 대리님 봤을 때도 느꼈던 거니까."

"그래. 그때 내가 데뷔하면서 학교도 잘 안 나가고, 내 고백 대차게 깐 신이겸 놈 따위 완전히 잊고 살았다고! 그러다가 최근에 길을 가다가 신이겸을 만났어. 근데 세상에! 글쎄 공유미랑 같이 있잖아?"

지원은 지금 생각해도 어이가 없는지, 헛웃음을 터뜨렸다.

"떨어져 지내본 적이 없었다던데."

"몇 년이 흘렀는데! 둘이 꼭 붙어 있기에 사귀는 줄 알았다고! 그래서 결국 이어졌나 싶었는데, 물어보니까 여태 남사친, 여사친, 이러고 있으니까 내가 말이야. 기가 차겠니, 안 차겠니?"

지원은 빈 술병을 확인하고 술 한 병을 추가로 더 시켰다.

"근데 김지원 씨는 그걸 알면서 대리님한테 들러붙었어요?"

뭐냐. 이 신종 또라이는. 흥분으로 달아오른 지원의 얼굴이 순식간에 싸늘하게 식었다.

"들러붙다니! 최시윤 씨는 무슨 말을 그따위로…… 아니, 아니지. 무슨 말을 그렇게 경우 없이 해? 다시 보니까 반가워서 그런 거지!"

지원은 파들거리며 떨리는 얼굴 근육을 최대한 숨기고, 인위적인 미소를 지었다.

"반가워서 고백도 하고?"

"고백은 무슨. 친하게 지내고 싶다고 한 건데."

"그래서 대리님이랑 주임님을 도와주고 싶으신 거예요, 아니면 방해하고 싶으신 거예요?"

여태 뭐 들었니. 이 덜떨어진 놈아. 지원은 속엣말을 겨우 삼켜냈다.

"……내가 지금 방해하려고 이러는 걸로 보이세요?"

"방해하려고 한 게 아닌데, 아까 공 주임님은 왜 괴롭히셨습니까?"

허. 이거, 예상외로 고단수인데? 공유미 괴롭히는 줄 알고 감정적으로 나서다가, 뭔가 알고 있는 것 같으니까 캐내고, 다 보니까 이제 와서 다시 원점으로 돌아간 느낌인데? 지원은 여우같이 꾀를 부리는 시윤을 새초롬한 표정으로 바라보았다.

"내가 진짜 궁금해서 그러는데…… 공유미는 무슨 매력이 있는 거야?"

"예쁘잖아요?"

"지금 내 앞에서 예쁨을 논해?"

명실상부 대한민국 최고 미녀인 제 앞에서. 지원은 황당한 듯 콧방귀를 꼈다.

"오늘 해주신 말씀 잘 정리해서 대책을 강구해 보도록 하겠습니다."

시윤은 자신의 할 일이 끝난 듯 미련 없이 자리에서 몸을 일으켰다.

"정말 감사했어요. 먼저 말 꺼내기 힘드셨을 텐데."

이건 마치, 자신의 등에 커다란 빨대를 꽂은 다음 단물만 쪽쪽 빨아먹고 버리는 느낌이었다.

시윤은 자연스럽게 계산서를 들고 걸음을 옮겼다.

"저, 저거 완전 또라이네?"

지원은 순식간에 확 열이 받았다.

'자기 볼일 끝났다고 가는 거야, 지금? 날 두고? 나 김지원인데?'

가뜩이나 취기가 오른 지원의 얼굴은 더욱 빨갛게 변했다. 지원은 방금 자신이 주문한 술병을 들고 온 종업원이 저 혼자가 된 테이블에 내려놓는 것을 멍하게 바라보았다. 그러다가 종업원과 눈이 마주치자, 지원은 화들짝 놀라고 말았다.

"화, 화장실 갔어요. 나 혼자 아니에요."

뭔가 굉장히 초라하게 변모한 자신의 처지가 우습고 부끄러워 죽을 지경이었다.

'나…… 김지원인데…….'

이쯤 되니 톱스타인 자신의 체면이 일반인인 유미보다 못한 것만 같았다.

오늘도 어김없이 칼퇴근을 한 이겸과 유미는 간단히 저녁을 먹고 집 근처 카페에 들어와 한 시간째 앉아 있었다.

"그만 좀 쳐다봐."

이겸은 내내 부담스럽게 저만 뚫어져라 쳐다보는 유미를 향해 낮게 속삭였다. 주변에 쳐다보는 사람 한 명 없는데, 괜스레 주변을 의식하는 이겸을 향해 유미는 바보처럼 헤벌쭉 웃었다.

"뭐 어때. 닳는 것도 아닌데."

음료를 마시면서도 유미의 시선은 줄곧 이겸에게로 향해 있었다.

"널 누가 말려."

이겸은 유미의 고집을 꺾는 것을 완전히 포기했다. 그리고 팔꿈치를 테이블 위에 받쳐서 턱을 괸 다음, 유미와 똑같은 자세로 눈을 맞췄다.

"공유미."

"응?"

"유미야."

"응. 왜에."

달콤하게 흘러나오는 이겸의 목소리에 유미는 온몸에 소름이 돋아날 정도로 기분이 좋았다.

"우리 진짜 결혼할까?"

유미는 놀란 듯 커다래진 눈을 연신 깜빡였다. 사실은 그 질문이 끝나기도 전에 '나야, 좋지!'라고 말하고 싶었다. 하지만 연애의 정석은 밀당이라고 했다. 주하와 시윤이 그토록 저에게 강조하고 또 강조하던 그것.

"우리 이겸이……."

이겸은 분명 진지하게 이야기를 꺼냈다. 한데 어쩐 일인지 유미의 눈썹 끝이 자꾸 아래로 내려앉는 것만 같았다.

'뭐지. 무슨 대답을 하려고 저러는 거지……. 저 표정 무서워.'

워낙 어디로 튈지 모르는 여자라서 이겸은 자신이 진지하게 질문을 던졌다는 사실도 까맣게 잊어버린 채, 풀린 동공을 하고 유미의 입술을 뚫어져라 쳐다보았다. 유미의 눈썹은 점점 팔(八)자 모양으로 휘어지고 있었다.

"나랑 결혼하고 싶었어요? 우쭈쭈?"

벌써 며칠째 하루 한 번씩 꼭 '결혼'이란 단어를 입에 올리는 이겸을 보고 있자니 유미는 절로 웃음이 터져 나왔다.

"그래. 하고 싶다."

평소 같았으면 미간을 좁히고 '아이, 그 표정 하지 말랬지!' 하고 소리를 지를 법했지만, 이겸은 그러지 않았다. 오히려 그의 표정과 말투는 진지함으로 물들어 있었다.

"뭐야……."

유미는 기분이 좋으면서도 이상했다.

"하고 싶다면 해줄래?"

"너 하는 거 봐서."

유미는 교만해 보이는 미소를 지으며 말했다. 이겸은 무언가 질문을 하려다가 자신의 휴대폰에서 흘러나온 문자음을 듣고 멈칫했다.

〈이겸아. 오늘 야간작업이 있어서 집에 못 들어갈 것 같은데 우리 유미 좀 잘 부탁한다.〉

집에 들이닥친 좀도둑으로 인해 유미를 걱정한 찬이 보낸 문자였다.

'이래서 빨리 결혼을 해야 돼.'

늘 혼자인 유미가 걱정되는 이유도 있었지만, 가장 큰 이유는 유미가 도망가지 못하게 묶어둘 구실이 필요했다. 말이야 호기롭게 하지만, 이겸도 사실은 유미가 저를 떠날까 걱정하고 있었다. 곧이어 또 한 번 문자음이 들려왔다.

〈아! 허튼짓은 말고.〉

휴대폰 액정으로 향한 이겸의 눈동자가 잠깐 미동 없이 멈췄다.

'허튼짓은 공유미가 할 거 같아요. 걱정은 제가 아니라 따님한테 하셔야 합니다.'

여전히 양손으로 얼굴을 받치고선 배시시 웃는 유미의 눈길은 저에게 향해 있었다.

"가자."

이겸이 휴대폰을 다시 주머니에 집어넣고 자리에서 일어났다.

"아, 왜. 조금만 더 있다가 가."

유미가 이겸의 팔을 살짝 잡아 내렸다. 이대로 이겸과 헤어지는 것

에 대한 아쉬움도 있었고, 오늘도 어김없이 혼자 집에 머물러야 한다
는 사실에 약간의 공포감도 들어찬 까닭이었다.

"피곤해."

"힝."

유미가 입술을 쭉 내밀었다.

"같이…… 있어줄까?"

이겸은 눈을 어디다 둬야 할지 몰라서 저 멀리로 시선을 던진 채,
마른침을 몇 번 삼키고 말했다.

"같이?"

"그래…… 같이."

이겸의 감미로운 목소리에 유미는 마음이 완전히 다 녹아서 흘러내
릴 것만 같았다.

"밤에?"

"응. 밤에."

오늘이 그날이니? 한평생을 꿈꾸고 기다려온 그날인 거야? 유미의
눈썹이 다시 팔(八) 자 모양을 그렸다.

"진짜아?"

이겸의 양쪽 뺨 위로 살며시 홍조가 번졌다.

"싫으면…… 말고."

이겸은 다 마신 음료 잔을 들고 발을 뗐다.

"야! 야! 누가 싫대! 잠깐만! 잠깐만! 거기 서!"

풀어진 자세로 앉아 있던 유미는 헐레벌떡 몸을 일으켜, 가방끈을
어깨에 메었다.

"같이 가!"

이미 쓰레기통에 음료 잔을 비우고, 출입문 밖으로 나가는 이겸의

뒤를 유미가 쪼르르 따랐다. 이겸의 빠른 걸음을 쫓아 달려가다 보니 벌써 집 앞이었다.

"진짜 같이 있어줄 거지? 응?"

유미는 자신의 집 대문 앞에 우뚝 선 이겸에게 물었다. 혹시라도 오는 길에 마음이 바뀌진 않았을까, 노심초사했다.

"같이 있어는 주겠지만. 약속 하나만 받자."

"약속? 무슨 약속?"

유미가 여전히 웃는 낯으로 생글거리며 물었다.

"……키스 금지야."

마른하늘에 날벼락이 날아들자, 유미의 얼굴에 웃음기가 싹 사라졌다.

"으잉?"

유미는 입을 멀거니 벌리고 황당한 표정을 지었다.

"약속하면 들어가고. 아니면 그대로 집으로 가겠어."

"겸아…… 그건 나에게 너무 가혹하다. 어떻게 남녀가 함께 있는데 아무 일도 일어나지 않을 수가 있어?"

"있어."

단정 지어 말하는 이겸을 보고 있자니 유미는 뭔지 모를 서운함이 가슴을 꽉 메우는 느낌을 받았다.

"너 희망고문 1급 자격증 있지?"

그런 자격증도 있냐. 이겸의 새카만 눈썹이 꿀렁였다.

"뭐? 무슨 고문?"

"희망고문 말이야!"

이겸이 유미가 입에 올린 '희망고문'이란 단어에 황당한 듯 콧김을 내뿜었다.

"고문은……."

희망고문은 자기 전문이면서. 이겸은 답답함에 고개를 가로저었다.

"말을 말자."

이겸은 하려던 말을 삼키고 울컥하는 감정을 제어해 보려고 노력했다.

"알았어. 알았다고. 키스 금지! 약속!"

유미가 마지못해 두 손을 높이 들고 항복 자세를 취했다. 그러지 않으면 이겸이 정말로 가버릴 것만 같았기 때문이다.

'신이겸. 약속은 말이지…… 어기라고 있는 거야.'

순순히 저를 따라 들어오는 이겸을 보며 유미는 음흉한 미소를 지으며 킬킬거렸다.

유미의 집, 그녀의 방 안으로 들어선 지 한참. 이겸은 가슴 사이에 베개를 끼워 넣고 바닥에 엎드린 자세로 책을 보고 있었다. 침대 위 매트리스에 턱을 대고 역시 엎드려 누운 유미의 눈은 뚫어져라 이겸을 노려보고 있었다.

'신이겸 혹시 고자 아니야?'

그렇지 않고서야 이렇게 바로 앞에 세상 섹시는 다 녹여놓은 여자 친구가 떡하니 버티고 있는데 말이야! 어떻게 책이 눈에 들어올까? 아니면 뭔데? 왜 다가오지도 못하게 하는데!

유미는 속을 가득 메우는 여러 질문들을 삼켰다.

"신이겸."

"얼른 자. 내일 또 피곤하다고 하지 말고."

시선은 여전히 아래로 내리깐 채 고개도 돌리지 않고 책만 보는 이겸에게 유미는 몹시 서운했다. 무감정한 이겸의 태도에 유미의 얼굴 가득 실망한 기색이 역력했다.

"신이겸……."

유미는 이죽거리고 싶은 걸 참고 아주 낮게 깔린 목소리로 말했다. 낮은 그녀의 음성이 방 안 공기를 타고 살며시 울려 퍼졌다.

"왜."

"너는 내가 싫어?"

"또 쓸데없는 소리 한다."

"아니면, 나한테서 무슨 냄새가 나나?"

유미는 박스 티셔츠의 어깨 부분을 잡아당겨서 코를 벌름거리며 냄새를 맡았다.

"아무 냄새도 안 나는데."

이겸은 어리둥절한 표정을 지었다.

"갑자기 또 무슨 헛소리야."

"근데 왜 내 근처에도 안 와?"

이겸은 유미의 눈가에 그렁그렁 맺힌 눈물을 발견하고 숨을 훅 들이켰다.

"왜. 또 뭐 때문에 갑자기 그러는데?"

턱을 바짝 추켜들고, 한 톤 높아진 목소리로 물었다.

"그 책, 안 보면 안 돼?"

이겸이 눈에 들어오지도 않는 책을 읽고 있는 이유는 단 하나였다.

"봐야 해."

유미를 외면하기 위해서. 그거라도 하지 않으면 참지 못할지도 모른다.

"너는, 어떻게 된 남자가 여자친구를 앞에 두고 책만 읽을 수 있어?"

"내가 뭘 해야 하는데?"

뭘 했다간 큰일 나는 수가 있다고!

"그…… 있잖아!"

엉큼한 상상으로 물든 유미의 머릿속을 훤히 꿰뚫고 있었지만, 이겸은 일부러 더 세게 밀어붙여 보았다.

"그러니까 '그, 있잖아'가 뭐냐니까?"

"어?"

막상 물어보면 대답하지도 못할 거면서. 이겸은 다시 책으로 눈길을 돌렸다.

"우와. 진짜. 완전, 철벽남! 요즘 어째 좀 변했나 싶었다."

유미는 불퉁거리며 홱 몸을 틀어서 이불을 머리끝까지 뒤집어썼다.

"그래. 잘 생각했어."

이겸은 이불을 뒤집어쓴 유미를 보며 피식 웃었다.

'내가 진짜 덤비기라도 하면 어쩌려고 저래?'

자신이 덤비면 두 팔 벌려 환영할 유미의 모습이 떠올라서 이겸은 절로 헛웃음이 튀어나오려는 걸 억지로 눌러 참았다.

'하여간. 독특하다니까.'

일반적이지 않은 여자친구를 사귀는 일은 생각보다 어렵다. 대개 커플이 되고 나면 스킨십의 진도라는 게 있는 건데. 유미는 그 모든 과정을 건너뛰려는 경향이 없지 않아 있었다. 물론 이겸 입장에서도 그게 싫은 것은 아니지만.

그 순간, 허튼 짓은 하지 말라던 찬의 문자가 떠오르자 이겸은 흠칫 몸을 떨었다. 괜히 허튼짓(이라고 부르고, 사심 채우기)을 했다간 유미와 결혼은커녕 생이별을 해야 할 수도 있을 것 같았다. 그래서 유미와의 스킨십은 최대한 자제하려고 나름대로 노력하는 중이었다. 비협

조적인 유미의 태도를 감안해서, '키스 금지'라는 강수를 둔 것도 그 이유였다.

손을 잡으면 껴안고 싶고, 껴안으면 입술을 삼키고 싶고, 입술을 삼키면 더한 걸 바라게 될지도 모른다. 저도 남자니까. 이겸은 차가운 손등으로 볼을 문질렀다. 스스로의 손길로 인해 이리저리 뒤틀리는 얼굴은 불에 덴 듯 뜨거운 온도로 달아올라 있었다. 몇 분째 이불 속 유미에게서 미동도 느껴지지 않는 걸 보니, 벌써 곯아떨어진 모양이었다.

'속 좋은 녀석.'

이겸은 슬쩍 몸을 일으켜 유미의 머리까지 폭 덮인 이불을 살며시 아래로 내렸다.

"숨 막히겠다."

아니나 다를까, 유미는 입을 반쯤 벌리고 잠들어 있었다. 이따금씩 '컥' 하는 코 먹은 소리를 내기도 했다. 이겸은 유미와 결혼하면 이 모든 것이 일상이 될 거란 생각에 저도 모르게 가슴이 두근거렸다. 유미에게 장난처럼 건넨 결혼하자는 말은 백프로 진심이었다. 아직도 사랑에 서툰 자신이라도 괜찮다면, 유미가 받아줬으면 했다.

마음을 나눠본 적이 없는 것은 물론, 진심을 드러내 본 적이 없어서일까. 표현에도 서투르고, 어떻게 해야 여자의 마음을 움직일 수 있는지도 몰랐다. 하지만 한 가지 확실한 것은 마음에 걸리는 수많은 일들을 모두 이겨내고 완전한 사랑의 결실을 맺고 싶단 것이었다. 유미를 받아들임으로 인해서 자신의 선택은 여기서 끝났다. 이제 이 사랑의 결말을 결정하는 건 공유미였다.

늘 이 사랑의 중심에는 공유미가 있었다. 기다리는 건 어렵지 않다. 기다리는 거라면 죽을 때까지, 아니 죽어서도 할 수 있었으니까.

끼이이이이익. 빗길에 미끄러져 차가 제어되지 않고 제멋대로 움직이는 걸 직감한 순간, 유미는 죽음을 직감했다. 길가로 달려든 고양이를 피하려다가 난 사고였다.

'엄마!'

눈에 눈물이 고이기도 전에 아래로 후두둑 떨어져 내렸다. 마지막까지 핸들을 쥐고 놓지 않던 수진은 이 상태로는 사고를 막을 수 없을 것 같단 생각이 들었다.

'유미야……'

브레이크를 밟음과 동시에 고막을 뚫을 기세로 커다란 타이어 마찰음이 들려왔고, 차가 그 자리를 회전하다가 도로 옆 가로수와 충돌했다. 죽음에 대한 두려움에 벌벌 떨리는 심장은 빠르게 뛰긴커녕 점점 차갑게 식어갔다. 그 흔한 비명조차 지르지 못할 정도로 찰나의 순간이었다.

촘촘하게 도로가를 두르고 있던 나이 많은 플라타너스 나무가 뿌리까지 뽑혀서 완전히 땅으로 기울어져 쓰러질 만큼 엄청난 충격이었다. 운전석이 완전히 형체를 잃을 정도로 일그러졌다. 그와는 반대로 조수석에 탄 유미에게 가해진 충격은 덜했다. 꿈이었음에도 너무나 생생한 당시의 충격에 유미는 턱까지 덜덜 떨면서 울었다.

"하아. 엄마…… 엄마!"

흐느끼는 소리에 잠에서 깬 이겸은 오열하며 허우적대는 유미의 팔을 꽉 붙잡아 끌어안았다.

"유미야…… 공유미!"

쉴 새 없이 눈물을 쏟아내며 엉엉 우는 유미는 정신을 차리지 못한 채 몸에 잔뜩 힘을 주고 있었다.

"괜찮아. 괜찮아."

또 그날 꿈을 꾸는 것이다.

이겸은 오열하는 유미를 품 안에 가둬놓고 퍼드덕대는 그녀의 몸을 지그시 눌렀다. 한참 동안이나 이겸의 품을 눈물로 다 적실 만큼 유미는 울고, 또 울었다. 그렇게나 아픈 기억이다. 그러니 잊을 수밖에 없을 것이다. 신이 끔찍한 일을 겪은 유미의 기억을 일부러 지워준 걸지도 몰랐다. 그러다가 실수로 자신의 기억까지 같이 지워 버린 걸지도 모른다.

"괜찮아⋯⋯."

한참이 지나서 겨우 잦아든 유미의 거친 숨소리에 이겸은 팔에 힘을 풀었다. 맥없이 풀린 유미의 몸이 이겸의 품 안에 갇혀서 조금의 미동조차 없었다. 이겸은 처음으로 유미가 기억을 잃은 걸 다행이라고 생각했다. 꿈에서조차 힘들어하는데, 현실이라면 그 상처와 아픔을 유미가 과연 받아들이고 견뎌낼 수 있을까.

유미가 조금이라도 덜 아플 수 있는 방법이 자신이 견디는 일이라면, 단 일초의 고민도 없이 그녀를 위한 길을 선택할 것이다. 유미의 눈물을 보느니 자기가 우는 게 나았고, 그녀의 아픔을 곁에서 지키느니 자신이 속으로 아픔을 삼키는 게 더 나았다. 그게 신이겸이 공유미를 사랑하는 방식이었다.

다음 날 아침, 눈을 뜬 유미는 목구멍이 타는 듯한 갈증을 느꼈다. 바닥에서 자고 있을 줄 알았던 이겸은 이불까지 개어놓고 사라진 상태였다. 천천히 몸을 일으키던 유미는 깨질 듯한 두통에 몸을 움찔 떨었다. 간밤에 또 사고가 났던 날의 꿈을 꿨다. 늘 단편적인 부분만 반복하던 평소와 달리, 확실하게 사고 당시의 모든 상황들이 깨진 유리 조각처럼 붙여지고 있었다.

유미는 손을 가슴에다 대고 살짝 문질렀다. 심장에 아릿한 통증이 느껴졌다. 엄마를 잃었단 사실보다도 더 끔찍한 건, 엄마가 저를 지키고자 했단 사실이었다. 본인이 죽을 수도 있다는 걸 알면서.

유미의 메마른 입술이 파르르 떨렸다. 꿈에서 본 건 엄마의 환영만이 아니었다. 사고 당시의 참혹했던 기억과 정반대되는 놀라우리만큼 선명한 장면은 유미의 혼란을 가중시켰다.

"이겸이…… 그거 분명 이겸이었는데……."

유미는 꿈에서 본 이겸의 얼굴을 떠올렸다. 저를 보고 환하게 웃으며 사랑한다고 말하는 그의 모습이 익숙하면서도 낯설었다. 눈이 아주 많이 내리는 어느 날인 것 같았는데, 입매를 환하게 말아 올려 웃으며 키스하고 있었다. 분명, 신이겸과 자신이 맞다.

"그땐 분명……."

목소리가 완전히 쉬어서 제대로 흘러나오지 않았다.

"사고 나기 전이었어."

믿을 수 없었다.

'사고 나기 전에…… 내가 왜 신이겸이랑 키스를 하고 있었던 거지?'

아무래도 병원에 가봐야 할 것 같았다. 어쩌면 사고의 충격으로 인해 뇌 어딘가가 어떻게 되어가고 있는 걸지도 모른다. 그렇지 않고서야 이런 말도 안 되는 기억이 자신의 머리를 지배하고 있을 리가 없었으니까.

출근길 일터로 향하는 사람들의 걸음이 바빴다. 이겸과 유미도 역시 회사로 향하던 길이었다.

"공유미!"

이겸은 입간판에 부딪힐 뻔한 유미를 확 끌어당겨 제 쪽으로 붙였다.

'어젯밤 꾼 꿈 때문인가.'

그는 초점 없는 동공을 한 채 멍하게 걷는 유미의 손을 꼭 붙잡았다.

"어? 아. 어!"

"부딪칠 뻔했잖아."

"아…… 응."

유미는 저도 모르게 이겸과 잡은 손을 스윽 빼냈다. 하지만 이내 이겸이 다시 유미의 손을 잡아 자신의 코트 주머니 속으로 집어넣었다.

"장갑 하나 사줄게. 끼고 다녀. 손이 차다."

짙고 깊은 유미의 눈동자가 이겸에게로 향했다. 그는 무심하게 앞을 보고 걷고 있었지만, 체온으로 데워진 이겸의 주머니 속은 참 따뜻했다.

'이겸아…… 내 기억이 잘못된 거지?'

살짝 부어오른 유미의 눈이 따끔거렸다.

"이겸아."

"어."

이겸은 유미의 보폭에 맞춰 느리게 걸으며 답했다.

"나…… 사고 났던 날 기억이 났어."

유미의 말이 끝나기가 무섭게 이겸의 발걸음이 그 자리에 뚝 멈춰서버렸다.

"기억이 돌아왔어……."

유미의 말이 흘러나옴과 동시에 이겸은 아무런 말도, 행동도 할 수 없었다. 유미의 손을 꼭 잡고 있던 이겸의 손이 느슨하게 풀렸다. 그리고 그의 한쪽 얼굴에 살짝 주름이 잡혔다. 뭐라고 해야 가장 자연스럽게 보일지 몰라서. 이겸은 유미에게 보이지 않는 반대편 손의 주먹을 꽉 말아 쥐고 마른침만 삼켰다.

"계속 흐릿하던 기억이 돌아온 것 같아."

'……것 같아?'

같다는 건 분명 추측이다. 이겸은 만약 유미가 모든 것을 기억해 냈다면 이토록 태연한 표정을 짓고 있지 못할 것이란 확신이 들었다. 유미는 필시 모든 걸 기억해 내지 못했을 것이다. 그것이 이겸의 되묻는 말에 자신감을 심어주었다.

"사고 당시…… 상황이 기억났다는 거지?"

멀쩡하던 이겸의 입술이 요동칠 만큼 떨렸다. 심장은 제 페이스를 잃고 두근거렸으며, 손가락 끝이 제 의지와 상관없이 파르르 떨렸다. 완전하지 않은 기억이라면, 평소 하던 대로 자연스럽게 넘기면 된다. 자신이 물어보고도 무슨 대답이 돌아올지 몰라서 이겸의 몸은 전신을 타고 흐르는 긴장감으로 싸늘하게 식어갔다.

"으, 응……."

그저 꿈일 뿐이었다. 유미는 자신이 어쩌면 허상에 과하게 집착하는 것일 수도 있다는 생각이 들었다. 만에 하나 그 꿈의 내용이 사실이라면, 이겸이 이렇게도 태연하게 행동할 수는 없을 것이다.

'역시 내가 착각한 게 맞았어.'

서로를 향한 눈빛은 알 수 없는 여러 감정들로 뒤엉켰다.

"언젠가 돌아올 기억이었겠지만…… 아프겠다."

이겸은 유미를 진심으로 걱정했다. 그날의 절망적인 사고는 기억해 내고 싶지 않을 만큼 아팠던 기억이기에. 저와의 추억까지 깡그리 잊을 만큼 끔찍했던 순간이기에. 어렴풋하게 이러했을 거란 짐작만 있었지, 이토록 뚜렷하고 선명한 기억은 아니었으니까.

"아프지……."

당연히 아팠다. 가슴에 아릿한 통증이 느껴질 만큼 아프다. 간밤에 꾼 상반된 꿈으로 인해 유미는 몹시 괴로웠다. 마치 행복과 불행 정 가운데 서 있는 기분이었다. 행복으로 가득 찬 어느 순간으로 가지도, 그렇다고 불행이 깃든 과거로 되돌아가지도 못한 채 그 사이에서 고통받았다. 이겸에게서 제 나름대로의 확신을 얻은 유미는 드디어 과거로 돌아가 마음껏 슬퍼할 수 있을 것 같았다.

"아파, 정말……."

엄마가 너무 보고 싶었다. 그대로 길 한가운데 쓰러져 내리듯 주저앉은 유미는 두 손으로 얼굴을 감싸 쥐고 울었다. 흐르는 눈물을 도무지 막을 길이 없었다. 엄마의 마지막 가는 길도 지키지 못한 못난 딸이었다.

뒤늦은 슬픔이 커다란 파도가 되어 덮쳐 왔다. 모두 한마음으로 그 엄청난 파도에서 저를 구해내고자 했지만 유미는 그것이 달갑지 않았다. 그 마음을 모르는 건 아니지만, 그 엄청난 기억을 머릿속에서 지워낸 것도 자기 자신이지만. 그래도 누군가라도 좋으니까 원망할 상대가 필요했다. 지금 느끼는 이 엄청난 고통을, 조금만 더 먼저 느꼈더라면. 그랬다면 이토록 엄마에게 미안하진 않았을 텐데.

'엄마…… 미안해요.'

진짜 못된 딸이야. 엄마가 돌아가신 줄도 모르고 웃고 있었잖아. 진짜 모자란 딸이야. 엄마가 돌아가신 것도 내가 아플까 봐 잊어버린 거잖아. 이기적이게도. 가슴을 한가득 짓누르는 아픔에 유미는 도무지 감정을 제어할 수 없었다.

이겸은 유미에게 손을 뻗어서 그 슬픔을 함께 나누고 달래줘야 한다는 걸 알고 있었다. 분명 뇌 어딘가에선 유미를 감싸 안아주라고 명령했지만, 그에 반한 몸은 여전히 그 자리에 꼿꼿하게 서 있었다. 이겸의 몸은 얼음처럼 완전히 굳어 있었다. 오지 않았으면 하는 순간에 자꾸 가까워지는 것이 두려웠다.

죽어서도 숨기고 싶었던 비밀, 그 진실이 코앞으로 다가온 이 순간이 이겸은 미치도록 무서웠다. 그렇게 밀어내고 또 밀어냈던 유미를 겨우 마음 다해 사랑하기로 다짐했는데. 이제 겨우 사랑하게 됐는데. 진실을 알게 되면 유미는 과연 웃으며 제 곁에 머물러 있을 수 있을까? 저를 원망하지 않을 수 있을까?

유미에게 다 폭로해 버리고 말겠다는 지원에게 호기롭게 할 수 있으면 해보라고 했던 자신의 모습이 떠오르자, 스스로가 미친 건 아닐까 하는 생각마저 들었다. 감당하지 못할 일에 괜한 자존심을 부렸단 사실이 떠오르자, 견딜 수 없는 자괴감이 밀려들었다.

'유미는 절대 받아들이지 못할 거야.'

무슨 일이 있어도 유미의 기억이 돌아오지 않으면 좋을 것 같다. 그 누구도 유미에게 이 사실에 대해 알려주지 않았으면 했다. 그래야 더 많이, 그리고 오래 유미를 사랑할 수 있을 테니까. 이제 와서 유미와 헤어진다면 더 이상 살 이유가 없어질지도 모를 만큼 그녀에 대한 마음이 컸기에. 겨우 마음을 다잡은 이겸이 한참 만에야 몸을 낮춰 유미의 어깨를 끌어와 제 품에 안았다.

"힘들면 울어. 울어서 풀린다면 얼마든지 울어도 돼."

그리고 잃어버린 기억만큼은 영원히 떠올리지 말아줘. 유미야.

"내가…… 곁에 있을게."

앞으로 다가올 행복한 미래만 기억해 줘. 그거면 돼.

"내가…… 지켜줄게."

이겸의 목소리가 가늘게 떨렸다. 삼킨 울음이 도무지 참아지질 않았다. 엄습해 오는 두려움이 이겸의 단단한 마음마저 집어삼켜 버렸다.

'난 널 보내줄 자신이 없는데…….'

더 이상 마음을 숨기는 일 따윈 못 할 것 같은데.

'어떡하지, 유미야? 내가 널 다시 또 보내줄 수 있을까?'

슬픈데 슬픔을 표현할 수 없는 마음이 너무나도 아프다. 아파도 상처 난 제 마음을 보여줄 수 없는 마음이 너무 지독하다. 눈물은 이 악물고 참아냈지만, 마음을 가득 메운 감정이 범람하고 말았지만 그마저도 삼켜내야 했다. 유미를 위해서. 그리고 저를 위해서. 이겸과 유미를 제외한 사람들이 길거리를 바쁘게 움직였다. 각자의 아픔을 삼키며 이겸과 유미는 꽤 오래, 그 자리를 지키고 울었다.

벌겋게 달아오른 눈을 하고 출근한 이겸과 유미를 허 팀장이 이상한 눈초리로 바라보았다.

"두 사람 나란히 지각이네."

벌써 출근 시간인 9시를 30분이나 넘긴 시각이었다. 한데 어두운 두 사람의 표정을 가만히 보고 있으니, 도무지 하려던 말이 입 밖으로 흘러나오질 않았다.

"무슨 일…… 있어? 둘이 밖에서 싸우기라도 했나?"

눈치 없는 허 팀장은 이겸에게 두 사람이 이토록 저기압인 것에 대해 끈질기게 캐물었다. 이겸은 여전히 홧홧하게 오른 얼굴의 열기를 식히기 위해 한숨을 크게 내쉬었다.

"제가 혼냈습니다. 일방적으로."

그냥 두면 물러설 허 팀장이 아니라는 걸 알기에 이겸은 되는 대로 말을 내뱉었다.

"왜, 뭐, 무슨 일인데!"

호들갑을 떨어대는 그의 모습에 이겸은 급격한 피로감이 몰려들어 견딜 수가 없었다.

"공 주임이…… 말을 안 들어서요."

"으잉? 말을 안 들어?"

아무리 상사라지만, 말을 안 듣는다고 얼굴까지 붉히고 싸울 일이 뭐가 있을까. 허 팀장은 눈동자까지 굴려가며 고민했다.

"제가 미운가 봅니다. 제가 시키는 일도 안 하고, 계속 삐딱하게 굴어서 혼냈어요. 호되게."

"아이. 신 대리, 이럴 때 보면 사람이 참…… 그래."

얼핏 보기에 유미의 눈이 퉁퉁 부은 걸로 보아 그냥 지나가는 말로 혼낸 정도가 아닌 듯했다.

"그러니까 팀장님."

이겸이 잠시 잠긴 목을 가다듬는 사이를 못 참고 허 팀장이 또다시 조잘거렸다.

"그렇다고 그렇게 공 주임 눈물까지 쏙 빼놓을 것까진 없는데 말이야."

"당분간 공 주임한테 줄 업무 있으면 저한테 넘겨주세요."

"왜, 왜!"

남의 일에 관심 많은 허 팀장은 몹시 궁금한 표정을 지어 보였다.

"제가 하겠습니다. 답답해서 못 보겠어요."

이겸은 유미에게 업무적인 스트레스라도 덜 주기 위해 스스로 나쁜 상사가 되는 것을 택했다.

"그, 그 정도야? 둘이 많이 틀어진 거야?"

"제가 하는 게 마음 편할 것 같습니다. 그러니까…… 꼭, 공 주임한 테 줄 업무 있으면 저한테 주세요. 팀장님."

"그래, 뭐 신 대리가 그렇다면…… 알았어."

단호하게 말하는 이겸의 모습에 수그러든 허 팀장이 얕게 고개를 끄덕이고 자리로 돌아갔다.

그가 자리로 완전히 돌아간 것을 확인한 다음에야 이겸은 답답하 게 목을 죄는 넥타이를 살짝 풀어냈다.

'공유미……'

이겸은 유미의 뒷모습을 보는 것만으로 가슴이 저릿했다. 걱정했던 것과 달리 유미는 생각보다 의연했다. 지원의 촬영을 돕기 위해 이리 저리 움직이기도 했고, 평소보다 횟수는 덜 했지만 간간이 미소를 짓 기도 했다. 이겸은 그런 유미의 모습이 기특하기도 하고, 또 한편으로 는 여전히 안타깝기도 했다.

점심시간이 되어서야 이겸은 유미에게 겨우 말을 걸 기회가 생겼다. 같이 맛있는 거라도 먹으러 가자고 할 요량으로 유미 자리로 걸어가 는데, 난데없이 지원이 유미 옆을 쭈뼛거리며 서성였다.

"공유미야. 너 오늘 뭔 일 있어?"

먼저 입을 뗀 건 지원이었다.

"응? 아니, 없는데."

어깨를 한 번 으쓱해 보이며 희미한 미소를 보이는 유미의 모습에 도 지원은 의심을 거두지 않았다.

"뭔 일 있는데, 뭘. 신이겸이랑 싸웠어? 아침에 보니까 둘이 분위기 안 좋아 보이던데."

"아냐. 그런 거. 점심시간 생각보다 짧아. 배고플 텐데 얼른 나가서

밥 먹고 와."

"넌?"

"난 별로 생각이 없어서."

그렇게 말하고 유미는 다시 지원에게로 향해 있던 시선을 돌려 모니터에 고정했다.

"……같이, 먹을래?"

"응? 뭐라고?"

유미는 자기가 뭘 잘못 들었나 싶어서 다시 고개를 지원에게로 돌렸다.

"같이 먹자고. 생각 없어도 밥은 먹어야지!"

"정말 별로 생각이 없어서 그래."

유미는 갑자기 저에게 곰살맞게 구는 지원에게 약간의 거리감이 느끼곤 눈을 느리게 깜빡였다.

"먹다 보면 생기겠지. 가자. 내가 사줄게."

"야! 김지원!"

지원이 유미의 팔목을 낚아채고는 밖으로 나가 버렸다.

"뭐야…… 지금."

이곰은 사무실에 덩그러니 혼자 남은 자신의 모습이 초라하게 느껴졌다. 남자도 아니고, 여자에게 유미를 빼앗겨 버린 게 못내 당황스러웠다.

"뭐 먹을래?"

점심시간이라 북적대는 식당을 피해서 들어온 곳은 분식집이었다.

"너…… 이런 데서 밥 먹어도 괜찮아?"

유미는 연예인인 지원을 걱정했다. 명색이 톱스타인데. 주변의 이목도 신경 써야 할 테고.

"너 떡볶이 좋아하잖아."

"으, 응? 네가 그걸 어떻게 알아?"

"저번에…… 닭발 먹을 때 네가 그랬잖아. 떡볶이 좋아한다고."

"아, 응. 맞다. 그랬었지."

유미는 멋쩍은 듯 머리를 긁적였다.

"무슨 일인진 몰라도 먹고 기분 풀라고."

"그, 그래……."

사람이 너무 갑자기 변하면 이상한 법이다.

"너 혹시, 어디 아파?"

"아니. 안 아픈데?"

"아니면 혹시…… 어디 멀리 가?"

"그것도 아니."

"그럼 뭐지?"

"왜. 뭐. 내가 갑자기 잘해주는 게 이상해?"

"헉! 어떻게 알았어?"

제 마음을 완전히 간파당한 유미는 놀람에 입을 쩍 벌리고 신기한 듯 지원을 바라보았다.

"나 원래 인성 되게 좋은 연예인이거든?"

"별로 안 그래 보였는데."

유미는 흘러내린 머리카락을 옆으로 넘기며 저도 모르게 진심을 내보이고 말았다.

"뭐?"

"아냐! 아냐! 너 되게 그렇다고. 인성 좋다고."

"뭐 먹을까? 떡볶이랑 순대? 튀김? 먹고 싶은 거 다 시켜."

지원은 분식집에서 파는 어지간한 메뉴는 다 시켰다. 테이블을 가득 메운 음식에 유미는 떨떠름한 표정을 지었다.

"얼른 먹어."

해맑아도 너무 해맑은 지원에 유미는 차마 싫단 소린 못 하고 떡볶이 하나를 집어 먹었다. 돌을 씹는 것 같았지만, 입안을 감도는 매운 향은 확실히 슬픔을 조금은 잊게 해주는 것도 같았다.

"공유미야. 너 있잖아. 이겸이랑 아침에 왜 싸운 거야?"

"싸운 거 아니야."

지원은 분명 아침에 나란히 지각을 한 것도 그렇고, 두 사람의 얼굴에 드리운 어둠의 깊이를 보았을 때 예삿일이 아님을 직감했다.

"싸운 게 아니면?"

혹시라도 '그 일'에 대해 이야기를 나누기라도 한 걸까? 지원은 시윤에게도 말했듯, 유미를 걱정했다.

"그냥…… 좀."

유미는 말하길 머뭇거렸다.

"뭔데."

대놓고 이유에 대해 묻는 지원에게 숨기기도 뭣한 상황이었다.

"……나 학교 다닐 때, 사고가 좀 크게 났었거든."

유미는 마지못해 그날 일에 대한 말을 꺼내야 했다. 지원은 일부러 모른 척하고 유미의 말을 제대로 들어주었다.

"그랬어?"

"실은 그때 기억을 다 잊었었어."

지원은 물컵을 집은 손을 멈추고 말았다.

'정말 기억에 대한 이야길 나눈 건가?'

덜컥 겁이 나기 시작했다. 제 일도 아닌데 왜 이리도 소름이 돋는지 그 이유는 알지 못했지만.

"내가 기억하지 못했던 사고 당시 기억이 떠올라서. 그래서 좀 괴로웠던 것뿐이야."

유미는 꽤 덤덤하게 그 사실을 술술 읊어댔다.

'그 일은…… 모르는 모양이네.'

안다면 이렇게 덤덤할 수가 없지.

"아…… 그랬구나."

다행이라고 해야 할지 뭐라고 해야 할지 몰라 지원은 차마 다른 말은 잇지도 못한 채 물이 들어 있지도 않은 물컵을 홀짝거리며 마시는 시늉을 했다.

"이미 알던 사실이고. 그냥 잠깐…… 잠깐 이러고 지나갈 거야."

"내가 그 감정을 다 이해할 순 없지만. 어쨌든, 잘 이겨내길 바라."

유미를 위로하기 위해 말을 건네던 지원은 순간 번뜩 머릿속을 섬광처럼 스쳐 지나가는 무언가로 인해 온몸에 소름이 돋았다.

'잠깐! 기억을 잃었다고? 엄마와 사고 난 날의 기억을 잊었다?'

지원은 사고로 인해 유미가 이겸과의 추억 하나만 잊은 줄 알고 있었다. 이제야 뒤죽박죽 엉켜 있던 퍼즐이 모두 제자리를 찾아갔다. 유미는 사고로 인해 두 가지 기억을 잃었다. 하나는 사고 당시의 기억, 또 다른 하나는 이겸과의 추억.

'허…… 마, 말도 안 돼.'

그래서였구나. 그래서 신이겸이 그렇게까지 필사적으로 숨기려고 했던 거구나. 지원의 살갗 위로 돋아난 닭살은 한참이 지나도록 쉽사리 없어지지 않았다. 이겸이 끝까지 말하지 않았던 게 이거였다. 절대 죽어서도 말할 수 없다고 한 사실이 바로 유미의 기억이 돌아와서는 안 되는 이유인 셈이었다.

"허⋯⋯."

지원이 긴 한숨이 쏟아내자 유미는 의아한 표정으로 그녀를 바라보았다.

"아, 아니야. 그냥 좀⋯⋯ 매워서. 떡볶이가 맵네."

"우유 시킬까?"

"아니. 아니야. 괜찮아."

유미는 지원의 깨끗한 젓가락을 내려다보며 또다시 의아함을 느꼈다.

'뭘 먹고 맵다고 한 거지?'

하지만 거기에 더 신경을 쏟기엔 지금 자신의 마음이 다른 생각들로 복잡했던 까닭에 유미는 그녀의 상태를 제대로 살피지 못했다.

"공유미야. 미안한데 나 급하게 일이 좀 있어서 먼저 가볼게. 감사 인사는 다음에 해!"

식사 후 지원은 분식집을 나서자마자 바람처럼 사라졌다.

"허. 감사 인사 안 하면 어쩌려고 저런 말을 하나 몰라."

저만치 사라져 가는 지원의 모습에 유미는 황당한 듯 헛웃음을 터뜨렸다. 지원은 그 길로 곧장 사무실로 향했다. 사무실 사람들이 점심 식사를 마치고 하나둘씩 복귀하고 있었다.

'있다!'

떡하니 자리를 지키고 앉아 있는 이겸이 그렇게나 반가울 수 없었다.

"신이겸! 아, 아니다! 신 대리님!"

다급하게 흘러나오는 지원의 목소리에 이겸이 고개를 치켜들었다.

"왜요?"

"잠깐⋯⋯ 나 좀 봐!"

지원은 이겸을 끌고 사람들의 발길이 닿지 않는 비상계단으로 향했다. 묵직한 무게를 자랑하는 철문이 둔탁한 소음과 함께 꽉 닫혔다. 아직도 진정이 되지 않아 지원은 이겸과 등을 지고 선 상태로 벌렁거리는 심장 부분을 손바닥으로 내리눌렀다.

"신이겸."

"갑자기 무슨 일로⋯⋯."

지원은 자신이 유추한 것이 사실이라면 이겸의 절절한 사랑이 너무나도 가슴 아파 눈물이 흐를 것만 같았다. 그녀가 두 눈 가득 눈물을 그렁그렁 채우고 이겸이 있는 쪽으로 겨우 몸을 돌렸다.

"신이겸, 너⋯⋯ 너, 너 진짜⋯⋯."

"뭐야, 갑자기 왜 그래."

갑자기 눈물을 보이는 지원의 모습에 당황한 이겸이 굳은 표정을 지었다.

"너 여태껏 유미 밀어냈던 이유가, 공유미를 위해서 그런 거였어?"

이겸은 심장이 수축되는 것만 같았다.

"⋯⋯무슨 소리야 갑자기."

갑자기 유미 이야기를 꺼내며 심각한 표정을 짓는 지원을 보며 이겸은 저도 모르게 마른침을 꿀꺽 삼켰다.

"유미 사고로 잃은 기억 말이야. 하나가 아닌 거지. 그렇지?"

"어디서 뭘 듣고 왔는지 모르겠지만⋯⋯."

이겸은 자신에게 꽂힌 지원의 시선을 회피하며 웅얼거렸다.

"유미, 그날 사고로 엄마 죽음에 대한 것도 완전히 잊었다면서."

"그건⋯⋯!"

그의 동공은 지진이라도 난 듯 쉴 새 없이 흔들렸다. 이겸은 지원의 말에 차마 부정할 수가 없었다. 그게 사실이니까.

"유미가 엄마의 죽음을 기억해 내면 힘들어할까 봐 네가 포기한 거지. 맞지?"

어느새 지원은 이겸에게 질문이 아닌 추궁을 하고 있었다.

"그런 건 왜 물어. 대답하고 싶지 않아."

이겸이 곤란한 표정을 지었다. 그러고는 아래층 계단 어딘가로 향한 시선을 꼿꼿하게 고정하고 있었다.

"허…… 니들 진짜."

당사자도 아닌 제 속이 이렇게 갑갑할 정도인데, 그들은 어떨까 싶었다. 지원의 잇새로 안타까운 한숨이 터져 나왔다.

"점심시간 끝나간다. 그만 들어가 볼게."

"신이겸! 잠깐만!"

돌아서는 이겸의 팔을 지원이 다급하게 붙잡았다.

"왜."

"유미한테 이야기해. 어차피 엄마 기억 돌아왔잖아. 이야기하면 되잖아. 이야기하고 마음 편하게 사랑해라, 이제. 곁에서 지켜보는 사람들 마음이 더 조마조마하다고!"

"안 해."

"네가 하기 힘들면, 내가 해줄까?"

이건 분명 설득이 필요한 사안이었다. 자칫 유미가 오해하고 돌아설지도 모른다는 걸 지원도 잘 알고 있었다. 본인이 하기 힘들 이야기라는 것도 잘 안다. 지원은 자신이 할 수만 있다면 도움을 주고 싶었다. 이 바보 머저리들의 사랑에 조금이나마 용기를 주고 싶은 마음이 굴뚝같았다.

"아니. 아무것도 하지 마."

경우의 수는 딱 두 가지다. 하나는 유미가 그동안 가슴앓이 한 이

겸의 마음을 이해하고 슬퍼하거나, 또 하나는 외면하기만 한 이겸에게
괘씸함을 느끼거나.

"진짜 바보냐. 답답해 죽겠네."

"나도! 나도 답답해!"

답답한 건 이겸도 마찬가지였다.

"근데 왜 말 안 해? 유미 엄마 일, 기억해 냈다고 하던데 그럼 다
된 거잖아. 충분히 설명하면 유미도 이해할 거야. 내가 도와줄게!"

지원은 이 안타까운 상황을 어떻게든 해소시키고 싶었다. 아무것도
모르는 유미는 자신의 상처를 저 나름대로 이겨내고 있었고, 이겸은
모든 사실을 덮고 홀로 그 모든 걸 떠안고 있는 상황이었다. 그런 이
겸과 유미를 지켜보는 이의 입장에서는 그들의 연애가 마치 위태로운
줄타기를 하는 것처럼 느껴졌다.

"그게 그렇게…… 간단한 문제가 아니야."

"왜 아닌데?"

"생각해 봐. 공유미 성격에…… 엄마에 대한 미안함과 죄책감 때문
에 힘들어할 거야. 거기다가 잘 만나고 있던 나와의 기억까지 잊은 걸
알면 걔가 버틸 수 있을 것 같아?"

버틸 수 없겠지. 그러니까 버텨낼 수 있도록 도와줘야 하는 거겠지.

'진짜 더럽게 답답한 자식이네. 이거.'

유미를 생각하는 깊은 마음에서 비롯된 것이라 차마 욕을 할 수도
없었다.

"공유미, 자기 엄마 돌아가신 것도 모르고 속없는 사람처럼 하고 다
녔잖아. 이미 십 년이나 흘러서 기억났는데도 저렇게 괴로워하고 있는
데."

"우리 사귀었던 사인데, 너 상처받을까 봐 그동안 미처 말하지 못했

다. 이제 기억 돌아왔으니까 시원하게 까고 다시 전처럼 사랑하자. 내가 이 말, 공유미한테 과연 할 수 있을까?"

"그래도…… 신이겸."

이겸의 입장도 나름의 일리는 있다. 그러나 계속 이렇게 위태로운 상태를 유지해 나가는 건 옳지 않다.

"나 그거 못 해. 유미 마음에, 가슴에 난도질하는 거 절대 못 해."

유미를 위해 그동안 어떻게 참아왔는지, 어떤 마음으로 그동안 한마디 말도 못 하고 혼자서 끙끙 앓았는지, 그 누구도 알지 못할 것이다.

"그걸 내가 어떻게 말하냐? 나 마음 편하자고 유미 가슴에 대못 박으라고?"

"하…… 너, 신이겸 너 정말……."

보통 사랑해선 이 정도로 상대방을 배려할 수 없는 건데. 이겸의 사랑이 너무 커서. 상대방을 배려하는 마음이 너무 커서. 그래서 그 모든 걸 감내하고 버텨냈을 거라고 지원은 생각했다.

"나는 못 해."

지원은 단호하게 구는 이겸을 어떤 식으로도 설득할 수 없을 것 같았다.

"그러니까 김지원. 너도…… 되도록 유미에게 아무것도 티 내지 말아줘. 부탁할게."

이겸은 되도록이면 유미와의 행복한 순간이 오래 지속되었으면 했다. 그래서 지원에게 또 예전의 저처럼 비겁하게 호소하고 말았다. 그는 굳게 닫힌 철문을 열고 다시 사무실로 돌아가기 위해 걸음을 옮기려 했다. 그때 지원은 과하게 커다란 발소리를 내며 이겸을 지나쳐 걸어갔다.

"비켜!"

씩씩거리는 모양새가 화가 나 보이는 것 같기도 했다.

"거기 사무실 아닌데."

사무실과 정반대 방향으로 걸음을 옮기는 지원에게 이겸이 외쳤다.

"휴게실 갈 거야."

"점심시간 끝났어!"

"사이다 뽑아 먹을 거야! 말리지 마!"

이겸은 이유를 알 수 없는 지원의 분노에 황당해졌다.

제8장.
행복과 불행의 상관관계

이겸은 퇴근 시간이 되자마자 다른 사람들의 시선은 신경 쓰지 않은 채 유미를 데리고 사무실에서 나왔다.

"신이겸! 잠깐만!"

가방을 제대로 메지도 못한 상태로 이겸에게 끌려 나온 유미는 헉헉거리며 거친 숨을 몰아쉬었다.

"어디 가는데! 말이라도 좀 해주고 가!"

"데이트하러 갈 거야."

"데이트?"

유미는 어제오늘 얼마나 울었던지 눈은 당장에라도 터질 것처럼 퉁퉁 부어 있었고, 몸은 몸살이라도 걸린 것처럼 축 늘어졌다. 무기력하다는 말이 맞을 것 같았다. 아무것도 하고 싶지도 않았고, 더더욱 이겸과 행복한 시간을 보내는 것이 이상하게 불편했다.

"나 오늘은 피곤한데."

이겸은 유미가 아무것도 생각하지 못하게 만들어줄 생각이었다.

"정말 피곤해. 데이트는 주말에 해도 되고."

"우리 사귀고 제대로 된 데이트 한 번도 못 했잖아. 고작 밤낚시 그게 전부였잖아! 나도 다른 연인들처럼 퇴근하고 난 다음에 여자친구랑 심야 영화도 보고 싶고, 근사한 데서 저녁도 먹고 싶고…… 그래."

이겸의 호소가 전달되기라도 한 걸까.

"그래. 알았어. 데이트하자."

유미는 고민을 거두고 한껏 풀어진 표정으로 희미하게 웃었다.

이겸은 집 근처 자동차 극장으로 향했다. 집에 들러 차를 빼오느라 시간은 꽤 늦은 상태였다.

"배 안 고파?"

"대충 팝콘 먹지, 뭐."

사실 유미는 배가 하나도 고프지 않았다. 밥을 먹어도 돌을 삼키는 것처럼 목구멍이 쓰릴 것이다. 머릿속을 채우는 이런저런 생각들로 혼란스러웠다.

새카만 어둠 한가운데에 스크린이 자리 잡고 있었다. 화면에 떠오른 영화는 요즘 흥행하는 코미디물이었다. 네티즌들은 하나같이 영화를 보고 나면 배가 다 아플 정도로 웃었다는 호평을 쏟아냈다. 하지만 영화가 시작된 지 한참이 지나고, 웃음 포인트가 몇 번이나 지나갔음에도 유미는 이따금씩 팝콘 몇 개를 집어 들어 질겅질겅 씹으며 차창 밖의 화면만 빤히 응시하고 있었다.

시트에 허리를 바짝 기대고 있던 이겸은 그런 유미의 모습에 절로 한숨이 쏟아져 나왔다. 유미의 기분을 풀어주고 싶어서 무리해서 여기까지 온 건데 여전히 유미의 기분은 나아질 기미가 보이지 않았다.

"공유미."

묵직한 차 내부 공기를 가로지른 이겸의 목소리에 유미의 고개가 그에게로 돌아갔다.

"응?"

"영화 재미없어?"

"아니. 재미있어."

무미건조한 유미의 목소리가 흘러나왔다.

"나는 재미없어."

"정말? 되게 재미있는데! 이제 곧 또 웃긴 장면 나올 것 같아. 저기 남자 주인공이……."

유미가 말을 완전히 끝내기도 전에 이겸의 입술이 그녀의 입술 위로 포개어졌다. 놀란 유미의 눈이 동그랗게 커졌다.

"공유미. 나…… 너한테 거짓말했어."

"으, 응?"

"그것도 아주 많이."

유미는 떨어진 이겸의 입술이 못내 아쉬웠다. 이겸의 입에서 넘어온 카라멜 팝콘의 단내가 유미의 입안을 가득 메웠다.

"나 너랑 스킨십 하는 거 좋아."

"……어?"

"스킨십에 환장한 건, 공유미 네가 아니라 나야."

"흐, 흐어?"

유미는 이상한 소리까지 내가며 빠르게 눈을 깜빡였다. 바짝 말라오는 입술을 혀끝으로 살짝 적셔낸 유미는 마른침을 꼴깍 삼켰다. 점점 제게로 다가오는 이겸의 얼굴을 피해야 할지, 그대로 받아들여야 할지 몰라서.

"이, 이겸아. 여기…… 보는 사람도 많고……."

갑작스레 다가서는 이겸으로 인해 유미의 심장이 미친 듯 펌프질해댔다. 거의 입술이 맞닿을 기세로 다가선 이겸이 난데없이 유미의 손을 붙잡아 제 왼쪽 가슴 위에 가져다 댔다.

"심장이…… 이렇게 미쳐서 날뛰어."

"아…… 어. 그, 그러네."

유미는 바짝 다가선 이겸에게서 살짝 허리를 뒤로 물렸다. 그리고 어색한 미소를 지으며 대답했다.

"너만 보면 이래."

평소답지 않은 이겸의 진솔한 대화체에 유미는 어쩔 줄 몰라서 눈동자만 도르르 굴렸다.

"나도…… 나도 그래."

무슨 대답을 해야 가장 괜찮아 보일까 고민하다가 겨우 내뱉은 말이 저도 그렇다는 동의의 말이었다. 분명 뒤로 살짝 몸을 뒤틀어서 다시 거리를 만들어두었는데 이겸의 상체가 더 바짝 제 쪽으로 다가섰다.

"다행이다. 너도 나와 같아서."

또다시 입술이 닿았다.

'어떡해. 사람들이 다 쳐다보고 있는 것 같아.'

아무리 주위가 어둡다고 하지만, 그래도 분명 양옆으로 세워진 차에서 훤히 보일 텐데. 이를 어쩐다.

유미는 심장이 콩닥콩닥 뛰어서 견딜 수가 없었다. 그녀는 두 눈을 질끈 감아버렸다. 어차피 다시 볼 사람들 아니니까 괜찮을지도 모른다. 파르르 떨리던 유미의 속눈썹이 이내 진정을 찾고 움직임을 멈췄다. 유미는 이겸의 셔츠 앞자락을 꽉 말아 쥐고 있었다. 이겸은 오른손으로 유미의 허리를 받쳤다. 그러다가 자세가 불편했는지 손을 뻗어 유미가 앉아 있는 조수석 시트를 뒤로 완전히 젖혔다. 순식간에 누운 자세가 된 유미는 숨을 훅 들이켤 수밖에 없었다.

위험한 정도가 아니었다. 이건 엄청나게 야릇한 자세가 아니던가. 분명 목적은 영화를 보러 온 건데 이게 대체 무슨 일일까. 시야를 가득 메운 이겸의 모습이…… 그러니까 자신의 위를 덮친 이겸의 모습이 놀랍기만 했다. 상체를 묵직하게 누르는 이겸의 무게가 이상하리만큼 야하게 느껴졌다. 입안의 예민한 살들을 살며시 건드리는 그의 키스가 어쩌면 이리도 좋을 수 있는 건지. 방금 전까지 머릿속을 가득 메우던 여러 가지 생각들이 단 하나도 떠오르지 않았다. 새하얀 백지장처럼 유미의 머릿속이 하얗게 변해 버렸다. 이겸은 유미의 뒤통수를 받쳐 제 입술에 더욱 가까이 밀착시키며 조금의 여유 공간도 주지 않았다.

"하아……."

숨 쉬기가 힘들 정도로 거칠고도 끈적이는 키스는, 단 한 번도 이겸과 나눠본 적 없는 것만 같이 이상야릇했다. 터져 나온 숨소리가 마치 신음 소리 같아서 온몸에 짜릿한 전율이 일었다. 숨을 제대로 쉬지 못하는 유미를 위해 이겸이 겨우 입술을 떼어냈다.

"흐아."

겨우 이겸에게서 풀려난 유미가 가쁘게 숨을 몰아쉬었다. 그 잠깐도 참지 못했는지 이겸이 유미의 입술에 '쪽' 하고 입을 맞췄다가 뗐다. 유미는 키스보다 짧은 입맞춤이 더 부끄럽게 느껴졌다. 키스를 할 땐 눈이라도 감지. 저리도 사랑스러운 눈빛으로 자신을 응시하면서 입 맞춰오는 이겸을 보는 건 아마 시간이 지나도 절대 적응되지 않을 것만 같다. 붉게 달아오른 볼을 숨기기 위해 유미가 턱을 아래로 바짝 당겼다.

"공유미."

이겸이 유미의 볼 위에 자신의 손바닥을 올려놓았다. 뜨거운 온도를 지닌 이겸의 손바닥과 달아오른 유미의 볼이 맞닿아서 홧홧한 열기가 느껴졌다.

"유미야. 공유미."

"왜. 왜. 신이겸."

"사랑해."

"흐어……."

유미는 너무 이상했다. 이겸이 사랑한다고 속삭이는 말이 가슴을 간질간질 간질이는 기분이었다.

"사랑한다고."

"이, 이상해."

절로 어깨가 움츠러들었다. 부끄러움을 넘어선 아찔함이 혈류를 타고 흘렀다. 전신을 마비시킬 만큼 황홀한 기운이 흘러넘쳤다.

"이제 아무 생각도 안 나지."

이겸의 한쪽 입꼬리가 비쭉 솟아올랐다. 유미는 그의 물음에 아무 말 없이 가만히 고개를 끄덕였다.

공유미는 단순하니까, 이렇게 스킨십으로 혼을 쏙 빼놓으면 아무 생각도 못 할 줄 알고 한 행동이었다. 이럴 때 이겸은 유미에 대해서 많이 아는 게 너무나도 이득이라고 여겼다.

"영화! 끝났나 봐!"

유미는 눈을 크게 뜨고 어느새 완전히 까매진 스크린을 가리키며 소리쳤다.

"근데?"

"나가야지! 빨리 운전대를 잡앗!"

빨리 이곳을 벗어나야겠어. 그렇지 않으면 무슨 일이 일어나도 이상하지 않을 상황이야.

"어차피 이게 마지막 영화라서 빨리 안 나가도 돼."

"느허⋯⋯."

유미가 주변을 두리번거렸다. 이겸의 차 주변으로 세워져 있던 차들은 이미 다 빠진 상태였다. 공활한 자동차 극장 한가운데 이겸의 차 한 대만 덩그러니 세워져 있었다.

"우, 우리만 남았는데⋯⋯."

"늦게 나가도 된다니까?"

"지, 집으로 가자 그럼!"

"뭐?"

"여기서 이럴 게 아니라 집으로 가자고!"

전혀 상상도 못 했다. 공유미가 이렇게 나올 줄.

그때였다. 자동차 극장 직원으로 보이는 남자 한 명이 빨간색 안전 경광봉을 반짝이며 이겸의 차 쪽으로 걸어왔다. 그는 호루라기를 훅 불어가며 차창에 노크를 했다. 이겸은 황급히 자세를 바로 하고 창문을 열었다.

"영화 끝났어요."

"아⋯⋯ 네."

이겸은 괜스레 볼이 붉게 달아올라 헛기침을 두어 번 했다.

"출구는 저쪽입니다!"

경광봉을 흔들며 출구를 가리키는 그의 말에 이겸은 그제야 멋쩍은 표정을 지으며 시동을 걸었다. 느리게 액셀러레이터를 밟고서 출구 쪽으로 향하며 창문을 닫으려는데 유미가 다시 창문을 열어달라고 말했다. 그리고 수줍게 달아오른 볼을 양손으로 감싸 쥐며 발을 동동 굴렀다. 여전히 시트는 뒤로 한껏 젖혀진 상태였다.

"너무 부끄러워."

직원이 속으로 얼마나 비웃었을까. 유미는 누군가 자신의 은밀한 순간을 포착했단 사실이 부끄러워 쥐구멍에라도 숨고 싶었다. 이겸이 발을 구르는 유미를 힐끗 바라보다가 출구 바로 앞에 잠깐 차를 세웠다. 얼굴을 감싸 쥐고 괴로워하는 유미의 모습에 왜인지 모르게 웃음이 터져 나올 것만 같은 걸 꾹 참고 몸을 그녀 쪽으로 기울였다. 시트를 바로 세워주기 위함이었다. 이겸이 손을 옆으로 뻗어서 레버를 조작하자 '딱' 하는 소리와 함께 시트가 바로 세워졌다. 그와 동시에 부욱 하는 소리가 크게 울려 퍼졌다.

'자, 잠깐만…… 방금 전 그것은!'

유미는 입술 정중앙을 세게 깨물어야 했다.

'안 돼!'

안 되는 게 아니라 이미 터져 나온 소리를 어찌지 못해서 유미는 심장의 고동마저 멈춘 듯한 느낌을 받았다. 풀린 동공은 그 자리에 멈춰서 미동도 없었다.

'이거 실화냐……'

꿈이길 바랐지만 이건 꿈이 아니었다. 유미의 장 속에서 삼 일 묵은 가스가 자신의 존재감을 알리는 소리였다. 하필 시트가 제자리로 돌아오며 장을 흔든 탓이다. 세상의 온갖 모욕은 제게로 온 듯 유미가 슬픈 감정에 젖었다.

'이를 어째……'

신비주의를 만들어내진 못했지만 적어도 이겸에게만큼은 이렇게 더러운 모습을 보이고 싶지 않았다. 이제 신이겸 얼굴을 똑바로 쳐다보긴 글렀다. 열정적 키스 뒤에 방귀라니.

'나는 그냥 나가 죽어야 해! 차에서 뛰어내려 버릴까?'

유미의 머릿속은 난잡하게 이리저리 뒤엉킨 생각들로 인해 혼란스러웠다. 차라리 야릇한 키스 장면을 자동차 극장 직원에게 한 번 더 보여주는 게 나았다. 아니 그거라면 백 번도 천 번도 더 보여줄 수 있다. 차라리 시윤의 앞에서 핵방귀를 만 번 더 뀌는 게 나았을 거다. 신이겸 앞에서 방귀를 뀌어버린 것은 일생일대 가장 큰 실수이자 수치였다. 그런 유미의 마음을 아는지 모르는지, 이겸은 갑자기 창문을 열었다.

"갑자기 좀 덥네. 문 좀 열고 가도 되지?"

차라리 비웃기라도 하던가. 잠깐 민망할지라도 시원하게 털어버리고 말았더라면. 그랬다면 마음은 한결 가벼워졌을 텐데.

'왜 모른 척이람.'

어색하게 입꼬리를 말아 올린 이겸의 미소에 유미는 초라함을 느껴야 했다. 그때서야 문득 유미는 생각했다. 이겸은 단 한 번도 자신의 속마음을 속 시원하게 털어놓은 적이 없었다. 늘 까놓고 모든 이야기를 쏟아내는 건 저 하나였다. 어릴 때부터 이겸은 속을 알 수 없는 녀석이었다. 하지만 이렇게까지 비밀이 많지는 않았는데. 언제부턴가 이겸은 지나칠 정도로 말을 아끼곤 했다.

'그때부터였나……'

유미는 이겸에게 첫 고백을 하던 날을 떠올렸다. 아직도 그날이 잊혀지지 않았다. 자신의 가슴 떨리는 고백을 단 일초의 망설임도 없이 거절하던 이겸의 모습을. 냉정함을 잔뜩 머금고 있던 그의 얼굴을. 어떻게 잊을 수 있을까. 그날의 기억은 이리도 선명한데, 어째서 고백을 하기 전의 기억은 빛바랜 사진처럼 흐릿하기만 한 걸까. 유미는 떠올리고 기억하기엔 너무 오랜 시간이 흐른 탓일 거라, 그렇게 생각했다.

"유미야."

갑작스러운 이겸의 부름에 유미는 번뜩 정신을 차렸다.

"응?"

"무슨 생각을 하는데 사람이 불러도 몰라?"

"어……? 아? 뭐? 뭐라고?"

유미는 아직도 자신이 무의식중에 발사한 방귀의 충격에서 벗어나지 못한 상태였다.

"주말에 약속 없으면 같이 여행이나 가자고."

수줍게 달아오른 볼을 감싸 쥐고선 당황한 기색을 내비치는 유미에게 이겸은 제법 또렷한 어조로 말했다.

"뭐라고?"

유미는 잠시 멍하게 입술을 벌린 채 물었다.

"여행! 여! 행! 가! 자! 고!"

이겸은 답답한 듯 소리를 높였다.

'내가 지금 뭘 들은 거야?'

분명히 이겸의 입에서 나온 단어는 '여행'이 맞다. 하지만 유미는 듣고도 믿을 수 없는 그 단어에 겨우 다잡은 정신이 다시금 흐트러지는 것만 같았다. 일반 사람들이 주고받는 '여행'과 연인 사이에서 주고받는 '여행'이 주는 의미는 극명히 달랐다. 커플에게 있어서 '여행'이란? 유미는 커다란 눈을 끔뻑이며 생각에 생각을 더하다가 이내 고개를 잘게 털어냈다.

"여행이라니……."

상대가 누구인가. 신이겸이다. 철벽계의 지존! 철벽의 표본! 철벽의 정석! 그런 남자의 입에서 나온 '여행'이란 단어가 불순한 의도를 담고 있을 리 없었다.

"싫어?"

기분 탓일까. 이겸의 질문에는 힘이 완전히 빠져 있었다.

"싫을 리가 없잖아!"

유미는 저도 모르게 소리를 내질렀다.

"어, 그래? 다행이다."

이겸의 힘 풀린 목소리에 유미는 심장이 터질 것처럼 두근거렸다. 이겸과 함께 여행을 떠나는 것이 처음은 아니었지만 이렇듯 둘만의 여행은 처음이었다.

집으로 돌아온 유미는 서랍장에 가지런히 정리된 자신의 속옷을 하나씩 꺼내기 시작했다. 남녀가, 그것도 커플이 함께 오붓하게 여행을 가는데 목적이라면 단 하나밖에 없다.

"속옷을…… 속옷을……."

챙길 건 챙겨야지. 유미의 입꼬리는 제자리를 찾지 못하고 심하게 꿈틀거렸다. 그런데 손에 잡혀 딸려 나오는 속옷은 하나같이 마음에 들지 않는 것뿐이었다. 유미의 표정이 점점 굳어갔다. 그중에 그나마 괜찮아 보이는 속옷 몇 개를 제 가슴 위에 덧대어보던 유미는 땅이 꺼져라 한숨을 쉬었다.

"누가 보면 보호색인 줄 알겠다. 어휴."

속옷이라곤 죄다 누드 톤에 무늬 없는 모던한 기능성 속옷들뿐이어서 섹시해 보이긴커녕 피부 위에 속옷을 덧입힌 듯한 느낌마저 들었다. 처음으로 이겸에게 완전한 여자가 될 기적과도 같은 순간인데. 조금 더 섹시해 보이고 싶었고, 조금 더 여성스럽게 보이고 싶었다.

"사러 가야 해!"

무조건 사야 한다. 섹시하고 핫한 걸로.

다음 날 회사에서 유미는 초조함에 계속해서 다리를 달달 떨고 있었다. 이겸이 여행을 가자고 했던 주말이 바로 내일이었다. 커플 여행을 가려면 준비할 게 너무나도 많은데, 시간이 부족했다.

'인터넷 배송을 시킬 수도 없잖아! 총알 배송도 이미 늦었다고!'

유미는 안타까움이 깃든 손으로 제 허벅지를 살짝 내려쳤다.

"공 주임, 점심 먹으러 안 가요?"

난데없이 귀 뒤로부터 훅 밀려드는 이겸의 목소리에 유미의 시선이 시계로 옮겨갔다.

'그래! 점심시간이 있었지! 신은 아직 날 버리지 않았어!'

왜 그 생각을 못 했을까. 점심시간이 무려 한 시간이나 있는데! 긴 시간은 아니었지만, 그렇다고 짧은 시간도 아니다.

"대리님! 미안해요! 나 오늘 진짜 진짜 급한 일이 있어서! 오늘만 따로 먹어요! 오늘만!"

유미는 지갑을 챙겨 들고 뒤도 돌아보지 않은 채 쏜살같이 사무실을 벗어났다. 마침 회사에서 멀지 않은 상가에 속옷 매장이 있었다. 매장으로 향하는 유미의 발걸음은 그 어느 때보다 가벼웠다.

'보호색 속옷을 입고 가지 않아도 된다니!'

하마터면 섹시한 속옷을 못 사서 오래된 속옷을 입고 가야 할 뻔했다. 새로 속옷을 살 수 있다는 사실 하나로도 유미는 흥분을 감출 수가 없었다. 그녀는 사뿐하게 매장 안으로 들어섰다. 방금 전까지 유순하게 반짝이던 유미의 눈매가 순식간에 매섭게 번뜩였다. 그리고 짧은 순간 매의 눈으로 매장 안에 있는 속옷을 쭉 스캔하기에 이르렀다. 그런데 웬걸. 아무리 살펴보아도 도무지 어떤 게 남자의 눈에 섹시해 보일지 몰라서 난감했다.

"언니…… 요즘엔 어떤 게 잘 나가요?"

한참 고르고 고르던 끝에 유미는 결국 점원에게 도움을 요청했다. 유미가 먼저 질문을 건네기를 기다렸다는 듯, 점원이 빠르게 세트로 된 속옷 몇 개를 그녀의 앞에 펼쳐 놓았다.

"요즘엔 이런 게 잘 나가요."

펼쳐 놓은 속옷 중 하나를 들어 보인 점원이 밝게 미소 지었다.

"아무래도 디자인별로 나오는 사이즈가 다 다르다 보니까, 우선 고객님 사이즈에 맞추고 그 후 디자인을 보고 고르시는 게 더 빠르긴 할 텐데……"

점원의 시선이 잠깐 동안 유미의 가슴에 머물렀다.

"75A?"

찰나의 순간이었지만, 점원은 자신의 눈을 속일 수 없단 듯이 번뜩였다.

"어머머, 저 75B 입어요!"

유미는 목에 핏대까지 세워가며 반박했다. 여자에게 컵은 자존심이다.

"헙! 제가 착각했나 봐요!"

금세 말을 바꾼 직원은 입술을 실룩거리며 버건디색 속옷 세트를 집어 들었다.

"이게 요즘 제일 핫한 디자인이에요. 컬러도 요즘 잘 나가는 거고."

붉은색과 대조적인 검은 레이스가 화려하게 덧입혀져 있는, 꽤나 섹시해 보이는 속옷이었다. 요즘 가장 핫한 디자인이란 말에 유미의 귀가 팔랑거리기 시작했다.

"우와……"

유미의 입가에선 절로 탄성이 터져 나왔다. 자칫 잘못했다간 침까지 흘릴 기세였다.

"75B로 드릴까요?"

"네! 이걸로 주세요."

우렁차게 대답한 유미는 마치 홀린 것처럼 점원의 손에 들린 속옷에서 시선을 떼지 못했다.

"슬립은 안 필요하세요?"

"슬립…… 이요?"

유미는 생전 처음 들어보는 생소하지만 구미가 당기는 단어에 눈을 동그랗게 뜨고 점원을 향해 되물었다.

"방금 보여 드린 거랑 세트로 나오는 슬립이 있는데."

점원은 유미의 눈앞에 안이 훤히 다 비치는 슬립 란제리를 내려놓았다.

"이게…… 아주 요물이에요."

뭐라? 요물? 유미의 눈이 반짝반짝 초롱초롱 빛났다. 그녀는 만약 점원이 이 매장에 있는 속옷 몇 개를 꺼내와서 사탕발린 말로 영업한다면 지갑을 열고 모두 살 기세였다.

"주, 주세요! 이것도 같이."

떨리는 목소리로 다급하게 외치는 유미가 귀여웠는지 점원이 생글거리며 미소를 지었다.

"선물 포장 해드릴까요?"

"아뇨! 포장은 필요 없는데."

유미는 잠시 눈동자를 사방으로 굴렸다. 사무실에서 맨손으로 나왔으니 돌아갈 땐 이 요물 속옷을 넣어갈 봉투가 필요했다.

"혹시 검은색 봉지 있어요?"

"네?"

"아무 봉지든 상관없어요."

이 속옷 브랜드 로고만 없는 거면 된다. 혹시라도 자신이 이런 속옷을 샀다는 사실을 이겸이 알기라도 한다면…….

'아, 상상하고 싶지도 않아.'

정말이지 부끄럽고 또 부끄러울 것만 같았다.

'가뜩이나 어제 방귀까지 터서 민망한데 여행 전에 속옷까지 사는 모습을 보여줄 순 없지!'

유미의 입가에 음흉한 미소가 떠올랐다. 점원이 바로 옆 화장품 매장에서 얻어온 쇼핑백에 속옷과 슬립을 그녀의 요청대로 포장 없이 담아주었다. 쇼핑백을 받아 든 유미의 손에 약한 힘이 들어갔다. 이제 이걸 그대로 아무 의심도 받지 않고 회사까지 들고 간 다음, 핸드백에 잘 넣어두면 오늘 자신이 할 일은 끝이었다.

유미는 잔뜩 긴장된 마음으로 속옷 매장의 문을 열고 나왔다. 여기에서 회사까지의 거리는 그리 멀지 않았다. 그저 몇 분만 걸으면 회사에 도착할 테고, 자리에 앉기만 하면 되는 완벽한 계획이다. 분명 계획은 그러했다. 그랬는데…… 하필이면…….

"공유미?"

왜.

"그거 뭐야?"

이런 곳에서.

"이, 이겸아…….”

이겸을 만나야 했을까.

울상이 된 유미와 그런 그녀를 의아하게 바라보는 이겸이 마주했다. 바로 속옷 매장 앞에서.

"어, 어…… 이거? 자, 잠깐…… 뭐 좀 사러."

유미가 황급히 들고 있던 쇼핑백을 등 뒤로 숨겼다. 이겸의 눈길이 유미가 나온 매장의 간판을 향했다.

– 섹시 란제리

"……뭘 사?"

"배, 배, 배고파서 김밥 사러 왔어! 사무실에서 보자고!"

저승사자라도 본 것처럼 새파랗게 질린 얼굴을 하고 혼비백산이 되어서 사라지는 유미의 뒷모습을 황당하게 바라보던 이겸은 다시 한번 매장 간판을 올려다보았다. 이겸은 방금 전 사무실에서 갑자기 급한 일이 있다며 사라진 유미에게 서운했었다. 하지만, 서운한 마음을 애써 내리누른 채 커피나 사 마실 요량으로 회사 밖으로 나온 참이었다.

이겸은 생각 없이 길을 걷다가 걸음을 멈추었다. 무심결에 자신의 시선을 끈 여성 속옷 매장 안에서 두 손을 모으고 눈을 반짝이고 있는 유미를 보았기 때문이었다. 계산을 마친 듯 쪼르르 밖으로 나오는 유미와 마주친 건, 정말이지 우연이었다.

"공유미, 점심도 안 먹고 속옷은 대체 왜 사러 온 거지."

질문을 할 새도 없이 꽁무니 빠져라 도망간 유미를 떠올리며 이겸은 고민해야 했다. 끼니라면 곧 죽어도 챙겨 먹는 공유미가 왜 점심도 포기하고 급한 일이 있다며 속옷을 사러 왔을까? 속옷을 사면 산 거지. 왜 자기를 보고 얼굴까지 붉히며 도망친 걸까? 순간적으로 섬광과도 같은 무언가가 이겸의 머릿속을 스쳐 지나갔다.

"설마……."

그와 동시에 이겸의 양 볼이 빨갛게 달아올랐다.

"쟤 지금 대체 무슨 생각을 하는 거야?"

하필이면 외나무다리에서 만나듯 딱 마주치는 바람에 굳이 보지 않아도 될 걸 보고야 말았다.

"아니. 내가 지금 무슨 생각을……."

이겸은 오른손을 들어 벌어진 상태로 다물어지지 않는 자신의 입을 가렸다.

'소, 속옷을 살 때가 되어서 샀나 보지. 무슨 엉큼한 상상을 하고 있는 거야. 미쳤네. 신이겸.'

이겸은 고개를 세차게 가로저으며 붉어진 얼굴을 식히기 위해 손부채질을 했다. 오히려 불순한 생각에 빠진 자신을 탓하며 이겸은 엇나가는 걸음을 놀려서 빠르게 사무실로 복귀했다.

그날 오후 내내 이겸과 유미는 의식적으로 서로를 피했다. 퇴근 시간이 다가오자 두 사람은 누가 먼저랄 것도 없이 약속이 있다며 따로 퇴근을 하고야 말았다.

오지 않을 것 같던 날은 유난히 빨리 다가오는 법이다. 이겸은 저 멀리서 뚜벅뚜벅 걸어오는 유미의 모습에 가슴이 거세게 뛰기 시작했다.

"왔어?"

"응!"

이겸은 자연스러운 몸짓으로 유미의 가방을 받아 들고는 차 뒷좌석에 실었다. 유미의 얼굴을 보는 게 부끄러워서 이겸은 최대한 부산스럽게 움직이며 그녀와 제대로 눈 한 번 맞추지 않고 차에 올라탔다. 시동을 걸고, 또 동네를 벗어날 때까지 이겸과 유미 사이에는 아무런 말도 오가지 않았다.

"근데 우리 어디로 가는 거야?"

유미는 폭주할 듯 거세게 뛰어대는 자신의 심장 소리가 정적이 감도는 차 안에서 크게 울리는 것만 같아 부끄러웠다. 새삼스러울 것 없는 자신의 감정임을 알면서도, 이겸에게 이렇게 떨리는 마음을 들키기 싫었기 때문에. 유미는 제 심장에서 울려 퍼지는 고동 소리를 숨기려, 일부러 헛기침을 몇 번 하면서 입을 뗐다.

"가고 싶은 곳, 있어?"

이겸이 정해둔 목적지는 없었다. 급하게 준비해 떠나는 여행이라 그냥 발길 닿는 데로 가면 좋겠다 싶었고, 그 여정이 유미와 함께라면 이겸은 그걸로 행복할 것 같았다. 몇 군데 후보지로 정해둔 곳은 있었지만 이겸은 유미의 의견을 먼저 물었다. 출발하기 전에 물어봤어야 했는데, 잔뜩 긴장한 탓에 아무것도 묻지 못한 채 출발부터 한 사실이 이겸 자신으로선 놀랍기만 하다.

"속초!"

유미는 지난번 이겸과 지원을 따라나선 것이 떠올랐다. 지난여름, 부끄러운 줄도 모르고 이겸을 미행한 것이 생각나서일까. 유미는 저도 모르게 웃음을 터뜨렸다.

"그럼 지난번 갔던 그 호텔로 가면 되겠네."

"어, 어?"

호텔이란 말이 아무렇지 않게 흘러나오자 유미는 잠시 당황한 듯 숨을 삼켰다.

"어차피 비수기라서 방이 없진 않을 거야."

유미는 이겸과 함께 '호텔'에서 밤을 보내게 됐단 사실이 도무지 믿기지 않아서 자신의 볼을 세게 꼬집어보았다. 얼마나 세게 꼬집었는지 잡아당긴 부위가 빨갛게 변할 정도였다.

"왜 그래?"

"아니야! 아무것도!"

유미는 이겸에게 긴장하는 모습을 절대로 보여주고 싶지 않았다.

부러 껄껄거리는 웃음까지 지어 보이며 유미는 아무렇지 않은 척했다. 아침 일찍 서울에서 출발했음에도 속초에 도착했을 땐 이미 점심시간을 훌쩍 넘긴 시간이었다.

"일단 체크인하고 방에 짐 놓고 나올까?"

호텔 로비에 들어서며 이겸이 하는 말들이 이상하게 낯설었다. 유미는 이겸에게 자신의 짐까지 안겨주었다. 같이 방에 올라가자는데도 그녀는 굳이 로비에서 기다리겠다고 목소리를 높였다. 이겸은 그때까지만 해도 유미가 왜 그렇게 오버스러운 행동을 보이는지 전혀 눈치채지 못했다.

어느새 해가 어둑어둑 지고 있었다. 빨갛게 물든 가을 하늘은 마치 빨간색과 자주색 물감을 부어놓은 듯 장관을 이루었다. 늦은 점심으로 회를 한 접시 뚝딱 비워낸 유미는 노을이 어쩌고저쩌고 재잘거리다가 어느새 잠든 건지 무방비한 상태로 늘어졌다. 이미 한참도 전에 호텔 주차장에 도착했지만, 이겸은 핸들에 고개를 묻고 유미 쪽으로 고개를 돌려 그녀를 바라보고만 있었다.

'하여간 차만 타면 잘 잔다니까?'

이겸은 피곤해 보이는 유미를 일부러 깨우지 않고 내버려 두었다. 사실 이겸이 이렇게 갑작스레 유미에게 여행을 제안한 데는 다 이유가 있었다. 외면해야 하는 현실과 온전히 마주해야 할 순간이 점점 다가오고 있었기 때문이다.

그날이 오기 전에, 이겸은 조금이라도 더 유미의 머릿속에 아름다운 기억과 행복한 추억을 심어주고 싶었다. 그녀에게 '신이겸'이라는 남자가 최소한 천하의 나쁜 놈으로 기억되게 하고 싶지 않았다. 유미가 깨기를 기다리며 한참 차창 밖 허공을 응시하던 이겸은 유미의 목소리에 정신을 차렸다.

"다 왔어?"

한참 만에 눈을 뜬 유미가 창밖을 둘러보았다.

"어디야?"

"호텔 주차장."

"어. 그렇구나."

유미는 정말로 이겸과 같이 이곳에서 밤을 보낼 거라고 생각하니, 심장이 또 미쳐서 날뛰기 시작했다.

"들어가자."

지나치게 태연해 보이는 이겸과 과하게 어색해 보이는 유미의 발걸음이 맞물렸다. 평소의 유미였다면 이겸의 곁에 딱 붙어 걸었겠지만, 오늘은 달랐다. 방으로 올라가는 그녀의 걸음걸이는 지나치게 느렸으며, 이겸과의 일정한 거리를 두며 걷고 있었다.

"뭐 해?"

그런 유미를 이상하게 여긴 이겸이 몸을 뒤로 돌리고는 낮은 목소리로 물었다.

"어? 아, 아냐!"

호텔 방문에 카드를 대자 짧은 전자음 소리와 함께 문이 열렸다. 복도를 메아리치며 짧게 짧게 들려오는 모든 소음이 긴장감을 더해주었다. 이겸이 방 안으로 모습을 감췄다. 유미는 불과 어제, 자신이 무려 신이겸과의 황홀한 밤을 꿈꾸며 속옷까지 샀다는 사실이 새삼 믿기지 않았다. 유미는 복도에서 오지도 가지도 못하고 주춤거리고 있었다. 이겸은 한참이 지나도 유미가 자신의 뒤를 따라 들어오지 않자, 고개를 불쑥 문밖으로 내밀었다.

"안 들어오고 뭐 해?"

발이 바닥에 붙기라도 한 듯 멍하게 서 있는 유미를 보며, 이겸은 또다시 물었다.

"아까부터 왜 그래?"

평소답지 않은 유미의 분위기에 이겸은 걸음을 돌려 그녀에게로 뚜벅뚜벅 걸어갔다.

"어디 아파?"

혹시라도 잠깐 바닷바람 좀 쐬었다고 열이 나기라도 하는 건지. 이겸은 자연스럽게 유미의 이마에 손을 짚어보았다.

"열은 없는데."

영문을 모르는 이겸은 눈을 동그랗게 뜨고 입술을 앙다문 채로 저를 빤히 바라보고 있는 그녀와 눈을 맞췄다.

"내가 뭐. 너 잡아먹기라도 해?"

이겸은 피식 웃어버리고 말았다.

"어?"

팽팽하게 당겨져 있던 긴장의 끈이 순식간에 풀린 듯했다.

"누가 너 잡아먹냐고. 안 잡아먹을 테니까 들어와."

그가 검지를 세워 이마를 콩 찍어 누르고는 유미의 손을 끌어당겼다. 이겸의 손과 유미의 손의 따뜻한 온기가 맞닿았다. 두 사람은 아주 많이 떨고 있었다. 집에서 멀리 떨어진 낯선 장소가 너무나도 어색한 까닭이었다.

"너는 여기서 자고, 나는 저기서 자고."

"어……."

턱짓으로 선을 긋기라도 하듯 서로의 자리를 정해주는 이겸을 보며 유미는 저도 모르게 고개를 까딱였다.

"그러니까 괜히 겁먹지 말라고. 나 아무 짓도 안 해."

그러나 유미는 그저 익숙하지 않은 상황들이 생소했을 뿐, 겁을 먹지는 않았다. 오히려 이겸과 꼭 껴안고 체온을 나눈 채 잠들고 싶은 마음이었다.

"근데 이겸아……"

유미는 문득 선을 긋고 나서는 이겸에게 서운한 마음이 들었다.

"어?"

"왜 아무것도 안 해?"

"어?"

"남녀가, 그것도 연인이 단둘이 여행을 왔는데……."

이겸의 동공이 비정상적으로 확장되었다.

"어떻게 아무것도 안 할 수가 있지?"

오히려 유미는 이겸을 나무라듯 물었다.

"뭐……?"

점점 이겸의 목소리와 표정이 뭉그러졌다. 말을 해야 할지 말아야 할지 망설이던 이겸이 긴 침묵 끝에 드디어 입을 열었다.

"하긴 뭘 해! 조그만 게 못 하는 소리가 없네."

또다시 검지 끝을 세워 유미의 이마 정 가운데를 쭉 밀어냈다. 보통의 남자였다면 유미의 말에 오히려 기쁨을 감추지 못했을 것이다. 하지만 이겸은 달랐다. 유미는 자신의 청춘을 오롯이 기다린 사랑이었으며, 아껴주고 싶은 연인이었다.

그런 이겸과 달리 유미는 머릿속이 멍해지는 느낌이었다.

'어떻게 사랑하는 남녀가 한 방에서 밤을 보내면서 아무 일도 없을 수 있는 걸까?'

내내 그 생각이 머릿속을 가득 메우고 있었다. 지난번 병원에서 껴안고 잠들었을 때야 공공장소니까 그렇다 쳐도, 여긴 다르지 않나.

'여긴 호텔인데?'

새로운 공간, 무르익은 분위기, 둘만의 시간. 모든 게 어우러진 이곳에서 어떻게 아무 일도 일어나지 않을 수 있는 거지?

'설마, 신이겸에게 나는 여자로 보이지 않는 걸까?'

별의별 생각들이 다 들던 찰나였다.

"쓸데없는 생각 좀 하지 마."

이겸은 유미의 생각을 꿰뚫어 보기라도 하듯 낮게 읊조렸다.

"어? 진짜 우리 아무 일도 없을 예정이야? 응?"

이겸의 얼굴이 순식간에 달아올랐다. 자신이 하는 모든 행동과 말에 의의를 두는 공유미인 것을 왜 간과했던 걸까.

"지하에 바 있더라."

금방이라도 타버릴 듯 뜨겁게 달아오른 볼을 숨기기 위해 이겸은 몸을 홱 뒤로 틀었다. 로봇처럼 삐거덕거리는 이겸의 모습은 부자연스럽기 그지없었다.

"바?"

유미는 눈을 끔뻑였다.

"그냥 자긴 아쉽고, 거기서 한잔하고 들어오자."

"어……."

유미는 이겸의 뒤를 졸졸 따라갔다. 지하 바로 들어서니 은은한 조명과 함께 귀를 즐겁게 하는 재즈 음이 어우러졌다.

"뭐 마실래?"

"너랑 같은 걸로."

주문한 지 얼마 지나지 않아 깔끔한 대리석 테이블 위에는 칵테일 두 잔이 나란히 놓였다.

"이겸이 너……."

칵테일을 한 모금 들이켠 유미가 눈동자를 굴리며 어려운 말을 꺼내듯 조심스레 입을 열었다.

"응?"

유미와 같은 칵테일이 든 잔을 홀짝이던 이겸이 눈썹을 으쓱 위로 올렸다.

"어디…… 문제 있어?"

"뭐?"

유미의 말뜻을 제대로 파악하지 못한 이겸이 고개를 갸우뚱거렸다.

"아니, 그렇지 않고서야 어떻게……."

유미는 진심으로 혼란스러웠다. 열여덟 먹은 청소년도 아니요, 막 성인이 된 파릇파릇한 스무 살도 아니요, 무려 서른을 앞둔 남녀가 함께 있는데 어떻게 아무 일도 일어나지 않을 수 있단 건지 유미는 진심으로 이해가 되지 않았다.

"어떻게 뭐?"

이겸은 또 유미가 별 시답잖은 소리를 하고 있다고 생각했다. 입가로 흘려보낸 칵테일이 식도를 타고 꿀꺽꿀꺽 잘도 넘어갔다.

"너 고자야?"

"컥, 야!"

마시던 칵테일이 들숨과 함께 코로 넘어갔는지, 이겸이 고통스럽게 캑캑거리며 유미를 노려보았다.

"솔직히 말해봐. 어디 문제 있다고 해도 너한테 헤어지자고 안 할게."

"이게 진짜. 너 말 다 했어?"

화가 난 듯 눈을 부라리는 이겸과 궁금증 가득한 얼굴을 하고 있는 유미의 순수한 눈빛이 뒤엉켰다.

"아니 진짜 궁금해서 그래!"

유미는 그제야 화난 이겸의 표정이 눈에 들어온 듯 두 손을 높이 들고 항복 자세를 취했다.

"넌 애가, 대체…… 못 하는 말이 없어. 못 하는 말이!"

한숨을 깊이 내쉰 이겸은 잔에 찰랑일 정도로 조금밖에 남아 있지 않는 칵테일을 전부 입안으로 털어 넣었다.

"내가 너, 어떻게 해보려고 여기까지 데리고 온 줄 알아?"

"그럼, 남녀가 함께 여행 온 이유가, 그거 말고 뭐가 있어?"

솔직해도 너무 솔직한 유미와,

"넌 도대체 날 뭐로 보고 그런 말을 그렇게 아무렇지도 않게 하는데?"

답답한 이겸의 목소리가 조용한 바 내부를 쩌렁쩌렁 울렸다.

"사랑하는 사람과의 황홀한 밤을 꿈꾸는 것만으로 두근거리는 내 가슴을, 네가 어떻게 알겠어?"

"뭐, 뭐?"

이겸은 하도 기가 차서 말도 제대로 나오지 않았다. 어떻게 여자애가 저런 말을 서슴없이 내뱉을 수 있는지 이겸은 유미의 머릿속으로 들어가, 도대체 무슨 생각이 어떻게 돌아가고 있는지 보고 싶을 지경이었다.

"내가 여자로서 그렇게 매력이 없어? 역시, 친구로 지낸 시간이 너무 길어서 그런 거지?"

이겸은 마치 단념하듯 말하는 유미를 아예 넋까지 놓고 바라보았다.

"……내가, 살다 살다 너같이 놀라운 여잔 처음이라서. 도무지 무슨 말을 어떻게 해야 할지 모르겠다."

이겸은 손으로 이마를 짚으며 눈까지 감고 고래를 절레절레 저었다.

"왜? 지원인 안 그랬어? 걘 막, 튕기는 맛이 있고 그랬나?"

이겸은 난데없이 유미와 제 사이에 등장한 불청객 지원의 이름이 불편했다.

"너…… 진짜."

이겸은 속이 꽉 막힌 듯 답답했다. 지원과 아무 사이도 아니었다는 사실을 알려줘야 하나 말아야 하나 고민이 되었다. 그걸 말해 버리면, 오해를 하고 있는 저에게 해명은 하나도 하지 않고 여태 감쪽같이 속였단 사실에 유미는 토라지고 말 테니까.

'그래도 더 이상 공유미가 김지원과 내 사이를 오해하는 건 싫은데.'

이겸은 유미의 입에서 더 이상 자신을 오해하는 말이 터져 나오지 않길 바랐다. 왜곡된 시선으로 저를 바라보는 게 미치도록 싫었다.

"너 안 되겠다. 따라와!"

괜히 아닌 일에 흥분해서 목에 핏대를 세우는 바람에 주변의 시선이 이쪽으로 완전히 쏠려 있는 상황이었다. 이겸은 대충 계산을 마무리 짓고 난 다음, 유미를 끌고 룸으로 올라갔다.

"야! 신이겸! 갑자기 왜 그래."

"네가 그렇게 원하는 거. 다 해줄 테니까 가자고."

궁금한 게 있으면 말해주면 그만이었다. 원하는 게 있으면 들어주면 그만일 터였다.

"잠깐만! 잠깐만!"

유미는 발을 쿵쿵 놀리며 앞서가는 이겸에게서 약간의 위압감을 느꼈다. 그도 그럴 것이 이겸은 이토록 쉽게 흥분하는 사람이 아니었다. 한데 억지에 가까운 도발을 해버렸으니, 아무리 말랑말랑 스펀지 같은 이겸이라도 남자의 자존심에 생채기가 났을 것이다. 그가 화를 내는 건 어찌 보면 당연한 일이었다.

캄캄한 룸 안으로 들어선 이겸이 유미를 벽으로 몰아붙였다. 문이 닫히는 소리가 두 사람의 귓가를 크게 울렸다. 이겸은 손으로 유미의 머리 바로 옆을 짚었다. 완벽한 남자의 모습을 한 이겸의 그림자가 서서히 유미를 뒤덮어왔다. 거칠게 유미를 이곳까지 끌고 온 것과는 달리 이겸의 입술은 살며시 유미의 입술 위에 내려앉았다.

"너…… 남자의 자존심을 건드리면 어떻게 되는 줄 알아?"

잠깐 닿았다 떨어졌을 뿐임에도 아찔한 이겸의 입맞춤에 유미는 금방이라도 정신이 멀어질 것만 같았다. 벌써 셀 수 없이 많이 키스를 나눴음에도, 좀처럼 믿을 수 없는 순간들이었다. 유미는 이겸의 질문에 대한 대답으로, 떨리는 눈동자로 고개를 가로저었다.

"누가 널 여자로 안 봐. 이렇게 예쁘고, 이렇게 안고 싶은데……."

당장에라도 맞닿을 듯 뜨거운 숨이 바로 코앞에서 느껴졌다.

"나는 그저."

이제야 어둠에 익숙해진 동공이 서서히 이겸에게로 향했고, 어둠에 가려져 보이지 않았던 빛나는 남자, 이겸의 얼굴이 천천히 드러났다.

"널 지켜주고 싶었을 뿐이야."

감미로운 목소리와 함께 전해지는 이겸의 옅은 미소는 유미를 홀리기에 충분했다.

"이제 막 시작했는데. 처음부터 다 보여주면 재미없잖아. 하나씩, 천천히…… 천천히 해도 안 늦어."

마치 악마의 속삭임처럼 주문을 외우듯 어둠과 한데 어우러진 이겸의 목소리에 유미는 마음이 완전히 녹아서 없어져 버릴 것만 같았다. 다시 마주한 입술이 데일 듯 뜨거운 숨과 함께 입안 깊숙한 곳까지 밀려들었다. 이 순간이 마지막인 것처럼. 더는 이보다 더 강렬한 키스는 없을 것처럼. 뜨거우면서도 세심한 혀끝이 서로를 끊임없이 갈구했다. 한참 동안 닿아 있던 입술이 떨어지자 격한 아쉬움이 느껴졌다. 유미의 눈꺼풀이 미세하게 떨렸다.

"네가 오해하고 있는 게 한 가지 있는데."

"오해?"

한참을 고개를 숙이고 있던 이겸이 후, 하고 한숨을 내쉬었다.

"나한테는 네가 첫사랑이자, 마지막 사랑이야."

이겸의 한숨 섞인 고백에 유미는 아무런 말도 하지 않고 이겸을 바라보고만 있었다.

"네가 줄곧 오해하고 있는 것 같아서 하는 말인데. 김지원이 내 첫사랑이니 뭐니 하는, 그 소리 좀 하지 마."

미동 없이 자연스레 뻗어 있던 유미의 눈썹이 살짝 구겨졌다.

"다른 사람들이 오해하는 거, 다 괜찮은데. 네가 그런 줄 오해하고 사는 거, 이제 싫어."

"내가 뭘 오해하고 있는데?"

"김지원이 내 첫사랑이었던 적 없어. 걔랑 사귄 적은 더더욱 없고."

이겸의 입에서 새어 나온 말을 가만히 듣고 있는 유미의 얼굴엔 조금의 움직임도 없었다.

놀랐을까? 화가 났을까? 어이가 없었을까? 이겸은 어둠 속에 별처럼 빛나는 유미의 두 눈을 가만히 바라보았다. 그녀의 눈동자에는 한동안 초점이 없었다.

"김지원을 사랑했던 것도 아니었고."

이겸은 유미에게 그동안 차마 말하지 못했던 분명한 사실을 알려주었다.

"걔랑 헤어져서 슬펐던 것도 아니었어. 단지."

사실은 실연을 겪은 것보다 더 아팠다고.

"단지……."

차라리 일방적으로 이별 통보를 받았더라면 그렇게까진 아프지 않았을 거라고.

"혼자이고 싶었어. 그땐."

다가서지 못하는 마음이 너무나도 견디기 힘들었다고. 한 마디, 한 마디. 뼈아픈 과거를 기억해 내듯 내뱉는 숨과 함께 나오는 이겸의 목소리가 아팠다.

'신이겸의 첫사랑이 김지원이 아니었다고? 그러면 왜 여태 나에게 아무 말도 해주지 않은 거야?'

이겸은 자신이 오해하고 있던 사실에 단 한 번도 이렇다 할 반박을 한 적이 없었다. 유미는 이겸이 저 아닌 다른 누군가를 사랑한다는 사실에 화가 났지만 참아야 했다. 저에게 사랑이 소중하듯, 그에게도 사랑은 소중한 걸 테니까. 그 시절의 자신은 사랑하는 사람의 사랑을 응원해 줄 수밖에 없었다. 그런데 그게 진심이 아니었다면 뭣 때문에 그렇게 오래 이겸은 그 사실을 숨겨온 걸까. 유미는 도무지 믿을 수가 없었다.

문득 그녀는 이겸 하나만 바라보고 살아온 세월이 터무니없이 초라해지는 것 같았다. 그렇다면 왜 그토록 저를 밀어낸 걸까. 마음에 두고 있던 사람도 없었고, 저를 싫어하지도 않았다면서. 그로 인해 소모된 시간과 감정이 부질없는 것들이라 여겨질 만큼 당황스러웠다.

"그런데 왜…… 나에게 아무것도 말해주지 않았어?"

미리 말해줬더라면 이렇게 긴 시간을 허비하지 않아도 됐을 텐데. 이렇게 멀리 돌아올 필요도 없었을 텐데. 이겸이 손을 들어 유미의 볼을 쓸어내렸다.

"그러게. 내가 왜 그랬을까?"

이겸의 입가에 씁쓸한 미소가 생겨났다. 고작 열여덟이던 그때의 자신은 사랑이란 감정을 대하는 것에 있어서 몹시도 어수룩했다. 유미의 사라진 기억을 되돌려야 한다는 생각은 하지 못했다. 그땐 우습게도 그 기억으로 인해 상처받을 제 자신, 그리고 유미만 보였다. 점점 시간이 지나고, 유미에 대한 마음이 결코 작지 않음을 직감했을 땐 이미 늦은 상태였다.

"내가 왜 그랬나 모르겠네. 바보같이."

이겸은 자조적인 웃음을 지어 보였다.

"설마 그거 있지. 나 때문이었어?"

"뭘?"

"그때 말이야. 내가 너에게 고백했던 그날. 기억해?"

기억이 안 날 리가 없었다. 그 어이없고 황당한 날을 이겸은 절대 잊을 수 없었다.

"그때가…… 사고 난 다음 바로니까, 우리 엄마 돌아가시고 얼마 안 된 때였잖아. 그렇지?"

또 이겸은 고개를 끄덕거리는 걸로 대답을 대신했다.

"실은 너도 그때 내가 좋은데, 내가 나중에 우리 엄마 돌아가시게 된 걸 알게 되면 그렇게 경거망동했던 거 슬퍼할까 봐. 일부러 그런 거야?"

"일부러……."

일부러 그런 건 맞다. 그게 그런 이유는 아니었지만.

"맞아?"

유미는 시선을 내리깔고 재차 물었다. 유미의 떨림이 이겸에게도 느껴질 정도였다.

"맞지?"

대답을 하지 못하는 이겸에게 이번엔 유미가 확신에 찬 듯 질문했다.

"비슷한 이유야."

이겸은 진실을 뭉그러뜨려 말할 수밖에 없었다.

"지금도 내가 힘들까 봐, 우리 엄마에 대한 기억이 돌아와서 힘들까 봐, 그래서 이렇게 애쓰는 거지, 그렇지?"

"그래. 나는 네가 더 이상 아프지 않았으면 좋겠어. 늘 행복하게 웃기만 했으면 좋겠어. 그리고 아무리 커다란 장애물이 와도, 나만 보고, 나만 사랑해 줬으면 좋겠어."

끝내 쏟아져 나온 이겸의 진심이 조용한 주변 공기를 가득 메웠다.

처음엔 행복했던 기억을 모조리 잊은 유미가 미웠다. 저는 미치도록 아픈데, 유미는 너무나도 멀쩡한 것이 못 견디게 괴로웠다. 그럼에도 불구하고 유미를 완전히 놓아버릴 수 없었던 건, 조금도 지워지지 않은 자신의 기억은 그녀의 손을 여전히 놓지 못하고 있었기 때문이었다. 미움과 고통, 그리고 아픔의 굴레에서 이겸은 홀로 십년을 버텼다. 어떤 날은 유미를 미워했고, 또 어떤 날을 과거의 유미를 그리워했으며, 그렇게 시간을 보냈다.

기다림에 대한 아쉬움은 없었다. 진실을 가려낸 것에 대한 후회도 없었다. 단 하나, 슬픈 것이 있다면 그것은 그 긴 세월을 유미와 함께하지 못한 것이 유일했다. 유미의 사고로 인해 그 시절, 그 공간에 머물러 있던 시계의 초침이 이제 와서야 서서히 움직이기 시작했다.

"미안해."

미안하다는 말 한마디 꺼내기가 어찌나 어려웠는지.

"사랑해. 유미야."

사랑한다는 말을 건네기가 왜 그리도 어려웠는지. 잿빛을 머금은 어둠 속, 이겸의 손끝이 가늘게 떨렸다.

　"미안해할 사람은, 네가 아니라 나잖아."

　유미의 갈라진 목소리가 터져 나왔다. 이겸이 그렇게밖에 행동할 수 없었던 이유는 결국 자신인데. 그 때문에, 그렇게나 사랑하던 이겸을 하염없이 놓치고, 또 놓치고 놓쳐야 했으니까.

　"바보야…… 그랬으면 말을 하지."

　유미는 이겸의 셔츠 어깨 부분을 세게 말아 쥐었다. 아파도 행복한 척하고 살았다. 지금도 여전히 저로 인해 돌아가신 엄마에 대한 죄책감으로 가슴의 방 한가득 눈물과 아픔이 들어차 있었다. 그럼에도 슬프지 않은 척했다. 괜찮은 척했다. 저 하나만 감정을 삼키고 숨기면 된다고 여겼다. 그것이 얼마나 편협하고 안일한 사고였는지도 모른 채, 참 오랫동안 그렇게 홀로 견디며 살았다.

　"말을 했어야지."

　지나온 시간들이 짧은 영화처럼 머릿속을 스쳐 지나갔다. 순간순간 스쳐 가는 이겸의 슬픈 표정들이, 순간순간 스쳐 가는 이겸의 자상함이 떠올라 견딜 수 없을 만큼 괴로웠다. 기억과 맞바꾼 이겸의 아픔을 어떤 말로 위로할 수 있을지 모르겠다. 사람들은 저마다의 사랑을 하고, 저마다의 이별을 한다. 누구의 사랑도, 누구의 이별도 결코 바르다, 바르지 않다고 말할 수 없다. 하지만 이겸과 유미의 사랑은 바르지 않았다. 어느 한쪽은 마음을 숨기기 바빴고, 또 어느 한쪽은 마음을 내놓기 바빴다. 어느 누구의 마음도 쉽게 여길 마음이 없었기에, 둘의 사랑은 아팠고, 애절했고, 또 슬펐다.

　"지난 일 들춰봐야, 뭐."

　이겸은 유미의 눈가에 맺힌 눈물을 엄지로 닦아주었다.

'이걸로 된 걸까?'

이 고백으로 저와 유미 사이를 가로막고 있던 모든 벽이 완전히 사라졌을까?

"너 진짜……."

잠시 다른 생각에 잠긴 이겸을 향해 유미가 말했다.

"응?"

"진국이다, 신이겸."

유미의 입가에 희미한 미소가 감돌았다.

"뭔 국?"

"완전 진국이야. 포기하지 않길 잘했어."

뜬금없는 유미의 자화자찬에 이겸은 잠시 황당한 듯 눈을 깜빡였다.

"별소릴 다하네."

저를 지칭하는 단어가 그다지 마음에 들지 않아 이겸은 양 입술 끝을 내리고, 입술을 앞으로 쭉 내밀었다. 유미가 갑자기 이겸의 손을 잡고 제 손에 깍지를 꼈다.

"내가 이 손을 잡고 있네."

유미는 신기한 듯 깍지를 낀 손을 들어 흔들어보았다.

"우리가 이러고 있을 줄 몰랐지."

다름 아닌 호텔에서.

"절대 몰랐지. 백 번 찍어도 안 넘어오는 나무 같은 남자였잖아, 너. 그래서 포기하려고 했는데! 그랬는데 우리가 이러고 있다니!"

유미는 이겸의 손을 잡지 않은 반대쪽 손으로 그의 손등을 부드럽게 문질렀다.

"안 넘어가려고 노력하느라 힘들었다."

"뭐야, 진짜."

신이겸은 정말이지 사랑할 수밖에 없는 남자다.

"공유미."

"으, 응?"

유미가 고개를 들어 이겸을 바라보았다. 그러자 그가 검지를 세워 유미의 콧등을 살짝 눌렀다.

"이제 그만 울어."

"안 울어."

"그리고 너 좀 씻어야겠다."

"어머머, 얘 좀 봐. 할 얘기 끝났다고 벌써 막 이렇게 들이대고 그러면 못 쓴다?"

유미가 머쓱하게 이마를 긁으며 수줍은 미소를 지었다.

"얼굴이 아주 엉망이야. 씻는 게 힘들면 세수라도."

"엉망……?"

"일단 얼른 씻는 게……."

이겸은 바깥에서 스민 불빛에 비친 유미의 얼굴에 웃음이 터질 뻔한 걸 겨우 참았다. 주먹을 꼭 말아 쥔 다음, 입술을 눌러보았지만, 그 웃음은 눈치도 없이 계속 비집어 나올 기세였다.

잠시 후, 욕실에서 거울을 본 유미는 호텔이 떠나가라 소리를 지를 수밖에 없었다. 흘린 눈물로 인해 마스카라가 만들어낸 검은 얼굴이 흉측했다. 그뿐이면 다행이다. 이겸과의 진한 키스로 인해 입술이 퉁퉁 부르터 있었다.

"……내가 여행까지 와서 이 굴욕을! 흐어엉."

유미는 괴로운 듯 머리를 아무렇게나 쥐고는 사정없이 뜯었다. 하필 오늘 워터프루프가 아닌 컬링이 좋은 마스카라를 바르고 온 게 화근이었다.

"하아……."

부끄러움은 유미의 몫이었다.

"화장을 안 하고 다닐 수도 없고!"

이겸에게는 늘 예쁜 모습만 보이고 싶은데, 마음처럼 쉽지가 않다. 얼굴을 박박 문지르는 유미의 손길에는 자비가 없었다.

한편, 이겸은 몸에 힘이 다 빠진 듯 침대에 털썩 몸을 던졌다. 그는 멍하니 천장을 바라보았다. 십 년 묵은 체증이 싹 내려간 기분이었다.

'이 정도면 반 이상은 털어낸 건가.'

완벽하게 꼬인 실을 풀어낸 건 아니었지만, 곧 완전히 풀어질 거란 묘한 기대가 피어올랐기 때문일까? 무엇이든 관심을 가지고 보면 대상의 본질이 보인다. 공유미는 단순하긴 하지만, 결코 만만하지 않은 녀석이었다. 저 자신은 자기를 누구보다 '쉬운 여자'라 자신 있게 말하지만, 이겸에게 있어 유미는 그야말로 세상에서 가장 '어려운 여자'였다.

그녀 앞에선 좋아도 좋지 않은 척, 싫으면 더 싫은 척 연기를 해야 했기에 다른 사람들에게는 솔직해질 수 있었지만, 세상에서 유일하게 솔직해질 수 없었던 사람이었다. 가장 가까운 존재이자, 가장 멀어져야 될 존재. 그래서 유미는 저에게 너무나도 어려웠다.

머릿속이 잡생각들로 가득 차 있을 때쯤, 욕실에서 희뿌연 연기가 새어 나오고, 얼마 지나지 않아 유미가 모습을 드러냈다. 화장기 없는 뽀얀 피부에 수건으로 아무렇게나 틀어 올린 머리까지. 예상치 못한 유미의 모습에 이겸은 저도 모르게 마른침을 꿀꺽 삼켰다.

"신이겸! 얼른 씻어! 여기 물 완전 좋아!"

"어…… 어, 그래."

이겸은 급하게 갈아입을 옷을 챙겨서 습기로 가득 찬 욕실로 사라졌다. 그런 이겸을 보며 유미가 의미심장한 미소를 지었다. 유미는 젖은 머리를 말릴 생각도 않고, 캐리어를 질질 끌어 바닥에 툭 내려놓은 뒤 지퍼를 열어젖혔다. 그리곤 귀하디귀하게 파우치에 담아놓은 그것을 꺼내어보았다.

"이게, 그!"

속옷은 그 자태만으로 충분히 매혹적이었다. 거금을 써서 장만한 세트. 성공률 100프로라는 그 세트. 이 정도면 충분했다. 유미는 떨리는 마음으로 속옷과 함께 점원이 강력 추천한 슬립까지 세트로 맞춰 입고 침대에 누웠다.

"웃흥."

유미는 새하얀 시트 위에서 발차기를 하며 바둥거렸다. 생각만으로 얼굴이 새빨개졌다. 그토록 꿈꿔온 날이었건만. 이겸에게 여자로서 처음 서는 날인 까닭인지 어쩐지 모를 긴장감에 온몸에 털이 비죽비죽 솟아오르는 기분이었다. 유미는 베개에 얼굴을 파묻고 달콤한 상상에 젖어 두 눈을 깜빡였다. 일 초, 이 초, 시간이 가는 게 유난히도 더뎠다. 가뜩이나 피곤함에 젖어 있던 몸이었는데, 따뜻한 물에 나른하게 녹아든 탓일까. 눈꺼풀에 추라도 매달아놓은 듯 눈이 무겁게 내려앉으려는 걸 유미는 몇 번이나 들어 올렸다.

"유미야, 너 혹시 배 안 고프······."

이겸은 샤워를 하는 내내 허기가 진다 생각하고 있었다. 그러고 보니 늦은 점심으로 배가 터지도록 밀어 넣은 생선구이 정식 이후 칵테일 한 잔 외에는 아무것도 먹은 게 없다는 걸 알았다. 그래서 샤워를 끝마치고 나오자마자 유미에게 치킨이라도 먹자고 할 생각이었다.

단지, 치킨을 먹자고 할 생각으로 나왔는데······.

속이 훤히 다 비치는, 그러니까 지나치게 선정적인 슬립 하나만 걸친 채 잠들어 있는 유미가 보였다.

"이게 진짜……."

누가 공유미 아니랄까 봐. 아까 아무것도 안 하네 어쩌네 할 때부터 알아봤어야 했다. 아니, 속옷 매장 앞에서 마주쳤을 때 공유미가 그렇게 화들짝 놀라며 도망갈 때부터 알아봤어야 했다. 이겸은 새파랗게 질린 얼굴로 눈을 꼭 감은 채 멀찌감치 발을 떨어뜨린 다음, 손만 쭉 뻗어 유미의 몸 위로 이불을 덮어주었다.

"공유미. 제발, 이런 것 좀 하지 마……."

아무리 경계라고는 1도 없는 우리 사이라지만, 이런 식으로 나오면 남자인 자신이 저를 어떻게 할지도 모른다는 생각은 눈곱만큼도 없는 모양이었다. 단지 호기심을 가지고 한 행동치고는 과했다. 과해도 너무 과했다. 여전히 달아오른 얼굴이 식혀지지 않아 이겸이 애꿎은 창문을 벌컥 열었다. 거침없는 행동에 반해 허리께에 걸쳐진 이겸의 손끝은 미세하게 떨리고 있었다.

"저거 진짜. 어쩌면 좋지."

이겸은 이참에 유미의 버릇을 고쳐 놓아야겠다고 생각했다. 저런 저돌적이고 공격적인 성향은 초장에 바로잡아야 했다. 그렇지 않으면 앞으로도 계속…… 저런 식으로 굴 것 같았다.

'저 이상하고 요상한 옷을 입고 덤벼오면 나는…….'

이겸은 마치 무언가에 홀린 사람처럼 멍하게 상상하다 제 뺨까지 때리며 정신을 차리려 안간힘을 썼다.

"미쳤다 진짜. 미쳤어, 신이겸."

분명 방금 전까지 지키겠다, 지켜주겠다 다짐까진 해놓고선 이제 와서 무슨 말도 안 되는 상상을. 잠깐이었지만, 검은 슬립 사이로 비친 속살에 홀려서. 그래서 그런 것이다. 잊으려고 해도, 지우려고 해도 더 또렷하게, 선명히 기억나는 장면에 이겸은 손바닥으로 얼굴을 쓸어내렸다.

소파는 그리 푹신하지는 않았지만, 제가 눕고도 남을 커다란 크기라 하룻밤 침대 대용으로 쓰기에는 괜찮았다. 한참을 뒤척이다 잠든 이겸은 순간적으로 들어오는 따스함에 몸이 나른해졌다. 억지로 눈꺼풀을 밀어 올리자, 몸 위로 이불이 덮인 것을 확인하고 이겸이 눈을 비볐다.

'아, 참. 여긴 집이 아니지.'

익숙하지 않은 주위에 눈을 몇 번 깜빡이다 대각선 앞으로 보이는 침대로 시선이 흘러갔다. 그런데 유미가 없다.

"공유미 또 어딜 간 거야."

아직 동이 트기 전이었다. 어둠이 짙게 내리깔린 방 안은 이상하게 한기가 돌았다. 이겸은 이불을 들춰내고 몸을 일으켰다. 워낙 어디로 튈지 모르는 녀석이라, 이겸은 금세 사색이 되어 방 안을 이리저리 살펴보았다. 불을 켤 생각도 하지 못한 채, 발걸음을 빨리하는 이겸의 뒤로 따뜻한 무언가가 닿는가 싶더니, 이내 완전히 이겸의 등을 덮었다.

"깜짝 놀랐잖아. 없어진 줄 알고."

유미였다.

"이 밤에 가긴 어딜 가."

일정한 높이의 유미의 음색이 귓가를 파고들자, 그제야 이겸은 안도의 한숨을 내쉬었다. 이겸의 배를 양손으로 꼭 끌어안은 유미가 그의 어깨에 고개를 묻었다.

"내가 왜 잤지?"

질문인가, 자문인가.

"잘 시간이 됐으면 자는 게 맞지."

유미와 등지고 있던 이겸의 몸이 순식간에 달아올랐다. 아무렇지 않은 척하고 있지만, 유미가 제 몸에 닿은 것만으로도 이상야릇한 기분이 들었다. 침대 위 잠들어 있던 유미의 모습이 다시금 선명하게 떠올랐다.

"이겸아."

"왜."

"밤은 길다?"

마치 유혹이라도 하듯 낮은 목소리와 함께 그녀의 숨결이 귓가를 간질였다.

"너, 대체 무슨…… 소리가 하고 싶은 거야."

부러 아무렇지 않은 척 해보려 목소리를 높여보는 이겸이었지만, 유미에게 그런 말이 통할 리 없었다.

"내가 무슨 말이 하고 싶어서 이러는 걸까?"

유미의 손끝에 조금 더 힘이 들어갔다. 이겸은 자신의 배에 맞닿아 있는 그녀의 손길에 긴장한 나머지 손바닥 가득 땀이 들어찼다.

"운전을 오래 해서 그런가. 엄청 피곤하네……."

이겸은 자신의 배를 꼭 감싸고 있는 유미의 손을 우악스럽게 뿌리치고 그녀에게서 멀찌감치 떨어졌다.

"진짜. 무드는 파리똥만큼도 없는 자식."

분위기 좀 잡아보려고 했더니만, 철벽도 이런 철벽이 없었다. 결국 참지 못하고 유미가 한쪽 발을 바닥에 쿵 하고 굴렸다. 여자가 이렇게까지 했으면, 대충 못 이기는 척 다가와 주면 좀 좋냔 말이다. 평생을 철벽 친 것도 모자라, 연인이 되어서까지 이러는 이겸이 유미는 좀처럼 이해가 되지 않았다.

"얼른 자."

유미 쪽으로는 아예 시선도 두지 않은 채, 곧장 소파로 가 등을 돌리고 누워 버린 이겸은 폭주할 듯 빠르게 뛰어대는 심장 때문에 도통 진정이라는 걸 할 수 없었다. 슬립만 걸치고 누워 있던 유미의 모습을 본 것도 그랬고, 자신의 몸에 바짝 밀착된 유미의 몸을 그대로 느낀 것도 그렇고. 이겸은 이성으로 겨우 억누르고 있는 본성이 튀어나올까 두려워 아예 두 눈을 질끈 감아버렸다.

"내가 그렇게, 볼품이 없나."

혼잣말하듯 중얼거리며 유미가 거울에 비친 자신의 모습을 찬찬히 뜯어보았다. 나올 데 나오고 들어갈 데 들어가고. 이 정도면 훌륭하진 않아도 아주 못 봐줄 정도는 아니라고 생각했다. 이쯤 되니 유미는 오기가 생겼다.

"저기요! 신이겸!"

맹렬하게 고막을 파고드는 유미의 부름에 이겸은 긴장해야 했다. 유미는 등을 잔뜩 말아 구부리고 누워 있는 이겸을 흔들어보았지만, 꼿꼿하게 돌아선 모습만큼이나 고집스럽게 그에게서는 아무런 대답도, 반응도 돌아오지 않았다.

"신이겸! 좀 일어나 봐!"

힘은 또 어찌나 센지. 이겸은 저를 흔드는 유미의 손길에 몸이 앞뒤로 흔들렸지만, 이불을 꼭 말아 쥐고 몸에 잔뜩 힘을 준 채 버텼다. 그때, 유미가 손바닥을 비스듬히 세워서 이겸의 옆구리를 찔렀다.

"악!"

새우처럼 몸을 구부리고 있던 이겸은 파닥거리며 몸을 떨었다.

"일어나 보라고. 누가 잡아먹나."

"왜!"

이겸은 이불로 자신의 몸을 꽁꽁 싼 다음, 벌떡 몸을 일으켜 앉았다.

"이겸아."

유미가 난데없이 이겸의 손 하나를 가지고 와서 제 손바닥 위에 올려놓고는 반대편 손으로 그의 손등을 살살 쓰다듬었다.

"뭐…… 뭐 하는 거야."

의식을 치르는 것처럼 살벌한 표정과 반대되는 부드러운 손길이 섬뜩하기까지 했다.

"괜찮아. 솔직해져도 돼. 우리 이제 더 이상 숨기는 것 없잖아. 그렇지? 응?"

전적 화려한 여자친구 유미에게 이겸은 약간의 위협을 느꼈다. 누군가 바늘로 살갗 여기저기를 찌르는 듯이 따끔거리는 것만 같았다. 쥐가 날 정도로 몸에 힘을 꽉 주고 있던 탓이었다. 게다가 배스 로브를 걸치긴 했지만 끈을 헐렁하게 묶은 건지 앞섶이 벌어져 슬립만 입은 유미의 몸(정확히는 가슴골)이 여실히 드러났다. 이겸은 눈을 어디다 둬야 할지 몰라서 고개를 틀어버린 채 이불을 더 꽉 움켜쥐었다.

"이겸아. 내가 있지. 뭘 하려는 게 아니고."

유미는 이겸이 방금 전까지 누워 있던 소파에 앉으려고 엉덩이를 내렸다. 그런 유미를 보고는 이겸이 화들짝 놀라서 그녀를 세게 밀쳐냈다.

"아니야!"

어정쩡한 자세로 이겸의 손길에 의해 저만치로 떠밀리듯 떨어져 나간 유미는 그 자세 그대로 정지되었다.

'이게 지금 무슨 시추에이션이야?'

물론 불순한 의도가 있기는 했었던 건 맞지만, 이렇게까지 거부감을 표하는 이겸에게 막무가내로 들이댈 생각은 꿈에도 없었다. 그저 자연스럽게, 물 흐르듯 흘러가는 게 좋겠다고 생각했다. 혹시 잠이 안 오면 같이 바깥 산책이라도 하자고 할 참이었다.

'왜 자기 옆에 앉지도 못하게 해? 수상하게?'

뭔가 냄새가 난다. 이런 쪽의 눈치엔 도가 튼 유미는 눈매를 매섭게 치켜뜨고 이겸의 옆으로 다가섰다.

"우리 이겸이."

이겸의 앞에 몸을 낮춰 앉은 유미는 그와 눈높이를 맞췄다. 그러고는 눈썹을 한껏 팔(八)자 모양으로 만들고 입술을 쭉 내밀었다.

"참고 있는 거예요? 우쭈쭈?"

"……뭐, 뭔 소리야."

당황함에 이겸의 어깨가 잘게 떨렸다. 그러자 그의 어깨를 감싸고 있던 이불이 힘없이 아래로 밀려 내려갔다. 이겸은 화들짝 놀라 이불로 자신의 몸을 꽁꽁 감쌌다.

"나 지켜주려고?"

"크흠. 이상한 소리 하지 마. 아…… 왜 이렇게 더운 거지."

이불로 몸을 돌돌 말고 할 소린 아니지.

'웃긴 녀석.'

유미는 푸스스 소리까지 내어가며 웃었다.

"내가 졌다."

"지긴 뭘 져."

"잠시 잊고 있었어."

철벽의 지존인 신이겸과 일반적인 순서대로 진도를 빼볼 생각을 했다는 자체가 말이 안 되는 거였다.

"그러니까 뭘."

그래, 순수한 콘셉트도 나쁘진 않지. 키워서 잡아먹는 것도 나쁘지 않아. 아니, 오히려 그쪽이 훨씬 더 옳은 방향이라고 생각해. 유미는 헨젤과 그레텔에 나오는 마녀의 심정이 불현듯 이해가 됐다. 헨젤도 이겸이, 그레텔도 이겸이.

'우리 이겸이 포동포동 살 찌워서 내가 잘 요리해 줄게!'

유미는 마음속으로 행복한 비명을 내질렀다.

"더우면 문 열어줄까?"

그렇게 생각하니 조급하던 그녀의 마음도 한결 평온해졌다.

"뭐?"

알 수 없는 소리를 웅얼대는 유미를 바라보던 이겸의 눈썹이 살며시 꿀렁였다.

"문 열어줄게. 공기가 후끈 달아올랐어, 아주."

유미는 발을 종종거리며 커다란 유리문을 밀었다. 차갑게 식은 밤바람이 열린 창문 틈 사이로 휘이이 밀려들었다. 유미는 발코니 바깥으로 맨발을 내밀었다. 반짝반짝 별이 밤하늘의 보석처럼 촘촘하게 박혀 있었다.

"우와, 엄청 예쁘다."

당장에라도 별이 쏟아질 듯 가까이 느껴졌다. 발코니는 바닷가에서 타고 온 찬바람이 쌩쌩 불어댔다. 하지만 유미는 추운 걸 느끼지도 못한 채 고개를 바짝 위로 올려 별 구경에 빠졌다. 순간, 등 뒤를 감싸는 포근함에 놀란 유미의 동공이 수축되기 시작했다. 하늘을 향해 들어 올린 고개를 조금 더 뒤로 젖히자, 이겸의 잘생긴 얼굴이 보였다. 그와 동시에 이겸의 입술이 유미의 이마에 닿았다. 놀란 유미의 눈동자가 커다래졌다.

'세상에! 이마 키스라니!'

유미는 심장이 터질 듯 두근거렸다.

"그렇게 다 벗고서 밖에 오래 있으면 감기 걸린다. 들어가자."

이겸은 필사적으로 사수하던 이불을 유미의 턱 바로 아래까지 감싸주었다. 피부를 거칠게 휘감던 찬바람이 이겸이 덮어준 이불로 인해 완전히 차단되었다. 심장의 콩닥거림은 여전히 멈추질 않았다. 어깨를 파고든 이겸의 탄탄한 팔이 유미는 너무 설레어서 몸이 나른해지는 것만 같은 기분을 느꼈다.

"조금만 더…… 보고 싶은데."

유미가 여전히 고개를 젖힌 채 이겸의 얼굴을 물끄러미 바라보았다.

"안 돼."

이겸이 유미의 입술에 입을 맞췄다. 정방향이 아닌 거꾸로 뒤집힌 시야 안에 머무른 이겸의 입술과 유미의 입술이 반대 반향으로 맞물렸다. 유미는 핏줄이 돋아난 이겸의 팔뚝을 꼭 붙잡았다. 행복이란 이런 걸까? 아픔을 치유하고, 기쁨을 행복으로 만드는 기적. 놓치고 싶지 않은 행복, 그 행복 안에 가득 담긴 따스함이 온몸을 전율케 만들었다.

유미는 아침 해가 쏟아져 드는 줄도 모르고 잠들어 있었다. 어젯밤 이겸이 벗은 것도 아니고 입은 것도 아닌 것 같은 해괴망측한 슬립은 넣어두고 정상적인 옷을 입으라고 성화를 부렸음에도 불구하고, 유미는 끝까지 그 차림 그대로 있겠다고 고집을 부렸다. 이겸은 유미의 옆에 비스듬히 누워서 턱을 괴고 유미의 머리카락을 어루만졌다.

"세상 무서운 줄 모른다니까."

유미가 이렇게 행동하는 사람이 저 하나밖에 없다는 사실을 알면서도 괜히 심술 섞인 말투가 흘러나왔다. 하얀 살결과 대조되는 속옷과 속이 훤히 다 비치는 슬립을 입고선 세상모르고 잠든 그녀의 모습을 잠시 넋 놓고 바라보고 있던 이겸은 순간적으로 얼굴을 붉히며 고개를 옆으로 틀어버렸다.

'넘어가면 안 돼.'

이겸은 마른침을 꿀꺽 삼키고 침대에서 몸을 일으켜 앉았다. 자칫 잘못했으면 공유미의 덫에 걸려들 뻔했다. 심지어 유미는 잠들어 있는데도 미친 페로몬을 풍기고 있었다.

'넘어갈 뻔했어.'

이겸은 속으로 참을 인(忍) 자를 주문처럼 외웠다.

제9장.
조우

　월요일 아침, 출근을 했는데 사무실 분위기가 심상치 않았다. 짙게 내리깔린 적막이 평소와는 분명 다르게 느껴졌다. 유미와 나란히 걷던 이겸은 걸음을 일부러 더 빨리했다.

　"무슨 일 있어요? 분위기가 왜 이렇게…….

　이쪽 팀뿐만이 아니었다. 같은 사무실을 쓰는 층의 모든 팀 분위기가 흐렸다.

　"몰랐구나, 신 대리."

　어쩐 일로 일찍 출근한 허 팀장이 코밑까지 흘러 내려온 안경을 추켜올리며 씁쓸한 어투로 말했다.

　"네? 뭘요?"

　"오늘 아침에 하반기 인사 발표 났어."

　"아…… 벌써요?"

　이겸이 알기로 허 팀장은 이번 승급 대상자였다.

'표정을 보아하니…… 결과가 좋지 못한 것 같은데.'

항상 지나치게 밝던 허 팀장의 낯빛에는 먹구름이 가득 드리워 있었다.

'한동안 피곤하게 됐네.'

적어도 며칠은 계속 저 상태겠구나 싶어서 이겸은 느린 걸음으로 자신의 자리로 가 앉았다.

이겸은 눈치를 보며 사내 인트라넷 인사 게시판을 클릭했다. 딸각거리는 마우스 클릭 소리가 조용한 사무실을 크게 울리는 느낌이었다. 이윽고 올 하반기 인사 발표 공지 창이 떠올랐다.

여러 인원의 변경된 인사 목록이 촤르륵 펼쳐졌다. 마우스 휠을 내리기도 전에 1차적으로 이겸을 당황하게 만든 인사 명단이 있었다.

—최시윤 영업지원팀 본부장

그와 거의 동시에 이겸은 시선을 돌려서 시윤의 자리를 살폈다.

'갔네. 갔어.'

말끔하게 정리된 시윤의 자리를 발견한 이겸은 어쩐지 씁쓸한 마음에 콧등에 주름을 만들었다.

'영업지원팀? 못 보던 팀인데, 신설됐나?'

다이아몬드 수저를 물고 태어난 시윤이 말단 사원으로 업무량이 지옥에 가까운 이곳에 남아 있을 리가 없었다. 그래도 시윤은 TV 속에서나 보던 재벌 낙하산들과는 조금 다를 거라고 생각했는데.

'괜한 착각이었네. 남 걱정해서 뭐 하나. 내 걱정이나 해야지.'

이내 이겸은 다시 마우스 휠을 내렸다.

'허 팀장은 어디쯤에 있나……'

그의 이름을 찾기 위해 눈을 부릅뜨고 있던 이겸은 드디어 허 팀장의 이름을 찾아냈다.

　-허일봉 마케팅전략팀 부장

'뭐야. 승진했네!'

마케팅전략팀이면 지금처럼 출장을 자주 다니지 않아도 되고, 오히려 허 팀장에겐 훨씬 좋은 포지션이었다. 보통 최소 삼 년, 길어야 오 년 정도 같은 포지션에서 근무하고 다른 부서로 로테이션이 되는 게 관례인데, 허 팀장은 무려 칠 년이나 해외영업팀에 남아 있었다. 그러니까 결과적으로 이번 승진과 부서 이동은 그에게 있어서 더 높은 곳을 향해 올라갈 수 있는 계기가 되어줄 것으로 보였다.

'근데 왜 저렇게 저기압이지······.'

도통 이해할 수 없는 이 분위기는 뭘까. 이겸은 심드렁한 표정으로 경직된 몸을 풀고 턱을 괸 채, 다시 마우스 휠을 휙휙 빠르게 아래로 내렸다. 화면이 빠르게 흘러 내려가던 중, 이겸의 눈에 이상한 것이 보였다.

'뭐지? 잘못 봤나?'

분명 자신의 이름이 있었던 것 같았다. 위로 올라간 화면을 다시 내리자마자 이겸을 입을 다물 수 없었다.

　-신이겸 영업지원팀 팀장

'내가 팀장?'

─공유미 영업지원팀 대리

'공유미가 대리?'

이겸은 잠시 눈도 깜빡이지 못한 채 멍하게 있어야 했다.

'이게 뭐야?'

황당함과 놀람으로 물든 이겸의 얼굴은 새파랗게 질린 상태였다.

"이, 이게……."

이런 반응을 보인 건, 이겸 하나만이 아니었다. 출근하자마자 공지를 확인한 유미 역시 이겸과 똑같은 반응이었다. 그리고 이겸과 유미의 눈이 동시에 서로를 향했다.

이겸과 유미는 나란히 영업지원팀 본부장실 앞에 섰다.

"……나 떨고 있냐."

유미의 목소리는 사정없이 떨리고 있었다. 그에 반해 이겸은 침착한 편이었지만, 입술 주변 근육이 잘게 경련하는 건 어쩔 수 없었다. 어제의 부하 직원이, 오늘의 상사가 되는 황당하고도 놀라운 순간이었다.

"본부장님, 신이겸 대리님과 공유미 주임님 들어갑니다."

머리를 반듯하게 빗어서 고정 시킨 여비서가 본부장실 문에 노크하며 말했다.

"네."

안에선 익숙한 시윤의 목소리가 들렸다. 문이 열리고, 널찍한 본부장실이 마치 스크린처럼 펼쳐졌다.

"아, 안녕…… 하……."

들어가서 인사를 해야 하는데 유미는 문 바깥에 얼음처럼 굳은 상태로 뻣뻣하게 서서는 고개를 숙였다. 이겸은 차갑게 식어버린 유미의 손을 잡고 본부장실 안으로 들어섰다.

"주말 잘 보내셨어요?"

분명 같은 최시윤인데.

"서 비서님, 커피 세 잔 부탁드려요. 아이스로."

자연스럽게 책상 위에 놓인 수화기를 들어서 비서에게 지시를 하는 모습이,

"앉으세요."

다른 사람처럼 느껴졌다.

쭈뼛거리며 자리에 앉은 이겸과 유미는 마치 맹수 앞에 놓인 먹잇감이 된 기분이었다. 이겸은 그나마 포커페이스에 능했지만, 유미는 아니었다. 손을 달달 떨고 있는 모습이 여간 긴장한 게 아닌 것 같아 보였다.

"주임님, 어디 아파요?"

"네…… 니요?"

"얼굴이 영 별론데."

표정 가득 걱정이 묻어나는 시윤의 얼굴을 마주한 유미는 속으로 숨을 삼켜야 했다.

"괘, 괜찮습니다. 본부장님!"

유미는 우렁찬 목소리로 대답했다.

"아이, 말 편하게 하세요. 갑자기 무슨 존댓말이에요."

"아니…… 어떻게…… 제가 감히, 본부장님께 반말을……."

"하던 대로 하세요. 하던 대로."

시윤이 손을 휘휘 저으며 소파에 등을 기댔다. 분명 그 웃음도 같은데, 왜 이리 멀게만 느껴지는 건지. 유미는 떨려오는 몸의 진동을

숨겨보고자 무던히 노력했다.

"이번 승진과 부서 이동, 어떻게 된 건지 설명 좀 해주시겠어요?"

이겸이 차분한 목소리로 시윤을 향해 물었다.

"어? 무슨 설명을 어떻게 드려야 하지?"

시윤은 난감한 듯 소파에 묻은 등을 다시 세워 앉았다.

"아니, 공 주임도 그렇고 저도 그렇고 이번엔 승진 대상자도 아니었을뿐더러 이 팀에 온 지 삼 년도 채 안 됐고, 아직 부서 이동을 하기엔 업무 파악도 완벽하게 끝내지 못했고. 알다시피 진행하던 업무도 꽤 있습니다."

"그래서요?"

사람이 이렇게 변하나. 자리가 사람을 만든다고. 전엔 몰랐던 오만 방자함이 생겨나기라도 한 걸까? 이겸은 속으로 콧방귀를 꼈다.

"거래처 쪽에선 담당자 바뀌는 걸 반기지 않아요. 하다못해 진행하던 몇몇 계약만이라도 마무리 짓게 해주시죠."

한 번 연적은 영원한 연적이다. 적어도 이겸에게 있어서는.

"안 돼요."

시윤이 생글거리는 얼굴로 부정을 말했다.

"뭐, 왜요?"

"저는 대리님과 주임님이 필요해요."

시윤은 웃는 얼굴로 사람을 곤란하게 만드는 말만 골라서 해댔다.

"이거, 권력 남용 아닙니까? 인사이동은 당사자와 인사팀 간에 충분한 협의 하에 이루어지는 걸로 알고 있는데요."

"이번엔 예외입니다."

고저 없는 시윤의 목소리는 지나치리만큼 평온했다.

"어째서?"

"팀이 새로 꾸려진 거고, 제가 그 팀을 이끌어 나갈 본부장을 맡았어요. 라인업을 인사팀에 맡기자니 영 못 미더워서요. 제가 업무적으로 인정한 두 분께서 저를 도와주셨으면 해서 내린 결정이에요."

"그러니까 그 결정을 왜 혼자 합니까?"

상의도 없고, 예의도 없었다. 원래 시윤은 결코 이렇게 무례한 사람이 아니었는데 말이다.

"권력 남용이라고 생각하세요."

"아니, 그…… 본부장님? 굳이 우리가 아니어도 회사에 유능한 인재가 넘쳐 나는데 왜……."

이겸과 시윤의 대화를 묵묵하게 듣고만 있던 유미가 나섰다. 이겸의 말이 아예 틀린 건 아니었다. 팀 내부에서 진행하던 업무도 남아 있는데, 남은 부서원이 그 모든 업무를 도맡아야 했다.

당장 이겸과 유미는 업무 인수인계도 마치지 못하고 급하게 사무실을 옮겨가야 하는 상황이었고, 허 팀장은 업무 인수인계를 끝마칠 때까진 해외영업팀 소속이라 해외영업팀은 지금 단 두 명으로 일을 해야 하는 상황이었다.

"당장 다음 주에 J전자 신제품 런칭 행사가 있어요."

"……설마."

눈치 빠른 이겸이 시윤의 의중을 재빨리 파악했다.

"네. 저희가 할 겁니다."

"지금…… 농담하는 거죠?"

이겸은 이를 악물고 되받아쳤다.

"아뇨. 농담 아니에요. 저희가 할 겁니다."

시윤의 말투에는 다부진 결의가 느껴졌다.

"그게 가능해요?"

유미는 여전히 떨리는 입술로 물었다.

"가능하게 만들어야죠."

그러니까 그 힘든 걸 왜 유미와 저까지 끼워 넣어서 같이하려고 하느냐고. 이겸은 정말로 시윤이 이해되지 않았다.

"도와주실 거죠?"

미묘하게 입꼬리를 밀어 올린 시윤의 얼굴에선 지난 금요일, 사원 최시윤의 모습은 찾아볼 수 없었다.

"지금 대답해야 하는 사안인 거죠?"

이겸은 이미 결정 난 일에 자신이 개입할 수 있을 리가 없다는 걸 잘 알고 있었다. 그럼에도 불구하고 마지막에 마지막까지 버텨보고 싶었다. 지금 마음속에 이는 감정이 뭘까. 멋대로 자신과 유미의 미래를 결정해 버린 시윤에 대한 반항심 내지는 유미를 놓고 싸웠던 상대가 저와는 완전히 다른 세계에 사는 남자여서 자격지심이 생긴 걸 수도 있다.

"더 고민이 필요하면 하셔도 되지만, 런칭 날짜는 이미 정해졌어요. 지금도 계속 시간은 흐르고 있고."

"이틀 안에 답 드리겠습니다."

간결하게 대답을 한 다음 이겸이 자리에서 먼저 일어났다.

"긍정적인 답변 기다릴게요. 대리님이 아니면 이 일, 아무도 못 해요."

이겸은 말없이 몸을 돌려 본부장실을 나섰다. 유미는 시윤에게 인사를 하고 이겸의 뒤를 졸졸 따라 나갔다.

사무실로 돌아오자, 한창 촬영을 위해 장비를 세팅 중인 스태프들이 보였다. 지원은 막 자리로 돌아온 유미에게 다가가서 책상을 똑똑 두드렸다.

"공유미야."

"응?"

"나 오늘 마지막 촬영이다?"

"어? 정말?"

유미는 시간이 그렇게 빨리 간 줄 몰랐다. 바람 잘 날 없을 줄 알았던 지원의 촬영은 생각보다 잔잔하게 흘러갔다. 날짜를 몰랐던 것도 아닌데, 까맣게 잊고 있던 그날이 다가오자 유미는 어쩐지 서운한 마음이 들었다. 꿈에도 지원과의 이별이 아쉬워지는 날이 올 거라고는 예상하지 못했다. 마치 같은 반 친구가 다른 학교로 전학을 가는 기분이었다.

"마치고 스케줄 비는데, 같이 소주 한잔할래?"

뜻밖의 제안에 유미는 잠시 행동을 멈추었다.

"어?"

유미는 저도 모르게 고개를 돌려서 이겸의 표정을 살폈다.

"난 너랑 단둘이 놀고 싶은데. 신이겸 없이."

유미의 시선이 절로 이겸에게로 흘러가자, 원 플러스 원처럼 세트로 따라올 이겸이 반갑지 않은 듯 지원이 낮게 속삭였다.

"어……."

유미는 이겸의 기분이 안 좋을 때 어떻게 풀어줬었는지 잘 기억나지 않았다. 따지고 보니 그가 기분 나쁜 티를 낸 적이 별로 없었던 것도 같았다.

'이럴 땐 혼자 시간을 보낼 수 있게 해줘야 하나……'

연애가 처음인 유미에게 남자의 마음을 헤아리기란 여간 쉬운 일이 아니었다.

'가볍게 한잔 정도는 하고 가도 괜찮겠지?'

마지막이라 아쉬웠던 이유도 있었다.

"그래."

괜히 이겸의 옆에서 조잘거리면 어지러운 속만 더 시끄럽게 할 것 같아서, 유미는 지원과의 약속을 핑계로 그에게 혼자만의 시간을 만들어줄 생각이었다.

'오늘은 혼자 자야겠네.'

유미는 이겸과 자신이 같이 사는 것도 아닌데, 이제는 혼자 있는 게 더 이상하게 느껴졌다.

사귀고 난 다음부턴 거의 매일 밤 함께 있었기 때문이었다. 이겸에 대한 생각을 털어내기 위해, 유미는 한창 촬영에 임하고 있는 지원의 자리 근처로 걸어갔다. 지원은 마지막 촬영이라고 잔뜩 힘을 준 의상은 물론이고, 알도 없는 안경을 끼고 와서는 온갖 스마트한 분위기를 연출해 보려 노력했다. 함정은 전혀 스마트해 보이지 않는다는 것이겠지만.

"이번 촬영으로 참 많은 걸 배웠어요. 연예계에서 혼자 스케줄을 소화할 땐 알지 못했던 공동체 생활이라든가, 회사가 어떻게 돌아가는지에 대한 전반적인 시스템 같은 것들이요. 참 좋은 경험이었어요."

배운 것도 없고, 배울 의욕도 없던 지원이 술술 뱉어내는 말은 그야말로 놀라운 수준이었다.

'올. 준비 좀 많이 했네. 김지원.'

예전 같았으면, 팔짱을 끼고 아니꼬운 표정으로 쳐다봤겠지만 이제 유미는 지원이 귀엽게 느껴졌다.

"제가 있는 해외영업 파트에서는……."

막힘없이 팀 내부 돌아가는 사정까지 세세하게 이야기하는 걸 보

252 츤데레의 정석

니, 마냥 여기서 놀고먹기만 한 건 아니었나 보다, 하고 유미가 감탄할 즈음이었다. 지원이 시선을 아래로 내려 손바닥을 흘긋거리는 것이 보였다. 유미는 그녀의 손바닥에 빼곡하게 적힌 검은색 글씨를 보고 피식 웃었다.

'그럼 그렇지. 그 김지원이 어디 가나.'

저렇게 뇌가 맑고 깨끗하기도 힘든데. 그녀는 여러모로 참 독특한 캐릭터임에 분명했다.

유미는 퇴근 시간 즈음 해서 이겸에게 문자 메시지를 보냈다.

〈잠깐 옥상에서 만나!〉

유미는 자판기에서 미리 뽑아놓은 따뜻한 캔 커피 두 개를 코트 주머니에 하나씩 넣어두고 옥상으로 향했다. 묵직한 옥상 철문의 문고리를 돌리자, 철커덕 하는 소리와 함께 문이 열렸다.

가뜩이나 찾는 이 없는 옥상 정원은 불어 닥치는 찬바람으로 을씨년스럽기까지 했다. 유미는 종종거리는 걸음으로 문에서 가장 잘 보이는 벤치에 자리를 잡고 앉았다. 그녀가 자리에 앉기 무섭게 문이 열리고 이겸의 모습이 보였다.

"여기야! 여기!"

유미가 손을 위로 들어 올려 좌우로 크게 흔들었다. 매일 보는 얼굴임에도 잠깐 떨어져 있다가 다시 만나면 반갑다. 놀랍게도. 어느새 바로 앞까지 다가선 이겸이 허리를 굽히는가 싶더니, 와락 유미를 껴안았다.

"유미야."

"으, 응?"

갑작스럽게 저를 껴안아 버린 이겸의 행동에 놀란 유미는 그의 어깨 위에 턱을 대고 눈을 깜빡였다.

"나 오늘 너무 힘들었어."

어느덧 감정 표현에 솔직해진 이겸의 모습에 유미는 가슴이 뭉클해졌다. 이렇게 할 수 있으면서 이겸은 여태 자기 마음을 왜 그렇게 숨겨온 걸까. 바보같이.

"고생했어."

유미는 이겸의 등을 살며시 쓸어내려 주는 행동으로라도 그의 지친 마음을 어루만져 주고 싶었다.

"충전되는 기분이다."

이겸의 말에 유미는 피식거렸다.

"그 말 되게 기분 좋다."

유미는 바보처럼 소리 내어 웃었다.

"사실은 나, 조금 자존심이 상했어."

부서 이동 건으로 아직도 이겸은 마음이 불편한 게 분명했다.

"자존심 상할 게 뭐 있어."

유미는 그렇게 말하며 이겸의 허리에 팔을 둘러 꼭 껴안았다.

"받아들여야 하는 거지?"

"선택은 네가 하는 거지. 난 네 결정에 따를 테고."

코로 깊게 숨을 들이켠 이겸이 다시 크게 숨을 내쉬었다.

"최시윤 씨는 어차피 우리랑 다른 세계에 사는 사람이잖아."

사실이 그러했다. 시윤은 태어날 때부터 이 회사를 물려받을 운명이었고, 이겸과 저는 아무리 노력해 봐야 지금 있는 이 자리가 가장 높은 위치일 것이다.

"나도 다른 쪽으로 공부해서 전문 직종으로 가볼 걸 그랬어. 지금이라도 사법고시 볼까? 아니다. 그…… 의대 쪽으로 진학을 해봐야 하나?"

감히 상대도 안 되는 사람에게 부려보는 자존심에 불과했지만, 이겸은 오늘따라 자신의 처지가 이상하리만치 초라하게 느껴졌다. 그 상대가 유미를 좋아하는 시윤이라서 더욱 그럴지도 모른다.

"그럴 필요 뭐 있나? 넌 이미 위너인데."

"위너?"

"얼마나 배가 아플 거야. 자기 기준에 한참 못 미치는 사람 같은데 능력도, 외모도 훨씬 뛰어나지, 게다가 나까지 가졌으니까."

유미가 의미심장한 웃음을 지으며 키득거렸다.

"뭐야, 그게."

이겸은 황당한 듯 잇새로 허탈한 웃음을 흘렸다.

"이러는 거, 이겸이 너답지 않아. 너 항상 당당했고, 누구에게도 뒤지지 않았고, 늘 멋있었어. 지금도 물론 그렇고."

사람 기분 풀어주는 말은 또 어찌나 잘하는지.

"너 진짜……."

이겸은 먹구름이 낀 듯 갑갑하게 막혀 있던 속이 유미로 인해 조금은 환기되는 것 같았다.

'이럴 때 보면 정말 고단수라니까?'

"돈 말고 시윤 씨한테 꿀릴 게 하나도 없어!"

"공유미, 너 은근히 아쉬워하는 말투다?"

이겸이 안고 있던 유미의 몸을 살짝 떼어내고 물었다.

"아쉽긴! 뭐가! 널 두고 내가 뭘 아쉬워한다고 그래!"

"솔직히 좀 아쉬웠구나. 최시윤이 엄청 대단하긴 했어. 맞지?"

은근슬쩍 저를 떠보는 이겸의 말투에 유미는 속으로 코웃음을 쳤다.

"어우, 야! 대단하다마다! 시윤 씨 성격도 좋고, 능력은 두말할 것
도 없고, 게다가 인물까지 엄청나잖아? 내가 신이겸만 아니었으면 벌
써 갔지, 갔어!"

"뭐가 어째?"

유미는 한쪽 눈썹을 바짝 위로 올리고 이겸의 표정을 살폈다.

"이겸아. 난 말이지, 시윤 씨 같은 대단한 사람이 날 좋아했다는 게
아직도 믿기질 않아."

"그래서 아쉬워?"

"결론이 뭐냐면."

"뭔데."

"그러니까 나한테 잘하라고."

유미가 이겸의 양쪽 볼을 잡고 옆으로 쭉 늘어뜨렸다.

"아이. 하지 마!"

"왜. 우리 이겸이 귀여워서 예뻐해 주는 건데."

이겸은 제 볼을 쭉쭉 잡아당기며 즐거운 표정을 짓는 유미의 볼을
감싸 쥐었다.

"다, 당기지 마! 화장 지워져……."

"다른 덴 손 안 댈게. 립스틱은 다시 발라야겠다."

이겸의 입술이 유미의 입술을 찾아들었다. 갑작스레 입을 맞춰오는
이겸으로 인해 유미는 숨을 집어삼켰다. 자신의 양 볼을 꼭 감싸 쥔
이겸의 손이 차가웠다. 어차피 오가는 사람이 없다는 사실을 알고 있
긴 했지만, 오픈된 공간에서 이렇게 입술을 맞대고 있는 게 무척이나
부끄러웠다. 그럼에도 아랑곳하지 않고 입술을 떼어낼 생각이 없어 보
이는 이겸을 바라보다가, 유미의 눈꺼풀이 풀썩 아래로 주저앉았다.

황홀하다는 건 이럴 때를 두고 하는 말일까? 뒤엉킨 숨결이 누구

의 것인지도 모를 만큼 뜨겁다. 유미의 입가에 또다시 미소가 피어올랐다.

퇴근 후, 유미는 지원과 함께 회사 근처 소곱창 식당으로 향했다.
"크아."
지원은 연거푸 몇 잔째 소주를 입안으로 털어 넣었다. 소곱창은 지글지글 맛있는 자태를 뽐내며 익어가고 있는 중이었다.
"천천히 좀 마셔."
"공유미야."
무언가 할 이야기가 있는 건지, 자리에 앉을 때부터 안절부절못하던 지원의 모습에 유미는 의아함을 느꼈다.
"나한테 뭐 할 말 있어?"
유미가 집게로 익어가는 소곱창을 집고 가위로 뚝뚝 잘라내며 물었다.
"크아."
지원은 묻는 말에도 아랑곳하지 않고, 소주를 혼자서 계속 비워내고 있었다.
"다 익었다. 먹어."
유미가 먹기 좋게 자른 것들을 지원의 접시에 하나씩 올려주었다. 지원은 입가에 묻은 소주를 손등으로 훔쳐 내며 약간 풀린 눈으로 유미를 바라보았다.
"공유미. 넌 참 애가 착해."
"이제 알았니?"
유미는 푸스스 웃으며 답했다.
"좀 맹한 것도 같고."

지원은 팔꿈치를 테이블 위에 올려놓고선 검지를 바짝 들어 올린 채 유미를 가리켜 말했다.

"내가 맹하면 넌, 뭐야."

이 뇌가 맑고 깨끗한 여자야.

유미는 뒷말을 삼킨 채 계속해서 실실거리며 웃기만 했다. 지원이 혼자서 마신 소주병에는 이제 소주가 한 방울도 남아 있지 않았다.

"이모! 여기 소주 한 병 추가요!"

유미가 우렁차게 외쳤다.

"보면 볼수록, 너 참 매력 있어."

지원은 연신 이해할 수 없는 말만 해댔다.

"할 말이 뭔데, 그래서."

"내가 처음엔 진짜 궁금했거든? 신이겸도 그렇고, 그 최시윤인가 뭔가 하는 놈도 그렇고 왜 다들 너한테 그렇게 목을 매나 하고."

"에이. 무슨 목을 맸다고 그래."

유미는 손사래까지 쳐 가며 반박했다.

"아냐. 네가 몰라서 그래. 그 둘 다 장난 아니었어."

"아하? 그럼 내가 미친 매력의 소유자인가 보다."

지원은 새로 나온 소주병의 뚜껑을 열었다. 그런 다음, 제 잔에 먼저, 그다음엔 유미의 빈 잔을 채웠다.

"너 신이겸 많이 사랑하지?"

그렇게 말하고는 지원이 또 한 잔 가득 차오른 소주를 입안으로 빠르게 털어 넣었다.

"오늘 왜 이래? 할 말 있으면 빙빙 돌려 말하지 말고 그냥 하시지?"

"하기 어려운 말이니까 돌려 하는 거야, 인마."

술의 힘을 빌리지 않으면 못 할 말이라서.

"그러니까 그게 뭔데."

어지간히 답답했는지 입술에 힘까지 주고선 유미가 목소리를 한 톤 높여 말했다.

"너 신이겸의 비밀이 뭔지 알지?"

"무슨 비밀."

유미는 심드렁한 표정으로 소주잔을 비운 다음 접시에 놓인 곱창을 몇 개씩 집어 먹었다.

"너 솔직히 옛날에 있었던 일 다 기억하지?"

지원은 다분히 확신에 찬 말투를 하고 물었다.

"옛날 일?"

유미는 소곱창으로 인해 기름진 입가를 냅킨으로 비벼 닦으며 되물었다.

"신이겸이랑 둘이 사귀던 거, 기억하지?"

"그래. 우리 둘이 지금 사귀고 있다. 그게 그렇게 배가 아파 죽겠냐아."

그럴 줄 알았다는 듯 고개를 크게 끄덕이며, 유미는 입안에 빈 공간을 용납하지 않을 기세로 소곱창을 또 입안에 밀어 넣었다.

"아니, 지금 말고. 예전에 너희들 사귄 거. 너도 알지?"

한쪽 볼이 빵빵하게 부풀어 오를 만큼 많은 양의 소곱창을 밀어 넣은 채 씹고 있던 유미의 모든 행동이 멈췄다.

"……믄 스르래."

입안에 먹을 걸 가득 채운 유미는 부정확한 발음으로 우물거렸다. 표정은 한없이 태연했지만, 테이블 아래로 떨어진 그녀의 손은 바르르 떨리고 있었다.

"먹고 말해. 다 먹고."

지원의 말이 떨어지기가 무섭게 유미는 다시 입안 가득 담긴 음식물을 천천히 씹어 삼켰다.

"뭘 어쨌다고?"

"그러니까 내 말은 너랑 신이겸이랑 예전에 만났던 걸, 너도 아느냐고 묻고 있는 거야."

지원이 살짝 풀린 눈으로 유미를 똑바로 쳐다보았다. 유미는 두려웠다. 지원의 입에서 무슨 소리가 또 나올지 몰라서 두려움에 심장이 벌벌 떨려왔다.

한참 말없이 고기만 씹고 있던 유미는 소주가 아닌 물을 한 컵 가득 따라서 벌컥벌컥 마셨다. 속이 까맣게 타들어가는 것만 같았다. 뭐라고 대답해야 자연스럽게 넘길 수 있을까. 어떻게 행동해야 의심 가득한 지원의 눈초리를 피할 수 있을까. 생전 처음 듣는 저 말도 안 되는 지원의 말을.

'어떻게 받아들여야 하는 거지.'

유미는 이상하게 심장이 불에 덴 듯 홧홧거리고 따끔거리는 느낌이 들었다.

"아, 아아. 알지 그럼."

유미는 다시 입안으로 소곱창 몇 개를 밀어 넣기 시작했다. 태연한 척. 아무 일도 없는 척하면서.

"와. 얘 진짜."

지원은 황당함과 허탈함을 동시에 느꼈다. 그녀는 진심으로 이겸과 유미의 사랑을 도와주고 싶었다. 그리고 앞으로 닥칠 미래에 시련이 없기를 바랐다. 더 이상 이겸과 유미와는 마주칠 일도 없을 텐데, 기회가 있을 때 마무리 짓고 가고 싶어서. 그래서 지원은 용기를 내서 나서게 된 것이다. 그런데 이미 알고 있었다고?

"너 진짜. 계속 그런 이상한 소리 하려면 나 그만 일어날래."

유미는 얼굴 근육이 마비된 것만 같았다. 손끝이 저릿했고, 온몸에 쥐가 난 것처럼 느낌이 이상했다. 입술의 떨림을 숨기기 위해 더욱더 바짝 힘을 주어야 했다.

"우와. 그럼 진짜 그걸 다 알고 있었어? 독하다 독해. 나는 신이겸만 독한 놈인 줄 알았더니 그것도 아니었어! 둘이 천생연분이다! 완전!"

지원은 고개를 가로저으며 소주 한 잔을 또다시 입안으로 털어 넣었다.

"시간이…… 벌써 이렇게 됐네. 그만 가야겠다."

유미는 아직 반도 채 먹지 않은 소곱창을 두고 자리에서 일어났다. 어쩌면 현실을 외면하고 또 도망치고 싶었던 걸지도 몰랐다.

"뭐야. 가려고?"

지원의 시선이 일어서는 유미를 따라 위로 올라갔다.

"오늘 아빠 오시는 날인 걸 깜빡했지 뭐야. 집에 일찍 들어가기로 해놓고…… 내 정신 좀 봐."

거짓말을 하는 유미의 목소리는 사정없이 떨렸다.

"너도 너지만, 신이겸 걔, 너랑 사랑하는 지금도 진실을 숨긴 채 저렇게 입 다물고 살았잖아. 너 아프지 않게 하려고. 바보같이 지금도 저러고 있잖아."

줄곧 장난스럽게 꼬아대던 지원이 짐짓 심각한 표정을 지었다. 지원이 그동안 묵혀온 감정을 터뜨리듯, 속엣말을 다 꺼낼 기세로 쏘아댔다.

"계산은 내가 하고 갈게. 시간 될 때 연락해. 나머진 나중에 만나면 다시 이야기하자."

가타부타 말없이 유미는 그대로 몸을 돌려 나갔다. 식당 문을 열고 나온 유미는 가방을 꼭 끌어안고 터벅터벅 걸었다. 걷다 보면 목적지가 나올 거란 말도 안 되는 생각을 한 채 걸었다.

어느새 횡단보도 앞이었다. 길 건너에 집으로 가는 버스의 정류장이 있었다. 얼른 집으로 돌아가고 싶은 마음에 유미는 생각 없이 발을 내디뎌 도로 위를 걸었다.

그때였다.

"야! 미쳤어? 그렇게 막 뛰어들면 어떻게 해!"

빵빵거리는 클랙슨 소리와 함께 운전자가 우렁찬 목소리로 노발대발하는 소리가 들려왔다. 그제야 유미는 정신을 차리고 고개를 들었다. 보행 신호는 빨간불이었다.

"죄, 죄송합니다⋯⋯."

바짝 고개를 숙여서 운전자에게 사과의 인사를 건네고, 유미는 도보 위로 돌아와 신호가 바뀌길 기다렸다.

"내가⋯⋯ 왜 이러지."

유미는 손바닥으로 이마를 짚고 그 자리에 스르르 미끄러져 주저앉았다. 머리가 깨질 듯 아팠다.

"아아⋯⋯."

그거였구나. 신이겸이 숨겨왔던 이유가 그거였구나. 유미는 거세게 진동하는 손을 멈춰보려 양손을 꽉 마주 잡았다. 하지만 잡은 두 손은 여전히 떨릴 뿐이었다.

'주하도, 김지원도 다 알고 있던 거였구나.'

저만 모르고 다 알고 있던 사실이었다. 유미는 가슴에 커다란 무언가가 걸린 것처럼 숨을 쉬기가 힘들었다. 속이 너무 갑갑해서 가슴을 주먹으로 아주 세게 툭툭 내려쳐 보아도 좀처럼 그 통증이 가시질 않았다.

"다들 날 속인 거였구나."

아예 예상하지 못한 건 아니었다. 이겸과 학창 시절 찍은 사진을 보았을 때라던가, 그에 관해 말이 나오려고 하면 주하가 얼른 말을 돌리며 죄인처럼 고개를 숙일 때라던가, 유독 과거 얘기를 하면 예민하게 반응하는 이겸의 모습을 봤을 때라던가. 아무리 눈치라고는 하나도 없는 자신일지라도, 직감적으로 이겸과 제 사이가 단순한 친구가 아니었음을 느낄 수 있었다.

하지만, 유미는 외면하고 싶었다. 만약 그게 사실이라면, 모두가 초라해질 것만 같아서. 그래서 외면하려 했다. 진실과 마주하지 않기 위해 필사적으로 도망치려 했다. 기억나지도 않은 기억을 지워보려 애썼다.

'내가…… 내가 널 잊은 거구나.'

너무 슬프면 눈물도 나오지 않는다는 말을 들은 적이 있다. 유미는 지금 눈물이 한 방울도 흐르지 않았다. 가슴을 묵직하게 누르는 게 터져 나오지 못한 눈물일 거란 생각이 들었다.

'나쁜 건 네가 아니라, 나였어……'

이제야 유미는 아주 오랫동안 비어 있는 퍼즐의 한 조각을 찾아 맞춘 것 같은 기분이 들었다.

일부러 사실을 말하지 않은 이겸에게도 분명 사정이 있었을 거다. 얼마 전 주하를 찾아간 날도, 이겸은 끝까지 그 사실을 알리지 않았다. 그렇게까지 숨겨야 할 이유가 있었던 거다.

그런데 왜…….

'왜 이렇게 가슴이 아프지. 이겸아.'

아무것도 기억나지 않는 머릿속을 다 헤집어놓고 싶은 심정이었다.

그렇게 유미는 신호가 몇 번이나 바뀔 때까지 그 자리에 머물러 있었다.

다음 날 아침. 유미는 오전 반차를 내고 병원으로 향했다. 예약도 없이 찾아가면 윤 교수를 만날 수 없을 수도 있었지만, 절박한 유미의 마음이 이곳으로 무작정 걸음하게 만들었다.

윤 교수와는 벌써 햇수론 11년째 되는 만남이었다. 지금이야 고작 일 년에 두 번 보는 사이지만, 불과 이 년 전까지만 해도 세 달에 한 번씩 교통사고 후유증이 있는지에 대한 검사를 위해 만나야 했다. 유미는 윤 교수의 외래 진료가 없는 오전 시간에 만남을 허락받고 교수실 안으로 들어섰다.

"오늘 검진 날도 아닌데, 무슨 일로?"

윤 교수는 저를 거쳐 지나간 많은 환자들을 다 기억하지는 못했다. 하지만 유미는 정확히 기억하고 있었다. 워낙 오래 본 사이이기도 했지만, 그녀의 보호자 자격으로 저를 찾아왔던 이겸과의 짧은 만남에 임팩트가 있기도 했고, 어린 유미가 겪은 고통에 마음이 많이 갔던 것도 사실이었다.

"선생님……."

유미의 두 눈이 퉁퉁 부어서 건드리면 톡하고 터질 기세였다.

"응?"

윤 교수는 지금 유미의 표정에서 십년 전 이겸의 감정을 보았다.

'드디어 터져 버린 건가.'

윤 교수의 얼굴에 근심이 가득 들어찼다.

"저…… 얼마 전에 꿈에서요. 엄마와 사고 났던 장면을 처음부터 끝까지 다 봤어요."

"기억이 완전히 돌아왔다는 뜻이에요?"

"사고 당시 기억은요……. 그건 다 돌아온 것 같은데요."

뭔가 더 할 말이 있는 듯했지만 유미는 쉽사리 말을 꺼내지 못하고 입술을 세게 깨물었다.

"그런데요?"

잠시 여유를 주고 기다리던 윤 교수가 부드러운 목소리로 물었다.

"……제가 잊은 기억이 또 있어요, 선생님."

유미의 울먹거리는 목소리에 윤 교수의 눈 아래 얇은 살이 가늘게 떨렸다.

"그게, 뭔데요?"

"제가요. 남자친구에 대한 기억을…… 완전히 다 잊은 것 같아요."

유미의 부어오른 눈가에 또다시 눈물이 빠르게 차올랐다.

"왜 그런 생각을 했지?"

윤 교수는 다소 진지한 말투로 물었다.

"사고에 대한 기억이 돌아오던 그날이요. 사고 당시 상황을 꿈으로 꾼 다음에 곧바로 남자친구 꿈을 꿨어요."

"좋은 기억이던가요?"

윤 교수의 말투가 의미심장했다.

"네. 아주 행복하고 즐거웠어요. 꿈에서지만."

유미는 고개를 세차게 끄덕이며 손등으로 쉴 새 없이 눈물을 훔쳐 냈다. 누구든 좋으니까 매달리고 싶은 마음이었다. 아파서, 너무 아파서 이제는 감각이 느껴지지 않는 가슴을 누구에게라도 좋으니 어떻게 해달라고 말하고 싶었다.

"이런 말, 어떻게 들릴지 모르겠어요. 지극히 개인적인 견해입니다만, 나는 기억상실이 암 같은 악성 질환보다 더 아프고 힘든 거라고

조우   265

생각해요."

유미는 눈물을 그렁그렁 단 눈으로 윤 교수와 눈을 맞췄다.

"악성 질환은 분명한 치료 방법이 있지만, 기억상실은 의학적으로 손써줄 수 있는 방법이 전혀 없거든요."

윤 교수는 안타까운 표정을 하고 계속해서 말을 이어갔다.

"그래서 환자는 물론이고, 의료진들에게도 힘든 게 바로 '기억상실'이에요."

"그렇지만 다른 기억은 온전한걸요."

다른 기억은 멀쩡하고, 단 두 가지 기억만 사라진 실로 놀라운 상황이다. 의학적인 지식이 없는 유미에게는 당연히 받아들이기 힘든 사실인 것도 맞다.

"그런 걸 해리성 기억상실이라고 해요. 선택적 기억상실(selective amnesia)이라고도 할 수 있는데……. 사고 기억이 돌아오던 그날, 꿈에서 행복한 기억을 봤다고 했죠?"

유미가 말없이 고개를 끄덕였다.

"명쾌하게 단정 지어 말할 순 없지만, 공유미 씨는 지금 교통사고로 인한 외상과 어머니가 본인 대신 사고로 세상을 떠났다는 충격으로 인해 기억을 상실한 전형적인 케이스예요."

누구나 떠올리고 싶지 않은 기억은 하나쯤 존재한다. 어느 누군가는 그 기억을 잊지 못해 고통받고, 또 어느 누군가는 그 기억을 떠올리기 위해 고통받는다. 지금의 유미처럼.

"계속해서 사고 당시 상황을 꿈으로 꾸는 건 해리성 플래시백(dissociative flashback)이에요. 즉 지금 본인이 겪고 있는 모든 건 의학적으로 설명 가능한 범위 내에 존재한다는 거예요."

"만약 제가 선택적으로 기억을 잊고 싶어 했다면, 그 기억은 아마도 사고 당시 엄마에 대한 기억이었을 거예요……."

결코 이겸과의 추억을 지우고 싶었을 리가 없었다.

"당연히 그렇겠죠."

"그런데 왜, 왜 행복하고 소중한 기억까지 모조리 사라져 버린 걸까요, 선생님."

애절한 유미의 목소리에 윤 교수의 마음에도 찡 하는 울림이 생겨났다.

"그것까진 의학적으로 제가 설명을 드릴 수 있는 방법이 아닙니다만, 지극히 개인적인 의견으로는 공유미 씨의 내면에는 어머니가 본인 때문에 돌아가셨다, 라는 죄책감이 깃들어 있었을 테죠."

유미는 두 손을 힘주어 마주 잡고 있었다. 얼마나 세게 잡았는지, 손에 피가 잘 안 통해서 그 색이 새하얗게 변할 정도였다.

"마음속에 내재되어 있던 죄책감이 아마도, 행복했던 기억마저 지워 버린 거겠죠. 나쁜 기억과 함께 좋은 기억까지 사라져 버린, 그런 것."

끔찍한 고통에서 벗어나기 위해 제 몸이 방어적으로 그 기억을 지워냈고, 죄책감을 떨쳐 내기 위해 좋은 기억까지 같이 지웠다.

"그러니까 제가 엄마에 대한 미안함 때문에, 남자친구와 좋았던 기억까지 지워냈다는 말씀…… 인 거죠?"

탁해진 유미의 눈동자가 허공을 응시했다.

"제 소견은 그래요. 혹시라도 그쪽으로 더 알아보고 싶으면, 유사한 사례의 논문을 찾아볼게요."

"아니에요. 그렇게까진…… 안 해주셔도 돼요."

이제 알 것 같았다. 자신의 의지와 상관없이 이겸과의 행복한 기억이 지워진 이유. 기억에서 이겸이 지워질 수밖에 없었던 이유. 비틀거리며 문 쪽으로 걸어가던 유미가 결국엔 바닥으로 털썩 주저앉았다.
놀란 윤 교수가 튕기듯 자리에서 일어나 유미에게로 다가갔다.

"으흑."

저 때문에.

"선생님……."

바로 자신 때문에, 엄마가 돌아가셨고, 이겸을 너무나도 오래 아프
게 만들었다.

"저 이제…… 어떻게 해야 해요?"

윤 교수가 안타까운 표정을 지으며 유미의 어깨를 천천히 쓸어내렸
다.

"자책하지 말아요. 죄책감 갖지도 말고. 괜찮아요. 몸에서 일어난
변화를 어쩔 수 있었던 게 아니잖아요."

들썩이는 유미의 어깨는 좀처럼 잦아들 기미가 보이지 않았다.

"전 이제 어떻게…… 해야 하는 걸까요……. 으흑."

유미는 손등을 깨물고선 한참을 끅끅거리며 울었다.

"죄책감 때문에 가진 걸 잃진 말아요. 이건 의사로서가 아니라 그
냥 사람 대 사람으로 하는 말이에요."

견딜 수 없는 슬픔의 파도가 유미를 집어삼켰다. 병원 밖으로 나오
고 나서도 유미는 여전히 멍한 상태였다. 지금이 몇 신지, 출근해야
한다는 사실도 망각한 채 유미는 또다시 걸었다.

소리 내어 울면서 걸어가는 유미를 지나던 사람들이 한 번씩 훑고
지나갔다. 하늘도 제 마음이 구슬퍼 우는지, 갑자기 장대 같은 소나기
가 쏟아져 내렸다. 우산도 없이 내리는 비를 다 맞으며 유미는 또 걸
었다.

자책하지 않을 수 없었다. 죄책감을 가지지 않을 수가 없다. 저 하

나 때문에 너무나도 많은 사람이 상처 입었다. 너무나도 많은 사람이 아팠다. 당장 죽어버리고 싶을 만큼 유미는 고통에 몸부림 쳐야 했다. 이를 악물고 눈물을 참아보려 해도, 계속해서 솟구쳐 오르는 눈물에 타들어갈 듯 아픈 제 감정이 실린 건지 그 온도는 뜨겁기만 하다.

차가운 가을비와 달아오른 눈물이 동시에 얼굴을 타고 흘렀다. 비가 내리는 게 이렇게 다행일 수 없다. 아무리 많은 양의 눈물을 쏟아내도 지나던 사람들이 아무도 이상하게 생각하지 않을 테니까.

유미는 또다시 횡단보도 앞에 섰다. 멍하게 그 자리에 서서 생각했다. 차라리 모든 기억이 다 떠올랐더라면, 속이 시원하진 않더라도 이토록 답답하진 않을 텐데. 보행 신호로 바뀌길 기다리는 유미의 시야가 뿌옇게 흐려졌다.

'오늘은 정신을 차려야지……'

어젯밤처럼 넋 놓고 걷진 말아야지 하면서도 몸은 제멋대로 움직이고 있었다. 분명 눈앞에 신호등에 빨간불이 켜져 있는 게 보였음에도 불구하고, 몸이 앞으로 나갔다. 그때, 누군가 등 뒤에서 와락 끌어안는 느낌이 들었다.

"……공유미!"

유미의 몸이 크게 휘청거렸다. 그대로 유미는 정신을 놓아버렸다.

✽✽

손가락 마디 끝에 촉촉한 물기 같은 것이 느껴졌다. 어디로부터 불어오는지 알 수 없는 바람이 살랑거리며 피부를 간질였다. 눈을 뜨기까지 그리 오랜 시간이 걸리진 않았다. 눈을 뜨자마자 시야 가득 보인 건, 구름 한 점 없이 새파란 하늘이었다.

"유미야."

익숙한 목소리. 듣기 좋은 음성이 유미의 귓가를 타고 그녀의 신경을 자극했다.

"엄마……?"

아무리 불러보아도 들을 수 없었던 목소리였다. 유미는 벌떡 일어나 고개를 휙휙 돌려가며 수진을 찾았다.

"엄마!"

이윽고 자리에서 일어나 짧게 난 잔디를 맨발로 밟으며 주변을 서성였다.

"엄마, 어디 있어? 어디 있어요?"

유미가 애타게 수진을 찾으며 울부짖었다. 그러자 거짓말처럼 수진이 유미의 앞에 나타났다.

"엄마…… 엄마. 아흑."

그토록 보고 싶었던 얼굴이다.

"엄마."

이름을 부르는 것만으로도 가슴이 먹먹해지는 사람. 유미는 제 눈앞에 나타난 수진의 모습이 믿기질 않아서 감히 손을 뻗지도 못한 채 눈물만 뚝뚝 흘렸다.

"어디 갔다가 이제 왔어요, 엄마. 내가 얼마나 보고 싶었는데."

유미의 손끝이 수진의 팔뚝을 스쳤다. 잡아도 잡히지 않았다. 만져도 만져지지 않았다. 보아도 보아지지 않았다.

"엄마…… 엄마, 나랑 같이 있으면 안 돼? 어디 가지 말고 나랑 같이 살면 안 돼요?"

안 되는 걸 알면서 억지를 부려보고 싶을 만큼 그리웠다. 엄마의 죽음은 유미 스스로가 기억에서 다 지워낼 만큼 고통스럽고, 받아들이기 힘든 일이었다.

"유미야. 내 딸, 유미."

수진의 손이 어깨를 스치자, 방금 눈을 뜨기 전 느꼈던 스산한 바람처럼 소름이 돋아날 만큼 선명한 바람의 감촉이 느껴졌다.

"엄마는 이제 우리 유미가 그만 아파했으면 좋겠어."

"그런 말 하지 마. 엄마만 있으면 돼요. 난 엄마만 있으면 돼."

유미의 흐느낌은 절규가 되어 공기를 타고 어디론가 흘러갔다.

"지금까지 해왔던 것처럼 씩씩하고 밝고 건강하게 살아야 해."

분명 부드러운 말투였지만, 수진은 무언가에 쫓기듯 다급하게 정리하는 것처럼 느껴졌다.

"엄마, 나 엄마 말 잘 들을게요. 응? 어디 가지 말고 내 옆에…… 있어…… 줘."

유미가 말을 끝내기도 전에 수진의 모습이 서서히 희미해져 갔다.

"엄마. 안 돼! 가지 마! 가지 말아요, 제발. 내 옆에 있어줘……."

그 형태가 흐려질수록 유미의 절규는 더욱 거세졌다.

"나도 데려가요. 나도 같이 가. 엄마, 제발……."

어느새 완전히 사라진 수진의 환영에 유미는 호흡할 수 없을 만큼 가슴에 강한 통증을 느꼈다.

"나만 두고 가지 마……. 제발요."

아무리 소리쳐도 그 공간 안에서 유미의 목소리는 아무런 힘도 없었다. 그렇게 유미는 처음이자, 두 번째로 엄마를 보냈다.

✳✳

가장 먼저 깨인 감각은 후각이었다. 익숙한 소독약 냄새가 코끝을 맴돌았다. 그녀는 직감적으로 이곳이 병원이라는 걸 알 수 있었다. 다음으로 깨어난 감각은 촉각이었다. 유미는 제 손을 따뜻하게 감싼 온기가 이겸일 거라는 생각이 들었다. 눈꺼풀을 천천히 밀어 올리자, 예상했던 대로 이겸이 보였다. 눈가에 눈물이 차올라 있는 모습이 한눈에 보아도 멋있었다.

"……신이겸."

사정없이 갈라지는 유미의 건조한 목소리가 조용한 병실에 울려 퍼졌다.

"유미야."

이겸은 유미의 손을 꼭 마주 잡는 걸로 만족이 되질 않았는지, 그녀의 손등을 끌어와 거기에 입을 맞췄다.

"공유미."

유미는 이겸이 제 이름을 불러주는 것만으로 가슴이 찡 울리는 느낌을 받았다. 이겸의 눈가에 맺혀 있던 눈물 한 방울이 툭 아래로 떨어졌다. 새하얀 시트 위에 이겸의 눈물이 떨어지자마자 흡수됐다. 유미는 반대쪽 손을 들어 이겸의 얼굴을 타고 흐르는 여러 갈래의 눈물을 닦아주었다. 그녀가 손을 조금 더 움직이자, 저만치에 있던 링거줄이 같이 딸려왔다.

"왜 울고 그래."

전엔 몰랐던 이겸의 감정이 뼛속 깊이 파고드는 것만 같았다.

"……눈에 뭐가 들어갔나."

말도 안 되는 거짓말을 하는 그의 모습까지.

"우리 이겸이……"

전부 다.

"내가 걱정됐어요…… 우쭈쭈?"

사랑한다.

"그 시간에 거긴 왜…… 아니, 병원엔 왜 왔던 거야? 몸이 안 좋았으면 나한테 말을 하지. 내가 데려다줬을 텐데. 왜 연락도 없이 혼자서……."

갈라진 목소릴 하고 장난을 치는 유미의 모습에도 이겸은 좀처럼 진지한 표정을 풀지 않았다.

"이겸아."

"어?"

유미는 목이 메어서 잠시 말을 잇지 못했다.

"아니…… 나 괜찮다고."

차마 그에게 아무것도 말할 수가 없어서. 아린 마음을, 그리고 슬픔을 티 낼 수 없었다. 그래서 유미는 울컥하는 감정을 꾹꾹 내리누른 채 희미하게 미소 지었다.

"정말 괜찮은 거 맞아?"

속상한 마음에 질책을 쏟아내려다 말고, 이겸은 가늘게 떨리는 손으로 유미의 볼을 어루만졌다.

"난 괜찮아."

유미가 제 볼에 닿은 이겸의 손을 꼭 감싸 쥐었다.

"말을 하지. 나한테."

안타깝게 흘러나오는 이겸의 목소리가 마음에 와 닿았다.

"어떻게 왔어? 아니, 그것보다 어떻게 알고 찾아온 거야?"

"연락도 없고, 출근도 안 했잖아. 찾는 게 당연하지."

유미는 이겸이 자신의 연락을 기다리고 있을 거라는 걸 알고 있었지만, 하지 못했다.

"으흥. 그랬구나."

코끝이 시큰거리고 눈물이 왈칵 쏟아져 나올 것 같았지만, 유미는 애써 웃어 보였다.

"회사엔 연락해 뒀어. 조금 더 자."

이겸의 얼굴엔 걱정이 가득 실려 있었다. 그의 부드러운 손길이 흐트러져 내린 유미의 머리카락을 차분하게 정리해 주었다.

"응. 그럼 나 조금만 더 잘게."

유미는 이겸이 앉아 있는 반대 방향으로 몸을 틀어 누웠다. 도저히 흐르는 눈물을 막을 길이 없어서. 몸을 돌리자마자 기다렸다는 듯 눈물이 볼을 타고 아래로 흘러내렸다. 혹시라도 울음소리가 새어 나기라도 할까 봐 유미는 손바닥으로 입을 막고 울음을 삼켜야만 했다.

병실 미닫이문을 닫고 나온 이겸은 문에 몸을 기대고 깊은 한숨을 내쉬었다. 손잡이를 잡은 손을 뗄 생각도 하지 못한 채 그 자리에 우두커니 서서 고개를 숙였다. 힘겹고 아프다. 버텨내기 힘들 만큼 가슴이 쓰리다. 다른 사람들은 잘도 사랑하고, 잘도 행복한데. 왜 제 사랑은 이토록 힘들고 아픈 건지. 조금 행복할라치면 기다렸다는 듯 아픔이 몰려오는 건지. 피하려 해도 피해지지 않는 커다란 파도는 저를 아프게 하고 또 아프게 했다.

"유미야……."

등을 돌리고 작게 흔들리는 유미의 조그만 어깨를 보는데, 가슴이 갈기갈기 찢기는 기분이었다. 무엇이 유미를 힘들게 하는 걸까. 무엇이 나의 유미를 아프게 만든 걸까. 무엇이 그녀의 얼굴에 가득하던 웃음을, 행복을 사라지게 만들고 눈물만 가득하게 만들었을까.

'나 때문은 아니지, 유미야?'

그게 제발 저 때문만은 아니길 바랐다. 다시 또 그녀의 기억에 없는 존재가 되고 싶지 않았다. 이겸은 유미에게 있어 떠올리면 행복하고 웃음이 나는 존재이고 싶다. 생각하면 가슴이 두근거리는 좋은 사람이고 싶다. 자신이 유미를 떠올릴 때 그런 것처럼. 유미에게도 '신이겸'이란 사람이 그런 존재였으면 좋겠다.

연락을 받은 찬이 병실로 달려오다가, 복도 의자에 앉아 있는 이겸을 발견하고 멈춰 섰다.

"유미는?"

"자고 있어요."

찬은 요즘 들어 자주 아프고, 입원이 잦은 유미가 걱정되었다.

"길에서 갑자기 쓰러졌다고?"

"……네."

이겸은 잘못한 것도 없는데 죄인이 된 것만 같은 기분이었다.

"그 녀석, 요즘 왜 그러지."

깊은 한숨을 몰아쉬며 찬이 이겸의 옆자리에 자리를 잡고 앉았다.

이겸은 왜인지 모르게 그 이유를 알 것만 같아서 심장이 바짝 타들어가는 것만 같은 기분이 들었다.

"입원한 김에 정밀 검사라도 받아보고 가는 게 좋지 않을까."

안타까움에 젖은 찬의 목소리에 이겸은 입술만 짓씹을 뿐이었다.

"아저씨."

아픔을 삼키느라 힘을 줘서인지, 이겸의 목에는 핏줄이 도드라졌다.

"응?"

"유미가 자꾸 힘들어 하는 게…… 저 때문인 것 같습니다."

"……응?"

"유미는…… 제 존재를 받아들이기가 힘든가 봐요."

이겸은 세상 단 한 명에게라도 자신의 마음을 한 번쯤 얘기하고 싶었다. 지금 제 옆에 있는 찬이 꼭 아니라도 이겸은 누구에게든 이 답답하고 쓰린 마음을 털어놓았을 것만 같다.

"네 존재를 유미가 받아들이기 힘들다니?"

찬은 이해할 수 없단 표정으로 이겸을 바라보았다.

"어쩌면 유미에게 전…… 잊고 싶은 기억일지도 모르겠어요."

도통 이해할 수 없는 말만 쏟아내는 이겸에게 찬은 무슨 말을 해야 할지 몰라 난감한 표정을 지었다.

"둘이 무슨 일이 있었던 거냐? 싸우기라도 했어?"

"아저씨……."

벌써 몇 번째인지 모른다. 유미는 저와 사귀고 난 다음 계속 이렇게 주기적으로 정신을 놓아버렸다. 마치 저를 받아들이기 힘들어 하는 사람처럼. 만약 유미의 기억이 저를 필사적으로 밀어내고 있는 거라면 어떻게 해야 하는 걸까? 그렇다면, 또다시 유미의 기억에서 사라져 버리는 걸까. 이대로 또…… 버려져야 하는 걸까.

"아저씨……."

이겸은 결국 솟구쳐 오르는 감정을 주체하지 못했다. 그는 손바닥으로 눈을 가렸다. 그렇게 한다고 눈물이 막아질 리 없다는 걸 잘 알지만, 그렇게 해서라도 조금이나마 흐르는 눈물을 가려보고 싶었기 때문에.

"무슨 일이 있었기에…… 이렇게."

찬은 자신에게까지 전달되는 슬픔에 안타까운 한숨을 내쉬었다.

"심하게 싸운 거야? 제대로 대화를 해보지 그랬어."

앞뒤 사정을 알지 못하는 찬에게 있어서 이겸의 갑작스러운 눈물은 당황스러울 수밖에 없었다.

"유미가…… 절 잊었어요."

그렇게 오래 참아왔는데. 그토록 오래 숨겨왔는데.

"……응?"

"유미가요. 저랑 사랑했던 기억을 다 지워 버렸어요."

"……."

"유미 사고 나던 날, 제 기억도 함께 지워 버렸어요."

찬의 얼굴이 점점 하얗게 질려갔다.

"어떻게 할 수가 없었어요. 그땐 저도 힘들었고, 유미도 힘들었거든요."

이겸은 분명 그때 자신의 선택이 서로를 위한 것이라고 생각했다.

"그래서……. 이겸이 너는 그래서 우리 유미가 그렇게 좋다고 매달리는데도 그랬던 거고?"

"……네. 제가 그랬어요. 그렇게 좋아 죽겠다는데, 저도 좋아 죽겠는데 제가 그랬어요."

한 마디, 한 마디 숨을 토해내는 것처럼 뱉어내는 이겸의 목소리가 그렇게 아프게 느껴질 수 없었다.

찬은 차마 아무런 말도 하지 못하고, 눈을 가린 채 아픔을 삼키려 노력하는 이겸을 두 눈 가득 담았다.

"포기하지 못해서……. 제가 포기했어야 했는데, 포기가 안 돼서. 유미에게 고백했어요."

모든 걸 원점으로 돌리고 새로 시작하면 괜찮을 줄 알았다.

"그것 때문에 유미가 괴로워한다, 이 말이야?"

찬의 말에 이겸은 느리게 고개를 끄덕였다.

"너 때문에?"

또 이겸은 말없이 고개를 끄덕였다. 찬은 잠시 가만히 생각에 잠긴 듯 입술을 굳게 다물었다.

"이겸이 너 이 녀석. 똑똑한 줄 알았더니 헛똑똑이였구만."

"……네?"

찬이 목소리에 잔뜩 무게를 실어 이야기를 시작했다.

"설사 유미가 제 의지든, 아니든 이겸이 너를 잊었다고 치자."

이겸은 두 눈을 가렸던 손바닥을 내리고 촉촉하게 젖은 눈망울로 찬과 눈을 맞췄다.

"지금은 어떠냐."

"지금…… 이요?"

"물론 힘들겠지. 저 녀석도 힘들 거야. 받아들이기 쉬울 리 없지."

"……."

"겉으로는 강한 척해도, 유미 속 깊고 여린 아이인 거 너도 잘 알지?"

"네. 압니다."

"네가 정말로 유미를 사랑하고 위한다면……."

찬이 잠시 입술을 붙이고 목을 가다듬었다.

"유미를 기다려 줘야지. 밀어낼 게 아니라."

"……아저씨."

"유미가 마음잡고 괜찮아질 때까지 기다려 주는 게……."

"……."

"그게 가장 현명한 방법이야."

이겸은 온몸이 경직된 듯 뻣뻣하게 굳는 느낌이었다. 정수리 위로 따뜻한 찬의 손길이 느껴졌다.

"녀석……."

그리고 그가 흐트러진 이겸의 머리를 차분하게 정리해 주었다.

"유미는 있잖니. 내가 아는 유미는…… 이겸이 네가 생각하는 것보다도 훨씬 더 너를 생각하고 있단다."

찬이 입꼬리를 끌어 올려 웃자, 그의 입가에 깊은 주름이 생겼다.

"그러니까 유미를 믿어라, 이겸아."

이겸은 가슴이 뻥 뚫린 것만 같은 기분이었다. 오랜 시간 가슴께를 꽉 누르고 있던 커다란 돌이 순식간에 사라진 듯한 느낌이었다.

"……유미의 기억에서 또 저란 존재가 사라져 버릴까 봐 두려워요."

"설사 그렇다고 해도."

"……."

"만약 유미가 또 기억에서 널 지운다고 해도. 유미는 지금처럼 널 마음 깊이 좋아하고 있겠지. 지금껏 그래왔던 것처럼."

꿈에서도 상상하지 못한 진실과 마주한 것처럼 이겸은 정신이 멍했다. 공간은 수축했고, 동공은 커다랗게 확장되기 시작했다.

"너도 잘 알다시피, 유미는 단 한 번도 너를 마음에 두지 않은 적이 없었잖니."

그 사실을 알고도 외면하려 했던 건, 비겁하게 돌아서려 했던 건, 바로 자신이었다.

"그러니까 이 녀석아. 유미를 믿어."

무조건적인 믿음. 그것 하나만 있다면 아무리 힘든 고난과 역경이 와도 이겨낼 수 있다. 자신이 유미와 이토록 어긋나고 또 어긋날 수밖에 없었던 이유는, 유미에 대한 완벽한 믿음 내지는 신뢰가 없었기 때문이었다. 반대로 유미는 저를 너무나도 믿었다. 그래서 그 오랜 시간 동안 곁눈 한 번 돌리지 않고 저만 바라봐 온 것이다.

찬의 말대로 유미가 기억에서는 저를 잊었을지 몰라도, 마음에선 저를 잊어낸 적이 없었다. 유미의 마음속엔 늘, 항상 '신이겸'이 존재했다. 이겸은 정작 두려움에 굴복한 채 믿음을 가지지 못했던 건, 그래서 마음이 있음에도 불구하고 접으려 했던 건 다름 아닌 자신이란 사실을 깨달았다. 너무나도 늦게.

유미가 다시 눈을 떴을 때, 병실 어디에도 이겸의 모습은 보이지 않았다.

"아빠."

"이겸인 집으로 보냈어."

저를 부르면서도 눈으로 병실 어딘가를 훑어내는 유미를 보며 찬이 말했다.

"아아. 그랬어요?"

어쩐지 실망한 기색이 역력한 유미의 모습에 찬의 콧잔등에 자잘한 주름이 생겼다.

"이 녀석아. 오랜만에 보는 아빠 얼굴보다 매일 보는 이겸이 얼굴이 더 보고 싶어?"

찬의 질문에 유미의 입가에 작은 미소가 지어졌다.

"매일 보니까 잠깐이라도 안 보면 더 보고 싶은 거지."

입술은 말라서 버석거리고, 얼굴에 핏기라고는 하나도 없으면서. 그럼에도 이겸의 이야기라면 좋다고 웃는다. 그런 모습에 찬은 심장 한 구석이 시큰하게 아려왔다.

"이겸이가 네 걱정 많이 하던데. 정말 괜찮은 거야?"

"응. 괜찮아요. 이제."

유미는 입술을 살짝 벌린 채 어두워진 병실 창문 밖 까만 밤하늘

어딘가를 바라보며 말했다.

괜찮다는 유미의 말에 찬은 잠시 움직이던 입술을 멈췄다. 그리고 어느새 어엿한 숙녀가 된 제 딸, 유미의 옆얼굴을 찬찬히 뜯어보았다.

"유미야."

"네, 아빠."

유미가 옅게 미소 지으며 찬과 눈을 맞췄다. 사고가 나기 전에도 예쁘고 밝은 딸이었지만, 사고 이후에도 유미는 늘 씩씩했다. 찬은 그게 한 번도 저를 위한 거라고 생각해 본 적 없었다.

아직 어리고, 철이 없어서. 그래서 아무것도 모르기 때문에 밝음을 잃지 않는 거라 생각했다. 그토록 사랑하던 아내가 딸을 지켜내고 세상을 떠났다. 그 사실은 찬을 아프게도 했고, 기쁘게도 했다. 마치 벗어날 수 없는 딜레마에 빠진 것처럼, 슬프지만 기뻐야 했다. 그게 남아 있는 유미를 위한 길이었으니까. 엄마를 잃은 유미를 보듬어줘야 할 사람은 저 하나뿐이라는 걸 알면서도 찬은 유미를 제 품 안에 따뜻하게 보듬어주지 못했다. 마음이 그러질 못했다.

"……아직도 많이 힘든 거야?"

찬은 사실 그 질문은 제 스스로에게 해야 한다고 생각했다. 너무도 견디기 힘들었던 지난날을 이제는 이겨낼 때도 됐는데, 왜 아직까지도 슬픔을 떨쳐 내지 못하는 건지. 그는 눈가에 습기가 차오르는 것을 숨기기 위해 살짝 고개를 옆으로 돌려서 새하얀 벽에 시선을 맞췄다.

"난 괜찮아요, 아빠."

"……녀석."

그가 시큰거리는 코를 비비고, 눈가에 맺힌 눈물을 재빨리 닦아냈다.

"아빠…… 미안해요……."

떨리는 유미의 목소리가 찬의 마음을 더욱더 아프게 만들었다.

"무슨 소리야, 이게. 유미 너, 아빠 미안하게 하려고 일부러 이러는 거야?"

"그냥 다…… 아빠한테 너무 많이 미안해요."

왜 이리도 가슴이 먹먹한지. 찬은 결국 터져 나오는 울음을 막지 못했다.

"미안하긴 뭐가 미안해. 이 녀석아. 아빠가 너한테 미안하지."

유미를 볼 때마다 마음이 너무 아파서 일부러 더 바쁜 척을 해댔다. 집으로 돌아갈 수 있는 날임에도 불구하고, 취할 때까지 술을 마시고 현장에서 잠든 적도 많았다. 텅 빈 집 안에 홀로 방치되어 있을 딸을 떠올리면서도. 그러지 말아야 한다는 걸 알면서도. 유미를 보면 마음이 괴로웠다. 떠나간 아내가 떠오르면 슬펐고, 살아서 잘 살고 있는 유미를 보면 미안했다.

그저 며칠이면 되겠거니. 나중엔 몇 달이면 되겠거니. 또 그다음엔 기껏해야 몇 년이면 되겠거니 했던 게 벌써 십 년이 흘렀다. 십 년 동안 유미는 이겸의 외면과 더불어 자신의 빈자리를 동시에 느끼면서도 이렇게도 밝고 씩씩하게 자라주었다.

"미안해, 유미야. 미안하다."

가슴속에 꽁꽁 숨겨두었던 슬픔이 드디어 터져 나오고 말았다.

"많이 힘들었지, 유미야."

마치 절대 떠올려서는 안 되고, 말해서는 안 되는 사실인 것처럼 그날, 그 사고에 대한 이야기는 물론이고, 수진에 대한 이야기조차 단 한 번도 꺼낸 적이 없었다. 그렇게 서로의 시간 속에서 힘겹게 버텨내고 있었다.

"아니야. 아빠…… 아니야. 그러지 말아요."

그게 아니라고 고개를 저으며 우는 유미를 찬이 따뜻한 제 품 가득 끌어안았다. 봇물 터지듯 터져 버린 감정은 쉬이 가라앉지 못한 채 한참을, 몹시도 아프게 콸콸 쏟아져 나왔다. 찬은 중요한 것이 무엇인지 모른 채, 정작 너무도 소중한 것을 놓치고 살고 있었다. 정말로 소중한 건 유미였는데. 유미가 없으면 더 이상 살아갈 이유가 없는데. 이렇게 오랜 세월을 살아온 저도 이 사실을 깨닫는 데까지 참 많은 시간이 걸렸다.

　"알지? 아빠가 우리 딸 많이 사랑하는 거."

　"알지, 그럼."

　유미는 온기로 가득한 찬의 품에서 고개를 세차게 끄덕였다.

　"아빠한텐 우리 딸밖에 없어."

　"나도. 나도 아빠밖에 없어요."

　"……거짓말은 하지 말고."

　찬은 낮게 소리를 내며 웃었다.

　"들켰다."

　"솔직히 아빠보다 신이겸 그 녀석을 조금 더 사랑하잖아. 아니야?"

　"완전 들켰다."

　유미의 눈은 울고 있으면서, 그녀의 입은 미소를 머금고 있다.

　"괘씸한 녀석."

　말은 쌀쌀맞게 하지만 찬이 유미의 뒤통수를 당겨서 제 품속 더 깊숙한 곳까지 끌어안았다.

　서로의 체온이 선사하는 따스함에 바깥바람만큼이나 차갑게 얼어붙어 있던 찬의 마음은 물론이고, 늘 온기를 찾아 헤매던 유미의 마음까지 동시에 녹아내리고 있었다.

찬이 병원 1층에 있는 편의점으로 마실 것을 사러 간 사이, 유미는 이겸에게 전화를 걸었다. 통화음이 몇 번 울리기도 전에 수화기 너머에서 이겸의 목소리가 들려왔다.

　[유미야.]

　'내 연락을 기다린 걸까?'

　그러지 않고서야 이렇게 빠르게 전화를 받을 수 있을 리가 없다. 이겸의 목소리 하나로 유미는 더 이상 나오지 않을 것 같던 눈물이 다시금 빠르게 차오르는 것을 느꼈다. 피가 날 만큼 입술을 세게 깨물고 울음을 삼켜보았지만, 유미의 잇새로 터져 나온 짧은 흐느낌이 허공을 공허하게 울려 퍼졌다.

　[공유미…… 너 울어?]

　사방으로 갈라지는 이겸의 목소리가 유미는 너무도 아팠다.

　[내가 지금 갈까? 병원으로 가도 돼?]

　유미는 목이 너무 메어서 대답을 하고 싶어도 목소리가 나오지 않았다. 그저 가슴께에 손을 얹은 채 눈물을 뚝뚝 흘리며 고개를 주억거렸다.

　'보고 싶어. 너무 보고 싶다, 이겸아.'

　숨겨야만 했을 그의 마음이 아팠고.

　'너무 사랑해, 이겸아.'

　사랑하지만 외면해야 했을 그에게 미안했다.

　"보고 싶어. 흐윽. 지금 당장……."

　마침내 목구멍에 걸려서 나오질 못하던 목소리가 조용한 병실에 메아리쳤다.

　이겸은 유미와 전화를 끊자마자 겉옷도 제대로 입지 않고 밖으로 달려 나갔다.

"오빠! 어디 가?"

현관에서 신발에 발을 되는 대로 구겨 넣는데, 뒤에서 이영의 목소리가 들려왔다. 하지만 거기에 대꾸를 할 시간 같은 건 없었다. 집을 나와서 차 문을 열고 시동을 켜기까지 몇 분도 채 걸리지 않았다. 신호는 제대로 보고 달린 건지, 또 주차는 제대로 한 건지, 문을 제대로 잠근 건지 확인할 여유가 없었다.

그는 유미의 병실이 있는 5층까지 엘리베이터가 아닌 비상계단으로 뛰어 올라갔다. 병실 미닫이문 앞에 다다라서야 이겸은 숨을 거칠게 몰아쉬며 겨우 몸을 멈출 수 있었다.

드르륵 소리와 함께 문이 열렸다. 비스듬히 침대 헤드에 몸을 기대어 앉아 있던 유미와 시선이 교차됐다. 유미에게 걸어가는 짧은 거리가 이겸에게는 집에서 병원까지 오는 거리보다도 더 멀게 느껴졌다. 그리고 마침내 유미의 앞에 도착했을 때, 이겸은 유미의 턱을 붙잡아 올려 키스했다.

숨을 고를 새도 없이 병원으로 뛰어 들어온 터라, 이겸의 거친 숨이 유미의 입속으로 빨려들어 갔다. 이겸은 손을 뒤로 뻗어서 커튼으로 공간을 차단했다. 그리고 몸을 기울여 유미를 침대에 눕게 만들었다. 여전히 이겸은 숨이 고르게 나오지 않아서 다소 거친 숨소리를 내고 있었다.

"보고 싶어 죽는 줄 알았어, 공유미."

다급하게 입술을 찾아들던 것과 달리 이겸의 목소리는 지나치게 감미로웠다.

"나도…… 나도 그랬어. 나도 많이 보고 싶었어."

다쳐서 생채기로 가득했던 마음에 드디어 새살이 돋아나고 있었다.

이겸이 몸을 낮추고 고개를 내려서 유미의 입술에 다시 한 번 쪽 하고 입을 맞췄다.

"몸은 좀 괜찮아?"

그래도 아쉬움이 가시지 않아서, 이겸은 유미의 입술을 엄지로 문질렀다.

"멀쩡해. 지금 당장 퇴원해도 될 만큼."

"너 내일 아침에 검사 하나 더 받고 퇴원하라고 했어, 윤 교수님이."

"지금은 퇴원 못 하나?"

유미는 아쉬운 듯 눈썹 끝을 아래로 바짝 내리고 입술을 쭉 내밀었다.

"못 하지, 당연히. 검사도 남았고, 지금 너무 늦었잖아."

"나 진짜 멀쩡한데."

유미가 링거 줄이 없는 자유로운 손을 휙휙 돌려가며 자신의 '멀쩡함'을 강조해 보였다.

"누가 너 멀쩡한 거 몰라서 그러나. 혹시 모르니까 검사도 받아보고……."

"여기선 같이 못 자잖아."

"……얘가 진짜 못 하는 소리가 없네."

이겸은 순간적으로 얼굴이 벌겋게 달아올랐다.

"흐응."

잔뜩 물오른 콧소리를 내는 유미의 모습에 이겸은 심장이 벌렁대기 시작했다.

"아래에서…… 잘게. 그러면 되는 거지?"

그가 유미에게 바짝 붙어 있던 몸을 빠르게 떨어뜨린 다음, 바로 옆 빈 침대에 걸터앉았다.

"싫은데. 흐응."

유미의 말에는 불순한 의도가 전혀 들어가지 않았다는 걸 이겸 그 자신도 모르지 않았다. 그런데 왜 이리도 심장이 세차게 두근대는지 알 수 없었다.

"그래도 퇴원은…… 안 돼."

이겸이 제법 단호한 어투로 말했다.

"그럼 집에 들러서 잠만 자고 다시 올까?"

"말이 되는 소리를 해."

"……흐응."

유미는 어깨에 주고 있던 힘을 완전히 풀어내고 한껏 아래로 축 늘어뜨렸다.

"왜…… 왜, 뭐 때문에 집에 가고 싶은데. 뭣 때문에 그러는 건데?"

"뭘 물어. 너랑 같이 자고 싶어서 그러지."

이번엔 이겸의 얼굴이 더 빨갛게 달아올랐다. 당장에라도 터질 기세였다.

"무, 무슨 말을 하는 거야. 진짜."

"너야말로 무슨 엉큼한 생각을 하는 거야?"

유미가 고개를 살짝 비스듬히 틀어서 이겸의 얼굴을 빤히 바라보았다.

"내, 내가 뭘…… 무슨 생각을 어떻게 했다고…… 그래."

공유미를 두고 불순한 생각을 한 건 절대 아니다.

"흐응. 진짜 꼭 껴안고 자고 싶었는데."

병실에 아무도 없으니 망정이지, 누가 들었으면 딱 오해할 법한 문장이 아닌가. 이겸은 헛기침을 하고, 다리를 과하게 달달 떨었다.

"나중에…… 오늘만 날인가."

그 와중에도 이겸은 나중을 기약하는 패기를 부려보았다.

"나중에 언제? 내일? 모레? 글피?"

이겸은 심장이 뛰어대는 소리가 너무 커서, 조용한 병실에 제 심장소리만 울려 퍼지는 느낌이 들 정도였다.

"일단 퇴원부터 하고 생각해."

유미와 둘만 있었던 게 처음도 아닌데, 왜 이렇게 긴장이 되는 걸까.

"오늘도 나랑 같이 있어줄 거지? 응?"

그런 이겸의 마음을 아는지 모르는지 유미는 침대에서 폴짝 뛰어내려 그의 곁으로 다가갔다. 겨우 거리를 벌려놓았건만. 다시금 제게로 다가오는 유미를 보며 이겸은 긴장해야 했다.

"아저씨는?"

이겸이 급하게 화제를 돌렸다.

"내일 출근하시잖아. 몸이 불편한 것도 아닌데 집에 가서 주무시라고 했어."

"나도 내일 출근하는데?"

"우리 이겸인 젊잖아요. 잠 안 자고 출근해도 팔팔할 나인데, 뭘."

유미가 이겸의 엉덩이를 두드릴 기세로 손을 쭉 뻗어 그에게 더욱 바짝 다가섰다.

"뭐야! 뭐 하는 거야!"

이겸은 화들짝 놀라서 몸을 뒤로 뺐다.

"칭찬해 주려고 했는데."

"무슨 칭찬!"

이겸은 제 쪽으로 다가서는 유미에게서 떨어지기 위해 상체를 뒤로 바짝 밀어냈다.

"너 내가 보고 싶다고 한 지 삼십분도 안 돼서 왔잖아."

"어?"

시간을 볼 여유가 없어서 몰랐다.

"우리 집에서 여기까지 한 시간 걸려. 차로."

"밤이 늦었으니까 차도 별로 안 먹히고⋯⋯."

"추운데 옷도 안 챙겨 입고 달려왔어, 신이겸."

유미의 입술이 호선을 그렸다.

"오자마자 막, 나한테 들이대는데⋯⋯."

"⋯⋯."

"이러니 내가 너한테 푹 빠졌지. 안 그래?"

정말이지 사랑할 수밖에 없는 여자다. 벗어나려야 벗어날 수 없고, 미워하려야 미워할 수 없는 미친 매력의 소유자가 바로 공유미였다.

"⋯⋯좀 떨어져 봐."

"왜."

"심장이 두근거려서 미치겠으니까."

이겸은 심장 부근에 얼굴을 들이밀고 있는 유미에게 필시 이 펄떡대는 심장의 고동 소리가 들릴 것만 같았다.

"더 두근거리게 해줄까? 아주 못 쓰게 만들어줘?"

"너⋯⋯ 갑자기 왜 이래."

원래도 엉뚱하고 어디로 튈지 모르긴 했지만, 오늘따라 과하게 적응 안 되는 유미의 모습에 이겸은 손바닥에 땀이 흥건하게 들어찰 지경이었다.

"나 네가 더 좋아졌어."

"언젠 안 좋아했던 것처럼 말하지 마."

"더 좋아졌다고. 내 말은."

"원래도 너 나 많이 좋아했잖아."

유미가 이겸에게 더욱 몸을 밀착시키려 침대를 짚은 손을 조금 더 뒤로 했다.

"앗!"

팽팽하게 당겨진 링거 줄이 달랑거리는 바람에, 손등에 꽂힌 주삿바늘이 혈관을 건드린 건지 순간적으로 따끔거리는 통증이 느껴졌다.

"야! 너는, 그러니까…… 조심을 했어야지."

이겸의 표정이 안타까움으로 번져 흘렀다.

다행히 피가 나거나 하진 않았지만, 이겸은 재빨리 제 위에서 제법 유혹적인 자태로 몸을 기울이고 있던 유미를 번쩍 안아 들어서 그녀의 침대로 다시 옮겼다.

"아프진 않아?"

이겸은 유미의 손을 가볍게 붙잡아 올려서 그녀의 손등을 살폈다.

"안 아파. 잠깐 따끔한 정도인걸."

"조심 좀 하지. 진짜. 조심성도 없고 덜렁대고."

투덜대듯 잔소리를 하는 이겸도 너무 좋았다. 유미가 고개를 들어 이겸의 얼굴을 보는데, 절로 입가엔 미소가 번져 흘렀다.

"신이겸."

"공유미. 아깐 내가 너무 경황이 없어서 말을 못 했는데 나 아니었으면 큰일 날 뻔했어. 정신을 어디다 두고 다니는 거야."

"이겸아."

잔소리를 하든 말든. 유미의 귓가엔 지금 아무것도 들리지 않았다. 아니, 들린다고 해도 그건 사랑의 세레나데지, 듣기 싫은 잔소리가 아니었다.

"……암튼 너, 앞으로 어디 갈 때 나한테 보고해. 말도 없이 혼자

다니지 말고. 내가 걱정이 돼서 한시도 마음을 놓을 수가 없어."

입술을 쉴 새 없이 놀려대며 속사포 랩을 해대는 그 모습까지.

"이제 그만 내려놔도 돼."

사랑하지 않을 수가 없다.

"시름을 내려놓을 수가 없어. 내가 너 때문에."

"그만 내려놔."

이제 그만 과거를 내려놓고, 현재에 살면 어떻겠냐고.

"연락 제대로 할 거야?"

눈을 무섭게 뜨고선 의심스러운 표정을 지어내는 그 모습도.

"그럴게."

"나 걱정 안 시킬 거지?"

걱정되니까, 걱정 시킬 일을 아예 만들지 말라는 그 모습도.

"노력해 볼게. 힘들겠지만."

오래전부터 자신이 좋아하던, 그리고 너무나도 사랑하는 이겸의 모습이다.

"하아…… 내가 너 때문에 진짜……."

확실하게 대답을 들은 다음에야 이겸은 몸에 들어간 힘을 풀었다.

"근데, 이겸아. 우리 진도는 어디까지 나갔었지?"

"뭐? 그건 또 무슨……."

이겸은 세상 황당한 표정을 지으며 입술을 살짝 벌렸다.

"우리 예전에 사귈 때, 진도 어디까지 나갔냐고."

"뭐…… 뭐라고?"

"아이, 참. 우리 학교 다닐 때, 그때도 우리 지금처럼 진했나?"

얼마나 놀랐는지, 입술을 다물지도 못한 채 숨도 내뱉지 못하는 이겸의 모습에도 유미는 아랑곳하지 않고 재차 물었다.

"……너 지금, 무슨 소리를 하는 거야."

이겸은 눈을 빠르게 깜빡였다.

"이건 추측인데, 혹시 우리 첫 키스는 첫눈 오는 날 했었나?"

유미의 말이 끝나기가 무섭게 이겸은 양손으로 제 얼굴을 감싸 쥐었다.

"난 말이야. 첫 키스는 꼭 첫눈 오는 날 할 거야."

분명 이겸이 술에 취해 제게 키스하고 난 다음 날 그랬다. 그 말을 뒤틀어보면, 첫 키스는 첫눈 오는 날 했다는 게 되는 건데.

"맞구나?"

유미의 눈이 초승달 모양으로 휘어갔다.

"언제부터 다 알고 있었던 거야, 너."

이겸의 얼굴에는 당황한 기색이 역력했다.

"그럼 첫 키스는 첫눈 오는 날 했고, 두 번째 키스는?"

"……너 지금 나 놀리는 거지?"

"그럴 리가 있나!"

유미가 푸스스 웃으며 장난스럽게 말했다.

"두 번째 키스는 내 방에서."

"어머머. 어머. 야아."

잔뜩 격양된 유미의 목소리에 이겸은 저도 모르게 웃음이 새어 나왔다. 이런 반응을 예상하지 못한 까닭도 있었지만, 부끄러워서 몸서리치는 유미의 모습을 보고 있자니 저절로 웃음이 비집고 흘러나왔다.

"세 번째 키스는?"

"그만 물어봐."

질문을 할 때마다 얼굴을 점점 가까이 들이미는 유미를 피해 이겸은 고개를 옆으로 틀었다.

"네 번째는?"

"그만해."

놀리는 건지, 뭔지. 기분이 나쁘진 않았지만, 애써 잊으려 했던 기억이기에 다시금 떠올리는 데 시간이 걸릴 뿐이었다.

"그럼 이건?"

유미는 자신의 목에 팔을 두르고 매달리듯 그에게 안겨서 입을 맞춰왔다.

"이것도 그만해?"

입술을 앞으로 잔뜩 내밀고서 고개를 좌우로 흔들며 애교를 떨어대는데.

"공유미…… 사람 놀리고 그러면 못써."

남자가 되어서 어떻게 넘어가지 않을 수가 있냔 말이다.

"완전하게는 아니지만 아주 조금씩, 드문드문 끊긴 필름처럼 돌아오고 있어."

기억을 말하는 거겠지.

"그러니까 언제부터 그 기억이 돌아오기 시작한 건데."

문득 드는 의문점 하나. 유미는 어떻게 이다지도 태연할 수 있을까?

"언제부터가 중요한가. 지금이 중요하지."

별 대수롭지 않은 일인 듯, 어깨를 으쓱하는 모양새가 정말로 아무렇지 않아 보였다.

"……나 놀려먹으려고 일부러 속였네."

그렇다면 정말 오래전부터 알고 있었다는 말이 되는 건가. 이겸은 순간적으로 혼란스러운 감정이 온 머리와 마음을 지배하는 느낌이었다.

"너도 나 속였잖아."

"그야……."

정곡을 콕 찔려 버리자, 이겸은 입술을 꾹 다문 채 눈동자만 굴리고 있었다.

"몇 년이야, 대체. 셀 수도 없다. 셀 수도 없어. 응?"

유미가 손을 펼치고, 손가락을 하나씩 접어가며 세는 시늉을 했다.

"날 위해서 그런 거지?"

결코 질책 어린 시선이나, 책망 가득한 말투가 아니었다.

이미 마음속에 답을 정해두고 받는 질문은.

"날 위해서 그런 거잖아."

생각보다도 더 기분이 좋았다. 이겸은 유미의 질문에 대답 대신 고개를 작게 끄덕였다.

"내가 너 때문에 더 힘들어질까 봐. 그래서 그런 거잖아."

유미의 말에 이겸은 또 말없이 고개를 끄덕이는 걸로 답을 대신했다.

"말도 못 하고, 속으로만 끙끙 앓고. 겉으로 싫은 티는 내야겠고, 또 그게 마음처럼 쉽지는 않았겠지."

유미는 마치 제 마음속에 들어갔다가 나온 사람처럼 술술 잘도 읊어댔다. 이겸은 저도 모르게 맥이 탁 풀려 버렸다. 그걸 다 이해해 줄 줄 예상하지 못했던 까닭일까?

"표현하지 않으려고 노력하느라 애썼네, 우리 이겸이."

거짓말처럼. 눈 녹듯이 마음이 다 풀어 헤쳐지는 것만 같았다.

츤데레의 정석

"내가 특별히 용서해 줄게."

유미가 또 입술을 마주 댄 채 말했다. 그녀가 입술을 달싹일 때마다 입술이 닿았다가 떨어졌다가를 반복했다.

차마 어떤 말도 할 수가 없어서. 이겸은 입술을 다문 채 그 입술을 받아들일 뿐이었다.

"그러니까 우리 앞으로도 계속 지금처럼 사랑하자, 이겸아."

공유미에게 있어서 저에게 사랑을 주는 일은 밥을 먹는 일만큼이나 당연한 일이 아닐까 싶은 의심이 들 정도였다.

"……너, 진짜."

사람의 마음을 움직이는 것도 쉽고.

"알았지?"

사람의 마음을 아프게 하는 것도 쉽고, 흔들어놓는 것도 쉽다. 나쁜 놈이 될 줄 알았는데. 유미의 기억이 돌아오면 꼼짝없이 나쁜 놈이 되어서 유미가 밀어낼 줄 알았는데. 밀어내긴커녕, 더 끌어당기고 있었다.

찬의 말이 맞다. 유미는 맹목적으로 저를 신뢰한다. 그녀가 바라는 건 오직 자신의 마음과 사랑뿐이었다. 만약 자신이 사람을 죽여놓고도 '내가 죽이지 않았어' 이 한 마디만 한다면, 유미는 그걸 곧이곧대로 믿어줄 여자였다.

'내가 그걸 왜 몰랐을까.'

진작 알았다면 좋았을 텐데. 왜 그걸 모르고 그토록 오랜 시간 동안 방황하고 있었던 걸까? 항상 그랬듯, 후회는 너무 늦다.

"알았어."

대답을 하고 난 이겸이 유미의 코에 제 코끝을 마주 댔다.

"그렇게, 유미야. 평생 너만 볼게."

여태껏 그래왔던 것처럼. 자신의 인생에 처음이자 마지막이 될 여자, 공유미.

다음 날, 회진을 돌기 위해 병실로 들어서던 윤 교수는 안으로 걸음을 하다가 무언가를 확인하고는 화들짝 놀라서 숨을 훅 들이켜며 다시 걸음을 병실 밖으로 물렸다.

"안 들어가세요?"

윤 교수의 뒤를 따르던 간호사가 의아한 듯 물었다.

"아, 어…… 그게……. 일단 다른 데부터 돌고 옵시다."

볼이 타오를 듯 빨개진 윤 교수의 뒤를 따르며 간호사는 고개를 갸우뚱거렸다.

제10장.
사랑하고 있어

유미는 볼에 닿은 따뜻한 온도에 자면서도 웃음이 새어 나왔다. 그 감촉이 너무 좋아서 그녀는 자신의 볼을 조금 더 따스함이 느껴지는 곳으로 밀어보았다. 그러자 제 허리를 두르고 있던 이겸의 손이 조금 더 꽉 죄여왔다.

"흐응."

유미는 볼을 이겸의 가슴팍에 대고 고개까지 저어가며 비볐다. 코끝을 감도는 이겸의 체향에 취해 버릴 것만 같았다. 그녀는 이렇게 이겸과 함께하는 순간이 믿을 수 없을 만큼 좋았다.

"일어났어?"

허스키하게 잠긴 이겸의 목소리가 흘러나왔다.

"응."

유미의 입가에는 미소가 감돌았고, 볼에는 약간의 홍조가 어렸다.

"몇 시지?"

이겸은 아침이 오는지도 모른 채 푹 잠들었다. 좁은 병실 침대에서 유미와 꼭 붙어 잠든 것이 불편할 법도 했지만, 전혀 그렇게 느껴지지 않았다.

"모르겠어."

유미는 턱을 이겸의 가슴팍에 묻고 이겸의 얼굴을 올려다보며 말했다.

"검사는 몇 시였더라."

이겸은 몸을 일으키기 위해 상체에 힘을 주며 말했다.

"몰라."

유미는 몸을 일으키는 이겸의 허리를 꼭 껴안아 일어나지 못하게 만들었다.

"방금 윤 교수님 다녀가셨는데, 우리 이러고 있는 거 다 봤다?"

"깨우지 그랬어. 자느라 몰랐는데."

이겸은 천장을 보고 누운 상태로 이마 위에 손등을 올려놓았다. 그리고 눈을 감았다. 새벽 느지막한 시간까지 유미와 많은 이야기를 나눴다.

이겸은 유미가 기억하지 못한 시간에 대한 이야기를 힘겹게 꺼내놓았다. 또한 그녀는 스스로 기억해 낸 기억의 일부를 이겸에게 들려주기도 했다. 간밤에 유미는 꽤 많은 눈물을 흘렸다.

사랑했던 기억을, 그 아름다운 기억을 다 잊어버렸는데도, 원래 몰랐던 것처럼, 그렇게 지낸 자신이 밉다고 했다. 차라리 말을 해주지. 차라리 욕을 하지. 차라리 화를 내지. 왜 그렇게 바보처럼 혼자 다 떠안고 있었던 거냐고 속상함을 토로했다. 그리고 유미가 물었다. 너는 어땠었냐고. 괜찮았던 거냐고. 힘들지 않았냐고. 이겸은 숨이 막힌 듯 아무런 대답도 나오질 않았다.

츤데레의 정석

사실은 너무 힘들었다고, 사랑하는 마음을 숨기고 참는 것이 정말이지 고통스러웠다고 솔직하게 말하고 싶었다. 하지만 이겸은 그러지 못했다. 저만큼 유미도 힘들었을 테니까. 유미에게 마음을 숨기지 않기로 했을 때 다짐했던 것과 같이 이겸은 끝까지 그녀의 상처를 보듬어주고 싶었다.

　"너무 곤히 자기에 그냥 뒀지."

　유미는 퉁퉁 부은 눈을 하고선 웃었다.

　"병원에 소문 다 났겠네."

　어젯밤엔 그렇게 서럽게 울어놓고선. 이겸의 가슴 한구석이 어쩐지 시큰해졌다.

　"병원에서 이러고 있다가 걸린 게 한두 번인가, 뭐."

　유미는 장난기 가득한 얼굴로 소리 내어 키득거렸다. 그 모습이 그렇게 예뻐 보였다.

　"어차피 걸린 건데 좀 더 진한 건 어때?"

　이겸이 유미의 동그란 이마에 입을 맞췄다.

　"으, 응?"

　유미는 빠르게 눈을 깜빡이며 메마른 입술을 촉촉하게 축였다. 그와 동시에 이겸의 입술이 유미의 콧등에 닿았다.

　"여기 병원이야, 이겸아."

　"알아."

　이겸의 입술이 닿아옴과 동시에 유미의 두 눈이 감겼다. 이번엔 유미의 입술에 이겸의 입술이 닿았다. 이겸 또한 절로 눈이 감겼다. 그는 유미의 턱선을 부드럽게 그러쥐어 조금 더 입 맞추기 좋은 방향으로 틀었다.

　결코 자극적이지 않았으며, 조급하지 않은 키스였다. 천천히 닿는 부위를 넓혀가는 입술의 자극이 선연하게 번져 나갔다. 유미의 벌어진 입술 사이로 뜨거운 숨이 터져 나올 때쯤, 이겸이 그 속을 비집고 들어갔다. 두 사람 사이를 꽉 조이고 있던 매듭이 마침내 풀린 듯 서로를 향한 감정이 폭발하기 시작했다. 그러자 유미의 손이 자연스레 이겸의 목덜미를 감싸 안았다. 이겸이 황급히 톱니바퀴처럼 맞물려 있던 입술을 떼어냈다.

"공유미. 겁도 없다. 병원에서."

그가 자신의 코로 유미의 코를 콩 찍어 눌렀다. 마음 같아선 공유미의 모든 걸 삼켜 버리고 싶었지만, 이성을 잃지 말아야 했다. 여긴 병원이니까.

"먼저 시작한 사람이 누군데."

유미는 아쉬운 목소리를 내며, 다시 한 번 이겸의 입술을 입안에 머금었다.

"나도 남자야."

그녀가 몽롱하게 가라앉은 시선으로 이겸과 눈을 맞췄다.

"그런데?"

왜인지 모르게 이겸은 유미의 시선이 야하게 느껴졌다. 위험을 감지한 그가 유미에게 바짝 붙은 몸을 조금 뒤로 물렸다.

"겁이 없어. 겁이."

몸을 물리는 것으로 성에 차지 않았는지, 이겸은 아예 허리를 세워 앉았다.

"왜에. 방금 딱 좋았는데."

유미는 아쉬운 듯 입맛을 다시며 몸을 일으켰다.

'좋아서 문제다. 좋아서.'

이겸은 급하게 신발에 발을 구겨 넣다시피 했다.

"어? 갈 거야?"

"찬물 좀 마시고 올게."

'공 짐승.'

짐승을 피하려면 냉수 먹고 속 차려야 할 판이었다.

"찬물? 냉장고에 있어. 마셔."

"아냐. 나가서 찬바람도 쐴 겸."

유미가 이겸의 손을 덥석 붙잡았다.

"어디 가. 같이 있어."

이겸은 화들짝 놀라며 유미의 손을 뿌리쳤다.

"……이거 놔!"

다급하게 터져 나온 이겸의 목소리에 유미는 황당한 표정을 지었다. 도망치듯 병실을 빠져나온 이겸은 복도를 뛰어가다시피 하다가 일정 거리를 벗어나서야 걸음을 멈췄다.

"무서운 녀석. 하마터면 넘어갈 뻔했어."

그것도 병원에서. 이겸은 손을 들어 제 양 볼을 세차게 내려쳤다. 그래야 정신이 깨일 것만 같았기 때문이다.

❋❋

이겸과 유미의 소속은 이제 해외영업2팀이 아닌 시윤이 이끄는 영업지원팀이었다. 지난주 병가를 내고 출근하지 않은 유미는 짐을 정리하기 위해 원래 근무하던 사무실로 곧장 걸음했다.

미운 정, 고운 정 다 들었던 팀원들에게 무어라 작별 인사를 고해야 할지 몰라서 유미는 잠시 사무실 앞에 서서 안으로 들어서길 망설였다.

"하아……."

입구에서 기나긴 한숨을 몰아쉬고 있는데, 등 뒤로 한기가 느껴졌다.

"공 주임?"

"헛! 팀장님!"

허 팀장이 유미가 사무실 안으로 들어가길 주저하고 있는 모습을 의아하게 바라보다가 목소리를 냈다.

"앞에 뭐 있어?"

"아, 아뇨!"

유미는 손사래까지 쳐 가며 부정했다.

"근데 안 들어가고 여기서 뭐 하나?"

"아…… 그게……."

유미는 차마 작별 인사를 하면 눈물이 터질 것만 같아서 들어가지 못한다는 소리를 할 수 없었다. 물론 승진이라는 좋은 일이 있기는 했지만, 가뜩이나 몇 안 되는 해외영업2팀 인원 중에서 무려 셋이나 빠졌으니 허 팀장 입장에선 마냥 좋지만은 않은 일이었다.

"송별회라도 하려고 했더니만, 그쪽 일이 또 엄청 바쁠 거라더군."

"네…… 전자 쪽 신제품 런칭 쇼를 맡게 됐어요."

"바로 일주일 뒤라던데?"

"말이 안 되죠."

"그 어려운 걸 우리 최시윤 본부장님이 해내실 테지."

허 팀장은 코 밑으로 흘러내린 동그란 안경을 추켜올리며 말했다.

"그, 그렇겠네요……."

어쩌면 이렇게 사람이 한결같을 수 있는지.

"신 팀장이랑, 공 대리가 많이 도와줘. 본부장님이 많이 의지하고 있거든."

허 팀장이 꽤 진지한 얼굴을 했다.

"신 대리님이랑 저를 의지하다니. 왜요?"

유미는 어리둥절한 표정을 지으며 그에게 되물었다.

"본부장님 처음 우리 팀 들어왔을 때 말이야. 경영 승계를 받지 않는 조건을 걸고 말단 사원으로 입사한 거였어."

"에에? 정말요?"

전혀 몰랐던 사실이었다. 항상 밝은 모습만 보여 왔던 시윤이기에, 그에게 그런 사연이 있을 줄은 꿈에도 생각지 못했다.

"따로 하고 싶던 일이 있었는데 집에서 심하게 반대를 했다던데."

"아……."

그랬구나. 금수저 물고 태어난 사람들은 마냥 행복할 줄 알았더니. 그에게 그런 고충이 있었던 건 몰랐다. 유미는 시윤에 대한 측은한 마음이 생겨났다.

"처음 최시윤 씨 우리 팀에 배정받아 들어왔을 때 말이지. 뭐랄까? 별로 의욕도 없고, 하고자 하는 의지도 없었다고나 해야 하나. 그래서 생각했지. 아, 낙하산은 달라도 이런 식으로 다르구나 하고."

허 팀장이 자신의 매끈한 턱을 문지르며 조용히 읊조렸다.

"그런데 왜…… 본부장님이 되셨지."

"깨달은 거지. 권력과 명예가 얼마나 중요한지를."

"그런 욕심은 없어 보였는데……."

유미는 고개를 갸우뚱거렸다.

"뒤늦게 눈을 뜬 게 아닐까 싶어. 사회생활 해본 공 대리도 잘 알 텐데? 권력이 얼마나 큰 힘을 지니고 있는지?"

의미심장한 허 팀장의 말에 유미는 저도 모르게 고개를 끄덕였다.

"아…… 그거야, 그렇죠."

"아무쪼록 잘 보필해서 더욱 위로 치고 올라가길 바라, 공 대리."

그의 진심 어린 한 마디가 유미의 가슴을 찡 하고 울렸다.

"팀장님……."

"내가 공 대리한테 해준 건 없지만, 그래도 공 대리 많이 예뻐했어. 알지?"

"네. 잘 알죠."

허 팀장은 겉으로는 무심한 척, 아무것도 모르는 척했지만, 뒤로는 세세하게 팀원들을 챙겨주었다. 유미가 주임으로 승진할 때, 제일 크게 힘을 써준 사람이 바로 허 팀장이었다. 부서장 평가에서 최고점을 받은 것이 유미가 같이 입사한 동기들보다 반년 빨리 승진할 수 있었던 이유였다.

"가서도 잘하고."

허 팀장이 유미의 어깨를 지그시 눌렀다.

"신 팀장이랑도 예쁘게 만나고."

"어, 어……? 그걸 어떻게 아셨어요?"

유미는 숨을 급하게 내쉬며 물었다.

"알지, 왜 몰라. 둘이 그렇게 좋아 죽는데."

"헉. 언제부터 알고 계셨던 거예요?"

"공 대리가 우리 팀에 들어온 날부터?"

"……네에?"

"그렇게 눈에서 하트가 뿅뿅 발사되는데 모를 턱이 있나."

"아……."

티가 났구나. 많이 났구나. 그래, 안 나면 이상했지. 처음에 입사했을 땐 이겸과 한 공간에서 일을 한다는 사실만으로도 좋아서 매일 흥분 상태였지.

"사귄 지는 얼마 안 됐지? 내가 두 사람 붙여주려고 뒤에서 얼마나 노력했는데."

전혀 몰랐는데? 유미가 어리둥절한 표정을 지어 보이자, 허 팀장은 안타깝게 혀를 찼다.

"내가 둘이 같이 출장 보내주려고 애쓴 것, 몰라?"

일한 지가 몇 년인데 고작 한 번 가지고 생색내는 겁니까, 팀장님?

"아…… 알죠. 네. 압니다."

유미가 입술에 잔뜩 힘을 주고 웃음을 참았다.

"아무튼 본부장님 라인 타고 잘되면 내 공은 잊지 말아, 공 대리."

그는 끝까지 허 팀장다운 면모를 보였다. 그 덕분에 유미는 울컥하는 감정을 조금은 가라앉힐 수 있었다.

3분기 J전자 실적이 곤두박질치면서 연말에 출시되는 신제품에 총력을 기울여야 하는 상황이었다. J그룹 실적의 가장 큰 비중을 차지하는 J전자 성적이 하향세를 이루자, 그룹 전체의 매출이 휘청거릴 정도이기 때문이었다. 그래서 이번 신제품 런칭 행사는 그룹의 사활을 걸어야 할 만큼 중요했다.

시윤이 본부장 자리를 받고 처음 맡은 업무가 하필이면 그 중요한 일이었다. J그룹 직원이라면 시윤이 맡은 이번 업무가 얼마나 막중한지 모두 다 알 것이다. 이겸은 기획안 검토부터 시작했다. 시윤의 바로 밑에서 일하는 건 기분이 별로였지만, 유미와 바로 옆자리에 앉아서 일을 하게 된 건 놀라울 만큼 기쁜 일이었다.

"공 대리. 이 기획은 어때요?"

넋을 놓고 있을 여유조차 없다는 걸 잘 알면서, 이겸은 유미에게서 눈을 떼지 못했다.

"이거 아까 별로라고 한 기획안 아니었어요?"

"아, 내가 그랬었나?"

일에 있어서는 철저하던 이겸이었지만, 사랑 앞에서는 그것도 다 부질없었다.

"많이 피곤해요? 일주일 동안 풀 근무해야 할 텐데 벌써 이러면 쓰나?"

유미가 시선을 아래로 내리깔고 작은 목소리로 말했다.

"피곤하긴 하네. 하루 종일 프린트만 들여다보고 있었더니 눈앞이 핑그르르 도는 기분이야."

"그럼 조금 쉬었다가 해야겠네."

유미의 눈빛에 걱정이 한가득 담겼다.

"충전이 필요해."

이겸이 사무실 책상 아래로 유미의 손을 잡았다. 유미는 양 볼을 붉히며 주변을 휙휙 돌아보았다.

"누가 보겠어!"

유미가 고개를 바짝 아래로 숙이고 아주 작은 목소리로 속삭였다.

"보면 어때."

이겸은 덩달아 얼굴을 낮춰 말했다.

"바쁜데 연애질이나 하고 있다고 혼날지도 모른다고."

작지만 단호한 유미의 어조에 이겸은 입꼬리를 내려 터져 나오려는 웃음을 참았다.

"누구한테 혼나. 이제 내가 팀장인데."

"어…… 그러네?"

유미는 미처 생각지 못한 사실을 알아챈 듯 눈을 동그랗게 뜨고 입을 벌렸다.

"이건 좀 고맙네. 본부장한테."

이겸이 유미의 손등을 제 볼에 대고 문질렀다.

"어머머. 애 좀 봐!"

부끄러워하면서도 유미는 손에 힘을 푼 채 이겸의 행동을 즐기고 있는 듯했다.

"부드러워."

실크보다도 더 부드러운 손의 감촉에 이겸은 희미한 미소를 지으며 행복해했다.

"정말…… 회사에서까지 이러면 어쩌나 몰라."

유미는 콧소리를 내며 양 볼에 홍조를 띠었다.

"좋은 걸 어쩌나."

"일해야지. 시간도 별로 없는데."

"오분 정도 이러고 있다고 어떻게 안 돼."

이겸의 입매가 유려하게 솟아올랐다.

"늦게 배운 도둑질이 무섭다더니. 우리 이겸이 나한테 푹 빠졌네, 푹 빠졌어."

유미는 이겸의 볼을 살며시 매만졌다.

"바로 옆자리에 나란히 앉으니까 일의 능률이 떨어지네."

이겸은 이제 유미의 말에 부정을 말하지 않았다.

"예쁜 말만 골라서 하고?"

"자꾸 너 쳐다보느라 집중이 안 되네."

"얼씨구?"

유미가 피식거리며 웃었다.

"오늘 안으로 기획안 완성해야 하는데, 다 때려치우고 너와의 미래나 기획하고 싶다?"

"뭐가 어째?"

이겸의 솔직한 말에 유미는 입술을 동그랗게 말아서 '좋음'을 최대한 숨겨보려 했다.

"회사에서 이렇게 보내는 시간이 아까울 정도랄까."

"아니, 일을 해야 먹고살지, 이 친구야."

"그런가. 그럼 이참에 우리 둘이 하루 종일 얼굴 맞대고 할 수 있는 일을 찾아보는 것도 나쁘지 않겠네."

점점.

"말 나온 김에 창업 같은 것 좀 알아볼까?"

더 가관이 되어간다.

"창업은 무슨 창업. 월급 루팡이나 하면서 결혼하고 오순도순 사는 거야! 제때 월급 받고 사는 게 얼마나 행복한 일인데."

"이제 팀장 돼서 할 일도 많아지고, 야근도 더 자주 할 텐데. 우리 유미 혼자 두면 마음 아파서 어쩌지?"

이겸이 흘러내린 유미의 옆머리를 귀 뒤로 넘겨주었다. 앞으로 팀장으로서 할 일이 많아질 테니 미리 마음의 준비를 하라는 이겸의 속 깊은 뜻이 담긴 말이었다.

"괜찮아."

"응?"

"야근도 같이하고, 할 일은 나랑 나눠서 하면 되지."

어디로 튈지 모르는 통통 튀는 매력을 지닌 유미에게 틀에 박힌 식상한 반응을 예상한 이겸은 입술 사이로 피식 헛웃음을 흘렸다.

그는 '괜찮아. 팀장이 얼마나 할 일이 많은데, 네 건강이나 잘 챙겨!' 내지는 '우쭈쭈. 우리 이겸이 나 생각해 주는 거야? 고마워라!'라는 반응을 예상했지만, 모두 틀렸다.

"이런 반응, 예상 못 했는데."

유미를 과소평가한 게 분명했다.

"내가 어디 예상하는 대로 흘러가는 사람이던가?"

시선을 아래로 내리깔고 거만하게 말하는 유미의 모습에 결국 웃음이 터져 나왔다.

"아니지……."

저절로 이겸의 고개가 저어졌다. 유미가 이겸의 볼에 소리 나지 않게 입술을 맞댔다.

"이런 게 사내 연애의 묘미지."

"……뭐야."

놀란 이겸이 숙인 허리를 세웠다.

"원래 뭐든 몰래 하는 게 좋은 거라고……."

몰래 해야 더 짜릿한 법이라고. 유미는 그렇게 말하려고 했다. 그러나…….

"몰래 뭔가 하시는 중에 죄송하지만, 기획안 아직이에요?"

몰래가 아닌 모양이다.

"헉!"

계속 고개를 숙이고 있던 유미가 화들짝 놀라며 몸을 세웠다. 그 바람에 그녀가 앉아 있던 사무용 의자가 살짝 튕기듯 튀어 오르며 들썩였다.

"사무실에선 자제 좀 하시지 그래요. 보는 눈도 많은데."

유미의 책상에 손을 짚고 몸을 숙인 시윤은 낮게 목소리를 깔고 말했다. 이겸과 나눴던 과한 애정 행각을 시윤이 봤다고 생각하니 유미는 심장이 오그라드는 것만 같았다.

"무, 무슨 말씀이신지."

유미는 어색하게 입술을 말아 올려 웃으며 말했다.

"두 분, 이러고저러고 하는 거 내가 다 봤는데?"

"……아, 봤어요?"

"솔로는 가슴이 시려서 못 보겠어요."

시윤이 귀엽게 입술을 내밀고 뾰루퉁한 표정을 지었다.

"푸흡. 기획안 완성된 것 중에서 고르고 있었어요."

유미는 입을 가려 웃으며, 이겸의 자리에 이리저리 어지럽게 널브러진 서류 몇 장을 추렸다.

최종 후보에 오른 기획안을 정리하던 유미가 손바닥으로 얼굴을 완전히 감싸고 있는 이겸의 모습을 발견했다.

"어? 팀장님, 왜 그러고 계세요?"

유미는 의아한 듯 입술을 동그랗게 만들고 고개를 갸우뚱거리며 물었다.

"아무래도 저한테 들켜서 부끄러우신가 봐요."

그래. 어째 회사에서 안 하던 행동을 다 한다고 했다. 그 낯 뜨거운 모습을 시윤에게 들켜 버렸으니, 부끄러울 만도 하지. 유미는 절로 웃음이 새어 나오려는 걸 꾹 참았다. 마음 같아선 엉덩이라도 토닥여 주며, '부끄러웠어요, 우리 이겸이 우쭈쭈?'라고 말해주고 싶었지만 말이다.

"최종 고민 중인 기획안이 두 개인데, 하나는 클래식한 느낌이고, 다른 하나는 좀 독특해요."

여전히 고개를 들지 못하는 이겸을 대신해 유미가 나서서 시윤에게 진행 상황에 대해 설명했다.

"독특? 어떤 식으로?"

"틀에 박힌 발표 형식의 런칭 쇼가 아닌, 조금은 색다른 느낌이라고나 할까."

유미가 제법 자신감 있는 어투로 말했다.

"공 대리님이 기획하신 거예요?"

"네! 제가 했어요! 제가!"

그녀는 반짝반짝 빛나는 눈과 격양된 어깻짓을 했다. 그런 유미의 모습에 시윤은 푸스스 소리까지 내어가며 웃었다.

"검토해 볼게요."

시윤이 유미에게 손을 내밀자, 그녀는 공손하게 두 손으로 기획안을 받들어 시윤의 손바닥 위에 올려주었다.

"잘 부탁드립니다, 본부장님."

"네, 이따 회의실에서 봐요, 대리님."

"네! 본부장님!"

우렁찬 유미의 목소리가 울리자, 시윤은 또 한 번 웃음을 터뜨리고 본부장실로 돌아갔다. 유미는 자신이 기획한 사안이 통과될지도 모른다는 생각에 괜스레 마음이 들떴다. 그녀는 얼굴 가득 미소를 머금고 컴퓨터 모니터로 시선을 돌렸다. 그때, 턱 하고 유미의 손 위로 검은 손길이 날아들었다.

"공 대리."

잘 익은 사과보다 더 빨갛게 달아오른 이겸의 얼굴을 마주한 유미는 웃음을 참기 위해 입술에 힘을 줘야 했다.

"사무실에서 이러면 안 되는데……."

유미는 괜히 주변을 한 번 둘러보는 시늉을 했다. 그런 유미의 물끄러미 바라보던 이겸이 답답한 듯 마른세수를 했다.

'왜 저러는 거지?'

유미는 자신의 손등 위로 겹쳐진 이겸의 손을 물끄러미 바라보았
다.

　"왜요? 혹시 내 기획안, 별로였어요? 내가 말도 안 되는 기획안을
본부장님한테 들이댄 건가!"

　유미가 주먹을 불끈 쥐고 다급하게 말했다.

　"아니."

　"내가 너무 막 들이댔나? 어떻게 이런 걸 기획안이라고 써왔냐고
본부장님한테 혼나는 건 아니겠지?"

　걱정에 부푼 유미의 말투에 이겸은 가만히 고개를 저었다.

　"본부장한테 웃어주지 마."

　"……으, 응?"

　"본부장 앞에서 막 그렇게 해맑고 예쁘게 웃지 말라고."

　유미는 자신이 뭘 잘못 들은 건가 싶어서 고개를 살짝 옆으로 틀고
입술을 모았다.

　"대답해. 앞으로 안 그러겠다고."

　"……어? 내가 웃었어? 방금 본부장님한테 막 해맑고 예쁘게 웃었
다고?"

　유미는 방금 전 자신의 행동을 곱씹어보았지만, 딱히 '해맑고 예쁘
게' 웃어주진 않았던 것 같았다.

　"완전 그랬어."

　이겸의 단호한 대답에 유미는 입술을 불쑥 앞으로 내밀었다.

　"그게 질투가 났구나?"

　"아무튼 본부장은 위험인물이니까, 각별히 조심해야 해. 행동 하
나, 말투 하나까지 전부 다."

　"우리 이겸이."

유미가 눈썹을 팔(八) 자 모양으로 만들었다.

"질투하는구나?"

"상대는 최시윤이야."

굉장한 직진남. 연하에 능력 만점, 외모도 빠지지 않는 사람이 바로 최시윤이었다. 자신이 용기 내지 않았다면, 유미를 빼앗겼을지도 모를 일이었다.

"어차피 나는 네 거잖아요."

유미의 목소리가 한껏 간드러졌다.

"크흠. 그거야, 뭐. 그렇지."

여전히 이겸의 얼굴은 식지 않은 열기로 인해 붉은 기를 띠고 있었다. 이겸은 민망한 듯 헛기침을 몇 번 하고는 종이 몇 장을 부스럭거리며 만졌다.

"질투하는 것도 귀엽네. 우리 이겸이는."

유미가 턱에 꽃받침을 하고 고개를 까딱이며 빙긋 웃었다.

"일…… 합시다."

더 유미와 말을 섞었다가는 질투한 자신에 대한 온갖 놀림이 날아들 것 같아서 이겸은 빠르게 상황을 정리해 보려 노력했다.

회의실에 모인 팀원은 총 다섯이었다. 런칭 쇼 기획은 회의실에 모인 팀원 다섯 명이 맡았고, 그 외의 인원이 장소 섭외를 포함한 부수적인 것들을 책임졌다.

"공 대리님이 주신 기획안 다들 검토 끝내셨죠?"

시윤의 목소리가 적막이 가득한 회의실을 울렸다. 유미는 항상 제 옆자리에 앉거나 맞은편에 앉아 있던 시윤이 회의실 책상 정중앙의 상석에 앉아 있으니 기분이 이상했다. 괜히 입술이 바짝바짝 말라가는 느낌이었다.

"이번 런칭 쇼에 내놓을 신제품이 바로 무 터치 휴대폰인데…… 반응을 전혀 예상할 수 없는 아이템이라서 고민이 많았거든요."

아직은 터치형 휴대폰이 익숙한 시대였다. 홍체 인식만으로 터치하지 않고도 휴대폰을 조작한다는 것은 어떻게 보면 혁신에 가까운 것이었다. 구관이 명관이라는 말이 있듯, 사람들은 익숙한 것에 길들여져서 새로운 것을 일단은 배척하고 보는 습성이 있다. 그렇기 때문에 J전자에서 아무리 야심차게 개발한 것일지라도 분명한 리스크는 존재했다.

"그런데 이 공 대리님 기획안대로라면, 그 반응을 미리 예상할 수 있는 거니까."

대개 런칭 쇼라 함은 브리핑 형식으로 이뤄지는 일종의 설명회나 마찬가지다. 런칭하는 제품의 장점을 최대한 부각시키고, 소비자의 마음을 사로잡는 것. 그것이 신제품 런칭 쇼를 개최하는 궁극적인 목적이었다.

하지만 유미는 그 틀에 박힌 설명회 방식보다는 다른 쪽으로 뒤틀어 생각해 보는 건 어떨지 생각해 보았다. 설명이야 설명서를 봐도 충분히 알 수 있는 내용들이 아니던가?

"필드 테스터를 앞세워 행사를 진행한다. 기존 브리핑 형식의 런칭 쇼의 틀에서 크게 벗어나지 않되, 소비자의 신뢰를 얻고 최고의 퍼포먼스를 낼 수 있는 방법일 것 같은데. 다들 어떻게 생각하세요?"

제품 출시 전 기업에서 불특정 다수에게 제품을 무상으로 제공하고 사전 테스트를 할 수 있게 하는데, 그 대상이 바로 필드 테스터다. 테스트 기간에 발견된 제품의 단점이나 결함은 출시 전 보완을 하기도 하니까, 그들의 역할은 기업에 꽤 큰 영향을 미치고 있었다.

"확실히 기업의 일원이 아닌, 외부 사람이 나서서 직접 제품을 소개한다면 더 관심이 쏠릴 것 같습니다."

이겸이 시윤의 말에 답했다.

"그런데 그 많은 사람들 앞에 선뜻 나서서 해주겠다는 사람이 있을까요?"

줄곧 묵묵하게 앉아 있던 서 주임이 작게 목소리를 냈다.

"그것도 그렇긴 하네."

시윤은 시름이 가득한 표정으로 한숨 섞인 말을 쏟아냈다. 신제품 출시일이 코앞이기에 필드 테스트는 이미 끝난 상태였다. 필드 테스터는 기업에서 지원자 광고를 내고 지원을 받아 하는 것이었다.

"많은 사람들 앞에서 발표를 하려면, 이쪽 분야에 전문적이진 않더라도 어느 정도의 지식이 있어야 될 테죠."

테스트를 마친 테스터들에게 모두 프러포즈를 할 수는 없는 상황이었다. 이제 겨우 오 일밖에 남지 않았는데. 안타까움에 모두의 입에서 긴 한숨이 터져 나왔다. 그때, 유미가 다급하게 손을 번쩍 들어 올렸다.

"혹시 지인 찬스 사용 가능할까요?"

"지인 찬스?"

시윤의 얼굴에 급하게 화색이 감돌았다.

"지인 중에 적합한 사람이 한 명 생각나서요. 그쪽에서 오케이만 하면 아예 불가능하진 않을 것 같아요!"

유미가 다소 의기양양한 말투로 말했다.

"그게 누군데요?"

시윤이 눈을 빠르게 깜빡이며 유미에게 물었다.

"신 팀장님 여동생이요."

갑자기 유미의 입에서 흘러나온 말에 멍하게 있던 이겸이 허리를 곧추세웠다.

"응? 내 동생이요?"

그는 당혹감으로 인해 커다래진 동공을 움직이며 유미에게 되물었다.

"신 팀장님 동생이 공대 출신이고, 휴대 기기에도 관심 많고, 학부 때 토론 동아리 장이었던 걸로 아는데. 아무튼 일반인 발표자로 적격일 듯합니다!"

이영은 취업 준비만 일 년 이상 하고 있었다. 이로 인해 이영의 이력서에 경력 사항으로 한 줄 더 넣을 수도 있고, 런칭 쇼에도 도움이 되는 꿩 먹고 알 먹고, 누이 좋고 매부 좋고, 마당 쓸고 돈 줍고의 전형적인 예가 될 것이다.

"신이영?"

설마 하는 마음으로 이겸이 재차 질문했다.

"네. 신 팀장님 동생이요. 이 기획안만 통과되면, 그 친구 설득은 제가 해보겠습니다! 속성 테스터로 추천합니다!"

호기롭게 내지르는 유미의 목소리 가득 자신감이 들어차 있었다. 회사 생활은 무조건 가늘고 길게 하는 게 좋다던 유미의 모습은 어디에도 없었다. 튀는 건 절대 용납할 수 없다고. 시키는 일만 잘하면 된다고 하던 유미는 대체 어디로 갔단 말인가. 의욕 넘치는 유미의 모습에 이겸은 입까지 벌리고 그녀를 바라보았다.

"좋아요. 공 대리님이 그렇게 자신만만하다면 이 기획안으로 가보는 것도 나쁘지 않을 것 같아요. 결정적으로 더 주저할 시간이 없으니까요."

시간상 여유가 하나도 없는 상황이었다. 그랬기에 1차적으로 유미의 기획안을 통과하는 방향으로 팀원들의 의견이 모아졌다. 그로써 이영의 섭외를 맡은 유미에게 중책이 내려진 셈이기도 했다.

"어쩌자고 신이영을 거기에 추천했나 몰라."

유미와 나란히 퇴근을 하는 길에 이겸은 다시 생각해도 어이가 없었는지 헛웃음을 터뜨렸다.

"지금 우리 이영이 무시하는 겁니까, 팀장님?"

"아니, 무시하는 건 아닌데. 신이영이 좀 덜렁대고 꼼꼼하지 못한 면이 있어서 걱정돼서 그래."

"무려 서운대학교 토론 동아리 장 출신인데?"

명문 서운대학교 토론 동아리 장은 아무나 할 수 있는 게 아니다. 유미는 이영의 능력을 높이 샀다. 그랬기에 추천도 할 수 있었던 것이다.

"토론하면서 싸움이나 안 붙었으면 다행인데. 그 성격에."

"싸움은 무슨. 우리 아가씨가 얼마나 수재라고! 우리나라 대기업에서 아가씨 같은 다듬어지지 않은 다이아몬드 원석을 알아보지 못하는 거야. 분명해!"

아가씨? 수재? 원석? 이게 다 무슨 소리야, 대체. 이겸은 언짢은 표정을 지으며 고개를 절레절레 저었다.

"일 년이나 했으면 오래 했지. 졸업하기도 전에 취직했다고 설치더니 수습 기간 끝나기도 전에 못 다니겠다고 때려치운 녀석이잖아."

정확히 말하자면, 이영은 졸업 전에 취업 뽀개기에 성공했지만, 출근 일주일 만에 폭발적인 업무 강도를 이겨내지 못한 채 사표를 던지고 나와 버렸다.

"그거야 입사하자마자 야근 시키고, 막 박스 나르라고 그랬잖아! 힘들 만했지!"

"힘든 일은 안 하려고 하면서, 눈은 절대 낮출 생각 안 하는 거 은근히 모순이라고. 내가 볼 땐 취직을 못 하는 게 아니라 안 하는 거라고 봐."

이겸은 다른 일에 있어서는 관대하게 굴면서, 꼭 이영의 일에는 이렇게 날을 세웠다. 물론 마음이야 이영을 깊이 위하고 있을 테고, 걱정이 되어서 이렇게 말하는 거겠지만.

"엄청 진지하게 구네. 나한테 동생 있었으면 우쭈쭈 어화둥둥 내 동생 하고 예뻐해 줬을 텐데."

"어화둥둥 내 동생은 무슨. 걘 정신 좀 차려야 돼."

이겸이 한숨 섞인 목소리를 냈다. 거기엔 안타까움도 함께 묻어났다.

"나도 정신 좀 차려야 해."

진지한 이겸의 모습에 위기감을 느낀 유미는 뜬금없는 멘트를 흘렸다.

"그건 또 무슨 소리야."

갑작스러운 유미의 발언에 이겸이 미간에 주름을 잡았다.

"정신 좀 확 깨게. 요기."

유미가 입술을 쭉 내밀고 검지로 제 입술을 톡톡 쳤다.

"요기. 요기."

뽀뽀해 달라고. 주문했다.

"……뭐 하는 거야. 길거리에서."

이겸은 당혹감을 감추지 못한 채 눈을 부라렸다.

"그럼 어디 으슥한 골목길로 가볼까?"

유미가 자연스레 이겸의 팔짱을 끼고 그를 골목 어딘가로 데리고 가려 했다.

"왜 이래. 무섭게."

"에이. 아까 사무실에서는 잘만 하더니. 막상 멍석 깔아주면 못 한
다니까?"

유미는 입맛을 다시면 커다란 아쉬움을 표현해 보았다.

"공유미. 아주 살판났네."

"났지, 그럼. 얼마나 좋아. 이렇게 막 껴안고 싶을 때 마음대로 껴안
고, 뽀뽀하고 싶을 때 하고."

유미는 상기된 표정으로 밝게 웃으며 말했다.

"회사에서는 아무래도 안 되겠어. 보는 눈이 너무 많아."

이겸은 아까 사무실에서 시윤에게 유미의 볼에 뽀뽀를 했던 사실
이 들킨 것이 다시금 떠올랐다. 그러자 거짓말처럼 그의 볼이 수줍게
달아올랐다.

"하려면 장소는 많지. 비상계단도 있고, 옥상도 있고, 또……."

"하여간 공유미 잔머리만 늘었어."

이겸이 유미의 어깨에 손을 올려 제 쪽으로 바짝 끌어당겼다.

"헛!"

갑작스레 이겸의 가슴팍에 안긴 꼴이 된 유미의 입에서 짧은 탄식
이 흘러나왔다.

"장갑 줬잖아. 왜 안 껴."

바로 얼마 전 가을이 왔구나 싶었는데, 시간은 참 빨리도 흘러서
벌써 겨울이었다.

이번 겨울바람은 유난히 시렸다. 이겸은 며칠 전 유미에게 가죽 장
갑을 선물했다. 그런데 유미가 끼고 다니는 걸 한 번도 본 적이 없는
것 같아서 약간 서운해지려 하고 있었다.

"아아. 그거. 집에 있지."

"모셔뒀다 뭐 해. 끼라고 준 건데."

이겸의 눈썹이 티 나지 않게 일그러졌다.

"장갑보다 더 따뜻한 손난로가 있어서. 집에 모셔둔 거야."

유미가 이겸의 손을 꼭 마주 잡았다.

"그 손난로가 혹시……."

"맞아. 우리 이겸이 손."

유미는 이겸의 손이 보석이라도 되는 것처럼 제 볼에 바짝 붙인 다음 비볐다.

"나, 참."

이겸은 황당한 듯 코웃음을 쳤다.

"평생 장갑 안 껴도 되겠어. 우리 걸어 다니는 손난로가 있어서."

말이나 못 하면. 하는 말마다 사랑스럽다 못해 예뻐 죽겠네.

"자, 손난로."

입은 투덜대면서도, 자신이 말한 대로 다 들어주는 이겸의 모습에 유미는 입술을 말아 올려 웃어 보였다.

"아, 참!"

뭔가 할 말이 생각난 듯 유미가 길거리에서 갑자기 걸음을 멈추었다.

"왜?"

"그래서 우리 결혼은 언제쯤 해?"

"어?"

"프러포즈는 언제 할 예정이야?"

"뭐?"

잊고 있었다. 공유미는 중간이 없는 여자임을. 이겸은 저도 모르게 재킷 속주머니 속에 넣어둔 반지 상자를 더듬거리며 매만졌다.

사실 얼마 전 이겸은 유미에게 줄 반지를 주문했다. 유미와 사귄 뒤로 거의 매일 붙어 다니던 터라, 그녀를 속이고 몰래 주문하고 반지를 찾으러 가는 것조차 007 작전이 필요했다. 다시 말하지만, 유미는 이런 쪽으로'만' 눈치가 빠르다.

바로 오늘, 바쁜 와중에 잠시 짬을 내서 반지를 찾으러 다녀왔는데 하필 유미가 오늘 '프러포즈'를 입에 올리는 바람에 이겸은 심장이 철렁했다. 분명 유미에게 전해주려고 산 것이긴 하지만, 막상 전해주려고 보니 어떻게 말을 해야 할지 몰라서 머릿속이 새하얗게 변해 버렸다.

"언제 할 거야? 응?"

대답을 종용하는 유미에게 무슨 말을 어떻게 해야 하나 고민하던 이겸은 마른침만 삼켜낼 뿐, 아무런 말도 할 수 없었다.

"어물쩍 넘어갈 생각이면, 그래도 돼."

무슨 애가…… 로망도 없나.

"하자고 뚝딱 할 수 있는 게 아니거든. 결혼은."

마지못해 이겸이 대답이라고 꺼내놓은 건, 유미가 한 질문에서 한참 벗어난 이야기였다.

"준비는 했어?"

오늘따라 굉장히 집요하다. 마치 이 순간을 기다린 하이에나처럼 마구 달려드는 유미로 인해 이겸은 온몸이 진동하듯 떨리는 느낌이었다.

"무슨…… 준비."

입술이 바짝바짝 타들어갔다.

"프러포즈."

유미가 이겸의 허리를 폭 끌어안은 상태로 물었다. 그녀가 말을 내뱉을 때마다 유미의 입에서 뽀얀 입김이 흘러나왔다. 부서지는 연기 사이로 뜨거운 숨결이 느껴졌다.

"할 거야…… 곧."

대놓고 물어보는데 대답하지 않을 수도 없었다.

"곧, 언제? 언제?"

유미가 고개를 살짝 옆으로 기울이며 물었다.

"왜 이렇게 보채고 그래. 내가 알아서…… 할게."

귀여운 유미의 모습이 이겸의 시선 가득 담겼다. 심장이 제멋대로 펄떡대었다. 집요하게 저를 좇는 유미의 시선을 피하기 위해 이겸은 눈길을 허공에 던져 보았다.

"알아서 한다면서 계속 기다리게 할 거야? 응? 결혼하잔 말, 먼저 꺼낸 건 너잖아. 내가 먼저 하자고 그랬나!"

유미가 뾰로통하게 입술을 내밀고 중얼거렸다. 투덜대는 모습마저 심장을 어택할 만큼 예뻐서 이겸은 유미에게서 눈을 뗄 수가 없었다.

'예쁘다, 예쁘다 하니까. 참 예쁘고 귀여운 짓만 골라서 하네.'

결혼을 하고 싶은 건 맞지만, 결혼으로 골인하기까지의 과정이 복잡하고 어려웠다. 게임으로 따지자면, 결혼이라는 종착지까지 몇 개의 퀘스트가 있는데, 이제 겨우 '반지 사기'라는 첫 번째 퀘스트를 깬 셈이었다.

"그…… 그걸 하려면 준비도 필요하고."

다음 퀘스트로 향하는 길은 이겸에게 있어서 험난한 여정임에 분명했다.

"무슨 준비가 필요해. 입만 있으면 되는데."

그것도 틀린 말은 아니지.

"어떻게 맨입으로 해. 프러포즈를."

"맨입으로 해도 돼."

유미는 정말로 아무렇지 않은 얼굴을 했다.

"보통 여자들은 프러포즈에 대한 로망도 있고 그렇다는데. 넌 어째 그런 것도 없어 보이고……."

평생 유미의 기억에서 잊히지 않을 만큼 특별한 프러포즈를 하고 싶었다. 그런데 아무리 머리를 굴려봐도 딱히 떠오르는 게 없었다.

'뭐 프러포즈를 해봤어야 알지.'

해봤다면 그게 이상한 거지만, 어쨌든 이겸은 저 나름대로 심사숙고하고 있는 중이었다. 그 와중에 유미에게 독촉을 당하니 마음이 급해지는 건 어쩔 수 없는 사실이었다.

"어, 몰랐어? 난 속성 코스 좋아해."

이런 말도 안 되는 말을 하는 유미에게 대체 무슨 프러포즈를 어떻게 해야 감동을 줄 수 있을 것인가.

"준비되면 할게. 준비되면."

그렇다면 시간을 버는 수밖에 없다. 그녀가 저 하나만 바라보고 산 세월을 놓고 보자면, 공유미의 인내심이야말로 우주 최강 수준인데 대체 왜 이런 데에는 인내심이 없는 걸까. 이해할 수 없는 노릇이었다.

"그 준비는 언제 되는데? 내일? 모레? 글피?"

"……런칭 쇼 끝나면 할게. 지금은 너무 바쁘기도 하고."

유미에게 대답을 꺼내놓은 다음 이겸은 뒷말을 목구멍으로 삼킨 채 건조한 바람으로 인해 바짝 메마른 입술을 축였다.

"런칭 쇼 끝나고? 가만있어 보자. 런칭 쇼가 며칠 남았더라? 오 일 남았나?"

유미가 손가락을 하나씩 접어가며 남은 일자를 세고 있었다.

"대박!"

유미는 경이로운 표정을 지으며 한껏 감격에 젖어 쓰러지는 시늉을
했다.

"또, 뭐! 왜!"

"그럼 나 닷새 뒤에 신이겸한테 프러포즈 받는 거야?"

너무 공유미스러워서 이겸은 할 말을 잃었다.

"오버하지 마."

이겸이 유미의 머리를 살짝 쓰다듬으며 제 가슴팍으로 밀착시켰다.
고목나무에 매미처럼 제 품에 딱 붙어서 걷는 유미로 인해 이겸의 심
장은 세차게 방망이질을 해댔다.

'오 일 뒤 프러포즈라니!'

떨려서 뭘 할 수나 있을까? 가뜩이나 런칭 쇼 준비로 바쁠 텐데,
프러포즈 준비까지.

'하아…… 미치겠네.'

뭔가 기한이 정해졌다고 생각하니 이겸은 더욱 가슴이 떨려왔다.

"기대할게요. 우리 이겸이."

유미는 볼에 보조개를 쏙 집어 넣어가며 배시시 웃었다. 그리고 이
겸의 엉덩이를 톡톡 두드렸다.

"야! 진짜!"

길거리에서 남세스럽게 뭐 하는 짓인지. 이겸은 황급히 주변을 두리
번거리며 이를 악물고 소리쳤다.

"뭐 어때. 어차피 프러포즈할 여잔데. 이 정도쯤이야."

의기양양한 유미의 표정에 이겸은 고개를 좌우로 저을 수밖에 없었
다.

"저희 왔어요."

곧장 이겸의 집으로 향한 유미는 마치 제집에 들어서는 것처럼 현관에 구두를 벗어놓고 허공에다 인사를 했다.

"유미도 같이 왔네?"

현관에서 나는 소리에 미진이 주방에서 천천히 걸어 나왔다.

"네. 오늘은 이영이한테 볼일이 있어서요. 영이 집에 있어요?"

유미가 맑게 웃으며 미진에게 물었다.

"이영이? 방에 있나?"

미진의 시선이 이영의 방문으로 흘러갔다.

"오늘 웬일로 TV를 안 보고 있네, 신이영."

이겸이 유미의 뒤에 바짝 붙어 서서 웅얼거렸다.

"방에 있을 거 같은데? 오늘 약속 있단 말 없었거든. 그러게, 이 녀석 웬일로 TV를 안 보고 있지?"

미진은 의아한 표정을 지으며 고개를 갸웃거렸다.

"그럼 실례하겠습니다!"

유미는 뒤꿈치를 바짝 들어 올리고 이영의 방문 앞으로 걸어갔다. 똑똑. 경쾌한 노크 소리가 조용한 공간을 울려 퍼졌다.

"영아. 안에 있어?"

유미가 인기척 없는 방문 안쪽에 입술을 바짝 붙이고 조용조용하게 말했다.

"유미 언니?"

방문 안쪽에선 약간의 떨림이 느껴지는 이영의 목소리가 들려왔다.

"응. 나야."

잠시 뒤, 꽉 잠긴 방문이 천천히 열렸다. 눈시울이 붉게 물든 이영이 자신의 방문 앞에선 이겸과 유미를 번갈아 바라보았다.

"오빠는 가."

단호하고 냉정한 목소리를 내며, 이영이 유미의 손을 불쑥 마주 잡았다.

"신이영. 울었어?"

잠시 당황한 듯 이겸이 낮게 내리깔린 음성으로 말했다.

"유미 언니만 들어와."

이영이 유미의 손만 잡고 자신의 방 안으로 쏙 들어가 버렸다. 그리고 쿵 방문이 닫히자, 이겸은 그 앞에 서서 황당한 표정을 지었다.

"뭐야. 왜 나만 왕따 시켜?"

불퉁한 목소리를 내며 이겸은 아쉬운 발길을 돌려야 했다.

재킷을 벗어서 바닥에 가지런히 개어놓은 유미가 이영의 옆으로 다가가서 앉았다.

"왜 그래? 무슨 일 있었어?"

얼마나 눈물을 흘려댄 건지, 이영의 침대 바로 아래 바닥에는 휴지 조각들이 듬성듬성 떨어져 있었다.

"나 또 떨어졌어, 언니."

이영은 정확히 분기에 한 번씩 이 소리를 했다. 상반기, 하반기 공개 채용과 특별 채용까지 합쳐서 서류 전형에는 척척 잘만 붙는데, 꼭 면접에서 떨어졌다. 이쯤 되면, 이영에게 면접 울렁증이 있는 건 아닐까 여겨질 정도였다.

"으, 응?"

유미는 다 알면서 무슨 일인지 모른 척을 했다. 왠지 모르게 그래야 할 것 같았다.

"면접…… 또 떨어졌어."

이영은 흐르는 콧물과 눈물을 번갈아 가며 닦았다. 훌쩍이는 소리가 조용한 방 안을 가득 메웠다. 예상은 했지만, 매번 슬퍼하는 이영의 모습에 유미도 괜스레 가슴이 찡하고 아려왔다.

"아니, 왜? 우리 잘난 아가씨, 어디가 어때서 면접에만 갔다 하면 떨어뜨리고 난리람! 보는 눈들이 없네! 그 면접관들!"

유미가 그녀 대신 나서서 버럭 언성을 높였다.

"……내가 너무 솔직했나 봐."

저를 옹호해 주는 것은 물론이고, 대신 화를 내주는 유미의 모습에 이영은 기분이 조금 풀렸는지 가라앉은 목소리를 가다듬었다.

"솔직? 면접에서?"

면접에선 자고로 솔직해선 안 되는 법이지. 입사 포부에 대해서 밝힐 땐, 영혼이라도 바칠 기세로 굴어야 한다. 그뿐인가? 면접관이 원하는 대답을 꺼내놓되, 거기에서 참신함을 보여줘야 한다. 면접관에게 꼭 필요한 인재라는 인상을 심어줘야 취업 뽀개기에 성공할 수 있는 것이다!

"응……."

늘 당당하던 이영의 목소리가 기어들어 갔다.

"얼마나 솔직하게 대답했기에 그래. 그래봐야……."

뭐 얼마나 솔직했기에 이렇게 매번 면접 전형에서 통과하지 못하는 걸까?

"이번에 면접 본 데가 말이야. 언니도 알걸? DK전자."

역시 전자 쪽으로 입사할 모양이었다. 유미의 눈빛이 순간 번뜩였다.

"DK전자 유명하지! 외국계잖아! 외국계는 우리나라 기업보다 훨씬 개방적이라 솔직하게 말한다고 이상하게 생각하지 않았을 텐데!"

"너무 솔직하긴 했어."

"얼마나 솔직하게 말을 했기에 이렇게 자신감이 없어! 우리 영이! 어깨 쭉 펴고! 언니한테 다 말해봐."

유미가 이영에게 자신감을 실어주기 위해, 그녀의 어깨를 보듬어주었다.

"면접관이 DK전자가 한국 시장에서 앞으로 나아가야 할 방향을 솔직하게 말해보라기에."

유미는 등 뒤로 갑자기 한기가 들어옴을 느꼈다.

"말해보라기에?"

꿀꺽. 마른침이 절로 삼켜졌다.

"솔직하게 말했어. 우리나라 전자 기업보다 한참 못 미치는 수준이라서 전략적인 마케팅도 필요하고, 전자 제품 질도 높여야 하고, 애프터서비스도 지금처럼 하면 망한다고 했지."

망하는 건 DK전자가 아니라 너구나.

"아……."

"나 너무 솔직하게 말해서 떨어진 것 맞지?"

응, 맞아.

유미는 차마 입 밖으로 이영의 상처받은 마음에 또다시 생채기를 내는 행동은 하지 않았다.

"아, 아니야. 그게 맞지! DK전자가 우리나라의 치열한 전자 시장에서 성장하려면 그 정도 폭언쯤은 감당해야지."

폭언이라니. 말이 헛 나왔다.

"포, 폭언 수준이야? 하아……."

눈치 빠른 이영이 자괴감에 빠진 듯 머리를 부여잡고 슬픔을 토해

냈다.

"언니. 이래 가지고 나 죽기 전에 취직이나 할 수 있을까?"

"솔직한 게 죄는 아니지. 그래서 말인데 영아."

유미는 드디어 하려던 말을 꺼내기 위해 운을 뗐다.

"응?"

"알바 하나 안 해볼래?"

지금이 적기였다. 마침 DK전자에서 뻥 차였으니, 이영의 헛헛한 마음을 달랠 길은 바로 런칭 쇼에서 자신의 역량을 십분 발휘해 보는 것이다. 물론 이번에 출시하는 신제품에 단점이 없을 거라는 확신을 가지고 하는 말이었다.

"알바? 무슨 알바?"

유미의 말에 이영이 고개를 바짝 들고, 귀를 쫑긋 세웠다.

"전자 기기에 관심 많지, 너."

"그거야 뭐…… 그렇지?"

이영이 습기가 촉촉하게 서린 눈망울로 유미와 눈을 맞췄다.

"혹시 무 터치 휴대폰이라고 들어봤어?"

"무 터치 휴대폰? 그런 게 어디 있어?"

이영이 눈을 동그랗게 뜨고 되물었다.

"J전자 무 터치 휴대폰 한번 써볼래?"

"응? 신제품이야?"

"바로 다음 주에 출시되는 따끈따끈한 신상이야!"

여자라면 또 신상에 환장한다. 유미는 이영이 좋아할 만한 단어를 쏙쏙 골라가며 그녀를 현혹했다.

"체험단 알바야?"

"이를 테면 그런 셈인데. 체험 후기는 발표로 해야 해."

"바, 발표?"

발표란 말에 괜스레 긴장한 이영이 살짝 몸을 뒤로 물리며 당황했다.

"많은 사람들 앞에서. 솔직하게. 깔 건 까고, 칭찬할 건 칭찬하고. 그러면 돼."

'솔직하게'란 말에 유미는 적당히 악센트를 주었다. 솔직한 걸 너무나도 좋아하는 이영을 끌어들이고자. 얼마나 긴장을 했던지, 유미의 손바닥 가득 땀이 송골송골 맺혔다. 해외영업팀에서 중요한 계약을 성사시킬 때보다도 더 떨리는 순간이었다.

"페이는?"

페이를 논한다는 건, 이미 반 이상은 넘어온 것이나 다름없었다. 고지가 바로 눈앞이었다. 유미의 입가에 회심의 미소가 걸렸다.

"엄청 세! 잘만 되면 취직…… 가능할지도?"

이영의 가장 약한 부분을 건드려서 최대의 퍼포먼스를 내는 것. 그것이 유미가 지금 이영을 꼬셔낼 수 있는 유일한 수단이었다.

'시윤 씨가 본부장인데, 이영이 한 명 취직시켜 주는 것도 못 할까!'

영민한 이영을 앞세울 수만 있다면 뭔들 못 하리.

"취직까지 가능해? 뭔데, 그게. 나 할래!"

"영이 너, 프레젠테이션은 해봤지?"

유미는 이게 바로 영업의 신의 입담이라고 자만했다. 해외영업팀에서 갈고닦은 수완을 이런 쪽으로 사용하게 될 줄이야.

"당연하지!"

"좋아. 그럼 내일 우리 회사로 와! 취직으로 한 발자국 나아가 보는 거야! 나와 함께!"

유미는 영업용 미소를 지으며 이영의 손을 꼭 마주 잡았다.

"응!"

잔뜩 벅찬 기운이 실린 이영의 표정에 유미는 그녀에게 조금 미안했다. 하지만 이 런칭 쇼가 이영에게도 좋은 영향을 끼칠 것은 분명했기에 이번 런칭 쇼에 그녀가 꼭 참여해 줬으면 했다.

이유가 어찌 됐건, 유미는 DK전자에 이영을 떨어뜨려 준 것에 대한 감사의 인사를 해야 할 것 같았다.

다음 날, 점심시간. 유미는 부푼 기대감을 안고 로비에 도착한 이영을 만나기 위해 건물 중앙 엘리베이터로 걸음을 옮겼다. 내려가는 버튼을 누르기 위해 손을 뻗던 유미는 순식간에 누군가의 손길에 의해 그 행동을 저지당하고 말았다.

"공 대리님, 어디 가세요?"

시윤이 유미 대신 버튼을 누르고 자세를 바로잡았다.

"아! 본부장님!"

아직도 호칭이 입에 붙지 않았다. 뭔가, 시윤 씨라고 불러야 할 것 같고. 반말을 해야 할 것 같고 그렇다.

"둘이 있을 땐 편하게 해주면 안 돼요?"

"아…… 그래도 어떻게 그럽니까. 감히 우러러볼 수도 없는 본부장님인데……."

엘리베이터의 문이 열리고, 시윤이 먼저 안으로 걸음을 옮겼다.

"전 공 대리님이 저를 편하게 대해주셨으면 좋겠어요. 계속 같이 일할 텐데, 불편하면 안 되잖아요."

유미는 시윤의 옆에 가서 그와 나란히 섰다. 왠지 모를 긴장감이 밀폐된 공간을 가득 메웠다.

유미는 지금 하는 일이 임시로 마련된 TF팀 정도라고 생각했다.

'그럼 계속 이렇게 시윤 씨와 함께 일해야 한단 말인가! 시윤 씨는 내가 불편하지 않은 걸까? 아니면 혹시 아직도 나를…… 좋아하는 건가?'

아니. 아니다. 시윤이 아무리 쿨내 진동하는 남자라도, 이겸과 사귀고 있는 저를 아직도 좋아할 리가 없다.

'그렇다면 답은……'

최시윤은 철저히 능력으로 사람을 평가하는 사람이다.

'내가 능력이 넘치는 거였어! 그걸 놓치지 않고 캐치한 게 분명해!'

유미는 제게 이런 과분한 직책을 내려준 시윤의 뒤로 후광이 빛나는 것만 같았다. 역시 자신이 보는 눈은 틀리지 않았다. 시윤은 처음부터 끝까지 제게 좋은 사람이었다. 유미는 앞으로 시윤 씨를 '시윤느님'이라고 부를 예정이었다.

'어디 좋은 처자 없나? 우리 시윤느님 소개시켜 주고 싶네. 이 훈훈한 남자를 어찌하면 좋을꼬!'

"본부장님. 그…… 불쑥 이런 말씀 드리기 민망하지만."

유미의 말이 흘러나옴과 동시에, 스피커를 통해 '1층입니다' 하는 안내 멘트가 흘러나왔다. 그리고 이내 닫힌 문이 양옆으로 천천히 열렸다. 그와 동시에 유미의 눈썹이 살짝 꿈틀거렸다.

"내리시지요, 본부장님."

유미가 시윤을 에스코트하듯 손을 공손하게 앞으로 쭉 뻗었다.

"아이, 대리님 왜 이래요. 둘만 있을 땐 편하게 하시라니까."

"어떻게 편하게 합니까! 본부장님인걸요!"

"……진짜, 대리님 사회생활 엄청 잘하시네."

시윤이 입술에 힘을 주고선 터져 나오는 웃음을 꾹 참았다.

"가시지요!"

유미가 밝게 웃으며 시윤이 로비 쪽으로 그를 이끌었다.

"어디로 가세요?"

"잠깐 커피 사러 나가요."

"그런 건 저를 시키시지 않고!"

그녀가 또 목소리를 높였다.

"사원일 때는 몰랐는데, 본부장 되니까 좋은 점이 하나 있더라고요."

"그게 뭔데요?"

유미는 로비로 향하는 복도로 걸어가며 시윤이 하는 말에 귀를 기울였다.

"눈치 안 보고 외출하는 거?"

"그것참, 부러운 일이로군요!"

유미가 시윤의 말에 맞장구를 치며 짝 소리 나게 박수를 쳤다.

"대리님도 바깥일 볼 거 있으면 눈치 보지 말고 다녀요. 저는 그런 눈치 주는 상사는 안 되고 싶거든요."

"아니, 혹시…… 본부장님 제가 눈치를 줬던가요? 제가 그랬어요? 네?"

유미가 심각한 표정을 하고 눈덩이에 잔뜩 힘을 주었다.

"안 그랬어요. 그냥 눈치가 보였을 뿐이지 저한테 눈치 준 사람 없었어요. 오해하지 말아요."

시윤은 어딘지 모르게 여유로운 미소를 지어 보이며 유미와 눈을 맞췄다.

"정말 아니에요? 제가 혹시라도 본부장님 심기를 언짢게 한 적이 있다면, 사과드릴게요."

"아…… 공 대리님, 진짜."

배운 게 도둑질이라고. 허 팀장 밑에서 배운 게 이런 입 바른 멘트였던가.

시윤은 너무 웃겨서 웃음이 자꾸 터져 나올 것만 같은 걸, 배에 힘을 주고 주먹을 말아 쥐어가며 참아야 했다. 한 번 웃음이 터지면 감당하지 못할 것 같았기 때문이었다. 그로 인해 유미가 민망해하는 것도 별로 보고 싶은 광경은 아니었으니까.

시윤과 유미가 나란히 보안 지점에 사원증을 찍고 통과했다. 그때, 로비를 서성이던 이영이 그들의 앞으로 다가섰다.

"새언니!"

"어! 아가씨!"

유미와 이영은 이렇게 서로를 부르기로 한 건 아니었다. 하지만 먼저 저를 '새언니'라고 호칭하는 이영에게 유미는 제법 자연스럽게 '아가씨'라고 되받아치는 지경에 이르렀다. 다시 강조하지만, 서로 이렇게 부르자고 입을 맞춘 적은 단연코 없었다.

"오빠랑 같이 나올 줄 알았더니, 이 남성분은 누구셔?"

이영이 팔짱을 안으로 낀 채 날카로운 시선으로 시윤을 훑어 내렸다.

"영아. 이 남성분이 아니라…… 우리 본부장님."

유미는 팔짱을 끼고 있는 이영의 손을 잡아 스르르 풀어 내렸다.

"어? 본부장님이셨어요? 안녕하세요!"

이영이 화들짝 놀라며, 거만한 자세를 풀고 허리를 숙여 시윤에게 인사했다.

"어어…… 이렇게 안 하셔도 되는데!"

시윤이 손사래를 쳐 가며, 이영의 행동에 대한 불편함을 대놓고 드러냈다.

"안녕하세요! 저는 신이영이라고 합니다."

이영은 민망한 듯 입술을 축이며 제 소개를 이어 나갔다.

"아…… 저는 최시윤이에요."

시윤도 덩달아 제 이름을 소개했다. 그런데 이영이 눈에 힘을 주고 고개를 갸웃거리며 시윤을 뚫어져라 쳐다봤다.

"왜, 왜 그래요?"

"우리 혹시, 어디서 본 적 있던가요?"

"아뇨. 없는데요?"

시윤이 당황한 듯 살짝 어깨를 움츠리며 답했다.

"이상하다. 되게 낯이 익은데. 본부장님이시면, TV에서 봤나?"

"……어, 글쎄요."

시윤은 어색함을 이겨내 보고자, 목덜미를 문지르며 말했다. 그제 야 유미는 한참 전 시윤과 자신이 주말에 차를 타고 가는 걸 이영이 본 적 있었단 사실을 기억해 냈다.

'헉! 그 사람이 시윤 씨인 걸 알면 이영이가 엄청 추궁할 텐데!'

미처 생각하지 못한 사실과 직면한 유미는 당혹감에 눈을 여러 차 례 깜빡였다.

'이를 어쩐다!'

"본부장님. 우리 커피도 부탁해요! 이영이는 아이스 카페라떼, 저는 아이스 아메리카노요!"

미안합니다. 본부장님. 좀 떨어져 주셔야겠습니다. 유미는 속엣말 을 삼킨 채, 시윤에게 커피를 주문했다.

"네?"

"커피 두 잔 부탁해요. 얼음 가득요!"

그렇게 말하고, 유미가 이영의 손을 잡고 다시 왔던 길을 되돌아갔다. 유미와 이영의 뒷모습을 물끄러미 쳐다보고 있던 시윤은 참았던 웃음을 터뜨렸다.

"진짜 웃기네, 공 대리님."

그리고 그는 유미가 주문한 커피를 사기 위해 다시 발을 빠르게 놀려 걸었다.

유미는 이영의 방문증을 직접 끊은 다음, 그녀를 사무실로 데리고 올라갔다. 가는 내내 이영이 어딘가에서 시윤을 본 것 같은 느낌이 든다고 종알거렸지만, 유미는 기분 탓일 거라고 그녀의 의심을 일축했다.

"근데 언니, 사무실 되게 좋다."

이영은 고급스러운 내부 인테리어에 감탄하며 유미의 뒤를 따라 천천히 걸었다.

"좀 그런 편이지!"

유미는 괜스레 어깨를 으쓱 들어 올리며, 사무실 안쪽으로 그녀를 이끌었다.

"어! 오빠다!"

이영은 이겸이 일하고 있는 모습을 발견하고 손을 번쩍 들어 올렸다. 하지만 일에 집중하고 있던 이겸은 이영을 발견하지 못했다.

"뭐야, 엄청 열심히 일하는 중이네."

유미가 이영에게 전해줄 휴대폰과 그녀를 위해 미리 작성해 둔 테스트 가이드 서류를 전달했다.

"어제 언니가 말한 게 이거야?"

이영은 마치 새 휴대폰을 선물 받은 듯한 기분에 살짝 상기된 얼굴을 하고 물었다.

"응. 시간이 별로 없어서 쓰면서 발표 준비도 해야 할 거 같은데, 괜찮겠어?"

유미는 조바심이 났지만, 이영이 동요할까 봐 티를 내지는 않았다.

"해봐야지. 발표는 언제야?"

이영이 제법 담담한 어투로 말했다.

"나흘 뒤."

"그렇게나 빨리?"

일정이 촉박하다는 건 유미가 귀띔해 줘서 알았지만, 이렇게까지 빠를 줄 몰랐다. 그래서일까, 이영은 잠깐이지만 머뭇거리며 짧은 한숨을 내쉬었다.

"부탁해. 이영아!"

"알았어. 한번 해볼게."

어딘지 모르게 절박해 보이는 유미의 눈빛에 이영은 잠시 입술을 다물고 유미에게 건네받은 서류를 내려다보았다.

"테스트하면서 중점적으로 봐야 할 것들 정리해서 이 안에 다 적어 뒀거든. 혹시라도 모르는 거 있으면 나나 오빠한테 물어보고."

"알았어."

"너만 믿을게."

유미의 간절한 목소리에 이영은 차마 부담감을 티 낼 수 없었다.

"신제품 런칭 행사 때 발표하는 거야? 내가?"

유미는 아랫입술을 입안으로 말아 넣고 살며시 고개를 끄덕였다.

"사람들 엄청 많은 데서?"

또 유미가 고개를 살짝 끄덕이는 걸로 그 답을 대신했다.

"……페이가 얼마나 세기에 이런 걸 나한테 시키나 몰라. 알바치고는 좀 엄청난 느낌인데!"

"해줄 거지? 시간이 별로 없기도 하지만, 생각나는 사람이 영이 너밖에 없었어."

"알았어. 알았어."

이영은 어깨에 둘러멘 에코백 안에 휴대폰이 담긴 상자와 서류 파일을 집어넣었다.

"바쁠 텐데 그만 가볼게, 언니."

이영이 몸을 돌려 사무실을 빠져나가기 위해 걸음을 옮겼다.

"아래까지 데려다줄게!"

그 뒤를 유미가 바짝 따라붙었다.

"아냐. 언니. 바쁘잖아! 들어가! 나 혼자 갈게."

이영이 따라나서는 유미를 저만치 밀어냈다.

"갈게!"

조용한 사무실 내에 이영의 목소리가 작게 울렸다.

"어…… 어어. 데려다줄게."

혹여 유미가 따라올세라 이영이 급하게 밖으로 빠르게 사라졌다.

"하여간. 착하다니까."

누굴 닮아서.

유미는 산뜻한 마음으로 자리로 돌아와서 앉았다. 일단 급한 불은 끈 것 같은데, 이제 뭘 하면 될까. 장소 섭외나 기타 업무는 같은 팀 다른 직원이 처리할 테고, 이제 이영의 피드백만 기다리면 되는데.

'갑자기 할 일이 없어졌네.'

유미가 자리에 턱을 괴고서 고개를 틀어 이겸을 바라보았다. 옆으로 난 창에서 해가 깊숙이 밀려들었다. 찬바람이 쌩쌩 부는 바깥 날씨와 달리 밀려드는 햇살은 따스하기만 했다. 지금 유미의 말랑말랑한 마음처럼.

유미는 컴퓨터 키보드를 빠르게 다다다 치고 있는 이겸의 모습을 물끄러미 바라보다가 살짝 사무용 의자를 굴려서 블라인드를 내려주었다. 블라인드를 내리자마자 이겸의 살포시 찡그리고 있던 눈썹이 거짓말처럼 사르르 펴졌다.

'집중했네. 집중했어.'

다부지게 입술을 다물고 빠르게 손을 놀리던 이겸이 일순 그 움직임을 멈췄다. 그와 동시에 턱을 괴고 까딱이던 유미의 손가락도 정지했다.

'쳐다보고 있는 거 들켰나?'

유미는 숨을 죽인 채 이겸의 행동을 주시했다. 잠시 후, 이겸의 손이 다시 빠르게 움직였다.

'뭔가 막혔었구나.'

저도 그렇지만, 이겸도 집중하면 옆에서 폭탄이 떨어져도 모를 것이다. 또다시 유미는 손을 까딱이며 이겸의 얼굴을 대놓고 감상하기 시작했다.

'누구 남자친군지 정말 잘생겼네.'

봐도 봐도 질리지 않는 얼굴이다. 절로 입꼬리가 밀려 올라갔고, 광대는 하늘 높은 줄 모르고 승천했다.

"대리님. 커피."

유미는 제 옆으로 시윤이 다가오는 소리도 듣지 못한 채 이겸의 얼굴을 감상하는 데에 빠져 있었다.

"맞다! 커피! 영이 갔는데."

유미는 이겸이 일하는 데 방해라도 될까 봐, 목소리를 낮춰 말했다.

"갔어요?"

유미가 소리를 낮추자, 시윤도 덩달아 목소리를 한껏 내리누른 채 말했다.

"고마워요! 잘 마실게요!"

"이 회사에서 본부장을 커피 셔틀로 부릴 수 있는 건, 공유미 대리님밖에 없습니다."

"헉!"

유미는 그제야 자신이 시윤을 시켜먹었다는 사실을 깨닫고 미안함을 감추지 못했다.

"한 방울도 남김없이 마셔요. 얼음 가득 채웠거든요."

"고, 고맙습니다아……."

유미는 짧게 묵례를 하고, 본부장실로 들어가는 시윤을 보며 입술을 꾹 다물었다.

'아깐 너무 당황해서 내가 시윤 씨한테 뭘 시켰다는 생각도 못 했네. 미안하기도 해라.'

유미는 사무용 책상 위에 덩그러니 올려진 커피 두 잔을 바라보며 난감해했다. 어차피 두 잔을 다 마실 순 없을 테고, 한 잔을 이겸의 키보드 옆으로 살살 밀어주었다. 그러자 잠시 뒤, 거짓말처럼 이겸이 커피 잔을 들고 커피를 마셨다.

'와. 완전 신기해.'

집중하면서도 주변 상황은 다 살피나 봐. 유미는 평소에 잘 마시지 않는 카페라떼를 쭉 들이켜면서도 이겸에게서 시선을 떼지 못했다.

'하루 종일 봐도 좋을 것 같아.'

유미는 자신이 태어나 제일 잘한 일이 바로 이겸을 쫓아 이 회사에 입사한 것이라고 생각했다. 이렇게 매일, 모든 시간을 그와 함께할 수 있단 사실이 놀라울 만큼 좋았다.

간간이 타자 치는 소리나, 마우스 딸깍이는 소리, 데스크톱 돌아가는 소리만 들려오는 사무실 내의 모든 소리가 마치 클래식 멜로디처

럼 리드미컬하게 들렸다. 그때, 또다시 바쁘게 움직이던 이겸의 손이
멈췄다.

'또 어디서 막혔나.'

그렇게 생각을 이어가고 있을 즈음, 이겸이 모니터에 시선을 고정한
채 유미의 책상 쪽으로 검은색 물체를 쭉 밀었다.

"으, 응?"

뭔가를 제게 밀어내고, 이겸은 다시 무심하게 다다다 키보드 자판
을 두드리고 있었다.

'뭐지?'

유미는 눈을 빠르게 몇 번 깜빡이다가 책상 위에 놓인 검은색 물체
를 가만히 응시했다.

'이건?'

유미는 잠시 격하게 밀려드는 흥분을 감추기 위해 노력해야 했다.
떨리는 손을 진정시키기 위해 주먹을 말았다가 다시 펴낸 다음, 벨벳
으로 된 검은색 케이스를 집어 들었다. 그리고 잠시 이겸의 눈치를 살
폈다. 다시 집중하기라도 한 건지, 그는 여전히 말없이 업무에 열을
올리고 있는 듯했다.

유미는 느린 손길로 케이스를 열기 위해 손에 힘을 주었다. 뻑뻑한
케이스가 열리면서 지이익 하는 소리가 작게 울려 퍼졌다. 그 속엔 밝
은 빛을 뿜어내는 다이아몬드 반지가 있었다. 알이 굵지도 않았고, 그
렇다고 작지도 않은. 적당한 크기의 다이아몬드가 박힌 반지였다.

"어…… 어……."

너무 놀라서 유미는 요상한 소리를 내며 눈을 더욱 빠르게 깜빡였
다.

"이, 이거……."

유미는 제 눈으로 직접 보고도 믿을 수 없었다.

'반지라니! 다이아몬드 반지라니!'

그 영롱하게 반짝이는 것을 바라보며 두 눈을 빛내던 유미는 입을 한껏 벌린 채 이겸을 바라보았다.

"이게 뭐야…… 요."

그제야 주변을 의식한 듯 유미가 파티션 너머로 보이는 팀원들을 훑었다. 다행히 이쪽에 시선을 두고 있는 사람은 없었다.

"이게, 이게…… 뭐야."

"반지."

반지인 건 눈에 보이니까 안다. 하지만 유미는 그걸 묻는 게 아니었다.

"아니, 이게 뭐냐고. 무슨 반지야."

"청혼 반지."

"뭐가 어쨌다고?"

"청혼 반지야. 껴봐. 맞는지."

유미는 안면에 경련이 일어나서 도무지 아무런 표정도 지을 수가 없었다.

"안 맞으면 사이즈 조절해야 하니까. 빨리 껴봐."

청혼 반지를.

"진짜 내 거야?"

일하면서 주는 남자라니.

"그럼 그게 내 거겠냐."

미쳤다. 미쳤어. 이 무심한 듯 시크한 츤데레 미라니. 심장마비로 돌연사하겠네. 유미는 얼른 케이스 안에서 고아한 자태를 뿜어내는 반지를 꺼내 들었다.

츤데레와 정석

"진짜 내 거 맞아?"

유미는 반지를 끼기 직전까지 확인하듯 재차 이겸에게 물었다.

"응. 맞아."

이겸이 가만히 고개를 끄덕였다. 그의 말이 떨어지기가 무섭게 유미가 왼손 약지에 빛나는 반지를 밀어 넣었다.

"딱 맞네."

원래 제 것이었던 것처럼 꼭 맞다. 유미는 감격스러운 마음이 숨겨지지 않아 난감했다. 그녀의 눈가에 빠르게 눈물이 차올랐고, 호흡을 가다듬기가 어려웠다.

"이거 진짜 내 거야?"

도무지 믿을 수가 없어서, 유미는 이겸에게 몇 번이나 같은 질문을 해놓고도 또 물어보았다.

"그래. 네 거야. 공유미 네 거라고."

"말도 안 돼."

유미는 마구잡이로 떨리는 목소리를 가다듬지도 못한 채 되는 대로 말했다.

"속고만 살았나."

드디어 모니터로 향해 있던 이겸의 시선이 유미에게로 향했다.

"잘 끼고 있어. 런칭 쇼 끝나는 날 프러포즈 받을 때 끼고 있어야지."

이게 프러포즈가 아니고 뭔가 더 있단 말에 유미는 터져 나오는 비명을 초인적인 힘을 발휘해 삼켜내야 했다.

불과 얼마 전까지만 해도 전혀 예상하지 못한 것이 아니던가. 항상 마음을 숨기기만 급급하던 이겸에게 이렇게 고백을 받고, 사랑하고, 청혼 반지를 받게 될 줄이야. 정말이지 믿을 수가 없어서, 유미는 멀건 자신의 볼을 아프게 꼬집어보았다.

"아프네!"

그런 유미를 보며 이겸이 한쪽 입매를 비틀어 올려 픽 웃었다.

"꿈 아니고, 너 지금 나한테 청혼 반지 받았어. 곧 프러포즈 받을 거고. 이제 품절녀 될 일만 남았어."

"으아!"

온몸에 지렁이가 기어 다니는 기분이었다. 간질간질 누군가 심장을 간질이는 기분이었다.

"최시윤한테 웃어주지 말라니까, 되게 계속 웃어주더라, 커피도 얻어먹고. 곧 품절녀 될 거면서."

유미는 가슴속에서 솟구치는 감정을 주체하지 못해 숨쉬기가 곤란해졌다.

'품절녀라니! 듣기만 해도 귀가 즐겁고, 이 얼마나 완벽하고 아름다운 단어란 말인가!'

유미는 감탄을 금치 못했다.

"품절녀 좋지요. 신 팀장님. 반품은 안 됩니다?"

세상 행복은 다 담은 표정으로 유미가 입술을 씰룩이며 이겸을 향해 말했다. 낮은 목소리에 반해, 유미의 가슴속은 부풀대로 부풀어 격양되어 있었다. 달아오른 감정은 좀처럼 식을 줄 몰랐다.

"내 쪽에선 반품 안 할 건데, 네가 도망가 버리면 어떻게 하나?"

이겸이 유미의 귓바퀴 부근까지 입술을 마주 대고 말했다. 그와 동시에 유미의 귀가 빨갛게 물들었다.

"도망 안 가게 잘 해야 할 겁니다아."

유미가 입술에 힘을 주고 터져 나오는 웃음을 삼킨 채 당당한 기세로 말했다.

"얼마나? 어떻게 잘 할까?"

"아, 뭐. 지금도 잘 하고 있긴 한데……."

유미가 눈을 게슴츠레 하게 떴다.

"그러니까, 뭘 어떻게? 구체적으로."

이겸이 느리게 눈을 깜빡이며, 유미의 입술에 시선을 집중시켰다.

"이걸 유지하는 게 중요하단 말이지."

"유지?"

"……그러니까, 우리에게도 권태기가 올 거 아니야?"

유미가 잠시 고민하다가 말을 꺼냈다. 사랑을 하는 것도, 결혼을 하는 것도 좋다. 하지만 유미가 걱정하는 건 단 하나였다. 바로 마음이 식어버리는 것에 대한 불안감이다.

"권태기는 갑자기 왜."

이겸은 정말 모르겠단 듯이 의아한 표정을 하고 낮은 목소리로 말했다.

"언젠가 우리에게도 찾아올 거 아니야. 그래도 지금 이 감정, 나한테 잘 하겠다는 마음, 잊지 말아달라고."

유미는 하늘에 맹세코 이겸에 대한 마음이 변하지 않을 거라고 다짐할 수 있었다. 하지만 저를 오래도록 밀어낸 이겸에 대한 완벽한 확신이 아직 서지 못했던 걸까? 유미는 이겸에게 반지를 받고도 걱정이 되었다.

"그런 걱정을 왜 해?"

그는 태평하고도 느린 목소리로 말했다.

"으, 응?"

이겸은 유미의 무릎 위에 가지런히 내려앉은 손을 가볍게 그러쥐고 그녀의 손등에 입을 맞췄다.

"나는 아직도 후회돼."

"응? 뭐가?"

"내 마음을 숨기고, 너에게서 멀어지려 한 것."

"······."

"그 시간까지 널 사랑해 주지 못한 게 너무 아쉽고 후회돼. 나는."

이겸의 눈매가 살짝 휘었다.

"안 변할게."

유미는 순간 가슴이 벅차올라서 아무런 말도 제대로 뱉어낼 수가 없었다.

"노력할게. 많이."

이겸이 활짝 미소 지었다.

"정말······ 너는."

유미는 그제야 확신했다.

'나는 평생 신이겸의 굴레에서 벗어나지 못할 거야.'

이겸의 미소만 보아도 심장이 방망이질을 해댔다. 다시 한 번 제 손 등에 입을 맞추는 이겸으로 인해 유미는 또다시 눈물이 터져 나올 것만 같았다. 이겸이 책상에 엎드린 자세로 몸을 기대어 붉게 타오른 유미의 얼굴을 바라보며 또 씨익 웃었다.

"빨리 일해."

그 해사하고 티 없이 맑은 미소에 유미는 눈을 여러 번 깜빡이며 뛰어대는 심장을 가라앉혀 보기 위해 노력했다. 시선을 앞으로 해보아도, 자꾸 이겸에게로 흘러가는 눈동자는 붙잡을 길이 없다.

"손을 놔줘야 일을 하지."

"안 돼. 한 손으로 해."

이겸은 마치 유미의 손이 보물이라도 되는 양, 자신의 품에 가져가 꼭 끌어안았다.

"이러다가 정말 들키겠다."

유미가 파티션 너머로 살짝 눈을 올려 팀원들을 둘러보는 시늉을 했다. 근무 시간에 이런 사담(을 가장한 사랑 놀음)을 나누고 있는 것을 팀원들이 알면 결코 좋은 시선으로 바라보진 않을 테니까.

"안 들켜."

그러거나 말거나, 이겸은 여전히 몸을 기댄 채 유미를 뚫어져라 쳐다보며 웃었다.

"일할게. 손 놔줘."

"놔줄게."

끝까지 버틸 기세로 굴던 이겸이 순순히 유미의 요구에 응했다. 유미가 스르르 손을 풀어내자, 이겸이 다시 덥석 잡은 손에 힘을 주었다.

"맨입으로는 안 되는데."

이겸은 눈을 느른하게 풀고 여전히 몸을 책상에 기대 엎드린 채 말했다.

"헉! 야, 여기 회사야. 사무실에서 그런 짓은······."

유미는 목소리를 최대한 낮췄다.

"아직 뭘 해달라고 말한 적 없는데?"

"아······."

뽀뽀나 키스. 뭐 그런 건 줄 알았지. 유미가 머쓱한 듯, 코를 쓱 비볐다.

"뭔데, 그럼?"

"너 이제 결혼할 거잖아, 나랑."

"으, 응. 그렇지?"

"내가 쭉 지켜봤는데, 유미 넌 너무 모든 남자들에게 격 없이 편하게 대해주는 경향이 있는 것 같아."

남자라면 신이겸뿐인데? 이건 또 무슨 소리람?

"으잉?"

"예를 들면, 남자들에게 친절하게 대해준다든가, 그런 것."

"에에?"

유미의 입가에서 한숨 섞인 탄식이 터져 나왔다.

"굳이 뭐 또 예를 들자면, 그게 최시윤이라든가."

이거 점점.

"시윤 씨, 왜?"

굉장히.

"본부장이라든가."

다분히 질투가 서려 있는 문장이다.

"내가 후배인 시윤 씨를 편하게 대했던 건 맞는데……. 그래, 뭐 친절하게 대했다고 치자. 근데 그게 어떻게 그런 쪽으로 재해석될 수가 있지?"

유미는 가슴에 손을 얹고 단 한 번도 시윤에게 사심을 품은 적이 없었다. 또한 시윤은 동료로서, 그리고 인간 대 인간으로서 굉장히 괜찮은 사람이라고 생각했다. 이성으로 여기고 그에게 다른 마음을 품고 일부러 웃어준다거나, 또는 고의적으로 그에게 친절하게 대한 적이 없었다. 그저 모든 것은 마음에서 우러나오는 행동이었다.

"연하남이라든가……."

그런데 이겸은 지나치게 시윤을 의식하고 있었다.

"어허. 우리 팀장님, 질투가 아주 하늘을 찌를 기세인데."

유미가 세모꼴 눈을 하고 어깨를 으쓱이며 말했다.

"질투라니! 이건 엄연히 원리 원칙에 의거해서 한 말이야. 남자들은 대개 골키퍼 있다고 골 안 들어간다는 생각하지 않거든. 그 말이 무슨 뜻이냐면……."

말이 길어지면 꼬리가 잡히는 법이다. 또한 근거 없고, 마음에도 없는 말을 하다 보면 자신이 무슨 말을 하고 있는지 잊기도 한다.

"너 나 못 믿어?"

유미의 다갈색 눈동자가 날카롭게 번뜩였다. 아직도 시윤을 의식하고 있는 이겸을 유미는 좀처럼 이해할 수 없었다.

"……뭐?"

여태 발만 동동 구르던 유미가 세게 나오자 이겸의 표정이 순식간에 굳어졌다.

"다른 사람은 몰라도 너는 그러면 안 되지."

은근히 서운한 뉘앙스까지 풍겨가며 말하는 유미의 모습에 이겸은 마른침을 꿀꺽 삼켰다.

"내가 뭘……."

"내가 널 얼마나 오래, 그리고 많이 좋아했는지 벌써 잊었어?"

그 오랜 세월을 어떻게 잊을 수 있을까. 자존심도 뭣도 다 버리고 매달린 그 치욕적인 순간을. 유미는 지난 세월에 대한 놀라우리만큼 선명한 기억을 떠올리며 이겸에게 속삭이듯 말했다.

"어?"

"내가 이겸이 네 바짓가랑이 붙들고 제발 한 번만 사귀어달라고 했던 거 말이야. 다 잊은 거야?"

"아니…… 그걸 어떻게 잊어."

이겸은 지난날 유미의 모습을 떠올리자, 괜히 가슴 한구석이 찌릿했다.

"내가 너 군대 갔을 때, 매주 강원도 철원까지 가면서 무슨 생각을 했을 거 같니?"

그 당시에도, 지금도, 그때 유미가 매주 면회를 하겠다고 서울에서 철원까지 왕복한 것은 대단한 일이었다.

"무슨 생각을 했는데?"

"오늘은 어떻게 하면 너한테 예뻐 보일까, 오늘은 어떻게 하면 네 마음에 더 들어 보일까. 그런 고민만 했어."

이겸의 출렁이던 목울대가 그 움직임을 멈췄다.

"맹세코 내 인생에서 잘 보이고 싶었던 남자는 너 하나야."

호소력 짙은 목소리로 믿어달라고 말하는 유미에게 이겸은 아무런 말도 제대로 할 수 없었다. 이겸은 유미를 믿지 못하는 게 아니라, 시윤을 믿지 못하는 거라고는 차마 말하지 못했다.

"……뭐, 뭐야."

"나한테 남자는 너 하나라니까? 사람이 말을 하는데, 왜 믿질 못하고 계속 질투를 하고 말이야. 응?"

점점 높아지는 유미의 목소리가 위험했다. 자신의 말을 믿어주지 않아서 답답한 마음이야 이해하겠지만, 여기는 회사다.

"알았어, 알았으니까 목소리 좀……."

못 믿겠다고 하면, 여기서 소리라도 지를 기세다. 어마어마한 여자 같으니. 직진밖에 모르는 여자, 공유미!

"나 믿지? 응?"

유미가 두 눈을 반짝이며 물었다.

"그래. 믿어. 믿어."

이겸은 유미와 눈도 제대로 맞추지 못하고 고개를 비스듬히 틀어서 끄덕끄덕 고개를 끄덕였다.

"반품 절대 안 됨!"

"알았어. 목소리 좀 낮춰."

분명, 유미에게 협박 아닌 협박을 하려고 시작한 건 자신이건만, 외려 협박당하는 건 제 쪽이다.

"교환, 환불 절대 안 됨."

단호한 목소릴 내는 유미에게 이겸이 다시 한 번 고개를 끄덕였다.

"알았다고."

알아들었다는 데도, 유미는 아직까지 풀리지 않은 의심의 기운을 뿜어댔다.

"갖다 버리는 것도 안 됨!"

"안 할게. 안 한다고. 왜 이렇게 끈질겨. 거머리도 아니고!"

공유미를 너무 쉽게 봤다. 이런 말도 안 되는 드립으로 그녀를 자극하는 게 아니었는데 이겸은 순간 미칠 듯한 후회가 밀려들었다. 방금 전 반지를 건넬 때까지만 해도 훈훈한 분위기였는데, 그 분위기를 망친 건 어쨌든 자신이었다.

"절대 반품 불가야. 안 그럼 내가 우리 회사 사람들한테 신이겸이 본부장님 질투한다고 소문을……!"

"팀장님……?"

유미와 옥신각신 언쟁을 벌이고 있는 사이, 그들 자리 바로 앞까지 와 있던 김 대리가 헛기침을 두어 번 했다.

"……크흠, 네?"

이겸은 흘러내린 앞머리를 빠르게 쓸어 넘기며, 목을 가다듬었다.

"런칭 쇼 관련 물품 구매 목록 메일로 보내 드렸습니다. 최종 확인 좀 부탁드립니다."

"아, 알겠습니다."

이겸의 목소리가 가늘게 떨렸다. 옆자리에 앉은 유미는 이겸의 마음을 아는지, 모르는지 모니터에 시선을 고정한 채 아무 일 없었던 '척'을 했다.

'저 여우…….'

분명 이길 수 있을 거라 생각했던 상대가, 예상외로 만렙이었던 셈이다. 어쩌면 평생 유미에게 이렇게 잡혀 살아야 할지도 모른다.

'뭐, 그것도 나쁘진 않지.'

이겸은 그 상대가 유미라면 일평생 잡혀 산다고 해도 괜찮을 것 같았다. 이겸의 얼굴을 가득 채운 미소는 한참 동안 지워지지 않았다.

런칭 쇼는 이틀 앞으로 다가왔다. 마무리 준비에 박차를 가하고 리허설을 해야 했지만, 촉박한 준비 시간으로 인해 리허설 준비는 완벽하게 마무리되지 못한 상태였다. 대부분의 팀원들은 런칭 쇼가 이뤄질 컨벤션 행사장에 나가 있었고, 이겸과 유미 그리고 시윤은 사무실에 남아 있었다. 오늘은 이영이 사무실에 오기로 한 날이기 때문이었다.

고작 해야 며칠이었지만, 유미는 이영이 완벽한 리뷰를 가지고 올 거라는 확신이 있었다. 자신이 보는 눈이 틀리지 않았다면 말이다. 이겸과 유미는 한창 런칭 쇼에서 띄워질 PT 자료 마무리를 짓고 있었다.

"신이영 씨 올 때 다 됐죠?"

초조하게 다리를 떨고 있던 시윤이 유미에게 물었다. 하지만 집중해서 자료를 만들고 있던 그녀는 시윤의 말을 제대로 듣지 못한 듯, 입을 벌린 채 일에 열중하고 있었다.

"방금 지하철역에 내렸다고 했으니까, 올 때 다 됐어요."

집중한 유미를 대신해, 이겸이 대답했다.

"두 분 바쁘시니까, 아래층엔 제가 다녀올게요."

시윤이 이영을 맞이하러 가는 것을 자처했다.

"어, 제가 가도 되는데요."

"마무리하고 계세요. 제가 다녀오겠습니다."

빠르게 사무실을 벗어나는 시윤의 뒷모습이 어딘지 모르게 초조해 보였다. 아마도 걱정하고 있는 걸 것이다. 지푸라기라도 잡는 심정으로 유미를 믿고 이영에게 리뷰를 맡기긴 했지만, 그가 맡은 첫 임무가 이번 런칭 쇼였다. 그 부담감이 크지 않다면 거짓말일 것이다.

떨고 있는 건 시윤만이 아니었다. 가방 속에 넣어뒀다가 어떻게 되기라도 할까 봐, 집에서부터 꼭 쥐고 온 USB를 주먹에 말아 넣고 이영은 누군가를 기다리고 있었다.

"신이영 씨, 맞죠?"

등 뒤에서 들려오는 부드러운 목소리에 이영이 고개를 돌렸다.

'저 사람은 지난번에 봤던 그 본부장님이라던.'

순간적으로 이영은 뇌리를 스쳐 지나간 잔상 속에 존재하는 시윤이 누군지 드디어 알아챌 수 있었다.

'저번에 유미 언니 후배라고 했던! 골목길에서 같이 차 타고 가던 거 봤는데?'

후배라고 했는데, 본부장은 또 뭐지? 비슷하게 생긴 다른 사람인가? 이영은 잠시 시윤의 정체에 대한 혼란이 왔다.

"신이영 씨 아니에요?"

시윤이 고개를 까딱 비틀고 물었다.

"맞아요!"

그제야 정신을 차린 이영이 시윤을 향해 우렁차게 대답했다.

'뭐야. 본부장이라더니, 생긴 것도 엄청 잘생겼네. 신은 역시 불공평해!'

이영이 시윤의 미모를 감상하는 사이, 그가 부드럽게 미소 지으며 말했다.

"얼른 들어가요."

이영은 두 눈을 빠르게 깜빡이며 시윤의 뒤를 따랐다. 사무실 안으로 들어서자, 이겸과 유미의 모습이 나란히 보였다. 반가움에 저도 모르게 손을 들어 올렸지만, 이영은 이내 인사를 건네는 게 실례인가 싶어서 주위를 살피며 입을 막았다.

"인사하셔도 되는데. 우리 팀, 그렇게 팍팍한 분위기 아니에요."

시윤이 이영의 의중을 눈치채고선 또 부드럽게 말했다.

"어…… 그러고 보니, 아무도 안 계시네요."

"다들 외근 나가셨어요."

외근. 사무실. 이 모든 것들이 이영에게는 꿈에 그리던 것이었다. 첫 회사에서 상사의 은근한 성희롱을 참지 못하고, 인사팀에 상사의 실체를 낱낱이 까발렸지만 결국 회사에서 내쳐진 건 이영이었다. 아버지가 알면 분명 가만히 계시지 않을 테고, 엄마나 이겸이 알면 속상해할 것 같아서 이영은 일이 많아서 도무지 못 해먹겠다고 말할 수밖에 없었다. 그나마 이영이 속을 터놓고 말할 수 있는 사람이 바로 유미였다.

유미는 전후 사정을 다 알기에 항상 제게 용기를 북돋아주고, 또 희망을 주었다. 이번 기회도 절대 놓치면 안 된다고 했다.

'나도 할 수 있다는 거, 보여주고 싶어!'

집에서는 무능한 밥충이로 전락한 것 같고, 같은 대학교 동기들은 좋은 데 취직해서 회사도 잘만 다니는데, 왜 저만 이 모양인지. 열등

감보다는 자괴감이 앞서 들었다. 더 이상 철없는 아이로 비쳐지고 싶지 않았다. 이영은 이틀 동안 잠도 자지 않고, J전자 신제품을 분석하고 또 분석했다.

유미에게 받은 자료 외에 어떤 것이 기존의 휴대폰과 다른지에서부터 시작해서, 사용 시 느꼈던 모든 것을 차례로 정리했다. 그리고 발표를 위한 준비를 시작했다. 이영은 손에 들고 있던 USB를 더 세게 쥐었다.

'부디 좋은 평가를 받았으면 좋겠다.'

취직과 무관할지라도, 자신의 역량을 평가받는 자리인 것만 같아서 이영은 이번 발표에 큰 의의를 가지고 있었다.

넓은 회의실에 네 명이 옹기종기 모여 앉았다. 이영이 표로 정리한 프린트를 건네받은 이겸과 유미, 시윤은 심각한 표정으로 사르륵 종이를 넘겼다. 이영은 긴장되고 두근거려서 두 주먹을 불끈 쥐고 치맛단을 만지작거렸다.

"이거 진짜 네가 했어?"

제일 먼저 이영의 리뷰를 정독한 이겸이 말을 꺼냈다.

"응."

이영은 천천히 고개를 끄덕였다.

"진짜 이영이 네가 한 거 맞아?"

뒤이어 유미가 물었다.

"응. 내가 했어."

이영은 눈을 빠르게 깜빡이며 또다시 같은 답을 했다.

"……훌륭한데요?"

제일 마지막으로 시윤이 고개를 번쩍 들었다.

"특히, 이 부분요. 2000년대 휴대폰은 아이뻐가 나오기 전과 후로 나뉘고, 2010년대 휴대폰은 J전자 무터치 휴대폰이 출시되기 전과 후로 나뉠 것이다."

시윤이 페이지를 찾지 못해 이리저리 종이를 뒤적이다가, 자신이 찾던 부분을 발견하고는 그걸 옆에 앉은 이영에게 보여주었다.

"아…… 정말 괜찮아요?"

이영은 잔뜩 떨리는 목소리를 하고 물었다.

"네. 정말 좋아요. 분명히 단점도 적혀 있는데, 장점을 부각시켜 놓아서인지 단점이 눈에 하나도 안 들어와요."

"와. 다행이다."

이영의 입꼬리가 비정상적으로 떨려왔다. 얼마나 긴장했던지, 온몸이 경직되어 움직이기 불편할 정도였다.

"발표는요? 어떤 식으로 할 예정이에요?"

며칠 동안 긴장한 기색이 역력하던 시윤의 낯빛에 생기가 돌았다. 이영을 향해 질문하는데 그 모습이 그렇게나 상쾌해 보였다.

"짧고 임팩트 있게요. 길어봤자 지루하기만 할 테니까 최대한 내용을 압축해서 준비해 보려고 해요."

"사전 조사를 많이 했나 봐요. 이 정도면 수준급인데……."

시윤은 여전히 놀라움을 감추지 못했다.

"실은 제가 낙하산이라서, 아직 일을 잘하지는 못하거든요. 신 팀장님이 많이 가르쳐 주고 계시긴 하지만요."

시윤이 이영을 향해 살짝 몸을 기울여 속삭였다.

"네?"

"잘 모르는 제가 봐도 완벽해 보이는 리뷰입니다. 이렇게 신경 써주셔서 감사해요."

속삭이듯 말하는 시윤의 목소리에 이영은 괜스레 심장이 두근거렸다.

"아, 아니. 뭐……."

"이제 주세요."

"예? 뭘 줘요?"

"아까부터 손에 꼭 쥐고 있던 거요."

시윤의 눈동자가 이영의 꽉 말아 쥔 주먹으로 향했다.

"아! 네!"

이영은 손에 쥐고 있던 USB를 얼른 시윤에게 건넸다.

"고마워요. 마지막까지 잘 부탁해요. 리허설은 내일 오후 4시에 컨벤션 센터에서 있을 예정이에요."

"네. 네."

시윤의 말에 이영은 연신 고개를 끄덕였다.

"리허설은 가볍고 편한 복장으로 오셔도 돼요. USB에 발표 자료 들어 있는 거 맞죠?"

"네. 맞아요."

"세팅은 우리 쪽에서 다 할 테니까, 마음 편하게 와요. 알았죠?"

'최시윤이라고 했던가. 본부장이라는 이 사람, 되게 좋은 사람이구나.'

줄곧 긴장된 이영의 마음을 편안하게 해주는 것은 물론이고, 사근사근 흘러나오는 목소리도 딱 듣기 좋았다.

"그럴게요."

이영의 양 볼에 홍조가 띠었다.

"아까 얼핏 발표 준비는 아직이라고 하셔서, 여기서는 리뷰만 확인할게요. 이것만 봐도 문제없을 것 같아서 안심됐어요. 정말 감사해요."

예의도 바르다.

"그렇게 말씀해 주셔서 감사합니다. 많이 부족할 텐데……."

"부족하다니요. 모험이긴 하지만, 이영 씨가 있어서 든든한걸요!"

이영은 저도 모르게 아예 넋까지 놓고 시윤을 뚫어져라 바라보았
다.

"제 얼굴에 뭐 묻었어요?"

"아, 아뇨. 아뇨."

시윤의 목소리에 퍼뜩 정신을 차린 이영이 고개를 절레절레 저으며
자리에서 벌떡 몸을 일으켰다.

"그럼 저는, 이걸로 마무리된 것 같으니까 이만 돌아가 볼게요."

"벌써 가게?"

이겸이 덩달아 자리에서 일어섰다.

"가야지. 다들 바쁘신데."

"영아. 기다렸다가 같이 가. 곧 퇴근 시간이거든."

유미가 불쑥 끼어들어 이야기했다.

"어? 진짜?"

이영은 입술을 안으로 말아 넣고, 잠시 고민했다.

"그럼 제가 세 분께 저녁 대접할게요. 그래도 되죠?"

"네?"

"안 그래도 이영 씨한테 고맙고 죄송하던 참인데, 잘됐어요. 오늘
약속 없으시면 제가 식사 대접하게 해주세요. 네?"

시윤의 재촉 아닌 재촉에 생각할 시간도 없이 모두들 고개를 끄덕
일 수밖에 없었다.

시윤과 이영은 먼저 저녁 식사를 할 식당으로 갔고, 사무실에는 이

겸과 유미만 남아 있었다.

방금 전 할 일을 다 끝낸 이겸은 데스크톱의 전원을 끄고 퇴근 준비를 했다. 유미는 마지막 마무리 작업에 한창이었다. 타닥타닥, 키보드를 두드리는 소리가 주변 공기를 타고 흘렀다.

이겸은 습관적으로 책상에 몸을 낮춰 기댄 다음, 일에 집중하는 유미를 물끄러미 바라보았다. 그녀는 바라보는 것만으로 기분이 좋아지는 여자다. 이겸이 손을 뻗어 허공에서 유미의 턱선을 가만히 쓰다듬었다. 일을 하는 유미를 방해하고 싶지 않았기 때문이다. 유미의 살갗이 직접 제 손에 닿은 것도 아닌데, 괜히 맥박이 빨라졌다. 그때, 유미가 의자를 빙글 돌려서 이겸과 눈을 맞췄다.

"팀장님. 일 끝나셨으면 먼저 가셔도 되는데?"

"너만 두고 어떻게 가."

이겸은 팔에 머리를 기댄 채 실실 웃으며 대답했다.

"시윤 씨랑 영이 둘만 있는데, 분위기 되게 어색할 것 아니야. 먼저 끝난 사람이 가서 자리 지키고 앉아 있어줘야 어색함이 덜할 것 같은데?"

런칭 쇼 때문에 한시가 부족한 이겸과 유미에게 오늘 할 일을 내일로 미루는 것은 불가능한 상태였다. 고로, 할 일 없이 사무실에서 눈만 깜빡이고 있을 이영을 배려해 시윤은 그녀와 함께 먼저 식당 근처에 가 있을 테니 일을 끝내면 연락을 달라고 했다.

"그거야 그쪽 사정이고."

"으잉?"

"나 지금 바빠."

분명히 제 쪽으로 시선을 두고 있는 걸 봤는데, 바쁘다고?

"일 다 끝난 거 아니었어?"

유미의 목소리에는 의아함이 잔뜩 실려 있었다.

"아직 안 끝났는데?"

"컴퓨터 꺼졌는데?"

유미가 전원이 꺼져서 까만 이겸의 모니터 화면을 가리키며 말했다.

"아직 하나 남았어."

"뭔데?"

"해도 돼?"

이겸이 또 빙긋 웃으며 여유롭기까지 한 말투로 물었다.

"아니, 일 남았으면 당연히 하고 가야…… 흐악!"

서서히 몸을 일으키는가 싶더니, 이겸이 유미를 안아 들어 자신의 허벅지 위에 앉혔다. 순식간에 몸이 붕 뜬 것도 모자라, 야릇한 자세가 되어버린지라 유미는 턱이 무너져 내린 듯 입을 쩍 벌리고선 공허한 숨만 내쉬었다.

"뭐, 뭐 하는 거야……."

유미는 아무도 없는 텅 빈 사무실 안을 두리번거렸다.

"유미야."

이겸은 유미의 허리를 꼭 끌어안은 채 행여나 그녀가 제 품에서 벗어날세라, 끌어안은 팔에 힘을 꽉 주었다. 자신과 눈을 맞춘 유미의 눈동자가 세차게 떨려오는 것이 느껴졌다.

"공유미."

낮게 흘러나오는 이겸의 목소리에 유미는 짧게 '응'이라고 대답했다.

"나 어떡하지?"

"……왜."

유미의 눈꺼풀이 비정상적으로 빨리 깜빡였다.

"네가 좋아."

세상 모든 형용사를 다 꺼내보아도 표현되지 않을 사랑이다. 이겸이 유미의 입술에 제 입술을 부딪쳤다.

"네가 너무 좋아서 미치겠어."

잠시 떨어졌던 입술이 또다시 사랑을 말했다.

"아이, 회사에서…… 이러면 어쩌나. 이런 건 아무도 없는 데 가서 해야……."

유미는 귀까지 빨갛게 달아올라서 이겸의 집요한 시선을 피했다. 물론, 이겸과 사내 연애를 한다면 이런 것을 기대한 건 맞다. 그래도…… 이렇게 오픈된 공간에서, 이런 노골적인 자세로 있는 것은 단연코 상상해 본 적이 없었다. 민망함과 당혹감이 한데 어우러져 유미의 온몸이 붉게 물들었다.

"아무도 없잖아."

"외근 나갔다가 복귀하는 팀원들이 있을 수도 있다고……."

겨울이라 해가 빨리 지긴 했지만, 아직 7시도 안 된 시간이다. 당장 아무도 없다고 안심할 수 없다는 뜻이기도 했다.

"그래서, 싫어?"

이겸이 유미의 윗입술을 살짝 자신의 입술로 부비며 말했다.

"아니. 누가 싫댔나. 흐응."

이렇게 노골적인 게 부끄럽다는 뜻이지. 싫긴, 뭘. 두 팔 벌려 환영인데.

유미가 이겸의 목에 팔을 둘러 자신의 입술을 이용해 먼저 도장을 찍어내듯 그의 입술을 꾹 눌렀다. 이겸의 얼굴이 조금 더 위로 추켜올라 갔다. 얼굴의 위치가 맞지 않아서, 자연스럽게 그렇게 된 것이다. 그때 사무실 바깥 복도에서 웅성거리는 소리가 들려왔다.

"헉!"

유미가 급하게 이겸에게 붙여둔 입술을 떼고 몸을 낮추며 눈알을 굴렸다.

"저, 저거. 김 대리님 목소리 맞지?"

유미는 다급하게 이겸의 허벅지 위에서 벗어나기 위해 몸을 뒤틀었다.

"들키면 우리 끝장이야. 사무실에서 이러고 있었던 거 알면 우리 완전……."

이겸은 목소리까지 떨어가며 흥분한 유미의 허벅지를 받쳐 안았다. 그리고 그들의 자리 뒤쪽으로 난 빈 공간의 기다란 파티션 쪽으로 걸어갔다.

"어디 가는 거야."

유미가 빨리 내려달라고 발버둥을 치며 이겸의 어깨를 아프지 않게 살짝 내려쳤다.

"아무도 없는 곳."

유미의 행동에도 아랑곳하지 않고, 이겸은 유미를 안아 든 채로 파티션 너머까지 뚜벅뚜벅 걸어갔다.

"……들키면 어쩌려고 그래. 너 진짜, 우리 들키면 둘 다 회사 잘린다?"

발을 동동 굴러대는 유미의 모습에 이겸은 대체 어디서 솟아 나오는지 영문을 알 수 없는 미소를 지었다.

"이미 들켰어."

"무, 무어? 누구한테! 왜! 어떻게!"

유미는 소리를 죽이고 입모양으로 비명을 질러댔다.

"CCTV 있잖아. 사무실 안에."

"대애—박. 나 왜 그 생각을 못 했지? 설마 우리 그, 그, 방금 그러고 있는 거 CCTV에 다 찍힌 거야? 응? 그런 거야?"

"쉬이. 왔나 보다."

사무실 바로 안쪽까지 밀려든 김 대리와 서 주임의 목소리가 사무실을 크게 울렸다.

"하아. 어떻게 해. 진짜……."

유미는 심장이 너무 두근거려서 당장 가슴 밖으로 터져 나올 것만 같은 기분이 들었다. 내려달라는데 고집을 부리고 내려주지 않는 이겸이 야속하기도 했다. 두 손으로 얼굴을 가리고서 달아오른 얼굴을 가려보려 했지만 그것마저 쉽지 않았다.

"어차피 들킨 건데 그냥 계속하면 안 되나?"

"무어라고!"

유미가 입을 삐쭉이며 입모양을 크게 만들어 잔뜩 화난 기세를 표현해 냈다.

"밖에선 여기 안 보이고, CCTV에는 어차피 들킨 건데 별수 없잖아."

이겸의 낮디낮은 목소리가 귓가를 윙윙 맴도는 기분이었다. 여전히 그는 저를 안아 올린 상태였다. 유미가 촉촉한 이겸의 눈동자를 바라보았다.

"진짜…… 신이겸이 이럴 줄 누가 알았어."

유미의 입가에 허탈한 웃음이 맺혔다.

'뒤에 꼬리만 달렸으면, 강아지라고 해도 믿겠네.'

살랑살랑 꼬리를 흔들어대는 게 좋아서. 그리고 기뻐서. 유미는 이겸의 입술에 쪽 하고 입을 맞췄다.

"김 대리님, 출출한데 저녁이나 먹고 와서 마무리하시죠?"

마침 같이 들어온 서 주임의 목소리가 들렸다.

"그럴까? 좀 출출하긴 하지?"

다행히도 그들이 곧장 사무실을 벗어나는 소리가 들려왔다.

"하유…… 진짜 십년감수했다."

온 신경이 그리로 쏠려 있다가 겨우 정신이 돌아오자, 유미는 저를 뚫어져라 바라보고 있는 이겸과 눈이 마주쳤다.

"……설마."

"빨리 해줘."

볼에 바람까지 넣고서 그렇게 말한다.

"기다리고 있었어!"

매일매일 놀라운 반전을 보여주는 남자가 바로 신이겸이다.

"밥 먹고 우리 집으로 가자. 흐-응."

귓가에 대고 바람을 후 불어 넣는 유미로 인해 이겸은 팔에 완전히 힘이 풀려서 그녀를 떨어뜨릴 뻔했다.

"자네, 식사 끝나면 우리 집으로 오게나. 내가 그 한을 풀어주지."

유미가 이겸의 어깨를 톡톡 치며, 쏜살같이 자리로 돌아갔다.

"쟤…… 뭐야."

당황한 그의 눈동자가 초점 없이 흔들리기 시작했다.

'한을 풀어줘? 뭘, 어떻게…….'

언뜻 이겸의 뇌리를 스쳐 가는 무언가로 인해 이겸은 어깨를 바짝 움츠렸다.

"……짐승!"

이겸은 열기로 인해 달아오른 볼에 양손을 올려 식히고자 노력했지만, 이미 오를 내로 오른 얼굴의 온도는 쉽게 내려가지 않았다.

이겸은 시윤과 이영이 기다리고 있는 회사 근처 고급 중식당에 당당히 유미의 손을 잡고 들어섰다.

"왔어요?"

자리에 앉아 있던 시윤이 반가움에 몸을 일으키다가, 이겸과 유미가 손을 잡고 있는 것을 발견하고 행동을 일순 멈췄다.

"어…… 이영 씨가 주문했어요. 두 분 좋아하시는 걸로."

시윤이 몸을 일으키려다 말고 다시 자리에 털썩 앉았다. 그 모습을 유심히 보던 이영이 고개를 살짝 갸웃거렸다.

"늦어서 죄송해요."

"우리끼리 있을 땐, 예전처럼 말 편하게 해줘요, 공 대리님."

시윤이 해맑은 웃음을 유미에게 지어 보이며 말했다.

"그래도, 어떻게 그러나. 본부장님인데."

"이영 씨가 대리님 어릴 때 이야기 많이 해줬어요."

"제 이야기를요? 무슨, 아니 어떤?"

유미가 당황스러운 표정으로 이영과 시윤을 번갈아 쳐다봤다.

"대리님 어릴 때 인기 되게 많았다면서요. 학교에서."

"어? 아? 그랬나? 기억이 잘 안 나는데?"

대놓고 유미에게만 시선을 쏟으며, 이것저것 말하는 시윤의 행동이 이겸은 불편했다.

"크흠. 공 대리 인기가 많긴 했는데, 그때도 지금도 나만 좋아한다고 해서. 내가 참, 사람이 이렇게 한결같을 수 있나 싶어요? 그치, 유미야?"

대뜸 물컵을 들어 안에 담긴 물을 원샷하고선, 이겸은 소리 내어 컵을 탁 내려놓으며 말했다.

"으, 응?"

그것도 모자라, 이겸이 유미의 왼손을 턱 하고 테이블 위에 끌어당겨 올려놓았다.

"어? 어? 언니, 이거 뭐야? 반지 아니야?"

눈치 빠른 이영이, 유미의 왼손에 끼워진 반지를 보고서 눈을 반짝였다.

"반지는…… 맞는데."

유미가 미간에 잔뜩 주름을 잡고 옆에 앉은 이겸을 훑었다.

"봐봐. 봐봐."

꽤 거리가 있는 큰 테이블에서 이영이 몸을 숙여 유미의 손에 끼워진 다이아몬드 반지를 조심스레 만져 보았다.

"오빠, 돈 좀 썼네?"

이영의 눈매가 가늘게 휘었다.

"공 대리님, 청혼 받았어요?"

시윤은 알 수 없는 표정을 지은 채 유미를 향해 또박또박 물었다.

"어? 네?"

반지를 받은 건 맞지만, 프러포즈를 받은 건 아닌데! 엄연히 말하면! 잠시 그렇다고 해야 하나, 말아야 하나 고민하던 사이, 갑자기 유미의 어깨로 불쑥 커다란 손이 날아들었다.

"네. 제가 했어요, 청혼. 이제 우리 결혼할 일만 남았어요, 본부장님."

이겸은 유미의 어깨를 꽉 붙잡고 제 쪽으로 바짝 끌어당겨 웃었다. 매우 승리감이 깃든 표정을 하고서 말이다.

"오, 오빠……."

이영은 난생처음 보는 이겸의 모습에 놀라 입을 벌리고 눈을 세차게 깜빡였다.

"벌써 하시는구나, 결혼……."

당황한 건 유미와 이영뿐만이 아니었다. 시윤은 뭔가 모르게 착잡한 표정을 지었다.

"네. 이제 공유미는 제 여자입니다. 공식적으로."

시윤이 착잡하거나 말거나, 이겸은 확인 사살도 잊지 않았다. 여전히 웃는 얼굴로.

'뭐야. 분위기가 왜 이래?'

이영은 갑자기 무겁게 가라앉은 분위기에 눈썹을 긁으며 눈치를 살폈다. 평소에도 다정하다고 생각되는 성격은 아니었지만, 묘하게 날이 선 이겸의 목소리가 문제인 듯했다.

세 사람 모두 제 각각의 표정을 짓고 있었지만, 눈치 빠른 이영은 그들 사이에 묘한 기류가 흐르고 있음을 직감했다.

'내 눈은 못 속이지.'

이영이 턱을 살며시 문지르며 눈을 매섭게 번뜩였다.

'가만……'

분명히 예전에 유미와 시윤이 함께 차를 타고 가던 걸 봤었는데. 오래 지난 일은 아니었으니 잊혀진 기억을 떠올리는 것도 그리 어려운 일은 아니었다.

"안 그래도 저 좋다고 하는 사람이 있어서. 어째야 할까. 고민 중이었어요."
"설마 아까 그, 신입 사원인가 하는 그 남자?"

그래, 그때. 유미가 이겸을 더 이상 좋아하지 않겠다고 선언한 뒤, 유능한 의사와 선을 보고 난 직후였다. 유미의 마음을 떠볼 요량으로 자신이 질문했을 때, 유미가 저 좋다는 사람이 있어서 고민 중이라는 말을 했었다. 이영은 이제야 기억이 또렷하게 났다. 유미가 그 남자를 일컬어 '최시윤 씨'라고 했다. 그런데 그때는 신입 사원이고, 지금은 본부장이란다.

'그렇다면 본부장님이 유미 언니를 좋아하고, 우리 오빠도 유미 언니를 좋아하고.'

이겸과 본부장 시윤이 라이벌 관계였다니!

'완전 대박!'

이영은 이제야 이 삭막하고 어두운 분위기가 이해되기 시작했다. 아까 회의실에서 시윤은 본인 스스로를 '낙하산'이라고 일컬었다.

'그렇다면 금수저라는 얘긴데……'

하필이면 이겸은 만나도 이런 상대를 만났을까.

'유미 언니가 고민할 만했네.'

이영은 만약 자신이 유미였다면, 당연히 시윤을 선택할 것이란 생각이 들었다.

'어딜 봐도 우리 오빠보다 훨씬 나은걸?'

얼굴이면 얼굴, 성격이면 성격, 능력이면 능력. 이겸과 견주어 보았을 때 어느 것 하나 모자란 구석이 없는데.

'하긴…… 둘이 어떤 사이야. 누가 훼방 놓는다고 찢어질 사이인가.'

이영은 바로 맞은편에서 소리를 죽인 채 또 옥신각신하고 있는 이겸과 유미의 모습을 눈에 담았다. 소리를 낮춘다고 들리지 않을 거라는 착각이라도 하는 모양이었다. 이 좁은 공간에서.

"갑자기 그런 얘기는 왜 해. 부끄럽게."

유미는 이를 악물고 이겸을 혼내듯 말했고.

"싹을 틔울 것 같은 잡초는 아예 싹부터 잘라 버려야 한다고……"

이겸은 그런 유미에게 귀여운 반박을 하고 있었다. 그런 그들을 바라보는 이영의 입가에 미소가 피어났다. 이겸이 유미를 향한 마음을 숨기고 산 세월이 몇 년인데, 그 꺼져 가는 불씨에 불을 지펴준 고마운 은인이 바로 시윤이었다.

물론 자신의 새언니가 될 유미를 좋아하는, 혹은 좋아했던 사람이지만, 이영에게 있어 시윤은 처음부터 좋은 인상을 심어준 사람인지라 이상하게 밉게 보이지 않았다. 이영이 바로 옆에 앉은 시윤에게로 고개를 돌리자, 어딘지 모르게 불편해 보이는 그의 표정이 눈에 들어왔다.

'확 내가 유혹해 버려?'

이영은 말도 안 되는 우스운 상상을 하며 고개를 잘게 털었다.

일적인 것 외에는 딱히 대화라고 할 만한 것이 전혀 오가지 않은 불편하고 어색한 식사 자리가 끝났다. 네 사람은 나란히 식당을 나섰다.

"시간이 늦었는데, 괜찮으시면 제가 차로 집 근처까지 모셔다드리는 게……."

"언니, 오빠. 오늘도 심야 데이트 하지?"

시윤이 말을 꺼내기가 무섭게 이영이 나서서 그의 말을 끊어냈다.

"어?"

"언니, 오빠 매일 밤마다 데이트 하느라 바쁘잖아. 안 그래?"

이영이 생긋 웃으며 이겸에게 눈짓을 주자, 그의 눈동자가 순간 흔들렸다. 필시 무언의 신호가 분명했다.

"아, 그렇지. 유미야, 오늘은 저어기 한강변으로 데이트를 나가볼까 하는데……."

이겸은 이영의 눈짓에 반응하듯 큰 목소리로 말했다.

"이렇게 추운데, 한강변?"

옆에서 눈치 없는 유미는 몸을 부르르 떨며, 추워 죽겠다며 볼멘소리를 냈다.

"그럼 역시 제가 여러분을 집 근처까지 모셔다드리는 게……."

눈치를 살피던 시윤이 다시 나서자, 이영이 이겸과 유미의 등을 살며시 떠밀었다.

"두 분, 좋은 시간 보내! 나는 본부장님이 감사하게도 집까지 태워다 주신대. 안녕! 잘 가!"

난데없이 등을 떠밀린 유미는 이영을 황당하게 바라봤지만, 이겸은 몹시 흡족한 표정을 지었다. 이겸이 눈으로 '영아, 용돈 얼마 필요하니?' 하고 말하는 것만 같았다. 이영은 다 안다는 듯 고개를 끄덕이고, 손 인사를 하며 그들을 멀리 멀리 보내 버렸다.

이영은 한껏 입매를 올려 미소 지은 얼굴로 몸을 돌려 시윤을 바라보았다. 그녀는 철석같이 믿었다. 웃는 얼굴에 침 뱉을 사람은 세상에 없단 사실을.

"갔네요. 두 사람."

멋쩍게 웃는 이영을 보며, 시윤은 결국 피식 웃고 말았다.

'신 팀장님도 그렇고, 이영 씨도 그렇고. 참 거짓말 못 해.'

일부러 이겸과 유미를 제게서 멀리 떨어뜨려 놓기 위해 노력하는 게 시윤의 눈엔 다 보였다. 얼굴에 다 티를 내면, 들켜 버린다는 걸 왜 모를까.

"가요."

별로 티를 내고 싶어 하지 않아 하는 것 같으니까, 속아주긴 하겠지만. 시윤은 다시 생각해도 웃겼는지, 차로 향하는 내내 입가에 퍼지는 미소를 감추지 못했다.

갑자기 등 떠밀려 걷게 된 유미는 살을 엘 듯 불어닥치는 바람에 코트 깃을 품 안 깊숙이 여몄다.

"으아. 작년에도 이렇게 추웠나? 올해 유독 추운 것 같아. 그치?"

"너 작년에도 그 소리 했고, 재작년에도 그 소리 했다."

"흠. 내가 그랬나? 아까 그냥 염치 불구하고 시윤 씨 차 얻어 타고 갈걸."

유미는 머쓱한 듯, 코를 쓱 비비며 흘러나오지도 않은 콧물을 먹었다. 칼바람에 차갑고 건조해진 손에 호호 입김을 불자, 유미의 입에서 흘러나온 연기가 공기 중으로 흩어졌다.

"엄살은. 그렇게 춥지도 않은데."

퉁명스러운 어조로 말하는 이겸을 유미가 황당한 표정으로 바라보았다.

"내일모레 크리스마스거든? 한겨울에 안 춥다고 하는 애는 너밖에 없을걸? 아아. 이번 크리스마스에는 꼭 눈이 내렸으면 좋겠다!"

유미가 두 손을 수줍게 모아 눈을 반짝 빛내며 말했다.

"벌써 크리스마스인가? 시간 엄청 빠르네."

늦은 시간이라 비교적 한산한 밤거리를 걷는데, 아직 문을 닫지 않은 로드 숍에서 흘러나온 캐럴 소리가 이제야 귓가를 울렸다. 크리스마스는 이겸에게 있어 아주 특별한 날이다. 열일곱, 그해 크리스마스. 첫눈이 내리던 그날 밤을 이겸은 여전히 또렷하게 기억하고 있었다.

지우려 해도 지워지지 않던 그날 밤의 뜨거운 순간을.

＊＊

유미는 코트 안에 옷을 두 겹이나 껴입고, 장갑에, 귀마개까지 하고 있으면서도 춥다는 말을 쏟아냈다.

"작년에도 이렇게 추웠나? 왜 이렇게 춥지?"

작년에도, 그 재작년에도 유미는 똑같은 말을 했다. 매년 기온은 비슷하다고 말하면 분명 유미는 펄쩍 뛰면서 그러겠지. 기상청이 잘못 알고 있는 거라고. 그런 엉뚱하면서도 귀여운 유미의 모습을 상상하는 것만으로도 이겸은 터져 나오는 웃음을 참았다.

"눈 와서 더 그런가."

이겸은 일부러 시선을 돌려서 하늘에서 펑펑 내리는 눈을 바라보았다.

'펄펄 눈이 옵니다. 하늘에서 눈이 옵니다'라는 동요가 생각날 정도로 예쁘게 쏟아져 내리는 눈을 이겸은 잠시 넋을 놓고 바라보고 있었다.

"근데, 겸아."

유미는 이겸에게 몸을 바짝 붙여 끌어안았다. 고등학생이 되면서, 키 차이는 더욱 커져서 이제는 유미가 고개를 한껏 들어야 이겸의 얼굴이 자세히 보였다.

"주하 남자친구 생긴 거 알지?"

코끝이 루돌프처럼 빨개진 유미를 내려다보는 이겸의 얼굴엔 약간의 미소가 감돌았다.

"말했잖아. 그 허여멀겋게 생긴 3학년 3반 반장."

"어머머, 얘 좀 봐. 허여멀겋게 안 생겼어. 완전 미남이야."

죽마고우 주하의 남자친구를 '허여멀건'한 남자라고 표현한 이겸의 말에 유미가 반박하고 나섰다.

"그건 왜?"

"아니 글쎄, 주하가 어제 있지이⋯⋯."

"어제, 뭐?"

말을 하려다 말고 숨을 크게 들이켠 유미는 눈썹을 요상한 모양으로 만들었다.

"사귄 지 한 달 만에 키스를 했대! 놀랍지! 어? 응?"

목소리를 한껏 높이는 유미의 표정에서 약간 살벌한 기운이 느껴졌다.

"뭘 해?"

이겸이 재차 물었다.

"키스! 첫 키스 말이야!"

유미가 잔뜩 흥분한 기세로 두 손을 크게 휘저으며 말했다.

"내가 이주하가 첫 키스 한 것까지 알아야 돼?"

이겸은 또 무슨 얘긴가 싶어서 유미의 말에 잠시 집중했지만, 역시나 굳이 듣지 않아도 될 말이었다.

"아니⋯⋯. 내가, 응? 자존심이 상해서 못 살겠다고!"

유미가 이번엔 한쪽 발을 구르며 투덜댔다.

"이주하가 키스한 거랑, 네 자존심이랑 무슨 연관이 있는데? 설명 좀 해줄래?"

"얘가⋯⋯ 진짜 눈치는 밥 말아 먹었나."

유미가 콧김을 뿜어대며 답답함을 토로했다.

"무슨 관련이 있냐니까?"

"내가, 응? 너랑 사귄 지 지금이⋯⋯ 보자."

끼고 있던 하얀색 벙어리장갑을 입으로 벗긴 유미가 손가락을 접어 그 햇수를 세었다.

"사 년이나 사귀었어! 자그마치 사 년!"

"그게, 뭐."

이겸은 미간에 잔뜩 힘을 주고 턱을 안쪽으로 당겼다.

"사 년 동안 키스도 못 해본 게 말이 되니, 이게? 응?"

"……뭐래."

이겸은 시크하게 고개를 옆으로 돌렸다. 그걸로 성에 차지 않았는지, 완전히 몸을 틀어서 다시 걸어보려 했지만 앞을 가로막은 유미로 인해 그마저도 되지 않았다. 붉게 달아오른 얼굴은 숨겨보려 했지만 숨겨지지 않았다. 그나마 지금이 밤인 게 어찌나 고마운지 모를 일이었다.

"한 번만!"

유미가 다른 손가락은 다 접고, 검지만 불쑥 추켜올렸다. 눈망울은 마치 영화 '슈렉'에 나오는 고양이같이 하고선.

"무슨…… 뭘 한 번만이야."

이겸의 목소리가 가늘게 떨렸다.

"한 달 사귄 주하도 하는데, 사 년 사귄 우리가 못 한 게 말이 돼?"

친구 따라 강남 갈 일 있나. 이겸의 표정이 서서히 굳어갔다.

"말이 안 될 건 또 뭔데."

"이겸이 너, 진짜 사람 비참하게 만들래? 그거 한 번 해주는 게 뭐 그렇게 어렵다고 여태 안 해주냐고!"

"그…… 뽀, 그거 해줬잖아."

이겸이 고개를 바짝 숙인 채 행여 지나가는 사람이 듣기라도 할세라 유미에게만 들릴 정도로 작게 말했다.

"뽀 가지고 안 돼. 무조건 키스여야 한다고."

"너 솔직히 말해봐. 뭐 있지? 이주하랑 내기했어? 아니면 뭐, 걔가 또 이상한 거 시켰지?"

주하가 나쁘다는 의미는 아니다. 그저 착하고 순진한 유미를 물들이는 유일한 사람이 바로 주하이기 때문에 이겸에게 있어서 그녀는 친한 사이인 동시에 적개심을 가져야 할 상대이기도 했다.

유미의 입술이 살짝 벌어진 걸 보니, 아마도 뭔가가 있긴 한데.

"맞구나?"

"……아니-이. 내가. 흐응. 진짜 부끄러워서."

유미의 눈에 금세 눈물이 그렁그렁 맺혔다.

"뭐야, 갑자기."

이겸은 갑자기 붉어진 유미의 눈시울을 보자, 또 괜히 마음이 철렁했다.

"이주하가 나는 당연히 너랑 키스해 본 줄 알고 이야기하는데……차마 자존심 상해서 안 해봤단 이야기는 못 하고. 그냥 막 부끄럽고, 속상하고, 애도 타고."

유미의 눈에 맺힌 눈물이 당장에라도 떨어질 기세였다.

"그게 그렇게 자존심 상하는 일이야? 그럴 수도 있지."

그게 뭐 부끄러운 일이라고 이렇게까지 속상해하는지. 이겸은 괜히 제 마음이 더 쓰린 기분이 들었다.

"나는 '플라토닉 러브' 같은 거 싫거든?"

유미가 눈물을 삼킨 채 이겸과 똑바로 눈을 맞추었다.

"뭐가 어째?"

"그런 거 아닌가? 좋아하면 손도 잡고 싶고, 키스도 하고 싶고, 그보다 더한 것도……."

"야! 야! 그만! 그만해!"

이겸이 필터링 없이 곧바로 발사되는 유미의 말을 막기 위해 커다란 손바닥으로 그녀의 입을 가렸다.

'공유미 얘를 진짜 어쩌면 좋지.'

이겸이라고 그런 것들이 절대 하고 싶지 않은 건 아니다. 단지 한 번 시작하면 끊을 수 없는 중독을 불러올까 싶어서 애초에 시작조차 하지 않는 것뿐이었다.

이겸의 입술 사이로 긴 한숨이 쏟아져 나왔다. 세상에 하나밖에 없는 공유미의 자존심을 상하게 하는 이주하를 용서할 수가 없었다. 더 용서할 수 없는 건 바로 자신이다.

'용기가 안 나는 걸 어떡하나. 지켜주고 싶은 게, 그렇게 죄야?'

손잡는 데에만 몇 달이 걸렸는데, 껴안는 데는 일 년이 넘게 걸렸는데. '당장 어떻게 좀 안 될까?'라고 한들, 그게 가능하냔 말이다. 또 기나긴 한숨이 의지와 상관없이 길게 쏟아져 나왔다.

"……진짜. 내가 공유미 너 때문에."

"해주게? 해줄 거야? 해줄 거지? 응?"

유미가 자신의 입을 막아선 이겸의 손을 떼어내고선 이겸에게 애원하듯 매달렸다.

"너 이게 뭔 줄 알고 이렇게 졸라. 제정신이냐."

"나쁜 건 아니잖아."

저 애절한 목소리와 표정, 눈동자에 넘어가면 안 된다. 이겸은 마음을 다잡기 위해 머리카락을 뒤로 쓸어 넘겼다.

"그렇다고 그렇게 좋은 것도 아닐걸?"

"너 어디서 좀 해본 사람처럼 이야기하는데. 뭐야, 누구야. 어디서 해봤어!"

"말이 되는 소리를 해."

유미가 갑자기 목을 가다듬는가 싶더니, 두 눈을 감았다.

"크흠. 겸아. 나는 준비됐어. 드루와."

두 손을 뒤로해 뒷짐까지 쥐고서 말이다. 유미의 긴 속눈썹 위로 가로등 불빛이 내려앉아서 그녀의 볼에 긴 그림자를 만들어냈다. 꿀 꺽. 마른침을 삼켜낸 이겸의 목울대가 얕게 출렁였다.

"하아……."

고개를 저은 이겸이 결국 뒷짐 진 유미의 손을 덥석 잡아 어딘가로 끌고 갔다. 밤이 어두워지면 다니는 사람이 거의 없는 공원이었다.

"아이. 엉큼하긴."

유미가 콧잔등에 주름을 만들어내며 웃었다.

"본격적으로 할 모양이군."

너무나도 해맑게 웃는 유미의 모습에도 이겸은 덩달아 웃을 수 없었다. 추워 죽겠는데, 손바닥은 이미 땀으로 흥건했다.

'이게 뭐라고…….'

엄청 긴장되네.

이겸이 유미의 양어깨를 살며시 잡았다. 유미는 또 아까처럼 눈을 감고 입술을 내밀었다. 이겸은 크게 숨을 들이마시어 호흡을 가다듬어 보기 위해 노력했다.

"공유미. 오해할까 봐 말해두는데."

"……응?"

유미가 한쪽 눈을 가늘게 밀어 올려 이겸을 바라보았다.

"이거, 이주하 때문에 하는 거 아니다."

"뭐라고?"

유미의 한쪽 눈썹이 살짝 찡그러졌다.

"너 좋아서 하는 거야."

"응?"

"내가 너 좋아해서, 하고 싶어서 하는 거라고."

상황이 어쩔 수 없어서 하는 게 아니란 뜻인가? 이겸이 한 말에 대해 제대로 생각이란 걸 할 새도 없이 그의 입술이 살며시 다가와 닿았다. 진짜 닿아버리고 말았다. 이겸이 살짝 손을 들어 꽉 다물린 유미의 턱을 내리자, 저절로 입술에 틈이 생겨났다.

가끔 유미가 먼저 기습적으로 제 입술을 훔치는 게 아니면, 할 수 없었던 '뽀'. '뽀뽀'라고 하면, 너무 노골적이니까 그냥 '뽀'라고 하라고 했건만. 그것도 쑥스러워서 먼저 해줄까 말까 하던 저인데. 어디서 배우지도 않았건만, 자연스레 고개가 살짝 숙여졌다. 마치 서로에게 이끌려 가듯 완벽히 닿았다.

그저 입술만 닿아도 좋았는데, 이건 또 무슨 신세계인지. 이겸은 떨리는 심장을 어떻게 조절해야 할지 몰라서 난감했다. 심장은 마치 제 것이 아닌 것처럼 미친 듯이 뛰어댔다. 이겸은 자신의 까만색 코트 앞자락을 쥔 유미의 손이 살짝 떨려오는 것을 느꼈다.

내리는 눈이 피부에 닿았다가 녹아서 완전히 사라지길 반복했다. 분명 얼굴은 바깥 온도와 맞닿아 차갑다. 하지만 입술의 온도만큼은 아주 많이 뜨거웠다. 숨이 가빠져 제대로 호흡할 수 없을 때쯤에야 이겸이 유미에게서 입술을 떼어냈다. 왜인지 모르게 자꾸 입꼬리가 의지와 상관없이 올라갔다. 더 닿아 있고 싶을 만큼 좋았다. 남자 자존심에 차마 대놓고 좋다는 티도 내지 못하고, 수축과 팽창을 반복하는 심장의 움직임만 느낄 뿐이다.

"종소리 안 들렸어."

역시 입가에 미소를 머금고 있던 유미가 작게 말했다.

"무슨 종소리?"

"첫 키스 하면 귀에서 종이 울리는 소리가 난다던데, 종소리가 안 들렸어."

"그걸 믿냐."

"……종소리는 안 들렸고, 그냥 좋았어."

배시시 웃는 유미의 얼굴에 긴장되어 빳빳하게 굳은 근육이 이제야 풀어지는 느낌이 들었다.

유미는 이겸의 목에 팔을 둘렀다.

"한 번만 더 해볼까?"

살짝 도톰하게 부어오른 유미의 입술이 시야를 자극했다.

"두 번 더 해도 돼. 세 번도 돼. 네 번도……."

이겸은 저도 모르게 속말을 내뱉고 말았다. 유미를 사랑하는 게, 그리고 그녀에게 사랑을 받는 게 제겐 너무도 당연했다. 첫사랑은 이루어지지 않는다고들 하지만, 예외는 분명 존재한다.

이겸은 세상에 존재하는 모든 예외가 바로 자신과 유미에게 해당되는 것이라고 생각했다. 사랑은 영원할 것이고, 이별은 오지 않을 것이라 감히 단정 지었다.

유미의 사고가 있기 전까진.

※※

짧게 흘러가듯 떠오른 지난 추억에 잠겨 있던 이겸은 약간 멍한 상태로 바로 옆에 서서 연신 종알대는 유미의 모습을 눈에 담았다. 그 떨리는 순간을 혼자만 추억해야 한다는 게 어쩐지 조금 아쉽기도 했다.

"그래서 이겸아, 드레스는 귀여운 스타일이 나을까? 아니면 좀 섹시한 스타일이 나을까?"

유미는 여태 조잘조잘 결혼식에 대한 이야기를 하고 있던 중이었다.

"넌 뭘 입어도 예뻐."

"하긴. 내가 옷걸이가 좀 되긴 하지."

두 손으로 입을 가리며 키득거리는 유미의 모습에 이겸의 입가에도 덩달아 미소가 지어졌다.

'아무렴 어때. 공유미는 공유미인걸.'

유미가 아무것도 기억하지 못한대도 상관없다. 추억이야 다시 만들면 되고, 자신이 아낌없이 퍼준 마음을 그녀가 잊었다면 다시 주면 될 일이다. 더 이상 슬퍼지지도, 아파하지도 않을 것이다. 그게 저를 놓지 않고 끝까지 사랑해 주고, 믿어준 유미에 대한 보답일 테니까.

❄❄

크리스마스의 아침이 밝았다. 유미는 J그룹 최종 면접 때 입었던 검은색 투피스를 꺼내 입고 거울 앞에 섰다. 머리는 하나로 묶고, 이겸에게 받은 반지를 끼는 것도 잊지 않았다.

"아유. 예뻐라."

손등을 이리저리 뒤틀어 왼손 약지에서 반짝이는 반지를 보며 유미는 흐뭇한 미소를 지었다.

과하지 않은 심플한 디자인에, 어느 스타일과 매치해도 이상하지 않은 반지였다.

"누가 골랐는지 안목이 탁월하네. 아주 훌륭해."

흡족하다 못해 행복하다. 유미는 책상 위에 올려둔 반지 케이스에 시선을 맞췄다.

"커플링을 껴야 하나, 이걸 껴야 하나. 하여간 우리 이겸이 사람 곤란하게 하는 덴 뭐 있다니까?"

유미가 반지 케이스를 살짝 매만졌다.

'커플링인 줄도 모르고, 너한테 그 반지가 뭐냐고 질문했지, 내가.'

교통사고 후, 이겸과 함께한 모든 기억을 잃었다. 물론 이겸과 나눠 낀 커플링이 있단 사실도 완전히 잊었다. 술에 취해 골목길에서 잠든 날, 그가 잃어버린 목걸이에 걸려 있던 반지의 정체가 바로 저와 나눠 낀 커플링이란 사실도 이겸이 말해주지 않았으면 모르고 넘어갔을 것이다. 그는 홀로 추억을 간직한 채 저를 잊지 않고 살아온 것이다.

고맙고, 미안하고, 좋다. 유미는 자신의 반지와 똑같은 디자인으로 특별히 주문 제작해서 이겸에게 뜻깊은 커플링을 선물해 주기 위해 준비하고 있었다.

사실 얼마 전 집에 도둑이 들었을 때 반지도 훔쳐가 버린 건지, 온 집 안을 뒤져봐도 반지가 없어서 난감했다. 소중한 추억이 깃든 반지였기에 그 반지를 끼고 싶었다. 매일 기억을 떠올리기 위해 머릿속에 새겨 넣었던 반지였기에 디자인을 주문하는 건 그리 어렵지 않았다. 비록 원래의 것은 모두 사라진 상태지만, 반지를 주문하고 기다리는 동안 이겸에게 프러포즈 반지를 받게 되리라곤 생각지도 못했지만 말이다.

"이런 걸 운명이라고 하나?"

마치 산 중턱에 서서 턱 끝까지 차오른 숨을 삼키며 조금만 더 올라가야 할까, 아니면 힘들어서 그냥 내려가는 게 좋을까 고민하는 것처럼. 유미는 이겸과의 관계에 대해서 수없이 고민했다. 마침내 그 어렵고 힘든 고비를 넘겼을 때, 이겸이 제게 왔다. 사랑이란 수많은 고비를 넘고, 또 이겨내는 것. 유미는 문득 묵묵히 혼자서 모든 고비를 이겨냈을 이겸에게 미안했다.

반지 케이스 안에 나란히 꽂혀 있는 이 커플링처럼. 자신이 이겸을 포기하지 않은 것이, 그리고 그가 저를 기다려 준 사실이 고마웠다.

유미가 집을 나서자, 골목 어귀에 이겸이 차를 대고 서 있었다. 날도 추운데, 차 안에서 기다리지 않고 바깥에 나와 있었다.

"겸아!"

앞머리를 내리고 다니던 이겸이 깔끔하게 앞머리를 올려서 고정시켰다. 그 작은 변화만으로 그의 이미지가 완전히 달라 보였다. 유미가 손을 위로 들어 크게 흔들었다.

"왔어?"

이 놀라울 만큼 소중한 순간이, 유미에게는 더없이 소중한 행복이다. 찬바람이 쌩쌩 부는 와중에, 귓가를 파고드는 이겸의 부드러운 목소리로 인해 온몸이 따뜻해지는 기분이 들었다. 고작해야 잠자는 시간 동안 보지 못한 게 전부인데, 이겸은 가까이 다가선 유미를 와락 끌어안았다.

"보고 싶었어."

그 짧은 고백에 유미는 심장이 두근두근 뛰었다.

"나도 엄청 보고 싶었는데."

유미는 혀를 살짝 내밀고 배시시 웃었다.

"빨리 갑시다. 우리 늦었어."

차 뒷좌석에 타고 있던 이영이 불편한 심기를 드러내며, 창문을 내리고 말했다.

"어머머, 영이도 있었네."

아무도 없을 거라고 생각했던 유미는 저도 모르게 이겸의 품에서 황급히 벗어났다.

"어차피 자기 순서는 한참 뒤인데 나중에 오라고 해도 먼저 가서 준비하고 있겠대."

이영이 겉으로는 멀쩡한 척하고 긴장된다는 말은 안 해도, 많은 사람들 앞에서 발표하는 게 떨리지 않는다면 그건 거짓말일 것이다.

"솔로 지옥, 커플 천국이 바로 오늘이잖아. 버스 타고 가다가 커플들에게 치여서 서러울까 봐 오빠 차 얻어 타고 가려고 한 건데……. 웬걸, 제일 심한 커플이 내 눈앞에 있어. 그냥 버스 타고 갈걸."

이영이 투덜대며 말했다.

"그래, 그게 좋겠다. 영이 너 버스 타고 가라. 네가 타고 있으면 무거워서 기름값 더 나올 거 같아. 내려."

이겸이 친히 뒷좌석 문을 열어주려는 제스처를 취했다.

"아, 안 돼! 싫어! 암말도 안 할게, 하던 거 마저 하라고, 흥!"

이영은 황급히 창문을 닫았다. 이겸이 피식 웃고선 유미가 타기 쉽게 조수석 문을 열어주었다.

"이것, 참. 좋구먼."

유미가 행복감에 젖어서 배시시 웃었다. 그러자 그녀의 양 볼에는 옴폭 보조개가 파였다.

런칭 쇼가 진행될 W컨벤션 센터는 아침 이른 시간부터 막바지 점검 작업으로 한창 분주했다.

"오셨어요?"

먼저 도착해 있던 팀원들이 막 행사장 내부로 들어서는 이겸과 유미에게 인사했다.

"본부장님은요?"

유미가 두리번거리며 시윤을 찾았다.

"아까 무대 세팅 관련해서 뭐 좀 여쭤보려고 이른 아침에 연락 드렸는데, 답장이 없으시더라고요."

시간에 딱 맞춰 도착한 이겸은 평소에 시간 약속을 잘 지키는 시윤이 아직도 도착하지 않은 것이 의아했다.

'이상하네. 늦을 사람이 아닌데.'

가뜩이나 그가 그토록 긴장하고 기다리던 날인데. 시윤에게는 여러 가지 의미가 담긴 런칭 쇼다. 이걸 위해 많은 사람이 노력했다는 사실도 시윤이 가장 잘 알고 있다. 그런 그가 책임감 없이 행동할 리 없단 생각에 이겸은 금세 흐트러진 마음을 바로잡을 수 있었다.

"팀장님! 여기 좀 봐주세요!"

"네!"

저만치서 저를 불러오는 소리에 이겸은 빠르게 반응했다. 사전 점검이 거의 마무리되어 가고 있었다. 이겸은 내심 이영이 걱정됐던 터라, 그녀가 있는 무대 뒤편 대기실로 향했다. 노크를 하고 문을 열자, 간이 소파에 앉아서 숙면을 취하고 있는 이영의 모습이 먼저 눈에 띄었다.

이겸의 눈동자에는 황당함이 깃들었다. 걱정한 게 무색할 만큼 이영은 코까지 골면서 자고 있었다.

"준비 끝났어?"

제 할 일을 다 끝내고 대기실에 이영과 함께 있던 유미가 자리에서 벌떡 일어섰다.

"거의. 본부장은 아직도 연락 안 돼?"

"응. 계속 전화해 봤는데 안 받네. 오고 계시겠지. 원래 비서 없이 움직이니까 운전하고 있을 수도 있고, 아직 시간 좀 남았잖아."

왜 이리도 불안한 건지. 이겸은 떨리는 마음이 좀처럼 진정되지 않았다.

"우리 이겸이 걱정됐어요, 우쭈쭈?"

유미가 눈썹 끝을 내리고, 입술을 쭉 내민 채 이겸의 엉덩이를 톡톡 두드렸다.

"아이! 뭐 하는 거야."

이겸은 자고 있는 이영 외에 아무도 없는 공간을 저도 모르게 두리번거렸다.

"걱정 마. 우리가 시윤 씨를 모르는 것도 아니고, 성실하고 약속 잘 지키는 사람이니까 올 거야."

거짓말처럼 유미의 한마디에 이겸은 긴장감으로 인해 잔뜩 휘몰아치던 가슴이 진정되는 것 같기도 했다.

"공유미. 오늘 말인데."

이겸이 무언가 말을 하려던 때, 바깥에서 커다란 음악 소리가 흘러나왔다. 아마도 음향 시설 점검을 하고 있는 듯했다.

"응? 뭐라구?"

유미가 눈을 크게 뜨고 되물었다.

"오늘, 마치고 회식하러 가자고 하면 싫다고 해."

"어, 왜?"

큰 행사가 마무리되면 보통은 다 함께 식사 겸 약간의 음주를 하고 헤어지곤 했다. 유미는 당연히 오늘도 회식을 가게 될 것이라고 생각했다.

"약속 있어서 안 된다고 해."

잠시였지만, 이겸이 유미에게서 시선을 회피한 채 살짝 몸을 움질거렸다.

"응? 나 약속 없는데?"

유미가 고개를 갸웃거리며 이겸에게 되물었다.

"아니, 너 약속 있어."

"누구랑? 아, 너랑? 맞다! 오늘 크리스마스지!"

다시 사귀고 난 뒤, 맞는 첫 크리스마스다. 잊지 않고 데이트를 해야 한단 사실을 인지시켜 주는 이겸에게 유미는 또다시 감동을 받았다. 유미의 눈매가 가늘게 휘어졌다.

"크리스마스이기도 하고……."

해야 할 것도 있고. 이겸은 잠시 이마를 긁적였다.

"어어…… 오늘이 설마!"

유미의 얼굴에 순간적으로 화색이 돌았다.

'오늘이 드디어 그날인가? 프러포즈의 그날!'

기대감으로 잔뜩 부푼 유미의 목소리가 한껏 업됐다.

"오늘 아니야. 오늘은 그냥…… 연극 보러 갈 거야."

이겸은 냉정한 말투로 말했다.

"에이. 그래? 오늘 아니야? 그래도 연극은 좋아. 알았어. 오늘 회식 안 간다고 할게."

에이. 좋다 말았네.

'그럼 내일인가?'

아무렴 어때. 언제 프러포즈를 받든, 결혼은 이미 하려고 했는데. 그렇게 생각하니 또 잔뜩 실망한 마음이 사그라들었다.

"이겸아. 잠깐만 이리로 와봐."

유미가 이겸의 팔을 잡아 어딘가로 이끌었다.

"왜?"

무대가 있는 바깥의 스피커에서 흘러나오는 음악 소리로 인해 귀가

쩌렁쩌렁 울렸다. 유미는 이겸을 끌고 대기실 귀퉁이에 옷을 갈아입을 수 있게 커튼을 쳐 놓은 작은 공간으로 들어섰다.

"여긴 왜……."

이겸이 이유를 물어볼 새도 없이 유미가 그의 목에 팔을 둘러 곧바로 입을 맞췄다. 잠시 허공을 배회하던 이겸의 손이 결국 유미의 허리를 끌어안았다. 머리가 울릴 만큼 커다란 음악 소리가 귓가를 가득 메워서, 다른 어떤 소리도 들리지 않았다.

입술이 닿음에, 굳이 사랑한다는 말을 하지 않아도 그 목소리가 들리는 듯했다. 숨결이 맞닿음에, 굳이 행복하다는 말을 하지 않아도 그 마음이 느껴졌다.

유미가 입술을 떼어내고 눈을 들어 이겸과 눈을 맞췄다. 사랑을 밀어낼 때는 보이지 않던 마음이 빛나는 눈동자를 통해 비춰졌다. 서로의 마음을 읽어낼 수 있는 능력이 생기기라도 한 건지. '눈'이라는 작은 창에 '사랑'이라는 감정이 투명하게 보였다. 서로의 사랑을 마주하는 순간이, 이토록 가슴을 빠른 속도로 뛰어오르게 만들었다.

이겸이 다시 그녀의 턱을 다시 제 쪽으로 바짝 끌어당겨 입을 맞췄다. 촉촉한 입술의 감촉이 느껴지자, 이겸의 입술이 절로 호선을 그려가며 밀려 올라갔다. 긴장되어 떨리던 마음도 거짓말처럼 사라졌다. 올라간 입꼬리는 내려올 생각도 않고, 그 상태 그대로였다. 서로의 숨결에 취한 나머지, 두 사람은 지금 여기가 어딘지도, 또 무언가를 해야 한단 사실도 까맣게 잊어버리고 말았다.

행사 시작이 삼십분 앞으로 다가왔다. 런칭 쇼를 보기 위해 찾아온 사람들의 입장이 시작됐다. 가장 먼저 커다란 카메라와 무거운 노트북 가방을 가지고 기자들이 입장했다. 무대 뒤쪽 빈 공간에 모인 팀원들은 입장하는 사람들을 보며 크게 동요하고 있었다.

"어떡해요? 본부장님은 왜 아직도 안 오시지. 연락도 안 되고."

같이 일한 지 오래되진 않았지만, 늘 냉정하고 차분하던 최 대리가 떨리는 목소리로 말했다.

행사가 시작되면 곧바로 시윤이 오프닝 멘트를 해야 하기 때문에, 당장 그가 오지 않으면 안 될 상황이었다. 이겸은 잠시 고민했다. 눈동자는 크게 흔들렸고, 심장은 세차게 요동쳤다. 팀장이 되고, 이겸이 처음 맞는 고비였다.

"일단 본부장님 늦으시면 오프닝은 제가 하겠습니다."

어렵게 생각하지 말자. 누가 하든 '참석해 주셔서 감사하다'는 의미만 전달하면 될 터였다. 이겸은 턱에 바짝 힘을 주었다.

"만약 본부장님 안 오시면……."

저만치 멀리 있던 김 대리가 걱정스럽게 말꼬리를 늘였다.

"오실 겁니다."

걱정 가득한 팀원들에게 이겸이 단호한 어투로 말했다.

"오실 거예요. 그러니까 걱정 접어두시고 각자 위치에서 마지막 마무리까지 잘하는 겁니다."

물론 이겸도 걱정이 되는 건 그들과 같았다. 혹시나 시윤이 오지 않으면 어떻게 이 난관을 극복해야 할지 두려운 것도 사실이다. 하지만 저까지 시윤의 부재에 불안해하면, 팀원들은 더욱 그럴 것이기에 이겸은 애써 떨리는 마음을 숨겼다. 그리고 그들에게 믿음을 주었다. 그것이 팀장으로서 팀원들에게 할 수 있는 최선일 테니까.

각자 위치로 돌아간 뒤에야 비로소 이겸은 휴대폰을 꺼내 들었다. 이미 시윤에게 몇 차례 전화를 걸어보았지만, 연락이 없었다.

'대체 무슨 일이 있기에 여태 오지도 않는 거지…….'

걱정 반, 원망 반인 마음이 어우러져 이겸의 머릿속은 혼란스러웠다. 이겸이 다시 한 번 전화를 걸기 위해 통화 버튼을 누르려는데, 기적처럼 시윤에게서 전화가 걸려왔다. 이겸은 조금의 지체 없이 통화 버튼을 눌렀다.

"본부장님! 지금이 몇 십니까? 시작 이십분 전이에요. 거의 다 온 거죠?"

원망과 분노가 듬뿍 서린 이겸의 목소리가 수화기 너머로 흘러들었다.

**

긴장감에 잠을 한숨도 자지 못한 시윤은 출근 시간을 피해서 조금 이른 시각에 집을 나서기 위해 준비했다. 시윤의 머릿속은 온통 런칭 쇼를 성공리에 끝내야 한다는 부담감과 걱정밖에 없었다. 며칠째 잠을 거의 자지 못한 터라 몸이 나른하게 늘어진 느낌이었지만, 오늘을 위해서 마음 졸여가며 여러 사람이 한마음으로 준비한 걸 생각하면 긴장감을 늦출 수 없었다. 준비는 완벽했다.

시윤은 런칭 쇼가 끝나면 짧게라도 휴가를 다녀올 생각이었다. 여러 복잡한 생각들로 뒤죽박죽인 머리를 비워내고 싶었던 까닭이었다. 곧장 차고로 향하려다 말고, 시윤이 물을 마시기 위해 주방으로 들어섰다. 긴장을 해선지 목이 바짝 타들어가는 느낌이었다.

"오늘 일찍 나오셨네요? 식사 준비할까요?"

한창 아침 식사를 준비하고 있는 도우미 아주머니가 밝은 목소리를 내며 시윤에게 물었다.

"아뇨. 오늘은 그냥 갈게요."

시윤이 생긋 웃으며 유리컵 하나를 집어 들었다. 컵에 물을 따르는 손길이 바빴다. 그렇게 시간이 촉박한 것도 아니었는데, 괜히 마음이 조급했다. 시윤은 컵에 따라낸 물을 남김없이 목으로 넘긴 다음, 컵을 식탁 위에 내려놓았다. 그런 와중에 손에 힘이 풀리는 바람에 바닥으로 유리컵이 힘없이 툭 떨어졌다.

"앗!"

손을 써볼 새도 없이, 와장창 소리와 함께 유리컵이 산산조각이 나버렸고, 유리컵이 떨어진 바닥 부분에 작은 홈이 생겼다.

"에그머니나! 괜찮으세요?"

유리컵이 깨지는 소리에 놀란 도우미 아주머니가 손에 묻은 물기를 앞치마에 닦아내며 빠르게 달려왔다. 시윤은 마치 잠시간 무언가에 홀린 듯 멍했다.

"아…… 괜찮아요."

바닥에 떨어진 유리컵 파편을 치워내는 아주머니를 도와 시윤이 몸을 낮췄다.

"그러다 손 다쳐요. 제가 치우면 돼요."

만류하는 아주머니의 말을 들었어야 했다.

"핫!"

제일 커다란 유리 조각을 치워내다가 결국 시윤의 검지에서 피가 새어 나왔다.

"아이고! 그냥 계시라니까. 만지지 말고 잠깐 계세요."

아주머니가 시윤의 피를 보고 놀라서 벌떡 몸을 일으켜 구급상자를 가지러 주방 밖으로 빠르게 사라졌다. 하필 중요한 날 유리를 깨버리다니. 몹시 불길한 징조인 것만 같아서 시윤의 등 뒤로 서늘한 한기가 몰려왔다.

✵✵

휴대폰을 바짝 귀에 대고 있던 이겸의 손이 살며시 떨려왔다.

[팀장님……]

어딘지 모르게 착 가라앉은 시윤의 목소리가 수화기를 타고 들려오
자, 이겸은 순식간에 알 수 없는 불안감에 휩싸였다.

"오고 있죠? 차가 많이 막히나? 아니면…… 아니, 다 왔죠? 어디쯤
왔어요? 곧 시작할 때 다 됐는데."

이겸이 횡설수설 말을 이어갔다.

[팀장님, 저…… 아무래도 못 갈 것 같아요. 아니, 못 갑니다. 저.]

살짝 울먹이는 듯한 시윤의 목소리에 이겸은 심장이 멎을 것만 같
았다.

"뭐라고?"

이겸의 얼굴 근육에 경련이 일어났다. 점점 우려가 현실이 되어가고
있었다.

[교통사고 당했어요.]

듣고도 믿을 수 없었다. 당장 행사장에 있어야 할 시윤이 교통사고
를 당하다니. 수화기 너머에서 들려오는 목소리로 보자면, 입은 멀쩡
해 보이는데.

"아니, 어쩌다가……"

수화기 너머로 시윤의 길고 가느다란 한숨이 터져 나왔다.

[면허 딴 지 사흘 된 여성분이 뒤에서 박았어요. 완전 세게.]

"많이 다쳤어요?"

[제가 웬만해선 아프다 소리 안 하는데…… 죽겠어요. 목이랑 허리

가 완전히 나갔나 봐요.]

"저런."

이번엔 이겸의 잇새로 안타까운 숨이 흘러나왔다.

'시윤 씨가 정말 못 오게 될 줄이야. 이를 어쩐다.'

이겸이 손바닥으로 이마를 짚고 무채색의 천장을 응시했다.

"알겠어요."

다친 사람에게 당장 이리로 오라고 할 수도 없는 노릇이었다.

[……부탁드립니다. 팀장님.]

마치 죄인이 된 것처럼 시윤의 목소리가 가늘게 떨렸다. 몸을 움직이지 못할 정도로 큰 사고를 당한 거면, 본인도 힘들 텐데 말이다.

"일단 그렇게 알고, 이쪽은 저희 선에서 잘해볼게요."

이왕 이렇게 된 것, 아픈 사람 마음이라도 편하게 해주자 싶었다. 이럴 땐 어떻게 하라는 매뉴얼이라도 있으면 좋으련만.

[죄송해요.]

시윤이 잘못한 건 없다. 분명 어쩔 수 없는 상황이었고, 그게 하필 오늘같이 중요한 날이었던 것뿐이다.

"아닙니다. 마치고 다시 연락할게요. 쉬고 계세요."

시윤과 통화를 끝마치고 난 이겸은 잠시 멍한 상태로 자리에 서 있었다. 그리곤 이내 머리를 잘게 털어내고 흐트러진 정신을 바로잡기 위해 숨을 고르게 쉬었다.

"여기 있었어? 한참 찾았어."

등 뒤로 유미의 목소리가 들려왔다.

"시윤 씬? 연락 됐어?"

유미는 걱정 가득한 표정을 짓고 있었다.

"응."

"어디쯤 왔대? 아니, 본부장씩이나 되어서 말이야, 이렇게 중요한 행사가 있는 날 지각을 하면 돼? 흐응. 오기만 해봐! 내가 아주 혼내주…… 진 못하겠지?"

유미가 팔짱을 안으로 말아 끼고서 볼멘소리를 냈다.

"못 온대."

"응? 뭐라고?"

"본부장. 못 온대. 방금 통화했어."

잠시 시간이 정지된 듯, 두 눈을 깜빡이길 여러 번. 마침내 거만하게 끼고 있던 팔짱을 풀어낸 유미의 입술이 서서히 벌어졌다.

"못 와? 왜?"

"교통사고를 당했나 봐. 지금 병원이고, 도저히 움직일 수 없는 상황이래."

"아니…… 갑자기 무슨 그런. 이제 곧 행사 시작할 텐데, 그럼 오프닝은 어떻게 해?"

"뭘 어떻게 해. 내가 해야지."

이겸이 답답한 듯, 목에 꽉 조인 넥타이를 살짝 느슨하게 풀었다.

"……아니, 어디를 얼마나 다쳤기에. 하필 이런 날."

걱정이 되면서도 한편으로 원망스러운 표정을 담고 유미가 조용히 말했다. 그때였다. 복도를 타고 커다란 음악 소리와 함께 행사 시작을 알리는 사회자의 목소리가 쟁쟁하게 울려 퍼졌다.

"하아……."

그와 거의 동시에 이겸이 주머니에 넣어둔 휴대폰에서 진동이 느껴졌다. 시윤에게서 메시지가 들어왔다. 그가 오프닝을 위해 준비한 멘트의 원문이었다.

"괜찮아?"

걱정 가득한 눈망울로 저를 바라보는 유미의 모습에 이겸은 그녀의 어깨를 끌어당겨 안았다.

"충전하고 갈래."

유미의 어깨에 고개를 묻고, 크게 숨을 들이켰다. 그러자 유미의 체향이 코끝을 훅 끼쳐 들어왔다. 마치 그 향기가 신경 안정제라도 되는 것처럼 이겸은 그 잠깐의 시간만으로 폭풍우가 몰아치듯 심란했던 마음이 진정되는 것을 느꼈다.

"갔다 올게."

수백 명의 사람 앞에 서서 회사를 대표해 무언가 이야기를 한다는 건 쉬운 일이 아니다.

유미가 이겸의 슈트 깃을 제 쪽으로 빠르게 끌어당겨 그의 볼에 입을 맞췄다. 쪽 하는 소리와 함께 유미의 입술이 떨어졌다.

"잘하고 와. 나는 아래에서 기다릴게."

이겸의 심장이 세차게 뛰었다.

이겸이 무대에 올랐다. 환한 조명으로 인해 객석에 얼마나 많은 사람들이 앉아 있는지 제대로 보이지 않을 정도였다. 그의 등장과 함께 여기저기서 플래시가 터졌고, 박수 소리도 함께 터져 나왔다. 이겸은 생전 처음 느껴보는 짜릿한 감각이 혈류를 타고 흐르는 느낌이었다. 말아 쥔 주먹을 입에 댄 이겸이 마이크를 멀리 뗀 채 잠시 목을 가다듬었다. 그리고 다시 마이크를 입에 가져다 대고 정면을 똑바로 응시했다.

"오늘 이곳을 찾아주신 여러분께 인사드립니다."

유미에게 받은 기운 때문인지 그는 많은 사람들 앞에 서 있음에도 그다지 떨린다는 생각이 들지 않았다.

"올 연말을 빛낼 J전자 신제품 런칭 쇼에 오신 것을 환영합니다."

떨지 않는다고 해서, 긴장이 되지 않는 건 아니었다. 이겸이 바짝 메마른 입술을 축이고 다시 말을 이어갔다. 장내에 있는 모든 사람이 숨죽인 채 이겸의 말에 집중했다.

이겸은 자신이 대체 무슨 말을 어떻게 한 건지 하나도 기억이 나지 않았다. 짧은 오프닝 인사를 마치고 무대를 내려오는데 계단 아래에서 입을 풀고 있는 이영의 모습이 보였다. 많이 긴장될 텐데도, 씩씩한 표정을 짓고 있는 이영이 이겸은 몹시 대견했다.

"오빠는 떨지도 않고 잘하네. 이런 거 많이 해봤어?"

긴장감에 계속 굳어가는 얼굴 근육을 풀기 위해 입을 웅얼거리는 이영의 모습에 이겸은 괜히 가슴 한구석이 뭉클해졌다.

"실수하지 말고 잘해."

눈썹 끝을 바짝 내린 이겸이 걱정을 듬뿍 담은 목소리로 말했다.

"실수 안 하거든?"

이영은 긴장감을 감춘 채, 턱을 바짝 추켜들고서 의기양양한 자태를 뽐냈다.

"준비한 대로만. 리허설 때처럼만."

그렇게 하면 된다고. 떨지 말라고. 잘할 수 있다고. 이겸의 눈빛이 이영을 다독였다.

"걱정 마. 잘할 수 있어."

늘 어리다고만 생각했던 동생 이영의 훌쩍 커버린 모습이 이겸은 새삼스럽게 느껴졌다.

"당연히 잘해야지. 누구 동생인데."

이겸의 한쪽 입꼬리가 슬쩍 밀려 올라갔다.

"제대로만 하면 용돈 더블 주기로 한 것, 잊지 마. 오빠."

이영의 입가에도 이겸과 닮아 보이는 시원한 미소가 지어졌다.

장내의 웅성거리는 소음이 이영의 등장으로 조금씩 가라앉았다. 밋밋한 정장 차림에 앳된 얼굴을 한 이영은 사람들로 하여금 별다른 흥미를 일으키지 못했다.

"저는 J전자 필드 테스터입니다."

장내가 술렁였다. 그도 그럴 것이, 필드 테스터는 보통 제품 출시 전, 제품의 하자 여부를 확인하는 사람인데 왜, 그녀가 무대 위에 올라와 있는지에 해 사람들의 궁금증이 증폭되기 시작했다. 그녀의 등장은 행사 시작 전까지 기자들도 알지 못했고, 그 어떤 언급조차 없던 반전인 셈이었다.

"앞서 설명을 들어서 아시겠지만, 이 휴대폰은 터치가 필요 없는 스마트폰입니다."

이영이 소형 리모컨의 버튼을 누르자 그녀가 며칠 동안 밤새워 준비한 PT 화면이 대형 스크린 위에 떠올랐다.

"제가 이 자리에 오른 이유는 '테스터'로서 이 휴대폰의 강점과 아쉬운 점을 곧 이 스마트폰을 사용하게 될 사람들에게 알리기 위함입니다."

런칭 행사는 쉽게 말하자면, 제품을 세상에 내놓기 전 자랑하는 자리였다. 온갖 자랑을 늘어놓아 사람들이 구매하고 싶게끔 유도를 하는 공식적 행사나 다름없는데, J그룹의 오늘 이 행사는 그 모든 틀을 깬 방식으로 진행되고 있었다.

고전적이면서도, 참신한 새로운 도전에 기자들이 황급히 내려놓았던 카메라를 꺼내 들어 무대 위에서 자신감 넘치는 표정을 짓고 서 있는 이영의 모습을 담았다. 기삿거리가 될 만한 것이라고 생각했기 때문이다.

"우리는 지금 터치형 스마트폰을 사용하고 있습니다. 그랬기에 처음이 스마트폰이 터치 없이 작동한다는 사실을 알게 됐을 때, 흥미로우면서도 거부감이 느껴졌습니다."

준비한 그대로. 누구나 이해할 수 있도록, 최대한 알기 쉽게. 사람들의 이목을 끌기 위해 이영은 많은 준비를 했다.

"눌러서 사용하는 자판식 휴대폰을 사용하다가 처음으로 액정 터치형 스마트폰을 마주했을 때처럼 말이죠."

이영이 2000년대 초반에 사용하던 자신의 폴더형 휴대폰을 들었다.

"처음엔 좀 불편했어요. 터치를 하는 것에 익숙한데, 눈동자의 움직임에 따라 휴대폰이 작동되는 것이 신기하기도 했고요."

확실한 것은 흥미로운 반전에만 치우쳐 사람들의 시선이 이영에게로 집중된 것이 아니란 것이었다.

"그런데 그거 아십니까? 사람들은 시간이 흐를수록 편한 것을 추구해요. 그 대표적인 예가 바로 스마트 워치입니다."

단 한 사람의 시선도 빼앗기지 않았다. 모두 이영의 말에 집중하는 것은 물론, 작은 체구의 그녀에게서 흘러나오는 다음 말에 기대하기 시작했다.

"손에 익은 것이 익숙해서 쉽게 버리지 못하고 있지만, 어쩌면 우리도 모르는 사이에 더 편하고, 더 나은 시스템을 탑재한 기기를 원하고 있었던 건 아닐까요?"

긴장감으로 인해 이영의 목소리가 떨리는 것이 모두에게 느껴질 정도였다. 그러나 그녀는 거침없이 말을 이어갔다.

이영이 준비한 것을 모두 끝내고 난 뒤, 허리를 깊이 숙여 인사했다. 길지도, 짧지도 않은 시간 동안 준비한 것을 모두 쏟아낸 이영에게로 박수갈채가 쏟아졌다. 고막을 끊임없이 자극하는 기나긴 박수 소리만으로도 이영은 자신의 짧은 모험이 성공적으로 끝났다는 것을 알 수 있었다.

반응은 더 봐야 알겠지만, 일차적인 분위기는 성공적이었다. 행사가 모두 끝난 다음, 팀원들이 대기실에 전부 모였다. 시윤의 부재로 절망감에 빠져 있던 팀원들의 표정이 한껏 밝아져 있었다.

"오늘 정말 대단했어요. 신 팀장님과 팀장님 동생분이 다 해낸 거예요!"

들뜬 김 대리가 소리를 높여 외쳤다.

"그런 의미에서 오늘 축하 회식 한번 해야 하지 않을까요, 팀장님?"

"아니, 무슨 회식까지……."

덩달아 기쁨으로 격양된 이영은 귀 뒤로 짧은 머리를 넘기며 수줍게 미소를 지어 보였다.

"가장 돋보인 사람은 단연 우리 이영 씨죠! 신 팀장님 집안 유전자가 우월한가 봐요! 그렇지 않아요?"

김 대리가 팀원들을 돌아보며 질문하자, 모두들 고개를 끄덕였다.

"세상에. 그, 그런…… 사실 좀 우월한 것 같기도……."

난생처음 수많은 사람들 앞에 서서 자신이 준비한 것을 펼쳐 냈고, 또 좋은 평가를 받았다.

원래 자신의 역할이 여기까지이긴 했지만, 그래도 누군가에게 칭찬을 받는다는 건 기쁜 일이다. 이영은 괜스레 어깨에 뽕이 바짝 들어간 느낌이 들었다.

"팀장님 오늘 회식은 뭐로 할까요?"

팀원들의 초롱초롱하게 반짝이는 눈동자가 정확히 이겸에게로 향했다. 이겸의 얼굴에는 당황한 기색이 역력했다.

"어…… 뭐, 드시고 싶은 거라도 있으세요?"

"역시 이런 날엔 고기로 배를 좀 채워줘야 되지 않겠어요?"

뭔가 굉장히 기대하는 눈빛이다. 심지어 이영마저도 팀원들에게 물든 듯, 송아지 같은 눈망울로 저를 바라보고 있었다.

"이걸로 오늘 고기 회식 하세요."

이겸이 슈트 안주머니에서 지갑을 꺼내어 법인 카드를 김 대리에게 건넸다.

"어? 팀장님은요?"

엉겹결에 카드를 받아 든 김 대리의 표정이 어리둥절했다.

"저는 오늘 공 대리랑 같이 갈 데가 있습니다."

이겸이 자신의 맞은편에 서 있는 유미를 그윽하게 응시했다. 이겸과 눈이 마주친 유미는 살짝 놀란 표정을 지었다.

"아차! 혹시 본부장님 병문안? 제가 왜 그 생각을 못 했을까요? 거기에 저희도 가야겠죠?"

김 대리는 살짝 아쉬운 표정을 지어 보였다.

"아뇨. 병문안은 주말에 가보려고 했는데요."

시윤이 교통사고를 당한 것은 안타까웠지만, 지금 그의 병문안보다 더 급한 것이 있다.

"네? 그럼 다른 약속이라도 있으세요?"

김 대리가 의아한 표정을 지으며 이겸에게 질문했다.

"공 대리랑 데이트하러 갑니다. 오늘 크리스마스잖아요."

크리스마스. 커플에겐 천국이고, 솔로에겐 지옥인 날.

"데이트요? 두 분, 사귀는 사이셨어요?"

놀라 커다래진 눈을 한 팀원들의 눈동자가 이겸과 유미를 번갈아가며 훑었다. 이겸이 유미의 손을 쥐고 제 쪽으로 확 끌어당겼다.

"아뇨. 우리 사귀는 사이 아닙니다."

"그럼 무슨 사이신데요?"

손을 마주 잡고 사귀는 사이가 아니라고 말하는 이겸에게로 시선이 완전히 쏠렸다.

"결혼할 사이입니다."

이겸이 말을 마치자, 주변 공기는 순식간에 정적을 머금었다.

"오늘은 좀 봐주세요. 중요한 날이거든요. 다음번 회식엔 꼭 참석할게요. 공 대리랑 같이."

놀란 건 유미도 마찬가지였다. 일부러 비밀 연애를 한 건 아니지만, 그래도 이렇게 갑작스럽게 공개하게 될 줄 몰랐던 까닭이었다. 이겸은 황당함으로 행동을 멈춘 유미를 끌고 대기실을 빠져나갔다.

"잠깐만! 잠깐만! 영이는! 영이 회식 자리에 혼자 보낼 거야? 불편할 거야. 내심 기대하는 눈치였어. 잠깐이라도 들렀다가 가자. 데이트야 나중에 해도 되잖아, 겸아."

이겸에게 끌려가는 꼴이 된 유미가 앞서 걷는 그에게 소리쳤다.

"……안 돼. 꼭 오늘 해야 하는 데이트야."

멈추지 않을 것 같던 이겸의 걸음이 그 자리에 우뚝 멈춰 섰다. 그가 고개를 돌려서 유미와 눈을 똑바로 맞추고 말했다.

"그런 게 어디 있어. 영이 혼자 두고 가는 거 신경 쓰여서 그래."

"영이도 오늘 너랑 나랑 데이트하기로 한 거 다 알고 있어. 그러니까 걱정 안 해도 돼."

"알고 있어?"

그렇다면 또 이야기가 달라지긴 하지만.

"그래. 그러니까, 가자. 데이트하러."

이겸은 왜인지 모르게 몹시도 진지한 표정을 짓고 있었다. 어딘지 조급해 보이기도 했고, 또 뭔가 심각해 보이기도 했다.

이겸의 차를 타고 도착한 곳은 대학로였다. 유미는 2층짜리 낮은 건물에 '파랑새 소극장'이라고 적힌 것을 확인했다.

"무슨 연극 보러 온 거야?"

유미의 물음에 대답도 않고 이겸은 표도 끊지 않은 채 곧장 안으로 들어섰다. 그의 손을 잡고 함께 이동하며 유미는 이 소극장에서 이뤄지는 공연은 무슨 주제인지, 또 등장하는 배우는 누구인지 아무것도 알 수 없었다. 흔한 공연 포스터도 걸려 있지 않았다.

"왜 대답을 안 해줘."

아까부터 계속 질문을 건네도 대답 없는 이겸으로 인해 유미는 답답해졌다.

"아니, 무슨 연극인지는 알아야 할 것 아니야."

"재미는 보장 못 해. 그냥 보는 데 의의를 두는 게 좋을 거 같아."

마지못해 이겸이 유미의 질문에 대답했다.

'기껏 사람들에게 결혼할 거란 사실까지 다 알리고 데이트하러 나오자더니, 재미없는 연극이라?'

유미는 '흐응' 하는 콧소리 내며 이겸의 뒤를 따랐다. 계단을 통해 지하 1층으로 내려가자, 마침내 소극장 입구가 보였다. 캄캄한 어둠만 가득할 뿐, 빛은 한 줄기도 존재하지 않았다. 이겸이 유미의 손을 꽉 잡아 그녀를 자리에 앉혔다.

"잠깐 앉아 있어. 나 화장실 좀 다녀올게."

이겸이 자리에 앉자마자, 다시 벌떡 몸을 일으켰다. 어딘가 부자연스러운 모습이었지만, 유미는 이상함을 눈치채지 못했다.

"어! 나도 가고 싶은데. 시작하기 전에 다녀와야 하는 거 아냐?"

유미가 엉거주춤하게 몸을 일으키자, 이겸이 유미의 어깨를 눌러 다시 자리에 앉혔다.

"나 다녀오면. 그때 가."

데이트라고 했으면서, 이겸의 표정은 줄곧 굳어 있었다.

"흐응. 알았어."

유미가 잔뜩 코 먹은 소릴 내며 고개를 끄덕였다.

"빨리 와야 돼."

이겸이 어둠 속으로 사라지려 하자, 불안한 마음에 유미가 그를 향해 속삭였다. 동공이 어둠에 적응해 갈 때쯤, 유미는 고개를 돌려가며 객석을 둘러보았다.

"왜 아무도 없지."

인기가 없는 연극인 듯했다. 하긴 이겸의 취향이야 워낙 고전적이기는 했다. 유미는 피식 웃음을 흘리며 등받이가 없는 딱딱한 의자에 붙은 엉덩이를 들썩였다. 그때, 무대를 가리고 있던 검은색 커튼이 조금씩 거둬지기 시작했다.

'어! 벌써 시작하나 봐! 이겸이 아직 안 왔는데!'

유미가 놀란 눈을 하고 출입문 쪽으로 고개를 돌렸지만, 꽉 닫힌 검은색 문은 열릴 기미가 보이지 않았다.

'아, 어쩌지? 금방 오겠지?'

유미는 입술을 앞으로 쭉 내밀고 난감한 표정을 지었다. 마침내 커튼이 완전히 거둬지자, 무대 위에는 커다란 스크린이 나타났다.

'어? 연극이 아니라 영화였나?'

빔 프로젝터에서 나온 빛이 스크린에 비춰졌다. 스피커에서는 치지직 하는 전자음이 먼저 들려왔고, 이내 노랫소리가 흘러나왔다.

'어! 내가 좋아하는 노래다!'

고등학교 때였나. 한창 지겹도록 들었던 노래였다. 유미는 좋아하는 노래가 생기면, 그 노래가 질릴 때까지 반복해서 듣곤 했다.

그 시기에 테이프가 닳도록 들었던 노래를 듣고 있으니 자연스레 당시의 추억들이 새록새록 떠올랐다. 기억의 놀라운 점은, 까맣게 잊고 살다가도 어떤 사물이나 작은 자극에 마치 어제 일처럼 생생하게 되살아난다는 것이다. 그때까지만 해도 CD보다는 테이프를 더 많이 듣던 시기였는데, 다 늘어져서 나중엔 엇박자로 흘러나오는 노래를 듣고 있는 유미를 보며 이겸은 혀를 끌끌 찼었다.

"그냥 하나 새로 사서 듣지?"

"나 이번 달 용돈 다 써서 못 사."

다음 날이었나, 그다음 날. 이겸은 유미가 좋아하는 곡을 부른 가수의 1집부터 6집까지 CD를 사서 선물해 줬다. 그땐 영문도 모른 채 덥석 이겸이 주는 선물을 받고 마냥 좋아했지만, 지금 생각해 보면 그마저도 그가 저를 마음에 두고 있었기에 할 수 있는 행동이라는 생각이 들었다.

'그때부터 나한테 푹 빠져 있었지. 신이겸.'

유미는 작게 미소를 지었다. 한창 유미가 추억에 잠긴 사이, 마침내 스크린에 무언가 떠올랐다. 얼핏 영화인가 착각을 했지만, 아니었다. 노래에 맞춰 하나씩 흘러가듯 스쳐 지나가는 사진은 이겸과 유미가 함께 찍은 사진들이었다.

모태 친구답게 태어나는 그 순간부터 그들은 함께 찍은 사진이 넘쳐났다. 태어나는 그 순간부터 정해진 운명인 것처럼 서로와 함께했다. 사진과 함께 흘러가는 추억에 유미는 가슴이 먹먹해졌다.

'신이겸……'

사진 속에 존재하는 수많은 시간 속에 함께한 이겸에게 고맙고 또 미안했다. 유미의 눈가에 빠르게 눈물이 차올랐다. 과거에 함께한 사진은 넘쳐 나는데, 현재에 가까워질수록 함께 찍은 사진이 없는 것이 마음 아팠다. 그 이유가 뭔지. 그가 마음을 숨길 수밖에 없었던 이유가 뭔지 유미는 너무나도 잘 알기에. 참아온 울음이 입술을 가로질러 터져 나오고 말았다.

노래가 끝나고, 스크린을 비추던 빛도 꺼졌다. 이겸과 함께하는 추억을 여행하는 시간이 끝난 것만 같아서 유미는 내심 아쉬운 마음이 들었다.

'이겸인 어디로 간 걸까?'

여전히 화장실에서 돌아오지 않는 이겸을 찾아 유미가 눈물을 닦아내며 또다시 두리번거렸다.

"공유미."

소리가 난 곳은 이겸이 나간 문이 아닌, 무대 위였다.

허공을 탐색하던 유미의 얼굴이 무대 쪽으로 고정됐다.

"너무…… 떨리네. 이거."

이겸은 가슴께에 손바닥을 올리고 기나긴 한숨을 내쉬어보았다.

"흠. 크흠."

이내 잠긴 목소리를 가다듬어 보려고 그는 몇 번이나 헛기침을 했다.

"오늘 행사장에서 수백 명 앞에 선 것보다, 지금이 더 떨려. 유미야."

이겸의 목소리가 떨리는 것이 들렸다. 그의 긴장감이 유미에게도

츤데레의 정석

느껴질 정도였다. 유미는 아무 대답도 하지 않은 채, 이겸의 음성과 움직임에 시선을 맞췄다. 이겸은 결국 긴장을 이기지 못하고, 손바닥을 들어 눈을 가리고 잠시 시간을 흘려보냈다. 적막 사이에 거리를 두고 떨어져 있었지만, 마치 옆에 있는 듯 생생하게 서로의 감정이 전달됐다.

"대충 예상하고 있겠지만…… 이거 널 위한 공연이고, 공유미 너만을 위한 시간이야."

이겸이 잠시 숨을 가다듬었다.

"부디 기억에 남을 시간이 되길 바랄게."

이겸을 향해 비추던 조명이 꺼지고, 다시 극장 내부에는 새카만 어둠이 드리웠다. 이겸이 준비한, 오직 유미만을 위한 연극의 공연이 시작된 것이다.

유미의 심장이 두근두근 뛰었다. 팟— 하는 짧고 굵직한 소리와 함께 무대 정중앙으로 스포트라이트가 비춰졌다. 검은색 배경을 두고 나타난 것은 남자와 여자 인형이었다.

'어…… 저건, 나랑 신이겸이네.'

꼭 저와 이겸을 닮은 인형이었다. 귀여운 인형의 등장으로 유미의 눈가가 가늘게 휘었다.

유미는 인형을 더욱 가까이서 보고 싶어서, 몸을 앞으로 한껏 기울여 무대와의 거리를 좁혔다. 천진난만한 미소를 지으며 저와 이겸을 닮은 인형을 뚫어져라 바라보았다.

교복을 입은 인형 유미가 역시 교복을 입은 인형 이겸의 뒤를 졸래졸래 쫓아갔다.

"이겸아. 같이 가. 야, 신이겸!"

이겸이 유미를 흉내 내며 여자 목소리를 냈다.

"픞."

목소리며 말투, 저의 행동 하나하나는 똑같이 따라 하는 인형이 너무나도 웃겨서 유미는 결국 웃음을 터뜨려 버렸다.

"놓고 가버리기 전에 빨리 따라와."

말은 살벌하게 하지만, 인형 이겸의 걸음은 점점 느려졌다. 마침내 인형 이겸은 인형 유미와 속도를 맞췄고, 두 인형은 나란히 걷게 되었다. 유미는 저와 이겸의 과거 이야기를 인형극으로 직접 보고 있자니, 기분이 이상했다.

[이겸은 유미를 좋아했지만, 마음을 표현할 수 없었어요.]

이미 녹음해 둔 것으로 보이는 이겸의 음성이 스피커를 통해서 흘러나왔다. 순간 유미는 심장이 멎는 듯했다. 호흡이 멈추고 뇌에서 행해지는 모든 사고가 멈췄다.

"널 많이 좋아해."

유미 인형이 말했다.

[이겸은 기억에서 자기를 지워낸 유미가 너무 미웠어요. 사랑했던 순간을, 그 행복한 시간을 완전히 지워 버렸으니까.]

찰나였지만, 유미는 스피커에서 흘러나오는 이겸의 목소리가 떨리는 것을 느낄 수 있었다.

"이겸아. 나 좀 좋아해 주면 안 돼?"

이겸을 향한 마음을 숨기지 못해서 그에게 막무가내로 들이댄 것이, 그에게 상처가 될 거란 생각은 단 한 번도 하지 못했다. 상처는 저 혼자만 받고 있다고 생각했다. 사랑을 말하면, 거절을 답하는 이겸이 유미는 미웠다. 같은 마음을 품고, 같은 감정을 공유한 채 이겸과 유미는 서로를 미워하고, 원망하면서도 차마 놓지 못해서 서로의 주변을 맴돌고 있었던 것이다.

[미운데, 너무 미운데 미워할 수 없어서. 그래서 너무 아팠어요.]

제 상처만 생각하고, 제 아픔만 크다고 여겼다. 하지만, 그는 그 나름대로의 방식으로 저를 위하고, 사랑해 주었다. 울컥 감정이 솟구쳤지만 유미는 애써 눈물을 삼켜냈다.

"그럼 나랑 사귈까? 응?"

눈물이 차올라서, 시야가 흐릿해졌다. 유미는 황급히 눈물을 닦아냈다.

[유미의 고백을 듣고도 마음껏 기뻐할 수 없었어요.]

"나랑 한 번만 만나주면 안 돼?"

[애절한 유미의 목소리에도 반응할 수 없었어요.]

"내가 그렇게 싫어?"

[사랑하는 마음이 커져 갈수록, 밀어내야 하는 마음이 너무 아팠어요.]

수없이 차이고도 또 마음을 접지 못한 채 또 고백해야 했던 마음. 한 번만이라도 좋으니, 이겸의 너른 품에 안겨보고 싶다는 꿈. 잠깐의 스쳐 지나가는 달콤함이라도 좋으니, 이겸의 사랑을 느껴보고 싶다는 욕망.

"나 이제 너 안 좋아할 거야!"

그걸 포기할 때 들었던 절망감은 이루 말할 수 없을 정도로 아팠다.

[이겸은 사랑하는 유미가 저로 인해 또 아플까 봐 무서웠어요.]

이겸을 향한 마음을 쉽사리 접을 수 없었던 건, 그의 애매모호한 행동 때문이었다. 그러나 지금에 와서 생각해 보면, 그의 불분명했던 행동은 이겸이 준 힌트였고, 사랑의 표현이었다.

좋아한다는 말만 하지 않았을 뿐, 그는 처음부터 지금까지 저를 사랑하고 있었다.

"나 선볼 거야! 연애도 하고, 결혼도 할 거야."

[밀어내고, 밀어내고, 또 밀어내도 이겸은 결국 유미를 마음에서 밀어내지 못했어요. 가슴속에서 더욱 커져 가는 그녀를 지울 수가 없었어요.]

아프고 힘들었던 이겸의 시간이 그 음성을 통해 고스란히 전해졌다.

"시윤 씨, 정말 괜찮은 사람인 것 같아."

[이겸은 다른 사람에게로 향하는 그녀의 마음을 붙잡고 싶었어요.]

상처받은 이겸에게, 아프고 모질게 대한 건 어쩌면 저였는지도 모른다.

"너 같은 놈 잊고, 나도 새 삶을 찾아갈 거라고!"

[이겸은 유미에게 단 한 번만이라도 사랑한다고 진심을 다해 말해 보고 싶었어요.]

허리에 양손을 올리고 버럭 화를 내는 인형 유미에게 주눅이 든 인형 이겸은 쓸쓸히 돌아섰다. 인형 유미도 그 자리에서 멀어졌다. 하지만 인형 이겸은 미련이 남았는지, 뒤 한 번 돌아보지 않고 떠나는 인형 유미를 몇 번이나 돌아보았다.

[바라만 보는 게 너무 아팠고, 밀어내지 못하는 이 마음이 싫었고, 아무것도 기억해 주지 못하는 유미가 야속했어요.]

"한 번만 원 없이 사랑해 보자."

이겸 인형이 말했다.

[그래서 이겸은 결국 유미에게 고백해 버리고 말았어요.]

얼마나 많이 참았을까? 혼자서 얼마나 많이 앓았을까? 사랑한다는 말이, 이토록 아픈 말이었나?

"나 기억이 돌아왔어."

[행복도 잠시. 또다시 고비가 찾아왔어요. 유미의 기억이 서서히 돌아오기 시작했어요.]

신이겸 성격이라면, 상처를 숨기고 곪아 터질 때까지 이 악물고 참았을 텐데. 그 상처에 야속하게도 소독약을 부어댄 건 바로 자신이었다.

"너무 아파……."

[아파하는 유미를 바라보는 이겸의 마음은 너무나 아팠어요.]

제 흉내를 내는 이겸의 음성이 흐느낌으로 변했다. 유미는 마음이 너무나 아팠다. 그도 저만큼이나 아팠던 것이다.

'이겸아…….'

당장 무대로 뛰쳐나가 그를 안아주고 싶었다.

[돌아가신 엄마와 사랑하는 남자 사이에서 괴로워하는 유미의 모습을 보는 게 이겸은 못 견디게 괴로웠어요.]

인형 유미가 인형 이겸의 손을 잡았다. 마치 지금 자신이 이겸을 안아주고 싶다고 생각하는 것처럼. 인형 유미가 저를 대신해 이겸의 손을 꼭 잡아주고 있었다.

[고민하던 이겸에게 유미가 먼저 다가왔어요.]

그리고 인형 유미가 인형 이겸을 꼭 껴안아주었다.

[언제나처럼, 표현하고 사랑을 주는 사람은 이겸이 아닌 유미였어요.]

마침내 인형 이겸의 손이 유미의 손길을 받아들였다.

[이겸은 유미에게 항상 말하고 싶었어요. 사실은 많이 사랑하고 있었다고.]

무대 중앙을 비추던 불이 순식간에 꺼져 버렸다. 팟— 하는 소리가 귀에 쩅 울렸다. 어둠에 아직 적응하지 못한 유미의 동공이 흔들렸다. 깜빡이던 유미의 눈꺼풀이 아래로 가라앉았다. 눈앞을 무언가가 가렸기 때문이었다.

유미가 손을 더듬어 제 두 눈 위에 올려진 것의 정체를 확인했다. 따뜻한 이겸의 손이었다. 청각과 후각만이 예민해진 때, 사르륵거리는 소리가 들렸다. 유미는 얌전하게 이겸을 기다렸다.

마침내 시야를 가려낸 이겸의 손바닥이 거둬졌다. 빨간색 장미 꽃다발이 유미의 시야를 가득 메웠다.

"하. 진짜……."

감동의 파도가 밀려와서 유미는 눈물을 도저히 참을 수 없었다. 이미 이겸이 인형극을 할 때부터 많은 눈물을 흘렸지만, 이 꽃다발이 뭐라고 또 눈물이 왈칵 쏟아질 것만 같았다.

"얼른 받아."

귓가에 울리는 이겸의 목소리가 너무나도 다정해서.

"대관 시간 얼마 안 남았다. 빨리 받아."

자기 딴엔 농담이라고 건네는 그 말조차 너무 좋아서 유미는 결국 두 손으로 얼굴을 감싸 쥐고 눈물을 터뜨렸다. 좋다는 말로는 다 표현되지 못할 마음이 범람해 버리기라도 한 건지 눈물을 통해 감정이 터져 버렸다. 꼬이고 꼬여 있던 실타래가 마침내 풀린 기분이었다. 줄다리기를 하듯 아슬아슬하던 시간이 사라지고, 이제 정말 마음껏 서로를 껴안을 수 있게 됐단 사실이 유미는 너무나도 기뻤다. 이겸이 부푼 감동에 위아래로 들썩이는 유미의 어깨를 잡았다.

"나랑 결혼해 줄래?"

그리고 유미의 귓가에 작게 속삭였다. 부드러운 이겸의 목소리가 고막을 타고 흘러 온 신경 세포를 건드리고 자극하는 듯했다. 유미는 잇새로 계속해서 터져 나오는 울음을 참기 위해 입술을 세게 깨물었다.

"나랑 결혼해 줘. 유미야."

울음소리로 인해 목구멍이 꽉 막혀서 대답을 하고 싶어도 나오지 않았다. 그러자고, 꼭 그렇게 하자고 말하고 싶었다. 유미는 펑펑 쏟아지는 눈물을 닦아내며 고개를 끄덕였다. 한 번으론 부족해서, 크게 두 번, 세 번 끄덕였다. 이겸이 유미를 뒤에서 끌어안았다.

"평생 너만 사랑할게."

유미는 손등으로 입술을 가리고 다시 한 번 고개를 끄덕였다.

"평생 너만 볼게."

여태껏 그래왔듯이. 이겸이 유미의 볼에 입을 맞췄다. 그녀의 눈물이 이겸의 입술을 타고 흘러 지나갔다.

"사랑해."

날 때부터 이미 정해진 운명처럼. 서로가 서로를 너무나 사랑했고, 그만큼 아팠다. 긴 기다림 끝에 되찾은 사랑은 느리지만 따뜻했다. 이겸이 유미의 볼에 입을 맞췄다. 유미는 자신의 볼에 닿은 이겸의 입술이 마음 깊은 곳으로 스며든 것 같았다. 그의 입술이 마음을 어루만졌다.

유미가 눈물이 묻어 촉촉하게 젖은 손을 들어 이겸의 얼굴을 감싸 안아 제 쪽으로 당겼다.

입술이 닿자마자 뜨거운 숨이 밀려들었다.

이겸과 유미는 집으로 향하는 골목길을 걸었다. 손을 잡고 나란히 걷는 것이 이제는 익숙해질 법도 하지만, 여전히 심장은 세차게 두근거렸다. 유미의 집으로 향하는 골목길로 들어서자, 이겸과 유미의 발걸음이 점점 느려졌다. 도착하면 헤어져야 하기에, 마음 가득 아쉬움이 존재한 까닭이리라.

"오늘 고마워, 이겸아."

유미는 자신의 품에 안긴 꽃다발을 내려다보며 수줍게 웃었다.

"고맙긴."

이겸은 쑥스러운 듯 고개를 한껏 옆으로 틀어서 헛기침을 했다.

"아. 벌써 다 와버렸네."

그렇게 느리게 걸어왔건만 벌써 집 앞이다.

"들어가."

이겸이 잡고 있던 유미의 손을 놓아주었다.

"맞다! 나도 줄 거 있는데!"

유미는 다급하게 가방을 뒤적여 무언가를 꺼냈다.

"뭔데?"

"손 좀 줘봐."

이겸이 오른손을 내밀었다.

"아니, 오른손 말고. 왼손."

그는 고개를 갸웃거리며 코트 주머니에 넣어둔 왼손을 꺼냈다. 유미는 꽃다발을 이겸의 품으로 넘긴 다음, 두 손으로 그의 왼손을 붙잡았다.

"짜잔!"

이겸의 왼손 약지에 유미가 반지를 밀어 넣었다.

이겸은 잠시 아무 말도 하지 못했다.

"이건 오늘 멋지게 프러포즈 해준 너에게 주는 내 선물."

유미는 이겸의 손에 끼워진 반지를 보며 흐뭇하게 미소 지었다.

"이걸 네가 어떻게……."

반지를 보고도 믿을 수 없었는지, 이겸은 유미와 반지를 번갈아 바라보았다.

"그때, 도난 신고 할 만큼 소중했던 것. 이거 맞지?"

"……."

"우리 첫 커플링."

고등학교 때, 이겸은 유미의 생일 선물로 커플링을 사기 위해 몇 달간 부지런히 아르바이트를 해서 돈을 모았다. 디자인만 해도 몇 주를 고민했던 기억이 났다.

"이거…… 잃어버렸는데, 그날."

길바닥에서 아침을 맞이했던 바로 그날. 목걸이에 걸어두고 다니던 반지를 잃어버렸었는데.

"오해하지 마! 훔친 거 아니야!"

유미가 목소리를 한 톤 높여 말하자, 조용한 골목길에 그녀의 목소리가 메아리쳐 돌아왔다.

"오해 안 했어."

"아…… 응. 실은 내가 가지고 있던 반지랑 같은 디자인으로 만들어 달라고 했지."

"어떻게 알았어? 이게 커플링인지."

"그냥, 뭐…… 감이려나?"

유미는 멋쩍게 미소를 지었다.

"고마워. 이번엔 안 잃어버려야지."

이겸은 마치 어릴 때로 돌아간 듯 이상하게 들떴다. 처음 유미에게 커플링을 선물했던 날이 떠올랐다. 뛸 듯이 기뻐하던 유미의 표정을 어떻게 잊을 수 있을까.

"이겸아. 오늘 우리 집에서 자고 갈래?"

추억에 흠뻑 젖어 있던 이겸에게 유미의 유혹 어린 목소리가 날아들었다.

"응? 뭐?"

"자고 가. 내일 어차피 주말이라서 출근도 안 하잖아."

"어?"

이겸의 얼굴색이 파리하게 변해갔다.

"밥도 못 먹었는데, 야식 삼아 라면 어때?"

"라면……?"

그다음이 기대되는 건 뭐지? 이겸은 저도 모르게 마른침을 꿀꺽 삼켰다.

"라면 먹고, 영화도 보고, 자고 가."

마치 물귀신에 홀려서 이끌리듯 물가로 걸어가는 것처럼 이겸은 유미를 따라 집 안으로 들어섰다.

"아저씨는?"

"스읍! 아저씨가 뭐야. 이제 장인어른이지!"

유미는 전등 스위치를 누르며 이겸을 나무랐다.

"아, 어. 장인어른…… 안 계셔?"

이겸은 이유 없이 바짝 말라가는 입술을 혀로 축였다.

"낚시 가셨어. 밤낚시."

"아…… 그래."

둘만 있는 게 처음도 아닌데 왜 이렇게 심장이 떨려오는지. 아직도 프러포즈로 인한 떨림이 여운처럼 가시지 않고 남아 있는 것만 같았다. 유미가 가방을 내려놓고 입고 있던 재킷을 벗었다.

'버, 벗지 마!'

이겸이 속으로 크게 외쳤다. 그저 겉옷 하나 벗는 것일 뿐인데, 왜 이렇게 긴장이 되는 건지 모를 일이었다.

"나 씻고 나올게. 빨래 건조대에 걸려 있는 아빠 잠옷 아무거나 골라서 갈아입고 있어."

뭔가…….

"뭐? 씻어?"

긴장한 탓인지 이겸의 표정이 굳었다.

"응. 샤워하고 나올 건데? 왜? 너도 같이 씻을래?"

"야!"

"농담이야. 뭘 그렇게 놀라고 그래. 설마 너…… 은근히 바란 거야? 응?"

유미가 배시시 웃으며 이겸에게로 슬금슬금 다가왔다.

"오지 마."

"왜에. 무슨 상상 했는데."

"아무 상상도 안 했는데?"

일부러 아무렇지 않은 척해 보지만, 아무렇지 않을 수가 없다.

"했는데, 뭘."

새하얀 셔츠의 단추를 두 개 풀어헤친 유미가 제게 몸을 겹쳐 오자, 이겸의 걸음이 뒤로 조금씩 물러났다. 지금 이 순간, 위험한 건 유미가 아니라 바로 자신이었다.

"씨, 씻어. 빨리."

"알았어. 빨리 씻고 올게."

이겸은 유미의 어깨를 밀어 저만치 떨어뜨려 놓았다. 유미는 입술을 삐쭉이며 어깨를 한껏 늘어뜨리고 욕실로 사라졌다.

"위험했어."

이겸은 가슴 위로 손을 올렸다. 콩닥콩닥 뛰어대는 심장 소리가 손끝으로 전해졌다.

이겸은 냉장고에 있는 물을 꺼내 벌컥벌컥 마셨다. 이제껏 유미의 집에서 단 한 번도 마음대로 냉장고 문을 열어본 적이 없었지만, 오늘만큼은 어쩔 수 없이 허락을 구하지도 않고 찬물을 꺼내 마셨다. 목이 바짝바짝 말라서 차가운 물이라도 마셔야 타는 속이 조금은 가라앉을 것 같았기 때문이다.

"거기서 뭐 해?"

컵에 담긴 마지막 물 한 방울까지 모조리 입안으로 털어 넣고 나서야 이겸은 소리가 나는 쪽으로 고개를 돌렸다.

"헉!"

이겸은 등 뒤로 싱크대를 꽉 붙잡고 마른 헛숨을 터뜨렸다. 시야를 메우는 유미의 모습은 그야말로 놀라지 않을 수 없는 수준이었다.

"물 마시고 있었어?"

커다란 수건을 몸에 두르고 나온 유미가 젖은 머리를 털면서 이겸에게 다가서고 있었다.

"나도 물 좀 마셔야겠다. 뜨거운 물로 샤워했더니 덥네."

마침내 이겸이 서 있는 쪽으로 사뿐사뿐 걸어온 유미는 그의 등 뒤로 손을 쭉 뻗었다. 유미가 움직일 때마다 그녀의 몸에 걸쳐진 수건이 멋대로 나풀댔다.

"너, 옷……."

"응? 뭐라고?"

컵에 물을 졸졸 따른 다음, 입가로 가져가려던 유미가 눈을 들어 이겸과 눈을 맞췄다.

"아, 아니…… 옷도 안 입고 뭐, 뭐 하는 거야."

"수건 있잖아."

유미가 자신의 몸을 가린 수건을 가리켜 말했다.

"수건이 옷이냐!"

이겸은 저도 모르게 목소리를 높여 소리쳤다.

"뭐든 가리기만 하면 됐지, 뭘."

유미는 정확히 이겸이 마시던 컵에 정확히 그가 입을 댄 쪽으로 입술을 댄 채 물을 마셨다.

식도를 타고 흘러들어 가는 물소리가 적나라했다. 꿀꺽. 이겸은 저도 모르게 또다시 마른침을 삼키고 말았다.

"너도 씻고 와. 오늘 긴장해서 땀도 많이 흘렸을 거 아냐."

유미가 눈을 요상하게 치켜뜨고 말했다.

"아니. 난 됐어. 집에 가서 씻을게."

이겸은 절대 유미의 그 아찔한 눈빛에 반응하고 싶지 않은데, 자꾸 그녀에게로 향하는 눈길을 거둬낼 수가 없다.

"겨터파크 개장한 거 아니야?"

유미가 푸스스 소리 내어 웃으며 농담을 건넸다.

"아니거든!"

시답잖은 농담에도 격하게 반응하게 된다.

"알았어. 알았어. 발끈하긴. 라면 뭐 먹을래? 국물 라면도 있고, 짜장 라면도 있고."

유미가 머리 위에 위치한 찬장 문을 열기 위해 손을 뻗었다.

"어, 어! 야! 야!"

곁눈질로 흘금거리던 이겸은 당장에라도 유미의 가슴 아래로 떨어져 내릴 것 같은 수건을 빠르게 붙잡았다.

"넌, 대체. 조심성이라고는…… 없어?"

이겸은 유미와 눈도 맞추지 못하고 허공 어딘가에 시선을 던진 채로 말했다.

"조심성은 내가 아니라, 네가 없는 것 같은데?"

유미가 낮게 깔린 목소리로 말했다.

"어?"

이겸의 눈동자가 저도 모르게 유미에게로 향했다. 유미의 가슴 둔덕 위에 올려진 손은 다름 아닌 자신의 것이었다.

"헙!"

놀란 이겸이 붙잡고 있던 손을 놓쳐 버리고 말았다.

"악!"

이겸은 양손으로 두 눈을 완전히 가려 버렸다.

"안 내려갔어. 오버하기는."

유미는 한껏 여유를 부리며 살짝 밀려 내려간 수건을 추켜올려 다시 매듭을 꽉 조였다. 손가락을 살짝 벌려 시야를 확보한 이겸은 다행히 아까와 같은 상태로 수건을 잘 두르고 있는 유미의 모습에 놀란 가슴을 쓸어내렸다.

"설마 너…… 그러고 라면 끓일 건 아니지?"

"뭘?"

"그, 그렇게 입고…….."

설마 그렇게 섹시한 자태로 라면을 끓이려는 건 아니지. 유미야?

"왜? 이렇게 입고, 라면 끓이면 안 돼?"

안 돼! 완전 안 돼! 아니, 돼.

'내가 지금 무슨 생각을! 정신 차려, 신이겸. 홀리는 순간 끝나는 거다.'

마지막에, 마지막까지. 유미를 지켜주자 다짐했건만. 자꾸 그 마음이 흐트러지려 했다.

고지가 코앞인데. 결혼이란 고지에 도달하기만 하면 기꺼이 모든 한을 풀어주리라 다짐했건만.

'이렇게 유혹을 하고······.'

밉다, 공유미. 이겸의 얼굴은 거의 울상이 되었다.

"어······ 안 돼."

"왜? 신경 쓰여?"

"신경은 무슨······."

이겸의 얼굴이 새빨갛게 달아올랐다.

"덥네. 창문 좀 열까."

등을 보이고 돌아선 이겸의 등 뒤로 별안간 따뜻함이 느껴졌다.

"이겸아."

"어?"

이겸의 동공이 빠르게 확장되기 시작했다.

"오늘 그, 인형극 보면서 느낀 건데."

"응."

"너를 좋아했던 시간이 너에게 상처가 될 거란 생각은 못 했어."

이겸은 말없이 자신의 배를 감싼 유미의 손을 맞잡고 천천히 몸을 돌려 그녀와 마주 섰다.

"미안해. 이 말, 너한테 꼭 해주고 싶었어."

그게 뭐가 미안하단 건지.

"너 자꾸 사람 미안하게 이럴래?"

저는 더한 아픔도 준걸.

"응?"

"나 미안하게 하려고 일부러 그러는 거지."

"아니. 그런 거 아닌데."

유미는 고개를 저으며 부정을 말했다.

"……누구의 잘못도 아니야. 굳이 따져야 한다면, 잘못을 한 건 나야. 너한테, 그리고 내 감정에 솔직하지 못했으니까."

유미의 눈가에 그렁그렁 맺힌 눈물을 이겸이 살짝 문질러 닦아주었다.

"울지 않기로 했잖아."

"응."

유미는 고개를 살짝 끄덕였다.

"네가 울면, 내가 너무 아파."

방금 전 이겸이 닦아낸 눈물이 어느새 또다시 그녀의 눈가를 가득 채웠다. 이겸은 유미의 눈덩이에 입을 맞췄다. 눈물로 인해 얼굴에 열이 몰린 탓일까. 유미의 콧등에 송골송골 땀이 맺혀 있었다. 이겸은 유미의 콧등 위에도 입을 맞췄다. 그리고 마침내 붉게 빛나는 유미의 입술에도 입을 맞췄다.

"너는 어떻게 된 게……."

촉촉하게 젖은 유미의 눈망울이 이겸을 바라보았다.

"우는 모습도 예쁘냐."

이겸이 유미의 턱을 당겼다.

"울지 말라니까 말 징그럽게 안 듣지."

앞으로는 웃을 일만 있을 거라고. 이 눈에 눈물이 차오르는 것조차 허락하지 않겠노라 말해주고 싶었다. 열 마디 말보다 한 번의 키스가 낫다. 이겸은 유미의 입술에 깊게 키스했다. 키가 작은 유미와 자신의 키가 맞지 않아서 자꾸 허리가 아래로 숙여졌다.

이겸은 유미를 번쩍 안아 들어 조리대 위에 앉혔다. 마치 본드라도 붙여놓은 것처럼 두 사람의 입술은 떨어질 줄 몰랐다. 농염하게 무르

익은 키스로 인해 한겨울임에도 불구하고 몸이 화끈거리며 달아올랐다. 조리대 위에 가지런히 얹어진 유미의 손 위로 따뜻한 이겸의 손이 겹쳐졌다. 머리 위에 똬리를 틀고 있던 수건이 사르륵 소리를 내며 바닥 아래로 떨어졌다. 젖은 유미의 머리카락이 어깨 아래로 쏟아져 내렸다.

"하아……."

터져 나오는 달뜬 소리가 서로의 귓가를 아찔하게 울렸다. 유미의 손이 이겸의 검지를 꽉 말아 쥐었다. 한참 붙어 있던 입술이 떨어지자 습기를 머금은 '촉' 하는 소리가 조용한 공간을 울렸다.

"공유미……."

시선을 아래로 내리깐 이겸이 유미를 그윽하게 바라보았다.

"내 인내심이 어디까지 가나 시험해 보는 거라면."

"……응?"

"그런 거라면 말이야."

꿀꺽. 유미는 자꾸 아래로 밀려 내려가는 수건을 한 손으로 꽉 말아 쥐었다.

"나 그 시험, 아무래도 통과 못 할 것 같다."

"어, 어?"

조리대 위에 딱 붙어 있던 유미의 몸이 번쩍 들어 올려졌다. 이겸이 유미를 안아 올렸기 때문이었다.

"츤데레인지 뭔지. 그거 못 하겠다고 이제."

와, 이렇게 사람 심장에 망치질을 하나.

유미는 더 커질 수 없을 정도로 눈을 크게 뜨고 깜빡였다. 더 이상의 인내는 필요치 않다고 말하기라도 하듯 이겸은 유미를 안아 올린 상태로 걸어갔다. 이겸이 저를 안고 2층 계단을 오르기 시작하는데,

유미는 사고 회로가 멈춘 듯 아무런 생각도 할 수 없었다.

'이거…… 무슨 상황이지?'

무언가를 생각할 여유도 없이 이겸의 입술이 지그시 제 입술을 포개어 눌렀다.

'지금 뭔가 굉장한 일이…… 일어날 것만 같은데?'

유미의 파르르 떨리던 눈꺼풀이 어느새 아래로 깊게 내려앉았다. 유미의 열린 방문을 무릎으로 밀어낸 이겸은 입술을 떼지 않은 상태로 그녀를 침대에 뉘였다. 유미는 다른 어떤 생각도 하지 못했다. 다만 딱 한 가지 생각만 들었다.

'이거…… 되게 위험하면서도 좋은 상황이다.'

내심 이겸의 인내심이 바닥나길 기다리기도 했지만, 막상 이러한 순간이 다가오니 떨리는 건 어쩔 수 없었다. 유미가 살며시 눈을 들어 이겸의 얼굴을 마주했다.

달빛으로 물든 이겸의 얼굴에 그림자가 드리웠고, 시원하게 뻗은 그의 콧날이 유미의 볼에 닿았다. 열린 입술 사이로 숨결이 오갈 때마다 열락과 환희가 동시에 느껴졌다. 쇄골 선을 부드럽게 스쳐 지나가는 이겸의 손길에 유미의 눈썹이 꿈틀거렸다. 이겸이 유미의 젖은 머리카락을 살며시 옆으로 쓸어 넘겼다.

"어차피 통과 못한 시험인데."

유미의 어깨를 쓸어내리는 이겸의 손길에 자비가 없었다.

"말아먹은 김에 제대로 해볼까."

이겸이 유미의 목선을 따라 입술을 내렸다. 유미는 인내심 점수로 0점을 주겠다고 말하고 싶었지만, 차마 입술 사이로 농담이 흘러나오지 않았다. 꽉 잡은 손은 어느새 깍지가 껴져 있었다. 손가락 사이로 느껴지는 이겸의 반지는 유미의 입술에 미소를 불러왔다.

"왜 웃어?"

목덜미를 배회하던 이겸의 입술이 움직이자, 유미의 어깨가 작게 들썩였다.

"흐웃. 간지러워. 그냥, 좋아서. 너무 좋아서 웃었어."

방금 전까진 울었다가, 또 지금은 웃었다가. 누가 본다면 미친 사람이라고 욕을 해대겠지?

사랑이란 그런 것이다. 사소한 한마디에 크게 반응하고, 작은 일에 울고, 또다시 웃고. 유미는 자신의 시선 안에 한가득 들어오는 이겸이 너무 좋아서 그의 입술에 살짝 입술을 가져다 댔다. 몽롱하게 내려앉은 이겸의 눈빛에 짙은 욕망이 서려 있었다.

"이겸아."

아래로 흘러내린 이겸의 머리카락이 유미의 이마를 간지럽혔다.

"나 있지. 네가 내 옆에 있어줘서 너무 좋아."

"……."

"네가 날 봐주지 않아도 너무 좋았고, 나한테 제발 좀 가라고 소리쳐도 좋았어."

"뭐야, 그게."

"솔직히 나는 나한테 좀 변태 기질이 있는 건 아닌가 생각했거든?"

어느 정도는 인정하는 바가 있었는지, 이겸이 작게 고개를 끄덕였다.

"근데 그게 아니라, 기억은 사라졌지만 너에 대한 내 마음은 사라지지 않아서 그런 거였나 봐."

"마음……."

"널 아주 많이 사랑하는 이 마음은 결코 사라지지 않는 걸 테니까."

'나와 함께했던 수만 분의 시간 속에 존재하는 너를.'

"사랑해."

"……"

'내가 잊어버린 수천 분의 시간 속에 살아왔던 너를.'

"사랑해, 이겸아."

유미가 이겸의 목에 팔을 둘렀다. 자리를 잡지 못하고 허공을 배회하던 이겸의 손길이 그제야 자릴 찾아 돌아가듯 유미의 얼굴을 매만졌다.

"진짜, 공유미…… 사랑할 수밖에 없는 여자야."

두근대는 심장은 이 상황을 대변해 주기라도 하듯, 펄떡펄떡 뛰어 댔다. 이겸은 유미의 볼을 검지로 슬쩍 문질렀다.

"어디 가도 나만 한 여잔 못 만날걸?"

"너만 한 여자를 못 만나는 게 아니라, 너 같은 여자가 없어. 세상에."

그 존재만으로 빛이 나는데, 어떻게 사랑하지 않을 수 있을까.

"나 안아줘……."

늘 장난스럽기만 하던 유미가 아니었다.

"안아줘. 이겸아."

유미는 이겸의 목덜미를 가득 끌어안고 입을 맞췄다. 앞뒤 생각할 여력이 없을 만큼 이겸도 유미를 원했다. 사랑을 속삭이고, 적극적으로 다가오는 여자를 밀어내기란 쉽지 않은 일이었다. 마음을 밀어내는 게 힘들었던 만큼, 유혹해 오는 유미의 손길에 이겸의 다짐은 속절없이 무너져 내렸다.

떨리는 이겸의 손끝이 유미의 몸을 감싸고 있던 수건의 매듭을 풀어냈다. 입술이 마주한 순간, 이겸의 가슴속 가득 쳐 놓은 빗장이 무너져 내렸다. 이겸과 유미의 포개어진 입술 사이로 쉴 새 없이 떨림이 오갔다.

"내가 널 어쩌면 좋을까."

이겸의 손끝이 유미의 볼을 살며시 쓸어내렸다. 잔뜩 긴장한 이겸의 마음을 대변해 주기라도 하듯 그의 입술이 파르르 떨렸다. 그 입술이 유미의 턱 끝에 닿았고, 또 그녀의 목덜미를 스쳐 지나 더 아래로 내려갔다. 그의 숨결이 닿을 때마다 유미는 마주잡은 손을 더 꼭 쥐었다. 그들이 마주잡은 손바닥 사이엔 흥건하게 땀이 맺혔다.

태어나 처음 겪는 열락과 환희. 피어오르는 열기로 인한 설렘이 가슴 가득 밀려들었다.

입술 사이를 끝없이 오가는 뜨거운 숨결이 가슴 속에 잠재된 감정을 폭발시켰다. 유미는 의지와 상관없이 새어나오는 신음을 참지 않았다. 거칠게 훑고 빨아 당기는 이겸의 키스에 유미는 정신이 아득히 멀어져 가는 것만 같았다.

마치 점선을 따라 거칠게 선을 그리기라도 하듯, 허리선을 따라 그 아래로 향하는 그 손길과 감각이 너무 생생해서 살갗 위로 소름이 돋아났다. 온몸에서 피가 모두 빠져 나가기라도 하듯 힘이라곤 하나도 들어가지 않았다. 피부 위를 자극하는 이겸의 입술과 손길에 유미는 속절없이 무너졌다. 끝없이 밀려드는 전희와 전율은 서로를 아찔하게 집어 삼켰다.

"이겸아……."

젖은 유미의 목소리가 아찔하게 건조한 공기를 울려 퍼졌다.

태어나 한 번도 느껴본 적 없던, 심장이 완전히 멎을 정도의 쾌락에 몸서리쳤다.

어둠 속에서 몇 번이고 섬광이 번쩍이는 기분이 들었고, 서로를 향한 마음을, 그리고 욕망을 숨기지 않았다. 많이 기다린 만큼 애틋하게. 또 많이 사랑하는 만큼 더 깊이 서로에게로 빠져들었다.

새벽녘 커튼 밖에서 푸르스름한 빛이 밀려들었다. 유미의 눈덩이가 살짝 꿈틀거렸다. 창밖에는 차가운 바람이 쌩쌩 불어대는 거센 소리가 들려왔지만, 몸을 감싸는 포근함에 절로 입술 끝이 말려 올라갔다. 등 뒤로 느껴지는 이겸의 온기에 유미는 몸을 반대 방향으로 돌려 누웠다. 유미의 움직임에 곤히 잠들어 있던 이겸이 잠에서 깼다.
"왜 벌써 깼어."
이겸은 졸린 눈을 느리게 깜빡이며 허스키해진 목소리로 말했다.
"자면서도 보고 싶어서 깼나 봐."
솔직한 유미의 고백에 이겸의 잇새로 살짝 웃음이 터져 나왔다.
"별로 자지도 못했잖아. 좀 더 자."
이겸은 유미의 동그란 이마에 입을 맞췄다. 유미는 눈을 감고 이겸의 입술이 피부로 닿아오는 감촉을 느꼈다. 마치 신혼부부라도 된 양 이겸과 함께 맞이하는 아침 공기는 평소와 달랐다.
그때였다. 철커덕하고 대문의 잠금장치가 열리는 소리가 들렸다.
한창 단꿈에 젖어 있던 이겸과 유미의 표정이 순식간에 굳어졌다.
"……방금 무슨 소리 들렸지?"
고요하고 색다른 새벽 공기에 취해 있던 유미의 목소리가 세차게 떨렸다.
"바깥에서 나는 소리 같은데."
"뭐, 뭘 잘못 들은 거겠지."
유미는 마른침을 꿀꺽 삼켜내며 한쪽 입꼬리를 밀어 올려 어색하게 웃었다. 그녀의 낮은 웃음소리와 동시에 바로 아래 현관문이 삐거덕거리며 열리는 소리가 크게 울렸다.

"헉!"

망했다. 유미는 다급하게 몸을 벌떡 일으켰다.

"아빠 왔나 봐."

밤낚시에 나섰던 찬이 돌아온 게 틀림없었다. 찬에게 이런 모습을 들킨다면…….

'안 돼!'

유미는 이불을 잔뜩 말아 쥐었다.

"야, 야. 그걸 그렇게 가져가 버리면 난……."

이겸은 유미 쪽으로 빠르게 끌려가는 이불 끄트머리를 필사적으로 붙잡아 아슬아슬하게 자신의 몸을 가렸다.

"아빠가 2층으로 올라오진 않겠지? 아직 아침이고……."

유미는 거의 울상이 되어서 입술을 꼭 깨물고 자신의 바람을 읊조리듯 중얼거렸다. 이겸은 바닥에 떨어진 옷가지들로 손을 뻗었다. 닿을락 말락 하던 티셔츠가 마침내 이겸의 손아귀에 들어왔다.

"유미야."

이겸이 티셔츠를 움켜쥐자마자, 문밖에서 찬의 목소리가 들렸다.

"킥."

이겸은 놀라 커다래진 눈으로 유미를 바라보았다. 유미는 멍하게 입술을 벌리고 있었다. 이겸은 어제 유미가 샤워 후 걸치고 나온 수건을 낚아챘다. 그리고 곧바로 그 수건을 자신의 허리에 걸치고 제가 들고 있던 티셔츠를 유미의 머리로 밀어 넣었다.

"입어. 일단 입어."

이겸이 소리를 완전히 죽이고 낮게 속삭였다. 찬과 사나이 대 사나이로 약속한 것을 어긴 걸 알면 어제의 프러포즈와 환희의 밤은 모두

재가 되어 사라질지도 모를 일이었다. 이겸은 꼼꼼하게 유미의 옷매무
새를 가다듬어 주었다. 눈치 빠른 예비 장인어른 찬이기에.

"이제 나가."

이겸이 침대에 걸터앉은 유미의 아래에 무릎을 꿇고 앉았다.

"자연스럽게 행동해야 해. 능청스럽게 하라고. 평소 나한테 하던 대
로."

들키면 국물도 없는 거라고, 이겸의 눈빛은 그렇게 이야기하고 있었
다.

유미는 크게 한숨을 몰아쉬고 침대에서 몸을 일으켜 섰다.

"흐읍."

몸을 움직일 때마다 자잘한 통증이 느껴졌다.

"……네에. 아빠."

유미는 방문 바깥으로 크게 소리쳤다.

"잠깐 나와볼래?"

묵직한 음성이 문을 타고 방 안으로 흘러들었다.

"새벽부터 무슨……."

유미는 긴장감으로 인해 문고리를 잡은 손이 파르르 떨렸다. 문틈
사이로 눈만 내민 유미가 찬을 향해 조그만 목소릴 냈다.

"유미야!"

찬은 약간은 격양된 표정을 짓고 있었다.

"……아빠?"

"이 아버지가 말이다? 18년 낚시 인생에서 가장 큰 물고기를 낚았
다고!"

감격에 젖은 찬의 얼굴 가득 기쁨의 주름이 잡혀 있었다.

"아……."

그 얘길 하려고 이 새벽에 딸의 달콤한 시간을 방해하신 건가.

"얼른 나와서 구경해. 얼른."

유미는 마지못해 방문 밖으로 걸음을 옮겼다. 거실에는 찬이 잡아 올린 대어가 어항 속에서 얌전하게 자리를 잡고 있었다.

"어……"

"잉어야, 잉어."

"아니, 어디서 이렇게 큰 걸."

사람 팔뚝보다도 더 큰 잉어였다.

"저번에 내가 말했던, 그 아는 사람만 안다는 그 밤낚시 명소 있지."

"아…… 거기라면."

이겸과 처음 데이트를 하러 간 곳이며, 물고기는 구경도 못 해본 그곳?

"거기서 잡았어."

"거기에 잉어가 살아요?"

피라미 한 마리 구경한 게 단데, 거기에서 이렇게 큰 물고기를 낚았다는 게 유미는 이해되지 않았다.

"그러게 말이다. 오늘 아침은 푸짐하게 잉어찜 해서 먹으면 되겠네."

콧노래를 흥얼거리며 신이 난 찬의 모습에 유미는 덩달아 어색한 미소를 지었다.

'이겸인 어쩌지……'

이 추운 겨울에 이겸을 또다시 지난번처럼 창문 밖으로 밀어낼 수도 없는 일.

"아빠!"

한껏 흥에 겨워 어깨를 들썩이던 찬을 유미가 불러 세웠다.

"응?"

"저 이겸이한테 프러포즈 받았어요."

들썩이던 찬의 어깨가 일순 그 움직임을 멈췄다.

"어제, 받았어요."

찬에게서 돌아오는 대답이 없었다.

"그…… 저희 결혼, 허락해 주셨으면 좋겠어요."

"유미, 너 이 녀석!"

찬이 갑자기 돌아선 등을 확 틀어서 유미가 있는 쪽으로 저벅저벅 걸어왔다.

"왜, 왜요, 왜?"

"이겸이 녀석한테 직접 와서 허락받으라고 해. 어딜 감히!"

낮게 깔린 찬의 음성은 마치 화가 난 것처럼 들렸다.

"아…… 오라고 할까?"

"그럼! 와서 직접 허락받으라고 해!"

"잠시만! 잠시만요! 내가 데리고 올게."

"응? 뭐?"

유미가 빠르게 걸음을 놀려 2층으로 올라가 버렸다. 이윽고 얼마 지나지 않아, 유미가 이겸의 손을 끌고 내려왔다.

"뭐, 뭐, 뭐야. 저 녀석이!"

찬의 동공이 빠르게 확장되기 시작했다. 그도 그럴 것이, 이 어스름한 새벽에, 아직 동이 채 떠오르지도 않은 이 시간에. 잔뜩 흐트러진 모습을 하고, 누가 보아도 이 집에서 밤을 지새운 사람처럼 하고!

"이, 이!"

찬은 너무 황당해서 말도 제대로 나오지 않는지 입술을 벙긋거리기만 할 뿐이었다.

"이겸이 너 이 녀석, 따라 나와!"

이겸의 팔을 거칠게 잡아챈 찬은 곧바로 현관문을 열고 밖으로 뛰쳐나갔다.

"아빠! 아빠!"

유미는 잔뜩 화가 난 듯 보이는 찬의 바짓가랑이를 붙잡고 늘어졌다.

"유미 넌 집에 있어! 이겸이랑 단둘이 긴히 할 말이 있다."

무서운 기류를 풍기는 찬의 낮고 굵은 목소리에 유미는 그의 바짓가랑이를 놓을 수밖에 없었다.

골목을 벗어나자마자 보이는 24시간 해장국집에 들어선 찬은 이겸과 마주 앉았다. 찬은 팔짱을 안으로 말아 낀 채 한참 아무런 말도 건네지 않고, 이겸을 노려보고만 있었다. 주문한 해장국 두 그릇과 소주 한 병이 테이블 위에 세팅되었음에도 미동도 없이 말이다.

"저……."

오랜 정적을 이기지 못하고 이겸은 꽉 주먹 쥔 두 손을 무릎 위에 공손하게 올려놓은 채 조용히 입술을 열었다.

"이제 괜찮은 거야?"

찬에게서 뜻밖의 차분한 목소리가 흘러나오자, 줄곧 아래로 떨궈져 있던 이겸의 시선이 위로 향했다.

"유미와의 일, 이제 괜찮은 거야?"

"아……."

예상하지 못한 질문에 이겸은 잠시 입술을 벌린 채 아무런 대답도 내뱉지 못했다.

"마음의 준비는 단단히 한 거겠지?"

"마음의 준비라면…… 어떤?"

"우리 유미, 평생 책임질 자신 있는 거겠지?"

"그건 물론입니다."

제법 자신에 찬 이겸의 목소리가 크게 울렸다.

"그때 그 일은, 다 털어낸 거야?"

"네. 이제 더 이상 도망칠 일도, 물러설 일도 없습니다. 절대 그럴 일은…… 없을 거예요."

순간 감정이 북받쳐, 이겸의 목소리가 살짝 떨렸다.

"두 녀석 다, 여간 걱정이 되어야 말이지."

찬이 해장국에는 손도 대지 않은 채, 소주 뚜껑을 따고선 그대로 잔에 졸졸 따라 원샷했다.

"받아라."

찬은 이겸에게 빈 소주잔을 건넸다. 두 손으로 예의 바르게 소주잔을 움켜쥔 이겸의 손끝이 살짝 떨렸다. 이겸의 소주잔 가득 찬이 채워준 소주가 찰랑였다.

"쭉, 그렇지."

이겸이 고개를 옆으로 살짝 튼 다음, 찬에게 받은 잔을 완전히 비워냈다. 다시 이겸의 잔이 채워졌다.

"내가 말이야. 실은 이겸이 네가 많이 미웠어. 우리 유미 마음고생 시키고, 콧대 높은 척 구는 게 얼마나 얄미웠는지."

술기운을 빌어 찬이 속말을 꺼냈다.

"충분히 그러실 수 있습니다."

이겸은 고개를 아래로 떨구고 살짝 끄덕였다.

"그런데 유미 그 녀석이 이겸이 네가 아니면 안 된다고 하니까, 절대 안 된다고 하니까. 미워도 어쩌겠냐. 자식 이기는 부모 없다고."

찬이 소주잔을 입안으로 털어내며 안타까운 목소릴 냈다.

"……죄송합니다."

"죄송할 것 없다. 앞으로 내가 이겸이 너한테 잘 보여야 할 테니까."

"네?"

"우리 유미. 잘 부탁한다."

찬이 테이블 위에 놓인 이겸의 잔을 다시 채웠다. 이겸은 황급히 손을 뻗어 잔을 들어 올렸다.

"제가 허락을 받으러 나왔는데, 어째서 그런 말을 하시는지……. 허락해 주세요, 장인어른."

"자, 장인…… 크흠. 그래, 좋다. 허락하마."

찬의 굳은 표정이 순식간에 풀어졌다.

"잘 부탁드립니다."

이겸은 감사함과 송구스러운 마음이 동시에 들었다. 술을 많이 마신 것도 아닌데 취기가 오르기라도 하는 것처럼 얼굴이 뜨거워졌다. 이겸은 눈물이 흐를 것 같아 머리에 힘을 주어 조아렸다.

"녀석. 한 잔 더 받아."

찬의 눈가에 진 주름은 미소로 인해 더욱 그 깊이를 더해갔다.

이겸은 찬에게 착 매달려 배시시 웃으며 아침을 여는 골목길을 비틀거렸다. 자꾸 꼬이는 발걸음에도 인상이 찌푸려지기는커녕 웃음이 새어 나왔다.

"장인어르-은."

"왜 그러나. 신 서바-앙."

"사랑합니다-아."

"아니, 신 서바-앙. 그건 내가 할 소리네만."

골목 어귀에서 손톱을 물어뜯으며 찬과 이겸을 기다리고 있던 유미는 술에 완전히 취해 버린 두 사람을 발견하고 화들짝 놀랐다.

"대체 이게…… 얼마나 마신 거야! 어우, 술 냄새."

이제 막 아침 7시인데. 술에 취할 대로 취한 장정 두 명을 유미가 낑낑거리며 부축했다. 현관의 문턱을 넘어서며 유미는 거친 숨을 몰아쉬었다.

"뭐야. 술을 얼마나 마셨기에 이렇게 인사불성이야!"

이겸이 술을 잘 마시지 못하는 거야 이미 알고 있던 사실이지만, 술이 센 찬까지 이렇게 취했을 정도면 두 사람이 마신 술의 양은 어마어마할 것이라는 생각이 들었다. 이겸을 바닥에 내려놓고, 유미는 찬의 팔을 질질 끌어 그의 방으로 옮겨놓았다.

"하아……."

이마에 맺힌 식은땀을 닦아내며 유미는 크게 한숨을 몰아쉬었다.

"신이겸. 이겸아. 정신 차려봐. 집에 갈래? 아니다. 그냥 여기서 자."

유미는 도저히 2층 자신의 방까지 이겸을 끌고 갈 자신이 없어서, 그를 소파에 눕혔다.

"우리 이겸이, 아빠가 술 마시라고 했구나. 응? 짠한 것. 기다려 봐. 내가 꿀물이라도 타줄게."

유미가 이겸의 머리를 살짝 어루만지고 자리에서 몸을 일으켰다. 그때, 이겸의 손이 유미의 팔목을 거칠게 끌어당겼다.

"헙!"

빠르게 숨을 삼킨 유미는 이겸의 가슴팍에 안긴 상태로 그를 올려다보았다. 느른하게 풀린 이겸의 눈동자가 유미를 담았다.

"뭐야…… 취한 거 아니었어?"

유미가 이겸의 가슴팍에 붙어서 그를 빤히 올려다보았다.

"우리, 상견례 언제 할까."

술에 절어 살짝 잠긴 이겸의 목소리가 허스키하게 흘러나왔다.

"응? 상견례? 해야지. 상견례!"

그에게서 알코올 향이 코를 찌를 기세로 풍겨왔다.

"아직 너희 아버지밖에 모르시잖아. 우리 집에도 말씀드리고 정식으로 인사해야지."

"빨리."

이겸이 느른하게 풀어진 눈매를 하고 느리게 눈을 깜빡였다.

"왜? 그렇게 나랑 결혼이 하고 싶어? 응?"

유미는 눈을 초승달 모양으로 휘게 만들어 웃었다.

"응. 그렇게 너랑 결혼이 하고 싶어. 너무. 많이. 정말. 매우. 무척이나."

"오구오구."

유미가 길어 나온 이겸의 앞머리를 살짝 매만졌다. 이겸은 그런 유미를 품 안 가득 끌어안았다.

"으…… 취한다."

눈앞의 시야가 핑그르르 도는 느낌이 들자, 이겸은 관자놀이 부근을 검지와 중지로 꾹 누르며 두 눈을 지그시 감았다.

"아빠가 주신다고 술 넙죽 다 받아먹었지? 응?"

눈을 감아도 보이는 유미의 모습이 캄캄한 어둠에 떠오른 듯 선명했다.

"응."

눈을 지그시 감고 있던 이겸의 입매가 살며시 꿈틀거렸다. 이내 그의 입꼬리 부분에 옅은 주름이 돋아났다.

"주신다고 다 받아먹으면 어쩌나. 술도 잘 못 마시면서?"

그의 미소에 유미의 입가에도 덩달아 미소가 번져 흘렀다.

"기분이 좋아서."

장인어른이 주는 잔이라서 받은 게 아니라, 정말 술을 양껏 마시고 취해도 좋을 만큼 이겸은 몹시 기분이 좋았다.

"아주 신이 나셨군?"

놀리듯 말하는 유미의 말투조차도 지금은 너무나 좋다.

"응. 신났어."

이겸은 결국 웃음을 참지 못하고 입술 사이로 픽 소릴 내며 웃었다. 술에 취했기 때문인지 아니면 정말로 기분이 좋아서 웃음이 터져 나오는지는 모르겠지만, 어쨌든 뭉게뭉게 피어오른 구름 위를 걷는 듯 가슴이 벅차고 설레는 기분이었다.

"뭐가 그렇게 좋아?"

이겸의 가슴께에 턱을 대고 그를 올려다보고 있던 유미가 의아한 표정으로 물었다.

"너. 공유미."

이겸이 감았던 눈을 뜨고, 고개를 살짝 들어 유미의 입술에 살짝 입을 맞췄다.

"윽. 술 냄새."

풍겨오는 소주 향인지, 아니면 이겸의 입술인지 모를 것에 취할 것만 같았다.

"미안. 너무 좋아서. 안 참아져."

이겸이 입술을 떼어내고 작게 속삭였다.

"지난번에도 느꼈지만, 우리 이겸이 술 마시니까 순둥순둥하고 귀엽네."

유미는 술에 취해 살짝 붉은 기가 도는 이겸의 볼을 양옆으로 쭉 잡아당겼다. 이겸이 멀쩡할 때 이런 행동을 했다면 분명 그에게 한 소리 들었을 테지만, 지금은 아니다.

"그래애. 어째 술 마시니까 더 예뻐 보이고 그러네."

이겸이 한 손을 들어 올려 유미의 볼을 감싸 쥐었다.

"술 안 마시면 안 예뻐 보이고?"

유미가 한 손으로 턱을 받쳐 꽃받침을 만들며 눈을 깜빡였다. 이겸은 치아까지 드러내 보이며 웃었다. 이제 이 행복이 깨어지지 않을 거란 확신과 믿음이 생기자, 모든 풍경이 다채롭고 아름답기만 했다. 유미와 나누는 일상적인 대화조차 가슴이 벅차오를 만큼 좋았고, 그녀의 얼굴을 이렇게 마음껏 매만질 수 있다는 사실이 이겸은 미치도록 행복했다.

다음 날 저녁. 이겸은 가족들이 모두 잘 준비를 마쳤을 때야 비로소 하루 종일 고민하던 이야기를 꺼내기 위해 그들을 불러 모았다. 늘 바깥일로 바쁘던 아버지 현수까지 있는 지금이 유미와의 결혼 이야기를 꺼낼 절호의 기회였다. 현

수와 미진, 그리고 이영은 갑작스러운 이겸의 호출에 거실에 모여 앉았다. 막상 말을 꺼내려니 긴장이 되어서, 이겸은 크게 숨을 들이켰다가 내쉬기를 반복했다. 부쩍 더 추워진 날씨에 감기에 걸린 미진은 코를 훌쩍이며 소파 위에 놓인 담요를 덮었다.

"겸이, 영이도 감기 조심해. 이번 감기 지독하다. 몇 주째니."

이어서 미진은 소파 옆 협탁 위에 있는 티슈로 손을 뻗었다.

"저…… 유미랑……."

"으에췸!"

이겸이 말을 꺼내기가 무섭게 미진은 티슈를 뽑기도 전에 재채기를

했다. 얼마나 소리가 컸는지, 이겸의 뒷말이 그 소리에 완전 삼켜졌다.

"응? 뭐라고?"

현수가 이겸의 말에 귀를 쫑긋 세우고 물었다.

"아, 으흠. 그러니까, 제가 유미랑……."

"으에췻!"

미진이 또다시 큰 소리로 재채기를 해버리는 바람에 이겸의 끝말은 소리가 되어 누군가에게 전달되지 못했다. 이겸의 눈빛이 살짝 원망스레 미진에게로 향했다.

"어후. 미안. 코가 너무 간지러워서…… 재채기를 참을 수가 없네."

미진은 뽑아 든 티슈에 코를 팽 풀었다.

막상 마음을 먹었어도 가족들에게 결혼 이야기를 꺼내기가 어려웠던 건 사실이다. 계속 대화가 중간에 끊기자, 이겸은 긴장감에 입술이 바짝 말랐다.

"뭔데 그러니?"

루돌프처럼 코가 새빨개진 미진이 코맹맹이 소리를 내며 물었다.

"결혼이요."

또 미진의 재채기 소리로 인해 말이 끊겨 버릴까 봐, 이겸은 '결혼'이란 단어부터 내질렀다.

"결혼?"

현수와 미진이 동시에 외쳤다.

"말씀드려야지, 드려야지 하면서 계속 미뤄진 거긴 한데……. 런칭 쇼 준비로 바쁘기도 했고, 집에 전부 모인 날이 드물어서…… 이제야 말씀드리게 됐어요."

이영은 이미 알고 있던 사실이기에, 이겸의 폭탄선언에 가까운 발언에도 별다른 반응 없이 미소만 짓고 있었다.

"누구랑 결혼을 해? 전에 사귀다던 여자친구?"

미진은 일전에 이겸이 진지하게 만나고 있는 사람이 있다고 했던 것을 떠올렸다.

"유미요."

그러고 보니 그 자리에 유미도 함께였다.

"유미이?"

그게 힌트였구나. 이겸과 유미가 교제하고 있을 거라고는 꿈에도 상상하지 못했던 탓에 미진의 눈이 커다래졌다. 그녀의 음성이 한 톤 높아지자, 코맹맹이 소리는 극에 달했다.

"정말 몰랐어. 언제부터…… 아니, 아니지. 질문이 이게 아닌데?"

순간적으로 당황한 미진이 횡설수설했다.

"난 찬성!"

이영은 이겸의 편을 들어주기 위해, 대뜸 한 손을 번쩍 들었다.

"나도 찬성이다."

덩달아 현수가 조용히 손을 들었다.

"난 당연히 찬성이지!"

마지막으로 미진이 두 손을 번쩍 들었다.

"어…… 뭐가 이렇게 쉬워요?"

제법 진지하게 흘러갈 줄 알았던 분위기가 너무 쉽게 풀어져 버리자, 이겸의 표정이 당혹감으로 굳어갔다.

"유미잖니?"

높지도, 낮지도 않은 평상시의 차분한 어투로 현수가 말했다. 마치 '공유미'는 만사 오케이라고 들린 건, 기분 탓이겠지?

'저번에도 그러시더니…….'

유미의 존재가 자신의 가족들에게 도대체 어떤 의미이기에, 이렇게 열렬히 환영하는 분위기일까?

"유미가 왜요."

이겸이 의아한 감정을 실어 되물었다.

"유미면 무조건 찬성이지."

그 질문에 대한 대답은 미진이 했다.

"아니. 유미 좋아하시는 건 알고 있었는데, 무슨 결혼 승낙을 이렇게 쉽게 하시는지."

이것저것 재고 따지진 않더라도, 하다못해 예의상 질문 하나라도 던져 줘야 하는 거 아닌가? 어떻게 '유미와 결혼하겠습니다' 했다고, 바로 '찬성!' 하고 끝이란 말인가.

"유미니까."

현수가 '유미잖니?' 하고 대답했던 것과 같이 미진이 아무렇지 않게 말했다. 이겸은 이렇다 할 대꾸도 하지 못한 채 꿀 먹은 벙어리처럼 입술만 살짝 벌리고 있었다.

"난 새언니 좋아. 완전 마음에 들어."

이영이 다시 한 번 쐐기를 박았다. 유미를 들어, 새언니라고.

"나도 유미라면 무척 마음에 든다만."

그에 반응한 현수가 말을 보탰다.

"유미라면 반대할 이유가 없잖니?"

미진도 마찬가지였다.

"이겸이 너 유미한테 잘해야 한다."

그게 끝이 아니다. 현수는 마치 유미 아버지, 찬이 된 것처럼 목소리를 잔뜩 내리 깔고 위엄 있게 말했다.

"그래, 오빠. 잘해. 유미 언니한테."

서로 누가 더 유미의 편을 잘 들어주나 내기를 하는 것만 같았다.

"혹시 유미가 먼저 와서 결혼 이야기 하기라도 했어요?"

그러지 않고서야.

어떻게 이런 반응이 나올 수 있지?

"오빠만 모르고 다 알지."

이영이 한쪽 입꼬리를 비틀어 올리며 말했다.

"뭘?"

"유미 언니가 오빠 엄청 좋아했던 것. 그리고 유미 언니만 한 여자 없는 것."

"아니, 그건 아는데……."

질문의 요지는 그게 아니었다. 그러니까, 왜 유미는 묻지도, 따지지도 않고 다 괜찮은 건지.

물론 허락을 받기 위해 이 자리를 마련한 거긴 하지만, 쉬워도 너무 쉬운 이 상황, 대체 뭘까?

"그래. 잘됐구나. 몇 십 년 묵은 체증이 내려가는 기분이네. 오늘은 편안하게 잠들 수 있겠어."

현수는 자리를 박차고 몸을 일으켜 세우며, 담백한 목소리로 말했다.

"아버지까지……."

모두가 한패인가. 공유미가 섭렵한 사람이 자신의 가족 모두였단 말인가.

'한두 해가 아니었지.'

그렇게 살랑거리며 '어머니', '아버지' 뒤를 강아지처럼 졸졸 쫓아다닐 때부터 알아봤어야 했는데.

'나는 찬 아저씨한테 못난 모습만 보였는데……. 우리 집에서의 공유미 이미지. 부럽다.'

부러우면 지는 건데.

'졌네, 졌어……'

이겸의 눈썹이 아래로 축 처졌다.

"상견례는 언제 하면 좋을까? 가만있어 봐. 내 스케줄이…… 돌아오는 일요일하고, 그다음 주 주말은 다 괜찮겠다."

정말 기다렸단 듯이.

"난 백수라서 아무 때나 상관없어."

마치 이날을 학수고대해 온 사람들처럼.

"엄마도 시간 아무 때나 괜찮아. 유미 아버지 스케줄에 우리가 맞추자. 제일 바쁘시잖니. 응?"

단 한 번의 질문 없이, 모든 가족 구성원들이 유미와의 결혼을 반겼다. 이미 자주 느꼈던 것이긴 했지만, 유미의 존재가 이들에게 이토록 믿고 보는 사람일 줄은 이겸은 꿈에도 몰랐다.

이겸은 샤워를 마치고 젖은 머리를 털어내며 방문을 열기 위해 문고리를 잡았다. 문고리를 잡은 손에서 느껴지는 딱딱한 감각에 이겸은 잠시 행동을 멈췄다. 이겸은 제 손에 끼워진 반지를 내려다보았다. 그 어떤 값비싼 반지보다 가치 있고 소중한 것. 모든 걸 기억해 내진 못했지만, 유미는 이 반지로 제게 추억을 돌려준 셈이었다. 반지로 인해 옛 추억에 젖어든 이겸은 작게 미소를 지으며 문을 열었다.

문이 열림과 동시에 불쑥 튀어나온 유미로 인해 이겸은 반사적으로 '악' 하는 소리를 내지를 뻔했다. 그런 이겸의 반응을 예상했는지 유미가 손바닥으로 그의 입을 막았다.

"하아. 뭐야, 너…… 깜짝 놀랐잖아."

이겸은 놀란 가슴이 진정되지 않아 손을 가슴 위에 얹고 거칠게 숨을 내쉬었다.

"쉬이. 들어와. 들어와."

유미는 여기가 마치 자기 집인 양 이겸의 손을 끌어당겨 침대에 앉혔다.

"······이 시간에 어쩐 일이야? 아니, 어떻게 들어왔어?"

강제로 침대에 앉은 이겸이 유미를 올려다보며 물었다.

"내가 뭐 못 올 데 왔나? 하루 이틀 드나든 것도 아닌데, 이런 반응이면 어쩌나? 몰래 온 거 아니야. 영이가 문 열어줬어."

유미는 제법 의기양양한 표정을 지으며 턱에 바짝 힘을 줬다.

"이렇게 늦은 시간에 혼자 다니면 안 돼. 가뜩이나 무서운 세상인데······."

뒤이어 이겸의 걱정 어린 잔소리가 따라왔다.

"몸에 좋은 것 좀 주고 가려고 왔지."

유미는 잠시 이겸의 책상 위에 올려둔 보온 가방을 뒤적이더니 텀블러 하나를 건넸다.

"이게 뭔데?"

자정이 다 된 시간에 불쑥 집에 찾아와 건네는 텀블러에 담긴 액체의 정체가 뭘까. 왜 이렇게 등골이 오싹한지 모를 노릇이었다.

"푹 고은 장어즙이야."

이겸의 손에 보물단지처럼 꽉 쥐어주는 유미의 손길에 강한 힘이 실렸다.

"······뭐?"

"장어즙! 장어 엑기스! 큰길 보신원 장 씨 아저씨가 우리 아빠랑 엄청 친한 거 알지?"

"그런데?"

장어즙인지 뭔지. 다 늦은 저녁에 이걸 갑자기 들고 와서 뭘 어쩌란 건지. 이겸은 난데없는 공포를 느꼈다.

"내가 어제 오전에 주문했는데, 글쎄 오늘 저녁에 다 됐다고 연락을 주시지 뭐야? 찬이 딸이라고 엄청 챙겨주시는데……. 으흥. 역시 사람은 인맥이 중요해."

"이런 걸 왜 주문해. 갑자기."

"어머, 얘는. 곧 새신랑 될 텐데. 우리 이겸이 건강 챙겨야지. 와이프 아니면 누가 이런 걸 챙기니?"

유미가 이겸의 가슴팍을 툭 내려치며 입을 가려 웃었다.

"너…… 너무 무서워."

텀블러를 쥔 이겸의 손이 살짝 진동했다.

"따듯하게 데워왔으니까 숨 참고 쭉 들이켜. 몸에 무진장 좋은 거라고 했거든."

뭔가 되게 말린 것 같은데. 몸에 좋은 거 맞나? 특정 부위에 좋은 거 아닌가?

"마셔. 얼른."

강요당하는 것 같은 느낌이 들어오는 것은 어쩔 수 없는 사실이었다. 이겸이 텀블러 뚜껑을 열자, 안에서 더운 김이 모락모락 비집고 나왔다. 의심에 의심이 꼬리를 물고 따라왔지만, 유미가 재촉을 해대는 통에 이겸은 그녀가 말한 대로 숨을 가득 참고 그대로 그걸 쭉 들이켰다.

"그렇지. 그렇지. 쭈욱 들이켜."

이겸이 남김없이 마시고 난 텅 빈 텀블러를 확인한 유미의 얼굴엔 밝은 미소가 떠올랐다.

"맛이 이상해."

입가에 묻은 걸 손등으로 닦아내며 이겸이 미간을 찌푸렸다.

"원래 몸에 좋은 약이 입에 쓴 법이지. 자, 자. 이제 여기 누워봐."

유미는 이겸을 밀어 침대에 눕혔다.

"뭐, 뭐야. 뭔데? 또 뭘 하려고."

이겸의 목소리가 사정없이 떨리기 시작했다.

"아직 얼굴에 아무것도 안 발랐지?"

"어? 응…… 아직."

"잠깐만 있어봐."

유미는 어깨를 들썩이며 잔뜩 신이 난 표정으로 책상 위에 놓인 또 다른 가방을 뒤적여서 또 뭔가를 꺼내왔다.

"이게 말이야. 내가 진짜 중요한 날 하루 전에 꺼내 쓰는 팩인데."

"뭔 팩?"

어느새 유미의 손에서 새하얀 물체가 펼쳐졌다.

"뭐야, 그게."

"마스크 팩."

유미의 얼굴에 해사한 미소가 돋아났다.

"설마 그거, 나한테 하겠다는 건 아니지?"

그에 반해, 이겸은 유미와 정반대되는 표정을 지은 채 입술을 파르르 떨고 있었다.

"왜 아니겠어."

유미가 그걸 그대로 이겸의 얼굴에 꼼꼼하게 펴서 붙였다.

"딱 이십 분만 투자하면 물광 피부가 된다니까?"

이겸의 얼굴에 마스크 팩을 붙이고 난 유미는 몹시 흡족한 표정을 지었다.

"이런 거 별로야. 빨리 떼. 너나 해."

"예비 신랑인데, 이 정도는 해야지."

"무슨 자꾸 예비 신랑이야…… 그거 되게 낯간지럽고 이상해."

이겸이 뭐라 한들.

"내가 우리 결혼하기 전에 해야 할 일들을 좀 뽑아봤는데, 몸이 열 개라도 바쁘겠어. 할 게 너무 많은 거 있지?"

유미는 또 다른 무언가를 할 생각에 잠겨 행복한 표정을 짓고 있었다. 문득 이겸은 그런 생각이 들었다. 유미는 이날을 얼마나 기다려 왔던 걸까? 이런 사소한 것에 이렇게 행복한 미소를 지어버리면 어쩌라는 건지.

"하나 더 있어?"

미안해지잖아.

"그럼! 매일 밤마다 하고 자라고 내가 몇 개 들고 왔지."

유미는 가방에서 마스크 팩 여러 장을 내밀어 보였다.

"너도 옆에 누워서 해. 같이하자."

이겸이 몸을 움직여 자신의 옆자리를 비웠다.

"응? 나도 하라고?"

유미가 놀란 듯 잠시 눈을 깜빡였다.

"응. 너도 해."

"어…… 나 맨얼굴 아닌데? 난 집에 가서 할게."

유미는 몹시 어색한 미소를 지으며 이마를 긁었다.

"화장했어?"

"응. 했어."

"왜?"

이겸은 몹시 의아했다. 바로 걸어서 몇 분 거리에 위치한 자신의 집까지 오는데, 왜 화장을 하고 왔을까?

"너 만날 때 맨얼굴로 오기 싫어서."

"크흠. 화장 안 해도 예쁜데…… 충분히."

대놓고 제게 잘 보이고 싶어서 그랬다는 유미의 대답에 이겸의 얼굴이 살짝 붉어졌다. 얼굴 위에 덧입혀진 마스크 팩으로 인해 붉어진 얼굴이 보이지 않아 다행이었다.

"막상 내가 맨얼굴로 있으면 그 소리 못 할걸."

"맨얼굴 안 보여준 사람처럼 말하긴. 안 해도 예뻐. 세수하고 와서 같이하자."

이겸이 유미의 손을 잡고 흔들었다.

유미가 원하는 것이 이런 사소한 행복이라면 해주면 그만이었다.

"얼른."

이겸의 재촉에 마지못해 유미는 깨끗하게 세안을 하고 와서 마스크 팩을 붙이고 이겸의 옆에 누웠다. 이겸이 유미의 배 위에 올려진 그녀의 손을 마주 잡았다.

"고마워. 세심하게 챙겨줘서."

"뭘 또 새삼스럽게."

이겸의 나긋나긋한 목소리에, 유미가 별거 아니라는 듯 어깨를 살짝 들어 올렸다.

"난 널 위해서 뭘 할 수 있을까? 넌 이렇게 날 위해서 다 해주는데, 내가 널 위해서 해줄 수 있는 게 뭐야? 잘 모르겠어. 내가 뭘 하면 좋을지."

유미가 처음이자 마지막 사랑이라서. 늘 어수룩하고 부족하기만 한 자신의 모습에 이겸은 자괴감이 들었다.

"내 옆에 있잖아."

그럴 때면 항상.

유미는 그렇지 않다고 말해주고.

"그리고 이렇게 손 잡아주고."

용기를 줬다.

"이게 뭐라고."

더 행복하게 해주고 싶은데. 손을 잡는 것만으로 행복하다는 유미에 이겸은 가슴이 뭉클해졌다.

"이 사소한 게 나한텐 얼마나 소중한데."

유미는 이겸의 손을 두 손으로 꼭 감쌌다.

"……진짜."

이겸의 목소리가 살짝 떨렸다.

"뭐가 고마워. 내가 좋아서 하는 건데. 너도 알지? 나 되게 이런 거 막 즐기는 타입……."

이겸은 자신의 얼굴을 뒤덮은 마스크 팩을 떼어내고, 그대로 고개를 돌려 유미의 입술을 삼켰다. 입술을 통해 밀려드는 열기가, 가슴까지 가득 밀려들었다. 잠시 허공에 멈춘 유미의 손이 자연스레 이겸의 목덜미를 감싸듯 안았다. 오늘이 마지막인 것처럼. 그렇게 사랑하는 것이 이겸은 자신이 유미에게 줄 수 있는 가장 사소하고도, 제일 잘할 수 있는 일인 것 같았다.

✽✽

이겸과 유미는 월요일 아침 출근을 하고 나서야 겨우 기억해 냈다.

"어떡해……. 완전히 까맣게 잊고 있었어."

"나도……."

달콤한 꿈에 젖어 시윤이 입원해 있단 사실을 완전히 잊어버리고 말았던 것이다. 이겸과 유미는 부랴부랴 점심시간을 이용해 시윤의 병문안을 갔다.

"두 분, 정말 너무하신 거 아니에요? 사람이 사고를 당해서 움직이질 못하는데……. 어떻게 지금 와요? 네?"

시윤이 눈가에 눈물까지 글썽이며 서운함을 토로했다.

"아. 정말 일부러 안 오려던 건 아니고……."

이겸과 유미는 세상에서 가장 미안한 표정을 지으며, 두 손을 모아 사과했다.

"으으……."

잠시 목소리를 높이는 것도 힘든지, 시윤이 허리에 손을 짚으며 앓는 소리를 냈다.

"많이 안 좋아 보이는데…… 괜찮은 거야?"

유미가 미안함과 걱정이 섞인 낮은 목소리로 물었다.

"안 괜찮아요."

사방으로 갈라지는 시윤의 목소리는 며칠간 그가 이겨낸 고통의 크기를 가늠케 했다.

"허리를 크게 다쳐서 어째……. 남자는 허리가 생명……."

이겸이 유미의 옆구리를 쿡 찌르자, 유미는 눈치를 보며 입을 앙다물었다.

"죄송해요. 제가 없으면 안 될 자리였는데, 피치 못할 사정이기는 했지만 내내 면목 없어서 연락도 못 드리고……."

아픈 허리 때문에 앉을 수가 없어서, 시윤은 베드에 누운 상태로 크게 한숨을 쉬었다. 본인이 완벽하게 해내야 했던 일이었기에 그 자책이 더욱 클 것이다.

"죄송할 게 뭐 있어. 잘 끝났는데. 이미 끝난 일에 자책할 필요 없어요."

그래서인지 이겸은 시윤이 느낄 마음의 짐을 조금이나마 덜어주고 싶었다.

"무리한 것치고는 반응도 좋고, 제품 출시 기다린다는 호의적인 여론이 대부분이라서. 두 분께 감사 인사를 드리고 싶었어요. 아! 이영 씨한테도……."

아쉬움이 듬뿍 묻어나는 말투였지만, 감사를 전하는 마음만은 진심이었다.

"우리가 뭐 한 게 있나. 시윤 씨가 다 했지."

유미가 어깨에 힘을 빼고 제법 진지하게 말했다.

"두 분이 함께해 주셔서 너무 감사……."

"감사 인사는 내가 해야 할 것 같은데."

이겸이 시윤의 말을 끊어냈다.

"네?"

"값진 경험 하게 해줬고, 상사로서 잘 리드해 줬고, 또…… 사적인 감정에 치우치지 않고 변함없이 대해줘서."

다른 사람에게 시윤이 어떻게 비칠지 모르겠지만, 적어도 이겸에게 있어서 그는 사적으로도, 공적으로도 좋은 사람이었다.

시윤은 아무런 대답도 하지 못한 채 멍하게 이겸을 바라보았다.

"고마워요. 최시윤 씨."

지금 이겸이 시윤에게 건네는 감사 인사는 상사로서가 아닌, 남자 시윤에게 전하는 말이었다.

눈치 빠른 그는 자신의 말을 대번에 이해하고 아랫입술을 지그시 깨물었다.

"나 참…… 이러시면 제가 참, 할 말이 없는데."

"앞으로도 잘 부탁해요. 최시윤 본부장님."

이 부탁의 말은 이겸이 상사 시윤에게 전하는 말이다.

"저야말로 잘 부탁드립니다. 신이겸 팀장님."

시윤이 이겸에게 손을 내밀었다. 이겸이 시윤의 손을 잡고 가볍게 흔들며 빙긋 웃었다.

"저기, 죄송한데. 나도 거기 끼워주면 안 돼요?"

유미가 고개를 살짝 기울여 물었다.

"그래요. 잘 부탁해요. 공유미 대리님."

시윤은 귀여운 유미의 모습에 결국 웃음을 터뜨리고 말았다.

＊＊

상견례 날 오전, 단독 주택인 이겸의 집 앞 작은 정원은 식사 준비로 한창이었다. 비교적 해가 잘 들고 바람이 덜 부는, 겨울임에도 봄같이 따스한 날씨였다.

"엄마. 겨울에 무슨 야외 식사야. 우리 그냥 안에서 먹으면 안 돼?"

이영이 접시를 나르며 투덜댔다.

"일부러 집으로 초대까지 했는데, 어떻게 그냥 모셔. 영이 넌, 결혼 안 해봐서 몰라. 상견례 자리가 얼마나 중요한 건데."

미진은 최대한 기품이 넘치는 어투로 조곤조곤 말했다.

"너무 추워. 나만 들어가서 먹고 싶다."

티가 안 날 만한 음식 하나를 집어 먹으며 이영이 혼잣말을 중얼거리자, 미진이 이영의 등을 살짝 내려쳤다.

"이 녀석! 얼른 들어가서 옷 갈아입고 나와."

미진은 찬과 유미가 도착할 시간이 다 되었음에도 평상복 차림인

이영을 나무랐다.

"아아. 아파요. 아파."

이영은 아프지도 않은 등을 비비며 몸을 배배 꼬았다.

"얼른!"

"알았어!"

이영이 옷을 갈아입으러 들어간 사이, 차임벨이 울렸다. 미진은 급하게 걸음을 옮겨 커다란 대문을 열었다. 찬과 유미였다.

"들어오세요."

친구 수진의 죽음 이후 찬과는 첫 만남이었다. 다 같이 식사라도 하려면 할 수 있었지만, 그러지 못했다. 찬은 아내를, 미진은 친구를 잃은 상처가 완벽히 아물지 않았기에 서로의 얼굴을 마주하면 그때의 슬픔이 떠오를 거라는 말도 안 되는 이유였다. 수진이 죽음으로 인한 부재가 불러온 공허함은 생각했던 것보다 더욱 컸다. 잠시였지만, 그들 사이에 어색한 기류가 흘렀다.

"뭘 이렇게 많이 준비하셨습니까."

정원에 기다랗게 놓인 테이블 위에는 이미 세팅을 마친 음식들이 줄지어 놓여 있었다.

"고급 한정식집에 격식 차리고 마주 앉아서 식사하는 건 우리랑 좀 안 맞잖아요. 여기 앉으세요. 유미 아버지. 아니…… 흠. 사돈."

미진은 '사돈'이라는 단어가 꽤 쑥스러워 얼굴을 살짝 붉히며, 찬을 자리로 안내했다.

"아, 저 이거……."

찬이 쭈뼛거리며 미진에게 무언가를 건넸다.

"어머나. 빈손으로 오시라니까. 이게 뭐예요?"

"즐거운 날, 다 같이 와인이라도 한잔씩 했으면 해서 준비했습니다."

뒷머리를 살짝 매만지며 찬이 어색한 목소리로 말했다.

"아이고. 뭐 이런 걸 준비해 오셨어요."

미진이 미안해했다.

"그리고, 이거……."

찬은 와인을 포함한, 과일 바구니, 최상급 한우 세트를 차례로 미진에게 건넸다.

"아니, 사돈. 빈손으로 오시라니까……."

미진의 양손은 찬에게서 건네받은 선물이 한가득이었다.

"아무리 격식 없는 자리라도 첫 대면인데 빈손으로 올 수야 없지요. 가뜩이나 식사까지 얻어먹는 마당에."

"감사합니다. 저희는 준비한 게 없는데."

"식사 준비하느라 애쓰신 것에 비하면 약소하지요."

사돈 간의 훈훈한 대화가 오가길 잠시. 어느덧 가족이 모두 테이블에 옹기종기 모여 앉았다.

비록 캠핑용 테이블이었지만 그 위에 테이블보도 깔고, 화병에 꽃도 꽂고, 제법 멋이 나게 플레이팅 된 음식까지 세팅해 놓고 보니, 고급스러운 레스토랑 부럽지 않은 분위기가 났다. 문제는, 불어닥치는 바람이었다. 아침까지만 해도 고요하더니, 막상 다 같이 모여 앉자 갑자기 찬바람이 세차게 불기 시작했다.

"아…… 이런."

현수의 표정이 점점 굳어갔다. 잘못하면 바람과 함께 날아온 흙까지 씹어 먹을 기세였다.

"그…… 결혼 날짜는 언제쯤이 좋을까요?"

찬이 먼저 바람이 불지 않는 타이밍을 잡아 불쑥 할 말을 꺼냈지만.

휘오오오오.

"에이취!"

바람이 부는 것과 동시에 미진의 재채기가 이어졌다.

"아이들 의견이 제일 중요할 것 같은데. 이겸아, 유미야. 날은 언제 가 좋겠니?"

찬의 질문을 받고, 현수가 이겸과 유미에게 물었다. 하지만 그 타이 밍에 하필 또.

휘오오오오.

"에이취!"

바람이 불고, 곧이어 미진이 재채기를 했다. 미진은 손수건을 꺼내 어 콧물을 닦아내며 괴로운 표정을 지었다. 어쨌든 질문은 잘 전달되 었고, 이겸과 유미의 대답이 남았다.

"저희는 최대한 빨리……."

"봄에……."

이겸과 유미에게서 다른 답변이 나왔다.

"응? 그러니까, 언제?"

다른 답변에 혼란이 왔는지, 찬이 되물었다.

"최대한 빨리."

"봄에."

또 다른 대답이다.

"봄이 좋다며."

이겸이 유미를 바라보았다. 분명 유미는 결혼은 꼭 봄에 하고 싶다 고 했다.

"봄까지 어떻게 기다려."

한데, 이젠 또 아니란다.

"곧 봄이야. 몇 달 안 남았어."

두어 달이면 봄이 올 텐데.

"그런가?"

아직 날이 추워서 봄이 올 것이라는 생각을 하지 못하는 게 분명했다.

'공유미. 하여간, 단순해.'

결혼 준비 기간을 생각하자면, 그 정도 시기가 딱 적당했다.

"에이취! 그래, 봄 좋지. 봄에 하면…… 에이취! 좋아. 엄마도 봄에 결혼했어. 유미 엄마도 그렇고."

미진은 코를 아예 막고, 하고 싶은 말을 드문드문 내뱉었다.

"그럼 봄으로……."

유미의 대답은 문장이 되어 흘러나오지 못했다.

"에이취!"

휘오오오오.

"아무래도 들어가는 게 좋겠습니다. 바람이 부는 통에…… 대화가 이어지질 못하니."

결국 결단을 내린 현수가 아쉬운 듯 자리에서 천천히 몸을 일으켰다.

"그러게요. 아침까진 괜찮더니. 바람이 말썽이네."

결국 미진이 야심차게 준비한 정원에서의 식사는 시작도 하지 못하고 끝나 버리고 말았다. 각자 자기 접시를 가지고 들어가 이겸의 집 안에서 오순도순 이야기를 나누며 식사를 했다.

누가 먼저라고 할 것도 없이 이야기를 시작하고, 귀를 기울여 주고, 또 새로운 주제에 대해서 이야기했다. 유미는 자신의 옆에 앉아 어른들의 말에 귀를 기울이는 이겸의 옆모습을 빤히 바라보았다. 그러자 입가에 절로 웃음이 피어났다.

일상의 평범함이란 이런 것인가. 그 평범함에서 누리는 행복이 유미는 가슴이 벅차오를 만큼 즐겁고 좋았다.

결혼 준비를 하는 내내 유미는 입이 귀에 걸려 있었다. 가장 먼저 식장을 예약했고, 그다음은 신혼집을 구하기로 했다. 이겸과 유미는 같은 회사를 다니기 때문에, 회사 근처에 집을 구하기로 했다. 오늘은 집을 보러 가기로 한 날이었다. 유미는 뭐가 그렇게 즐거운지 온종일 어깨를 들썩이고 허밍을 했다.

'그렇게 좋을까.'

퇴근 후, 이겸은 유미와 손을 잡고 부동산으로 향했다. 자신을 부동산 실장이라고 소개한 사람과 보러 갈 집으로 이동하는데, 미진의 나이뻘 정도 되어 보이는 그녀가 유미를 살폈다.

"새댁이 참 참하게 생겼네."

그녀는 사람 좋은 미소를 지어 보였다.

"네, 그런 소리 종종 들어요."

유미가 콧잔등에 살짝 주름을 만들고, 귀 뒤로 흘러내린 머리카락을 넘기며 대꾸했다.

"아이고. 그 집 신랑은 복 받았네."

근거를 알 수 없는 자신감 넘치는 유미의 멘트에 넘어가기라도 한 건지 실장은 크게 소리 내어 웃었다.

"좀 그런 편이죠?"

해맑게 웃으며 말하는 유미를 본 이겸은 피식 웃고 말았다. 도통 수줍음이란 걸 모르는 여자다. 어느새 주인 없는 집 앞이었다. 실장은 제법 능숙하게 비밀번호를 눌러 안으로 그들을 안내했다. 어둠으로 가득 찬 집 안에 빛이라곤 창문 밖에서 새어 들어온 가로등 불빛 밖에 없었다. 실장이 불을 켜자, 어둠에 가로막혀 있던 시야가 탁 트였다.

"신혼부부들이 제일 선호하는 평수에, 역세권이고, 남향이라서 빛도 잘 들어요. 마침 주인이 집을 부동산에 맡기고 출국해서, 원하면 바로 입주도 가능해요. 딱 좋지. 결혼하기 전에 혼수 들여놓고 미리 들어와서 많이들 살아요."

방을 둘러보며, 실장의 설명을 유심히 듣던 이겸의 눈이 순식간에 번뜩였다.

'바로 입주가 가능하다고?'

당장 유미랑 같이 살 수 있다고? 그렇다면…….

"계약할게요!"

유미는 집 구석구석을 돌아다니며 꼼꼼하게 둘러보는 와중에 뒤에서 들려오는 소리에 화들짝 놀라 몸을 떨었다.

"……뭐?"

유미는 입술을 크게 벌리고서 이겸에게 재차 확인하듯 물었다.

"이다음에 보러 갈 집은 결혼식 이후에나 들어갈 수 있다고 했는데, 여긴 바로 입주 가능하다잖아."

이겸은 제 딴에 해명이랍시고 말했지만, 황당해하는 유미를 이해시킬 수 없다는 걸 잘 알고 있었다.

"내일도 가능해요. 집이 비었잖아요."

실장은 이겸의 말에 동의하듯 말을 덧붙였다.

"유미야. 우리 여기로 하자."

뭔가 다급하고 설렘으로 부풀어 오른 목소리였다.

"야아…… 갑자기 그렇게 이야기하면 어떻게 해."

여기저기 집을 둘러보고 온 것도 아니고, 여기가 처음인데. 덜컥 계약을 하자니. 유미는 황당해졌다.

"내가 대충 둘러봤는데 크게 하자 있어 보이는 곳도 없고, 뭐 좀 별로면 어때. 살면서 고치면 되지."

이겸의 목소리는 뭔가 결의에 차 있었고, 몹시도 단호했다.

"……집이 한두 푼 하는 것도 아닌데 제대로 봐야지."

"당장 들어와 살 수 있다고 하잖아. 그게 중요하지!"

이겸이 목소리를 한껏 높였다.

유미는 너무 어이가 없어서 화도 내지 못하고, 결국 허탈한 웃음을 터뜨렸다.

"어때? 이 집, 괜찮지?"

검은 눈동자 가득 기대를 머금은 이겸에게 유미는 차마 부정을 말할 수 없었다.

"그래…… 마음대로 해라."

어디서 살면 어때. 같이 사는 게 중요하지.

"계약서 쓰러 가실까요?"

이겸은 그제야 만족스러운 대답을 얻었는지, 배시시 웃으며 부동산 실장에게 가서 붙었다. 사실 이 집을 보러 오기 전, 근방의 아파트 중 가장 최근에 지어졌고, 역도 가깝기 때문에 특별한 문제가 없으면 이곳으로 하자고 입을 맞추고 온 상태이기는 했다. 유미는 나가려다가 말고 텅 빈 집 안을 다시 한 번 훑어보았다. 이곳에 가구가 들어오고, 이겸과 자신의 짐이 들어오고, 또 함께 생활하게 될 생각을 하니 불쑥 눈물이 날 것만 같았다.

'여기서 아이도 낳게 되려나?'

이런 날이 올 거라고는 생각해 본 적이 없었기에. 뜻밖의 행운을 만났을 때 너무 놀라 아무런 반응도 할 수 없는 것처럼. 유미는 기분이 이상했다.

$$* *$$

결혼식을 한 달 앞둔 어느 날. 유미는 빠뜨린 물건이 없는지 살피고 있었다. 이겸이 세운 계획(정확히는 계략)에 의해 한 달이나 먼저 신혼집에 들어가게 됐다. 물론 가족들이 모두 동의했기에 가능한 일이긴 했지만, 유미는 혼자 남게 될 찬이 걱정되어 마음이 좋지 않았다.

"빠뜨린 거 없이 잘 챙겼지?"

주말도 아닌데 휴가까지 내가며 딸의 이사를 돕겠다고 나선 찬의 마음 씀씀이가 유미의 마음을 더욱 아프게 만들었다.

"아빠……."

유미가 자신의 방으로 들어서는 찬의 품에 와락 안겼다.

"이 녀석."

찬이 유미의 정수리를 살짝 만져 주었다.

"아빠."

유미는 아무 말도 하지 못하고, 빠르게 눈가에 차오른 눈물을 쏟아 냈다.

"그렇게 이겸이랑 결혼해서 같이 살 거라고 노래를 부르던 녀석이. 울긴 왜 울어?"

"아빠는……."

입술을 삐쭉이며 눈물을 뚝뚝 흘리는 유미를 보며 찬이 빙그레 미소 지었다.

"유미야. 남잔 말이다. 누구나 조금씩 욱하는 기질을 타고나서, 화가 나면 가끔 속에 있지도 않은 말을 툭 내뱉을 때가 있어."

부부로 산다는 건, 환상을 버리고 현실을 받아들여야 잘되어지는 것이다.

"신 서방이 속이 깊어서 아무 말이나 막 하진 않겠지만, 그래도 행여나 마음에 없는 말을 해도 네 성격대로 달려들지 말고 한 템포 정도는 기다려 주도록 해."

인생을 조금 더 살아낸 결혼 선배가 이제 막 결혼이라는 출발점에 선 후배에게 해주는 당부와도 같은 조언이었다.

"물론 무조건 너 혼자 이해하고 삭이란 말은 아니야. 할 말이 있으면 당연히 해야겠지. 그런데 서로 흥분했을 때 한 얘기는 상대방에게 상처만 안겨주기 마련이거든."

유미는 가만히 고개를 끄덕이며, 찬의 말에 귀를 기울였다.

"부부란 게 그래. 성별도 달라, 성격도 다른 사람이 만나서 가정을 이루는데 다 맞는 경우는 0.1 퍼센트도 안 될 거야."

제아무리 태어날 때부터 같이 자라온 이겸과 유미라 할지라도 예외는 없다.

"……네."

"서로 이해해 주고, 아껴주면서. 행복하게. 응?"

찬이 유미를 품에서 떼어내 그녀의 얼굴을 빤히 바라보며 웃었다.

"잘할 수 있지?"

찬에게 유미는 아직도 어린 딸인데.

"그럼요. 잘할 수 있어요."

벌써 신혼집을 얻어 나간다는 생각에 찬의 가슴에 전율이 퍼졌다.

"신 서방이 속 썩인다고 집으로 쪼르르 달려오지 말고."

"아빠…… 내가 그럴 사람인가?"

"하나밖에 없는 딸 보내려니, 아버지도 마음이 그러네."

다시 한 번 유미를 품에 안고 찬이 그녀의 등허리를 쓸어내렸다.

"우리 유미……."

찬은 눈물이 흘러내릴 것 같았지만, 유미를 위해 꾹 참았다.

"아빠. 식사 거르지 말고 잘 챙겨 드시고. 매일 전화 드릴게요."

기껏해야 차를 타면 금방일 거리인 데다 어디 멀리 떠나보내는 것도 아닌데, 마음은 몹시도 아쉽다.

"인석아. 아빠 걱정 말고, 너나 잘해. 귀찮다고 라면 끓여 먹고 그러지 말고. 알았지?"

"알았어요."

"그래. 이제 그만 가자."

찬이 유미의 책상 위에 마지막으로 남은 박스를 들고 1층으로 내려갔다. 대문 밖에는 이겸이 기다리고 있었다.

"주세요, 장인어른."

찬에게 박스를 건네받은 이겸은 붉어진 유미의 눈시울을 발견하고 그녀가 이별에 슬퍼하는 것을 알았다.

"더 있다가 와도 돼. 내가 먼저 가서 정리하고 있을게."

유일한 가족인 아버지와의 이별에 유미가 슬퍼하는 건 어찌 보면 당연한 것이었다.

"아니야. 같이 가."

유미는 앞서 걷는 이겸을 붙잡으며 다급하게 말했다.

"아빠. 진짜 갈게요."

촉촉하게 젖은 눈을 하고 유미가 아쉬운 목소릴 냈다.

"그래. 대충 정리되면 연락 줘."

"그럴게요."

차가 세워져 있는 골목 어귀까지 걸어가는 내내, 유미는 계속 골목
길에 우뚝 서 있는 찬을 향해 인사했다.

　대충 짐을 옮겨놓은 다음, 이겸은 유미와 함께 구청으로 향했다.
전입신고를 하기 위해서였다.
　신고서를 작성하던 이겸의 눈에 혼인신고서가 들어왔다.
　"유미야."
　"응?"
　대기표를 뽑고 기다리고 있던 유미가 이겸의 부름에 반응했다.
　"그걸 생각 못 했다."
　"뭘?"
　"우리, 혼인신고 해야지."
　"혼인신고?"
　전혀 예상 못 한 듯 유미가 놀란 표정을 지었다.
　"또 휴가 내기 힘드니까. 온 김에…… 하고 갈까?"
　이겸은 자기도 모르게 유미의 눈치를 살피며 뒷말을 늘어뜨렸다.
　"……그럴까?"
　유미는 이겸이 꺼내온 혼인신고서를 빤히 바라봤다.
　"혼인신고라니……."
　네모난 칸에 검은 글씨를 써 내려가면서도 유미는 믿기지 않았다.
결혼을 하면 혼인신고를 하는 건, 어떻게 보면 당연한 절차였다. 한데
이 새하얀 용지에 신이겸 세 글자와 공유미 세 글자가 나란히 적히고,
또 이것으로 완벽한 부부가 된다는 사실이 신기했다. 두 사람은 전입
신고를 마치고, 혼인신고서까지 제출했다.
　"호적정리 되려면 이 주 정도 걸릴 거예요. 그 뒤에 사이트 들어가

셔서 확인하거나, 가족관계증명서 떼어서 확인 한번 해주세요."

구청 직원이 서류를 정리하며 친절하게 설명해 주었다.

"끝난 건가요?"

이걸로 정말 다인가?

"네. 끝났습니다."

담백하게 흘러나오는 답변에 유미는 또 멍하게 눈을 깜빡였다. 진짜, 정말로, 꿈이 아닌 현실에서 신이겸과 가족이 되는 순간이었다.

구청에서 넋을 놓고 있던 것도 잠시, 이겸과 유미는 집으로 돌아와 미처 끝내지 못한 정리를 시작했다. 하루 온 종일 정리를 해도 산더미처럼 쌓여 있는 박스들이 아직도 그대로였다.

지친 유미는 아직 가구가 다 들어오지 않아서 휑한 안방에 놓인 침대에 몸을 던져 누웠다.

"으아!"

유미는 온몸으로 밀려드는 피로감에 앓는 소리를 냈다.

"힘들면 쉬고 있어."

짐이 별로 없을 줄 알았는데, 옮겨놓고 보니 정리할 것들이 생각보다 많았다.

"으으. 엄청 피곤해."

이겸이 벌러덩 뻗은 유미의 옆에 자리를 잡고 앉았다.

"마사지 해줄까?"

"크으. 좋지."

유미는 행복한 미소를 지으며 답했다. 이겸이 유미의 다리를 자신의 허벅지로 끌어와 조물조물 주물러 주었다.

"힘들면 쉬어. 정리는 내가 할게."

"조금만 쉬고 다시 해야지. 대충이라도 정리해 둬야지, 안 그럼 내일 또 해야 하잖아."

유미는 무거운 몸을 일으켜 그대로 이겸의 허벅지 위에 몸을 겹쳐
앉았다.

"충전 좀만 하고."

유미의 입술이 이겸의 입술 위에 살포시 내려앉았다. 짧은 입맞춤
에도 가슴에 찌르르한 전기가 흘렀다.

"우리 이제 진짜 부부다. 그치?"

유미의 눈가에 미소가 실렸다.

"응."

"아까 있지. 아빠랑 헤어지는데 마음이 너무 아팠어."

유미가 이겸의 얼굴을 살며시 문질렀다.

"그런 것 같더라."

"하…… 정말 슬펐는데,"

"슬펐는데?"

왜 과거형이야?

"지금은 또 아무렇지도 않네. 민망하게. 어차피 마음만 먹으면 매일
보러 갈 수 있다고 생각하니까 눈물이 쏙 들어가."

"……뭐야, 그게. 엉뚱해."

"대신 이겸이 너랑 이렇게 매일 같이 있으니까."

유미가 이겸의 목에 팔을 둘러 다시 입술을 겹쳤다.

"정말 좋아."

이겸과 유미의 입가에 동시에 같은 형태의 미소가 떠올랐다. 살아
가면서 느낄 수 있는 가장 큰 행복이 바로 사랑이라고 했다. 공허한
마음의 공간을 가득 채우는 사랑이라는 감정이 반갑다. 이젠 친구도,
연인도 아닌, 부부로서 살아가야 한다는 사실이 행복했다.

"신이영이…… 신혼집 들어가면 쓰라고 준 선물이 하나 있는데."

한참 입술을 맞대고 있다가 떨어뜨린 이겸이 수줍게 붉어진 양 볼을 숨기기 위해 고개를 숙이고 말했다.

"뭔데?"

"써볼래?"

"응?"

"잠깐만."

이겸이 가방에 고이 모셔둔 선물 상자를 꺼냈다.

"와. 영이가 무슨 선물을 줬을까? 기대된다."

유미가 양손을 앞으로 모으고 기대에 부푼 표정을 지어 보였다.

"잠깐 있어봐. 이거, 준비가 좀 필요해……."

이겸은 선물 상자를 품에 꼭 안고 욕실을 향해 걸어갔다.

"어? 왜 거기로 가?"

유미가 소리쳐 보아도, 이겸에게서는 아무런 대답도 돌아오지 않았다. 잠시 후. 이겸이 안방 방문 뒤에 숨어서 고개만 살짝 내밀고 유미를 불렀다.

"다 됐어."

"뭐야. 무슨 선물인데 준비까지 거창하게 하고 그래. 더 기대되게."

유미가 방 밖으로 걸어 나가자, 뜻밖에 이겸이 상의를 탈의하고 있었다.

"익! 갑자기 옷은 왜……."

"거품 목욕하라던데……. 우리 둘이."

"……뭐? 거품 목욕?"

유미의 눈이 더 커질 수 없을 정도로 커다래졌다. 이겸은 자기가 말해놓고도 민망했는지, 재빨리 욕실로 사라졌다.

"뭐야…… 같이 목욕을 하라니."

부풀어 오른 마음과 달리 욕실로 향하는 유미의 걸음은 느리기만 했다.

유미와 나란히 거품이 가득한 욕조에 앉아 있는 게 너무 민망해서 이겸은 고개를 살짝 옆으로 돌려 버렸다.

"생각보다 욕조가 좁네……."

이겸의 가슴팍에 등을 기댄 유미가 손바닥 위에 거품을 올리고 놀았다.

"왜. 딱 좋은데. 영이가 선물 고를 줄 아네. 아주 칭찬해."

"뭐 이런 말 같지도 않은 걸 선물로 주냐고 구박했는데……."

구박을 할 게 아니라, 정말 칭찬을 해줬어야 했다.

유미가 몸을 살짝 아래로 내려 고개를 뒤로 꺾어서 이겸을 올려다보았다.

"되게 이상한데 좋다. 그치?"

"응."

이겸은 크게 고개를 끄덕였다. 유미는 이겸의 턱에 살짝 입을 맞췄다. 쇄골까지 차오른 물이 살짝 찰랑였고, 유미의 머리카락이 그와 동시에 너울댔다.

"사랑해. 이겸아."

넘치는 마음은 표현하는 게 좋다.

"꼭 내가 말하려고 하면 먼저 선수 치더라."

이겸이 유미의 이마에 입을 맞췄다. 그리고 살짝 주름 잡힌 유미의 콧등에도, 붉은 기가 도는 유미의 입술에도 키스했다. 사랑은 표현할수록 더욱 커지는 법이다. 유미가 가늘게 눈을 감고 배시시 웃어버렸다. 온종일 쌓여 있던 피로가 전부 가시는 순간이었다.

＊＊

　양쪽 집안 모두 개혼이었기에, 예식장을 찾은 하객이 많았다. 유미
는 신부 대기실을 찾은 주하를 반갑게 맞았다.
　"왜 이렇게 늦게 왔어!"
　예식 한 시간 전에 오겠다고 한 주하는 시작 이십분 전에야 겨우
모습을 드러냈다.
　"미안! 토요일이라서 차가 엄청 막히더라고. 사진! 사진 찍자!"
　주하는 다급하게 재킷을 벗고 유미의 옆에 자리를 잡았다. 모든 커
플의 결혼식이 그렇듯, 오늘의 주인공은 신부인 유미였다.
　"자, 찍습니다."
　찰칵찰칵. 셔터 음이 여러 번 울렸다.
　"유미야."
　여전히 카메라를 응시하며 주하가 말을 걸어왔다.
　"응."
　"너 오늘 진짜 예쁘다."
　뭔가 뭉클한 감정이 들었는지, 주하의 목소리가 살짝 울먹거렸다.
　"뭐야…… 쑥스럽게 그런 말을 하고 그래."
　유미는 제법 웃는 연습을 많이 해둔 상태라, 이제 카메라 초점이
제게 돌아오면 자연스레 치아까지 드러내 보이며 웃었다.
　"너 행복한 모습 보니까, 너무 좋아."
　주하는 기어이 눈물을 터뜨리고 말았다.
　"야아……."

기껏 눈물을 참고 있었는데 주하가 눈물을 글썽이자, 유미의 눈가도 붉어졌다.

"그렇게 마음고생 하더니. 결국 이렇게 빛을 보는구나."

"내가 무슨…… 겸이가 더 그랬지."

"우리 예쁜 유미. 운명의 상대와 행복하게 잘 살아."

주하는 입술에 힘을 줘 더 나오려는 눈물을 삼켜냈다.

"식장에서 봐. 화장 예쁘게 해놓고, 눈물 흘리지 말고."

"응."

유미는 터져 나오는 감정을 추스르기 위해 한참을 크게 심호흡했다. 좋은 날, 울지 말아야지. 최대한 밝게 웃어야지. 마음속으로 천만 번쯤 다짐했다.

한껏 빼입고 식장에 들어선 지원은 주변을 두리번거렸다. 청첩장은 받아서 오긴 와야겠고, 아는 사람이 없어서 민망한 상황이었다.

"어! 저기 최시윤 씨다!"

멀리서 봐도 훤칠한 시윤을 발견한 지원이 반갑게 그에게로 걸어갔다. 그런데 웬걸. 시윤은 작고 귀엽게 생긴 여자와 조잘조잘 웃으며 이야기를 나누고 있었다.

'뭐야. 누구지? 여자친구인가? 그사이에 벌써 여자친구가 생겼어?'

지원의 걸음이 잠시 멈췄다. 여자에게는 직감이라는 게 있다. 이성을 바라보는 눈빛이 우정인지, 사랑인지 가늠할 수 있는 능력이 있는 것이다. 지금 지원의 눈에 들어온 여자의 눈빛은 분명 '사랑'이다.

'뭐지…… 누구지?'

지원이 고민하며 자리에 우뚝 서 있는 사이, 시윤의 옆에서 이야기를 나누던 여자의 시선이 제게 와 박혔다. 곧이어 그녀는 눈을 동그랗게 뜨고 놀란 기척을 보였다.

"어?"

동시에 시윤의 시선도 지원에게로 돌아갔다.

"어?"

서로를 보고 화들짝 놀라고 말았다.

"여긴 왜……."

굳이 오지 않아도 될 곳에 와 있는 서로가 신기했다.

"아는 사이예요? 저분, 되게 유명한 분 아니에요?"

이영이 눈을 빠르게 깜빡이며 시윤에게 질문했다.

"아. 네. 뭐, 그냥 조금 아는 사이에요."

신경 쓸 것 없다는 듯. 묘하게 기분 나쁜 그의 어투에 지원은 기분
이 완전히 상했다. 그때, 마침 이영이 누군가의 부름을 받고 어딘가로
사라졌다. 시윤과 지원만 덩그러니 그 자리에 남았다.

"자존심도 없지. 좋아하던 여자 결혼식엔 왜 와?"

지원이 팔짱을 안으로 말아 끼고, 한껏 꼬인 물음을 건넸다.

"그럼, 그쪽은 자존심도 없어요? 좋아하던 남자 결혼식엔 왜 옵니
까?"

시윤은 지원의 말을 똑같이 되받아쳤다.

"나는! 친구로서 온 건데?"

지원이 애써 당혹감을 숨긴 채, 태연하게 말했다.

"저도 같은 팀원 두 분 결혼식이라 온 건데요?"

시윤은 지원에게 단 한마디도 지지 않았다.

"아니, 최시윤 씨. 전부터 느낀 건데 사람이 왜 이렇게 차별을 심하
게 하지?"

"차별? 무슨 차별이요?"

"아까 저, 저 조그만 여자애한테는 엄청 상냥하게 대해주고, 유미한테도 살살 웃어주면서 나한텐 왜 이렇게 차갑게 대해? 은근히 사람 차별하는 거 같은데?"

지원은 여태껏 쌓아왔던 감정을 이제 와서 터뜨리기라도 하듯 가라앉은 목소리로 불만을 토로했다.

"아아. 그 차별? 맞아요. 저 사람 차별해요."

그제야 지원의 말을 이해하기라도 한 건지, 시원이 고개까지 크게 끄덕였다.

"아니. 왜? 내가 뭐 잘못했나?"

지원은 도통 제게 이렇게 함부로 구는 시윤을 이해할 수 없었다. 어쩌면 이러한 불친절이 익숙하지 않은 탓도 있으리라.

"공 대리님 괴롭히셨잖아요."

평상시 대화하는 어투로 차분하게 말하는 게 더 얄밉게 보였다.

"허 참, 누가 괴롭혔다고 그래? 내가 유미한테 얼마나 잘해줬는데?"

"막 잘해주는 것같이 보이진 않았어요. 그다지. 썩."

시윤이 어깨를 으쓱하고 썩은 미소를 지었다. 그러다가 시윤이 살짝 고개를 옆으로 틀어 허공 어딘가에 시선을 맞췄다.

"나 되게 괜찮은 사람이거든?"

"누가 뭐래요?"

아예 무시라도 하듯 시선을 다른 쪽으로 옮긴 시윤을 보고 있자니 열불이 나서 도저히 그와 함께 있을 수 없을 것 같았다.

"……허. 진짜. 웃기네. 이 동네 남자들은 전부 왜 이 모양이야."

지원이 허탈하게 웃으며 다른 곳으로 자리를 옮기려 했다. 그때, 시윤이 지원의 가녀린 팔뚝을 살짝 붙잡았다.

"잠깐 좀 이렇게 돌아봐요."

"왜, 뭐. 때리게?"

"아니. 좀 잠깐 돌아보시라니까."

시윤이 거칠게 지원의 어깨를 휙 돌려 그녀의 등 뒤에 매듭이 풀린 리본을 매만졌다.

"끈 풀렸어요. 등이 훤히 보입디다."

"아! 어!"

지원이 그제야 휑한 등을 더듬었다.

"구멍이 많네요, 김지원 씨."

"그쪽도 만만찮거든?"

[지금부터 신랑 신이겸 군과 신부 공유미 양의 결혼식을 시작하겠습니다.]

"됐다. 앉아요. 앉아서 봅시다, 우리."

우리.

'뭐야…… 사람 설레게.'

지원은 시윤의 손길이 닿은 등이 홧홧하게 타오르는 기분이었다.

버진로드 앞에 찬의 손을 잡고 선 유미는 저 멀리 조명 아래 빛나는 이겸의 모습을 정확히 마주하고 있었다. 서서히 거리가 가까워질수록, 심장이 세차게 떨렸다. 분명 양옆으로 수많은 하객이 있음에도 불구하고, 이 공간에 이겸과 저 하나만 있는 듯했다.

'이겸아…… 이거 꿈이야?'

가슴속을 울리는 떨림이 잦아들 때쯤, 찬의 손 위에 얹어져 있던 그녀의 손이 이겸에게로 건너갔다. 유미는 몇 번이나 이 상황이 꿈인 것만 같아서 옆에 선 이겸을 곁눈질로 훑었다.

"그만 좀 쳐다봐. 꿈 아니니까."

이겸이 소리를 낮춰 유미에게만 들릴 정도로 작은 목소리를 냈다.

"어떻게 알았어?"

"눈이…… 이 상황을 못 믿고 있는 것 같아서."

유미는 기껏 참아온 눈물이 또 터져 버릴까 봐 입술을 세게 깨물었다. 입안에는 입술에 몇 겹씩 펴 바른 립스틱 맛이 감돌았다. 이겸은 자신에게 팔짱을 끼고 있는 유미의 손을 꼭 잡았다. 이 순간이 사실임을 인지시켜 주기라도 하듯. 따뜻하게.

결혼식이 끝나자마자 촉박한 출발 시간으로 인해 곧바로 공항으로 달려왔다. 티켓팅을 하고 출국 심사대를 건너면서도 유미는 여전히 구름 위를 걷듯 멍한 상태였다.

"신혼여행이라니. 이게 꿈이야. 생시야."

유미는 제 볼을 꼬집어보는 시늉을 하며 호들갑을 떨었다.

"여권 줘. 덜렁대다가 잃어버려서 국제 미아 되지 말고."

결혼식 내내 유미는 이렇게 넋이 나간 상태였다. 폐백을 할 때도, 찾아온 하객들에게 인사를 하면서도 줄곧. 이를 테면 잠에 취한 사람처럼 그랬다.

"……내가 또 언제 덜렁댔다고. 자! 여기."

유미는 손에 꼭 쥐고 있던 자신의 여권을 이겸에게 건넸다.

"휴대폰은 꺼두자. 여행할 동안."

유미의 여권을 건네받아 자신의 가방에 챙겨 넣으며 이겸이 말했다.

"왜. 사진도 찍고 해야지."

"카메라 들고 왔잖아."

츤데레와 정석

"그런가?"

둘만의 시간을 즐기잔 얘긴가. 유미는 그제야 집 나간 정신이 조금씩 돌아오는 느낌이 들었다. 서로에게 온전히 집중하는 신혼여행을 만들기 위해 유미는 휴대폰 버튼을 눌렀다.

"어?"

주하에게서 몇 개의 메시지가 들어와 있었다. 톡 창을 열어본 유미의 눈이 휘둥그레졌다.

'헉! 이거 야동 아니야?'

〈뜨거운 첫날밤 보내라, 친구야.〉

'대박!'

유미는 그 놀라우리만큼 적나라한 영상의 저장 버튼을 꾹 눌렀다.

'고맙다, 친구야.'

유미는 곧바로 이겸에게 그 영상을 전송하기 위해 손가락을 분주하게 놀렸다.

"거기서 뭐 해?"

이겸이 저만치 걸어가다가 뒤처진 유미를 불렀다.

"어, 어! 가! 가!"

유미가 이겸의 이름이 적힌 톡 창에 영상을 첨부하고, 전송 버튼을 꾹 눌렀다. 손에 쥐고 있던 휴대폰에서 진동이 울리자, 이겸의 시선이 액정으로 향했다.

"뭐야. 바로 앞에 있는데 무슨……."

메시지를 확인한 이겸의 동공이 점점 확장되기 시작했다.

"이, 이게 대체……."

더 놀라운 것은…… 그 채팅방이.

"봤어? 봤어? 이게 글쎄……."

"야…… 이거, 단체 채팅방이잖아."

"엉? 뭐라고?"

맑은 유미의 얼굴이 급격하게 어두워졌다.

"엄마랑 영이까지 같이 있는 단톡방이잖아. 이거…….."

"므어어어어어어어!"

유미는 이겸의 손아귀에 있던 휴대폰을 빼앗아 들어 메시지를 확인했다.

"다, 단체 채팅방이야? 왜, 왜! 아니라고 말해줘. 제발!"

유미는 곧 울 것 같은 얼굴을 양손으로 감싸 쥐고 절규했다.

"하…… 너 진짜. 아악!"

이겸은 못 볼 것이라도 본 사람처럼 소리를 지르며 두 눈을 손바닥으로 가렸다.

"왜. 왜! 왜 그러는데!"

울먹이는 유미의 목소리가 몹시도 절박했다.

"숫자가…… 다 없어졌어."

메시지 풍선 옆에 있는 숫자가 다 지워져 버렸다. 완전히. 깨끗하게.

"……야아. 나 어떻게 해. 시집오자마자 야동 보는 며느리로 찍히는 거 아니야?"

"잠깐 있어봐."

이겸은 숫자가 없어지고도 한참 새로운 대화가 올라오지 않는 걸로 보아, 저처럼 미진과 이영도 당황했음을 직감했다.

〈좋은 건 다 같이 봐요. 제 휴대폰에 용량이 없어서 유미 걸로 보내봤어요. 신혼여행 잘 다녀올게요.〉

"아…… 공유미. 진짜."

이겸은 혹시라도 누군가에게서 답장이 돌아올까 봐 자신의 휴대폰과 유미의 휴대폰의 전원을 아예 꺼버렸다.

"하여간. 하루도 사고 안 치는 날이 없네."

"어떡해…… 나 완전 찍힌 거 아니겠지?"

울상이 된 유미의 얼굴을 보며 이겸은 피식 입꼬리를 올려 웃었다.

"몰라. 내가 대충 둘러댔으니까 그런 줄 알겠지, 뭐."

이겸은 길게 한숨을 토해내듯 내쉬었다.

"큰일이다. 그거 얼핏 봤는데…… 되게, 응? 그랬단 말이야."

야함을 상, 중, 하로 나눈다면…… 최상급인 그 영상을, 다른 사람도 아닌 시댁 식구들과 공유하게 되다니.

'미쳤다. 공유미.'

유미는 심장이 벌렁거려서 도저히 한 발자국도 움직일 수가 없었다.

"됐어. 잊어. 모른 척 해주시겠지."

"정말…… 그럴까?"

신이 나서 그 영상을 저장하는 게 아니었는데……. 이겸이 전원을 꺼버리라고 했을 때, 꺼버렸어야 했는데!

"흐앙. 어떡해."

유미는 콧구멍을 벌렁거리며 콧김을 내뿜었다.

"가자. 늦겠다."

이겸은 충격에 방황하는 유미의 어깨를 붙잡아 제 품으로 끌어당겨 안았다.

"으, 응."

유미는 그제야 울상이 된 표정을 살며시 풀었다. 이겸은 여전히 굳어 있는 유미의 얼굴을 물끄러미 바라보다가, 그녀의 볼에 살짝 입을 맞췄다.

"이런 이상한 영상을 보내지 말고."

그리고 이겸은 입술을 유미의 귓가에 가까이 붙여서.

"널 보여줘. 너. 너 말이야, 공유미."

나지막이 말했다. 있는 힘껏 사랑을 밀어내고 외면하는 것을 연기해야 했던 '츤데레의 정석' 신이겸은 이제 이 세상에 존재하지 않았다. 다만.

"난 너만 있으면 돼."

사랑이 넘치는 신이겸만 남았다. 바로 유미의 곁에.

〈完〉

외전.
너라는 기적

쏟아져 내리는 태양빛이 따갑다 못해 덥게 느껴지는 곳. 이겸과 유미가 여행지로 선택한 곳은 허니문 성지라고 할 수 있는 몰디브였다.

"하아. 엄청 피곤하다."

유미는 오는 내내 비행기에서 숙면을 취했다. 그래놓고도 숙소에 도착하자마자 짐도 풀지 않고 침대에 벌러덩 누워버렸다.

"비행기 타자마자 기절한 사람이 할 소린 아닌 것 같은데."

이겸은 침대 바로 옆에 팔짱을 끼고 서서 조용히 말했다.

"왜 그러고 서 있어? 비행기 오래 타고 와서 힘들지 않아? 침대 엄청 푹신한데, 너도 얼른 누워봐."

졸린 듯 느른하게 늘어진 눈매를 하고 유미가 제 옆자리를 툭툭 내려쳤다.

"여기까지 와서 누워 있자고? 하다못해 리조트 앞에 있는 바다라도 보고 오는 게 아니라?"

이겸은 시선을 아래로 깔고 입술을 움직였다.

"이겸아. 내가 있지 이런 말까진 안 하려고 했는데……."

바다 구경이나 하러 가자는 이겸을 향해 유미가 답답한 듯 한숨까지 쉬어가며 말을 이어갔다.

"뭘 안 해?"

그녀의 뒷말이 궁금한 듯, 이겸이 눈을 동그랗게 떴다.

"우리 신혼여행 일정에 '관광하기'는 없어."

"뭐?"

"바다가 보고 싶으면 봐."

말을 끝내기 무섭게 유미가 손가락으로 창밖을 가리켰다. 그들이 묵게 된 숙소는 풀빌라형 리조트였다. 그녀가 가리킨 창밖은 마치 한 폭의 그림처럼 에메랄드빛 바다가 끝없이 펼쳐져 있었다.

"어?"

잠시 이해되지 않는다는 눈을 하던 이겸은 순간 유미가 한 말을 그제야 이해한 듯 입을 크게 벌렸다.

"그러니까 얼른 누워. 누워서 좀 쉬자."

유미가 이겸의 팔을 잡아 내렸다. 동시에 이겸의 몸이 침대로 끌려갔다.

"잠깐만, 그러면 옷이라도 갈아입고……."

"뭘 한다고?"

유미는 미간을 잔뜩 찌푸리고 고개를 갸우뚱거렸다.

"옷, 갈아입고 온다고. 옷!"

이겸은 부러 큰 소리로 '옷'이란 단어를 강조했다.

"으흥. 옷을 갈아입는다고……."

겨우 이겸이 한 말을 이해한 듯 유미가 그를 향해 빙긋이 미소 지어 보였다. 그리고 곧장 이겸의 셔츠를 끌어내렸다. 순식간에 유미와의 거리가 완전히 좁혀지자 이겸은 저도 모르게 숨을 멈추고 말았다.

"뭐야……."

그의 의지와 상관없이 마른침이 꿀꺽 삼켜졌다. 짧은 순간, 정적이 흘렀다.

"어차피 벗을 건데 뭘 갈아입어. 그냥 있어."

유미는 양 입꼬리를 살며시 말아 올린 채 웃으며 말했다.

"넌…… 애가, 부끄럽지도 않나."

이겸이 자신의 셔츠를 꽉 붙잡은 유미의 손을 느리게 떼어내려 했다.

"신혼여행까지 와서 뭘 부끄러워해. 어차피 그렇고 그런 거 다 한 사이에."

"뭐라는 거야."

이겸은 얼굴부터 시작해 귀와 목까지 시뻘겋게 달아올라서 유미에게로 향한 시선을 거뒀다. 계속 그녀와 눈을 마주치고 있었다간 심장이 터져 버릴 것 같았다.

"아니야?"

시선을 회피하는 이겸과 다시 눈을 맞추려 고개를 이리저리 틀어가며 기어이 눈을 맞추고 유미가 질문했다.

그는 유미의 집요한 시선을 피할 수 없었다. 대답을 해야 하는데 입술이 떨어지지 않았다.

"뭐야. 결혼까지 해놓고, 웬 철벽이람."

꾸물거리는 이겸을 보며 유미는 토라지기라도 한 건지, 입을 삐죽이며 그의 셔츠를 쥔 손에 힘을 풀었다.

"그래, 옷 많이 갈아입고, 바다 구경 많이 해라! 흥!"

유미가 통명스럽게 툴툴거리곤 이불을 머리끝까지 뒤집어썼다.

"……화났어?"

이겸은 엉거주춤한 자세로 침대 끄트머리에 아슬아슬하게 엉덩이를 붙이고 앉아 조심스레 말을 붙여보았다.

"몰라."

이겸이 유미의 이불을 내려보려 손을 뻗었지만, 이불을 붙잡은 그녀의 힘이 얼마나 센지 이불은 꿈쩍도 하지 않았다.

이겸은 입술을 입안으로 말아 넣었다. 괜히 심기가 불편해 보이는 유미를 건드렸다가 좋은 소리를 듣지는 못할 것 같아서 침대에서 천천히 몸을 일으켰다.

옷을 다 갈아입고 그는 다시 유미에게 말을 걸어볼 요량으로 침대를 훑어보았지만, 방금 전과 똑같이 이불을 뒤집어쓰고 있는 그녀의 모습에 이겸은 벌린 입술을 굳게 다물었다.

열린 창문 밖으로부터 불어 들어오는 바람이 살랑거렸다. 이미 해가 어둑어둑 지고 있었다. 창밖으로 타들어갈 듯 붉은 노을이 지는 것이 보였다. 리조트 내부에 이용할 부대시설을 둘러보고 돌아온 이겸은 유미의 옆에 비스듬히 기대어 누웠다. 토라져 이불 속에 숨어 있던 유미는 해가 지는 줄도 모르고 대자로 뻗어서 자고 있었다. 그는 입을 한껏 벌리고 잠든 유미를 그윽한 눈길로 바라보았다.

자꾸만 멋대로 피식피식 밀려 올라가는 입꼬리를 힘주어 내리누른 채다. 정말이지 꿈만 같은 현실이었다. 피부에 와 닿는 이 순간이 이겸은 믿을 수 없을 만큼 황홀했다. 유미와 결혼을 하고 신혼여행을 와서 이렇게 같은 공간에서 숨을 쉰다는 것 하나만으로 가슴이 벅차올랐다.

이겸은 살짝 몸을 움직여 잠든 유미의 동그란 이마에 입 맞췄다. 그리고 다시 유미를 그윽하게 바라보다가 또 그녀의 콧잔등에 입 맞춰 보았다. 입술에 닿는 감촉이 신기했다. 사귀고 난 뒤, 입술이 닳아 없어질 만큼 키스해 놓고도 이 감각이 이겸에겐 신기하기만 했다.

곧이어 그는 검지를 세워 유미의 코를 꾹 눌렀다. 솟아오른 앙증맞은 코가 살짝 움찔거림에 이겸이 뻗었던 손가락을 살짝 접어냈다. 코에 닿는 무언가에 잠이 깨기라도 한 건지 유미가 코를 움찔거리며 천천히 눈을 떴다.

"뭐 해?"

유미는 바로 제 코앞에 누워서 눈을 말똥말똥 뜨고 있는 이겸을 향해 물었다.

"잘 잤어?"

"안 잤거든?"

코까지 골면서 자놓고, 안 잤단다.

"그래. 너 안 잤어."

이겸이 피식 웃었다.

"뭐야, 비웃어? 나 아직 화 안 풀렸거든?"

"배는. 안 고파? 벌써 해 졌어."

유미의 날 선 말투에도, 이겸은 실없는 미소를 지으며 다른 질문을 건넸다.

"나 아직 화 안 풀렸다고."

"그래. 알았어."

"뭘 알아?"

대뜸 뭘 알겠다는 건지 몰라서 유미는 눈썹을 추켜세우고 이겸에게 되물었다.

"네가 하고 싶은 게 뭔지, 잘 알겠다고."

"응? 뭐?"

이겸이 어깨를 당겨 유미와 떨어진 거리를 좁혔다. 순식간에 숨결이 맞닿을 듯 가까워진 거리에 유미가 눈을 동그랗게 떴다.

"관광은 싫다는 거지?"

깜빡깜빡. 눈을 깜빡이는 유미의 모습은 무척이나 놀란 듯 보였다. 질문에 대한 답도 하지 못하고 계속 그 상태였다.

그리고 잠시 뒤, 이겸의 입술이 천천히 유미의 입술 위로 내려앉았다. 그와 동시에 유미의 어깨가 살며시 떨려왔다. 한참 깜빡거리던 그녀의 눈꺼풀이 서서히 가라앉았다. 입술을 통해 느껴지는 감각이, 감정이 뭐라고 표현할 수 없을 정도로 좋다. 이겸이 유미의 허리를 천천히 감싸 안았다. 얽히고설킨 입안 감각이 주는 뜨거움은 가슴을 두근거리게 만들었고, 온몸의 모든 감각을 깨웠다. 심장이 너무 세차게 뛰어서, 오가는 숨결이 몹시도 거칠어서. 이겸은 입술을 살며시 떼어내고 유미와 콧등을 마주 댔다.

"하아……."

이겸이 입술을 떼어냄과 동시에 속에서 터져 나온 가픈 숨이 공기 중에 부서졌다. 유미가 천천히 눈꺼풀을 밀어내 눈을 떴다. 이겸의 눈동자 속에 거울처럼 비친 제 모습을 빤히 바라보았다.

"것 봐. 우리 둘 다 덤비면 위험하다니까."

이겸이 낮은 목소리로 속삭이듯 말했다. 유미는 콧등을 맞대고 눈을 감은 채 얼굴 가득 행복을 담고 미소를 지었다.

"밥 먹을 시간인데, 밥도 안 먹이고 하고 싶다고, 이러면……."

이겸이 유미의 입술에 제 입술을 살포시 포개어놓고선 낮게 읊조렸다. 완벽히 포개어진 그들의 입술 사이엔 조금의 틈도 생겨나지 않았다. 그렇게 천천히, 그리고 또 빠르게 서로에게 완벽히 융화되어 갔다. 깍지 낀 이겸과 유미의 손 안에 땀이 맺혔다.

"하아……."

맥박은 더 없이 빠르게 뛰어왔다. 누구의 것인지 모를 심장 고동 소리가 크게 울렸다.

"사랑해."

소중하고 또 아름다운 여자에게 하는 한 남자의 고백.

"내가 더 사랑해."

남자의 마음이 너무 고맙고 벅찬 여자의 고백이 공간을 뒤덮었다. 사랑한다는 문장 하나로는 전달되지 않는 가슴 가득 피어오른 감정을 이젠 언제든, 마음 놓고 전할 수 있단 사실이 이겸을 기쁘게 만들었다.

그에게 있어 사랑은 아픔이자 인내였다. 하지만 이젠 아니다. 지금 그에게 있어 사랑의 또 다른 이름은 행복이 되었다. 이겸은 더 이상 유미와 꽉 마주 잡은 이 손을 놓칠 일도, 놓을 일도 없다는 사실이 좋았다. 또한 그의 온 마음을 가득 메우고 있던 불안을 완전히 소멸시켜 버렸다. 이겸은 사랑의 크기를 재고 따지기 보단, 마음 가는 대로 사랑하고 싶었다. 태어나 처음 사랑한 사람. 또 그의 인생에 마지막이 될 사랑, 유미에게.

7박 8일의 신혼여행의 마지막 날이 밝았다. 길고 긴 여행 기간 동안 이겸과 유미는 관광 따윈 할 수 없었다. 여행 첫 날 유미가 했던 '우리 신혼여행 일정에 '관광하기'는 없어'라는 말이 현실이 될 거라곤 절대 예상할 수 없었지만. 유미의 바람인지 저주인지 모를 그 주문과도 같은 한 마디는 결국 현실이 되었다. 그들은 줄곧 방 안에 처박혀서 최소한의 식사만 하고, 오롯이 둘만의 시간을 보냈다.

이 여행의 마지막 일정에 겨우 들어갈 수 있었던 것이 바로 수영이었다. 혹자는 이겸이 유미에게 여기까지 와서 백사장 한 번 밟아보지 못하고 돌아가는 건 아닌 것 같다고. 애원해서 얻은 귀한 시간일 거라고 생각할지도 모르겠다. 하지만, 애원을 한 쪽은 이겸이 아닌 유미였다.

"이겸아. 우리 이러다 진짜 죽어. 밥은 먹고 해."

유미는 밥도 제대로 먹지 못하고, 꼬박 일주일을 이겸에게 시달려야 했다.

"여기까지 왔는데 바닷가에도 나가보고, 응? 백사장은 한 번 밟아 보고 가야지. 제발. 이겸아."

단호하게 거절하는 이겸에게 매달리고 매달려 한국으로 돌아가기 몇 시간 전, 겨우 해방된 유미의 얼굴은 꽤나 초췌해진 상태였다.

유미는 너른 욕실 한쪽 구석에서 수영복을 껴입었다. 거울 앞에 서자 눈 밑이 퀭한 여자 한 명이 보였다. 그들이 일주일간 묵은 풀빌라 내부엔 크진 않지만, 프라이빗 수영장이 있었다. 하지만, 그 프라이빗 수영장에 발도 못 담가보게 될 줄 유미는 상상도 하지 못했다.

"하아."

세면대 쪽으로 고개를 살짝 내린 유미의 잇새로 기다란 한숨이 터져 나왔다.

"내가 신이겸을 너무 얕봤어."

말려도 소용없었다.

"결혼하더니…… 불도저가 따로 없네."

애원해도 먹히지 않았다.

"완전, 대박 체력."

그녀의 한숨 끝엔 두려움이 서려 있었다.

"신이겸…… 인정. 내가 졌다."

직진의 대명사라고 불리던 유미도 지금의 이겸에겐 명함도 못 내밀 수준이었다.

"오기 전에 장어즙을 괜히 먹였나. 하아……."

얼핏 눈가에 눈물이 맺히는 듯도 했다.

"그래도 겨우 졸라서 바다 수영이라도 하게 된 것에 감사해야 할지도."

그것도 아니었다면 공항으로 출발하기 전까지……. 유미는 고개를 크게 저었다.

"집에 돌아가면 남은 장어즙은 내가 먹어야지. 신이겸은 앞으로 장어즙 섭취 금지야."

마지막으로 유미는 크게 숨을 들이켠 다음, 욕실 문을 열었다.

"엄마야! 깜짝이야!"

욕실 문 바로 앞에 선 이겸을 발견한 유미는 화들짝 놀라 뒤로 발라당 넘어질 뻔했다. 그는 팔짱 낀 자세로 수영복을 입고 나온 유미를 느리게 훑었다.

"놀랐잖아. 왜 여기 있어?"

유미는 두 눈을 감고 놀란 가슴을 쓸어내렸다.

"하도 안 나오기에 혹시 쓰러진 건가 싶어서."

다소 무심한 말투였지만, 이겸의 눈동자에는 걱정이 담겨 있었다.

"걱정됐어?"

유미가 이겸의 엉덩이로 손을 뻗어 톡톡 두드렸다.

"걱정했지, 당연히."

이겸의 양 볼이 살짝 붉어졌다.

"나 그렇게 약하지 않아."

실없는 미소를 지으며 유미가 빙긋 웃었다.

"근데 너, 그러고 나갈 건 아니지?"

붉은 기가 사라진 이겸의 얼굴이 곧바로 창백하게 굳어갔다. 유미를 다시 한 번 위아래로 훑어 내리는 이겸의 눈길이 어딘지 모르게 차가워 보였다.

"나? 이러고 나갈 건데?"

유미는 당당하게 두 팔을 벌려 휘적거리며 뭐가 문제냐는 표정을 지었다.

이겸이 양 미간에 주름을 잡고 무서운 표정을 지었다.

"왜? 이상해?"

유미는 그런 이겸의 반응에 당황한 듯 눈을 동그랗게 뜨고 입술을 살짝 내밀었다.

"유부녀가. 그러고 나가겠다고?"

유미가 비키니를 입은 제 몸을 훑어 내렸다.

"왜? 어디가 어때서?"

이상한 점을 찾지 못한 듯, 고개를 빳빳하게 들고 다시 묻는다.

"애가…… 세상 무서운 줄 몰라."

이겸은 혀를 끌끌 차며 유미의 어깨를 돌려 세워 다시 욕실로 그녀를 밀어 넣었다.

"어? 왜? 왜? 이상해? 이거 내가 일주일이나 고민해서 고른 건데!"

이겸이 욕실의 거울 앞에 유미를 세웠다.

"잘 봐. 뭐 잘못된 거 없어?"

유미는 거울 속 자신의 모습을 뚫어져라 쳐다봤다. 무척이나 심각하고, 진지한 표정으로. 검은색 비키니는 과하지도, 그렇다고 너무 무난하지도 않은 디자인이었다. 가슴골 사이로 커다란 리본이 묶인 평범한 수영복이었다.

"이게 왜?"

마음에 안 들어서 그러는 건지, 뭔지. '잘못된 것'을 속 시원히 이야기 해주면 좋으련만 그것도 아니다.

"너무……."

이겸이 말을 하다말고 아랫입술을 살짝 깨물었다.

"너무, 뭐?"

"너무…… 야하잖아."

잠시 정적이 흘렀다.

"푸하하하."

정적 끝에 흘러나온 건 유미의 커다란 웃음소리였다. 욕실 타일에 부딪쳐 메아리치는 유미의 웃음소리는 듣기에 공포스럽기까지 했다.

"……왜 웃어."

묘하게 기분 나쁜 웃음이었다.

"이게 뭐가 야해. 이게 제일 무난한 건데."

유미는 눈에 눈물까지 머금고 터져 나오는 웃음을 겨우 진정시키며 천천히 말했다.

"무난? 이게 무난한 거라고?"

믿을 수 없다는 듯 이겸이 경악을 했다.

"무난하지, 이 정도면!"

유미는 진짜 야한 비키니 수영복을 본다면 이겸이 기절할 수도 있겠다는 생각을 했다.

"말도 안 돼. 완전 야하다고. 그냥, 다 보이네. 훤히 보이네!"

이겸이 선반 위에 있던 커다란 바디 타월을 유미의 어깨에 덮어주었다.

"수영복, 이것뿐이야?"

이겸이 잔뜩 내리깔린 어조로 말했다.

"……응."

"수영, 꼭 해야겠어?"

"설마 수영복 때문에 수영 못하게 할 건 아니지? 어? 내가 수영하러 가려고 피곤한데 막, 몸을 일으켜서……."

"알았어, 그럼. 잠깐만 기다려 봐."

이겸은 황급히 어디론가 사라져 버렸다. 그리고 잠시 뒤, 쇼핑백 하나를 들고 룸 안으로 들어섰다.

"이걸로 해."

뛰어온 듯 거칠게 숨을 고르며 이겸이 유미에게 밖에서 들고 들어온 쇼핑백을 건넸다.

"이게 뭔데?"

"수영복."

"잉? 수영복을 왜 또 사와?"

"그걸로 갈아입어. 안 그럼 절대 허락 못해줘. 수영하는 거."

유미는 울상을 하고 다시 욕실로 들어가 이겸이 사온 수영복을 껴입었다. 다 갈아입고 난 후, 거울을 본 그녀의 표정이 심상찮게 변했다. 언뜻 화가 난 듯도 했다.

"이걸, 나더러 입으라고……."

흡사 90년대 미스코리아 수영복을 연상시키는 파랗고 촌스러운 수영복을 입은 유미는 욕실 문을 벌컥 열자마자 반나체인 이겸을 발견하고 숨을 멈출 수밖에 없었다.

"이제 괜찮아 보인다."

유미가 직접 골라준 트렁크형 수영복을 입은 이겸이 유미를 향해 생긋 웃어 보였다.

"……뭐야."

이렇게 해맑게 웃어버리면 그 누구도 투덜댈 수 없을 것이다.

"수영복 딱 맞네."

가릴 데 다 가린 이른바 '보수적인 수영복'을 입은 유미는 욕실 입구 바닥에 떨어진 새로 산 자신의 검은색 비키니를 안타까운 눈길로 바라보아야만 했다.

귀국하는 비행기 안. 이겸은 자신의 어깨에 고개를 떨군 채 잠든 유미를 한참 내려다보다가 창밖으로 시선을 돌렸다. 비행기 창밖 구름 속 노을 지는 풍경은 그야말로 장관이었다. 비행기에 오르기 전, 유미와 짧은 언쟁이 있었다. 이유는 바로 이겸과 유미가 일주일간 묵은 숙소 때문이었다. 여행지 숙소 예약은 유미가 맡았는데, 미리 예정했던 예산보다 더 비싸 보이는 숙소에 문득 의문을 느낀 이겸이 유미에게 숙소 금액에 대해 질문한 게 화근이었다.

그들이 묵었던 리조트는 J그룹에서 직접 투자에 참여한 곳으로, 신혼여행을 몰디브로 떠난다는 유미의 말에 시윤이 흔쾌히 리조트를 무료로 이용할 수 있게 해주었다는 것이다. 이겸은 그걸 덥석 받은 유미를 이해할 수 없었다. 순간 왜 그랬냐며 저도 모르게 유미에게 버럭 화를 내버리고 말았다.

'미안하네. 덜컥 화를 내버려서……'

결혼식은 물론이고, 그들이 마련한 전셋집까지 전부 양가 부모님의 도움을 받지 않고 하기로 했기 때문에 이겸과 유미가 모아둔 돈을 합쳐 모든 걸 해결해야 했다. 유미는 업무로 바쁜 이겸을 배려해 가계를 책임지고 있었는데, 크지 않은 예산 안에서 모든 것을 해결하려 했으니 어떻게 보면 그녀도 나름대로의 고충이 있었을 것이다. 유미도 제 딴엔 살림에 보탬이 되고자 앞뒤 생각하지 않고 시윤의 제안을 받아들인 것이겠지만, 이겸은 아직도 유미를 좋아했던 시윤을 경계하고 있었다. 그래서인지 말이 곱게 나오지 않았다.

사랑하는 유미의 손에 물 한 방울 묻히지 않게 해주고 싶었고, 돈 걱정 없이 살게 해주고 싶은데, 어쩌면 이제 막 서른이 된 월급쟁이에게 그런 말은 사치일지도 모르겠다.

이겸은 잠든 유미의 손을 깍지를 껴 마주 잡았다. 손가락 사이로 유미가 제 몸처럼 여기는 커플링이 느껴졌다. 이겸은 유미에게 새로 끼고 다닐 요즘 유행하는 커플링으로 맞추자고 했지만, 그녀는 자신이 다시 맞춘 첫 커플링의 디자인이 마음에 든다고 했다. 그래서 지금도 학창시절 나눠 끼었던 것과 같은 디자인의 커플링을 끼고 다닌다.

유미는 몸에 장신구를 착용하는 건 불편하고 귀찮은 거라고 입버릇처럼 말하던 여자였다. 그런 유미가 씻을 때조차 몸에서 분리시키지 않고 한 몸처럼 여긴다는 건, 그만큼 이것이 그녀에게 소중한 것이라는 것이다.

'바보…… 불편하면 목걸이로 만들어준다니까.'

목걸이로 만들어주겠단 말에 유미는 이런 대답을 꺼내놓았다.

"그게 무슨 의미가 있어. 사람들한테 보이려고 똑같은 반지 끼고 다니는 건데. 이렇게!"

그렇게 말하며 유미는 이겸의 왼손을 본인의 왼손으로 덥석 붙잡아 올리며 흐뭇하게 미소 지었다.

유미는 사소한 것에도 큰 행복을 느낄 줄 아는 여자였다. 또한, '지금'의 소중함을 잘 알고 있었다. 지금 이 시간이 흐르면 후회할 일은 절대 만들고 싶지 않다고 했다. 그게 사랑이든, 뭐든. 시간이 흐른 뒤 후회하는 것만큼 어리석은 건 없는 거라고 말이다. 예전의 이겸은 어리석게도 유미의 그런 행동과 사상이 이해되지 않았다.

솔직하고 싶지 않은 사람은 세상에 없다. 다만, 이 세상사람 모두가 솔직하지 않은 건, 저마다의 이유가 있는 거라고 생각했다. 하지만, 지금 이겸은 그녀의 마음을 누구보다 더 깊이 이해한다. 하고 싶은 대로 하고 살아도 짧은 인생. 사랑하는 마음은 표현하고, 좋고, 싫음을 숨기지 않고, 또 순간을 소중히 하는 것만큼 인생을 가치 있게 사는 방법은 없다. 언젠가 이겸은 자신의 마음에 솔직하지 않았던 시간이 아깝다는 말을 한 적이 있다. 하지만 유미는 그 마저도 부정했다.

"이겸아. 네가 지내온 시간 자체를 부정하진 마. 네가 그 시간을 부정해 버리면 그 시간 속에 살아온 네가 너무 초라해지잖아. 그 시간이야 어찌 됐던, 우린 결국 이렇게 만났고, 사랑하고 있으니까."

그녀는 서로 마음을 나누지 못한 오랜 시간을 안타까워하지도 않았고, 속상해하지도 않았다. 단지, 운명이 그랬던 거라고. 아주 오래 묵은 이야길 하듯 대수롭지 않게 웃으며 넘겼다. 그 속이 어떤지 뻔히 아는데. 그동안 얼마나 힘들었을지 다 아는데도 끝까지 웃었다. 바보같이.

이겸은 생각했다. 어쩌면 이렇게 서로 다른 성격을 가진 유미와 자신이 만난 건 정말 그녀의 말대로 '운명'이 아닐지. 운명이라는 것이 정말로 존재한다면, 혹시 신이 있다면, 다음 생에도 꼭 그녀와 이어지게 해줬으면 했다. 유미의 마음에 생긴 상처가 아무리 아문다고 해도, 완전히 없어지진 않을 터. 그렇기에 만약 운명이 있고, 그 운명을 좌지우지하는 신이 있다면, 다음 생엔 유미에게 눈곱만큼의 상처도 주지 않고, 영원히 아낌없이 사랑해 주고 싶었다.

❊❊

삼 년 후.

이제 막 걸음마를 시작한 이겸과 유미의 딸, 지수가 아장아장 걸어서 이영의 품에 안겼다.

"언니, 어디서 타는 냄새 안 나?"

얼굴 가득 한껏 미소를 짓고 지수를 품에 안은 이영이 말했다.

"맞다! 국 올려놓고 왔는데!"

유미는 헐레벌떡 주방으로 뛰어갔다.

"아! 또 태워 먹었다."

이미 주방 가득 검은 연기가 일고 있었다.

깜빡 잊고 장을 봐오지 않은 채소를 사가지고 돌아온 이겸이 현관문 안으로 들어서다가 집 안에 가득한 연기를 발견하고 주방으로 뛰어 들어왔다.

"나가 있어."

언제나 뒤처리는 이겸이 했다. 유미는 입술을 내밀고 울상이 되어

주방 앞에서 발만 동동 굴렀다. 집 안 곳곳으로 퍼진 연기 때문에 이겸은 어쩔 수 없이 이영에게 지수와 함께 잠시 바깥 산책이라도 하고 올 것을 부탁했고, 집에 남은 건 이겸과 유미, 단둘뿐이었다. 환기를 시키기 위해 집 안 창문이란 창문은 다 열고 난 이겸이 쭈뼛거리고 서 있는 유미를 바라봤다.

"괜찮아?"

이겸이 유미의 안색을 살피며 물었다.

"응. 나는…… 괜찮아."

아니, 괜찮지 않았다. 최근 들어 냄비나 프라이팬을 태워먹은 횟수만 해도 다섯 번이 넘었다. 분명 국을 끓이겠다고 올려놨다가 깜빡. 지수 먹일 흰 살 생선을 올려놨다가도 깜빡. 집 안 가득 자욱한 연기를 보고 있자니 유미는 이겸에게 미안해 죽을 지경이었다.

"괜찮아. 그럴 수도 있지."

입술을 오물거리는 유미를 가만히 바라보다가 이겸이 그녀를 품에 안았다.

"나 요즘 왜 이러지? 계속 깜빡깜빡. 이상해."

"너만 그래? 우리 엄만 나랑 영이 낳고 태워먹은 냄비가 거짓말 조금 보태면 우리 집 뒷동산 정돈 될걸?"

이겸이 재치 있게 유미의 말을 받아 넘겼다.

"……거짓말."

유미가 입술을 삐쭉였다.

"건망증이 너무 심해졌어."

지수를 낳고 난 뒤 부쩍 건망증이 심해졌다. 장을 보러 가도 항상 뭘 하나 빼먹어서 필요한 걸 이겸이 다시 나가서 사오곤 했으니까.

"원래 그랬어, 너."

그럴 때마다 이겸은 이렇게 유미를 다독여 줬다.

"원래 이 정도까진 아니었거든?"

"그거 맞아서 그래. 지수 낳을 때, 무통 주사 맞았잖아."

이겸이 품에 안은 유미를 살짝 떼어내 그녀를 내려다보며 제법 진지한 어투로 말했다.

"그게 왜?"

"그 주사 부작용이 깜빡깜빡하는 거라던데?"

"진짜?"

믿을 수 없다는 듯 유미의 눈이 커다래졌다.

"근거 있는 소리야. 믿어도 돼."

"그랬구나."

"지극히 정상이라고. 괜히 쓸데없는 생각 하지 말고. 미간에 힘 풀어."

이겸이 유미의 미간에 진 주름을 검지로 살살 문질러 폈다. 그리곤 입꼬리를 올려 싱긋 웃었다.

"난 정말 뭔가 또 잘못된 건가 싶어서 철렁했어."

여전히 예전 사고로 인해 뇌 어딘가 이상이 있는 건 아닐까 싶은 노파심에 유미는 요즘 들어 부쩍 생각이 많아졌었다. 하지만, 괜한 기우였던 것이 이겸의 말로 증명되자 그녀는 크게 한숨을 쉬며 시름을 털어냈다.

이번엔 유미가 이겸의 품 안으로 파고들었다.

"하여튼 공유미 쓸데없는 걱정 많은 건 알아줘야 해."

이겸의 빙싯거리는 웃음이 유미의 귓가를 파고들었다. 그가 유미의 뒤통수를 살며시 쓰다듬어 내렸다.

"많이 못 도와줘서 미안해. 요즘 일이 바빠서 노력한다고 해도 한참 부족하지?"

시윤을 도와 일을 하다 보니 그가 맡은 임무가 많아질수록 자연히 이겸도 덩달아 바빠졌다. 유미는 현재 육아휴직 상태로, 홀로 육아와 가사를 책임지고 있었다. 이겸의 일이 많아지고 바빠지면서, 자연히 유미를 도와줄 수 있는 시간이 줄어들었다. 유미는 한 번도 거기에 투덜대지 않았지만, 이겸의 마음은 항상 무거웠다. 그렇게 좋아하던 회사도 나가지 못하고, 집에서 하루 종일 오매불망 저만 기다릴 유미를 생각하면 미안한 마음이 먼저 들었다.

더구나 지수는 밤잠이 없는 아이였다. 밤에 수시로 깨는 아이 때문에 이겸이 깰까 봐 유미는 늘 거실로 나가 지수를 달랬다. 차라리 자는 저를 깨워서라도 도와달라고 말하면 좋으련만 유미는 지수 낮잠 잘 때 같이 자면 되니까 괜찮다고만 했다. 이럴 땐 친정 엄마가 도와주는 거라고 하던데. 그것마저 유미에겐 허락되지 않기 때문에 이겸은 본인이 그 몫까지 다 해야 한다고 생각했다.

"다음 주에 며칠 휴가 쓰고 내가 도와줄게."

이겸이 유미의 이마에 살짝 입을 맞췄다.

"괜찮아. 나 때문에 일부러 그러지 않아도 돼. 바쁘잖아."

유미가 눈을 들어 당황한 기색을 보였다.

"내가 안 괜찮아서 그래. 너 어제도 한숨도 못 잤지, 그제도 별로 못 잤고. 아니, 계속 잠 못 자고 지수만 봤잖아."

"그건 내가 당연히……."

"나한테 기대도 돼."

이겸이 유미의 양 볼을 두 손으로 꼭 붙잡았다. 유미의 볼이 저절로 동그랗게 말려서 붕어같이 변했다.

"나 신지수 아빠거든? 공유미 남편이기도 하고."

"······무어?"

유미는 제대로 발음되지 않는 입을 놀려 되물었다.

"너만 지수 독점하는 게 질투 나서 그런다. 됐어?"

이겸은 차마 유미에게 '네가 걱정 되서 그렇다'는 말은 하지 못했다. 그러면 또 분명히 가자미눈을 하고 그럴 것이다. '그런 배려는 사양입니다!'라고.

"나도 지수 보고 싶어서 그래. 며칠만 내가 지수 볼게. 장인어른이랑 여행 다녀와도 좋고, 아님 네가 그렇게 좋아하는 영이랑 실컷 놀든가. 아니면······ 아무튼 뭐라도 좀 해. 이제 곧 휴직 기간도 끝날 거고, 그러면 더 쉴 기회도 없잖아."

그는 하루도 제대로 쉬지 못한 유미가 안쓰러웠다. 마음 편히 하루라도 쉬게 만들어주고 싶어서 이겸이 되는 대로 말을 쏟아내어 보았다.

"어? 진짜?"

"그래, 뭐든. 너 하고 싶은 거 해. 자유롭게."

"그럼, 이겸아."

유미는 기대에 부푼 듯 벅찬 얼굴을 하고 운을 띄웠다.

"뭐든 좋아. 말하지 말고 그냥······."

"우리, 같이 여행갈까? 지수랑 셋이?"

"······여행?"

차마 생각하지 못한 것이라, 이겸은 잠시 당황했다.

"응. 우리 여행 가자. 너 휴가 쓸 수 있으면 말이야. 어디든 가자."

"혼자 쉬라니까."

"같이 쉬면 안 돼? 꼭 나 혼자 쉬어야 하나?"

유미가 이겸에게 상체를 기대어 그의 입술에 입을 맞추고 살짝 미소 지으며 속삭였다.

"하아……."

이겸은 가슴이 먹먹해졌다. 혼자 쉬라는데도 마다하고, 같이 여행을 가자는 유미에게 그는 그 어떤 대꾸도 할 수 없었다.

'맞다, 공유미 너, 이런 여자였지.'

잠깐 함께 있는 시간도 소중해하는 여자.

"영이, 산책 조금 더 하라고 해야겠다."

이겸이 제게 몸을 기댄 유미를 번쩍 안아들었다.

"어? 뭐? 왜?"

유미가 무의식중에 이겸의 목에 팔을 두르고 물었다.

"너랑 할 이야기가 길어질 것 같아서."

이겸이 피식 웃으며 안아 올린 유미의 입술에 입을 맞췄다.

"잠깐만. 아직 대답 안 해줬잖아. 여행은, 갈 수 있어?"

유미가 이겸의 가슴팍을 살며시 밀어내며 답을 꼭 들을 기세로 눈을 반짝였다.

"네가 원한다면. 그게 뭐든. 할 수 있어."

이겸의 입술이 다시 유미의 입술 위로 내려앉았다.

❋❋

유미는 예정대로 회사에 복귀했다. 원칙적으론 사내 규정상 같은 부서에 부부가 함께 근무할 수 없었지만, 본부장인 시윤이 절대 유미를 다른 팀에 보낼 수 없다고 인사팀에 간곡히 요청했고, 그의 바람대로 유미는 원래 근무하던 부서의 같은 직책으로 복직할 수 있었다.

"본부장님, 배려해 주신 덕분에 이렇게 함께 일하게 되어서 영광입니다."

여전히 입 바른 소릴 잘하는 유미를 보며 시윤은 해맑은 미소로 화답했다.

"저야 말로 영광입니다. 공유미 대리님."

"그동안 잘 지내셨어요?"

본부장실에 직접 인사를 하기 위해 걸음한 유미에게 시윤도 무언가를 직접 대접하고 싶었던지, 그는 손수 만든 아메리카노 한 잔을 그녀에게 건넸다.

"저요? 못 지냈죠. 대리님이 안 계신데 어떻게 잘 지내요."

"크흣. 여전하시네요."

유미의 눈꼬리가 살며시 휘었다.

"그리고 팀장님이 얼마나 딸 자랑, 와이프 자랑을 하시는지. 매일 사진에, 동영상에, 봤던 거 또 보여주고, 또 보여주고 하는데. 아주…… 혹시 공 대리님도 그러실 거예요?"

"어? 그래도 돼요?"

"두 분이서 그러면 저, 감당 못할 것 같은데요."

좀 전까지만 해도 해맑게 웃던 시윤이 급하게 표정을 굳히고 진지한 어투로 말했다.

"농담이에요. 농담."

유미는 푸스스 웃으며 그의 진지함에 반박했다.

"지수, 눈에 많이 밟히죠?"

시윤은 유미가 겉으론 웃고 있지만 내심 두고 나온 지수를 걱정하고 있을 거라고 생각했다.

"시어머니가 봐주시니까요. 그나마 안심이에요."

잠시였지만 유미의 눈동자가 살짝 흔들렸다.

"다행이에요. 믿고 맡길 사람이 계셔서."

"축복이죠."

유미가 어깨를 으쓱하고 들어 올리며 어색하게 웃었다.

"참! 이영 씨는 만났어요?"

"네. 오늘 아침에 지수 시댁에 데려다주고, 이영 씨랑 같이 출근했어요."

"어때요? 회사 생활은 괜찮다고 하던가요?"

"본부장님이 너무 잘 챙겨주셔서, 좋다고 하던데."

"제가 뭐 한 게 있나. 전 그냥……."

시윤은 유미의 질문에 어떠한 의도가 있다는 걸 눈치채지 못했다.

"본부장님."

줄곧 장난기 어린 유미의 표정이 진지하게 변해갔다.

"네?"

"먼저 물어보셨으니까 저도 편하게 하나만 여쭤볼게요."

"네. 뭐든요."

유미의 진지함에 시윤도 덩달아 얼굴을 굳혔다.

"우리 이영이한테 정말 마음 없어요?"

지난 무 터치 휴대폰 런칭쇼 이후, 시윤이 직접 J그룹 특별 채용을 해주겠다고 제안했지만, 이영은 고민 끝에 그의 제안을 거절했다. 그리고 이듬해 J그룹 공개 채용에 당당히 합격했고, 지금 시윤이 이끄는 팀에서 함께 근무하고 있었다. 그는 이영을 각별히 아끼고 챙겼다.

"네?"

시윤의 얼굴은 당혹감으로 순식간에 시뻘겋게 달아올랐다.

"우리 아가씨한테 정말 마음 없냐구요. 좋아하는 마음."

"갑자기 그건 왜 물어봐요. 사람 곤란하게……."

유미에게 이런 질문을 받을 걸 전혀 예상하지 못한 듯 시윤의 동공이 한차례 흔들렸다.

"이영이가 본부장님한테 고백한 지 벌써 일 년이 넘었는데, 아직도 대답 안 하셨잖아요."

이영은 사랑에 있어 거침없는 성격이었다. 그런 면에선 유미와 무척 닮아 있었다.

"그런 건 또 어떻게 알고 계신 건데요."

시윤이 눈을 느리게 깜빡이며 민망한 듯 귓불을 매만졌다.

"참, 답답합니다."

그런 시윤의 태도에 유미가 한숨을 길게 내쉬며 눈알을 굴렸다.

"뭐가요?"

"전에 저 좋아하셨을 때요. 신 팀장한테는 그러셨다면서요. 좋아하면 받아주고, 아니면 확실히 거절하라고."

"아니, 그건…… 이거완 다르죠."

"뭐가 달라요. 한 사람은 좋아하고 있고, 한 사람은 애매하게 대답도 안 해주고 사람 피 말리는 거, 완전 똑같구만."

틀린 것 하나 없는 유미의 말에 시윤은 어떤 대답을 해야 할지 몰라 입술을 꾹 다물었다.

"우리 아가씨 마음 아프게 하면, 그게 아무리 본부장님이라도 저, 가만히 안 있어요?"

"제가 환영 인사랍시고 대리님을 너무 오래 붙잡아둔 것 같은데, 이만 나가보세요."

시윤은 말을 피하기라도 하려는 것처럼 유미를 다급하게 문밖으로 밀어냈다.

"무슨 인사를 그렇게 오래 해?"

자리로 돌아오자, 매일 보는데도 반가운 이겸이 눈꼬리 늘어뜨리고 유미를 향해 톡 쏘아 물었다.

"왜? 진하게 인사라도 했을까 봐?"

유미가 그에게 바짝 몸을 붙이고 귓가에 속삭였다.

"뭐? 진하게?"

"진하게 커피 타주시기에 그거 마시면서 진지한 이야기를 좀 했지."

"진지한 이야기?"

"향후 계획에 대한?"

물론 그 계획이 제 것이 아닌, 이영에 관한 것이긴 했지만. 이겸에게 속 시원히 털어놓을 수 없었던 건, 이영이 이겸에게는 절대 비밀로 해달라고 신신당부했기 때문이었다.

"그런 게 있어요. 커피 마실 건데, 팀장님도?"

"말 돌리긴."

"아메리카노 두 잔, 접수!"

유미가 콧잔등을 찡긋하고 웃으며 빠르게 자리를 벗어났다.

"벌써 이렇게 둘이 가까워 보여서야."

이겸은 유미와 이미 백년가약을 맺었음에도 괜스레 시윤을 향한 질투심으로 착잡해지는 마음은 숨길 수가 없었다.

한편, 시윤은 유미에게 단도직입적인 질문을 받은 다음, 이영을 피해 다녔다. 평소였다면 점심시간에 식사는 잘 했는지 정도의 질문을 하루 한 번은 꼭 건네곤 했지만, 오늘은 그마저도 하지 않았다. 그는 자신의 사소한 배려와 관심이 이영에게 상처가 될 거란 생각을 하지 못했다. 유미를 이겸에게 보내고 난 뒤, 줄곧 혼자였다. 유미를 잊지 못했다거나 하는 말도 안 되는 이유 때문은 아니었다. 그저 본부장이란 직책을 얻고 바빠진 탓도 있었고, 마음에 누군가를 담을 만한 여유가 없어서 여자를 만나야 한다는 생각조차 하지 못했던 것뿐이었다.

이영에게 처음 고백을 받았을 때 놀라지 않았다면 그건 거짓말일 것이다.

"저랑 한번 만나보실래요?"

그는 이영의 고백을 아직 어린 그녀가 사랑의 감정을 제대로 알지 못해서 한 당돌한 발상일 거라 치부했다. 그녀는 언제나처럼 밝고, 또 여느 날과 똑같이 행동했다. 마치 그녀가 고백을 한 순간이 꿈인 것 같이 느껴질 만큼 이영은 시윤을 편하게 대했다. 덩달아 시윤도 이영을 편하게 여겼다. 시윤은 이영과 런칭 쇼 이후 부쩍 가까워져서, 회사 밖에선 오빠와 동생 사이로 지내기로 했던 터라 더욱이 그렇게 느낄 수밖에 없었다.

시윤은 평소보다 이른 퇴근을 한 뒤, 엘리베이터 앞에 서 있었다. 이미 엘리베이터가 도착해 문이 열리고 닫혔지만, 그는 여전히 같은 자리에서 멍하게 서 있었다.

"본부장님?"

정신을 빼놓고 있던 시윤이 귓가로 들려오는 소리에 주변을 두리번거렸다.

"무슨 생각을 그렇게 골똘히 하세요?"

시윤은 그제야 저를 부른 사람이 이영이란 사실을 눈으로 확인하고는 화들짝 놀라 어깨를 흠칫 떨었다.

"어, 언제요. 제가 언제요."

그는 너무 놀라 말도 제대로 못하고 더듬었다.

"어디 아프세요? 얼굴이 창백해 보이는데?"

"안 아파요."

"퇴근하시는 길?"

"네…… 퇴근, 맞아요. 퇴근하려고요."

혼미해진 정신이 도통 돌아올 생각을 하지 않아 시윤은 무척이나 난감했다. 그는 재빨리 엘리베이터 내림 버튼을 다시 꾹 누르고, 눈동자를 어디다 둬야 할지 몰라서 눈을 들어 층수를 표시하는 위치 표시기를 바라보고 있었다.

"그럼 오늘 저녁 식사, 같이하실래요? 저번에 같이 갔었던 그 부대찌개, 진짜 맛있었거든요. 날씨도 춥고 하니까 따끈한 국물 생각이 나서, 같이……."

"미안해요. 오늘은 선약이 있어서."

이영이 말을 끝내기도 전에, 시윤이 그녀의 말허리를 뚝 끊어냈다. 때마침, 엘리베이터 문이 양옆으로 열린다.

"아…… 네, 그럼 조심히 들어가세요."

이영이 고개를 꾸벅 숙여 시윤에게 인사했다. 곧이어 야속하게도 엘리베이터 문이 닫혀 버렸다.

"저 오빠, 오늘 왜 저래?"

평소와 다른 시윤의 태도에 이영은 어깨를 살짝 들어 올리고 입술을 새초롬하게 내밀었다.

다음 날, 그 다음 날도 시윤은 이영을 피해 다녔다. 참다 못한 이영은 시윤이 퇴근하길 기다렸다가 그의 뒤를 급습했다.

"본부장님!"

"악! 깜짝이야!"

살금살금 몰래 사무실을 빠져나가던 시윤은 화들짝 놀라 뒤로 자빠질 뻔했다.

"괜찮으세요?"

가까스로 바닥에 고꾸라지는 꼴은 면했지만, 시윤은 오히려 바닥에 넘어지는 게 더 낫지 않았나 싶은 생각이 들었다.

"본부장님!"

이영의 품에 거의 안기다시피 한 상태로 완전히 굳어버린 시윤의 동공과 입은 한껏 열려 있었다.

"괜찮으신 거예요?"

이영이 시윤을 부축해 일으켜 주며 재차 물었다.

"아…… 응, 괜찮아요."

얼굴은 물론이고, 목과 귀까지 완전히 빨개진 시윤이 헛기침까지 하며 시선을 허공 어딘가에 맞추고 말했다.

"요즘 무슨 일 있어요? 왜 이렇게……."

"없어요. 아무 일도."

"아무 일도 없는 게 아닌 것 같은데."

이영이 시윤에게로 바짝 다가서며 그의 얼굴을 살폈다.

"……왜, 왜 그래요."

왜인지 모르게 그의 심장은 제 페이스를 잃고 두근거리기 시작했다.

"집에 무슨 일 있어요?"

"없습니다."

"그럼 어디 아프세요?"

고개를 이리저리 틀어가며 묻는 이영을 차마 똑바로 바라볼 수 없어서, 시윤은 그녀와 눈을 마주치지 않기 위해 필사적으로 애썼다.

"그것도 아니요."

"그럼 혹시……."

줄곧 시원시원하게 질문을 이어가던 이영이답지 않게 뒷말을 잇지 못하고 머뭇거렸다.

"혹시…… 제가 불편하세요?"

한참 만에 이영이 완전한 질문의 형태를 띤 말을 시윤에게 건넸다.

한데, 시윤은 그녀의 질문을 듣고도 아무런 대답도 하지 않았다.

"설마…… 진짜로 제가 불편해서 며칠 동안 절 피해 다니신 거예요?"

"아니, 그건 아니고……."

"그게 아니면요?"

"……그게, 그러니까."

시윤은 어쩐 일인지 입이 쉽사리 떨어지지 않았다.

"그러니까 제가 불편해서, 제가 싫어서 절 피해 다니신 거군요?"

줄곧 웃음기 가득하던 이영의 얼굴이 딱딱해졌다. 마침내 허공을 배회하던 시윤의 눈동자가 이영의 짙은 눈동자로 향했다. 너무 까매서 푸른빛이 도는 듯한 느낌마저 들었다. 마치 밤바다를 연상시키는 이영의 눈동자에 시윤은 잠시 멍하게 빠져들고 말았다.

"왜 대답이 없어요?"

"……무서워서요."

시윤은 어쩌면 자신이 이영의 고백에 대한 답을 하지 않았던 이유가 유미를 보내고 혼자가 되어버린 자신에게 유일한 친구가 되어준 그녀를 놓칠까 봐 두려웠던 것이라는 생각이 들었다.

"무섭다고요? 뭐가요?"

이영의 검푸른 눈동자가 순식간에 초점을 잃고 혼탁해졌다.

"소중한 사람을 또 잃게 될까 봐. 무서워서요."

말을 꺼내는 시윤의 입술이 살며시 진동했다.

"그게 무슨 말이에요?"

"다 알고 있잖습니까. 제가 좋아한 사람이 공유미 대리님이라는 거."

"……아직도 좋아하시는 거예요? 우리 언니를?"

"아니. 그런 거 아니에요."

시윤이 고개를 세차게 젓는 것으로 그녀의 말을 부정했다.

"그러면, 왜…… 뭐가 무섭다는 거예요?"

이영은 이해되지 않는다는 눈빛을 했다.

"제가 말한 소중한 사람은, 신이영 씨를 말하는 건데요."

"네? 저요? 제가 본부장님한테, 소중한 사람이라고요?"

차마 본인일 거란 생각은 하지 못했는지, 이영이 놀란 듯 눈을 동그랗게 뜨고 되물었다.

"두 가지가 마음에 걸렸어요. 하나는, 이영 씨가 팀장님 동생이자 제가 좋아했던 사람의 시동생이기 때문이고, 나머지 하나는, 당신이 나한테 소중한 사람이기 때문에…… 지금이야 마음이 같다고 해도, 나중엔 어떻게 될지 모르는 거잖아요? 언제 어떻게 변할지 모르는 게 사람 마음이니까."

처음이었다. 이렇게 온전히 자신의 마음을 완전히 누군가에게 다 내보인 것은. 유미에게도 이토록 전부 마음을 꺼내 보인 적은 없었다. 시윤은 좋아하는 마음이 클수록 아껴야 하는 말은 많은 거라고, 그렇게 생각하며 살았다. 하지만 이영을 만나고 나서부터 그는 조금씩 달라지고 있었다. 언젠가 술을 많이 마시고 이영에게 힘들게 버텨왔던 지난 이야기를 한 적이 있었다. 그때 이영이 이런 말을 했었다.

"사람 사는 인생이 다 그래요. 오르막길이 있으면 내리막길이 있고 그런 거죠. 그렇게 좌절할 필요 없어요. 힘내세요!"

마치 세상 다 살아본 사람처럼. 아무렇지 않게 말하는 이영이 시윤은 무척이나 마음에 들었다. 아니, 어쩌면 그녀의 그런 마인드가 부러웠는지도 모른다. 매사 걱정이 많은 저와는 다른 그녀에게 끌렸던 것도 사실이다.

"그러니까, 지금 그 말씀은…… 저를 좋아하신다는?"

"또 사랑에 상처받는 건, 역시 견디기 힘들 것 같아서…… 아예 시작조차 하지 않는 게 좋겠다고 판단했어요."

이영은 시윤의 사고방식을 완전히 뒤바꾸어 놓았다. 그럼에도 불구하고 그녀에게 다가갈 수 없었던 건 여전히 그는 생각이 너무나도 많았던 탓이었다.

"본부장님, 이제 보니 헛똑똑이셨나 봐요."

"헛똑똑이요?"

시윤의 미간이 좁아졌다.

"네. 헛똑똑이. 바보요. 바보."

이영이 콧방귀를 뀌었다. 그런데 우습게도 시윤은 그런 그녀의 모습이 아니꼬워 보이긴커녕 눈을 뗄 수 없었다.

"왜 말이 그렇게 되는 건데요?"

"사랑에 실패했다고, 다음 사랑이 또 실패하리란 법이 어디 있어요."

유미와 이영의 공통점을 굳이 찾자면, 그들과 대화를 나누다 보면 어느새 빠져들게 되는 특징이 있다는 것이다. 지금 시윤은 이영의 말에 완전히 빠졌다. 또한 또 멍하니 정신을 놓게 되었다.

"또! 설령 그 사랑에 실패한다고 해도 그건 어쩔 수 없는 일이잖아요."

"나는 그게 무서워서……."

그게 무서워서 한 걸음 다가서는 것도 어려웠는데. 시윤이 어렵다고 여겼던 모든 일들을 이영은 별것 아니라고 말한다.

"하나 더요. 유미 언니가 제 새언니라서 불편하세요? 아직도 미련이 남았어요?"

"그런 거 아닌데요."

유미를 여태 마음에 두고 있냐는 이영의 말에 시윤은 얼른 아니라고 답했다. 그녀의 입에서 '유미'의 이름이 나오자 괜히 기분이 언짢아지는 것 같기도 했다.

"좋아요. 그럼 다시 본론으로 돌아와서, 사랑에 실패할까 무서워서 평생 사랑은 하지 않으실 거예요?"

"……."

"평생 혼자 사실 예정?"

"그건…… 아닌데요."

그들 사이로 잠시 정적이 흘렀다.

"그럼 우리 한번 만나볼래요? 아니다. 그냥 만나요, 우리."

이영이 한 발자국 떨어진 시윤에게 대뜸 손을 내밀어 악수를 청했다. 시윤이 그녀의 손과 눈을 번갈아 보며 당황한 표정을 지어 보였다.

"제가 다른 건 몰라도 연애 하난 끝내주게 잘해볼 자신 있거든요."

시윤은 제법 자신만만한 이영의 말투가 은근히 거슬렸다.

"연애, 많이 해봤어요?"

"누구처럼 한 번도 연애 못 해보고 아는 척하진 않아요."

"그 '누구'가 혹시 전 아니죠?"

시윤의 귀여운 질문에 이영의 잇새로 피식 웃음이 새어나왔다.

"어떻게, 저한테 연애 한번 배워보실래요? 진하게?"

"……그런 말은 보통 남자가 하지 않나."

눈 한 번 깜빡이지 않고 그들은 서로를 바라본 채 대화를 이어나갔다.

"여자가 하면 어떻고, 남자가 하면 어때요. 진심만 통하면 되는 거지. 안 그래요?"

시윤의 눈동자는 여전히 이영에게로 향해 있었다. 잠시의 흐트러짐도 없이, 정확히 그녀의 푸른색을 띠는 눈동자만 바라보고 있다.

"대답 안 해주실 거예요? 저 팔 아픈데?"

이영이 여전히 허공에 내민 자신의 무안한 손을 다시 한 번 흔들어보였다. 그 순간, 거짓말처럼 온기를 머금은 시윤의 손이 이영의 손과 맞닿았다.

"그럼 어디 한번 가르쳐 줘봐요. 연애라는 거."

악수를 나누는 두 사람의 손끝에서 전율이 일었다. 입매를 타고 넘나드는 미소가 무척이나 낯설었지만, 그마저도 시간이 지나면 익숙해질 것이다.

"진하게?"

"네, 진하게."

언젠가 서로가 서로에게 익숙해지는 날이 오면 그땐 지금 이 낯선 순간도 분명 웃으며 추억하게 될 것이다. 낯섦과 익숙함의 경계. 그 사이를 관통하는 건 아마도 '사랑'이리라.

"후회 없어요?"

'너'라는 기적을 선물해 준 과거와,

"처음이니까 살살 다뤄줘요."

'너'라는 기적을 선물한 현재와.

"얼마든지."

또 '너'라는 기적을 선물할 미래에 감사한다.

작가 후기

 사랑은 누군가를 웃게 만들 수도 있지만, 울게 만들 수도 있습니다.
 마냥 좋기만 한 것이 사랑이 아니라, 행복하기도 하고, 아프기도 한 것이
지요.

 〈츤데레의 정석〉은 어린 시절 간직해 온 첫사랑이 이루어가는 과정과 더
불어 가슴 시린 상처를 딛고 진정한 사랑으로 거듭나는 이겸과 유미의 성장
로맨스입니다.

 이 이야기의 주인공인 츤데레 신이겸과 직진녀 공유미가 다소 특이하게 느
껴질 수도 있지만, 두 인물 모두 실존하는 인물입니다. 물론 이름과 외모(네
이버 오늘의 웹소설 연재 삽화분과)는 전혀 다르지만요.

 이겸이 츤데레가 될 수밖에 없었던 이유와 기억은 잃었지만 이겸을 향한

사랑만은 잊지 않고 간직한 유미의 애절한 사랑이 잘 그려졌을지 모르겠어요.

지독하게도 한 여자만을 그리워한 이겸의 애절함이, 그리고 바보같이 한 남자만 사랑해 온 유미의 간절함이 이 글을 읽는 분들의 마음에 닿기를 바랍니다.

사랑을, 그리고 마음을 주저하지 말고 표현하세요. 지금 이 순간, 지나간 오늘은 다시 돌아오지 않으니까요.